ED GREENWOOD & TROY DENNING

Die Kormyr-Saga 3

Buch

Der Königliche Magier Vangerdahast sitzt noch immer in der unterirdischen Stadt gefangen und muss zu seinem Entsetzen feststellen, dass plötzlich Scharen von gefährlichen Goblins aufgetaucht sind und ihn verfolgen. Zudem befreien seine Zauberbanne einen riesigen roten Drachen, dessen einziges Ziel es ist, sich an Kormyr zu rächen und alle Obarskyrs umzubringen.

Alusair und Azoun kämpfen derweil verzweifelt gegen Ork-Horden, während die hochschwangere Tanalasta nach einem Mittel sucht, die sechs Gazneths zu besiegen. Die Edelleute bei Hofe verweigern ihr die Gefolgschaft, und wie es scheint, gibt es einen Verräter in den eigenen Reihen, der alle Bemühungen, der Ungeheuer Herr zu werden, verhindert.

Als auch noch der befreite rote Drache samt seinen Goblin-Kriegern auftaucht und sich dem König und der Stahlprinzessin entgegenstellt, scheint Kormyrs Schicksal endgültig besiegelt zu sein.

Die Autoren

Ed Greenwood hat mit den »Forgotten Realms« eine der beliebtesten Welten für die Fantasy-Leser und Fantasy-Rollenspieler erschaffen. Er hat sie in zahlreichen Veröffentlichungen beschrieben und dazu eine Reihe von Romanen verfasst. Ed Greenwood ist Bibliothekar und lebt in einem alten Farmhaus bei Ontario.

Troy Denning wurde 1958 geboren und hat sich auch als Spiele-Entwickler und -Designer einen Namen gemacht, ehe er zu schreiben begann. Der größte Teil seiner Romane ist in den Forgotten Realms angesiedelt, doch mittlerweile hat er auch ein knappes halbes Dutzend Star-Wars-Romane verfasst. Er lebt in Wisconsin, und wenn er nicht an neuen Geschichten schreibt, bewegt er sich gerne in der freien Natur oder praktiziert verschiedene Kampfsportarten.

Liste der lieferbaren Titel

Die Kormyr-Saga: 1. Ed Greenwood/Jeff Grubb: Dunkle Fänge (24419),
2. Troy Denning: Jenseits der Berge (24429)

Außerdem von Troy Denning:

Star Wars – Das Ultimatum/Erbe 9 (24342)
Star Wars – Die Königsdrohne/Nest 1 (24491)
Star Wars – Die verborgene Königin/Nest 2 (26567)
Star Wars – Der Schwarmkrieg/Nest 3 (26568)

Ed Greenwood & Troy Denning

Die Ritter des Purpurdrachen

Die Kormyr-Saga 3

Aus dem Englischen von
Marcel Bieger & Cornelia Köhler

OFFICIAL Wizards OF THE COAST LICENSED PRODUCT

blanvalet

Die amerikanische Originalausgabe erschien unter dem Titel
»Cormyr Trilogy, Vol. 3: Death of the Dragon«
bei Wizards of the Coast, Renton, USA.

FSC
Mix
Produktgruppe aus vorbildlich
bewirtschafteten Wäldern und
anderen kontrollierten Herkünften

Zert.-Nr. SGS-COC-1940
www.fsc.org
© 1996 Forest Stewardship Council

Verlagsgruppe Random House FSC-DEU-0100
Das für dieses Buch verwendete FSC-zertifizierte Papier
Holmen Book Cream liefert Holmen Paper, Hallstavik, Schweden.

1. Auflage
Deutsche Erstausgabe Februar 2009 bei Blanvalet,
einem Unternehmen der Verlagsgruppe
Random House GmbH, München.

Published in the Federal Republic of Germany
by Blanvalet Verlag, München.
Deutschsprachige Rechte bei der Verlagsgruppe
Random House GmbH, München
Umschlaggestaltung: HildenDesign München
Umschlagfoto: © Nick Deligaris
HK · Herstellung: RF
Satz: deutsch-türkischer fotosatz, Berlin
Druck und Einband: GGP Media GmbH, Pößneck
Printed in Germany
ISBN: 978-3-442-24430-0

www.blanvalet.de

Für unsere schönen Filfaerils,
die uns umbringen werden,
wenn wir so etwas noch einmal tun.

N
Goblin-
Marschen
Die Steinlande
Seefern-
Marschen
Sturm
hörner
Huthduth
Helmlande
Gnoll-Pass
Hochhorn
Tyrluk
Abendstern
Arabel
Hohe Straße
Ostweg
Espar
Dhedluk
Waymoot
Königswald
Wyvernwasser
Hultail
Immersee
Hilp
Wheloon
Suzail
Einsiedler
Wald
Marsember
Drachensee
Ilipur
Pros
Teziir
Elversult

Prolog

»Ich hasse es, so kühn raten zu müssen«, erzählte Alusair der ersten deutlichen Hufspur, die sie in drei Tagen gefunden hatte, »aber diese Kurzschnauzen lassen mir nicht genug Zeit, um es richtig zu machen.«

Etwas Dunkles bewegte sich auf der Kuppe des Bergkammes hinter ihr. Alusair knurrte einen Fluch und schlich sich in das nächstgelegene Gebüsch. Seit mindestens zwei Tagen folgten ihr jetzt schon die Orks, und seit ebenso vielen Nächten hatte sie es nicht gewagt, sich zum Schlafen niederzulegen. Sie sprach weniger mit sich selbst, um ihren erschöpften Geist zu beschäftigen, als um wach zu bleiben.

Ihre kühne Mutmaßung hinsichtlich des Weges, den Rowen gewählt haben mochte, hatte sich wieder als richtig erwiesen, aber die Götter sollten sie verfluchen, denn sie hatte bei der Verfolgung nicht die gebotene Sorgfalt walten lassen.

Rowen hatte Cadimus geritten – oder sonst irgendwer. Die Hufabdrücke an der Stelle, wo das Schlachtross weichen Schlamm durchquert hatte, teilten der Stahlprinzessin mit, dass Cadimus willig einen Reiter getragen hatte und so schnell und zielstrebig nach Norden galoppiert war, wie der Untergrund das zuließ.

Drei Tage waren verstrichen, seit Alusair ihre Schwester Tanalasta und den Weisen Alaphondar verlassen hatte und aufgebrochen war, ihren Kundschafter Rowen zu retten oder doch zumindest herauszufinden, welches Schicksal ihn ereilt hatte. Bei dem Kundschafter, einem Purpurdrachen, handelte es sich um einen in Ungnade gefallenen

Cormaeril – und den Vater von Tanalastas ungeborenem Kind. Cormaeril oder nicht, die Vermählung war rechtens. Wenn das Kind am Leben blieb, dann war es der rechtmäßige Erbe des Throns von Kormyr.

»Ihr Götter dort droben und dort unten, unser Vater wird toben«, murmelte sie und duckte sich unter einer Ansammlung junger Schattenkronen durch. »Ich weiß wirklich nicht, mit wem ich am wenigsten gern tauschen möchte – mit Tanalasta oder mit Rowen!«

Ein schiefes Lächeln ließ ihre Mundwinkel zucken, verschwand aber augenblicklich, als ihr Blick auf das vor ihr wachsende Moos fiel. Weiter vorn gab es eine Lücke zwischen den Bäumen, und Cadimus war hindurchgetrabt. Spuren führten einen moosigen Hügel hinauf, weg von dem offenen Talgrund, wo sich bei feuchtem Wetter ein Bach schlängelte und ansonsten offener Rasen das Reisen zu Pferde schnell und leicht machte.

Warum hatte der Reiter das offene Gelände verlassen? Um ein Lager aufzuschlagen?

Alusair ertappte sich dabei, zum wiederholten Male zu gähnen. Sie schlug sich mit dem flachen Schwert auf den Schenkel, um sich aufzuwecken. Die Götter sollten diese beharrlichen Orks verfluchen! Die Stahlprinzessin warf den Kopf in den Nacken und holte tief Luft. Sie war viel zu müde, um das richtig zu erledigen, sie hatte …

Sie wachte ganz plötzlich auf, und ein Schauder überlief ihre Haut. Sie konnte spüren, wie das Prickeln über ihren ganzen Körper kroch, bis ihr die Haare zu Berge standen.

Etwas stimmte nicht … stimmte ganz und gar nicht. Aber was, bei allen Göttern, mochte das nur sein?

Der Pfad wand sich um den mannshohen, verfaulenden Stumpf eines lange toten Schattenholzes. Alusair zückte ihr Schwert. Von ihrem Standort aus konnte sie nichts als Bäume sehen, soweit das Auge reichte – ein ganzes Dickicht von Stämmen, Dutzende über Dutzende, die zu warten schienen. Still und dennoch nicht still warteten sie bedrohlich und aufmerksam ab, und ihre Gegenwart hing gewissermaßen schwer in der Luft.

Alusair starrte grimmig zu den reglosen Ästen und mächtigen Stämmen hoch auf der Suche nach einem lebendigen, dort droben lauernden Feind, aber sie sah nichts. Die Bäume standen dicht genug beisammen, dass sich vor ihr in den Schatten, die sie nicht durchblicken konnte, sehr wohl ein Ungeheuer verborgen halten konnte, das größer war als ein Mann – oder sogar zwanzig Männer.

Die Stahlprinzessin warf einen raschen Blick über die Schulter und lauschte gleichzeitig angestrengt auf Geräusche von sich den Weg heraufkämpfenden Orks, aber sie vernahm keinen Laut. Ihre von hämischem Eifer erfüllten Verfolger hätten sich ohnehin nicht die Mühe gemacht, sich besonders leise anzuschleichen.

Nach einem Augenblick zuckte sie mit den Schultern und bewegte sich vorwärts, wobei sie mit der Spitze ihres Schwertes einen raschen Kreis um ihre Füße beschrieb, als rechne sie halbwegs damit, dass eine Wurzel aus dem Boden schösse und versuchte, sie zu umfangen. Diese Bäume hatten etwas Ungesundes an sich.

Wieder hielt Alusair inne und musterte den nächstgelegenen Baumstamm. Beinahe glaubte sie, er habe sich kaum merklich bewegt, aber nein. Ihre müden Augen hatten sie genarrt.

Es handelte sich um einen Dämmerholz-Baum und zwar einen uralten. Ein vor langer Zeit eingeschlagener Blitz hatte ihn verunstaltet, und er sah so grau und verkrümmt aus wie der Panzerhandschuh eines in der Erde begrabenen Riesen. Auf seiner Rinde zeichneten sich Schuppen ab, die dort eigentlich nicht hätten sein dürfen

Nein, keine Schuppen … es waren Runen.

Auf der Rinde befand sich eine Spirale sinnlich wirkender, irgendwie bedrohlich aussehender Schriftzeichen. Sie schienen neu zu sein, machtvoll und – nicht gut. Die verschlungenen Wurzeln des Baumes ragten aus der Erde, denn vor nicht allzu langer Zeit hatte jemand eine Grube ausgehoben. Die lose Erde war einfach zur Seite geworfen worden, als habe ein riesiger Hund oder eine Jagdkatze schnell, aber ungeschickt die Pfoten in die Erde gebohrt und daran gerissen. Das Ganze sah aus wie ein unregelmäßiges Oval, gerade groß genug, dass ein Mensch hineinkriechen konnte.

Alusair machte einen Schritt zurück, dann ging sie zur gegenüberliegenden Seite und starrte in die Grube. Jeder einzelne Baum wies ähnliche Schriftzeichen auf, und unter jedem befand sich ein Loch.

Jetzt hörte sie auch das Scharren von Stiefeln und schweres Atmen. Orks kamen den mit Moos bewachsenen Pfad hinter ihr hoch. Alusair verdrehte die Augen und bewegte sich rasch vorwärts, wobei sie dem Pfad folgte, den ihr Cadimus hinterlassen hatte.

Der Weg stieg weiter an, und jetzt zeigte der dunkle, vor kurzem erst aufgewühlte Boden ihrem wachsamen Blick seltsame Schätze. Sie erblickte ein metallenes Zepter von geschwungener, eindeutig elfischer Machart, aber so dunkel und tot, wie kein Elf es je hergestellt hätte. Steine, die eigentlich glitzernde Edelsteine hätten sein müssen, sahen schäbig und wolkig aus, und das Metall selbst war so stumpf und grau wie Blei. Hinter dem Zepter befand sich ein Schwert, das ebenfalls eine wunderbare Form aufwies. Auch das Schwert wirkte irgendwie … ausgelaugt. Das war alles.

Weiter vorn gab es noch mehr Klingen, außerdem eine Truhe und einen Köcher, dann etwas, bei dem es sich um einen reich geschmückten Stab mit großer magischer Kraft oder von zeremonieller Bedeutung handeln mochte. All die Gegenstände sahen gleichermaßen grau, stumpf und leblos aus, als sei ihnen alle Macht und Schönheit gestohlen worden.

Im Weiterlaufen blickte die Stahlprinzessin mit gerunzelter Stirn auf die Gegenstände nieder. War dies einst ein Elfenfriedhof gewesen oder ein Geheimversteck für Schätze? Und welche Art von Wesen würde wissen, wo das eine oder das andere zu finden sei, und es wagen, den Ort zu plündern?

»Ihr Götter«, flüsterte sie, »in meiner Kindheit war Kormyr ein so einfacher Ort. Wann hat es nur so viele unentdeckte Geheimnisse entwickelt?«

Wie zur Antwort und erschreckend in seiner Plötzlichkeit erklang eine Stimme aus den Bäumen vor ihr. Sie sang ein gespenstisch klagendes Lied, das zwar flüssig, aber manchmal auch hart klang: die Klage einer Elfenmaid, die weder freundlich noch sanft Worte formte, die Alusair aber nicht verstehen konnte.

Wären ihr nicht die Orks auf den Fersen gewesen, so hätte sich die Stahlprinzessin eilends zurückgezogen, weg von der Stimme. Aber wie die Dinge jetzt standen, verspürte sie plötzlich den eisernen Geschmack der Angst im Mund, und wieder fühlte sie, wie sich alle Haare ihres Körpers aufrichteten. Nun, immerhin war sie jetzt vollends wach.

Das Lied wurde lauter, und die Prinzessin vermochte jetzt einige Worte zu verstehen. Sie vernahm den Namen Iliphar, dann das elfische Wort für Zepter, nämlich *Shessepra*, dann etwas, das wie *Haereeunmn* klang. Diesen Begriff kannte Alusair aus verschiedenen alten Elfenballaden, die von den Meistersängern vorgetragen wurden, wenn sie zu Besuch bei Hofe weilten. Er bedeutete mehr oder weniger »alle elfischen Dinge«.

Das Wort kam immer wieder. Dann folgte eine Art Refrain, in dem es um Iliphars Zepter ging, das ihm Macht über alle elfischen Dinge verlieh. Die Stimme klang überirdisch und schmerzhaft schön, aber dennoch so bedrohlich wie das Zischen einer Schlange. Als die Stimme jetzt anschwoll, stellte Alusair fest, dass sie am ganzen Körper bebte.

Ihre rasch dahineilenden Füße trugen sie um eine Biegung, und sie fand sich von Angesicht zu Angesicht mehr als hundert Orks gegenüber. Es handelte sich um schwarze Orks, die mächtigste Art mit gekrümmten kurzen Schnauzen und Schlachtringen auf den Hauern, und in ihren stechenden Augen glitzerte ein grausames Willkommen.

Ihr Anführer, ein mächtiger Ork von der zweifachen Größe der Sorte, die Alusair in den Steinlanden zu töten pflegte, trug einen verbeulten Brustpanzer, auf dem grinsende menschliche Schädel prangten. Er lächelte höhnisch, während er mit einem schmutzigen Finger über die Schriftzeichen auf dem größten verdorbenen Baum strich, den Alusair bislang zu Gesicht bekommen hatte.

Die Stimme kam von den Schriftzeichen, und jedes Mal, wenn der Ork-Anführer die Runen berührte, blitzten sie kaum merklich auf.

»Ich freue mich, Euch zu treffen, Prinzessin«, zischte der Ork. Das Scharren von Stiefeln teilte Alusair mit, das ihre Verfolger jetzt aufschlossen. »Oder sollte ich sagen, meine nächste Mahlzeit?«

Das brüllende Gelächter des Ork-Anführers gesellte sich zu dem gespenstischen Lied, und die Stahlprinzessin sprang knurrend zur Seite, wobei sie nach dem Zauber griff, den sie am Gürtel trug. Sie würde hier sterben, und zwar auf schreckliche Art und Weise, wenn sie nicht …

Beinahe träge bewegte der Anführer einen Arm, wobei sich dunkle Muskeln anspannten. Eine Klinge, beinahe so lange wie Alusair selbst, blitzte tödlich auf und schoss auf sie zu.

Alusair duckte sich weg, aber die Klinge schien ihr zu folgen, bevor sie niederschwang.

Ein plötzlicher scharfer, irgendwie sauberer Schmerz durchzuckte wie Feuer ihre Schulter. Sie hatte einmal einen Pfeil in diese Schulter abbekommen, und es war ihr gelungen, zu vergessen, wie entsetzlich sich das angefühlt hatte. Dies hier jedoch war schlimmer. Sie biss die Zähne zusammen und riss sich von dem Baumstamm los, an den die ekelhafte Klinge des Orks sie genagelt hatte. Alusair taumelte würgend weg.

Hinter hier gab der durchbohrte Stamm entsetzliche, gurgelnde Geräusche von sich, als ob er um die Klinge des Orks herum ersticke. Alusair starrte den Baum an und fragte sich, welche neuen Schrecken sie beim nächsten Atemzug wohl erblicken mochte.

»Kommt, Alusair Nacacia Obarskyr«, summte der Ork im Rhythmus des Liedes, das sich hinter ihm erhob. »Seid meine Braut, bevor Ihr meine Mahlzeit werdet. Ich werde Euch diese Ehre widerfahren lassen!«

Das Gelächter des Ork-Anführers dröhnte wie Donner um sie herum, und Alusair torkelte davon. Sie hoffte, noch ausreichend Kraft zur Verfügung zu haben, um davonzurennen. Vielleicht nachdem sie geschrien hatte.

1

Die Welt verschwand, und Tanalastas Magen hob sich. Ein plötzliches Frösteln überlief ihren Körper, und dann folgte die dunkle Ewigkeit des Fallens. Sie wurde empfindlich und schwach und hörte nichts als das Schlagen ihres eigenen Herzens. Ihr drehte sich der Kopf, tausend sorgenvolle Gedanken schossen ihr durch das Gehirn, dann befand sie sich plötzlich an einem anderen Ort.

Sie stand auf der Brustwehr einer Burgmauer und würgte, da ihr ein unglaublich beißender Gestank in die Nase stieg. Sie versuchte, sich in Erinnerung zu rufen, wo bei den Neun Höllen sie sich befand.

»Fernreise-Zauber!«, schrie eine barsche Stimme. »An unserer Ecke!«

Tanalasta warf einen Blick über die Schulter und erblickte einen kleinen Eckturm. In dessen Schießscharten erschienen die Spitzen von vier Armbrustbolzen.

»Feuer frei!«, schrie die schroffe Stimme.

Als die Waffen klickten, warf sich Tanalasta kopfüber auf den Boden. Die Bolzen zischten an ihr vorbei und prallten von den nahe gelegenen Steinen ab, um dann in den von Rauch erfüllten Burghof tief unter ihr zu schießen. Sie schaute ihnen nach und stellte fest, dass Kessel voller kochendem Öl, Fässer mit Armbrustbolzen und Eimer mit Löschwasser das Rund füllten. Am anderen Ende des Hofs entdeckte sie ein starkes Eichentor, das unter den regelmäßigen Stößen einer Ramme laut erdröhnte.

Ein stetiger Strom von Frauen und Kindern stieg eine Treppenflucht hinauf und eine andere hinunter, um den an der vorderen Mauer versammelten Kriegern Fässer mit

Armbrustbolzen und Töpfe mit kochendem Öl zu bringen. Obwohl einige der Männer nur das dünne Lederwams ehrlicher Waldleute trugen, hatten sich die meisten der Verteidiger mit den Kettenhemden und stählernen Helmen der Purpurdrachen von Kormyr gerüstet.

Der Anblick der königlichen Soldaten sorgte dafür, dass sich die Fernreise-Benommenheit in Tanalastas Kopf rasch legte. Ihr fiel wieder ein, dass sie sich in der Kormyraner Zitadelle am Goblin-Berg befand. Sie hätte es zwar vorgezogen, durch das Haupttor zu schreiten, aber dort befand sich zufällig gerade eine Horde von Orks und schlug mit einer eisenbeschlagenen Ramme auf das Fallgitter ein.

Hinter ihr erklang wieder die barsche Stimme des auf dem Turm Dienst tuenden Wachtmeisters. »Die Bolzen bereit!«

»Wartet!« Tanalasta fischte den Siegelring aus ihrer Tasche und drehte sich in die Richtung ihrer Angreifer, wobei sie das Schmuckstück mit dem amethystenen Drachen hoch über ihren Kopf hielt. »Im Namen der Obarskyrs, stellt das Feuer ein!«

Zunächst folgte Schweigen, dann zischte der Wachtmeister: »Beim Schwarzen Schwert! Das ist eine Frau! Im Umhang eines Zauberers!«

»Dem ist so.« Tanalasta wagte es, den Kopf zu heben, und erblickte einen Soldaten mit buschigen Augenbrauen, der aus einer Schießscharte spähte. »Und bei dieser Frau handelt es sich um die Kronprinzessin Tanalasta Obarskyr.«

Der Wachtmeister kniff die Augen zusammen. »Ihr gleicht so gar nicht den Bildern, die ich gesehen habe, *Prinzessin*.« Er sprach zu jemandem im Innern des Turms, und eine Armbrust mit einem frisch aufgelegten Bolzen erschien in der Schießscharte gleich neben ihm. Der Mann wandte sich wieder Tanalasta zu. »Es macht Euch doch nichts aus, wenn wir ein wenig näher kommen und Euch genauer in Augenschein nehmen?«

»Selbstverständlich nicht«, erwiderte Tanalasta. »Und bringt ein paar Seile mit. Lange.«

»Eins nach dem anderen«, meinte der Wachtmeister. »Und inzwischen bewegt Ihr Euch nicht. Wir wollen doch nicht, dass Magri hier die Kronprinzessin festnagelt, oder?«

Tanalasta nickte und blieb reglos liegen, obwohl sie innerlich schäumte.

Der Wachtmeister hatte Recht, so misstrauisch zu sein, aber mehr als ein Dutzend ihrer Kameraden stürmte durch das Tal auf die Zitadelle zu. Wenn sie bei der Ankunft der ausgezehrten Schar keine Seile bereithielt, dann würden die Orks sie sehen und sie an der hinteren Mauer in die Falle locken.

Die Tür des Turms öffnete sich, und drei Dragoner in voller Kriegsrüstung traten heraus. Zwei der Soldaten stellten sich links und rechts von Tanalasta auf und richteten ihre Hellebarden auf sie, während der Wachtmeister mit dem schweren Kinn ihr den Siegelring aus der Hand nahm.

Er beäugte den Amethystdrachen und die goldene Fassung für einen Augenblick, dann zischte er einen an Tempus gerichteten Fluch. »Wie seid Ihr zu dem Ring gekommen?«

»Mein Vater hat ihn mir zu meinem fünfzehnten Geburtstag geschenkt.« Tanalasta bog den Hals so weit nach hinten, dass sie dem Wachtmeister in die Augen blicken konnte. »Wenn man ›*Herzog Bhereus Handbuch der Standards und der Prozeduren*‹, Teil vier, Absatz zwei, folgt, dann müsste, so glaube ich, die richtige Vorgehensweise darin bestehen, dass der Wachhabende jetzt das königliche Kennwort verlangt.«

Der Wachtmeister erblasste, denn Tanalastas Beherrschung von allem, was in Büchern geschrieben stand, war überall in ganz Kormyr bekannt. »W-Würdet Ihr mir bitte das Kennwort nennen?«

Tanalasta schnappte ihm den Siegelring aus den Fingern und sagte: »Damastdrache.«

Der Wachtmeister wurde jetzt vollends bleich und bückte sich dann eilig nieder, um Tanalastas Arm zu ergreifen. »Hoheit, vergebt mir!« Er zog sie auf die Füße, ohne auf ihre Erlaubnis zu warten, dann fiel es ihm wieder ein, woraufhin er rubinrot anlief. »Euer Gesicht ... äh, ich, uh, habe Euch nicht erkannt. Ich bitte um Vergebung.«

Tanalasta zog eine Grimasse, als sie daran dachte, wie sie wohl aussehen musste. Hinter ihr lagen zwei Monate einer anstrengenden Reise, und die letzten beiden Stunden hatten sich als die schwierigsten der ganzen Unternehmung erwiesen.

»Ihr habt mich nicht beleidigt, Wachtmeister«, meinte sie. »Ich muss zum Fürchten aussehen.«

Mit ihren Gefährten hatte sie die letzte Meile kriechend und mit in die Erde gedrücktem Gesicht hinter sich gebracht, um nicht von Wespen gestochen zu werden.

»Jetzt holt die Seile und sucht ein paar starke Männer zusammen, um sie zu handhaben. Meine Kameraden sind in einem erbärmlichen Zustand, und ein Gazneth ist ihnen dicht auf den Fersen.«

Bei der Erwähnung des Gazneth wurde der Wachtmeister leichenblass. Er spuckte eine Reihe von Befehlen an seine Untergebenen aus, und dann rannten alle drei Männer davon, um die Anordnungen der Prinzessin in die Tat umzusetzen.

Die Orks fuhren damit fort, den Rammbock gegen das Fallgitter prallen zu lassen, und mit einem tiefen Ächzen gab schließlich eine der Eisenstangen nach. Dem Ton antwortete ein erstaunlicher Tumult aus Prasseln und Zischen, als sich die Kriegszauberer in dem kleinen Torhaus ans Werk machten. Das Tempo der Schläge ließ nach.

Tanalasta trat zu den Zinnen des Wehrgangs und schaute durch eine Schießscharte in das Tal hinter der Burg.

Unter ihr erstreckte sich eine weite, baumbestandene Schlucht mit einem sich hin und her windenden Fluss und abschüssigen Granitwänden. Tanalasta benötigte einige

Augenblicke, bevor sie die Reihe von Gestalten auszumachen vermochte, die sich zwischen den Bäumen geradewegs in Richtung der Burg kämpften.

Sie konnte nie mehr als einen oder zwei Männer zur gleichen Zeit erspähen, und nicht wenige hinkten oder mühten sich damit ab, einen verwundeten Kameraden mit sich zu schleppen.

Ihr sank das Herz. Ganz gleich, wie geduldig sie auch hinschaute, vermochte sie doch nicht mehr als zehn Gestalten zu zählen, wo doch fünfzehn hätten sein müssen.

Das Stiefelpoltern der herbeieilenden Soldaten ließ den Wehrgang erdröhnen, und Tanalasta wandte sich um und sah sich einem untersetzten, etwa vierzigjährigen Offizier gegenüber, der ein Dutzend Dragoner anführte.

Vier der Männer trugen eine große Eisenkiste. Die anderen waren mit Armbrüsten und eisernen Schwertern bewaffnet. Ein Paar ängstlich wirkender Kriegszauberer begleitete die Gruppe, einer an jedem Ende der Eisenkiste.

Der Offizier blieb vor Tanalasta stehen und verneigte sich tief. »Darf ich mich vorstellen, Eure Majestät«, begann er. »Ich bin Filmore, Lionar des Goblin-Berg-Außenpostens.« Er wies auf den ältesten Zauberer. »Und dies ist Sarmon der Eindrucksvolle, Meister der Kriegszauberer, die König Azoun ausschickte, Euch zu treffen.«

Sarmon trat vor und verneigte sich ebenfalls. Obwohl sein verwittertes Gesicht darauf schließen ließ, dass er den Lionar an Jahren bei weitem übertraf, schimmerte sein langer Bart so dunkel wie der eines Jünglings von zwanzig Sommern. »Zu Euren Diensten, Eure Majestät. Wir haben Euch die letzten paar Tage über erwartet.« Er streckte ihr die Hand entgegen und fuhr fort: »Der König hat befohlen, dass wir Euch im Augenblick Eurer Ankunft mittels Fernreise-Zauber nach Arabel befördern.«

»Sobald meine Freunde in Sicherheit sind.« Tanalasta beachtete die Hand des Zauberers nicht weiter und wies in das Tal hinunter, wo sich ihre Kameraden jetzt die mit Bäumen bewachsene Steigung unter der Zitadelle hinaufkämpften. Etliche hundert Schritte hinter ihnen schwebte eine dichte Wolke von Insekten quer über den Fluss hinter ihnen her.

»Alaphondar Emmarask und der Erhabene Erntemeister Foley sind immer noch dort draußen, und der Ghazneth ist ihnen dicht auf den Fersen, wie Ihr selbst sehen könnt.«

Sarmon und Filmore spähten über die Mauer und zogen dann besorgt die Augenbrauen hoch. Der Zauberer wandte sich wieder Tanalasta zu und meinte: »Die Orks allein bedrohen die Zitadelle wahrlich schon genug.« Er griff nach ihrem Arm. »Meine Helfer werden sich um die Sicherheit des Königlichen Hofweisen und Eures Freundes aus Huthduth kümmern, aber ich kann es nicht zulassen, dass Ihr Euer Leben aufs Spiel setzt und …«

Tanalasta zuckte vor ihm zurück, bevor er sie noch berühren konnte. »Ihr setzt es nicht aufs Spiel – und wagt es nicht, mich ohne meine Zustimmung nach Arabel zu versetzen. Ihr habt mir berichtet, was der König befohlen hat, aber es gibt Dinge, von denen er nichts weiß.«

Sarmons Augen verrieten seine Überraschung angesichts ihres Befehlstons, aber er nickte und sagte: »Selbstverständlich, Majestät.«

Die Wachsoldaten aus dem Turm kehrten mit vier langen Seilen zurück. Tanalasta wies den Wachtmeister an, die Taue an den Zinnen zu sichern und die Enden über die Mauer nach unten baumeln zu lassen. Dann stellte sie vier der stärksten Soldaten dazu ab, den Wachsoldaten dabei zu helfen, ihre Kameraden nach oben zu hieven. Der Lionar teilte die restlichen Männer dazu ein, den Ghazneth zu bekämpfen, sobald der über die Mauer käme.

Ein lautes Geräusch drang vom Tor herüber, gefolgt von gedämpftem, kehligem Jubel. Die Kriegszauberer im Torhaus entfesselten einen Gewittersturm aus weitaus mächtigeren Blitzstrahlen und Feuerbällen als zuvor, und wieder verlangsamte sich das Tempo des Rammbockes. Tanalasta warf einen Blick hinunter und fragte sich, ob ihre Freunde im Innern der Zitadelle auch nur einen Deut sicherer wären. Ein langer, senkrechter Riss war im Tor erschienen, und selbst Sarmons Kriegszauberer schienen nicht in der Lage zu sein, den Angriff abzuwehren.

Ein ängstliches Gemurmel erhob sich um Tanalasta herum. Sie drehte sich um und stellte fest, dass die Wolke aus Insekten den Abhang herauf- und hinter ihren Kameraden herschwirrte, die endlich auf die gerodete Fläche dicht bei der hinteren Mauer gelangten. Nur noch zehn waren übrig, und drei von ihnen mussten von ihren Gefährten getragen werden. Aber wenigstens schien mit Owden Foley und Alaphondar alles in Ordnung zu sein.

Noch während Tanalasta zuschaute, blieb ein Mann am Waldrand stehen und kniete sich nieder. Er legte den Mann, den er getragen hatte, auf den Boden, zog sich seinen schwarzen Umhang aus und legte ihn seinem Kameraden um die Schultern. Ein zweiter Mann blieb neben den beiden stehen. Er ließ eine zweite Gestalt in die Arme des ersten Verwundeten gleiten und wies dann auf die Stelle, an der Tanalasta stand. Der Mann im schwarzen Umhang brachte ein schwaches Nicken zustande, und dann verschwanden er und sein Kamerad einfach.

Ein scharfes Geräusch erklang zwischen der Prinzessin und Sarmon, und im nächsten Augenblick erschienen zwei rot verschmierte, nach Blut stinkende Männer. Die beiden brachen in einem Haufen aus Fleisch und Rüstungsteilen zusammen und blieben stöhnend auf den Steinen liegen. Ihre Gesichter waren so angeschwollen und fleckig, dass Tanalasta nur den in den Umhang gehüllten Mann erkannte – und das auch nur an dem heiligen Sonnenabzeichen, das er um den Hals trug.

»Owden!«

Tanalasta fiel neben ihrem Freund auf die Knie. Der Mann in seinen Armen mit der herausgerissenen Kehle und dem von den Klauen des Ghazneth eingedellten stählernen Brustpanzers war bereits tot. Owden schien kaum in besserer Verfassung zu sein, denn er hatte eine faustgroße Wunde in der linken Seite, aus der zwei Rippen spießten. Einen Ellbogen hatte er um das Bein seiner Last geschlungen, um in die magische Fluchttasche des Wetterumhangs langen zu können. Tanalasta löste seinen Arm und gestattete es dann einem Soldaten, den Toten aus den Armen des Priesters zu heben.

»Owden, könnt Ihr mich hören?«

Der Priester antwortete nur mit einem dumpfen Stöhnen.

Tanalasta winkte wortlos Sarmons Helfer herbei und befahl: »Bringt den Mann augenblicklich mittels Fernreise-Zauber nach Arabel. Sein Leben muss gerettet werden, und es kümmert mich nicht, wenn die Königin der Hohen Hand von Tymora höchstselbst befehlen muss, ihn wieder auferstehen zu lassen.« Als der Zauberer zögerte, fügte Tanalasta hinzu: »Ich glaube, Ihr solltet Euch beeilen. Dieser Mann hat als Letzter Vangerdahast lebendig gesehen.«

»Lebendig?«, fragte Sarmon. »Was meint Ihr damit?«

»Ich dachte, das hättet Ihr inzwischen erfahren«, antwortete Tanalasta. »Nach dem Verlust auf der Seefern-Marsch ist der Königliche Magier verschwunden.«

Sarmon beäugte die Kronprinzessin, als habe sie versucht, Vangerdahasts Ruf zu besudeln. »Nichts in der Nachricht der Königin hätte den Schluss zugelassen, dass Vangerdahast tot sein mag. Die Königin teilte lediglich mit, er sei verschwunden, während er einem der Cormaeril-Verräter nachjagte.«

Tanalasta spürte, wie ihr die Hitze ins Gesicht stieg, widerstand aber der Versuchung, eine scharfe Antwort zu geben. »Nicht alle Cormaerils sind Verräter«, erklärte sie in mildem Ton. Es hatte gewiss nicht in der Absicht des Zauberers gelegen, sie zu beleidigen, denn er konnte kaum etwas über ihre erst kürzlich geschlossene Heirat mit Rowen Cormaeril erfahren haben. Die Zeremonie war tief in den Steinlanden abgehalten worden, und bis jetzt hatte sie nur ihren Weggefährten davon erzählt. »Als Vangerdahast verschwand, hat er Xanthon Cormaeril verfolgt. Jetzt jagt Xanthon uns.«

Sarmons Miene erstarrte, als ihm die volle Bedeutung ihrer Worte für Vangerdahast und die Zitadelle selbst aufging. Dann nickte er einem seiner Helfer kurz zu. »Bringt den guten Erntemeister augenblicklich in den Palast.«

Der rangniedrigere Zauberer nickte gehorsam, nahm dann Owden in die Arme und murmelte ein einziges, geheimnisvolles Wort. Das Paar verschwand mit einem lauten Knall, und nur eine große Pfütze scharlachroten Blutes erinnerte daran, dass der Erntemeister hier gelegen hatte. Tanalasta starrte die Blutlache lange an, bis Sarmon zu der Mauer gleich neben ihr ging und hinunterspähte. Zu müde, um selbst unter solch verzweifelten Umständen zu rennen, stapfte der Rest ihrer Kameraden den steilen Abhang der Felsenklippe hoch, auf der die Zitadelle stand. Hinter ihnen schwärmte die Insektenwolke aus dem Wald und flog summend hinter der ausgelaugten Gruppe her.

»Wenn Xanthon euch jagt – darf ich das dann so verstehen, dass Xanthon ebenfalls ein Ghazneth ist?«, fragte Sarmon. »Ich dachte immer, die Ghazneths entstünden aus den Geistern von *uralten* Verrätern an Kormyr.«

»In den meisten Fällen stimmt das auch«, erklärte Tanalasta. »Xanthon ist derjenige, der sie aus ihren Ruhestätten ausgegraben hat. Und er scheint einen Weg gefunden zu haben, um selbst zu einem von ihnen zu werden.«

Der Insektenschwarm verdeckte inzwischen beinahe die Sicht auf die Männer unter ihnen. Sie zwangen sich zu einem stolpernden Trab, wobei sie fluchend um sich schlugen. Der Mann mit dem magischen Wetterumhang zog sich die Kapuze übers Gesicht und schaute zu der Zitadelle herauf. Tanalasta erhaschte einen kurzen Blick auf weißes Haar und blasse Haut, dann hob die Gestalt eine Hand zu der Schließe an ihrer Kehle.

Das faltige Gesicht von Alaphondar Emmarask erschien in Tanalastas Geist. Mit den eingesunkenen Augen und den hohlen Wangen wirkte der alte Mann beinahe wie ein Wahnsinniger. Er blickte finster drein, dann erklang auch schon seine Stimme in ihrem Kopf.

Tanalasta! Ihr seid doch viel zu klug, um hierzubleiben. Begebt Euch augenblicklich nach Arabel! Ihr tragt Kormyrs Zukunft in Eurem Leib!

Tanalasta sträubten sich die Haare, als sie den scharfen Ton vernahm, erkannte aber dann, dass der Allerweiseste wie immer Recht hatte. Obwohl sie noch kaum einen Monat schwanger war, schmälerte dies nicht die Bedeutung des Kindes, das in ihr wuchs. Das Reich befand sich am Rande eines Krieges, der König, Azoun IV., zählte inzwischen knapp über sechzig Jahre, und das Schlimmste, was eine Kronprinzessin tun konnte, war, ihr eigenes Leben oder das ihres ungeborenen Kindes aufs Spiel zu setzen. In solch unsicheren Zeiten würde der Tod eines der beiden vielleicht das Ende der Obarskyr-Dynastie bedeuten – wenn nicht gar des Königreichs selbst.

Ich werde unten im Burghof warten, antwortete Tanalasta in Gedanken. *Beeilt Euch.*

Sobald sie diese Worte gedacht hatte, verschwand das Bild des Weisen aus ihrem Geist. Er hatte nicht die Möglichkeit, sich mit ihr zu streiten. Die Schließe eines Wetterumhangs erlaubt es ihrem Benutzer nur, pro Tag einen Gedankengang auszutauschen, und selbst dann nur einen kurzen.

Tanalasta trat von der Mauer weg, wandte sich zu Sarmon um und sagte: »Filmore und seine Männer scheinen alles gut im Griff zu haben. Ich werde unten im Burghof auf Euch warten.«

Sarmon runzelte die Brauen. »Selbstverständlich, Prinzessin«, antwortete er. »Es ergäbe keinen Sinn, wenn Ihr Euch einer größeren Gefahr aussetzen würdet.« Der Hauch eines verächtlichen Lächelns umspielte seine Mundwinkel, und er wies über den Burghof auf die Tür des gegenüberliegenden hinteren Eckturms. »Dort drüben ist ein sicherer Ort, sich zu verstecken.«

»Ich werde mich nicht *verstecken*, Sarmon«, erwiderte Tanalasta. »Ich will nur aus dem Weg sein.«

Die Miene des Zauberers veränderte sich, aber sie hätte sie nicht zu deuten vermocht. »Selbstverständlich, Eure Hoheit. Stört Euch nicht an der unzureichenden Art meiner Wortwahl.«

Obwohl seine heuchlerische Entschuldigung die Prinzessin schmerzte, biss sie sich auf die Zunge und stieg die muffig riechenden Steinstufen des Eckturms hinunter. Die Bemerkung ärgerte sie nur deshalb, weil sie der Wahrheit entsprach. Ganz egal, aus welchem Grund auch immer – sie brachte sich in Sicherheit, während sich Alaphondar und ihre anderen Gefährten nach wie vor in Gefahr befanden, und deshalb fühlte sie sich wie ein Feigling.

Tanalasta trat aus dem Turm in ein raucherfülltes Miasma aus beißendem Gestank und kupfrig riechendem Blut. Etliche Dutzend verwundete Soldaten lagen stöhnend in einer Reihe entlang der hinteren Mauer, während sich zwei grimmig dreinblickende Priester und ein Dutzend wie betäubt wirkender Frauen um sie kümmerten. Offenkundig hatte sich die Nachricht von Tanalastas Anwesenheit bereits in der ganzen Zitadelle herumgesprochen, denn die Soldaten salutierten, als sie an ihnen vorbeischritt, und die Frauen knicksten. Einer der Priester ging so weit, ihr einen Heilzauber für ihr Gesicht anzubieten. Sie schickte den hartnäckigen kleinen Mann weg, wobei sie ihm höflich, aber entschieden ins Gedächtnis rief, dass er danach trachten solle, mit seinen Gebeten wichtigere Dinge zu erreichen.

Als Tanalasta den angewiesenen Platz erreicht hatte und sich in Richtung des Wehrgangs umdrehte, hievten Filmores Männer bereits vier ihrer Freunde zwischen den Zinnen hindurch. Erschöpft, blutend und stöhnend waren die Männer in kaum besserer Verfassung als Owden vorhin. Selbst von hier unten aus konnte sie erkennen, dass ihre

Rüstungen in Fetzen hingen und ihre Tuniken vor Blut troffen. Während die Retter die Knoten der um die Brustkörbe geschlungenen Taue lösten, breitete sich in Tanalasta ein Gefühl der Leere und der Schuld aus. Diese Männer hatten ihr Leben riskiert, damit sie entkäme.

Eine Wolke aus Insekten brodelte über die Zinnen. Filmores Soldaten stießen Flüche aus und schlugen sich ins Gesicht, und etliche der Männer beugten sich zwischen den Zinnen hindurch und feuerten ihre Armbrüste nach unten auf den Grund der Klippe ab. Den Bolzenschüssen folgte ein wahnsinniges, keckerndes Gelächter, dann wurde die Luft schwarz von Insekten. Die Männer heulten auf, ließen ihre Waffen fallen und taumelten von der Mauer weg.

Sarmon gewann als einer der ersten seine Vernunft zurück. Der Zauberer hob die Hände und bellte einen Zauberspruch, mit dem er einen Wind aufrief, der über den Burghof fegte und den Insektenschwarm zurück über den Wald blies. Sobald der Schwarm verschwunden war, schickten sich die Soldaten an, ihre Waffen erneut zu laden, die Männer an den Seilen warfen ihre Taue wieder über die Mauer, und Filmore schrie Befehle.

An der Vorderseite der Burg zeigte sich inzwischen in einem Riss in der schweren Eiche der Kopf der orkischen Ramme. Eine Kompanie von in Purpur gekleideten Soldaten strömte von den Wehrgängen nach unten und versammelte sich vor dem immer breiter werdenden Spalt.

Die Männer an den Seilen zogen einen weiteren von Tanalastas Gefährten nach oben und zwischen den Zinnen hindurch. Obwohl erschöpft und blutverschmiert, besaß der Mann noch genug Kraft, um auf eigenen Füßen stehen zu können. Er befreite sich mit einem raschen Dolchstoß von den Tauen und schickte sich dann an, seine verwundeten Kameraden in Sicherheit zu ziehen.

Sarmons Windzauber verging von einem Augenblick auf den anderen, und wieder schwärmten die Insekten über die Mauer. Einer von Tanalastas Gefährten schrie, dann erschlaffte sein Seil. Ein halbes Dutzend Soldaten beugten sich zwischen den Zinnen hindurch nach vorn, um nach unten in Richtung Mauer zu schießen. Wirbelnde Bälle aus Insekten versammelten sich um ihre Köpfe und stachen sie in Augen und Ohren, sodass es ihnen nicht möglich war, ihre Armbrüste abzufeuern. Sie taumelten schreiend zurück, und vor Pein schlugen sie sich selbst auf die Köpfe.

Ein zweiter Schrei hallte von der Mauer zurück, und ein zweites Seil erschlaffte. Tanalasta sank das Herz. Obwohl Alaphondars Stimme nicht zu denen gehört hatte, die geschrien hatten, konnte sie nicht umhin zu fürchten, dass er bereits tot war. Nur noch ein Seil hing nach unten, und die Männer hatten noch nicht einmal damit begonnen, es nach oben zu ziehen. Sie konnte nur darauf hoffen, dass der alte Weise das Seil nicht brauchte. Er hatte ohne jeden Zweifel einen der magischen Wetterumhänge getragen, als er die Gedankennachricht an Tanalasta geschickt hatte, und wenn er einen solchen Umhang trug, dann konnte er sich einfach mittels eines Ortswechsel-Zaubers in die Burg versetzen.

Filmore lehnte sich über die Mauer und schrie einen Befehl. Sein Kopf verschwand inmitten einer auf ihn zuschwärmenden Wolke, dann schrie er noch einmal und verschwand über die Mauer. Seine Männer drängten vor und zurück, beugten sich zwischen den Zinnen hindurch nach vorn, um mit ihren Eisenschwertern auf etwas einzuhacken. Die Insektenwolke wurde so dick, dass Tanalasta kaum mehr zu sehen vermochte, was eigentlich geschah.

Der Rammbock der Orks zerschmetterte jetzt das Tor mit einem gewaltigen Krachen. Ein ohrenbetäubender Chor kehligen Jubels hallte durch die Zitadelle, dann wurde der Rammbock zurückgezogen. Ein schiefschultriger Ork trat in die Bresche, worauf ihn ein Hagel aus Armbrustbolzen empfing. Er starb, während er noch in der Öffnung stand.

Am hinteren Ende der Zitadelle schrie Sarmon plötzlich auf und taumelte von der Mauer weg. Eine große, schlaksige Silhouette kroch auf die Zinne gleich neben ihm. Sie war nackt und hager und trug einen zerzausten Bart, und eine Wolke von Insekten umschwärmte sie. Tanalasta erkannte auf den ersten Blick Xanthon Cormaeril, den jüngsten der Gazneths und Vetter ihres Gemahls Rowen. Er war ihnen seit etlichen Tagen auf den Fersen gewesen, und sie hatte mehr als genug von ihm zu Gesicht bekommen, sodass sie ihn jetzt gleich erkannte.

Xanthon duckte sich eilig und schlug mit den Händen aus, um ein, zwei Purpurdrachen bei den Kehlen zu packen. Es erklangen zwei Übelkeit erregende Laute, dann hielt er plötzlich die Köpfe der Soldaten in den Händen, während ihre Körper einen weiteren Schritt machten, bevor sie zu schlaffen Haufen in sich zusammensanken.

Sarmon deutete auf den Eindringling und begann mit einem langen Zauberbann. Der Gazneth hüpfte von seiner Zinne, drehte dem Zauberer den Rücken zu und entfaltete ein Paar kaum entwickelter Flügel, die aus seinem Rücken sprossen. Die rechtwinkligen Auswüchse mit ihren unregelmäßigen Rändern wirkten noch dünn, und ihre staubgraue Farbe ließ ganz entschieden an eine Motte denken.

Sobald Xanthon auf der Mauer gelandet war, sprang er auf den Zauberer zu, wobei er sorgfältig darauf achtete, die Flügel zwischen sich und seinem Widersacher zu halten. Die Insektenwolke bewegte sich mit ihm und verlieh ihm eine vage gespenstische Aura. Sarmons Stimme brach, stieg dann um eine Oktave an, als er seinen Zauber im gleichen eintönigen Singsang weiterwirkte.

Ein Trio tapferer Soldaten sprang zu seiner Verteidigung herbei, und ihre eisernen Schwerter schlugen aus drei verschiedenen Richtungen auf den Rücken des Gazneth ein. Xanthon trat mit einem Fuß nach hinten aus und zerschmetterte den stählernen Brustpanzer eines der Männer, während er mit einem blitzschnellen Tritt gegen den Kopf einen anderen die Rampe hinuntertaumeln ließ. Er wehrte den dritten Angreifer mit einer Hand ab, brach dem armen Kerl den Arm und schickte ihn über den Rand der Zinnen.

Sarmons Stimme verstummte schließlich, und ein Blitz aus grauem Nichts schoss durch die Insektenwolke und traf einen von Xanthons Flügeln. Der Gazneth taumelte vorwärts und fiel auf ein Knie, wobei sein Kopf wackelte und der Flügel in gleißend hellem Silber aufglühte. Sarmon sperrte den Mund auf, und ein überraschtes Krächzen entrang sich seiner Kehle. Tanalasta hatte den Zauber als den Blitz der Auflösung erkannt, einen der mächtigsten Banne im Arsenal der Kriegszauberer von Kormyr, und er hatte nichts weiter bewirkt, als den Gazneth kurz zu betäuben.

Der Wachtmeister im Turm bellte einen Befehl. Ein halbes Dutzend Purpurdrachen stürmten vorwärts und umringten den Gazneth, wobei ihre Schwerter in einem Wirbel aus Eisen zuschlugen. Xanthon stieß ein raues Knurren aus und explodierte in einen Hagel aus harkenden Klauen und austretenden Füßen. Er riss dem nächstbesten Soldaten ein Bein in Kniehöhe ab, hakte dann das ausgerissene Glied um den verbliebenen Fuß des Mannes und zerrte es dann zurück. Der zweite und der dritte Purpurdrache schrien auf und gingen zu Boden, als er ihnen die grauenvolle Keule seitlich in die Kniekehlen rammte. Schon war Xanthon aufgesprungen, trieb einem vierten Mann die nackten Klauen in die Kehle und fegte einen fünften vom Wehrgang.

Sarmon hob eine Hand und stammelte eine einzige geheimnisvolle Silbe, woraufhin ein faustgroßer Meteor auf den Kopf des Gazneth zuschoss und ihn seitlich traf. Der Aufprall bewirkte, dass Xanthon Rad schlagend den Wehrgang hinunterschoss, wobei er überall Blut und Knochensplitter verteilte. Nach einem Dutzend Schritte fiel er schließlich über die Kante und stürzte auf den Burghof hinunter, wobei er seine immer anwesende Insektenwolke hinter sich her zog.

Als der Gazneth mit keinem Zeichen zu erkennen gab, dass er wieder aufstehen würde, winkte Sarmon die überlebenden Purpurdrachen zu der Kante und schrie: »Wollt ihr, dass er den Rest von uns auch noch umbringt? Schafft ihn in die Kiste!«

Der Wachtmeister versicherte sich der Hilfe zweier weiterer Purpurdrachen und schob die Kiste vom Wehrgang, auf dass sie neben dem reglosen Körper des Gazneth lande, dann kletterte er selbst über die Kante nach unten. Sarmon schritt einfach in die Luft, da er sich auf die Magie seines Kriegszauberer-Wetterumhangs verließ, die ihn sanft nach unten und mitten in die Insektenwolke schweben ließ.

Während der Zauberer nach unten sank, erschien Alaphondars knochige Gestalt auf dem mit Leichen übersäten Wehrgang. Der alte Mann presste eine blutige Hand gegen die Seite, mit der anderen schlug er sich in das von Wespen zerstochene Gesicht. Dabei schüttelte er verwirrt den Kopf, während er versuchte, die Benommenheit nach dem Ortswechsel-Zauber abzuschütteln.

»Sarmon, über Euch!«, schrie Tanalasta. »Alaphondar!«

Der Prinzessin gelang es nicht, sich über das Waffengeklirr am Eingangstor hinweg vernehmlich zu machen, wo eine Hundertschaft Orks in Todespein schrie, während sie durch die zerborstenen Torflügel drängten. Trotz des tödlichen Regens, der durch die mörderischen Löcher im Torhaus auf sie niederprasselte, erzwangen die Orks ihren Weg in die Burg hinein. Tanalasta wusste, dass es nicht mehr lange dauern würde, bis sie sich in den Burghof ergossen. Sie schloss die magische Schließe ihres Wetterumhangs und stellte sich Sarmons Gesicht vor.

Der Zauberer runzelte die Brauen, als sie ihn in Gedanken ansprach.

Alaphondar befindet sich auf dem Wehrgang über Euch. Holt ihn, auf dass wir uns nach Arabel begeben können.

Sarmon blickte auf, dann schaute er quer über den Burghof und nickte. *Sobald wir den Gazneth in der Kiste haben. Vielleicht können wir etwas über Vangerdahasts Schicksal erfahren.*

»In der Kiste?«, schrie Tanalasta. Sie war viel zu überrascht, um sich darum zu scheren, dass der Zauber ihrer

Schließe für die Rest des Tages erschöpft war, und zog die magischen Armschützer aus der Tasche. Kurz bevor sie die Bänder über die Handgelenke streifte, hielt sie inne. Wenn sie sie überzog, würde ihre Magie zum Leben erweckt, und wenn Xanthon aufwachte, war eine magische Aura das Letzte, was sie sich wünschte. Gaznetlis sogen Magie auf, wie Pflanzen das Sonnenlicht aufnehmen, und sie vermochten Zauber über Meilen hinweg zu erkennen.

Zu Tanalastas Erstaunen waren die Purpurdrachen in der Lage, Sarmons Befehl auszuführen. Sie schoben Xanthon in die Kiste, schlugen den Deckel zu und griffen nach dem eisernen Bolzen, ihn zu verriegeln, bevor der Gazneth das Bewusstsein wiedererlangte. Sarmon stieg über die Kiste und langte nach dem Eisenbolzen.

Vom hinteren Turm drang ein gedämpftes Quieken herüber, und der Zauberer warf unwillkürlich einen Blick über die Schulter.

Dies war die Gelegenheit, auf die Xanthon gewartet hatte.

Der Deckel der Kiste flog auf und traf Sarmon so hart, dass er ins Stolpern geriet und rückwärts über den Burghof taumelte. Der Gazneth setzte sich auf und schlug wie wild mit den Armen um sich, um das eiserne Schwert eines aufmerksamen Purpurdrachen beiseitezuschlagen. Dann schaute er quer über den Burghof Tanalasta an. Durch die wirbelnde Wolke aus Insekten erkannte sie ein seltsames, keilförmiges Gesicht und ein Paar roter, ovaler Augen. Dann versperrte ihr ein Purpurdrache die Sicht.

Das Schwert des Soldaten führte einen Hieb nach unten aus, dann schrie der Mann und griff nach seinem Bauch. Im nächsten Augenblick schlang sich eine dunkle Hand um seinen Hals, und gleich darauf ertönte ein scharfes Knacken.

Ihre Kampfarmschützer bereithaltend, zog sich Tanalasta zu dem Eckturm hinter ihr zurück. Obwohl sie noch nicht von Angesicht zu Angesicht mit Xanthon Cormaeril gesprochen hatte, wusste sie um seinen Hass auf die Obarskyrs. Nicht eine Sekunde lang hegte sie irgendwelche Zweifel hinsichtlich dessen, was er ihr – und ihrem ungeborenen Kind – antun würde, falls er sie lebendig in die Klauen bekam.

Sarmon lag immer noch zusammengesunken da, wo Xanthon ihn niedergeschlagen hatte, und sie würde die Rampe hinaufklettern und zum Torhaus fliehen müssen, wo kein Mangel an Kriegszauberern herrschte, die sie bei einem Fernreise-Zauber nach Arabel unterstützen konnten.

Als Tanalasta durch die Tür trat, wurde sie von ebendem Quieken begrüßt, das vorhin Sarmon abgelenkt hatte. Etwas Kratziges fegte an ihrem Knöchel vorbei, und als sie niederblickte, erkannte sie einen wahren Teppich aus Ratten, der sich über den Boden unter ihren Füßen ergoss. Eine Ratte hielt inne und schnupperte an ihrem Bein.

Tanalasta unterdrückte einen Schrei und schickte sich an, die Treppe hinaufzusteigen, als sie hörte, wie ein Paar Füße kaum wahrnehmbar über den Steinboden hinter ihr schlichen. Eine kräftige Hand packte sie bei den Haaren, zerrte ihr den Kopf nach hinten und riss sie von den Füßen. Sie landete flach auf dem Rücken, hielt mit einer Hand aber noch immer die Armschützer umklammert. Als sie die andere Hand hob, um sich die Bänder überzustreifen, stellte sie fest, dass sich eine Ratte mit Augen wie schwarze Perlen an dem Ärmelaufschlag ihres Umhangs festklammerte. Dieses Mal schrie die Kronprinzessin.

Ein nackter schwarzer Fuß schwang über ihren Körper und nagelte ihren Arm am Boden fest, sodass sie die Armschützer nicht mehr benutzen konnte.

»Ich glaube nicht, Prinzessin.«

Über Tanalasta erschien ein schwarzes, allem Anschein nach aus Chitin bestehendes Gesicht, das eher einem Insekt zu gehören schien als einem Menschen. Die Brauen sahen breit und geschwungen aus, die Nase lang und schmal, und den Mund umgab eine Reihe von harten Knorpelauswüchsen. Obwohl Sarmons Zauber einen faustgroßen Krater in der Seite des seltsamen Kopfes hinterlassen hatte, schlossen sich die Ränder der Wunde bereits wieder.

Inzwischen zerrten kleine, mit Krallen bewehrte Füße an Tanalastas Wetterumhang, und die Ratten schwärmten über ihren Körper und nagten an ihren Kleidern, ihrem Haar und an ihrem Fleisch.

Xanthon langte mit einem dürren Arm nach hinten und schlug die Tür des Turms zu, dann schob er den schweren Verschlussriegel an Ort und Stelle, als handele es sich bloß um einen Stock.

»Wachen!«, schrie Tanalasta. »Zu mir!«

Der Gazneth lächelte. »Also seid *Ihr* es, Hoheit.« Mit seinem nördlichen Akzent und der trockenen Heiserkeit in der Stimme klang Xanthon so sehr wie Rowen, dass Tanalasta hätte schwören mögen, dass es ihr Ehemann war, der da sprach. Der Gazneth kicherte grausam und sagte dann: »Ich fürchte, Euer Gesicht ist so geschwollen, dass Eure treuen Untertanen Euch nicht mehr erkennen würden.«

»So geschwollen es auch sein mag, so ist es doch wenigstens menschlich«, erwiderte Tanalasta. »Was auch immer Ihr aus Euch gemacht habt – es war ein schlechter Tausch.«

Von der Treppe her drang ein metallisches Klirren herab. Xanthon blickte in Richtung des Lärms, und sogleich schwärmten die Ratten die steinernen Treppenstufen empor. Die Männer begannen zu fluchen und zu brüllen, dann schrie einer nach Hilfe, und ein ohrenbetäubendes Krachen dröhnte durch die Spirale des Treppenhauses und die Kammer, in der Tanalasta und der Gazneth sich befanden.

In der Hoffnung, einen Vorteil aus der Ablenkung ziehen zu können, schrie Tanalasta nach Hilfe, langte dann mit der freien Hand über ihren Leib und schob sich einen Armschützer über die Hand.

Bevor sie noch den zweiten anlegen konnte, fing Xanthon ihren Arm ab und entriss ihr den Armschützer. »Ihr seid zu freundlich, Prinzessin.«

Der Glanz des Metalls verging augenblicklich, und vor Tanalastas Augen verheilte die schreckliche Wunde in Xanthons Kopf. Er ließ die Bänder des Armschützers los und griff nach dem zweiten. Während er ihn ihr vom Handgelenk zog, verdrehte er Tanalastas Arm. Sie spürte, wie der Knochen brach, hörte aber nur ganz kurz ein Knacken, bevor ihr Schrei alle anderen Geräusche übertönte.

Zwei Wachsoldaten stolperten fluchend die letzten Stufen der Treppe herunter und versuchten währenddessen, sich die Ratten von den Beinen zu treten. Der erste Soldat senkte seine Hellebarde und trieb sie zwischen Xanthons Rippen, wodurch er den Gazneth von Tanalasta wegstieß und gegen die Wand drückte. Die Spitze der Waffe drang jedoch nicht in die Haut des Wesens ein, bestand sie doch aus Stahl, und nur Waffen aus kalt geschmiedetem Eisen vermochten ein solches Ungeheuer zu verletzen.

Xanthon schlug die Hellebarde beiseite, packte dann den Purpurdrachen am Helm und schmetterte die ungeschützte Stirn des Mannes gegen die steinerne Wand des Turms. Es ertönte ein ekelhaftes Knacken, und der Mann erschlaffte. Xanthon erledigte den zweiten Soldaten noch müheloser, indem er den Angriff mit einem Arm abwehrte und dann den Mann unter dem Kinn packte und ihm einfach den Kiefer ausriss.

Tanalastas Kehle verkrampfte sich vor Schmerz und Ekel. Sie presste ihren gebrochenen Arm gegen die Brust, drängte sich durch die Schwärme von Ratten und klammerte sich Halt suchend an die Wand.

Eine Reihe dumpfer Schläge hallte durch den Turm, als draußen Soldaten damit begannen, gegen die Tür zu hämmern, aber Tanalasta wusste es besser, als daran zu glauben, dass es ihnen gelingen würde, die dicken Eichenbohlen zu durchbrechen. Sie langte mit der gesunden Hand in ihren Umhang und versuchte verzweifelt, sich den Hauptmannsring auf den bebenden Finger zu streifen.

Xanthon achtete nicht weiter auf das Hämmern an der Tür und kam quer durch den Raum auf sie zu. Er beugte sich nieder und zog ihre Hand aus der Tasche, um ihr sogleich den Ring abzunehmen. Inzwischen war die Wunde in seinem Kopf beinahe vollständig verheilt, und während er die Magie ihres Ringes in sich aufsog, wuchs Haar nach.

»Wisst Ihr, wer Euch das antut?«, fragte er. »Es ist wichtig, dass Ihr wisst, wer Euch tötet.«

Tanalasta nickte. »Xanthon Cormaeril.« Sie versuchte, ihrer Stimme die Furcht nicht anmerken zu lassen. Ob sie nun sterben musste oder auch nicht – sie wollte ihm nicht die Genugtuung verschaffen, ihre Angst zu sehen. »Ich weiß das. Euer Vetter war ein Verräter, und Ihr seid auch einer. Mögt ihr beide in der neunhundertsten Grube des Abgrunds verrotten.«

Xanthon packte sie am Kinn. »Ich war kein Verräter, bis Euer Vater unser Land stahl.« Er drückte zu, bis ein Knochen brach und Tanalasta vor Schmerz beinahe das Bewusstsein verlor. »Aber wir Cormaerils haben uns niemals damit aufgehalten, alten Groll zu hegen. Rache ist viel süßer.«

Von der Tür her ertönte ein Krachen, und das Hämmern wurde lauter. Xanthon warf einen Blick über die Schulter, dann zerrte er Tanalasta an ihrem gebrochenen Kiefer hoch. Mit der freien Hand langte er um ihren Hals herum, um sie am Genick zu packen, und sie begriff, dass er ihr den Kopf von den Schultern reißen wollte.

Wieder ertönte ein lautes Krachen, und man hämmerte schneller und lauter gegen die Tür. Xanthons Finger gruben sich in Tanalastas Nacken, und ihr wurde bewusst, dass sie nicht mehr am Leben sein würde, wenn die dicke Eiche nachgab.

Eine plötzliche Ruhe senkte sich über sie.

Sie schloss die Augen und begann zu beten, bat die Große

Mutter darum, über ihre Seele und die ihres ungeborenen Kindes zu wachen.

»Öffnet sie!«, zischte Xanthon

Tanalasta krächzte so etwas wie *Was*?, dann überwältigte sie der Sarkasmus von Xanthons Rache. Ein bitteres Lachen drang aus ihrem Innersten hervor, erschütterte ihren misshandelten Körper und knirschte gegen ihren gebrochenen Kiefer. Der Schmerz durchströmte sie wie Wasser. Ihr Mund öffnete sich, und sie lachte Xanthon ins Gesicht, laut und unkontrollierbar. Sein Griff verstärkte sich, bis Tanalasta glaubte, ihr Genick müsse brechen, aber sie lachte immer noch. Sie konnte nicht aufhören.

»Nein!« Xanthon schüttelte sie, und der Schmerz bedeutete Tanalasta nichts. »Aufhören!«

»Wie kann ich das?«, keuchte sie. »Ihr tötet einen Cormaeril!«

»Lügnerin!« Xanthon drückte so fest zu, dass seine Finger ihre Haut durchdrangen. »Ihr seid keine Cormaeril!«

Tanalasta schüttelte den Kopf. »Ich nicht, aber Rowen ist einer.« Sie brachte es fertig, mit dem Lachen aufzuhören, und fügte dann hinzu: »Ich trage sein Kind unter meinem Herzen.«

»Niemals!« Trotz seines Zweifels sperrte der Gazneth den Mund auf, und sein Blick senkte sich auf ihren Bauch. »Er ist nur ein Hund von niedriger Geburt und des Namens Cormaeril nicht würdig.«

»Aber er ist immer noch mein Ehemann – und Euer Vetter.« Tanalasta murmelte nur die notwendigsten Worte. Da ihre Hysterie inzwischen abgeklungen war, sah sie einen dünnen Hoffnungsschimmer, ihren Tod zu verhindern, und mit dieser Hoffnung kam der Schmerz.

»Ein Cormaeril könnte auf dem Thron sitzen … und er könnte nicht nur Eure Ländereien besitzen, sondern ganz Kormyr.«

Ihr Schachzug ging nicht auf. Xanthons Augen flammten purpurrot auf, und die Sehnen seiner dunklen Arme spannten sich an, als er an ihrem Kiefer zerrte. Ein schrecklicher, starker Schmerz erfüllte ihren Kopf, aber sie setzte all ihre Kräfte darein, bei Bewusstsein zu bleiben, da sie entschlossen war, ihrem Widersacher bis zum Ende zu trotzen.

Aber ihr Kopf blieb an Ort und Stelle. Trotz des Schmerzes blieb ihr Hals auf ihren Schultern, und Tanalasta stellte fest, dass sie plötzlich von einer Seite des Raums zur anderen taumelte, als der Gazneth versuchte, ihr den Kopf abzureißen.

Xanthons Augen weiteten sich und wurden scharlachrot. »Lügnerin!«

Er zwang sie auf die Knie und versuchte es erneut. Tanalastas Hörvermögen schwand, und ihre Sicht verengte sich zu einem Tunnel, aber die Zweifel des Gazneth schienen seine Kräfte angegriffen zu haben. Um nicht das Bewusstsein zu verlieren, öffnete sie ihren zerschlagenen Mund und schrie.

Das Klopfen an der Tür verstummte, und eine gedämpfte Stimme begann, einen Zauberbann zu sprechen. Xanthon warf einen Blick über die Schulter. Für einen Augenblick konnte man seine schwindende Menschlichkeit im Profil seiner schweren Brauen und der langen Nase erkennen, dann drehte er wieder den Kopf und schaute Tanalasta mit einem Hass in den Augen an, der eher von einem Menschen denn von einem Gazneth zu stammen schien.

Tanalasta versuchte zu sagen, dass sie die Wahrheit gesprochen hatte, dass nämlich für den Fall, dass er sie tötete, er die Cormaerils des ersten Herrschers von Kormyr berauben würde, der ihrem Blut entstammte. Aber sie war zu schwach – und der Schmerz war viel zu schlimm.

Sie brachte nur ein hoheitsvolles Lächeln zustande und ein kurzes Nicken.

Das reichte. Für Tanalastas delirierenden Geist schien ein Schatten Xanthons Körper zu verlassen. Plötzlich erinnerte er an wenig mehr als einen nackten Mann mit hasserfüllten Augen und einer verbitterten Seele.

»Hure!«, spuckte Xanthon und griff nach dem auf dem Boden liegenden Schwert des toten Wachsoldaten.

Bevor er die Waffe jedoch aufheben konnte, verstummte Sarmons gedämpfte Stimme plötzlich.

Ein lauter Knall hallte durch den kleinen Raum, und die Tür zum Turm löste sich in ihre Einzelteile aus zersplitterten Planken und verdrehten Angeln auf.

Die Explosion traf Xanthon mit voller Wucht im Rücken und schleuderte ihn quer durch die Kammer, wohingegen Tanalasta von den schlimmsten Auswirkungen verschont blieb. Einen Augenblick später drangen unter Klappern und Geklirr bewaffnete Soldaten durch die Türöffnung. Schweflige Dämpfe bewirkten, dass sie husteten und würgten.

Xanthon rollte sich auf die Füße und warf sich die Treppe hinunter, sodass er in den muffigen Tiefen unter dem Turm verschwunden war, ehe die Soldaten auch nur zwei Schritte hatten machen können. Einen Augenblick darauf eilte Alaphondar durch die Tür, dicht gefolgt von Sarmon dem Eindrucksvollen.

»Tanalasta!«, schrie Alaphondar. »Im Namen des Verbinders! Nein!«

Der alte Weise fiel auf die Knie und barg ihren Kopf in seinem Schoß. Er begann zu weinen, während er sie hin und her wiegte, wodurch die Enden von Tanalastas gebrochenem Kiefer gegeneinander rieben. Sie stöhnte und griff nach oben, um ihre Finger in seinen Arm zu graben, auf dass er aufhöre.

»Beim Federkiel! Sie ist am Leben!« Alaphondar zog sie höher auf seinen Schoß, wobei er ihren gebrochenen Arm schmerzhaft verdrehte, und winkte Sarmon herbei. »Wirkt einen Fernreise-Zauber, der uns nach Arabel bringt – *augenblicklich*!«

2

»Nein«, sagte der alte Spurenleser tonlos, »kein Pferd würde mutwillig über nackten Fels galoppieren, wenn ihm stattdessen weicher Rasen zur Verfügung steht, es sei denn, dass der Reiter, dem es gehorcht, es auf einen solchen Weg führt. Falls Cadimus hier entlanggelaufen ist – und das muss er getan haben, da er für so lange Zeit keine Spuren hinterlassen hat und keine Flügel besitzt –, dann könnt Ihr sicher sein, dass ihn jemand ritt.«

»Sein Herr?«

Der Spurenleser zuckte mit den Achseln. »Wer sonst?« Plötzlich fiel ihm ein, dass er einem König Rede und Antwort stand und mitnichten einem dummen Rekruten, und er fügte ungeschickt hinzu: »Ruft Euch in Erinnerung, Euer Majestät, dass Reiter keine eigenen Spuren hinterlassen, denen wir folgen könnten, falls Ihr versteht, was ich meine, aber …«

»Ich verstehe«, antwortete Azoun und hob beruhigend eine Hand. »Ihr leistet gute Arbeit, Paerival – macht so weiter. Das Wohl des Reichs mag von der Spur abhängen, die Ihr für uns findet.«

Zur Antwort hob der Spurenleser kurz die buschigen grauen Brauen, dann beugte er sich wieder vor und musterte das südliche Ende der nackten Felsschulter. Binnen weniger Augenblicke winkte er ungeduldig mit der Hand als Zeichen dafür, dass er Abdrücke gefunden hatte, die das Schlachtross des Königlichen Magiers hinterlassen hatte, und die Armee bewegte sich weiter.

Das kurze Hornsignal, das einen Atemzug oder zwei darauf erklang, brachte die Armee jedoch abrupt zum Halten, und Hunderte von Köpfen wandten sich hastig um.

Ein Mann kam von der Nachhut her angerannt und winkte im Näherkommen mit den Armen.

»Zu den Waffen!«, schrie er. »Orks hinter uns – Tausende von ihnen!«

Der König zögerte nicht einen Augenblick. »Auf die Hügel hinauf – alle Mann!«, bellte er. »Formt einen Ring, Speere nach außen, und alle Bogenschützen bleiben im Innern und machen ihre Waffen bereit. *Bewegt* euch!«

Die Schwert- und die Lanzenhauptmänner um ihn herum begannen, seine Befehle weiterzugeben, und die Purpurdrachen rührten sich wieder und strömten wie eine riesige, glänzende Welle den Hügel hinauf.

»Ich werde einen Voraustrupp brauchen«, schrie Azoun den Edlen Braerwinter und Tolon zu. »Sammelt allerhöchstens vierzig Mann – Männer, die sich rasch bewegen können und über gute Augen verfügen, aber keinen von den Kundschaftern. Die verdienen eine Rast.«

Noch während er sprach, ertönten die Hörner, die auch die weit entfernten Kundschafter zurückriefen, und gleichzeitig erreichten die ersten Männer die Spitze des Hügels. In unbeabsichtigtem Gleichklang drehten sie sich um und starrten in die Richtung, aus der laut dem Soldaten aus der Nachhut die Orks herankamen.

»Bewegt euch, ihr von Tempus verfluchten Schafe!«, bellte sie ein Schwerthauptmann an. »Später ist noch Zeit, die Sehenswürdigkeiten zu besichtigen – hier wird Krieg geführt, und wir befinden uns mitten darinnen!«

Etliche der Männer blökten in gutmütigem Spott wie die erwähnten Schafe, während sich die Purpurdrachen hastig in einem Ring aufstellten, ihre Speere in den Boden rammten und ihre Vorgesetzten im Auge behielten.

»*Bewegt* Euch, habe ich gesagt!«, knurrte der Schwerthauptmann eine einsame, reglose Gestalt an, hielt aber sogleich den Mund, als er bemerkte, dass er dem König einen Befehl zugeraunzt hatte.

Azoun fuhr herum und klopfte ihm beruhigend auf die Schulter. »Fahrt nur so fort«, murmelte er. »Ihr könnt nicht im Voraus wissen, ob Ihr vielleicht ein königliches Leben rettet. Seid nur versichert, dass ich die meiste Zeit nicht auf Euch achten werde.«

Sie tauschten ein Grinsen aus – wenn auch ein reichlich bemühtes seitens des Schwerthauptmanns – und nahmen ihre Plätze ein. Der Hauptmann trat in den Ring, während sich der König neben den beiden Edelmännern aufstellte, die klugerweise einige ältere Offiziere als Anführer der Truppe ausgewählt hatten, statt Ruhm für sich selbst erringen zu wollen. Insgesamt umfasste der Trupp etwa zwanzig Männer.

Der König nickte beifällig.

»Ich brauche ein paar schnelle Schwerter, um den Feind aufzuspüren«, sagte er ihnen. »Sollte jemand fußlahm oder aus einem anderen Grund langsam sein, dann soll er sich jetzt zu Wort melden. Mit an Sicherheit grenzender Wahrscheinlichkeit wird euer aller Leben davon abhängen, dass ihr euch rasch im Feld bewegt.«

Er schaute wieder zu dem Hügel hinüber, von dem die Warnung des Wachsoldaten gekommen war, und erstarrte.

Eine einsame Gestalt rannte stolpernd vor Erschöpfung auf sie zu. Es handelte sich um einen Krieger in staubbedeckter Rüstung, aber irgendwie vertraut – ein Kormyraner, so viel war sicher.

Dem rennenden Ritter dicht auf die Fersen strömten Orks über den Hügel. Sie würden ihn fangen und vor den Augen des Königs und der versammelten königlichen Armee töten.

Azouns Mund wurde schmal. Es wäre närrisch, eine starke Verteidigungsposition aufzugeben, sich dorthin zu begeben und das Schwert inmitten so vieler Orks zu schwingen. Aber das Letzte, was er sich wünschte, war, untätig zuzusehen, wie ein Mann, der hätte gerettet werden können, in Stücke gehackt wurde, während er gar nichts tat.

Und er wollte auch nicht, dass Purpurdrachen sich dergleichen ansehen und sich daran erinnern mussten. Bei der einsamen Gestalt mochte es sich beim nächsten Mal um einen von ihnen handeln. Wie gut war ein König, der herzlos dastand, wenn einer seiner Untertanen seine Hilfe brauchte?

»Vorhut, hinunter und den Mann verteidigt! Der Rest von euch greift an, sobald die Hügelspitze von Orks bedeckt ist!«, brüllte er und setzte sich den Abhang hinunter in Bewegung.

»Majestät!«, wandte ein Lanzenhauptmann ein, und ein anderer schrie: »Das ist Wahnsinn, guter König!«

Ohne innezuhalten drehte Azoun sich um und legte die Hände um den Mund. »Ich vermag nur Hauptleute zu hören, die an meiner Seite sind«, schrie er. »Wenn ein Mann stirbt, während ich untätig herumstehe – was für ein König bin ich dann?«

Er hörte das beifällige Murmeln der Krieger im Ring, und die Offiziere hörten es ebenfalls. Keinerlei Einwände drangen mehr an seine königlichen Ohren, als der König von Kormyr und sein Voraustrupp den Hügel hinuntereilten und dann so abbogen, dass ihr Angriff sie zwischen die vordersten Orks und die fliehende Gestalt bringen würde.

Bei den Göttern, es handelte sich wahrlich um eine Horde! Hunderte von großen, schwerfälligen Orks! Frisch und begierig trotteten sie mit gezückten Schwertern und blitzenden Hauern dahin und heulten auf, als sie die Menschen sahen, die ihnen entgegeneilten.

Die beiden voranstürmenden Streitkräfte krachten in einem plötzlichen Chaos aus Schreien, klirrenden Schwertern und zusammenprallenden Körpern aufeinander. Azoun wies auf den einsamen keuchenden Ritter, den sie zu retten versuchten, um sicherzustellen, dass keiner der Orks unbemerkt durch das Getümmel schlüpfte. Er sah, dass Tolon und Braerwinter vier Purpurdrachen anführten, die einen Ring bildeten, dann krachte er auch schon mit dem alten, sich verstärkenden Eifer der Schlacht in einen Knoten aus kämpfenden Männern und Orks. Der König trieb sein Schwert eine halbe Klingenlänge tief in den Unterarm eines Orks. Das Wesen schrie und versuchte, sich von dem Stahl zu befreien. Über all dem Lärm, den es machte, hätte Azoun beinahe den unerwarteten Schrei des fremden Ritters überhört.

»Vater! Azoun! Vater!«

Es konnte nur Alusair sein, von welcher der Schrei stammte, aber ihre Stimme klang schluchzend und rau. Der König entfernte sich vom Kampfgetümmel und hob die Hand mit dem Ring. »Alusair? Mädchen?«

»Majestät!« Braerwinters Stimme erschallte wie eine Trompete, und Azoun kam endlich zu Bewusstsein, dass es sich bei dem fliehenden Ritter um seine Tochter gehandelt hatte.

Er rannte über das Feld, wobei er das mächtige Gebrüll seiner Männer vernahm, die über den Hügel stürmten, um die Orks zu töten. Er eilte zu der Stelle, wo ein kleiner, von den Offizieren dorthin befohlener Kreis von Männern eine einsame, zitternde Gestalt umringte.

Die Prinzessin Alusair saß am Boden. Ihr Mund war feucht von dem Heiltrank, den Braerwinter sie zu trinken gezwungen hatte, und Streifen aus Schmutz und niederrinnenden Schweißtropfen bedeckten ihr Gesicht. Ihre Augen sahen trübe aus, und während sie keuchend Atem holte, zitterte sie am ganzen Körper.

Wie leicht hätte er auf der Hügelspitze stehen und zusehen können, wie die Orks sie umbrachten – einen der besten Krieger im ganzen Reich.

»Mädchen«, sagte er inbrünstig, ließ sein Schwert fallen und nahm sie so behutsam wie möglich in die Arme. Ihre eigene Umarmung fiel wild aus, und sie legte das Gesicht nur für einige wenige bebende Atemzüge an seinen Brustpanzer. Die aufmerksam zuschauenden Männer rings um sie herum sollten keinen einzigen Schluchzer hören.

»Ich … fand einen Hain dieser verkrümmten Bäume …

voller Orks … fliehe seitdem vor ihnen … habe bei der Flucht und im Kampf all meine Magie verbraucht … der Ring wollte mich nicht zu Euch bringen. Wie seid Ihr hierher in mein Hinterland gelangt?«

Der Kampf tobte jetzt in voller Stärke rings um sie herum, und beim Sterben schrien und brüllten Männer und Orks gleichermaßen, wobei das unaufhörliche Klirren von Stahl sie beinahe übertönte.

»Alusair«, sagte Azoun und wiegte seine Tochter sanft in seinen Armen, da es ihm widerstrebte, das loszulassen, was er beinahe verloren hätte. »Ich halte Ausschau nach dem Mann, der immer weiß, was zu tun ist, ganz unabhängig davon, wie oft ihr beide im Lauf der Jahre die Waffen gekreuzt habt. Ich brauche seinen Rat mehr denn je zuvor. Vangerdahasts Schlachtross ist diesen Weg entlanggetrabt. Wir sind seiner Spur in der Hoffnung gefolgt, den Königlichen Magier lebendig anzutreffen.«

Alusair schüttelte den Kopf. »Cadimus hat bei diesem Ritt einen anderen getragen. Vangerdahast war und ist verschwunden.«

»Was? Vangerdahast saß nicht im Sattel?«

Wieder schüttelte Alusair den Kopf. »Ich fürchte, wir haben ihn wirklich verloren«, flüsterte sie.

Der König warf den Kopf zurück, als habe er einen Schlag empfangen. Er zollte dem dicht um sie herum tobenden Kampf keine Aufmerksamkeit mehr. Die endlos nachströmenden Orks drängten die Männer aus Kormyr langsam zurück.

Der König schloss die Augen und schüttelte grimmig den Kopf. »Nein«, murmelte er. »Ihr Götter, nein.«

Er ließ Alusair los und entfernte sich langsam von ihr, als wate er durch Nebel.

Alusair und die Edlen wechselten erstaunte Blicke, sprangen dann auf die Füße und folgten ihm. Die Stahlprinzessin griff sich das vergessene Schwert ihres Vaters vom Boden.

»Ich bin nicht gut darin, mir meinen Weg aus irgendwelchen Prophezeiungen hinauszurätseln!«, erzählte ein verzweifelter Azoun der ihn umgebenden Luft.

»Vater?« Alusair drückte ihm das Schwert in die Hand, packte ihn bei den Schultern und schüttelte ihn. Dabei flehte sie ihn an: »König Azoun – sprecht mit mir!«

»Vangerdahasts Weisheit ist in dem Augenblick verloren, in dem ich sie am dringendsten brauche?«, murmelte Azoun. »Nach all den Jahren …«

Er wirbelte herum und keuchte: »Es kann nicht wahr sein. Der alte Zauberer hat sich wegbegeben, um rasch eine eigene Aufgabe zu erfüllen. Ohne uns etwas davon zu erzählen. Wie gewöhnlich.«

»Und wenn das dieses Mal nicht der Fall ist?«, fragte Alusair fast unhörbar.

Ihr Vater musterte sie grimmig, dann sagte er beinahe ruhig, als stünde er an einem Burgfenster und spräche über das Wetter draußen. »Dann haben sich die Götter wahrlich von mir abgewandt.«

Ein Hornstoß erklang, der die Armee von Kormyr dazu aufforderte, den Versuch zu unternehmen, auf ihre Hügelspitze zurückzukehren. Der Ton verlor sich fast in dem anschwellenden Gebrüll einer neuen Welle von Orks.

3

Vangerdahast saß auf der höchsten Stufe des großartigsten Goblin-Palastes in der größten Goblin-Stadt und hielt seinen Wunschring in der einen und den geliehenen Streitkolben in der anderen Hand.

Er starrte über die schwarze Weite des zentralen Goblin-Platzes in das große Goblin-Bassin. An den gegenüberliegenden Rändern des Teiches hatte sich ein Paar schuppiger goldener Membrane eingerollt, die mit ihrer schlitzartigen Erscheinung an ein riesenhaftes Reptilienauge erinnerten, das ihn dabei beobachtete, wie er es beim Beobachten beobachtete und so weiter bis zum Ende aller Zeiten. Es erinnerte ihn an einen Spiegel, der einen Spiegel reflektiert, oder ein Echo, das ein Echo wiedergibt, oder einen Mann, der über die Tiefen seiner leeren, leeren Seele nachgrübelt.

Ein Zauberer konnte an einem Ort wie diesem den Verstand verlieren.

Vielleicht war dies einem gewissen Zauberer bereits widerfahren. Der Platz um den Teich herum schien allmählich rot und schuppig zu werden mit Ausnahme einer langen Kette riesengroßer weißer Dreiecke, die eine unheimliche Ähnlichkeit mit Zähnen aufwiesen. Vangerdahast vermochte auch die Umrisse eines Ohrs so groß wie ein Segel und einer brückenlangen Augenbraue auszumachen, außerdem die Bögen etlicher langer Hörner, die sich von der Mitte des Kopfes ausgehend nach hinten bogen. Zusammengenommen vermittelte ihm all dies das unerfreuliche Gefühl, auf das größte Mosaik eines Drachen zu schauen, das er je zu Gesicht bekommen hatte.

Vielleicht sollte Vangerdahast sich keine Sorgen darüber machen, es nicht früher bemerkt zu haben. Er hatte zu der Zeit um sein Leben gekämpft, versucht, Xanthon Cormaeril gefangen zu nehmen und ihn dazu zu zwingen, den Ausgang aus der Goblin-Stadt preiszugeben. Es hatte hell blitzende Zauber gegeben und schaurige Handgemenge und Schwärme summender Insekten. Selbst für den aufmerksamsten Kämpfer wäre es nicht ungewöhnlich gewesen, das Mosaik nicht zu bemerken.

Aber bei Vangerdahast handelte es sich nicht um einen schlichten Kämpfer. Er war der Hochkastellan der Kriegszauberer, der Königliche Magier von Kormyr, der erste Ratgeber des Königs, und er übersah solcherlei Dinge nicht.

Das konnte er sich nicht erlauben.

Tag für Tag hingen das Leben des Königs und die Stärke von Kormyr von seiner Fähigkeit zur Beobachtung ab, und er sorgte dafür, dass seine Sinne schärfer blieben als die Klinge eines Drachen tötenden Ritters.

Er nahm alles wahr, was sich vor seinen Augen abspielte, hörte jedes Flüstern hinter seinem Rücken, witterte jede Art von Unheil in dem Augenblick, in dem es entstand.

Trotzdem hatte er das Mosaik nicht bemerkt, bis – nun, bis vor kurzem. Tage bedeuteten nichts an diesem Ort. Den einzigen Maßstab für das Vergehen von Zeit bildete das Schrumpfen seines umfangreichen Bauches. Er hatte seinen Gürtel bereits um zwei Löcher enger geschnallt, bevor er das Mosaik bemerkt hatte.

Entweder suchten ihn Halluzinationen heim, oder das Ding hatte damit begonnen, sich vor seinen Augen zu bilden. Er hätte keine Wette darauf abschließen mögen, was tatsächlich der Fall sein mochte.

Ein Paar gelber Membrane glitten über den Teich, bedeckten die Oberfläche mit einer neuen Schicht schwarzen Schimmerns, und zogen sich langsam wieder zurück. Bereits lange vor dem Erscheinen des Drachens hatte Vangerdahast gesehen, wie der Teich glitzerte, also hatte das Schimmern vielleicht nichts mit dem Mosaik zu tun.

Jedermann wusste, dass Mosaike nicht blinzeln konnten.

Vangerdahast steckte sich den Ring auf den Finger und stieg dann die Treppe hinunter, wobei er sich langsam bewegte, um nicht ohnmächtig zu werden. Die Goblin-Stadt enthielt nichts als Stein und Wasser, und Stein konnte er nicht essen. Er hatte das Stadium längst hinter sich gelassen, da ihn Hungeranfälle und ein knurrender Magen quälten, aber seine Benommenheit war ein ständiger Begleiter.

Nahe dem Boden ließen seine Kräfte nach. Er ließ sich auf eine Stufe sinken und vermochte nichts weiter zu tun, als die Hände auf den kalten Granit zu pressen, um zu verhindern, dass er den Rest des Weges hinunterrutschte.

»Ihr braucht eine Mahlzeit.« Die Stimme klang tief und zischend, und die Worte hallten wie ein Erdbeben durch die verlassene Stadt. »Einen netten Rothé-Braten und eine große Karaffe, um alles hinunterzuspülen.«

Vangerdahast sprang auf die Füße, und seine Kräfte kehrten mit einem Schlag zurück. Er starrte in die Finsternis hinter dem Platz auf der Suche nach einem Paar glitzernder Augen oder einer ungeschlachten dunklen Silhouette oder sonst einem Hinweis auf den Sprecher. Da er nichts als Schwärze sah, zog er kurz in Erwägung, ein paar Lichtzauber in das Dunkel zu schleudern, erkannte aber schnell, dass ihm das nichts nützen würde. Der Hunger hatte ihn schließlich übermannt, und jetzt hörte er Dinge, die er bislang nur gesehen hatte. Es ergab keinen Sinn, seine Magie auf Halluzinationen zu verschwenden. Magie war viel zu wertvoll an diesem Ort, wo selbst Banne ständigen Lichts auszubrennen schienen wie gewöhnliche Fackeln.

Der Teich starrte weiter vor sich hin, und Vangerdahast erschien es so, als habe sich die Dunkelheit in seinem Herzen umgedreht und hafte jetzt an ihm. Er kroch zur untersten Stufe hinunter und über das, was die Kuppel des Drachenschädels sein mochte. Er bemerkte eine deutliche Steigung, wo der Schädel aus dem Boden wuchs, und er konnte ein rhythmisches Beben in den Stufen unter seinen Füßen spüren. Vangerdahast streckte eine Hand aus und griff nach der nächstgelegenen Schuppe. Sie besaß die Größe eines Turnierschildes und fühlte sich unter seinen Fingern so warm an wie sein eigenes Fleisch.

»Ich habe den Verstand verloren!«, keuchte er.

»Ja, Ihr habt etwas verloren, aber nicht Euren Verstand«, grummelte die Stimme. Zehn Schritte hinter dem Auge bewegten sich die weißen Dreiecke im Takt der Worte. »Ihr habt nur Euren dicken Bauch verloren – und Ihr werdet bald Euer Leben verlieren, wenn Ihr nicht esst.«

Vangerdahast stolperte die Treppe hinauf, aber nach einem Dutzend Stufen wurde ihm wieder übel, und er musste anhalten. Er rieb sich mit den Handrücken über die Augen. Als er wieder hinschaute, sah er immer noch das Gesicht des Drachen vor sich, und das Auge im Teich starrte ihn nach wie vor an.

»Warum habt Ihr weniger Vertrauen in Eure Augen und Ohren als in die Zweifel eines erschöpften, müden Geistes?«, fragte der Drache. »Ich bin so wirklich wie Ihr. Berührt mich, und Ihr werdet es feststellen.«

»Ich – äh – glaube lieber Euren Worten.«

Vangerdahast blieb, wo er war, und in seinem Kopf drehte sich alles, als er versuchte, dem, was er sah, einen Sinn abzuringen. Wahnsinn schien noch immer die wahrscheinlichste Erklärung zu sein, aber er hatte immer gehört, dass ein Wahnsinniger der Letzte war, der um seine Krankheit wusste – aber hier unten war er ja der Letzte. Er saß in der Goblin-Stadt gefangen seit … nun, seit einer ganzen Weile. In der ewigen Dunkelheit dieses Ortes hatte Zeit keine Bedeutung. Die einzige Möglichkeit, die Stunden zu zählen, bestand darin, sie mit der Dauer seiner Zauberbanne zu vergleichen, die nur allzu rasch zu vergehen schienen.

Als Vangerdahast schwieg, ergriff der Drache wieder das Wort. »Ihr glaubt nicht an mich, sonst würdet Ihr nach meinem Namen fragen.«

Der Tadel brachte Vangerdahast dazu, sich zusammenzureißen. Er beschloss, dass er für den Fall, vom Wahnsinn ergriffen worden zu sein, den Kampf bereits verloren hatte, und kam zu der Entscheidung, den Drachen so zu behandeln, als sei er wirklich. Er nahm all seinen Mut zusammen, setzte sich auf die Treppe und sprach den Drachen an.

»Ich will viel weniger wissen, *wer* Ihr seid, als vielmehr, *was* Ihr seid«, meinte er. »Falls Ihr irgendein durch meine schuldbewusste Seele hervorgerufenes Hirngespinst sein solltet, das mich in den letzten einsamen Stunden vor meinem Tod quälen soll, dann wäre ich Euch dankbar, wenn

Ihr mir den ganzen Unsinn ersparen und zum Kern der Angelegenheit kommen könntet. Ich weiß um das Böse, das ich getan habe, und ich werde es wieder tun, wobei mir vollkommen bewusst ist, was es mich und andere kosten wird.«

»Vollkommen bewusst?«, wiederholte der Drache. »Das ist wirklich eindrucksvoll.«

»Bei Cyrics Zunge!«, fluchte Vangerdahast. »Ihr seid ein Hirngespinst! Ich schätze, das ist meine Belohnung dafür, dass ich zugelassen habe, dass Alaphondar und Owden über Symbole und Bedeutung geschwafelt haben.«

»Bedeutung wohnt Macht inne«, antwortete der Drache, »aber ich entstamme nicht Eurem Geist, das versichere ich Euch. Ich bin ein wirklicher Drache.«

»Drachen werden ausgebrütet, nicht …« Vangerdahast unterbrach sich und starrte höhnisch auf die sich abzeichnende riesige Gestalt. »Und nicht geformt.«

»Und ausgebrütet wurde ich, und zwar zu der Zeit, als die Rothé umherliefen und Elfen über die Wälder herrschten.« Der Drache löste den Blick von Vangerdahast und starrte auf eine magische Lichtkugel, die langsam über ihm dahinschwand. »Aber jetzt bin ich ein Gefangener, und noch dazu umfassender als Ihr.«

»Ein Gefangener, sagt Ihr?« Während Vangerdahast sprach, vollzog er im Geist ein paar rasche Berechnungen. Der Akzent des Drachen und seine Erwähnung der Rothé – der ausgerotteten Büffel, die einst die Wälder von Kormyr durchstreift hatten – legten nahe, dass er einiges über vierzehnhundert Jahre zählen mochte. Selbst für einen solch uralten Lindwurm war dies viel zu lange.

Die Entfernung von seinem Auge bis zu dem letzten weißen Zahn betrug mindestens sechzig Fuß, was bedeutete, dass seine Länge von der Schnauze bis zum Schwanz um die sechshundert Fuß messen musste. »Das bezweifle ich. Der Zauberer ist noch nicht geboren worden, der einen solch uralten Lindwurm einzukerkern vermöchte.«

»So wenig wie der Krieger, der einen Zauberer gefangen nehmen kann, der so mächtig ist wie Ihr selbst«, antwortete der Drache. »Ich habe beobachtet, wie Ihr Eure Banne gewirkt habt – einen Fernreise-Zauber hier, das Wandern zwischen zwei Ebenen dort, und das Durchschreiten magischer Portale dazwischen, wobei Ihr Eure Bitten in Gedanken an alle gerichtet habt, die zuhören mögen. Und dennoch bleibt Ihr mit mir hier unten. Es war kein Zauberer, der Euch und mich gefangen nahm. Unsere eigene Narrheit und unser Stolz haben uns in die Falle gelockt, und Gefangene werden wir bleiben.«

Vangerdahast verdrehte die Augen und richtete sich auf. »Wenn Ihr weiter so sprecht …«

»O ja, geht nur und verhungert!«

Ein gewaltiges Dröhnen drang aus dem sichtbaren Nasenloch des Drachen, und ein Feuerball von der Größe eines Elefanten schoss zischend in die Dunkelheit. Er krachte in ein entfernt stehendes Goblin-Haus und verteilte Klumpen geschmolzenen Steins in alle Richtungen.

Vangerdahast hob eine Braue. »Ich denke, ich werde nicht vor Euch hintreten.«

Eine schuppige rote Lippe gab die Zähne des Drachen frei, wobei ein Knurren ertönte, dessen Länge den Zauberer an so manchen Fluss erinnerte, den er gesehen hatte. »Sterbt, wenn Ihr mögt, aber lasst mir Eure Wünsche hier.«

Vangerdahast legte die Hände auf den Rücken und verbarg so den Ring, den zu verwenden er vorhin in Erwägung gezogen hatte.

»Wünsche?«

»In dem Ring.« Ein Faden gelben Rauchs strömte aus den entfernten Nasenlöchern des Drachen. »Alles andere habt Ihr ausprobiert, aber die Wünsche sind zu gefährlich. Ihr versteht diesen Ort nicht, und wenn Ihr die falschen Wünsche aussprecht … rumms, dann gibt es keinen Zauberer mehr.«

Vangerdahast runzelte die Stirn. »Habt Ihr meine Gedanken gelesen?«

Der Drache brach in ein wüstes Gelächter aus, und Wolken siedenden Schwefels zischten auf den Platz.

Vangerdahast wartete, bis die Dämpfe sich gelegt hatten, dann meinte er: »Ihr wollt, so vermute ich, damit sagen, dass *Ihr* die Natur dieses Ortes kennt.«

Die gelben Membranen im Teich schlossen sich in einer Art reptilienhaftem Zwinkern. »Ich bin hier schon sehr lange«, sagte er, »aber Ihr – selbst wenn es Essen gäbe, so leben Menschen nicht so lange. Wenn Ihr den Ort verlassen wollt, dann müsst Ihr das mit mir zusammen tun.«

Vangerdahast musterte das Untier für einen Augenblick und überlegte, welche Art von Vernichtung er loslassen würde, wenn er einem solchen Wesen bei der Flucht half. Wenn der Drache wirklich so alt war, wie es den Anschein hatte, dann konnten sich seine magischen Fähigkeiten durchaus mit seinen eigenen messen – und er hatte bereits gesehen, was sein Feueratem anrichten konnte.

Andererseits war Kormyr ohne ihn, Vangerdahast, dem Untergang geweiht, vor allem wegen der befreiten Gazneths und wegen Tanalasta, die immer noch unter dem Bann dieses Kundschafters von niederem Rang stand, einem Abkömmling der verräterischen Cormaerils und noch dazu einem im Boden wühlenden Verehrer Chaunteas.

Vangerdahast löste die Hände vom Rücken und schickte sich an, die Treppe hinunterzuschreiten. »Ich nehme an, dass Ihr einen Namen habt.«

»Den habe ich«, antwortete der Drache, »aber kein Mensch könnte ihn verstehen. Ihr könnt mich Nalavara nennen.«

Beinahe wäre Vangerdahast wieder gestolpert. Der Name stammte direkt aus einem Kapitel von Kormyrs Frühgeschichte – und keinem, auf das man stolz sein konnte.

»Stimmt etwas nicht, Zauberer?«, grollte Nalavara.

Vangerdahast schaute auf und stellte fest, dass er aufgehört hatte, sich zu bewegen. »Nicht im Geringsten – ich bin nur schwach vor Hunger.« In der Hoffnung, dass Nalavara seine Gedanken nicht las, machte er sich daran, weiter die Treppe hinunterzusteigen. »Aber ich würde gern Euren vollen Namen erfahren, wenn ich darf.«

Die riesigen Augenmembranen des Wesens zogen sich enger zusammen. »Warum?«

»Die Übersetzungen der Menschen sind so ganz ohne Anmut.« Vangerdahast langte in die Einzelteile-Tasche seines Wetterumhangs und zog zunächst eine Prise Salz, dann ein wenig Ruß hervor, zerrieb beide Substanzen zwischen den Fingern und murmelte einen raschen kleinen Zauber. »Dass ich die Alte Lindwurmsprache verstehe, mag Euch überraschen. Ich habe eine besondere Vorliebe für diese Sprache.«

»Habt Ihr das?« Nalavara hatte das Auge immer noch zusammengekniffen, aber ihre lang gezogenen Lefzen verzogen sich zu einem Krokodilslächeln. »Sehr gut.«

Sie stieß eine lange Folge rasselnden, grollenden Knurrens aus, dazu ein an Feuer gemahnendes Knistern, das Vangerdahast klar und deutlich als *Nalavarauthatoryl die Rote* verstand.

»Nun, Mensch, gefällt Euch mein Name?«, fragte Nalavarauthatoryl die Rote.

»Tut mir leid, ich habe kein Wort verstanden.« Tatsächlich hatte der alte Magier die Worte besser verstanden, als ihm lieb war. Der Name entstammte keineswegs der Alten Lindwurmsprache, sondern uraltem Elfisch. Der Satz bedeutete in etwa »die Jungfer Alavara, Anverlobte des Thatoryl, gemalt in Blut«. Er brachte ein dümmliches Lächeln zustande und fügte hinzu: »Das menschliche Hörvermögen kann zuweilen ein wenig unzureichend sein.«

»Ein Makel unter vielen«, stimmte Nalavara zu. »Und Ihr nennt Euch …?«

»Elminster«, presste Vangerdahast die Lüge durch zusammengepresste Zähne. »Elminster von Schattental. Nun, wie gelangen wir hier hinaus?«

Nalavaras Auge weitete sich zu seinem normalen Umfang, was bedeutete, dass es so groß und breit wurde wie ein geräumiger Arbeitstisch. »Zunächst, Elminster, müsst Ihr Euch etwas zu essen wünschen. Für die vor Euch liegende Arbeit braucht Ihr einen klaren Kopf.«

»Arbeit? Ihr macht wohl Scherze«, spottete Vangerdahast. »Dafür habe ich einen Wunschring – und ich denke nicht daran, den letzten Wunsch für einen Topf voller Haferbrei zu verschwenden.«

Ein ärgerliches Schaudern erschütterte die Stufen, dann grollte Nalavara: »Nur einen Wunsch?«

»Nur einen, also müsst Ihr Euch ganz sicher sein.«

Genau genommen log Vangerdahast nicht. In Wahrheit hatte er keine Vorstellung, wie viele Wünsche im Ring noch übrig waren. Er war über eine lange Folge von Königlichen Magiern auf ihn gekommen, und falls jemand unter diesen gewusst hatte, wie viele Wünsche das Schmuckstück enthielt, so war das Geheimnis lange, bevor es Vangerdahast erreicht hatte, verloren gegangen.

»Sagt mir, was ich wünschen soll«, erklärte der Königliche Magier, »und ich schaffe uns hinaus.«

Ein langes Flammenband schoss aus Nalavaras weit entferntem Nasenloch. »Ich bin keine Närrin«, schnaubte sie. »Kommt her und bindet Euch an mein Horn, dann will ich es Euch sagen.«

Vangerdahast tat, wie ihm geheißen, aber das Horn besaß den Umfang eines Baumstamms, und selbst sein übermäßig langer Gürtel reichte nicht aus, es zu umfangen. Er erklärte dies dem Drachen, schlang dann die Arme um das Horn und meinte: »Ich verspreche, dass ich nicht loslassen werde.«

Nalavara schnaubte ärgerlich, dann sagte sie: »Seid gewarnt – wenn Ihr versuchen solltet, mich zurückzulassen, dann wird der Wunsch nicht wirken.«

»Euch zurücklassen?«, wiederholte Vangerdahast. »Nie im Leben. Mein Wort ist so viel wert wie mein Name.«

»Das spendet mir weniger Trost, als Ihr glaubt, Elminster«, brummte der Drache. »So wisset – falls Ihr versuchen solltet, mich zu betrügen ...«

»Ja, ja, ich kann es mir denken«, unterbrach Vangerdahast das Untier. »Ihr werdet mich in Schattental aufspüren, und dann werde ich für alle Zeiten Grund haben, meine Niedertracht zu bereuen. Nun, wollen wir jetzt unseren Wunsch aufsagen oder nicht?«

»Also gut«, grummelte Nalavara. »Das Geheimnis besteht darin, uns nicht aus der Stadt hinauszuwünschen, sondern die Stadt in der Zeit zurück. Ihr müsst Euren Ring benutzen, um sie wieder mit Goblins zu füllen.«

»Goblins?«

»Mit Grodd-Goblins«, bestätigte Nalavara. »Das bringt die Stadt in eine Zeit zurück, in der Goblins das Land regierten. Sind wir erst einmal dort, so müssen wir unsere Zauber benutzen, um in unsere eigene Zeit zu reisen – verfügt Ihr über einen Zeitenwanderungs-Zauber?«

»Nein«, brummte Vangerdahast. »Aber das dürfte kaum eine Rolle spielen.«

Er ließ das Horn des Drachen los und sprang von seinem Kopf auf den Boden, um dann von Enttäuschung und Verzweiflung erfüllt den Platz zu überqueren. Hätte auch nur die geringste Aussicht bestanden, dass der Zauber wirkte, dann hätte Nalavara ganz gewiss darauf bestanden, ihn im Maul zu halten – und sie hätte ihn in dem Augenblick, in dem der Zauber ausgesprochen war, in zwei Stücke zerbissen.

»Wartet!«, donnerte Nalavara. »Ohne mich wird der Zauber nicht wirken!«

»Und mit Euch ebenso wenig«, rief er ihr zu. »Was auch immer Ihr wünscht, Nalavara – Ihr wollt nicht von diesem Ort befreit werden. Rote Drachen sind nicht so vertrauensselig.«

Zu Vangerdahasts großer Überraschung explodierte der Drache keineswegs in einem Wutanfall. Stattdessen begann er zu kichern, wodurch der Platz so heftig erbebte, dass er den Boden unter den Füßen verlor und sich hinsetzen musste.

»Nun kommt schon, *Elminster*«, grollte sie. »Ihr wisst, dass ich mehr bin als ein Drache, genauso wie ich weiß, dass Ihr nicht derjenige seid, der Ihr zu sein vorgebt.«

Als er erkannte, dass sich der Nutzen der Verstellung längst erschöpft hatte, begann der alte Magier ebenfalls zu lachen, nämlich ein tiefes, wahnsinniges Gelächter, das eher aus Erschöpfung und Verzweiflung denn aus Humor geboren war – aber immerhin lachte er. Er war einer der beiden lebenden Menschen, die den Namen Alavara kannten und wussten, was er für Kormyr bedeutete. Es kam ihm absurd komisch vor, ausgerechnet in einer verlassenen Goblin-Stadt gemeinsam mit Nalavara in der Falle zu sitzen.

Bei Lorelei Alavara hatte es sich um eine Elfenmaid gehandelt, die allen Berichten zufolge schön zu nennen gewesen war. Sie hatte im Wolfswald gelebt, als dort die ersten menschlichen Eindringlinge erschienen. Sie war Thatoryl Elian versprochen, einem gut aussehenden jungen Jäger, der dumm genug gewesen war, mit einer Bande von menschlichen Wilderern in Streit zu geraten, die mit einem Pfeilschuss einen Bären getötet hatten. Der Streit endete erst, als Thatoryl der erste Wolfswald-Elf wurde, den eine Menschenhand mordete. Loreleis Kummer kannte keine Grenzen, und sie verbündete sich auf der Stelle mit König Iliphar, um gegen die Menschen in den Krieg zu ziehen und sie von den elfischen Ländereien zu vertreiben. Sie war für die Durchführung des Mordes an Mondar Bleth verantwortlich, der in der Zeit stattfand, bevor Kormyr zum Königreich wurde, und sie schlachtete an die tausend Menschen ab, bevor ihre eigene Art ihrer rachedurstigen Besessenheit überdrüssig wurde. Fast ein Jahrhundert nach dem ersten Mord verbannte man sie schließlich in die Steinlande.

Diesen Teil der Geschichte erfuhr jedes Mitglied der königlichen Familie, sobald es das Erwachsenenalter erreichte. Aber es gab noch mehr zu berichten, was jedoch seit der Gründung des Königreichs nur von einem Königlichen Magier, der den jeweils herrschenden Monarchen unterrichtete, an den nächsten weitergegeben wurde. Bei Thatoryl Elians Mörder hatte es sich um Andar Obarskyr gehandelt, den Bruder des Gründers von Kormyr, Ondeth Obarskyr, und Onkel des ersten Königs, Ondeths Sohn Faerlthann.

Wenn man der Geschichte Glauben schenkte, die bis zu Vangerdahast weitergegeben worden war, war Andar durch schieres Glück seiner gerechten Strafe entkommen. Er war nämlich gerade dem Ruf der Natur gefolgt, als die Elfen in den Wald schwärmten, um den Tod ihres Verwandten zu rächen. Obwohl das Massaker dafür sorgte, dass Andar es niemals mehr wagte, auch nur einen Fuß auf elfisches Gebiet zu setzen, hatte er seinem Bruder oft genug von den Reichtümern des Wolfswaldes erzählt. Diese Schilderungen sorgten dafür, dass Ondeth sich dazu entschloss, ein neues Zuhause hinter den Grenzen zu bauen. Dass Kormyrs Geburt auf einer solchen Missachtung jeglichen Gesetzes gründete, stellte seit vierzehn Jahrhunderten das am eifersüchtigsten gehütete Geheimnis des Königreichs dar. Vangerdahast musste angesichts des Gedankens kichern, dass der Drache darauf gehofft hatte, ausgerechnet den Königlichen Magier zum Instrument seiner Enthüllungen zu machen.

»Alavara die Rote«, sagte er, »ich hätte angenommen, dass selbst Euer Durst nach Rache längst gestillt ist.«

»Ich suche nicht Rache, sondern Gerechtigkeit«, antwortete Nalavara. »Obwohl ich weiß, dass ein ganz anderer Appetit den mächtigen Vangerdahast am Leben erhält.«

Während Nalavara sprach, leuchtete die Kugel aus magischem Licht über ihrem Kopf immer schwächer. Ein schwarzer Ring erschien auf dem Boden vor Vangerdahasts Füßen.

Er schrie erschrocken auf und beeilte sich, von dem Ring wegzukommen, aber als er bemerkte, dass sich das Ding nicht rührte, kam er sich wie ein Feigling und Narr zugleich vor.

»Nehmt es«, drängte ihn der Drachen. »Ihr habt keinen Grund, Euch zu fürchten.«

Vangerdahast tauschte seinen Wunschring gegen den einfacheren eines Hauptmanns der Königlichen Waffenkammer aus, dann flüsterte er: »Königslicht!«

Ein Kreis goldenen Schimmerns erhob sich von seiner Hand und beleuchtete den Boden vor ihm. Sichtbar wurde eine schlichte Krone aus Eisen.

»Was ist das?«, fragte er.

»Ihr wisst es«, antwortete Nalavara. »Ihr habt Euch Euer ganzes Leben danach gesehnt, und nun gehört sie Euch. Alles, was Euch zu tun übrig bleibt, ist, Euren Wunsch auszusprechen.«

»Wunsch?« Vangerdahast trat die Krone beiseite, blieb dann stehen und schickte sich an, in die Dunkelheit zu stolpern. »Wenn ich einen Wunsch aussprechen könnte, dann den, dass Ihr nie existiert hättet.«

»Wie auch immer«, kicherte Nalavara. »Jeder Wunsch wird genügen.«

4

Das Hornsignal erklang ein zweites Mal, und Alusair blickte zu ihrem Vater hinüber. Zu ihrer Überraschung lächelte der König.

Er bemerkte sie und meinte beinahe überschwänglich: »Die Magie dient in so mancher Hinsicht immer noch der Krone, Mädchen.«

Die Stahlprinzessin hob eine Braue. Die Freude, den König von Kormyr nicht mehr in düsterer Stimmung gefangen zu sehen, übermannte sie fast, aber den Grund konnte sie sich nicht erklären.

»Ihr habt nicht erwartet, dass Dauneth uns hier treffen würde?«, fragte sie und schaute sich der Reihe nach die vertrauten Klippen und Felsspitzen des Gnoll-Passes an. »Ihr habt mir gestern erzählt, wie dringend wir die Verstärkung brauchen, die er uns bringen soll, und jetzt scheint sein Gehorsam die Ursache für ... Stehen die Dinge in Arabel schlimmer, als mir erzählt wurde?«

»Nein, nein, Mädchen«, kicherte Azoun. »Das, was er mitbrachte, ist der Grund für ... ich werde es euch allen später mitteilen. Lasst uns zunächst die Bergkuppe dort drüben für uns beanspruchen und das Zelt errichten, das der junge Marliir hoffentlich mitgebracht hat.«

»Zelt? Vater, ist Euer Verstand durcheinandergeraten?«

»Hütet Eure möglicherweise verräterische Zunge«, schnappte ein Lanzenträger, der hinter der Stahlprinzessin stand. »Ihr sprecht schlecht von dem König!«

Sie wirbelte herum, wobei ihre Augen Funken sprühten, und knurrte: »Hütet lieber Eure eigene Zunge, Soldat! Die Obarskyrs sprechen frei von der Leber weg und erhalten dadurch das Reich stark. Merkt Euch das gut, selbst wenn Ihr sonst nichts über das Kämpfen unter dem Banner des Purpurdrachen lernt.«

»Ihr habt die Stahlprinzessin zurechtgewiesen?«, murmelte jemand gerade laut genug, dass Alusair, die sich jetzt umdrehte, um ihrem Vater zu folgen, die Worte verstehen konnte. »Mann, ist Euer Verstand durcheinandergeraten?«

Etwas, das beinahe einem Lächeln glich, erschien in den Mundwinkeln der Prinzessin, während sie über loses Felsgestein und schlüpfrige Büschel von Schlingwein und Gras zu der Stelle hinunterhastete, wo Dauneth Marliir vor seinem König kniete.

»Alles ist so geschehen, wie Ihr es befohlen habt, Majestät«, sagte der Hochvogt der Östlichen Marschen in ernstem Ton. »Die Männer mit den Stangen erwarten Eure Befehle. Die Magier stehen dort drüben bei dem Käfig. Wie Ihr sehen könnt, ist er eingewickelt, um seine wahre Natur zu verbergen, so wie Ihr es angeordnet habt.«

»Eingewickelt, um …?«, murmelte Alusair, die jetzt neben ihrem Vater stand. »Was bei all den noch nicht getöteten Orks der Steinlande ist …?«

»Nun erzählt mir«, forderte der König, »wie Elemander dreinschaute, als Ihr ihm meine Befehle überbrachtet und ihm den königlichen Ring zeigtet.«

»Blankes Staunen«, erwiderte Dauneth lächelnd. »Aber das ging rasch in Abscheu über, sobald ich ihm die massiven, kalt geschmiedeten Eisenstäbe beschrieb. ›Meiner Fähigkeiten nicht würdig‹, schnaubte er und riss mir den Ring vom Finger, um sicherzugehen, dass ich kein falsches Spiel mit ihm trieb. Er fluchte – ich könnte mich nicht an all die Ausdrücke erinnern, auch wenn Eure Majestät Wert darauf legte, solchen Unflat zu hören. Ich bezweifle, dass es so etwas wie einen ›blindlings dahinfliegenden Spross eines von einem Sklaven geschlagenen, Dung fressenden Esels‹ überhaupt gibt. Dann riss er die Rüstung, an der er gerade arbeitete, von ihrem Ständer und schleuderte sie über die ganze Länge seines Ladens hinweg von sich.«

Der König brach in Gelächter aus, schlug sich auf die Schenkel und hieb dann Dauneth so kräftig auf den Rücken, dass der junge Vogt ins Taumeln geriet.

»Wunderbar!«

»Möchte mir jemand erzählen«, fragte Alusair mit seidenglatter Höflichkeit, »was der Umstand, dass ein königlicher Waffenschmied grobe eiserne Käfige anfertigen soll, bedeuten mag?«

»Mädchen«, sagte ihr Vater leutselig, wies auf die Hügelspitze und nickte Dauneth zu, er solle die Mannschaft mit den Stangen losschicken, »wir werden uns einen Gazneth einfangen – und wenn es notwenig sein sollte, dann werden wir seine Freiheit gegen unseren verloren gegangenen Königlichen Magier eintauschen.«

»Oh«, antwortete Alusair mit trügerischer Sanftmut, »einfach so? Nun, da Ihr es mir jetzt erzählt habt, wird alles ohne irgendwelche Hindernisse vonstatten gehen. Immerhin klingt es plausibel genug, nicht wahr?«

Angesichts des Tonfalls, dessen sie sich befleißigte, hob Azoun eine Braue, murmelte ein paar leise Worte, die ungefähr wie »genau wie Eure Mutter« klangen, drehte sich dann um und wies nach hinten. »Ihr habt mit Sicherheit genug davon, ständig vor Unmengen von Orks fliehen zu müssen.«

»Bei den Göttern, ja«, grollte Alusair ebenso inbrünstig wie jeder Purpurdrachen-Veteran, welcher der langen Märsche müde ist und die Gelegenheit erhält, zur Abwechslung einmal träge herumzusitzen.

»Nun, mit Unterstützung von Dauneths Verstärkung, die unsere Flanken deckt, werden wir uns umdrehen und angreifen. Sie waren uns lange genug mit Geheul auf den Fersen, dass sie nun nichts anderes von uns erwarten als grimmigen Rückzug. Wir leisten jetzt gleich einen letzten verzweifelten Widerstand, und zwar auf der anderen Seite des Hügels hinter uns. In dem Augenblick, in dem das Zelt errichtet ist, lösen sich unsere Reihen auf und eilen hierher zurück. Sie werden bei der Aussicht, uns aufreiben und abschlachten zu können, hinter uns her strömen, aber sogleich werden Dauneths Truppen kreisförmig ausschwärmen und sie von hinten in die Zange nehmen. Gleichzeitig werden die Kriegszauberer, die der junge Marliir ebenfalls mitgebracht hat, vom Zelt aus ihre Banne gegen die Orks schleudern.«

»Sodass die Schlächter zum Schlachtvieh werden«, meinte Alusair ruhig. »So weit kann ich Euch folgen. Aber wie genau sollen wir mit den Gazneths verfahren, die sich unweigerlich auf uns stürzen werden, sobald wir mit diesem Banneschleudern beginnen?«

»Die Zauberer werden gut sichtbare Verteidigungszauber wirken – harmlose Feenlichter auf dem Zelt«, erklärte der König, »und sogleich hineineilen, sobald die Gazneths niederschweben. Der Käfig wird gleich hinter der Zeltöffnung stehen, und Purpurdrachen warten drinnen mit erhobenen Waffen aus kalt geschmiedetem Eisen und bereit, jeden Gazneth zu durchbohren, der hineinplatzt.«

Alusair schüttelte den Kopf, zuckte dann plötzlich die Achseln und grinste. »Mit anderen Worten, ihr stürzt euch alle auf die Sache, lauft wie wild herum und gebt die Hoffnung nicht auf. Nun, warum auch nicht? Alles andere haben wir ja schon versucht.«

»Ich wusste, dass Ihr nicht auf die Gelegenheit zum Zurückschlagen verzichten würdet«, antwortete ihr Vater, »denn bei allen Schafen, die jemals aus dem Wyvernwasser getrunken haben, *ich* tue das ganz gewiss!«

Drei junge Kriegszauberer standen am dunklen Eingang des Zeltes auf dem Hügel. Ihre Gesichter waren angespannt und blass vor Angst. Feuerbälle und Lichtblitze strömten aus ihren Händen, zischten mitten unter die heulenden Orks, die den Hügel heraufbrandeten und dann vor der Linie der wie wild zustechenden Purpurdrachen zurückwichen. Orkkörper bäumten sich in Todespein auf oder wurden mit gebrochenen Knochen durch die Luft geschleudert, nur um von der Explosion des nächsten Zauberbanns ergriffen und erneut weggeschleudert zu werden.

Es dauerte nur wenige Atemzüge, bis der erste der erwarteten Gazneths vom Süden her und dicht über dem Boden fliegend heranbrauste.

»Bei den Göttern, die sind aber schnell«, murmelte Alusair, die Schulter an Schulter neben dem König stand. Sie schaute zu den drei Zauberern hinüber – Sturmschulter, Gaundolonn und Starlaggar, ja, so hieß er, Mavelar Starlaggar – und erkannte, dass alle drei wie ein Mann mit weißen Gesichtern vor Furcht zitterten. »Seid Ihr gewiss, dass unsere Kriegszauberer dem gewachsen sind?«

Azoun folgte ihrem prüfenden Blick gerade noch rechtzeitig, um mit ansehen zu können, wie einer der jungen Zauberer unter Krämpfen seine letzte Mahlzeit von sich gab. Der König zuckte mit den Schultern und sagte: »Wir alle müssen irgendwann unserer ersten Schlacht entgegensehen, und ich kann das Reich nicht halten, wenn nur alte, ergraute Veteranen wissen, wie man seine Position behauptet und für Kormyr kämpft.«

»Alte, ergraute Veteranen wie der König?«, fragte Alusair lächelnd.

»Ganz richtig«, knurrte Azoun und sprang vorwärts. »Hier kommt nun ein kühnerer Recke ...!«

Der zweite Gazneth, der jetzt über dem Hügel erschien, verschwendete keine Zeit mit Kreisen oder Gekreisch wie sein Gefährte. Ohne zu zögern stürzte er sich auf das Zelt.

Einer der Kriegszauberer ächzte vor Entsetzen und stolperte bei dem hastigen Versuch zu entkommen über einen seiner Kameraden, sodass schließlich beide Männer ins Zelt taumelten. Der dritte Zauberer blieb stehen und versuchte verzweifelt, seine beiden Gefährten aus dem Weg zu rollen, als der Gazneth – ein riesiges, mächtiges Exemplar mit einem kahlen Kopf und den Schultern eines großen, beeindruckenden Mannes – sich auf das Zelt fallen ließ.

Gerade noch rechtzeitig gelang es dem Kriegszauberer Lharyder Gaundolonn, seine beiden Mitzauberer aus dem Weg zu schieben und sich über ihre Körper hinweg in das dämmrige Innere des Zeltes zu werfen.

Der Gazneth raste hinter ihm her wie der lachende Strahl eines schwarzen Blitzes. Sein kurzer Flug endete mit einem Krachen aus zersplitternden Knochen und einem widerstrebend wankenden Käfig, wodurch der ganze Hügel erbebte.

Ein Schwerthauptmann betätigte den Schieber, der den Käfig verschloss, stieß die beiden Eisendorne an Ort und Stelle, die verhinderten, dass der Schieber sich bewegte, und winkte die beiden Speerträger zu sich, die mit ihren

Waffen den gefangenen Gazneth in Schach halten sollten. »Nun, Majestät«, sagte der Schwerthauptmann, »jetzt habt Ihr den Vogel im Käfig – noch dazu schneller und sauberer, als es meinen Befürchtungen entsprach. Und jetzt?«

Der König zuckte mit den Schultern und antwortete: »Wir haben nur den einen Käfig.«

Er schaute hinaus auf das blutige Schlachtengetümmel. Reihen von Purpurdrachen näherten sich einander und mähten dabei die zwischen ihnen eingeschlossenen Orks nieder.

Dann blickte der König zum Himmel hinauf. Dort oben kreisten inzwischen drei Gazneths und stießen wieder und immer wieder nieder, um hier einen Kopf abzureißen oder dort ein Gesicht aufzuschlitzen.

»Genug«, sagte er. »Dauneth, ist der älteste unter den Kriegszauberern bereit?«

»Ja, Majestät, er ist bereit«, antwortete der Vogt und senkte rasch eine Hand, um einem Mann, den die beiden Obarskyrs nicht sehen konnten, ein Zeichen zu geben.

Einen endlos scheinenden Augenblick später erschien eine Wolke mitten in der Luft über einem heranbrausenden Gazneth, und sogleich ergoss sich ein Regen aus Eisendolchen, eisernen Pfeilspitzen und Speerspitzen auf das Ungeheuer.

Der Gazneth stieß einen ohrenbetäubend lauten, rauen Schrei aus und fiel hilflos mitten unter die immer noch zuhackenden Kämpfer.

Lange bevor er sich in taumelndem Flug dicht über die Köpfe der Purpurdrachen und Orks hinweg in Sicherheit bringen konnte, waren die anderen beiden Gazneths weggeflogen.

»Das hat gut funktioniert«, meinte Alusair bewundernd. »Nun bleibt uns nur noch übrig, uns einige weitere tausend Orks vom Leib zu halten, während Ihr Euch zu einem verwundeten, wütenden Gazneth begebt und mit ihm einen

Kuhhandel abschließt. Beim Blut des Tempus, schaut Euch nur an, wie sie die Hügel herunterströmen. Wie kann ein einziger Ork-Stamm derart viele Münder füttern?«

»Kuhhandel, in der Tat«, erwiderte der König lächelnd. »Seinem Aussehen nach zu schließen haben wir den Schlimmsten gleich nach Boldovar zu Boden gebracht. Es handelt sich zweifellos um Luthax, der seinerzeit in der Reihenfolge der Kriegszauberer gleich hinter Amedahast kam.«

Alusair schüttelte reumütig den Kopf und sagte: »Ihr habt nie daran geglaubt, dass man Dinge auf die einfache Art lösen soll, nicht wahr?«

Da die Orks draußen wieder aufheulten, übertönte ihr Lärm Azouns grinsend vorgebrachte Antwort.

Die wütenden Feinde stürmten von allen Seiten zugleich den Hügel herauf.

5

Die Rattenbisse waren nur noch kleine rote Punkte, und sternförmige Narben und nässende Abszesse bedeckten Tanalastas blasse Brust und ihren Bauch.

Obwohl ihr Kopf dröhnte und all ihre Glieder von den Nachwirkungen des Fiebers schmerzten, fühlte sie sich bemerkenswert wach, ausgeruht und endlich in Sicherheit.

Owden Foley, der zwar bleich und wie zerschlagen aussah, aber immerhin noch lebte, saß auf der Kante ihres Bettes. Die Augen hatte er in vollkommener Versunkenheit geschlossen, und er drückte einen Heil-Zauberstab auf ihren Unterleib.

Die Korridore vor ihrem Zimmer bewachte ein ganzer Trupp von Purpurdrachen. Zwei Kriegszauberer saßen im Vorraum, jederzeit bereit, auf einen Ruf hin ins Zimmer zu stürmen. Selbst das Fenster hatte man doppelt gesichert, nämlich einmal durch einen Eisenbarren und zudem mit Mörtel und Stein.

Owden öffnete die Augen, ließ aber eine Hand auf Tanalastas nacktem Leib liegen. Sie fühlte die heilende Wärme der Göttin in ihren Körper strömen, sodass ihre Lenden auf eine Weise schmerzlich bebten, die ihr nicht gänzlich unbekannt und zugleich ein wenig peinlich war.

Tanalasta ließ diese Gefühle über sich hinwegwaschen und versuchte, ohne Scham anzunehmen, was sie da spürte. All dies kam als Geschenk von Chauntea, und obwohl sie zum allerpersönlichsten Bereich eines Menschen zählten, sollte kein Anhänger der Großen Mutter sie leugnen.

Als der Blick des Erntemeisters endlich Tanalastas Gesicht traf, konnte sie ihre Anspannung nicht länger unterdrücken.

»Wie geht es dem Kind, Owden?«

Die Prinzessin hatte Schwierigkeiten zu sprechen. Obwohl der Heiler sich offenkundig um ihren gebrochenen Kiefer gekümmert hatte, fühlte er sich steif und wund an, zumal er mit einem seidenen Schal fixiert worden war.

»Ist es verletzt worden?«

Owden senkte den Blick, bevor er antwortete. »Ihr verspürt keinen Schmerz und blutet auch nicht?«

Die eisigen Finger der Furcht krallten sich in Tanalastas Brust. »Was stimmt denn nicht?«

»Unseres Wissens *ist* alles in Ordnung«, antwortete Owden. Er nahm die Hand nicht von Tanalastas Bauch. »Ich habe Euch nur eine Frage gestellt.«

»Eine Frage, von der Ihr wisst, dass ich sie nicht beantworten kann.« Tanalasta war erst vor kurzem erwacht, und als Erstes hatte sie Owden holen lassen. »Wie lange habe ich geschlafen?«

»Ungefähr fünf Tage … das hat man mir jedenfalls erzählt.« Owden hob die freie Hand und strich geistesabwesend über das Tuch, das seine eigene Wunde bedeckte. »Ich bin auch erst gestern aufgewacht.«

»Und Alaphondar?«

»Hält sich in der Bibliothek des Palastes auf. Seaburt und Othram sind ebenfalls hier, aber ich fürchte, dass die anderen …«

Der Erntemeister schüttelte den Kopf und fügte dann hinzu: »Die Orks kamen zu schnell.«

Tanalasta schloss die Augen. »Mögen ihre Körper das Land nähren und ihre Seelen wieder erblühen«, flüsterte sie.

»Die Göttin wird sich ihnen zuneigen.« Owden umklammerte ihren Arm. »Es waren tapfere Männer.«

»Da habt Ihr Recht.« Tanalasta blickte zwischen ihren nackten Brüsten hinunter auf die andere Hand des Erntemeisters, die ihre heilende Wärme immer noch in ihren Unterleib fließen ließ, und fragte: »Und, wie steht es um das Kind? Ich verlasse mich darauf, dass Ihr Euch nicht nur amüsiert.«

Der Scherz bewirkte, dass der sonst so vergnügte Priester sich zu einem Lächeln zwang. »Mit all den Wachen um uns herum? Eher nicht.« Er blickte in Richtung der Tür zum Vorzimmer, schüttelte dann den Kopf und meinte: »Um die Wahrheit zu sagen, verfüge ich nicht über die Mittel, dies beurteilen zu können. Ich könnte die Königlichen Heiler nach irgendwelchen Zeichen fragen, aber dann wüssten sie auf der Stelle, aus welchem Grund ich frage.«

Tanalasta dachte über Owdens Worte nach, dann schüttelte sie ebenfalls den Kopf. »Das sollten wir vermeiden. Wir brauchen keine Gerüchte, die in ganz Kormyr umgehen, zumindest so lange nicht, wie die Edelleute nicht anerkannt haben, dass ich verheiratet bin.«

»Und mit wem«, fügte Owden betont hinzu.

Tanalasta runzelte irritiert die Stirn, was sie sich sonst nur vor den wenigen Leuten gestattete, die dies nicht als eine dieser versteckten Botschaften aufnehmen würden, durch die ganze Familien ihr Glück machen oder ins Unglück gestürzt würden.

»Würde das Wissen um die Zeichen irgendeinen Unterschied für das Kind bedeuten?«

Owden dachte einen Augenblick nach und schüttelte dann den Kopf. »Entweder ist das Kind am Leben oder nicht«, erklärte er einfach. »Wenn es noch lebt, dann können wir nichts tun, als weiterhin Chaunteas Segen in Euren Leib hineinfließen zu lassen und darum zu beten, dass er stark genug ist, den störenden Einflüssen Eurer Verbindung mit dem Gazneth entgegenzuwirken.«

»Seid so freundlich und nennt es einen Kampf!«, verlangte Tanalasta trocken. »›Verbindung‹ klingt eher so, als hätten wir eine … Verabredung gehabt.«

Angesichts ihres Einwandes zuckte Owden zusammen, aber die Tür zum Vorzimmer krachte auf, bevor er sich entschuldigen konnte.

Tanalasta zerrte sich hastig ihr Nachtgewand über die Brust und schaute mit einer zornigen Bemerkung auf den Lippen zur Tür.

Ihre Mutter betrat den Raum.

Königin Filfaeril sah so atemberaubend schön aus wie immer. Flechten honigfarbenen Haars wehten hinter ihr her, und ihre blauen Augen schauten auf Owdens Hand, die nach wie vor auf Tanalastas Leib ruhte. Falls der Erntemeister so etwas wie Beschämung empfand, dann verriet seine Miene jedenfalls nichts davon.

»Mutter«, murmelte Tanalasta. Sie war so überrascht, dass sie ihren schmerzenden Kiefer anspannte. »Ihr hättet dafür sorgen können, dass jemand Euer Erscheinen ankündigt.«

Filfaeril schritt weiter auf das Bett zu, und ihre Schritte wurden zunehmend energischer und kraftvoller. »Ich kam, sobald ich erfuhr, dass Ihr aufgewacht seid.« Sie blieb am Fußende des Betts stehen und starrte weiterhin Owdens Hand an. »Ich freue mich zu sehen, dass es Euch so gut geht.«

Tanalasta fühlte, wie ihr die Hitze in die Wangen stieg,

aber Owdens Beispiel folgend weigerte sie sich, den Köder zu schlucken.

»Um die Wahrheit zu sagen, weiß ich nicht ganz genau, wie ich mich fühle.« Sie wies auf Owden und fragte: »Ihr erinnert Euch an den Erntemeister Foley?«

»Wie könnte ich ihn vergessen?«

Der Ausdruck in Filfaerils Augen hätte einen geringeren Mann schwach werden lassen, aber Owden stand nur auf und verneigte sich, ohne die Hand von Tanalastas Bauch zu nehmen. »Ihr seid so blendend schön wie immer, Majestät.«

Nachdem es ihr nicht gelungen war, Owden einzuschüchtern, wandte sich die Königin zu ihrer Tochter um und bemerkte: »Ein wenig zu alt für Euch, meint Ihr nicht auch?«

»Ihr verkennt die Lage, Mutter«, erwiderte Tanalasta. »Der Erntemeister Foley kümmert sich um meine Gesundheit – und ich bin mir sicher, dass Ihr das auch wisst.«

Filfaerils Miene blieb eisig. »Die Königlichen Heiler sind Euch nicht recht?«

»Ich ziehe Owden vor.« Obwohl ihre Gefühle allmählich ebenso eisig wurden wie die Augen ihrer Mutter, zwang sich Tanalasta zu einem Lächeln. »Und ich bin mir gewiss, dass eine Prinzessin darüber entscheiden kann, wer seine Hände auf ihren Körper legt, auch ohne dass die Angelegenheit Ursache der neuesten politischen Krise wird.«

In Filfaerils Augen blitzte so etwas wie Beschämung auf, aber sie gewann rasch die Kontrolle über ihren Gesichtsausdruck zurück. Mit einem um eine Spur wärmeren Ton in der Stimme antwortete sie: »Ich vermute, dass diese Bitte schwerlich zuviel ist, und ich kam ganz bestimmt nicht her, um über die Angelegenheit Eures Königlichen Tempels zu diskutieren.« Sie drehte sich zu Owden um und bedachte ihn mit einem hoheitsvollen Lächeln. »Nun, wie steht es mit der Patientin? Ich war mir dessen nicht bewusst, dass sie so weit … südlich … Verletzungen erlitten hat.«

»Die Prinzessin ist eine robuste Frau, Majestät.« Owden blickte Tanalasta mit einem kaum merklichen Brauenrunzeln an, worauf sie ihm mit einem ebenso verstohlenen Kopfschütteln antwortete. Sogleich sprach er weiter, ohne auch nur einen Herzschlag lang gezögert zu haben. »Sie verspürte Schmerzen in den Eingeweiden, aber ich bin mir sicher, dass die nur daher rühren, dass sie zu lange das Bett hüten musste … es ist nichts, was ein langer Spaziergang nicht kurieren würde.«

So vorsichtig die Verständigung zwischen Tanalasta und dem Erntemeister auch gewesen sein mochte, so war sie Filfaeril dennoch nicht entgangen. Ihr königliches Lächeln wurde so kalt, dass es ein Freudenfeuer hätte einfrieren können.

»Ein Spaziergang, sagt Ihr?«, fragte die Königin. »Eure Heilkuren der Chauntea wirken offenkundig schneller als die unserer Königlichen Heiler. Sie haben mich davor gewarnt, Euch vor Ablauf einer guten Woche aus dem Bett zu lassen.«

»Einer guten Woche!« Tanalasta stemmte sich hoch. »Ich …«

Owden bedeutete ihr mit einer Geste, sich wieder hinzulegen, und meinte: »Die Königlichen Heiler hatten nicht die Gelegenheit, die Prinzessin so genau zu beobachten, wie ich dies während eines ganzen Jahres vermochte. Vertraut mir, die Übung wird ihr gut tun.«

»*Ich* vertraue Euch«, erklärte Tanalasta. »Und nur das zählt.«

Dankenswerterweise kühlte sich Owdens heilende Hand auf ihrer Haut jetzt ab. Er zog sie zurück, sodass die Prinzessin ihr Nachtgewand endlich ganz hinunterzerren konnte.

Filfaeril starrte den Priester nach wie vor so eisig an, dass selbst er allmählich Unbehagen empfand.

Er drehte sich zu Tanalasta um und sagte: »Wenn Ihr Euch gut genug fühlt, dann könnte ich mich vielleicht zurückziehen und mich um meine eigenen Wunden kümmern.«

»Selbstverständlich, Owden, und ich danke Euch ... für alles.«

Owden verneigte sich vor Tanalasta und der Königin und verließ dann den Raum. Sobald sich die Tür zum Vorzimmer hinter ihm geschlossen hatte, entspannte sich die Königin sichtlich. Sie nahm den Platz des Erntemeisters an der Seite des Bettes ein.

»Ich wollte hier wirklich nicht hereinplatzen, meine Liebe.« Sie ergriff Tanalastas Hand. »Es ist nur so ... nachdem ich erfuhr, dass Ihr aufgewacht seid, konnte ich keinen Augenblick länger mit meiner Entschuldigung warten.«

»Entschuldigung?« Tanalasta beäugte ihre Mutter misstrauisch. Sie empfand ebenso viel Überraschung wie bei ihrer Trennung vor zwei Monaten, als die Königin sie wegen ihres Wunsches, einen Königlichen Tempel der Chauntea zu errichten, so grimmig beschimpft hatte. »Wirklich?«

Tanalastas Erstaunen schien Filfaeril zu bestürzen. Für einen Augenblick sah die Königin nachgerade verwirrt aus, dann stieß sie ein für sie gar nicht typisches schnaubendes Gelächter aus.

»Es geht nicht um die Tempel, meine Liebe! Ihr müsst nach wie vor von diesem Gedanken ablassen, bevor Euer Vater in Frieden sterben und Euch den Thron hinterlassen kann.« Filfaeril versuchte ein diplomatisches Lächeln und musste feststellen, das ihr dies misslang, fuhr aber unerschrocken fort: »Was mir wirklich leid tut, ist die Art und Weise, wie ich Euch gehandhabt habe.«

»Mich *gehandhabt*, Mutter?«

»Ja, Tanalasta, gehandhabt.« Filfaerils Stimme hatte einen strengen Ton angenommen. »Wir sind beide Frauen des Palastes, und die Zeit ist gekommen, dies anzuerkennen. Dies bedeutet nicht, dass wir uns nicht lieben oder Azoun oder Alusair ...«

»Oder sogar Vangerdahast«, fügte Tanalasta hinzu.

Die Augen der Königin verdunkelten sich merklich, aber sie nickte.

»Selbst Vangerdahast – und er ist der Schlimmste unter uns, was das Handhaben anbetrifft. Wir alle verfolgen unsere eigenen Ziele, die uns unvermeidlich gegeneinander aufbringen, und die einzige Möglichkeit, als Familie weiterzubestehen, ist die, dies als Tatsache anzuerkennen.«

Tanalasta schaute ihre Mutter an, als sähe sie sie zum ersten Mal. »Also gut …«

»Was mir leid tut, ist die Art und Weise, wie ich Euch falsch eingeschätzt habe. Eure Veränderung nach Huthduth jagte mir Angst ein, und ich glaubte, Ihr wärt nicht so weit, Königin zu werden.« Filfaeril schwieg, um die Tränen wegzublinzeln, die ihr in die Augen geschossen waren, und sprach dann weiter: »Ich glaubte, Ihr würdet niemals so weit sein, und ich schlug Eurem Vater vor, Alusair an Eurer Stelle zu ernennen. Ich tat alles, was in meiner Macht stand, um ihn zu überzeugen, aber Vangerdahast ließ es nicht zu.«

»Vangerdahast?« Allmählich fragte sich die Prinzessin, auf was ihre Mutter hinauswollte. Vangerdahast hatte ihr während des vergangenen Jahres das Leben zur Hölle gemacht, indem er sie ständig bedrängte, die Art Königin zu werden, die seiner Erwartung nach auf dem Thron von Kormyr sitzen sollte. Schlussendlich war die Lage so schlimm geworden, dass Tanalasta rebelliert und ihm empfohlen hatte, entweder das anzuerkennen, was sie war, oder sich daranzumachen, Alusair in die entsprechende Form zu zwingen. »Ihr sagt das nicht etwa, weil er verschwunden ist, oder?«

»Nein«, antwortete Filfaeril. Sie schüttelte energisch den Kopf, und jetzt rannen ihr die Tränen über die Wangen. »Ich sage die Wahrheit. Er hat im Gegensatz zu mir niemals an Euch gezweifelt. Dafür entschuldige ich mich.«

»Nicht«, sagte Tanalasta. »Es ist nicht notwendig, dass Ihr Euch entschuldigt. Zumindest zu einem bestimmten Zeitpunkt hattet Ihr Recht. Als Gaspar und Aunadar versuchten, Vater zu vergiften, hätte ich nicht weniger bereit sein können. Ich bin mir alles andere als sicher, ob ich es jetzt bin, aber das spielt derzeit auch keine Rolle. Mit den losgelassenen Gazneths befindet sich Kormyr am Rande einer Katastrophe.«

»Es steht nicht länger nur am Rande, fürchte ich.« Filfaeril wischte sich die Augen trocken, erhob sich vom Bett und nahm ihre gewohnte königliche Haltung ein. »Die Fäule hat die gesamte Ernte im Norden vernichtet, und sie breitet sich täglich weiter nach Süden aus. Überall brennen Buschfeuer, die Bewohner ganzer Dörfer verfallen dem Wahnsinn, andere sterben an der Pest, die Orks haben sich massenhaft im Norden versammelt und …«

»Und die Sieben Plagen sind über uns gekommen«, sagte Tanalasta. »Fäulnis, Wahnsinn, Krieg, Pest, Feuer und die Insektenschwärme.«

»Das sind nur sechs.«

»Die siebte Plage wird bald kommen, und wenn sie erscheint …«

»Erscheinen auch die Armeen der Toten und die Legionen, die der Teufel selbst erschuf«, ergänzte Filfaeril und zitierte damit die uralte Prophezeiung des Alaundo. »Was sollen wir dann tun?«

Tanalasta vermochte nur den Kopf zu schütteln. »Wir können es nicht so weit kommen lassen.«

Sie warf die Bettdecken von sich und schwang ihre Beine aus dem Bett. Dann blickte sie in Richtung des Vorraums und bellte: »Korvarr!«

Filfaeril packte ihre Tochter am Arm. »Was tut Ihr da?«

»Ich habe im Goblin-Berg etwas getan, was Xanthon geschwächt hat«, erklärte sie und zerrte ihre Mutter zu einem Kleiderschrank. »Es ist durchaus möglich, dass ich da auf etwas gestoßen bin.«

»Was?«, verlangte Filfaeril zu wissen.

»Das weiß ich noch nicht genau. Ich muss erst einige Nachforschungen anstellen.«

Tanalasta befreite sich von ihrem Nachtgewand und warf es beiseite, dann öffnete sie den Kleiderschrank, nur um zu entdecken, dass er leer war.

Die Tür zum Vorraum flog auf, und Korvarr Rallyhorn, der Lionar ihrer Wache, stürzte mit einem Dutzend Männer in das Zimmer. Alle hielten schliddernd an, dann fielen sie beinahe übereinander in ihrem Bemühen, die Augen abzuwenden und sich zurückzuziehen.

»I-ich bitte Euch um Vergebung, Prinzessin«, stammelte Korvarr. »Wir dachten, Ihr hättet gerufen.«

»Das tat ich auch.«

Filfaeril griff sich das Nachtgewand vom Boden und warf es Tanalasta zu.

»Findet Alaphondar und sagt ihm, dass er sich in der Bibliothek mit mir treffen soll«, sagte Tanalasta und drapierte dabei ihr Nachtgewand mehr oder weniger über ihre Brüste. »Und schickt mir etwas zum Anziehen.«

»Wie Ihr befehlt, Prinzessin.«

Korvarr gab sich alle Mühe, den Raum zu verlassen, ohne Tanalasta anzuschauen.

Sobald die Tür geschlossen war, wandte sich Filfaeril zu ihrer Tochter um und meinte: »Meine Güte, Ihr habt Euch wirklich verändert.«

Tanalasta lächelte und legte ihrer Mutter einen Arm um die Schultern. »Und Ihr habt noch nicht die Hälfte davon gesehen – was mich daran erinnert, dass ich die Neuigkeiten nur zum Teil gehört habe. Wie geht es Vater?«

»Und vielleicht auch Dauneth?«

Tanalasta verdrehte die Augen. »Wenn Ihr unbedingt wollt, aber ich muss Euch warnen, denn ich habe weniger Grund denn je, mich für den guten Vogt zu interessieren.«

»Wie schade. Ihr gäbt ein so schönes Paar ab.« Obwohl

der Schmollmund, den Filfaeril jetzt zog, durchaus spielerisch wirkte, so wusste Tanalasta dennoch um den Ernst der Lage. Die Königin und der König mussten erst noch von Tanalastas Heirat mit Rowen Cormaeril erfahren – oder von ihrer Schwangerschaft. Filfaeril hob die Hände, als wollte sie dem Zorn ihrer Tochter zuvorkommen. »Ich will Euch nicht antreiben …«

»Vielleicht nur ›handhaben‹?«

»Vielleicht.« Filfaeril lächelte kurz, wurde dann aber ernster. »Das Letzte, was ich hörte, besagte, dass Euer Vater und Alusair …«

»Alusair?«, keuchte Tanalasta. »Dann ist sie in Sicherheit?«

»Ja«, bestätigte Filfaeril. »Euer Vater ist in den Steinlanden auf sie getroffen. Was ich sagen wollte, ist, dass sie sich mit Dauneth und seiner Armee am Gnoll-Pass treffen sollten …«

»War Alusair allein?«, fragte Tanalasta erregt. Nach Vangerdahasts Verschwinden in der Schlacht bei den Seefern-Marschen hatte sich Rowen irgendwie in den Besitz des Pferdes des Königlichen Magiers gebracht und war davongaloppiert, um den König hinsichtlich der Gazneths zu warnen. Unglücklicherweise hatten Tanalasta und Alusair seinen Weg ein paar Tage später gekreuzt. Die Spur führte aus einem Grund, den sie nicht verstanden, nach Norden in Richtung der Steinlande.

Alusair war allein losgeritten, um Rowen zu finden, und das war das Letzte, was Tanalasta von den beiden gehört hatte. »Hat sie Vangerdahasts Pferd gefunden?«

»Genau gesagt hat Alusair Euch eine Nachricht geschickt – wie dumm von mir, das zu vergessen.« Das Lächeln der Königin ließ keinen Zweifel daran aufkommen, dass sie sich sehr wohl erinnerte. »Sie hieß mich, Euch zu sagen, ›der König habe Cadimus, aber Euer Lieblings-Kundschafter‹ sei ›immer noch auf einem Streifzug‹.«

Tanalasta zog sich zum Bett zurück und ließ sich darauf niedersinken, denn plötzlich fühlte sie sich müde und erschöpft.

Die Königin trat neben sie, zog die Bettdecke hoch und legte sie ihrer Tochter um die Schultern. »Tanalasta, es tut mir leid«, sagte sie. »Ich wusste nicht, dass Euch dies aufregen würde.«

»Eigentlich sollte es das auch nicht, nehme ich an«, erwiderte Tanalasta. »Die Berge sind so gefährlich geworden, und ich hatte auf ein wenig mehr … Gewissheit gehofft.«

Filfaeril beugte sich vor und umarmte ihre Tochter. »Ich weiß. Ich vermag nicht zu zählen, wie oft ich mich wegen der Sicherheit Eures Vaters gegrämt habe … und nicht selten darüber, ob er sich nicht mit der Tochter eines niederen Hauses davongemacht hat.«

Tanalasta schüttelte den Kopf. »Das würde Rowen niemals tun – selbst wenn es in den Steinlanden Töchter von edler Geburt gäbe.«

»Rowen?« Filfaeril richtete sich auf und runzelte die Stirn. »Der einzige Kundschafter, der meines Wissens Rowen heißt, ist Rowen Cormaeril.«

Tanalasta nickte, dann klopfte sie auf eine Stelle des Bettes neben sich. »Ihr setzt Euch besser hin, Mutter. Ich muss Euch etwas sagen.«

6

»Sie werden sich jetzt zurückziehen«, erklärte Alusair mit einer gewissen Befriedigung, »und auf die Dunkelheit warten. Stellt sicher, dass wir ausreichend Brennholz für einen guten, großen Ring aus Feuern gesammelt haben.«

Auf drei Hügelspitzen irgendwo in den nördlichen Marschen des Reichs stützten sich die Soldaten der königlichen Armee erschöpft auf die zuvor eifrig benutzten Schwerter. Sie beobachteten die zahllosen Orks, die unter Knurren und Zischen die Hügelflanken hinunterströmten und Haufen ihrer in Blutlachen liegenden Toten zurückließen.

Die Schlacht hatte lange und verlustreich getobt, und die Orks vermochten kaum zu glauben, dass das armselige Trüppchen der Menschen die Hügel gegen alle Angriffswellen der nach Blut dürstenden, erprobten Ork-Krieger gehalten hatte – selbst wenn man den erhöhten Standort der Menschen in Betracht zog.

Das Gemetzel war Grauen erregend gewesen, was selbst die grauhaarigen Veteranen unter den Purpurdrachen zugegeben hätten. Hätten die Orks nur ein kleines bisschen mehr Kühnheit aufbringen können, hätten sie sich ihren Weg an müden Schwertarmen vorbeibahnen und Hunderte menschlicher Leben auf den Hügelspitzen auslöschen können, einen König und eine Prinzessin eingeschlossen.

Der Gazneth hatte sie mit lauten, in Orkisch ausgestoßenen Schreien angestachelt, Befehle gebrüllt und wie von Sinnen an den eisernen Stäben seines Gefängnisses gerüttelt, ohne sich jedoch befreien zu können. Soweit Alusairs erfahrener Blick ihr mitteilte, hatten die Orks keine besonderen Anstrengungen unternommen, zu der eingesperrten Kreatur zu gelangen.

In der unheimlichen Stille, die dem Rückzug der Orks folgte, beobachteten die Stahlprinzessin und ihr Vater, wie ein erster vorsichtiger Trupp von Soldaten und Rittern ausschwärmte, um Feuerholz zu sammeln. Dann blickten sich Alusair und Azoun an.

»Es ist an der Zeit, so viel wie möglich über das Schicksal Vangerdahasts zu erfahren«, murmelte der König, wobei er darauf achtete, dass seine Schulter dem aufmerksam zu ihm herüberschauenden Gazneth den Blick auf seine sich bewegenden Lippen versperrte.

»Habt Ihr immer noch den Spurensuch-Staub, den Euch der alte Magier gab, um starrköpfige, rebellische Prinzessinnen zu finden?«, fragte Alusair und hob eine Braue.

Azoun nickte und sagte: »Den habe ich nicht vergessen. Und ich verfüge auch noch immer über den Feuer-Abwehr-Zauber, mit dem er mich versah.«

Alusair musterte die Zauberstäbe an Azouns Gürtel, bis ihr Blick an einem hängen blieb, der mit roten Schriftzeichen bedeckt war.

»Ein Köder?«, fragte sie, und wieder nickte der König.

»So ungefähr«, meinte er kurz angebunden und winkte einen Lanzenträger zu sich. Diesen wies er an, allen Männern den Befehl zu übermitteln, sich ein gutes Stück, nämlich mindestens zwanzig Schritte, von dem Käfig fernzuhalten.

Der Gazneth lachte rau, als die Kormyraner sich vorsichtig zurückzogen, wobei sie die Schwerter gezückt hielten und den Blick niemals mehr als nur für einen Augenblick von ihm abwendeten. Das tiefe, polternde Gelächter wurde lauter, als die beiden Obarskyrs sich anschickten, näher an den Käfig heranzutreten.

»Haben Euch die Eisenstäbe kühn werden lassen, armselige Gestalt von einem König?«

»Ich freue mich, Euch zu sehen, Luthax«, erwiderte der König gleichmütig. »Ihr habt bisher keinen Ausweg gefunden, nicht wahr?«

Der Gazneth, der einst der zweitmächtigste – und in einem kurzen, dunklen Augenblick vielleicht sogar der mächtigste – Kriegszauberer von Kormyr gewesen war, zischte und ratterte dann mit ausgestreckten Klauen über die Eisenstäbe. Er vermochte diese Krallen in seine Fingerspitzen zurückzuziehen, bemerkte Alusair, und sie achtete darauf, gerade eben außerhalb der Reichweite seiner muskulösen schwarzen Arme zu bleiben.

»Um den Versuch zu unternehmen, den rechtmäßigen derzeitigen Königlichen Magier zu verdrängen?«, fuhr der König beinahe spielerisch fort.

Luthax warf den kahlen Kopf zurück und lachte, wobei ihm die schütteren, zerzausten Überreste seines Bartes um den Unterkiefer herum ein wahrlich barbarisches Aussehen verlieh.

»Ist das Schicksal dieses Narren tatsächlich Eure dringlichste Sorge? O blinder König, Ihr müsst jetzt weit schlimmeren Sorgen ins Antlitz schauen. Dem Überleben Eures Throns und Eures Königreichs, um nur ein Beispiel zu nennen.«

Der Gazneth beäugte durch die Eisenstäbe hindurch Alusair und fragte dann: »Und wie steht es mit dieser Wölfin, Azoun? Ich habe Bedarf für einen beherzten Lehrling – oder eine Zuchtstute für das in wirklich mächtige Zauberbanne gehüllte Ross, das nach meinem Willen geboren werden soll. Wollt Ihr vielleicht Eure besten Zauberer gegen mich antreten lassen?«

»Eigentlich nicht«, meinte Azoun, während er den Käfig umkreiste. Ein kaum merkliches, freudloses Lächeln umspielte seine Mundwinkel. »Meine Pflicht besteht darin, das Leben und das Wohlergehen meiner Untertanen nach bestem Vermögen zu bewahren – einschließlich solcher Untertanen, wie Ihr einer seid – und sie nicht in sinnlosem Banneschleudern zu verschwenden.«

»Ich bin nicht Euer Untertan!«, spuckte Luthax. »Geht und sucht Vangerdahast, wenn die schmeichlerischen Küsse zahmer, auf dem Bauch kriechender Zauberer das sind, was Ihr haben wollt!«

»Und wo würde ich ihn wohl finden?«

»Oh, nein«, höhnte Luthax. »Ihr müsst daran gewöhnt sein, Euch Wortgefechte mit wirklich *sehr* dummen Höflingen zu liefern, Azoun. Glaubt Ihr etwa, Ihr könntet auch nur ein Wort aus mir herausbekommen, das ich nicht sagen will? Ich bin Luthax, ein Magier von der Sorte, die Ihr niemals gesehen habt und die Ihr als der Dummkopf, der Ihr seid, auch niemals auch nur hoffen könnt zu verstehen. Gerade jetzt scheint Kormyr von Gazneths heimgesucht zu sein, nicht wahr? Genug von uns – mehr als genug von uns –, um einen einzelnen schwachen, alten Vangerdahast dort festzuhalten, wo weder Ihr noch irgendein anderer Mann ihn jemals finden kann.«

»Glaubt Ihr das wirklich?«, fragte der König. »Die Magie des Königlichen Magiers hat mir inzwischen etwas ganz anderes mitgeteilt.«

»Etwas ganz anderes?«

»Der Griff eines Gazneth«, erklärte Azoun beiläufig, »scheint weniger sicher zu sein, als jedenfalls ein Gazneth das glaubt. Sicherlich weniger mächtig als diese einfachen Eisenstäbe. Ich frage mich inzwischen, wie viel von der Macht, mit der sich die Gazneths brüsten, nichts weiter ist als Schwindel und Überheblichkeit.«

Die dunkle Gestalt im Käfig brüllte vor Wut und packte die Eisenstäbe so fest, dass die Schultermuskeln anschwollen. Der Käfig wackelte unter Luthax' Anstrengung, aber die Stäbe hielten stand, während das Wesen zischte und hastig die zitternden Hände wegriss, als seien sie verbrannt worden.

»Verspürt Ihr Hunger nach Magie?«, murmelte der König von Kormyr. Azoun wartete ab, bis die zornigen Augen des Gazneths ihn anstarrten. Dann brachte er den Zauberstab zum Vorschein, den er aus dem Gürtel gezogen und hinter seinem Rücken verborgen gehalten hatte, während das Phantom sich damit abmühte, sein Gefängnis in Stücke zu reißen. »Ich bin zu einem kleinen Handel bereit.«

Er trat zurück und beobachtete, wie der Gazneth, der einmal Luthax gewesen war, gegen seinen Zorn und dann gegen eine ganze Reihe anderer Gefühle ankämpfte. Dann wandte sich das Wesen um und fragte mit einem tiefen Grollen in der jetzt wieder ruhigen und listig klingenden Stimme: »Einen Handel im Bezug auf was?«

»Diesen zum Einsatz bereiten Zauberstab, der Feuerbälle schleudert …«, Azoun hielt inne und sah zu, wie die feurigen Augen des Gazneths aufblitzten, »… gegen eine umfassende, genaue und verständliche Beschreibung, die ich für ausreichend halte, den Aufenthaltsort Vangerdahasts anzugeben, einschließlich eventueller Fallen oder Wächter bei ihm oder auf dem Weg zu ihm.«

Luthax schien mitten in der Bewegung zu erstarren und hockte in Gedanken versunken für so lange Zeit da, dass die meisten Männer dies unbequem gefunden hätten. Aber der Gazneth und der König hätten ebenso gut Statuen sein können, so geduldig und ruhig wie sie blieben. Der kahle Kopf hinter den Eisenstäben rührte sich schließlich, und sein Besitzer knurrte: »Der Handel ist beschlossen, König. Tretet näher.«

Azoun machte einen Schritt in Richtung des Käfigs, blieb dann aber lächelnd stehen. Den Zauberstab hielt er mit ausgestrecktem Arm quer vor seinen Körper. Er selbst wie auch der Stab blieben wohlweislich außer Reichweite des Gazneth.

Wieder blinzelten Luthax' Augen, aber er meinte nur: »Etwa sieben Hügel in südwestlicher Richtung von diesem Bergrücken gibt es einen verlassenen Ort: ein Haus, das tief in den Hügel gegraben wurde, einen Abort und eine zusammengebrochene Scheune. Zwischen dem Haus und der Scheune befindet sich ein Brunnen. Euer Zauberer befindet sich auf dessen Grund – gebunden, mit Gewichten beschwert und nass, aber unverletzt. Er kann nicht sprechen, sehen oder die Hände bewegen, und an seinen Schultern befinden sich zwei Ringe, an denen ihn ein Gazneth – oder Ihr, mit Seilen und Haken und etwas Geduld – hochziehen kann. Es geht ihm gut, aber er wird vielleicht alles andere als amüsiert sein.«

»Keine Fallen?«

»Keine Fallen – sofern Ihr nicht das offene, nicht markierte Brunnenloch als Falle bezeichnen mögt. Ich glaube nicht, dass es die Lage eines Zauberers verbessern würde, wenn ein Purpurdrache in voller Rüstung auf ihn fiele.«

»Ist das alles, was ich wissen muss?«

»Unserem Handel nach, ja. Gebt mir den Zauberstab, wenn die Könige von Kormyr noch Ehre im Leib haben.«

»Für Könige trifft das zu«, erwiderte Azoun trocken, zog die Verschlussbolzen heraus, die den Riegel sicherten, und öffnete mit einer für einen einzelnen Mann seines Alters erstaunlichen Kraft die schwere Käfigtür. Dann schleuderte er den Zauberstab in den Käfig.

Der Gazneth griff sich den magischen Stab mitten aus der Luft, heulte vor Schadenfreude auf und schoss in die Luft wie eine Schlange, die nach der Sonne selbst schnappt.

Seine Flügel schlugen rasend schnell in einem wirren Wirbel, während ein blauer Blitz um den Zauberstab herumraste, gleißend hell explodierte und dann wieder in Luthax' nun leere Hände sank. Der Gazneth spuckte: »Ich habe nicht alle meiner alten Zauberbanne vergessen. Verliert einen Zauberstab und gewinnt dafür einen Meteoritenschwarm!«

Feuerbälle schossen aus dem Mund des Gazneth auf den König zu, gefolgt von wildem, bellendem Gelächter.

Azoun aber hielt stand und schrie: »Alle zurückziehen und *hinunter auf den Boden*!«

Gleich nach Azouns Befehl explodierte der Hügel in einem Flammenmeer.

Brüllend vor Lachen taumelte der Gazneth rückwärts durch die Luft, wobei er triumphierend mit den Flügeln schlug. »Ein bisschen wärmer als erwartet, was, Azoun? Ha! Welch ein Narr! Welch ein Dummkopf! *Das* war das Beste, was ein Obarskyr dem Reich geben konnte?«

Der Gazneth umkreiste einmal den in Flammen stehenden Hügel, wobei er immer noch vor Lachen brüllte angesichts der Krieger, die sich vor ihm niederduckten. Ihre vergeblich nach oben stoßenden Schwerter erinnerten ihn an Grashalme.

Luthax flog davon.

Als der König von Kormyr anscheinend unverletzt aus den Flammen trat, schnappten viele der Männer ehrfurchtsvoll nach Luft. Azoun wandte sich kurz und knapp an den nächststehenden Schwerthauptmann. »Vergeudet keine Zeit mit einer vergeblichen Suche nach nicht vorhandenen Brunnen und verlassenen Orten. Sieben Hügel von diesem Berg hier entfernt befindet sich ein Steinbruch, in dem ich einmal ein Pferd verlor.«

»Wohin denn dann, Majestät?«

Azoun Obarskyr wies auf den Gazneth in der Ferne.

»Dem Bösen verfallene Kriegszauberer mögen zwar klug und überheblich sein – aber sie verfügen nicht über ausreichend Zuversicht, um nicht doch nach ihren Gefangenen zu schauen, wenn die Saat des Zweifels erst einmal gesät ist.«

Er lächelte verzerrt und langte nach dem Griff seines gezückten Schwertes.

7

Vangerdahast erklomm die letzte Flucht krummer Treppenstufen im großen Goblin-Palast und wusste endlich mit Gewissheit, dass er den Verstand verloren hatte.

Ein appetitanregender, starker Duft erfüllte das Treppenhaus – der gleiche Duft, der ihn überhaupt erst in den düsteren Kaninchenbau von einem Palast gelockt hatte.

Ein merkwürdiger Chor zirpender Stimmen hallte den Korridor zur Linken herunter, wo die sich unendlich erstreckende dunkle Wand von einem schiefen Rechteck gelben Lichts unterbrochen wurde. Die Stimmen kamen ihm vollkommen fremdartig vor, aber den Geruch erkannte er. Kaninchen. *Gebratenes* Kaninchen.

Er zupfte sich eine Wimper aus und umhüllte sie mit einem winzigen Stück Gummi Arabicum aus seiner Tasche, dann flüsterte er die Worte seines Unsichtbarkeits-Zaubers. Seine Hand verschwand und hinterließ nur einen Lichtschimmer, der von seinem ebenfalls unsichtbar gewordenen Hauptmannsring ausstrahlte. Er zog sich den Ring vom Finger, steckte ihn dann aber wieder auf, unterdrückte den magischen Glanz und kroch den eindrucksvollen Korridor hinunter. Obwohl es sich bei dem Gang um den größten handelte, den er in irgendeinem Goblin-Gebäude entdeckt hatte, musste er sich so tief bücken, dass er nur noch die Hälfte seiner üblichen Größe maß. Großartige Goblin-Architektur drückte ihre Majestät in der Horizontalen aus und ignorierte die Vertikale mehr oder weniger.

Als sich Vangerdahast dem gelben Licht näherte, stellte er fest, dass es sich um eine krumme Türöffnung handelte, deren eine Seite höher war als die andere, und keine der beiden Seiten traf in einer Senkrechten auf den Boden.

Inzwischen vermochte er in all dem Gezirpe verschiedene Sprecher zu unterscheiden, und der Geruch wurde immer delikater und unwiderstehlich überwältigend. Eine ganze Weile lang war er sich nicht bewusst gewesen, dass sein Hunger eine solch offenkundige Macht darstellte, aber der Geruch von Essen – oder die Illusion des Geruchs – ließ ihm das Wasser im Mund zusammenlaufen und seinen Magen knurren.

Da er wusste, dass ihn Verzweiflung übermannen würde, wenn er die Ecke umrundete und einen leeren Raum vorfand, wäre er beinahe umgekehrt. Seinen Gürtel hatte er fast zweimal um seinen Leib geschlungen, und ihm wurde in regelmäßigen Abständen schwarz vor Augen, abgesehen von den Schwächeanfällen, die so heftig waren, dass er kaum noch zu stehen vermochte.

Wenn er entdeckte, dass dieses wunderbare Aroma ebenfalls nur auf einer Illusion beruhte, mochte ihn das vielleicht töten.

Aber selbstverständlich kehrte Vangerdahast nicht um. Der Duft zog ihn an, genau wie der Klang der Stimmen, die seiner eigenen so gar nicht glichen – ganz gleich, wie seltsam und fremdartig sie auch klangen.

Bald stand er gebeugt vor der kleinen Tür, verbog den Hals, um unter der Schwelle hindurchspähen zu können, und erblickte einen von Kerzenschein erleuchteten Tisch, beladen mit dampfenden Bratenstücken, nämlich zehn gedrungenen Stinktieren und etlichen Dutzend Krähen.

Und sie sahen ganz wirklich aus. Die Stinktiere hatte man gehäutet und am Spieß gebraten, dann in ihrem eigenen Fell angerichtet. Die Vögel waren genauso elegant zubereitet worden – man hatte sie samt ihren Federn, Walnüssen in den Schnäbeln und Silberwurzelkäfer-Larven in den Augenhöhlen gebacken.

Vangerdahast fragte sich, welche Art schlimmen Scherzes sein Gehirn sich mit ihm erlaubte. Zu jeder anderen Zeit hätte ihn der Anblick eines solchen Festmahls unsäglich angewidert. Jetzt aber bewirkte er, dass seine Hände zitterten, während ihm das Wasser im Mund zusammenlief.

Auf ihren Hinterteilen hockten um den Tisch herum mehr als ein Dutzend Goblins in gut sitzenden, buntgefärbten Lendentüchern und blassen Tuniken mit ledernen Schwertgürteln. Sie waren recht klein und stämmig für ihre Art und maßen nicht mehr als drei Fuß in der Höhe. Außerdem hatten sie die falsche Farbe. Die Augen und Häute der meisten Goblins zeigten gelbliche bis rötliche Töne, aber diese hier hatten blassgrüne Haut und blassblaue Augen, die an die von Königin Filfaeril erinnerten.

Zu Vangerdahasts Überraschung waren die Manieren der Goblins ebenso gut wie die Wesen selbst fremdartig. Ein Dutzend mit weißen Umhängen bekleidete Diener standen in regelmäßigen Abständen rings um den Tisch herum und benutzten Bronzegerätschaften zum Zerlegen des Fleisches in mundgerechte Stücke. Wann immer einer der Esser einen der Diener anzwitscherte, schleuderte dieser einen leckeren Bissen in dessen Richtung. Der Esser versuchte dann, den Mund unter das Fleischstück zu bekommen, um es sich aus der Luft zu schnappen. Diese Vorgehensweise schien eine Art Kunst zu sein, denn die Esser legten Wert darauf, auf ihren Hinterteilen sitzen zu bleiben und die Hände unter den Knien eingeklemmt zu halten, bis das Essen in ihre Reichweite kam. Wann immer es einem Gast gelang, ein Stück aufzufangen, das über eine besonders lange Strecke, hinter den Rücken der Esser hinweg oder durch eine Kerzenflamme geflogen war, brachen die anderen in lautes, anerkennendes Zischen aus. Vangerdahast sah nur einmal, dass ein Esser sein Fleischstück verpasste und die anderen still den Blick abwendeten, während der beschämte Goblin den Kopf senkte und den Bissen von dem schmutzigen Boden aufnahm.

Die Höflichkeit der Goblins war so augenfällig, dass Vangerdahast vermutete, dass er eine Einladung zum Festmahl bekommen könnte, wenn er einfach einen Sprachen-Zauber wirkte und sich vorstellte. Mit einem geringfügig kleineren Mund als die Gastgeber würde er jedoch wahrscheinlich nicht in der Lage sein, ihren Ansprüchen zu genügen, und abgesehen davon legte er auch keinen großen Wert darauf, seine Krähe vom Boden zu essen.

Tatsächlich hatte ihm die Vorstellung, Krähe zu essen, nie so recht gefallen wollen, und er wollte ganz gewiss nicht gerade jetzt damit anfangen – jedenfalls nicht, solange leckerer, am Stück gebratener *memphitis memphitis* zur Verfügung stand. Vangerdahast hob eine unsichtbare Hand in Richtung des nächsten Stinktiers, drehte die Handfläche nach oben und vollführte eine Aufwärtsbewegung.

Während er seinen Zauber murmelte, erklang vom Kopf der großen Treppe her ein leises Rascheln. Er wirbelte herum und glaubte, ein Paar perlfarbener Punkte in der Mündung des Korridors zu erblicken. Die Goblins brachen in eine Kakophonie erstaunten Zwitscherns und alarmierten Knurrens aus. Vangerdahast blickte zu dem Festsaal zurück und stellte fest, dass das Stinktier gerade eben über seiner unsichtbaren Hand schwebte und seine Nase mit seinem köstlichen Aroma erfüllte.

Wenn es sich hierbei um eine Illusion handelte, dann war es zumindest die süßeste, die er je erlebt hatte.

Die Goblins starrten den schwebenden Braten eher erstaunt als erschreckt an, als erwarteten sie, gleich das mit Zähnen bewehrte Maul eines unsichtbaren Gottes aus der Dunkelheit erscheinen und das Fleischstück auf einen Satz verschlingen zu sehen.

Glücklich, ihnen auf die bestmögliche Weise entsprechen zu können, zog Vangerdahast seinen Dolch aus der unsichtbaren Scheide und schnitt einen Bissen von dem Braten ab, um ihn sich sogleich in den Mund zu schieben. Er schmeckte ohne jeden Zweifel echt. Tatsächlich konnte er sich nicht daran erinnern, ein Stück Fleisch so sehr genossen zu haben, nicht einmal in den Küchen des Palastes von Suzail.

Der Festsaal explodierte in einen Tumult aus Geschnatter und Geklirr, als die Goblins aufsprangen und ihre kleinen Eisenschwerter aus ihren winzigen bronzenen Scheiden zogen.

Vangerdahast griff in seine Tasche und warf ein wenig Diamantenstaub in die Türöffnung, gleichzeitig donnerte er einen Zauberbann, als die Goblins sich umwandten und auf ihn zustürmen wollten. Ein schimmernder Vorhang aus schierer Macht flackerte über dem krummen Portal auf. Der erste Goblin prallte aus vollem Lauf dagegen und wurde in die Reihen seiner Kameraden zurückgeschleudert.

Vangerdahast löste einen ganzen Rippenknochen von dem gebratenen Stinktier, erleuchtete ihn dann mit einem raschen Lichtzauber und schleuderte ihn den Korridor hinunter. Eine große, an einen Mann erinnernde Silhouette schlich leise und geduckt die große Treppe herunter, und Vangerdahast lief ein Schauder über den Rücken. Die Gestalt sah viel zu robust und menschlich aus, als dass es sich um Xanthon hätte handeln können, aber der Magier hatte weder eine Tunika noch einen Umhang auf den weich geschwungenen Schultern sehen können – und der Zauberer wusste nur zu gut, was das bedeutete. Gazneths konnten keine Kleider tragen, denn Stoffe verrotteten in dem Augenblick, in dem sie mit ihrer Haut in Berührung kamen.

Das Stinktier schmeckte ihm plötzlich nicht mehr, aber Vangerdahast zwang sich dazu, ein weiteres Stück Fleisch abzuschneiden und zu essen. Er würde all seine Kraft nötig haben.

Die Goblins warfen sich nur kurz gegen die Zauberwand, bevor ihnen klar wurde, dass sie den unsichtbaren Dieb nicht durch diese Tür erreichen konnten. Sie stellten vier Wachen vor dem Portal auf und zogen sich zu dem Tisch zurück, um sogleich eine wütende Debatte zu beginnen.

Vangerdahast ließ beide Richtungen nicht aus den Augen, blieb, wo er war, und wirkte einen Zauber, der es ihm ermöglichte, die Unterhaltung der Goblins zu belauschen. Mit einem Gazneth irgendwo im Palast wollte er sich nicht von der Stelle rühren, bevor er nicht ausreichend gegessen und einen Teil seiner Energie zurückgewonnen hatte.

»Wir müssen diesen Dieb finden«, erklärte einer der Goblins, ein auffallend breit gebauter Bursche in einem purpurroten Lendentuch, mit rauer Stimme. »Er darf nicht aus dem Grodd-Palast entkommen.«

Zu Vangerdahasts großem Unbehagen klang es so, als benutzten die Goblins den gleichen uralten Elfen-Dialekt, in dem auch Nalavara ihren Namen ausgesprochen hatte.

»Das ist doch nur eine Kleinigkeit«, meinte ein anderer. »Soll doch der Schleicher ihn fangen und erwürgen. Anschließend werden wir ihn ausräuchern.«

»Nein, denn später wird es mehr geben.« Es handelte sich allem Anschein nach um einen weiblichen Goblin, der jetzt sprach, während die anderen ehrerbietig schwiegen. »Hat der Eiserne nicht von diesen Menschendingern gesprochen? Wenn einer eingelassen wird, folgen ihm Tausende. Wir müssen ihn ausräuchern, bevor ihm andere folgen, oder wir Grodds werden den Weg Kormanthors gehen.«

»Wie Otka befiehlt.« Der männliche Goblin, der zuvor gesprochen hatte, wies auf eine Tür in der Rückwand des Raums. »Ghislan und Hardy, durch die Küche mit euren Kompanien, löst außerdem Alarm aus. Pepin und Rord, an die Wände mit euch.«

Mit erschreckender Zielstrebigkeit versammelten Pepin und Rord zwanzig der Gäste und machten sich an dem bröckelnden Mörtel der Wände zu schaffen. Ghislan und Hardy eilten zusammen mit dem Rest der Gesellschaft in Richtung Küche und ließen nur Otka und die weiß gekleideten Diener allein in der Mitte des Festsaals zurück. Vangerdahast hatte nicht die geringste Ahnung, ob es sich bei Ghislan oder Hardy, Pepin oder Rord und ihre Untergebenen um Männer oder Frauen handelte. Der einzige Hinweis auf ihr Geschlecht kam von ihren Stimmen, aber jetzt waren die Grodds viel zu beschäftigt zum Reden.

Vangerdahast vermochte nicht mehr als die Hälfte des Stinktiers herunterzuschlingen, bevor Ghislan, Hardy und ihre Kompanien über die große Treppe heraufstürmten. Er sagte sich, dass dieser spezielle Stamm von Goblins viel zu sachkundig und zielgerichtet vorging, als dass er Spielchen mit ihnen hätte treiben können, wickelte den übrig gebliebenen Braten in sein Fell und stopfte sich das Bündel unter den Umhang. Dann wirkte er einen Zauber, der es ihm ermöglichte, im Dunkeln zu sehen, und eilte den Korridor hinunter.

An der ersten Kreuzung schlüpfte Vangerdahast in einen schmalen Seitengang und bewegte sich in einem Bogen in Richtung einer weniger großartigen Treppe, die er an der Rückseite der beeindruckenden Palast-Eingangshalle gesehen hatte.

Das Stinktierfleisch in seinem Bauch wog so schwer wie

Blei, obwohl er vermutete, dass dies eher mit dem Zustand seines hungrigen Magens zusammenhing und nicht mit den Kochkünsten der Grodds.

Dieser Stamm hier glich in nichts den Goblin-Gruppen, die er zuvor zu Gesicht bekommen hatte, denn sie waren viel geordneter und – er schüttelte sich bei dem Gedanken – viel zivilisierter. Seine Gedanken wanderten zu den verlassenen Bergfrieden, die überall auf den Goblin-Marschen verstreut standen, aber er vermochte keinen Zusammenhang zwischen den Grodds und diesen uralten Bauwerken herzustellen, die schon aufgegeben worden waren, bevor es ein Kormyr gab. Selbstverständlich konnte er nicht fassen, dass er Otka und ihre Truppe nicht schon viel früher bemerkt hatte, und doch befanden sie sich hier in dem großartigen Goblin-Palast. Beide Geheimnisse hatten, so mutmaßte er, viel mehr mit Nalavarauthatoryl der Roten zu tun, als ihm lieb war.

Als Vangerdahast schließlich den letzten Gang in Richtung der Treppe einschlug, entdeckte er zu seiner Bestürzung eine rötliche, menschenähnliche Silhouette, die sich weiter oben auf dem Treppenabsatz duckte.

Kopf und Körper glichen ohne Zweifel einem Menschen, aber der perlfarbene Schimmer in ihrem Blick glomm in dem gleichen fahlen Licht, das der Zauberer in den Augen Xanthon Cormaerils und der anderen Gazneths gesehen hatte.

Mehr noch, die Gestalt war mit Gewissheit gänzlich nackt, und sie spähte quer durch die Eingangshalle auf den Stinktierknochen, den Vangerdahast zuvor zum Leuchten gebracht hatte. Obgleich erst wenige Minuten seit dem Wirken des Zaubers vergangen waren, war von der Magie nichts weiter übrig geblieben als ein schwaches gelbes Schimmern.

Vangerdahast stieß einen stummen Fluch aus, rülpste dann leise und zog sich ein Stück weit in den Korridor zurück. Er fühlte sich bereits kräftiger – aber noch nicht stark genug, um den Kampf mit einem Gazneth aufzunehmen. Es würde besser sein, sich mit den Goblins zu beschäftigen.

Er war inzwischen beinahe bis zum Eingangsbereich des Palastes geeilt, als hinter der nächsten Ecke das leise Zischen schnüffelnder Goblins ertönte. Rasch zog er sich hinter die Ecke zurück, um die er gerade gebogen war, und huschte in einen anderen Gang. Bei diesem Korridor handelte es sich um den kleinsten, den er bislang betreten hatte, und wegen der niedrigen Decke musste er sich auf Hände und Knie niederlassen. Selbst wenn sein Leben davon abgehangen hätte, so wäre es unmöglich gewesen, sich umzudrehen. Die ersten Goblins liefen schweigend an der Mündung des Gangs vorbei, und er hörte nur das leise Schnüffeln ihrer Nasen. Als keiner von ihnen Alarm schlug, stieß Vangerdahast einen stummen Seufzer der Erleichterung aus, blieb auf Oberschenkeln und Hüften liegen und schaute unter einem Arm hindurch nach hinten, um zu beobachten, wie der Rest der Goblin-Truppe vorbeilief.

Den Seufzer hatte er jedoch zu früh ausgestoßen. Die Goblins waren fast an ihm vorbei, als einer stehen blieb, in den engen Gang spähte und sogleich aufgeregt zwitscherte.

Vangerdahast sank das Herz. Er drückte die Schultern nach unten und verbog den Hals, um zurück auf seinen Rücken zu spähen. Wo nichts als Dunkelheit hätte sein sollen, erkannte er einen schwach leuchtenden blauen Fleck. Wie alle Magie, die er in der Stadt der Grodds wirkte, verging auch sein Unsichtbarkeitszauber viel zu früh.

Vangerdahast langte nach einem Feuer-Zauberstab, dann schoss ihm ein schrecklicher Gedanke durch den Kopf. Wenn die Magie nicht so lange hielt wie sonst – und das tat sie nicht –, dann bedeutete das, dass irgendetwas sie in sich aufsog. Wenn es sich bei diesem Irgendetwas um das handelte, was er befürchtete, dann war das Versprühen eines Hagels magischer Blitze das Letzte, was er sich zu tun wünschte. Er stellte fest, dass sein Hirn jetzt, da sein Magen gefüllt war, wieder einigermaßen arbeitete, schob den Zauberstab zurück in seinen Ärmel und kroch so schnell weiter in den Gang hinein, wie es ihm seine Hände und Knie gestatteten.

Die Goblins holten rasch auf. Vangerdahast wog ab, ob er sich auf ein Eisenschwert aufspießen lassen oder doch lieber ein weiteres kleines bisschen Magie anwenden sollte, und entschied sich für eine solide Mauer aus Stein. Die Goblins prallten aus vollem Lauf gegen das Hindernis, verteilten sich dann aber rasch in das düstere Netz von Kaninchengängen, um einen anderen Weg zu ihrer Beute zu finden.

Sie mussten das Labyrinth viel besser kennen als Vangerdahast. Mit knapper Mühe erreichte er die Vorderseite des Palastes und kroch auf einen winzigen Balkon hinaus, kurz bevor ihn die kleinen Krieger erreichten. Der erste rannte kurz hinter dem Zauberer auf den Balkon und hätte beinahe eine Niere des alten Magiers durchbohrt, bevor dieser sich über die Brüstung hinweg in die Dunkelheit werfen konnte.

Vangerdahast verspürte einen kurzen Schmerz, als sich der Zauber seines Wetterumhangs auslöste und er so leicht wie eine Feder in Richtung Boden schwebte. Der Zauberer gestattete sich ein langsames und sicheres Niederschweben, da er wusste, dass den Goblins keine Zeit geblieben war, sich ihre Armbrüste zu greifen. Während er zunehmend schneller in Richtung Boden sank, fühlte er, wie sein Magen sich hob.

Er rieb über den Hauptmannsring an seinem Finger und befahl: »Königslicht!«

Um Vangerdahast herum erglühte eine Kugel aus purpurfarbenem Licht und enthüllte die erstaunliche Tatsache, dass er nicht nur immer schneller fiel, sondern auch von dem Grodd-Palast wegtrieb. Er drehte sich um und beäugte den zentralen Platz. Er verspürte noch mehr Überraschung, als er feststellte, dass Nalavaras riesiges Auge vor ihm aufragte. Es blinzelte träge und ähnelte stark dem dunklen Teich, der es bei Vangerdahasts Ankunft in dieser seltsamen Stadt ja auch gewesen war.

In diesem Augenblick erlosch sein Zauber. Der Magier fiel zu Boden, prallte schmerzhaft auf, rollte sich auf die Knie und stellte fest, dass er in Nalavaras riesiges Reptilienmaul hinaufschaute.

Während er den Kopf schüttelte, um wieder einen klaren Gedanken fassen zu können, zog der Drache zwei weitere Halsschuppen aus dem Boden, und der Magier wusste nun, dass er richtig gelegen hatte mit seiner Vermutung hinsichtlich dessen, was mit seiner Magie geschah.

»Teufelin!«, schrie er. Es empörte ihn aufs Äußerste, dass der Drache ihn in solcher Weise missbrauchte. »Ich will lieber in der Hölle schmoren als Euch befreien!«

»Wie Ihr wollt.« Nalavaras Stimme brodelte aus ihrer Kehle wie zischender Dampf. »Aber an Eurer Stelle würde ich meine Wünsche mit mehr Sorgfalt äußern. Erinnert Euch an den Ring.«

Ein bedrohliches Zwitschern erklang am Eingang zum Grodd-Palast. Vangerdahast blickte auf und sah eine Kompanie Goblins, die sich gerade anschickte, die Treppe herunterzuströmen. Er hievte sich auf die Füße, aber als er sich umdrehte und weglaufen wollte, schmerzten seine Rippen viel zu sehr, und seine müden Füße versagten ihm den Dienst.

»Selbst in starkem, erfrischtem Zustand seid Ihr für so etwas zu alt«, kicherte Nalavara. Sie hob den Kopf noch höher, wodurch ihre Hörner große Klumpen einer schwammartigen Masse von der dunklen Decke über der Stadt schabten. »Euch bleiben nur die Möglichkeiten, die ich Euch anbiete: Sterbt durch die Hände meiner Goblins oder nehmt ihre Eisenkrone und regiert in meinem Namen.«

Vangerdahast spähte in Richtung des Palastes und erkannte, wie recht Nalavara hatte. Die vordersten Goblins hatten bereits die Hälfte der Treppenstufen hinter sich gebracht, und mehr als hundert ihrer Gefährten folgten ihnen auf dem Fuße. Natürlich wäre es für einen Zauberer seines Kalibers ein Leichtes gewesen, sie alle zu töten – aber nur mittels einer Menge von Magie, und er konnte sich leicht ausrechnen, was dies für Nalavara bedeutete.

Der Kopf des Drachen ragte bereits ins Freie, und jeder Zauber, den er wirken mochte, würde noch mehr von ihm zum Vorschein bringen.

Lieber würde er sterben – aber dann würden sich die Goblins seiner Magie bemächtigen und sie Nalavara aushändigen, all die Zauberstäbe, Ringe, Schließen und Amulette, die er in Geheimtaschen mit sich trug. Ganz zu schweigen von dem Wetterumhang selbst und seinem winzigen Reise-Zauberspruch-Buch, das über eine eigene Magie verfügte und sich selbst vergrößerte, wann immer er darin lesen musste. Der Tod wäre schlimmer als ein Kampf. Sein Tod würde dem Drachen augenblicklich all die Magie liefern, die er brauchte, um sich selbst zu befreien.

Selbstredend zog Vangerdahast die Eisenkrone nicht einmal für einen Augenblick in Betracht. Ganz abgesehen von irgendwelchen geheimen Mächten, mit denen Nalavara die Krone ausgestattet haben mochte, würde das Annehmen der Krone bedeuten, dass er sich zum Untertanen des Lindwurms machte. Und er wusste es besser, als zu glauben, dass der Drache so dumm sein würde, darauf zu verzichten, Vangerdahast die Lehnspflichten ihm gegenüber aufzuzwingen.

Also blieb dem Magier nur eine Wahl.

Die Goblins erreichten das Ende der Palasttreppe und eilten über den Platz. Vangerdahast zog eine Taubenfeder aus seinem Umhang und warf sie in die Luft.

»Das ist er«, schwor er und spuckte die Worte eines Flugzaubers aus. »Dies ist der letzte Zauber, den Ihr von mir bekommt!«

8

»Seid Ihr verletzt, Euer Majestät?«, knurrten etliche Krieger wie aus einer rauen Kehle und drängten mit erhobenen Schwertern nach vorn.

Azoun bedachte sie mit einem freudlosen Lächeln und sagte: »Nein, solange sich meine Männer nicht weigern, mir zu folgen. Mädchen, habt Ihr Eure Wahl getroffen?«

»Jene, die neben mir stehen«, antwortete Alusair, hob die Hände und wies auf einen stämmigen Schwerthauptmann, einen Lanzenhauptmann, einen Kriegszauberer, ungefähr ein Dutzend edler Ritter und Dragoner, außerdem auf die Fürsten Braerwinter und Tolon.

»Wir lassen jemanden zurück, der weiter das Kommando hier auf dem Schlachtfeld führt?«, fragte der König von Kormyr und wies auf die Armee, die sich um ihn und seine Tochter herum versammelt hatte.

Alusair musterte ihren Vater mit einem Blick, den manch einer als gemein bezeichnet hätte.

Azoun grinste breit, bevor er den Kopf wandte und dem Gazneth nachschaute, der einst ein Fürst unter den Kriegszauberern gewesen war und jetzt durch die Lüfte davonflog. »Dann lasst uns von hier verschwinden«, schlug er ruhig vor.

»Ihr wollt versuchen, den entkommenen Schwarzflügel wieder einzufangen?«, fragte ein Schwerthauptmann aufgeregt. »Nehmt mich mit!«

Der König wirbelte herum. »Nein, mein treuer Krieger. Ich brauche nur einige wenige Männer für diesen Ausflug. Der Gazneth ist nicht entkommen – wir ließen ihn ziehen, auf dass er uns zu seinem Unterschlupf führe.«

»Aber … er ist verschwunden und außer Sicht.«

»Der Königliche Magier verehrte mir einen magischen Trick«, erklärte der König mit erhobener Stimme, damit ihn möglichst viele der Männer hören konnten. »Es handelt sich um Staub, mit dem ich das bestreute, was der Gazneth sich geschnappt hat. Ich kann für etliche Tage seinen Spuren folgen – obwohl wir hoffentlich nicht so lange brauchen werden. Rechnet mit unserer unverzüglichen Wiederkehr, aber zögert nicht, von hier aus weiterzuziehen, wenn eine Schlacht dies verlangen sollte. Wir gehen los!«

Ohne weitere Umstände zog die kleine Streitmacht von dannen, wobei sich die Männer wie ein großer, misstrauischer Schild um den König scharten. Azoun schien sich der Richtung, die der Gazneth eingeschlagen hatte, sicher zu sein, denn er führte sie ohne innezuhalten über die Hügelspitze und weiter hinaus auf steinige Abhänge.

»Glaubt Ihr, dass sich voraus Orks befinden?«, fragte ein Purpurdrache seinen Kameraden.

»Ohne jeden Zweifel«, antwortete der erfahrene Veteran und wog sein Schwert in den Händen. »Um genau zu sein, rechne ich sogar fest damit.«

»Wie kommt es«, fragte der Schwerthauptmann Raddlesar die Welt im Allgemeinen, »dass ein so großer Teil des Kämpfens darin besteht, durchs Hinterland zu eilen und etwas zu jagen, was sich außer Reichweite unserer Schwerter befindet – und womöglich auch jenseits unserer Möglichkeiten, es zu töten?«

»Das bezieht sich nicht nur aufs Kämpfen, Krieger«, erklärte ihm ein Kriegszauberer. »So ist das Leben.«

Etliche verstohlen dahinhuschende Gestalten, bei denen es sich sehr wohl um Orks handeln mochte, hasteten hinter Felsen hervor und davon, als der König seine kleine Streitmacht über etliche Hügelkämme in eine Gegend führte, wo halsbrecherisch wirkende Rinnen, Felsvorsprünge und verkrüppelte Bäume das Vorwärtskommen behinderten. Sie hatten sich lediglich ein paar Meilen von der Hauptarmee entfernt, aber es hätten genauso gut auch sieben Königreiche zwischen ihnen liegen können. Diese Gegend wirkte, wenn man von ein paar Schafsschädeln absah, so verlassen, als hätte nie ein Mensch sie betreten.

Ein gellender Schrei hallte von einer Klippe vor ihnen, während sie sich über einen dornigen Abhang zu einem messerscharfen Bergkamm hochkämpften.

»Ein Wächter!«, warnte Alusair ihre Begleiter. »Dort wartet Ärger auf uns, also duckt euch und hütet euch vor Pfeilen.«

Tatsächlich erwartete sie Ärger, als sie den Bergkamm erreichten. Eine Reihe teilnahmsloser, schwerfälliger Orks in schwarzen Lederrüstungen mit Äxten und Schwertern in den Händen erwartete sie.

»Greift an, und zieht euch dann auf mein Hornsignal zurück«, schnappte Alusair. Nicht wenige Männer blickten den König ratlos an. Er nickte kaum merklich in Richtung der Stahlprinzessin, woraufhin die Männer die Köpfe vor ihr neigten und ihre Schwerter zückten.

Die Schlacht war kurz und brutal. Die Männer des Königs blieben dicht beieinander, sodass jeweils zwei oder drei von ihnen einen einzelnen Ork angreifen und töten konnten. Da die Sicherheit sowohl des Königs wie auch der königlichen Erbin auf dem Spiel stand, hielten sie sich gar nicht erst mit so etwas wie Sportlichkeit auf. Zwei Reiter fielen, bevor Alusair ihr Horn erschallen ließ und die keuchenden Kormyraner sich zurückzogen und die doppelte Anzahl sich windender oder reglos daliegender Orks den Fliegen überließ.

»Habt Ihr gesehen ...«, keuchte der Schwerthauptmann.

»Bislang noch nicht«, erwiderte die Stahlprinzessin, »aber ich halte Ausschau. Schaut dorthin.« Ein Dutzend Orks – nein, mehr – kamen den Hügel herauf, um sich den wenigen Überlebenden auf dem Bergkamm anzuschließen.

»Wenn sich weiter vorn noch mehr von ihnen befinden, dann wollen sie, dass wir vorrücken. Ich sehe keinen einzigen Boten davoneilen, um Verstärkung zu holen.«

Der König nickte. »Also begeben wir uns hinein in die wartenden Kiefer«, sagte er. »Ich bin es müde, in diesen

Hügeln herumzuziehen und darauf zu warten, von einem Feind angegriffen zu werden, der wie aus dem Nichts kommt und auch keine Rast einlegen muss. Es ist an der Zeit – mehr als an der Zeit, endlich zuzuschlagen.«

Überall nickten Köpfe voller Einverständnis, und die Stahlprinzessin hob eine Hand und blickte in die Runde der Männer. »Sind alle bereit?«, fragte sie.

Einen Atemzug oder zwei später ließ sie die Hand sinken. »Also vorwärts!«

Die Orks schienen unter ihrem stürmischen Angriff wegzuschmelzen wie Rauch. Die Kormyraner brachen durch ein kleines Dickicht auf einen Bergkamm hinaus, von dem man ein kleines, tief eingeschnittenes Tal überblickte.

Und auf dem Grund des Tals erhob sich eine Schlammburg wie jene, die viele Männer der Truppe schon einmal gesehen hatten.

»Bei den Göttern!«, fluchte einer der Purpurdrachen. »Wie kommt es, dass diese Dinger in unseren eigenen Marschen gebaut werden können, ohne dass wir es wissen?«

»Eine Festung!«, knurrte ein anderer Mann ungläubig. »Eine verdammte Ork-Festung!«

Auf den Hügeln des Berges und auf dem spiralförmig angelegten Wall des Schlammturms bewegte sich eine Vielzahl von Orks. Das Bauwerk wies dort, wo es nicht die Ekel erregende Farbe frischen Dungs hatte, ein einförmiges Grau auf. Es erhob sich irgendwie unordentlich aus einem schlammigen Burggraben, und ringsumher lagen Felsbrocken verstreut. Der Turm war vielleicht in der vorangegangenen Nacht errichtet worden, aber er mochte auch älter sein als der König.

»Hat jemand unter uns diese Hügel schon einmal durchstreift?«, fragte Azoun beinahe geistesabwesend.

Ihm antwortete nur unbehagliche Stille, bis seine Tochter murrte: »Was macht das schon aus? Wir wissen, was wir tun müssen.«

Als seien ihre Worte ein Signal gewesen, umkreiste der

Gazneth, der einmal Luthax der Kriegszauberer gewesen war, beinahe träge den Schlammturm. Er schlüpfte aus einem der vielen gähnenden Bogenfenster, um dann sogleich in ein anderes einzutauchen. Das Ganze wirkte wie Hohn und Spott.

»Ich hege keine Vorliebe für diese Schlammfestungen«, sagte der König tonlos, »aber wir haben einen Schlupfwinkel gesucht, und genau den haben wir gefunden. Schwingt eure Schwerter für Kormyr!«

»Für Kormyr!«, antwortete ihm ein rauer Schrei wie aus einer Kehle.

Die kleine Streitmacht ritt in das Tal hinunter. Stahl klirrte gegen Stahl, und wieder begann das Schlachten.

9

Ein Morgen brach an, wie er jetzt üblich war im Hof des Palastes von Arabel. Mauern erbebten, als Pestwagen vorbeirumpelten, der Rauch von Buschfeuern vor der Stadt erfüllte die Luft, und von den Pflastersteinen hallten die Befehle der Sergeanten wider, die ihre Rekruten auf die Begegnung mit den Orks im Norden vorbereiteten. Jenseits des niedergelassenen Fallgitters bettelten Frauen um Haferbrei für ihre hungernden Kinder, Wahnsinnige verkündeten lauthals das Ende der Welt, und Wolken von Fliegen summten über Wagen voller Nahrungsmittel, die schon verdorben waren, bevor sie noch verteilt werden konnten.

Solche und ähnliche Szenen spielten sich inzwischen überall im nördlichen Kormyr ab. Tanalasta wusste, dass für den Fall, dass die Gazneths weiter in Freiheit blieben, das ganze Königreich nördlich der Hochstraße zu einem verbrannten, verwüsteten Niemandsland werden würde.

Mit einigen Schwierigkeiten wandte sich die Prinzessin vom Tor ab und musterte ihr kleines Gefolge. Abgesehen von ihr selbst und der Königin Filfaeril trugen die Leibwächter, die Zauberer und die anderen Männer nichts weiter als kleine Beutel mit persönlichen Habseligkeiten. Selbst Filfaeril und die Prinzessin hatten ihre Besitztümer in jeweils eine einzige Kiste gepackt.

»Sind alle bereit?« Als niemand das Gegenteil kundtat, nickte Tanalasta Korvarr Rallyhorn zu. »So fahrt denn fort.«

»Wie Ihr befehlt, Prinzessin.« Der Lionar mit dem stählernen Blick verbeugte sich steif und beinahe beleidigt, wie es Tanalasta erschien, dann begab er sich zu der Spitze der Gruppe. Dort standen zwei Kriegszauberer, und ein jeder von ihnen hatte die Arme mit denen von jeweils vier stämmigen Purpurdrachen verschränkt. Die Soldaten hielten Schwerter aus reinem Eisen in den Händen.

»Ihr mögt losziehen. Wir folgen euch, sobald wir bis einhundert gezählt haben.«

Die Kriegszauberer sprachen ein magisches Befehlswort aus und verschwanden mit einem hörbaren Geräusch, wobei sie die acht Purpurdrachen mit sich nahmen. Korvarr begann zu zählen, laut und betont, sodass ihn jedes der verbliebenen Mitglieder der Truppe hören und verstehen konnte.

Tanalastas Mutter beugte sich vor. »Ihr wisst, nach was das aussieht, meine Liebe?«

»Daran kann ich nichts ändern«, antwortete Tanalasta. »Das, was ich untersuchen muss, befindet sich in Suzail.«

»Die Leute werden denken, wir hätten die Flucht ergriffen und wollten uns in Sicherheit bringen«, fuhr Filfaeril fort. »Und das wird ihr Vertrauen nicht eben fördern.«

»Ich selbst verspüre auch keine Zuversicht«, erwiderte die Prinzessin. »Wir verstehen Xanthon, aber wie steht es mit den anderen Gazneths? Die Bibliothek von Arabel enthält keine Antworten. Wenn wir sie aufhalten wollen, dann muss ich in den Königlichen Archiven nachschauen.«

»Und das Wissen darum, weshalb diese Verräter Kormyr im Stich ließen, wird uns in welcher Weise helfen?«

»Ihr wisst das. Ich habe bereits erklärt, was geschah, als ich Xanthon mitteilte, dass ich mit Rowen verheiratet bin.« Tanalasta sprach jetzt noch leiser als zuvor. Sie und die Königin hatten gemeinsam beschlossen, dass es am klügsten wäre, Azoun ihre Heirat bekannt geben zu lassen, sodass der Anschein erweckt würde, der König habe zugestimmt. »Zu erfahren, aus welchen Gründen die anderen Gazneths das Reich verraten haben, ist nur eine Frage von ausreichenden Studien – und Studieren ist das, was ich am besten kann.«

»Ihr seid aber auch ein Wahrzeichen von Kormyr«, rief ihr Filfaeril ins Gedächtnis. »Wenn die Leute glauben, dass wir fliehen, werden sie alle Hoffnung verlieren.«

»Dann bleibt hier und beruhigt sie, Mutter«, erwiderte Tanalasta. »Aber ich werde das tun, was ich für das Beste für Kormyr halte.«

Korvarr hatte inzwischen bis neunzig gezählt, und Sarmon der Eindrucksvolle trat vor und bot den beiden Frauen jeweils einen Arm an. Tanalasta hakte sich bei ihm ein und blickte dann fragend und mit gerunzelten Brauen ihre Mutter an.

»Ich komme mit«, seufzte Filfaeril. »Wenn ich den Eindruck erweckte, tapferer zu sein als Ihr, dann würde ich Eure Stellung schwächen – und ich habe es satt, Eurem Ruf zu schaden.«

»Einhundert«, verkündete Korvarr.

Sarmon murmelte seinen Zauber, und Tanalasta hatte das Gefühl, als hebe sich ihr Magen. Dann folgte diese zeitlose Spanne betäubten, farblosen Fallens, in der sie nur die Finger des Zauberers um ihr Handgelenk und die brüllende Stille um sich herum wahrnahm. Dann war sie auch schon anderswo, stand in einem anderen Burghof und versuchte, die Benommenheit nach dem Fernreise-Zauber wegzublinzeln und sich ins Gedächtnis zu rufen, wo sie sich befand.

Das gedämpfte Klirren von Eisen hallte von den Mauern des Burghofs wider, und die Luft schien gesättigt von Blutdunst. Die Steine unter ihren Füßen bebten im Gleichklang mit dem unregelmäßigen Donnern trampelnder Füße und fallender Körper, und Männer in Rüstungen und schwarze Gestalten rasten in alle Richtungen. Sarmon hatte sie mitten in eine Schlacht versetzt, und die Prinzessin vermochte sich beim besten Willen nicht an den Grund dafür erinnern.

Eine dunkle Silhouette wirbelte rückwärts auf sie zu, und Tanalasta erhaschte einen Blick auf eine unheimlich vertraute Gestalt, die auf schwarzen Schwingen auf sie zuraste. Sie sah dünne Arme und Hände mit ebenholzschwarzen Krallen, einen skelettartigen Leib mit nackten Frauenbrüsten, grobes schwarzes Haar, das glühend rote Augen einrahmte.

»Hinterhalt!«, schrie Korvarr Rallyhorn.

Der in eine Rüstung gehüllte Körper des Lionars traf Tanalasta mit voller Breitseite, schleuderte sie in Sarmon und Filfaeril und warf alle drei zu Boden. Plötzlich erinnerte sich Tanalasta daran, wo sie sich befinden mussten, nämlich im inneren Burghof des Palastes von Suzail, aber Sarmon schien seinen Zauber verpfuscht und sie mitten in eine der schrecklichen Schlachten verfrachtet zu haben, die im Norden tobten.

Ein lautes metallisches Geräusch drang an ihr Ohr. Die Krallen des Gazneth hatten sich in Korvarrs Rüstung gebohrt und rissen den Mann von ihr weg.

Während sich Tanalasta von dem Zauberer und ihrer Mutter wegrollte, fragte sie sich, wie Korvarrs Begleiter es wohl fertig gebracht haben mochten, ihre Zauber genauso zu verpfuschen wie Sarmon der Eindrucksvolle. Sie zog den Zauberer von ihrer Mutter weg und stieß ihn auf Korvarr zu.

»Helft dem Lionar!«, befahl sie.

Selbst als der Gazneth Korvarrs hüpfenden, dahinschliddernden Körper über die Pflastersteine zerrte, gelang es dem Lionar irgendwie, sein Eisenschwert zu ziehen und auf das Wesen einzuschlagen.

»Und Sarmon – versucht dieses Mal, Euren Zauber nicht zu verderben«, fügte die Prinzessin hinzu, ohne sich die Mühe zu geben, ihren Ärger wegen des unglaublichen Fehlers des Kriegszauberers zu verbergen.

Auf ihren scharfen Ton hin runzelte Sarmon die Stirn, zog etwas aus seinem Wetterumhang und warf es in Korvarrs Richtung. Während er einen Zauberspruch murmelte, erhob sich hinter Tanalasta ein vertrautes Dröhnen. Sie fuhr herum und stellte fest, dass sie durch eine wirbelnde Wolke von Wespen und Fliegen auf die hoch aufragenden Türme der Drachenfeste blickte, die sich innerhalb des Palast-Bereichs von Suzail erhob.

Während Tanalasta noch darum kämpfte, die Erkenntnis zu verdauen, dass sie an den richtigen Ort versetzt worden waren, erschien inmitten der summenden Wolke die schlaksige Gestalt von Xanthon Cormaeril. Er schickte sich augenblicklich an, sich seinen Weg durch die königlichen Leibwächter zu kämpfen. Er trug in jeder Hand eine Hellebarde von gut zehn Fuß Länge, hüpfte auf und nieder und ließ die ungelenken Arme kreisen wie Windmühlenflügel. Die Purpurdrachen wehrten sich tapfer, drangen unter dem Schutz ihrer kleinen purpurfarbenen Schilde vor und schlugen nach seinen Beinen oder stießen eiserne Speerspitzen in Richtung seines Herzens. Aber sie konnten mit der Schnelligkeit des Gazneth nicht mithalten. Er wehrte einen Angriff nach dem anderen ab und setzte seinen Weg zu der Kronprinzessin fort.

Filfaeril packte Tanalasta am Arm und zerrte sie in die entgegengesetzte Richtung zu den Purpurdrachen-Baracken, wo sich auch Alaphondar, Owden und ein halbes Dutzend Soldaten hinbegaben.

Ihre Flucht wurde jedoch plötzlich unterbrochen, denn ein fetter kleiner Gazneth mit Schmerbauch und schmutzigem schwarzem Bart fiel aus dem Himmel und versperrte ihnen den Weg. Er richtete den purpurroten Blick auf Königin Filfaeril, während seine starken Flügel Soldaten in voller Rüstung beiseitefegten, als handele es sich um kleine Kinder.

»Boldovar.« Filfaeril keuchte den Namen so leise, dass Tanalasta ihn kaum verstand. »Nein!«

»Treulose Hure!«, zischte Boldovar und streckte der Königin die Zunge entgegen. »Ich liebe das bei einer Frau.«

Filfaeril schien in sich zusammenzusinken, dann drehte sie sich um und wäre davongerannt, wenn Tanalasta sie nicht am Arm gepackt hätte. Owden machte einen Schritt nach vorn und stellte sich zwischen die Königin und ihren Peiniger. Boldovar grinste höhnisch und spreizte die Flügel, um sich bereitzumachen. Statt seinen eisernen Streitkolben zu heben, löste der Erntemeister ein Blumenamulett von seinem Hals und hielt es dem Gazneth entgegen.

»Im Namen der Großen Mutter, kehrt in Euer Grab zurück und übergebt Euren Körper der guten Erde!«

Boldovars Augen glühten so heiß wie Flammen. Er stieß Flüche aus und knirschte so fest mit den Zähnen, dass blutiger Schaum aus seinem Mund quoll. Aber er wich vor dem heiligen Symbol zurück und versuchte, das Hindernis zu umgehen – nicht zu Filfaerils Seite, sondern auf Tanalasta zu.

Owden schnitt dem Gazneth den Weg ab und trat vor, wobei er das Amulett auf Armeslänge an das Phantom heranbrachte.

»Owden, seid kein Narr!«

Tanalasta erwischte den Priester an der Rückseite seines Umhangs, dann schaute sie sich nach dem ersten Gazneth um. Das Wesen stand knietief inmitten zerstückelter Purpurdrachen und kämpfte sich ebenfalls auf sie zu. Ein Trio von Kriegern, deren Rüstungen und Eisenspeere sich plötzlich in rostige Fetzen verwandelten, versuchte ihn aufzuhalten.

Außerdem schlang sich eine kurze Kette aus goldener

Magie um die Beine des Gazneth. Am anderen Ende der Zauberkette hing ein schwacher alter Magier, der eine gewisse Ähnlichkeit mit Sarmon dem Eindrucksvollen aufwies. Einer seiner Arme lag unter der Schulter begraben, und während er über die Pflastersteine gezerrt wurde, schrie er vor Angst, während der Gazneth versuchte, sich freizukämpfen.

Von Korvarr sah die Prinzessin nicht die geringste Spur, es sei denn, er hatte sich in einen grünen Kolibri verwandelt, der hin und her schoss in dem Versuch, seinen spitzen Schnabel in die scharlachroten Augen des Gazneth zu bohren.

Der Vogel schien mehr Erfolg zu haben als alle anderen Angreifer. Jedes Mal, wenn er zustieß, schrie der Gazneth auf und benutzte all seine Macht, um das verletzte Auge zu heilen. Dabei schlug er wie wahnsinnig um sich und versuchte, den winzigen Vogel vom Himmel zu fegen. Aber so schnell der schwarze Feind auch sein mochte, der Kolibri war schneller. Er wich aus, schoss davon und zischte dann wieder auf den Gazneth zu, um erneut anzugreifen.

Eine kochende, immer wieder zustechende Wolke aus Wespen und Fliegen schwärmte herbei. Tanalasta schaute sich um, nur um feststellen zu müssen, dass Xanthon sich ihr bis auf weniger als fünf Schritte genähert hatte und gerade ihre letzten beiden Leibwächter in Stücke riss. Hinter ihm strömten aus allen Richtungen die Palastwachen in den Burghof, aber die Prinzessin hatte inzwischen das Muster von Xanthons Angriffen durchschaut und wusste, dass die Wachen nie im Leben rechtzeitig ankommen würden, um sie zu retten. Selbst Boldovar, der Filfaeril beinahe zehn Tage lang gefangen gehalten hatte und in seinem Wahnsinn immer noch glaubte, sie sei *seine* Königin, kreiselte jetzt auf Tanalasta zu und nicht ihre Mutter. Ohne jeden Zweifel war jetzt die Zeit gekommen, nach ihrer Fluchttasche zu greifen und zu verschwinden.

Stattdessen wandte sich Tanalasta um und schaute Xanthon ins Gesicht. Es ängstigte sie, dass er sich hier befand, noch dazu so mächtig wie eh und je, wenn nicht sogar stärker. Seine Schwingen waren inzwischen so groß, dass ihre Spitzen seine Schultern überragten. Wäre ihre Theorie, wie man Gazneths besiegte, richtig gewesen, wäre er nicht mehr als der schniefende Verräter, der in den Goblin-Bergen vor Sarmon geflohen war. Aber die Prinzessin wollte ihre Theorie nicht so schnell aufgeben. Sollte sie sich irren, würde sie wenigstens den Grund erfahren.

Xanthon fing das Schwert eines der Angreifer mit der Hellebardenspitze ab, vollführte einen engen Kreis mit der Waffe und schickte sich an, dem Krieger das Schwert aus der Hand zu reißen. Tanalasta hob hochmütig das Kinn und bewegte sich auf die Kämpfer zu, wobei sie ihre Mutter mit sich zog und nicht weiter auf all die Wespen und Fliegen achtete, die auf ihre Gesichter zuschwärmten.

»Und jetzt, Vetter?«, schrie Tanalasta. »Ist ein Cormaeril auf dem Thron nicht länger Rechtfertigung genug?«

Xanthons Hellebarde vollendete den Kreis nicht, und dem Purpurdrachen gelang es, sein Schwert aus der Falle zu befreien.

»Erzählt mir nichts von Thronen, Weib! Ihr seid so wenig mit Rowen verheiratet, wie Ihr es mit Aunadar gewesen seid!«

»Sie ist nicht verheiratet?«, schrie Filfaeril. Sie befreite sich aus Tanalastas Griff und legte eine Hand auf die Brust. »Bei den Feurigen Flechten der Herrin, das sind gute Neuigkeiten! Ich hätte nicht gewusst, wie ich dem König die Sache hätte beichten sollen. Man stelle sich das vor! Ein Cormaeril als Gemahl der Königin. Was *hätten* die Silberschwerts in dem Fall getan?«

Xanthons Augen blitzten rot auf, und er keuchte: »Sie hat Euch davon erzählt?«

Die Erkenntnis lenkte ihn so sehr ab, dass er kaum schnell genug war, die nächsten Angreifer abzuwehren. »Dann ist es also wahr?«

»Ich hoffe nicht!« Filfaeril machte einen Schritt in Richtung des Gazneth. »Sollte es doch wahr sein, dann ergreift mich jetzt und beendet meine Schande.«

Die Schatten schienen aus Xanthons Gesicht zu verschwinden, und der Hass in seinem Blick sah jetzt menschlicher aus wie zu der Zeit, als Tanalasta dies in den Goblin-Bergen beobachtet hatte. Sie packte ihre Mutter wieder am Arm und riss sie zurück. Allmählich machte sich in ihr die Befürchtung breit, dass das Verhalten der Königin nicht nur gespielt sein mochte.

»Das reicht, Mutter.« Tanalasta hatte erfahren, was sie wissen musste – vielleicht sogar mehr, als ihr lieb war. Sie drängte Alaphondar an Owdens Seite, der immer noch mit Boldovar beschäftigt war, wandte sich dann von Xanthon ab und griff nach der Fluchttasche in ihrem Wetterumhang. »Wir werden in meinen Gemächern weitersprechen.«

Eine dunkle Tür öffnete sich vor Tanalasta, und sie trat hindurch, wobei sie ihre Mutter hinter sich her zog. Es gab wieder den zeitlosen Augenblick des Fallens, dann befand sie sich wieder in den vertrauten Gefilden ihres Gemaches. Sie wusste nicht so recht, weshalb sie sich so verwirrt fühlte oder weshalb sie die Hand ihrer Mutter hielt. Im nächsten Augenblick kam Alaphondar mit Owden im Schlepptau an. Tanalasta hörte kurz den Schlachtenlärm aus dem Burghof, und sogleich kam die Erinnerung zurück.

Sie öffnete die Tür zum Vorzimmer und rief: »Wachen! Alarm!«

»Und bringt euer Eisen mit!«, fügte die Königin hinzu. »Wir haben es mit Gazneths zu tun!«

Tanalasta musste unwillkürlich lächeln, als sie aufgeregte Schreie die Korridore hinunterhallen hörte. Obwohl sie mehr als ein Jahr nicht zuhause gewesen war, erfreute es sie, dass sich manche Dinge niemals änderten. Sie lauschte für einen Augenblick den erstaunten Wachen, welche die Neuigkeit ihrer Rückkehr weitergaben, dann drehte sich zu ihrer Mutter um.

»Ich hoffe, Euer Spielchen war für Xanthon gedacht!«, meinte sie.

Filfaeril lächelte betont süß. »Selbstverständlich, meine Liebe. Ich könnte mich nicht mehr für Euch freuen.«

Ohne auf eine Antwort zu warten, durchquerte sie das Schlafgemach und spähte zwischen den Vorhängen hindurch nach draußen. Tanalasta folgte ihrem Beispiel und übernahm die andere Seite.

Hoch über dem Burghof schwebten Boldovar und der andere geflügelte Gazneth als kleine schwarze Flecken am Himmel – es musste sich entweder um Suzara Obarskyr oder um die Edle Merendil handeln, denn sie waren die beiden einzigen weiblichen Gazneths. Da ihm immer noch ausreichend große Schwingen fehlten, um ihn in die Lüfte zu tragen, kletterte Xanthon Cormaeril wie eine riesige Spinne die Außenwand hoch. Er hatte wieder vollkommen seine Gazneth-Gestalt angenommen.

Wütend und enttäuscht schüttelte die Kronprinzessin den Kopf und trat von den Vorhängen zurück, um sich ihrer Mutter zuzugesellen. »Jetzt bin ich mit einer Entschuldigung an der Reihe. Offenkundig habe ich mich geirrt.«

»Ihr habt Euch geirrt?« Filfaeril ließ die Vorhänge zurückschwingen und bedachte ihre Tochter mit einem zweifelnden Blick. »Wieso fällt es mir so schwer, Euch das zu glauben?«

»Weil sie Recht hat.« Alaphondar trat zwischen die beiden Frauen und lugte vorsichtig durch die Vorhänge hindurch. »Wenn Tanalasta sich geirrt hätte, dann hätten die Gazneths meiner Ansicht nach nicht diese Falle für sie aufgestellt.«

»Eine Falle?«, wiederholte Owden. Er und Alaphondar wechselten bedeutungsvolle Blicke, dann schaute der Erntemeister weg und sah Tanalasta auf die gleiche Weise an. »Ihr zieht nicht in Betracht, dass sie das wegen einer anderen Sache getan haben könnten?«

»Ich wüsste keinen anderen Grund«, sagte Tanalasta

rasch. Obwohl genug Zeit verstrichen war, dass sie sich sicher sein konnte, das Kind nicht verloren zu haben, hatte sie ihrer Mutter nichts erzählt – teilweise weil sie die Antwort der Königin fürchtete, teils wegen ihres eigenen unvernünftigen Bedürfnisses, das Kind zu schützen, indem sie sein Vorhandensein so lange wie nur möglich geheim hielt. »Aber wir sollten uns noch nicht selbst gratulieren. Es ist uns zweimal gelungen, Xanthon zu schwächen, aber er hat sich wieder erholt – und noch dazu in ziemlich kurzer Zeit. Ich glaube nicht, dass meine Theorie ausreicht, um die Gazneths zu töten.«

»Noch nicht, aber immerhin ist es ein Anfang«, beharrte Alaphondar. »Wenn dies nicht der Fall sein sollte, weshalb würden sich die Gazneths dann Sorgen machen?«

Die Frage des Weisen veranlasste Filfaeril dazu, eine Braue zu heben. »Mich bewegt vor allem die weitaus wichtigere Frage, weshalb sie *überhaupt* Grund zur Sorge haben.«

Owden und Alaphondar zuckten die Achseln, aber Tanalasta, die an das scharfsinnige politische Denken ihrer Mutter gewöhnt war, verstand rascher als die beiden Männer, was die Königin eigentlich meinte. »Und weshalb haben sie zufällig gewartet, als wir ankamen?«

Alaphondar sperrte den Mund auf. »Bei Oghmas unsterblicher Feder!«

Nur der mit der Doppelzüngigkeit bei Hofe nicht vertraute Owden verstand nicht, um was es hier eigentlich ging. »Ich kann nicht glauben, dass sie so schlau sind. Zu vermuten, dass wir nach Suzail kommen würden, ist eine Sache, aber zu erraten, wann …«

Tanalasta legte ihm beruhigend eine Hand auf die Hüfte. »Sie haben es nicht erraten, Owden. Sie haben einen Spion.«

10

Die raschen, gedämpften Schritte einer Goblin-Kompanie im Marschtempo ließen die gewundene Straße erbeben, und Vangerdahast löschte die Kerze, in deren Licht er studiert hatte. Die Goblins zwitscherten wie gewöhnlich eine um ein Geringes unrhythmische Tonfolge und schlugen mit den Handflächen auf ihre eisenbewehrten Brustkörbe, um zu bewirken, dass es so klang, als seien es ihrer mehr.

Sie kamen ohne jeden Zweifel in seine Richtung.

Vangerdahast klappte sein Reise-Zauberbuch zusammen und ließ es zu seiner ursprüngliche Größe schrumpfen, bevor er es wieder in die Tasche seines Umhangs steckte.

Ohne Kerze wurde die Welt so dunkel und eng wie eine Gruft. Die schwammige Decke der Höhle hing irgendwo über seinem Kopf, ungefähr eine Armlänge entfernt, aber so modrig und drückend wie ein Sargdeckel. Bei der einzigen Öffnung handelte es sich um ein Fenster im dritten Stock, durch das er seinen Schlupfwinkel mit der Hängematte erreichte. In dem vollgestellten kleinen Raum konnte er nur gerade eben die Arme ausstrecken.

Vangerdahast rollte sich auf den Bauch. Er war bereit, einen Zauberbann in die pechschwarze Dunkelheit zu schleudern, glaubte aber nicht, dies auch wirklich tun zu müssen. Mehr als hundert Goblins des Spähtrupps waren bereits unter ihm durchgelaufen, und das, was einem Alarm am nächsten kam, war ein Niesen gewesen.

Er wusste jedoch, dass sich das bald ändern würde. Jedes Mal, wenn er erwachte, schienen mehr Grodds die Stadt zu bevölkern. Sie kamen aus dem Nichts, tauchten einfach auf, als hätten sie immer hier gelebt. Zweimal hatte sich Vangerdahast schon gezwungenermaßen weiter von dem zentralen Platz zurückgezogen, nachdem umstehende Gebäude plötzlich Bewohner aufgewiesen hatten.

Trotz seines Gelöbnisses, keine weitere Magie anzuwenden, konnte Vangerdahast nicht umhin, gelegentlich einen Bann gegen Goblins zu wirken, die ihm auf den Fersen waren, nachdem er Essen gestohlen oder seinen Wasserschlauch gefüllt hatte. Einmal hatte er einen Lauschzauber benutzt und mit angehört, wie seine Verfolger von dem Befehl des »Eisernen« gesprochen hatten, ihn und seinen Ring zu fangen. Obwohl Vangerdahast sicher war, dass sie von Nalavara sprachen und es sich bei dem Ring, den sie begehrte, um den seinen handelte, verstand er den Grund nicht.

Während ihres ersten Treffens hatte der Drache versucht, ihn dazu zu bringen, sich die leere Stadt voller Goblins zu wünschen. Aber für die Erfüllung dieses Wunsches hatte er den Ring offenkundig nicht gebraucht.

Hatte er lediglich versucht, ihn mittels Tricks dazu zu bringen, irgendeinen Wunsch auszusprechen, weil er die mächtige Energie des Rings in sich aufsaugen und sich befreien wollte?

Oder hatte der Drache ihn davon abhalten wollen, sich selbst aus der Stadt hinaus oder *ihn* in die Nichtexistenz zu wünschen?

Immer wieder hatte Vangerdahast über diese Fragen nachgegrübelt – zumal er sonst wenig zu tun hatte –, aber er war bislang zu keinem Ergebnis gekommen. Er fürchtete allmählich, dass alles darauf hinauslaufen würde, eine der Möglichkeiten auszuprobieren und abzuwarten, was dann passierte. Wenn er sich den hohen Preis vor Augen hielt, den er zahlen musste, wenn er falsch geraten hatte, dann war der Magier einer Flucht eher abgeneigt.

Das Trampeln der ersten Kompanie war kaum verklungen, als auch schon der Lärm des nächsten Trupps an sein Ohr drang. Der Zauberer lauschte sorgfältig und machte mehrere Kompanien aus, die in seine Richtung marschierten.

Dies konnte kein einfacher Spähtrupp sein.

Das klang nach einer ganzen Legion!

Vangerdahast zog einen Achat aus der Tasche und hielt ihn sich vor ein Auge. Gleichzeitig murmelte er einen Zauber, der es ihm ermöglichen würde, im Dunkeln zu sehen. Er wusste nicht, wie nahe Nalavara inzwischen der Freiheit gekommen war. Jedes Mal, wenn er sich zum Platz begab, entdeckte ihn eine ganze Kohorte von Goblins, und er sah sich dazu gezwungen, zur Flucht noch mehr Magie anzuwenden – aber irgendetwas Wichtiges ging dort vor, und er musste herausfinden, um was es sich handelte.

Als der Magier seinen Bann beendet hatte, war die zweite Grodd-Kompanie unter ihm vorbeimarschiert und um eine Ecke verschwunden. Er musste nicht lange auf die dritte warten.

Durch die Magie seines Zaubers sah er mittels ausgestrahlter Hitze statt durch Licht, und er erkannte eine Reihe rot glühender Gestalten, die eine nach der anderen hinter einem in einer Bronzerüstung steckenden Fahnenträger her marschierten. Diesem folgte mit einem halben Dutzend Schritte Abstand ein Zenturio, und seine Kiefer bewegten sich auf und ab, während er den Marschrhythmus vorgab. Wie die Goblins hinter ihm trug er schweres Marschgepäck auf den Schultern und ein kurzes Schwert an der Hüfte. Anstelle der Eisenspeere, die die Soldaten gegen die Schulter gestützt trugen, balancierte er einen Elfenbein-Kommandostab in seiner Ellenbeuge.

Während die Kompanie fünfzehn Fuß unter seiner Hängematte vorbeimarschierte, blieb Vangerdahast nichts anderes übrig, als sich möglichst still zu verhalten. Er hatte bereits etliche Zeit am Rand der bewohnten Teile der Stadt gelauert und versucht, lautlos einer Jagdgesellschaft dorthin zu folgen, wo sie ihre Krähen und Stinktiere töteten – vermutlich irgendwo außerhalb der Stadt, denn er hatte in der tiefen Dunkelheit niemals auch nur ein Anzeichen für das Vorhandensein solcher Geschöpfe gefunden.

Seine Anstrengungen hatten ebenso wenig Erfolg gezeitigt wie seine Bemühungen um einen Fernreise-Zauber, ein Dimensionsportal oder einen schlichten Fußweg aus seinem Gefängnis. Die Jagdgesellschaften schienen immer tausend Schritte vor ihm hinter den bewohnten Teilen der Stadt zu verschwinden, manchmal sogar, nachdem sie um eine Ecke gebogen waren. Ab und zu lösten sie sich am Ende eines langen, geraden Ganges einfach in Dunkelheit auf. Nichts, was Vangerdahast auch versuchte, ermöglichte es ihm, ihren Weg nachzuverfolgen, nicht einmal Magie.

Dieses Mal aber handelte es sich nicht nur um eine Jagdgesellschaft, sondern um eine ganze Armee. Und Armeen lösten sich nicht in Luft auf – nicht einmal Goblin-Armeen.

Dieser Trupp war nicht einmal um die Ecke gebogen, als Vangerdahast auch schon die nächsten kommen hörte. Er sammelte seine Habseligkeiten auf und kletterte durch das Fenster. Bevor er zum Boden hinunterstieg, wirkte er einen Unsichtbarkeits-Zauber.

Goblins hoben selten den Blick nach oben, aber was ihre eigene Ebene betraf, waren sie äußerst aufmerksam. Sie würden ihn ganz sicher bemerken, wenn er keine Vorkehrungen traf.

Sobald der Trupp durchmarschiert war, schlüpfte Vangerdahast durch die Tür und schickte sich an, den Goblins die Straße hinunter zu folgen. Für die erste Viertelmeile gelang ihm das auch ohne weiteres, aber dann betraten die Goblins eine Reihe kleiner Passagen, die unter den ersten Stockwerken von Wohnhäusern verliefen.

Der Magier musste sich auf Hände und Knie niederlassen und fiel bald zurück. Zögernd wirkte der alte Zauberer einen Flugzauber, sodass er die Goblins ohne allzu viel Lärm verfolgen konnte. Es war der neunzehnte Zauber, seit er erkannt hatte, dass seine Magie Nalavara zur Freiheit verhalf.

Als der Trupp schließlich sein Ziel erreichte, war die Zauberkraft aus den drei Bannen gewichen, die Vangerdahast geschmiedet hatte. Er erneuerte alle drei – den zwanzigsten, den einundzwanzigsten und den zweiundzwanzigsten, seit er geschworen hatte, keine Magie mehr zu verwenden. Dann folgte er den Goblins auf eine offene Fläche, über der sich eine riesige Kuppel spannte.

Das Gewirr von zerklüfteten Felsbrocken auf dem Boden und die von der Decke hängenden Stalaktiten erinnerten stark an eine natürliche Höhle. In der Mitte der riesigen Fläche führte eine Treppe aus krummem Holz ein ebenso schiefes turmartiges Gerüst hoch und verschwand dann in der darüber liegenden Dunkelheit. Eine ganze Legion von Goblins – mehr als hundert Kompanien – stand säuberlich aufgereiht am Fuß des Gebildes. Ihre ganze Aufmerksamkeit richtete sich auf den ersten Treppenabsatz, wo eine Handvoll hochrangiger Goblins in Eisenrüstungen stand und auf ihre anwachsende Armee starrte.

Vangerdahast klopfte das Herz vor Aufregung. Er duckte sich hinter einen Felsbrocken, um seinen nächsten Schachzug zu planen. Es hatte eine Zeit gegeben, in der er überheblich genug gewesen wäre, unsichtbar durch die Reihen der Goblins zu schlüpfen und anschließend die Treppe zu erklimmen. Aber inzwischen hatte er gelernt, die Grodds nicht zu unterschätzen.

Ein weiteres Dutzend Kompanien marschierte auf und nahmen ihren Platz am Ende der Legion ein. Sobald der letzte Krieger an Ort und Stelle stand und seinen Speer vor sich in Stellung gebracht hatte, trat ein großer Goblin in einem roten Gewand vor. Er hob die Arme, und ein kurzer, ohrenbetäubender Jubel wurde laut.

Der Goblin hob noch zweimal die Arme, und jedes Mal antwortete die Legion mit einem Jubelschrei. Die rot gekleidete Gestalt presste die Fingerspitzen gegeneinander und wies auf die Legion, dann trat sie wieder zurück. Ein anderer Goblin, dieses Mal in Weiß, nahm seinen Platz ein und ergriff das Wort.

Vangerdahast wirkte seinen dreiundzwanzigsten Zauber.

»Der ›Eiserne‹ hat gesprochen«, sagte der Goblin. Die Stimme gehörte Otka, der Grodd-Frau, die im Palast die Befehle gegeben hatte. »Jetzt ist die Zeit gekommen. Zu den Wolfswäldern sollt ihr ziehen!«

Otka wies auf die Treppe und trat beiseite. Jeweils drei Goblins der ersten Kompanie bestiegen gleichzeitig die Stufen, während Vangerdahast angesichts der Verschwendung seines Zaubers lautlos fluchte. Selbst der dümmste unter Azouns Edlen hätte keine Magie gebraucht, um die Bedeutung einer so kurzen Ansprache zu verstehen.

Da er keinen Grund sah, in der Reihe abzuwarten – selbst in der Stadt der Grodds standen einem Königlichen Magier seine Privilegien zu –, trat Vangerdahast aus seinem Versteck hervor und schwebte über die Köpfe der wartenden Goblins hinweg. Er landete drei Viertel des Weges nach oben auf einer Plattform des Turms, etwa dreißig Fuß über dem ersten Goblin-Trupp, um dann weiter die krummen Treppenstufen hinaufzuklettern.

Er stieg rasch, aber vorsichtig nach oben und gab sich Mühe, nicht allzu laut auf die Treppenstufen zu treten oder sonst ein Geräusch zu verursachen, das die Goblins auf seine unsichtbare Anwesenheit aufmerksam machen würde.

Bedauerlicherweise vermochte er nicht zu verhindern, dass das turmartige Gerüst unter seinem Gewicht ins Wackeln und Wanken geriet. Die Grodds verfügten über mancherlei Stärken, zumal für Goblins, aber die Baukunst zählte nicht dazu.

Kurz bevor er den dritten Treppenabsatz erreichte, schaute Vangerdahast nach oben und sah, dass die Treppe in pechschwarzer Dunkelheit verschwand. Der Zauberer klomm bis auf Armeslänge zu der Stelle hoch, blickte dann nach unten und beschloss, vor dem Verlassen der Goblin-Stadt einen letzten Zauber zu wirken. Er zog eine kleine Handvoll Schwefelstaub aus seinem Umhang hervor, außerdem Fledermauskot, und rollte aus beiden Zutaten einen klebrigen Ball – und erblickte die glühenden Augen eines Gazneth, der ihn von der Mündung eines Goblin-Tunnels aus beobachtete.

Eines der perlschimmernden Augen verschwand, um gleich darauf wieder sichtbar zu werden. Vangerdahast, der den Ball zwischen den Fingerspitzen hin und her gerollt hatte, hielt inne.

Das Wesen hatte ihm zugezwinkert!

Vangerdahast vergaß auf der Stelle die magischen Zutaten in seiner Hand und stürmte die letzten paar Stufen hinauf – und prallte mit dem Kopf voran gegen die schwammige Decke der Höhle.

Der Belag teilte sich, wich ein kleines bisschen zurück, versteifte sich dann plötzlich und zwang seinen Kopf nach unten, sodass er nun auf die Goblins unter ihm starrte. Der noch nicht ganz zusammengeknetete Schwefelball entglitt seinen Fingern und fiel nach unten.

Vangerdahast fürchtete für einen Augenblick, dem Ball zu folgen, aber die Decke hielt ihn fest, sodass er, alle viere von sich gestreckt, vierzig Fuß über dem Boden hing.

Vangerdahast verlor den Ball aus den Augen, hörte dann aber ein dumpfes Klirren. Ein erstaunter Goblin-Zenturio ging urplötzlich in die Hocke. Sogleich zogen ihm die Soldaten den Helm vom Kopf und verbogen seinen Hals, sodass er von allen Richtungen ausgerechnet nach oben blickte.

Selbst jetzt glaubte Vangerdahast noch, unentdeckt bleiben zu können. Immerhin hing er vierzig Fuß hoch in der Luft, unsichtbar und verhüllt von einem schwarzen Wetterumhang. Aber die Augen des Zenturio wurden groß und weiß ... und verschwanden in pechschwarzer Dunkelheit.

Der Zauberer hoffte, dass er durch die Decke in den Wolfswald gezogen würde – in seiner Welt Kormyr genannt –, als eine hohe, leise, zwitschernde Stimme von unten heraufdrang und das turmartige Gerüst unter dem Ansturm vieler kleiner Stiefel zu ächzen und zu schwanken begann.

Vangerdahast erkannte, dass die schwammige Decke ihn nicht nur festhielt, sondern zudem auch alle Magie aus seinen Zaubern sog. Er vermochte nicht länger im Dunkeln zu sehen – und aller Wahrscheinlichkeit nach auch nicht zu fliegen.

Der Magier spähte in Richtung des Tunnels, in dem er die perligen Augen gesehen hatte, sah aber nichts als Schwärze. Er hegte keinerlei Zweifel hinsichtlich dessen, was das Wesen als Nächstes tun würde, also wollte er in die Fluchttasche seines Wetterumhangs greifen. Aber er musste feststellen, dass sein Arm fest an der Decke klebte. Unter ihm schrillten die Stimmen der Grodds, und zwar nicht mehr als zehn Schritte entfernt.

Vangerdahast wusste, dass er sich niemals mittels Fernreise-Zauber aus der Höhle befördern konnte, da er dies Dutzende Male vorher versucht und sich immer wieder an einem anderen Ort in der Goblin-Stadt wiedergefunden hatte. Also wählte er dieses Mal eine viel einfachere Lösung. Er schloss die Augen und sprach die Worte eines Blinzel-Zaubers.

Sogleich erklang ein Zischen und Pfeifen, dann packten ihn ein Dutzend winziger Hände von unten, zogen an der Vorderseite seines Umhangs, rissen die Schließen vom Kragen, fischten Zauberstäbe, Zaubertränke, Ringe, kleine Bündel getrockneter Krötenzungen, gehackte Felsflechte und pulverisierte Molchaugen hervor, die niemandem außer ihm von Nutzen sein konnten.

Ein Paar wie Perlen schimmernde Augen erschien in der Dunkelheit unter ihm, und zwar mehr oder weniger da, wo sich Vangerdahasts Einschätzung nach die Spitze des Gerüstturms befinden musste. Die Goblins fingen an, wie die Wahnsinnigen zu schreien und zu jammern.

Die Augen wurden langsam, aber unaufhaltsam größer.

Der Gazneth näherte sich dem Magier.

Schließlich sprang ein Goblin hoch und klammerte sich an Vangerdahasts Ärmel fest, dann arbeitete er sich über den Handrücken in Richtung Gelenk vor. Dem Zauberer sprang das Herz in die Kehle. Er schloss die Augen und versuchte ein weiteres Mal zu entscheiden, ob Nalavara seinen Wunschring brauchte oder sich vor ihm fürchtete.

Als der Goblin das Handgelenk erreicht hatte, war Vangerdahast immer noch zu keinem Ergebnis gelangt. Er kniff die Augen noch fester zusammen und begann: »Ich wünsche …«

Ein ohrenbetäubendes Donnergrollen unterbrach seinen Befehl.

Ein hell gleißender Lichtblitz blendete schmerzhaft die Augen des Magiers, und das Gewicht des Grodd verschwand von seinem Arm. Ein Geruch nach gebratenem Hasen erfüllte die Luft.

»Tut es nicht!«, brummte eine raue Stimme. »So wie es aussieht, habt Ihr sie beinahe befreit!«

Nachdem Vangerdahast etliche Male die Augen geöffnet und wieder geschlossen hatte, vermochte er schließlich eine kleine Feuersbrunst zu sehen, die an dem Gerüstturm unter ihm leckte. Die Goblin-Anführer zwitscherten ärgerlich und wiesen auf die Flammen. Einen Augenblick später warfen sich einige tapfere Goblin-Krieger in das Feuer und benutzten Leib und Hände, um die Flammen auszuschlagen.

Vangerdahast achtete nicht weiter auf ihren selbstlosen Einsatz und blickte stattdessen in die perlgrauen Augen des Gazneth. »Kenne … ich Euch?«

»Nein«, lautete die Antwort. Der Gazneth hievte seinen schattigen Körper auf den Absatz unter Vangerdahast, dann pflückte er ein Paar Zauberstäbe aus den Händen eines kreischenden Grodd und schickte sich an, deren Magie aufzusaugen. »Niemand kennt mich.«

»Ihr lügt«, sagte Vangerdahast. Obwohl die Stimme viel rauer klang als irgendeine, die er kannte, lag etwas Bekanntes in der trockenen Heiserkeit und dem scharfen nördlichen Akzent. »Wo sind wir uns schon begegnet?«

»Nirgendwo außer in dieser Hölle.«

Der Gazneth drehte sich um und fegte Goblins von dem Gerüst, wobei er laut schrie, wenn es einem der kleinen Krieger gelang, ihm einen Eisenspeer in den Magen zu bohren.

Vangerdahast sah von Erstaunen erfüllt zu. Einmal wunderte es ihn, weshalb ihm der Gazneth zu Hilfe gekommen war, des Weiteren erfüllte ihn angesichts der zu erwartenden Antwort zunehmend Furcht. Er war ein Zauberer, und Gazneths brauchten Magie, so wie Geier den Tod brauchen.

Nachdem er die Goblins in der unmittelbaren Umgebung weggewischt hatte, wirbelte der Gazneth wieder herum und wies die Treppe hinunter. Dabei erhaschte Vangerdahast einen kurzen Blick auf ein dunkles, aber gut aussehendes Gesicht mit erkennbar menschlichen Zügen und einem auffällig gespaltenen Kinn. Bevor der Magier mehr erkennen konnte, schoss ein Wasserstrahl aus den Händen des Gazneth und fegte zwanzig Goblins von dem Gerüst. Das Wasser löschte das Feuer, das die Grodds bekämpft hatten, sodass sich wieder Dunkelheit über die Höhle senkte.

Eine kräftige Hand langte nach oben, packte Vangerdahast und zog ihn aus seinem Wetterumhang, dann senkte sie sich, um den Zauberer vom Gerüst zu werfen.

»Wartet!«, schrie Vangerdahast, dem es endlich gelungen war, das fein gemeißelte Gesicht und den nördlichen Tonfall zusammenzusetzen. »Ich kenne Euch!«

»Nicht länger«, sagte die Stimme. »Jetzt begebt Euch zurück zu Eurem Nest, auf dass es mir nicht leid tut, Euch gerettet zu haben.«

Der Gazneth stieß den Magier in die Dunkelheit, und

Vangerdahast blieb kaum die Zeit, sich seine behagliche kleine Hängematte ins Gedächtnis zu rufen, bevor er sich die Silben seines Reisezaubers rufen hörte.

11

»Diese Orks sind so hässlich«, ächzte der Lanzenhauptmann Raddlesar, als seine Klinge einen fettbäuchigen Ork vom Schritt bis zu den Rippen aufschlitzte, »dass man glauben möchte, die Ork-Mütter verlören die Lust, mehr von ihnen großzuziehen, was?«

»Leider geschieht das niemals«, bedauerte einer seiner Kameraden. »Es geschieht einfach nicht.«

Dies waren die letzten Worte, die er jemals äußerte – eine schwarze Klinge brach rot schäumend durch seinen Helm, seine Wange und schließlich seinen Mund, und der Lanzenhauptmann Garthin kippte lautlos in den mit Blut vermischten Schlamm. Seine Träume, sich mit seiner Herzallerliebsten in einem großartigen Haus in Suzail niederzulassen, verschwanden in einem hellen und schrecklichen Augenblick. In der wilden, tumultuösen Schlächterei bemerkten seine Kameraden seinen Fall nicht.

»Ich habe mindestens dreißig getötet«, keuchte ein Schwertkämpfer und schwang seine Klinge in einem Bogen herum, sodass der Stahl der Schwerter von etwa einem Dutzend Orks Funken schlug und wie gequält knirschte.

Das Zusammenprallen der Waffen ließ den hintersten Ork zurücktaumeln, und Schwerthauptmann Thorns Klinge schoss so schnell wie die Fänge einer springenden Felsenviper in die Kehle eines fetten Ork und wieder zurück, dass man jeden entschuldigt hätte, der den tödlichen Stoß nicht gesehen hatte – zumindest nicht, bis das Blut hervorschoss und ein dicker, schmutziger Körper hilflos zurücktaumelte.

»Ist das alles, Thorn?«, rief Fürst Braerwinter über die muskelstrotzenden Schultern zweier Orks, die einen bereits toten Soldaten in Grund und Boden stampften. »Was habt Ihr bloß die ganze Zeit über *gemacht*?«

Der Schwerthauptmann grinste. »Ich habe meinen Stahl geschärft«, brüllte er zurück, wobei er gleichzeitig ohrenbetäubende Schläge mit einem knurrenden Ork-Hauptmann austauschte, der größer war als er. »Und ich habe ihn gehärtet …«

Beide Kämpfer schlugen so fest zu, wie sie nur konnten, und ihre Schwerter zerschnitten die Luft, bis sie, Funken sprühend, mit einem betäubenden Klirren aufeinanderprallten. Der Klang gequälten Stahls kreischte in ihren Ohren. Wie ein Mann stolperten Ork und Mensch rückwärts, und beider Schultern bebten von der Wucht, mit der sich ihre Schwerter getroffen hatten.

Einer der Ellbogen des riesigen Orks streifte den Helm eines Dragoners, und der Mann ging augenblicklich zu Boden. Der neben dem Niedergestürzten kämpfende Soldat bedachte den taumelnden Ork mit einem angewiderten Blick, wirbelte trotz einer auf seine Rippen zielenden Schwertklinge herum und trieb seinen Dolch bis zum Heft hinter das Ohr des Ork.

»Und zwar in Ork-Blut!«, brüllte Theldyn Thorn, hob mit beiden Händen sein Kriegsschwert und schmetterte es mit solcher Wucht auf den taumelnden Ork-Riesen, dass es ihm beide Füße vom Boden hob. Unter seinem Hieb zerbrachen der große, haarige Kiefer, Brustkorb und Rippen. Beide Männer fielen gemeinsam, rollten sich durch den Schlamm und versuchten, die Beine unter dem Ork frei zu bekommen, der seinerseits danach trachtete, den Dragoner zu töten.

Irgendwer fiel auf den Ork, schrie gellend in Todespein, und zwei Schwertspitzen brachen nur wenige Zoll von Thorns Nase entfernt aus dem Körper des Ork. Das aufsprudelnde heiße Blut hätte den Krieger beinahe geblendet.

Während er in der stinkenden Dunkelheit wie wild den Kopf schüttelte, endete das Schreien über ihm abrupt.

Der Schwerthauptmann blinzelte, stieß und schob und spuckte sich den Weg unter dem Ork frei, zumal er in dem Schlamm plötzlich Halt fand. Als er wieder sehen konnte, stellte er fest, dass in einem kleinen Kreis um ihn herum kein Ork mehr am Leben war und er über einen Hügel aus Toten auf stolpernde, mit Blut bespritzte Purpurdrachen schaute. Er bedachte den Dragoner mit einem finsteren Blick und knurrte: »Tötet gefälligst Eure eigenen Orks, Kühnklinge!«

»Nun«, brummte der Dragoner zur Antwort, während er den Körper beiseite trat, aus dem immer noch hellrotes Blut sprudelte. »Ich bitte meinen Schwerthauptmann *untertänigst* um Verzeihung. Die Hand muss mir ausgerutscht sein.«

»Daran kann keinerlei Zweifel bestehen«, grollte Thorn und straffte die Schultern, um sich den Weg vorwärts durch ein Gewimmel von schreienden, blutverschmierten Orks frei zu hacken, deren Klingen in der Rüstung des Purpurdrachen feststeckten, den sie gemeinsam aufgespießt hatten. »Gar kein Zweifel.«

Im Herzen des Getümmels kämpften Schwerthauptmann Glammerhand und die Fürsten Braerwinter und Tolon mit Hauen und Stechen darum, Ork-Schwerter von zwei Mitstreitern fernzuhalten, die jeden Schutz ablehnten: König Azoun und seine Tochter Alusair.

Die Stahlprinzessin hüpfte und wand sich wie wahnsinnig mitten unter einem Trupp schnaufender, schreiender Orks. Sie begab sich in äußerste Gefahr, als sei sie aufs Sterben aus. Schwarzes Ork-Blut troff ihr von Helm und Kinn, und ihre Klinge sprang wie eine flackernde Flamme mitten im Blut herum, hob und senkte sich, ohne müde zu werden.

Immer wieder schlug Alusair kühn nach vorn aus, und immer wieder folgte ihr Vater ihr. Der König hackte und stach mit kühlem Mut zu, um Tod über jeden Ork zu bringen, der zwischen ihn und seine Tochter gelangte, nicht zu reden von jenen, die hinter Alusairs Rücken auftauchten.

Orks, die Alusair um Haupteslänge überragten, knurrten vor Wut, wenn Vater und Tochter die Schultern senkten und gemeinsam nach vorn stürmten. Einer bezahlte für einen Augenblick der Unachtsamkeit mit dem Leben – seine Halspanzerung wurde durchschnitten und die darunter liegende Kehle aufgeschlitzt, sodass das heiße Blut herausschoss. Aber sein Kamerad drang wie ein Förster, der einen Schössling niederhackt, auf Alusair ein und hieb ihr die Klinge in die Hüfte. Die Prinzessin taumelte.

Sie stieß ein Knurren aus, das eher einem Schluchzen glich, als sie die Klinge spürte, und beinahe wäre sie zu Boden gestürzt. Eine Ork-Klinge hatte königliches Blut vergossen!

Beide Seiten stießen ein lautes Geheul aus. Die Orks brüllten vor Triumph, während die Kormyraner mit aller Leidenschaft die Notwendigkeit kundtaten, die Stahlprinzessin zu erreichen und zu retten.

»Sterbt, Orks!«, schrie Schwerthauptmann Glammerhand und führte einen solch heftigen Schlag aus, dass er einem Ork den Kopf beinahe vollständig vom Leib trennte. »Sterbt freiwillig und erspart uns die Mühe!«

Azouns Augen wurden schmal, als er dunkle Gliedmaßen und Schwingen erblickte, die ihm beinahe höhnisch aus den Schatten hinter den Orks zuwinkten. Ein paar weitere verzweifelte Stöße und Hiebe brachten ihn nach vorn, sodass er sich über seiner zitternden Tochter aufbauen konnte. Er drückte ihr eine Phiole mit heilendem Elixier in die Hand und knurrte: »Trinkt das, tollkühne Närrin!«

Alusair hustete. Sie lag auf Händen und Knien im Schlamm zwischen zwei Leichen, bei denen es sich nicht um Orks handelte. »D-danke, Vater«, sagte sie erstickt und spuckte Blut. »Ihr seid immer da, wenn ich Euch brauche.«

»Steht auf, Mädchen«, schnappte er. »Ich brauche jetzt Eure Einfälle, nicht Euer Schwert.«

»Wie kommt denn das?«, keuchte sie und kämpfte sich auf die Füße. Mit erhobenen, zum Zuschlagen bereiten Schwertern nahmen die Fürsten Braerwinter und Tolon auf einer Seite des königlichen Paars Stellung ein, und der Schwerthauptmann Glammerhand und der Lanzenhauptmann Raddlesar deckten die andere Seite.

»Schaut nur«, keuchte Azoun und wies mit der Klinge auf eine Stelle jenseits der Schlächterei. »Wir jagen und jagen diesen Gazneth, und er zieht sich zurück, ohne je den Kampf mit uns aufzunehmen. Ist das die gewohnte Weise, in der uns diese Wesen bekämpfen? Außerdem bekommen wir immer nur ein und denselben Gazneth zu Gesicht. Wo sind die anderen?«

»Wir wurden weggelockt«, sagte Alusair ruhig und hielt sich die Seite, wo sich die Ork-Klinge in ihr Fleisch gebohrt hatte. Als sie die Finger wegspreizte, klebten sie vor Blut. Sie hob den Kopf und warf pfeilschnelle Blicke auf das Getümmel, bis sie den Kriegszauberer entdeckt hatte, der sich immer in der Nähe des Königs aufhielt. Arkenfrost war der mächtigste Zauberer hier draußen auf dem Schlachtfeld.

»Wie viele Eurer Mitzauberer bleiben den Truppen, Magierfürst?«

»Ungefähr acht, wenn man die unerfahrenen Lehrlinge mitzählt«, erwiderte Arkenfrost ruhig über den Tumult hinweg, »und drei, denen ausreichend Zauberbanne zur Verfügung stehen, um eine Schlacht maßgeblich zu beeinflussen.«

»Wenn sie das versuchen«, knurrte Azoun, »dann werden sich Gazneths in Hülle und Fülle auf sie stürzen wie hungrige Geier. Wir wurden übertölpelt – wieder einmal!« Bei den Göttern, er vermisste Vangerdahasts kluge Voraussicht, seinen beißenden Spott und seine Gelassenheit … aber diesen Krieg würde der König von Kormyr ohne seinen Königlichen Magier gewinnen müssen.

Er schaute sich die Purpurdrachen rings um ihn herum an, die herzhaft auf die Orks einschlugen, dann blickte er wieder zu Arkenfrost zurück. »Wenn wir Euch verlassen, könnt Ihr diese Männer hinaus ins Sonnenlicht bringen, auf dass sie sich uns wieder anschließen?«

Arkenfrost zuckte mit den Schultern. »Wir haben uns den Weg hier herein erkämpft, Majestät«, erwiderte er ruhig, »und ich glaube vorhersagen zu können, dass wir uns auch wieder hinauskämpfen werden.«

Der König nickte kurz, ergriff Arkenfrosts Hand und meinte: »Wir gehen. Passt auf Euch auf.«

Alusair öffnete den Mund, um etwas zu sagen, aber Azoun zögerte keinen Augenblick. Sein Ring blitzte einmal auf, als das grenzenlose blaue Fallen beide ergriff – und gleich darauf befanden sie sich wieder im Sonnenlicht. Das königliche Banner, zu dem Azoun hatte zurückkehren wollen, flatterte neben ihren Köpfen. Sie starrten in die entsetzten Augen dreier in lange Gewänder gehüllter Männer, deren Arme auf die Obarskyrs gerichtet waren. Die Hände knisterten von dem zum Zuschlagen bereiten Blitzen der Kriegsmagie.

»Ihr solltet euren König nicht schlagen!«, brüllte Alusair mit einer so donnernden Stimme wie nur irgendein Schwerthauptmann. »Wie steht der Kampf? Seid ihr irgendwelchen Gazneths entgegengetreten?«

Der am nächsten stehende Mann deutete eine kurze Verbeugung an und stammelte: »N-nein, Königliche Hoheit. Äh – Adlerohr Sturmschulter, treuer Magier der Krone, zu Euren Diensten.« Er holte unglücklich Luft und fuhr steif fort: »Wir haben es mit einem Meer von Orks zu tun – sie sind überall und bedecken wie ein Mantel die Berghänge rings um uns herum. Wir wagen es kaum, Magie zu benutzen, aus Furcht vor den Dunkelflügeln – äh, Gazneths.«

»Das ist klug«, erwiderte der König und nickte, »aber benutzt an Magie, was unumgänglich ist. Wenn Ihr untätig herumsteht, während Männer sterben, dann schenkt

Ihr einem Gazneth einen Sieg, für den er nicht einmal das Schlachtfeld betreten musste.« Er musterte die beiden anderen Kriegszauberer mit einem stählernen Blick. »Hat Sturmschulter das Gefecht richtig beobachtet?«

»Ja, das hat er, Euer Majestät«, antwortete ein Zauberer beschämt, und der andere stammelte: »Das hat er.« Dann schienen sich beide daran zu erinnern, mit wem sie es hier zu tun hatten, und ließen sich mit beinahe komisch wirkender Hast auf die Knie sinken.

»Euer ergebener Magier Lharyder Gaundolonn, o König.«

»Euer ergebener Magier Mavelar Starlaggar zu Euren Diensten, Gekröntes Haupt von Kormyr!«

Azoun winkte angesichts ihrer Förmlichkeit ab und knurrte nur. Dieses Knurren ging in den Befehl über: »Folgt mir! Ich will diese Orks aus meinem Land gefegt haben, selbst wenn ich jeden einzelnen von ihnen bis zum letzten Mann mit eigener Hand töten muss. Für Kormyr und den Sieg!«

Er hielt sein Kriegsschwert hoch wie einen lodernden Brand, den die Götter herabgesandt haben, und stürmte vorwärts. Alusair griff sich das königliche Banner und folgte ihm, wobei sie den mit offenen Mündern dastehenden Kriegszauberern ein leises: »Kommt!« zukeuchte.

Behelmte Köpfe drehten sich um und schauten den beiden Obarskyrs nach, als diese an ihnen vorbeimarschierten. Die königliche Armee sah sich einer Horde von Orks gegenüber, welche die Hügel bedeckten, soweit das Auge reichte. Aber ein lauter Schrei erhob sich, als der König und die Stahlprinzessin vorstürmten zu der Linie, wo Männer und Orks mit einer Art grimmiger Ergebenheit im Sonnenlicht aufeinander einschlugen.

»Für Kormyr und den Sieg!«, erscholl es gleichzeitig aus tausend Kehlen.

»Tod allen Orks!«, erwiderte ein Schwerthauptmann, und die Antwort kam ohrenbetäubend laut: »FÜR KORMYR UND DEN SIEG!«

Während die königliche Armee immer wieder auf dem schwarzen Blut der bereits getöteten Orks ausrutschend, aber mit wiedererweckter Lebenskraft vorwärtsdrang, verschwendete keiner der Männer einen Blick auf den Himmel, ob sich dort ein Gazneth befände. Sie hatten Orks zu töten, und ihnen blieb nicht mehr viel an Tageslicht übrig, um alle niederzumachen.

»Für Kormyr!«, schrie Azoun glücklich und erkämpfte sich mit den Schultern seinen Weg an einem erstaunten Lanzenhauptmann vorbei, um das Gesicht eines knurrenden Orks zu zerschlitzen. »Auf dass es auf ewig bestehe.«

»Bei den Göttern, ja«, murmelte Alusair von irgendwo dicht hinter seiner linken Schulter. »Lasst es auf ewig bestehen.«

12

Tanalasta stand auf dem Amethyst-Podest der Königlichen Empfangshalle. Sie fühlte sich klein und verlassen in der hoch aufragenden Großartigkeit des goldenen Raums, gleichzeitig aber auch sehr erleichtert angesichts ihres sich bauschenden, alles verhüllenden purpurroten Staatsgewandes. Allmählich rundete sich ihre Mitte, und sie legte keinerlei Wert darauf, dass dieses besondere Rudel von Wölfen in Spekulationen über den Grund ausbrach. Beinahe zweihundert von ihnen drängten sich am Fuß der Treppe, und kleine Cliquen flüsterten leise summend miteinander, selbst als der Fürst Emlar Goldschwert die Prinzessin ansprach.

»Diese Gazneths erweisen sich als Ärgernis, Majestät. Eine hartnäckige Fäule hat bereits meine Weingärten befallen, die Fliegen haben aus meinen Scheunen Madenscheuern gemacht, und ich musste etliche Diener entlassen, die gegenüber der Edlen Radalard rüde Worte benutzten.«

Diese Beschwerden unterschieden sich nur geringfügig

von der Litanei von Klagen, denen Tanalasta den ganzen Morgen über zugehört hatte. Ein Riss aus geschmolzenem Stein hatte sich in der Mitte des Landbesitzes der Jagdkrons aufgetan und das Haus, Fürst Tabarts Lieblingshengst und ein Dutzend guter Gärtner verschluckt. Ein Viertel aller Schiffe der Kaufmannsflotte der Dauntinghorns war plötzlich von Trockenfäule befallen, was die Familie dazu zwang, ganze Schiffsladungen von Nahrungsmitteln in den Docks verrotten zu lassen. Aus Gründen, die niemand zu benennen wusste, hatten die jungen Männer der reichen Silberhorn-Familie einen plötzlichen Hass gegenüber den Hornholds entwickelt und eine blutige Fehde angezettelt, der bereits die Erstgeborenen beider Familien zum Opfer gefallen waren.

Die meisten der Beschwerdeführer schienen unterstellen zu wollen, dass Tanalasta diese Folge von Katastrophen bei ihrer Rückkehr aus dem Norden mitgebracht hätte. Und sie deuteten an, dass ihnen solcherlei erspart geblieben wäre, wenn die Kronprinzessin so viel Voraussicht besessen hätte, anderswo Zuflucht zu suchen.

Tanalasta hörte jedem der Fürsten höflich zu, unterbrach nur, um Einzelheiten zu klären oder genauer nachzufragen für den seltenen Fall, dass sich einer der Beschwerdeführer nach dem Auftauchen eines Gazneth tatsächlich seinen Soldaten angeschlossen hatte und in die Schlacht gezogen war. Schließlich gelangte die Prinzessin zu der Überzeugung, dass alle sechs dieser Wesen inzwischen den Süden von Kormyr heimsuchten.

Außerdem kam sie zu dem Schluss, dass der überwiegende Teil der Edelleute zu ihren Füßen diese Bezeichnung nicht verdiente. Wie kam es nur, fragte sie sich, dass die hochwohlgeborenen Mitglieder einer Familie sich so oft als egoistische Feiglinge erwiesen, während die niedriger geborenen Vettern treu und tapfer waren? Das traf ganz gewiss auf die Cormaerils zu. Sie konnte sich leicht vorstellen, dass Gaspar oder Xanthon vor ihr stünden und sich über die Unannehmlichkeit beschwerten, das Königreich von den Plagen aus Alaundos Prophezeiung heimgesucht zu sehen, während ihr geringerer Vetter Rowen unterwegs war, um tatsächlich etwas dagegen zu unternehmen.

Tanalasta zwang sich dazu, Fürst Goldschwert zuzuhören. Sie hätte nicht sagen können, ob es an ihrem Zustand oder an ihren wachsenden Sorgen angesichts Rowens langer Abwesenheit lag, aber sie stellte fest, dass ihre Gedanken immer öfter zu ihrem Ehemann abschweiften. Drei Monate waren vergangen, seit König Azoun das reiterlose Pferd des Kundschafters in den Steinlanden gefunden hatte, noch dazu mit Blut am Sattel, das höchstwahrscheinlich von einer schwärenden Wunde stammte. Die Schlussfolgerung lag nahe, aber ohne einen sichtbaren Beweis wie einen Leichnam konnte sich Tanalasta nicht dazu bringen, an Rowens Tod zu glauben. Außerdem hatte sie keinerlei Nachricht von ihm selbst erhalten. Er hatte den Umhang eines königlichen Kundschafters getragen, der über die gleiche magische Halsschließe verfügte wie der Wetterumhang eines Zauberers. Wenn er irgendwo einen langsamen Tod gestorben wäre, dann hätte seine letzte Tat darin bestanden, Tanalasta ein Lebewohl zu schicken, dessen war sie sich gewiss. Er hätte nicht die Grausamkeit besessen, einfach zu sterben und sie in Zweifel zu lassen – nicht Rowen Cormaeril.

»Majestät?«, fragte Fürst Goldschwert.

Tanalasta bemerkte, dass sie über Emlars kahlen, glänzenden Schädel hinwegschaute, und sie wusste, dass sie wieder ins Nichts gestarrt hatte. Mit oft geübter Selbstbeherrschung fixierte sie auch weiterhin den Elfenbein-Drachen, den sie unbewusst angeblickt hatte, und gestattete es ihrer Miene nicht, den Schreck zu zeigen, den sie tatsächlich empfand.

»Ihr habt erwähnt, dass einige unter Euren Dienern verrückt geworden sind und die Edle Radalard beleidigt haben«, sagte sie. »Gab es sonst noch etwas?«

»Nur die Sache mit den Hunden, Eure Hoheit«, erwiderte der Fürst.

»Ah ja, die Hunde.« Tanalasta senkte den Blick und schaute dem Fürsten ins Gesicht. Dieses Mal versuchte sie nicht, die Gereiztheit zu verbergen, die sie empfand, weil man sie mit Weingärten und Jagdhunden belästigte, während sich die uralte Prophezeiung von Kormyrs Untergang vor ihren Augen erfüllte. »Was beabsichtigt Ihr in dieser Sache zu unternehmen, Fürst?«

Goldschwert wirkte bestürzt, und das Summen der halb geflüsterten Konversation um ihn herum verstummte plötzlich.

»Unternehmen, Majestät?«

»Ja, Emlar«, antwortete Tanalasta. »Was beabsichtigt Ihr gegen die Gazneths zu tun? Sie sind die Ursache all dieser Kümmernisse – oder habt Ihr das etwa nicht gehört?«

Emlars Augen blitzten vor Überraschung. »Selbstverständlich habe ich solches gehört, Majestät.« Seine Stimme nahm den seidigen Ton an, den Edelleute gern einsetzen, wenn sie versuchen, Tatsachen oder Halbwahrheiten zu ihren Gunsten umzudrehen. »Jedermann weiß, wie Ihr sie hergebracht …«

»Die Prinzessin hat sie nicht hergebracht, Fürst Goldschwert«, mischte sich Königin Filfaeril ein und erhob sich vom Thron. Sie hatte an einer Seidenstickerei gearbeitet, die ihre Rettung vor dem wahnsinnigen König Boldovar darstellte. »Seid so freundlich, Euch ins Gedächtnis zu rufen, dass sie bereits bei unserer Ankunft auf uns warteten. Die Prinzessin wurde beinahe getötet – und ich zumindest verlange zu wissen, wie das sein konnte.«

Alle Farbe verschwand aus Emlars feistem Gesicht, ebenso aus vielen anderen Gesichtern, als die Königin in solch eisigem Ton sprach. »Ich bitte die Prinzessin um Vergebung.« Er starrte weiterhin Filfaeril an und verbeugte sich viel tiefer als notwenig vor Tanalasta. »Ich wollte nur sagen, dass diese Gazneths eine Angelegenheit der Krone sind. Man kann von den Edelleuten kaum erwarten, die Wachen ihres Haushalts aufzubieten …«

»Und weshalb nicht?«, fragte Tanalasta und starrte den Fürsten viel durchdringender an, als dieser das verdiente. Obwohl ihre Mutter sorgfältig darauf geachtet hatte, sich einen Schritt hinter ihr aufzubauen, wäre es der Kronprinzessin lieber gewesen, wenn die Königin auf dem Thron sitzen geblieben wäre.

Selbst der geringste Hinweis darauf, dass Filfaeril Tanalasta in deren Führungsrolle unterstützte, ließ den Schluss zu, dass die Prinzessin die Unterstützung ihrer Mutter bräuchte, was sie in den Augen der Edelleute schwächen musste. Um ihren Respekt wiederzugewinnen, musste sie strenger sein als bisher. »Hat der König während meines Aufenthalts in Huthduth die Edelleute aus ihrer Lehnspflicht entlassen und versäumt, mich davon zu unterrichten?«

»Selbstverständlich nicht«, entgegnete der Fürst, »aber der König ist nicht anwesend.«

»Der König ist immer anwesend«, setzte Filfaeril an.

Aber Tanalasta hob kaum merklich eine Hand. Obwohl die Bewegung leicht sein mochte, wurden solche Kleinigkeiten in der käfigartigen Welt fürstlicher Politik selten übersehen, und die Versammelten schnappten erstaunt nach Luft.

Fürst Goldschwert schaute die Königin an, eindeutig in der Erwartung, dass sie Tanalasta in ihre Schranken weisen und die Audienz übernehmen würde. Stattdessen neigte Filfaeril lediglich den Kopf und zog sich auf den Thron zurück. Die Edelleute hatten nun allen Grund, über die neue Verteilung der königlichen Macht zu grübeln.

Tanalasta trat näher an die oberste Treppenstufe heran. »Der König befindet sich im Norden und kämpft gegen die Orks, gemeinsam mit dem größten Teil der Armee von Kormyr.« Sie löste den Blick von Fürst Goldschwert und ließ ihre Augen über die anderen Edelleute schweifen. »Wenn der Süden verteidigt werden muss, dann nicht durch die Purpurdrachen.«

Das zu erwartende Gemurmel hatte kaum begonnen, als eine raue Stimme aus den hinteren Reihen schrie: »Vielleicht kann ich in dieser Hinsicht irgendwie nützlich sein, Majestät!«

Tanalasta blickte in Richtung des Sprechers und sah einen breitschultrigen Mann mit dunklem Haar und noch dunkleren Augen aus einem kleinen Kreis von Rowanmäntels, Langdaumen und anderen Kaufmannsfamilien treten.

Der geckenhaft mit Federn geschmückte Hut des Mannes hinderte die Prinzessin daran, sein Gesicht klar erkennen zu können, aber als er sich verbeugte, erhaschte sie einen Blick auf dunkle Wangen und ein markant gespaltenes Kinn.

Ihr Herz schlug plötzlich so heftig, dass sie fürchtete, die unter ihr stehenden Edelleute könnten es hören. Obgleich sie sich nicht vorzustellen vermochte, weshalb Rowen die grellfarbenen Seidengewänder eines sembianischen Kaufmanns tragen sollte, war die Ähnlichkeit in der Erscheinung zu groß, als dass sie sie hätte verleugnen können.

Tanalasta streckte eine Hand aus und konnte nicht verhindern, dass ihre Stimme erregt klang. »Der Edelmann mit den Federn soll sich wieder aufrichten und sich vorstellen.«

Die Aufregung in ihrer Stimme erzeugte ein noch lauteres Gemurmel als das vorhergehende, und selbst Fürst Goldschwert wandte sich um, weil er sehen wollte, aus welchem Grund der Fremde ihre verschlossene Prinzessin so sehr beeindruckt hatte.

Der Neuankömmling nahm schwungvoll den Hut vom Kopf und verbeugte sich womöglich noch tiefer. Dann antwortete er mit einem beinahe komisch starken sembianischen Akzent: »Wie Ihr befehlt, Majestät.«

Der Mann richtete sich auf und setzte sich in Bewegung, und Tanalasta sank das Herz. Zwar konnte sie wegen der Entfernung sein Gesicht immer noch nicht deutlich erkennen, aber er trug das Haar kürzer gestutzt als Rowen und zudem viel kunstvoller frisiert. Aber Haare konnte man schneiden und formen, und wenn ihr Gemahl einen guten Grund hatte, sich ihr in der Verkleidung eines Fremden zu nähern – und sie wollte nicht glauben, dass ein wahrer Sembianer mit einem solch auffälligen Dialekt spräche –, dann würde er sicherstellen, dass sein Haar seine Verkleidung nicht verriet.

Tanalasta in ihrer Neugier konnte nicht abwarten, bis der Mann den Fuß der zum Podest führenden Treppe erreicht hatte. »Nennt uns Euren Namen, guter Mann.«

Der Mann hielt inne und verneigte sich erneut, und selbst Königin Filfaeril war neugierig genug, sich vom Thron zu erheben und an Tanalastas Seite zu treten.

»Mein Name ist Korian Hovanay«, erklärte der Mann. »Botschafter der Vereinten Prinzen von Saerloon, Selgaunt und ganz Sembia, zu Euren Diensten, Majestät.«

Filfaeril warf einen kurzen Blick auf Tanalasta und hob eine Braue, aber die Prinzessin achtete nicht weiter darauf und winkte den Mann näher zu sich heran.

»Nun macht schon, *Botschafter* Hovanay«, sagte sie listig. »Wir besprechen hier ernsthafte Angelegenheiten. Wir haben nicht den ganzen Tag Zeit, auf Eure Verbeugungen und Eure Kratzfüße zu warten.«

Korian richtete sich eilig auf und ging weiter auf die Treppe zu, und Tanalasta sank das Herz immer mehr. Das Gesicht des Mannes war viel fleischiger als das ihres Gemahls, und ihm fehlten die fein gemeißelten, wettergegerbten Merkmale, die Rowen in ihren Augen gleich von Anfang an so anziehend gemacht hatten.

Aber Sembianer aßen gern gut, zumal die Anzahl von Tintenfischen und Krakenarmen, die ein Mann zu verschlingen sich leisten konnte, einen Maßstab für seine Klugheit als Kaufmann darstellte. Zwei Monate solch schwerer, reichlich gebutterter Mahlzeiten würden die Wangen selbst des abgehärtetsten Königlichen Kundschafters runden.

Nun ergriff der Botschafter im Gehen das Wort. »Ich entschuldige mich dafür, dass ich Eure Majestät warten ließ, und werde danach trachten, mich kurz zu fassen. Die zahlreichen und immer mehr zunehmenden Sorgen Kormyrs im Norden und sonst wo sind meinen Herren zu Ohren gekommen. Deshalb haben sie mich nach Suzail befohlen, um jede Form der Unterstützung anzubieten.«

»Unterstützung?«, wiederholte Tanalasta. Sie fand es schwierig, auf die Worte des Mannes zu achten statt auf sein Gesicht. »Welche Form der Unterstützung?«

»Die Form, welche die Krone von Kormyr für beidseitig annehmbar hält.« Der Botschafter blieb am Fuß der Treppe stehen und wollte sich schon wieder verbeugen, besann sich dann aber und fuhr lediglich fort: »In diesem Augenblick lassen meine Herren eine Armee von zehntausend Söldnern unter dem Kommando unserer eigenen sembianischen Offiziere in Richtung Daerlun marschieren.«

»Zehntausend?«, keuchte Filfaeril.

Tanalasta war kaum in der Lage, ihrer Mutter zuzuhören, denn sie erkannte jetzt, dass es sich bei diesem gut aussehenden Botschafter nicht um ihren Rowen handeln konnte. Obwohl kaum als fett zu bezeichnen – zumal nicht nach sembianischen Maßstäben –, klebte die Weichlichkeit des Kaufmanns an ihm wie ein Tuch, und seiner Manieriertheit haftete das glatte, oft geübte Flair eines geschickten Lügners an.

»Zehntausend Söldner?«, wiederholte Filfaeril, und dieses Mal richtete sie sich eher an Tanalasta als an den Botschafter. »Das ist keine Unterstützung. Das ist eine Invasion.«

Korian erhob verneinend eine Hand. »Nichts in dieser Art ist beabsichtigt. Meine Herren wollen nur, dass ich übermittle, dass die Armee sich zu unserem eigenen Schutz in Richtung des Swamprun bewegt. Und da sie sich inzwischen ganz in der Nähe befinden dürfte, glaubten sie ...«

»Glaubten sie, auch gleich den Süden von Kormyr beanspruchen zu können«, ergänzte Tanalasta. Nun, da sie ihren Irrtum erkannt hatte, änderte sich ihre Haltung dem Mann gegenüber: Anstelle von Liebenswürdigkeit traten gegen alle Vernunft Ungeduld und Ärger. »Botschafter Hovanay, Ihr mögt zu Euren Herren zurückkehren und ihnen unseren Dank übermitteln – und diese Warnung: Solange ihre Armeen auf der sembianischen Seite des Swamprun bleiben, herrscht Friede zwischen unseren beiden Ländern.«

Die Augen des Botschafters weiteten sich in einer geübten Zurschaustellung von Überraschung. »Majestät, ich fürchte, Ihr habt die Absichten meiner Herren falsch aufgefasst.«

»Und ich fürchte, dass dies nicht der Fall ist!«, antwortete Tanalasta.

»Und ich fürchte, dass Ihr zu voreilig urteilt«, mischte sich Fürst Goldschwert ein. Er wagte es, einen Fuß auf die unterste Treppenstufe zu stellen, woraufhin sich Korvarr Rallyhorn und ein Dutzend von Tanalastas Leibwächtern veranlasst sahen, nach ihren Schwertgriffen zu langen und sich seitlich von ihm aufzubauen.

Goldschwert blieb, wo er war. »Ihr habt selbst gesagt, dass Eure Armeen im Norden beschäftigt sind. Ich bin mir sicher, dass ich für alle hier anwesenden Edelleute spreche, wenn ich sage, dass wir alle Hände voll damit zu tun haben, zumindest zu versuchen, diese Gazneths von unseren Ländereien fernzuhalten.«

Er blickte sich im Raum um und wurde mit einem begeisterten »Hört, Hört!« belohnt. Nur Giogi Wyvernspur, Ildamoar Hartburg und eine Handvoll anderer finster blickender Treuer blieben still.

Ein schrecklicher Zorn wallte in Tanalasta auf, und sie schritt eine Stufe in Richtung Emlar Goldschwert hinunter. »Seid Ihr ein Feigling, Fürst?«

Emlar sperrte den Mund auf, und seine Miene wurde ebenso stürmisch wie rot.

»Ich bitte um Verzeihung?«

Tanalasta brachte eine weitere Stufe hinter sich und achtete dabei nicht weiter auf Korvarr Rallyhorns erstauntes Kopfschütteln. »Ich denke, ich habe meine Frage klar genug gestellt, Goldschwert. Ich wollte wissen, ob Ihr ein Feigling seid.«

Emlars Gesicht nahm die Farbe von Tanalastas königlichem Gewand an. Er schickte sich an, die Stufen zu der Prinzessin hinaufzusteigen – nur um festzustellen, dass sich die Spitze von Korvarrs Dolch gegen sein Kinn presste.

»Was …?« Emlar war so erzürnt, dass er stehen blieb und sein bebendes Kinn hob, um der Dolchspitze zu entgehen, und erst dann konnte er fortfahren: »Was soll das bedeuten?«

Tanalasta stieg eine weitere Stufe hinunter, sodass sie sich nur noch eine Armeslänge von dem zitternden Edelmann entfernt befand. »Seid Ihr ein solcher Feigling, dass Ihr Euer Königreich eher verkaufen wollt, statt es zu verteidigen?«

»I-i-ich … ich sollte …«

»Vorsicht.« Korvarr brachte die Dolchspitze wieder unter das Kinn des Mannes. »Ihr sprecht zu dem Thron.«

Emlar starrte die Prinzessin an. »Ihr … seid … nicht … der … König.«

»Nein, ich bin die Kronprinzessin, die ihn in seiner Abwesenheit vertritt.« Tanalasta blickte Korvarr an und fuhr dann fort: »Wenn das alles ist, hinter dem sich Fürst Goldschwert zu verstecken beliebt, dann lasst uns doch sehen, wie tapfer er tatsächlich ist. Korvarr, tretet zurück und lasst ihn gehen.«

Die Augen des Lionars blitzten alarmiert auf, aber er steckte den Dolch in die Scheide und zog sich wie befohlen zurück. Tanalasta stieg wieder eine Stufe hinunter, sodass sie jetzt Auge in Auge dem Fürsten Goldschwert gegenüberstand.

»Nun?«

Goldschwert begann so heftig zu zittern, dass Tanalasta glaubte, er müsse gleich tot umfallen. Seine Hand wanderte in Richtung Schwertgehänge, und plötzlich hallte eine Folge von lauten Klängen durch den Saal. Giogi Wyvernspur und ein paar weitere Männer zogen ihre Waffen.

Das reichte Emlar. Er nahm den Fuß von der Treppe, wandte sich um und wollte sich zurückziehen.

»Fürst Goldschwert!«, schnappte Tanalasta.

Emlar hielt inne, drehte sich aber nicht um. »Prinzessin?«

»Nun, da Ihr meine Frage beantwortet habt, steht es Euch frei zu gehen.«

Elmar zögerte einen Augenblick, dann ging er mit steifen, betont würdevollen Schritten in Richtung Tür. Als er an ihnen vorbeikam, wichen die anderen Edelleute seinem Blick aus und schwiegen.

Tanalasta wartete, bis seine Schritte so weit verklungen waren, dass sie ihre Stimme nicht übertönten, und sagte ruhig: »Jeder, der unser Land lieber verkaufen statt für es kämpfen will, kann sich ihm anschließen.«

Sie schwieg für einen Moment, um abzuwarten, ob jemand unter den Anwesenden ihr Angebot annehmen würde, und Botschafter Hovanay schickte sich ebenfalls an, den Raum zu verlassen.

»Noch nicht, Botschafter. Es gibt da etwas, von dem ich will, dass Ihr es versteht.«

Hovanay drehte sich um. »Ich glaube, Ihr habt Euren Standpunkt deutlich genug gemacht.«

»Erzürnt mich nicht«, erwiderte Tanalasta. Sie schaute zu Giogi Wyvernspur hinüber. Der Fürst hatte erfahren, dass diese Audienz ein Kriegsrat sein würde, und war deshalb in einer glänzenden Stahlrüstung erschienen. »Fürst Wyvernspur, kann ich davon ausgehen, dass Ihr und die Euren der Krone zur Verfügung stehen?«

Giogi hob sein Schwert wie zum Gruß. »Das könnt Ihr.«

»Dann sollt Ihr eine Armee aufstellen und gut in Euren Hullack-Wäldern verstecken«, sagte Tanalasta. »Falls auch nur einer dieser Söldner den Swamprun überquert, dann sollt Ihr all das über Sembia bringen, was die Gazneths derzeit über Kormyr bringen.«

Dieses Mal weiteten sich die Augen des Botschafters Hovanay in ehrlichem Erstaunen. Er blickte kurz die Königin Filfaeril an, schaute dann aber, als er keine Unterstützung bekam, wieder Tanalasta an. »Ich versichere Euch, Prinzessin, dass dies nicht notwendig sein wird.«

»Gut«, erwiderte Tanalasta. »Es erzürnt mich nämlich, dass ich diese Möglichkeit trotz unserer gegenwärtigen Sorgen überhaupt in Betracht ziehen muss. Ihr seid entlassen.«

Hovanay verneigte sich erheblich nachlässiger als zuvor und verließ den Saal.

Mit zunehmend schwerer werdendem Herzen beobachtete die Kronprinzessin seinen Rückzug, und zwar nicht weil sie den Ärger fürchtete, den Sembia unter Umständen verursachen mochte. Welche Absichten die Prinzen auch für Kormyr hegten, Giogi würde sich darum kümmern, dass sie den zu bezahlenden Preis für zu hoch hielten.

Sobald der Botschafter verschwunden war, schaute Tanalasta wieder die Edelleute zu Füßen der Tribüne an. »Giogi Wyvernspur hat seine Bereitschaft kundgetan, der Krone zu dienen. Wer stellt sich an seine Seite?«

Ildamoar Hartburg, Korvarr Rallyhorns Vetter Urthrin und eine Handvoll anderer Männer traten vor, um ihre Bereitschaft zu erklären, ihr Leben und ihren Besitz für Kormyr zu opfern. Die meisten anderen Edelleute jedoch blieben verdächtig still.

Tanalasta musterte sie schweigend und ließ den Blick gerade lange genug auf jedem der Fürsten verweilen, um sicherzugehen, dass sie wussten, dass die Kronprinzessin ihre Verweigerung zur Kenntnis genommen hatte.

Dann schaute sie schließlich Beldamyr Axthand an,

dessen Weigerung die einzige große Überraschung darstellte.

»Fürst Beldamyr?«, fragte sie. »Die Axthände sind nicht bereit, Kormyr zu verteidigen?«

Beldamyrs Gesicht lief rot an, aber er hielt ihrem Blick stand. »Wir sind bereit«, antwortete er. »Wenn der König uns ruft.«

Obwohl seine Verweigerung Tanalasta traf wie ein Faustschlag, gab sie sich alle Mühe, nicht zu zeigen, wie sehr diese Antwort sie entmutigte. Selbst wenn sie, was nicht der Fall war, zur Selbsttäuschung geneigt hätte, könnte sie seine Weigerung nicht Feigheit zuschreiben.

Seine Familie zählte zu den wenigen, die während des letztjährigen Versuchs, den Thron zu stürzen, ihrem Vater immer treu zur Seite gestanden hatten.

Beldamyrs Weigerung konnte nur dem mangelnden Vertrauen in sie zugeschrieben werden.

Tanalasta hielt Beldamyrs Blick fest und nickte nur. »Dann werde ich versuchen, das Reich zusammenzuhalten, bis mein Vater dazu in der Lage ist. Haltet Euch bereit.«

Sie stieg wieder zu dem Podest hinauf, dann drehte sie sich um und schaute die Edelleute an. »Zwischen den meisten von uns gibt es nicht mehr viel zu sagen. Ich respektiere eure Entscheidung, selbst wenn sie mich enttäuscht, und ich bin bereit, eure Hilfe anzunehmen, sobald ihr willens seid, eure Lehnspflichten zu erfüllen. Bis dahin zollt meiner Autorität in einer Hinsicht Respekt: Die Krone verbietet hiermit bei Enteignung aller Güter, Gefängnisstrafe oder gar Tod jeglichen nicht-königlichen Gebrauch von Magie südlich der Hauptstraße – davon hängt ab, ob wir oder die Gazneths euch finden.«

Hie und da wurde Murren laut, aber die meisten der Fürsten verstanden entweder den Sinn und Zweck des Erlasses oder waren so klug, ihre Bedenken für sich zu behalten.

Tanalasta wartete, bis Ruhe eingekehrt war, dann entließ sie die Versammelten mit einem Winken der Hand.

»Ich berufe in einer Stunde einen Kriegsrat ein«, erklärte sie. »Der Schatzmeister wird Boten für die Depeschen derjenigen bereitstellen, die an der Versammlung teilnehmen. Korvarr, Ihr werdet Eure Männer für den Aufbruch zur Mittagszeit vorbereiten.«

Der Lionar nickte zum Zeichen seines Einverständnisses und wandte sich zum Gehen, um die Befehle weiterzugeben, als die Königin Filfaeril die nahe liegende Frage stellte.

»Aufbruch? Wo gehen wir hin?«

»Nicht wir, Mutter, sondern ich«, antwortete Tanalasta. »Ich möchte, dass Ihr mit Alaphondar hierbleibt und mit der Suche in den königlichen Archiven fortfahrt.«

Filfaeril verschränkte die Arme. »Und was wollt Ihr tun? Die Jagd auf die Gazneths anführen?«

»Jemand muss es tun«, erklärte Tanalasta, »und ich bin diejenige, die sie am besten kennt.«

13

Bei den Göttern, wie er diese wilden nördlichen Marschen des Reiches doch vermisst hatte.

Azoun schaute über die Meilen von geröllbedeckten Hügeln mit den aus Zweigen geflochtenen Zäunen, hinter denen Schafe weideten. Hier und dort unterbrach ein Dickicht aus Bäumen die eintönige Landschaft. Ein einsamer Falke kreiste hoch droben im wolkenlosen Himmel.

Der König von Kormyr drehte langsam den Kopf, sodass er die sich in der Ferne erhebende graue und purpurfarbene Masse der Steinlande auf der einen und die grüngoldenen, wohl bestellten Felder nahe Immersee auf der anderen Seite erkennen konnte.

Jahre waren vergangen, seit er diese weit abgelegenen Landesteile durchritten hatte. Damals hatte nur die Sorge auf seinen Schultern gelastet, wie er verhindern könnte, dass Nachrichten über seine schlimmsten Heldentaten an das Ohr seines Vaters drangen.

Ein plötzlicher Gedanke bewirkte, dass er den Kopf umwandte und seine jüngste Tochter anblickte. Alusair schaute ihn direkt an, und in ihren oft so stürmisch blitzenden Augen lag ein merkwürdig zärtlicher Ausdruck. Während der letzten paar Jahre hatte die Stahlprinzessin ähnliche Sorgen gehabt wie ihr Vater zu seinen unbeschwerten Jugendzeiten.

Azoun fragte sich, wie viel die Kriegszauberer, die über sie wachten, tatsächlich aus den Berichten strichen, die sie an ihn weiterleiteten. Eine Menge, wenn er irgendetwas über Zauberer wusste.

»Bei den Göttern«, murmelte er, wobei er den Kopf in Alusairs Richtung neigte, damit sie seine leisen Worte verstand, »aber bei dem Gedanken an meine Jugend fällt mir wieder der wahre Grund dafür ein, warum man einen so großen Teil des Jahres hier draußen mit gezücktem Schwert und den um sich herum versammelten Männern verbringt.«

»Nettere Gefahren als bei Hofe, was?«, flüsterte die Stahlprinzessin zurück. »Aber in Wahrheit verhelfen mir meine Edelleute zu einem hübschen, zänkischen kleinen reisenden Hof, den sie ganz allein erschaffen haben.«

»Das dachte ich mir«, meinte Azoun. Er blickte immer noch über die sanfte Schönheit dieser Ecke seines Reichs. »Und da all das mit Euch reitet, weshalb solltet Ihr jemals den Staub von Suzail nach Prunk, Fehden und Intrigen durchsuchen?«

»Weshalb, da habt Ihr Recht«, antwortete Alusair, und beide Obarskyrs lächelten.

Azoun schüttelte den Kopf. Bei den Göttern, Alusair erinnerte ihn an ihn selbst – sein jüngeres, rebellischeres

Selbst, das sich über Formalitäten und Zeremonien hinweggesetzt und Liebeleien über Feste gestellt hatte. Weshalb, um der Hälfte der Münzen in seiner …

»Mein König«, unterbrach ihn ein Lanzenhauptmann, den er nicht kannte. »Ein Mann ist zu uns gekommen, der eine Audienz mit Euch fordert. Er hat den Namen Randaeron Farlokkeir angegeben und sagt, er bringe dringende Nachrichten vom Hof.«

Azoun runzelte die Stirn und wechselte einen Blick mit der Stahlprinzessin. Alusair antwortete mit einem schwachen Lächeln und einer Geste, die ohne jeden Zweifel »*Eure* Heimsuchung, bitteschön« bedeutete.

»Geht davon aus, dass Ihr das Kommando für die paar Atemzüge übernehmt, die ich nicht hier bin.« Er lächelte wehmütig.

»›Dringende Nachrichten vom Hof‹ bedeuten immer ›Schwierigkeiten‹.« Offenkundig hegte der Lanzenhauptmann dem Boten gegenüber ein tiefes Misstrauen. Wenn Armeen in den Krieg ziehen, reiten viele Männer mit, die ihr Misstrauen wie ein gezücktes Schwert vor sich her tragen.

»Ich werde mit ihm sprechen«, sagte Azoun dem Offizier. »Bringt mich augenblicklich zu ihm.«

Es schien nicht länger als einen oder zwei Atemzüge zu dauern, bis Azoun auf einen von der Reise staubigen Mann in einfacher Lederrüstung niederblickte, der nach Atem ringend auf einem unordentlichen Haufen Decken lag. Man hatte ihm die Waffen abgenommen, und ihn umringten die glitzernden Spitzen zahlreicher gezückter Schwerter.

»Mein König«, keuchte der vor Erschöpfung zitternde Mann. »Ich komme mit dringenden Nachrichten von den Wyvernspurs, die nur für die Ohren Eurer Majestät gedacht sind.«

»Zieht euch zurück«, murmelte Azoun und hob eine Hand, ohne aufzublicken. »Ich kenne den Mann.«

Tatsächlich hatte er den Kundschafter zuvor nur ein-

oder zweimal gesehen, ohne je seinen Namen zu erfahren, aber wenn Cat Wyvernspur einem Mann traute, dann reichte das aus für den König von Kormyr.

Vor Erschöpfung bebend versuchte Randaeron, sich in eine kniende Stellung zu kämpfen. Azoun legte eine Hand auf die Schulter des Mannes, um ihn daran zu hindern – und um die misstrauischeren unter den Purpurdrachen dazu zu bewegen, ihre Schwerter wegzustecken und sich außer Hörweite zu begeben.

»Wie seid Ihr hergekommen?«, flüsterte der König.

»Ich bin gerannt, mein Lehnsherr. Die Edle Wyvernspur … benutzte ihre Magie … um mich mittels Fernreise-Zauber zu einem Wachturm südlich von hier zu schicken. Ein Gazneth tauchte auf und umkreiste den Turm, bevor er zu mir niederschoss. Ich … ich wehrte ihn ab, duckte mich in Gräben und rannte, bis er davonflog. Dann traf ich auf Goblins … und wehrte sie ab und rannte immer weiter.«

»Goblins«, nickte Azoun. Bislang waren sie nur Orks begegnet. Der König merkte sich dies und fragte dann: »Und die Nachrichten?«

»Der Kronprinzessin machen Schwierigkeiten am Hofe zu schaffen. Obwohl ihre Worte fest und gerecht sind, weigern sich einige Edelleute in aller Offenheit, ihr zu gehorchen. Sie wollen nur Euch folgen, Majestät. Von denen, die sich zu dieser Haltung entschlossen haben, wird die Drachenkönigin ebenso wenig beachtet … und es sind ihrer viele.«

Unter den Männern um den König und den Boten herum entstand Unruhe, aber Azoun ließ die stammelnden Lippen des Mannes nicht aus den Augen.

Der Bote hustete schwach und fuhr fort: »Die Lage ist … nicht gut. Die Sembianer suchen eine Bresche in unserer Rüstung, viele Parteien bei Hofe erheben sich wie unruhige Löwen, um alte Intrigen zu neuem Leben zu erwecken. Sie behaupten, der Krieg im Norden sei ein Schachzug der Krone, um ihre Schatztruhen zu leeren und ihre Söhne als

Geiseln der Krone zu halten ... und das alte Geflüster über Rebellion – Arabel und Marsember, versteckte königliche Bluterben, all das – wird wieder in den Korridoren des Palastes und den Hinterzimmern der Schänken laut. Die Wyvernspurs fürchten, dass der Thron für die Obarskyrs auf ewig verloren gehen wird – und dass der Ehrgeiz der sich bekriegenden Edelleute Kormyr spalten wird, trotz der wirklichen Feinde, die das Reich bedrohen. Laut Cat – wenn ich mir die Kühnheit erlauben darf, Majestät – bedarf es nur einer Klinge in den Eingeweiden des falschen heißblütigen Edelmannes, und das Blutvergießen ist nicht mehr zu verhindern. Man braucht Euch, Majestät, und Ihr kehrt besser von treuen und auf alles vorbereiteten Männern umgeben und in aller Stärke zurück, um alle Gedanken an Dolche in königlichen Rücken oder durch Magie über gekrönten Häuptern zusammenbrechende Decken ein für alle Mal zu beenden.«

Der König nickte und erlaubte sich ein kaum merkliches Lächeln. »Ich gehe davon aus, dass das nicht alles gewesen ist. Sprecht.«

Der Bote stieß einen tiefen, unglücklichen Seufzer aus, dann sprudelte es aus ihm heraus: »Tanalasta sieht krank und unzufrieden aus, aber sie scheint entschlossen, die Gazneths mit eigener Hand zu töten. Je öfter man die Wesen sieht, desto öfter stürmt sie los, um die Klinge mit ihnen zu kreuzen.«

Er und Azoun starrten sich einen Atemzug lang in die Augen. Beide Männer achteten sorgfältig darauf, eine gleichmütige Miene zu wahren, dann fügte der Bote leise hinzu: »Ich habe ebenfalls eine Tochter allein zurücklassen müssen, Majestät. Die Wyvernspurs sind nicht die Einzigen, die fürchten, dass Kormyr vielleicht seine Thronerbin verlieren wird.«

»Also wäre es am besten«, murmelte Azoun, »wenn ich vor der Prinzessin die Gazneths erreichen könnte.« Wieder umspielte ein Lächeln seine Lippen, und er fuhr fort: »Und noch besser wäre es, wenn ich einen Plan hätte, wie ich sie besiegen kann, sobald ich sie gefunden habe.«

»Majestät«, stimmte ihm Randaeron vorsichtig zu, »das wäre wirklich am besten.«

Azoun nickte. »Ihr habt Eure Sache gut gemacht. Bleibt hier bei Prinzessin Alusair, ich befehle es Euch, während ich mit den Männern, die wir hier am ehesten entbehren können, nach Süden eile, um mein Königreich zu halten.« Er trat von dem Mann weg und murmelte: »Und wenn die Götter tatsächlich auf mich herablächeln, dann kann ich vielleicht eine kleine Ruhepause gewinnen. Selbst alte Löwen, mögen sie auch noch so dumm sein, verdienen es, sich ab und zu niederlegen zu dürfen.«

Randaeron wusste, dass er die letzten Worte des Königs eigentlich nicht hätte hören sollen, also behielt er die Augen geschlossen und schwieg. Schweigen ist oft die beste Politik bei Hofe.

14

Das Echo eines weit entfernten Platschens rollte den Fluss hinter Vangerdahast herauf und verebbte ins Nichts. Der Zauberer drehte sich um und schaute in Richtung des Geräuschs.

Das Wasser war so schwarz wie die faulige Luft, und die Luft war so schwarz wie die krummen Wände, und die wiederum waren so schwarz wie das Innere eines Schornsteins – nur dass es sich anstelle von Ruß um eine schwarze Masse handelte, die zur Hälfte aus Moos und zur anderen Hälfte aus Stein zu bestehen schien.

Klumpen der Masse trieben ein paar Zoll unter Vangerdahasts Kinn im Wasser dahin. Sie stanken nach Most, Schimmel und einem uralten Dreck, über den er lieber nicht genauer nachdenken wollte, zumal er sich in einem

Tunnel nicht mehr als ein Stockwerk unter der Stadt der Grodds aufhielt.

Die Höhle blieb verdächtig still, aber eine Biegung weit hinter Vangerdahast hoben und senkten sich die Klumpen leise auf der Wasseroberfläche. Der Zauberer blickte auf den winzigen Krähenfuß auf seiner Handfläche, den er ungefähr in Augenhöhe über das Wasser hielt, und sah, dass der Fuß immer noch nach vorn zeigte. Der Gazneth befand sich irgendwo vor ihm – was war also hinter ihm?

Die Bilder von Albino-Haien und in Höhlen hausenden Anakondas stiegen in seinem Hirn auf, aber Vangerdahast wies solcherlei Befürchtungen als unbegründeten Unsinn von sich. Solche Wesen brauchten regelmäßig Nahrung, und die Goblins – die einzige beständige Nahrungsquelle, die er in diesem Höhlensystem gefunden hatte – hatten ihre Stadt erst jüngst wieder bezogen. Es erschien ihm wahrscheinlicher, dass einfach ein Stück der Masse von der Decke gefallen war und beim Aufprall im Wasser dieses Geräusch erzeugt hatte. Erheblich wahrscheinlicher.

Vangerdahast setzte seinen Weg fort, indem er seinem behelfsmäßigen Kompass in einen der drei von einer Kreuzung abzweigenden Gänge folgte.

Wenn er sich im Hinblick auf den Gazneth nicht irrte – und er hoffte inständig, dies möge der Fall sein –, dann handelte es sich bei dem Wesen um Rowen Cormaeril, den gut aussehenden jungen Kundschafter, den Tanalasta so bedauerlich anziehend gefunden hatte.

Das letzte Mal hatte der Zauberer die beiden in den Ausläufern des Sturmhörner-Gebirges gesehen. Das Paar hatte sich seinem Griff entwunden, um zu verhindern, per Fernreise-Zauber nach Arabel zurückbefördert zu werden. Zu dieser Zeit war Vangerdahast wütend auf die beiden gewesen, aber inzwischen – nun, er war zu Tode erschrocken. Wenn Rowen sich in einen Gazneth verwandelt hatte – Vangerdahast konnte den Gedanken an das nicht ertragen, was Tanalasta widerfahren sein mochte.

Das Wasser wurde ein paar Zoll tiefer, und der Zauberer hob das Kinn und tastete vorsichtig mit den Füßen über den Grund. Es ermüdete seinen Arm, die Fackel hochzuhalten, und er fragte sich, ob es nicht klüger sei, einen Lichtzauber auf den Krähenfuß zu legen. Wenn er beide Hände voll hatte, würde es schwierig sein, sich zu verteidigen, falls sich tatsächlich etwas hinter ihm befand. Außerdem bestand die durchaus wirkliche Möglichkeit, dass er in ein Loch trat und die Flamme auslöschte.

Aber wenn er einen Lichtzauber wirkte, würde er gleichzeitig Nalavara mehr Magie zuführen, und er machte sich bereits Sorgen darüber, in welchem Maße er sie inzwischen befreit haben mochte. Ein paar Stunden, nachdem ihn die Goblins beinahe gefangen genommen hätten, hatte Vangerdahast seinen Vorteil aus der anhaltenden Verwirrung seiner Verfolger gezogen und war zu dem großen Platz zurückgekehrt, um einen heimlichen Blick auf den Drachen zu werfen. Zu seinem Entsetzen hatte er einen sechshundert Fuß langen Lindwurm vorgefunden, um dessen Kopf herum die stumpf gewordenen, all ihrer Magie beraubten Überreste seines Wetterumhangs, der Zauberstäbe, Ringe und anderer magischer Gegenstände lagen.

Obwohl der Drache immer noch mit einer Flanke am Boden haftete, krümmten sich vier baumstammdicke Beine in der Luft, zudem ein Flügel, der groß genug schien, um einen Schatten auf den ganzen Palast von Suzail zu werfen. Der mit Stacheln besetzte Schwanz war mindestens halb so lang wie der Königliche Exerzierplatz.

Dieser Anblick hatte Vangerdahast so sehr in Furcht versetzt, dass er, als die unvermeidliche Goblin-Kohorte auftauchte, mit dem Gedanken spielte, sich gefangen nehmen zu lassen, statt einen weiteren Zauber zu wirken. Lediglich seine Entschlossenheit, den Gazneth aufzuspüren und herauszufinden, was mit Tanalasta geschehen war, hatte ihn fliehen lassen.

Wieder ertönte ein Platschen in der Höhle hinter dem

Magier, und zwar lauter und deutlicher als das letzte Mal. Dem Platschen folgte ein gezischtes Zwitschern, und für einen Augenblick verstand der Zauberer nicht, was er da hörte. Es konnte sich nicht um Goblins handeln – jedenfalls nicht solange das Wasser so hoch stand, dass es ihm bis zum Kinn reichte. Er lauschte und hörte ein leises, regelmäßiges Schnurren, und seine Ungläubigkeit wich Bestürzung. Sie waren ihm gefolgt – und seine eigene Nase verriet ihm den Grund. Obwohl er sich an den beißenden Gestank seiner Fackel gewöhnt hatte, war der Rauch schwer und ranzig und musste den Goblins wie ein Leuchtturm den Weg gewiesen haben.

Vangerdahast beäugte noch einmal den Krähenfuß in seiner Hand, dann stieß er das untere Ende seiner Fackel in einen kleinen Spalt in der Wand. Die Flammen leckten an einem losen Stück der schwarzen Kruste, und beinahe augenblicklich begannen die Ecken zu glimmen. Ein Ekel erregend stinkender Rauchfaden zog unter der Decke entlang. Der Zauberer kicherte bei dem Gedanken daran, was der ätzende Gestank den empfindlichen Nasen der Goblins antun würde, und schritt in die Dunkelheit.

Ein paar Minuten darauf schienen die Goblins zu begreifen, was geschah, und der Tunnel füllte sich mit zornigem Zwitschern.

Obwohl Vangerdahast sich bereits den Weg um die nächste Biegung herum ertastete, blieb er lange genug stehen, um zu dem zurückzublicken, was sich inzwischen zu einem flackernden Feuerkreis entwickelt hatte.

Die Goblins paddelten auf grob zugehauenen Stämmen in Sicht, auf denen sie zu dritt oder viert wie auf einem Floß hockten, während sie die Beine ins Wasser baumeln ließen. Sie benutzten einfach geformte Paddel, um ihre Fahrzeuge fortzubewegen. Als sie sich der brennenden Wand näherten, kreischten sie und pressten die Gesichter in die Ellbogenbeuge, um ihre die Hitze sehenden Augen von den Flammen abzuschirmen.

Der erste Stamm stieß gegen die Wand, sodass seine Passagiere ins Wasser stürzten. Schnell wurde offensichtlich, dass Goblins nicht schwimmen können – zumindest nicht solche in bronzenen Rüstungen. Der zweite Stamm schien seinen Kurs beizubehalten, also zog sich Vangerdahast hinter die Biegung zurück und wandte sich in Richtung der Dunkelheit. Dann stieß er einen Schrei aus, denn er sah ein Paar perlfarben schimmernder Augen, die von oben auf ihn herabschauten.

Der Schrei zog eine Kakophonie aus gegluckten Befehlen und dem Platschen von Paddeln nach sich, aber Vangerdahast blieb keine Zeit, irgendetwas zu tun, als ihn auch schon eine Hand am Bart packte und nach oben auf einen kleinen Felsgrat hievte.

»Ich werde es müde, Euch zu retten, alter Schnüffler«, sagte die gleiche heisere Stimme, die er schon zuvor vernommen hatte. Eine kraftvolle Hand umfasste Vangerdahast am Armgelenk und pflückte den Krähenfuß von der Hand des Zauberers. »An Eurer Stelle würde ich mich nicht weiter auf mein Glück verlassen.«

Vangerdahast sank das Herz, denn es gab nur eine Handvoll Menschen, die den Königlichen Magier mit Tanalastas altem Spitznamen für ihn bedachten – und Rowen Cormaeril zählte zu ihnen.

»Bleibt hier, alter Narr.« Rowen ließ sich vom Sims und so leise wie eine sich in die Luft schwingende Eule ins Wasser gleiten.

»Rowen, wartet!« Vangerdahast wälzte sich im Dunkeln auf den Bauch und tastete nach der Kante des Simses.

Die Stimmen der Goblins schwollen in plötzlicher Panik an, dann wehte ein gewaltiger Wind durch den Tunnel, peitschte das Wasser zu spritzendem Toben auf und drohte, den Zauberer von seinem Schlupfwinkel zu reißen. Vangerdahast presste das Gesicht auf den Sims und krallte die Finger in den Dreck. Dabei bewegte er eine Hand vorsichtig nach vorn, bis er einen losen Stein ertastete.

Als der gewaltige Wind schließlich zu einem einfachen Sturm abgeflaut war, setzte er sich aufrecht hin, rieb mit den Fingern über die Glätte des Steins und versah ihn mit einem Zauber ständigen Lichts. Er hätte sich lieber die Fähigkeit verliehen, im Dunkeln zu sehen, aber dieser spezielle Zauber hätte eines Achats oder einer Prise getrockneter Karotten bedurft. Leider hatte er den größten Teil seiner Zauberzutaten verloren, als Rowen ihn beim Goblin-Turm aus seinem Wetterumhang gezogen hatte.

Ein tiefes Glühen erwachte in dem Stein, überflutete den Tunnel mit magischem Licht und beleuchtete den Gazneth an der Biegung.

Obwohl der Wind immer noch an seinem Kopf vorbeiheulte und das Wasser in Wellen gegen ihn klatschen ließ, stand Rowen aufrecht und anscheinend mühelos da. Seine langen Haare hingen bewegungslos, gerade und vollkommen unberührt bis auf seine Schultern nieder.

Schließlich kam von den Goblins kein Laut mehr, und der Wind klang zu einem leisen Brausen ab. Rowen schaute einmal zurück, blickte dann rasch weg und schickte sich an, um die Biegung zu gehen, ohne dass auf dem Wasser Wellen oder auch nur kleine Wirbel entstanden.

»Nein, das werdet Ihr nicht, Rowen Cormaeril!« Vangerdahast schwang die Beine über die Kante des Simses und ließ sich ins Wasser gleiten, dann platschte er den Tunnel hinunter hinter dem Gazneth her. »Kommt zurück, Feigling! Bleibt stehen und zeigt Euch!«

Er umrundete die Biegung, und sehr zu seinem Erstaunen stellte er fest, dass er zu Rowen Cormaerils düsterem Gesicht aufblickte. Mit den ausgeprägten Brauen, den vorstehenden Wangenknochen und dem gespaltenen Kinn wirkte das Antlitz des Kundschafters immer noch fein gemeißelt und anziehend. Die Züge sahen zudem hagerer und betonter aus als in Vangerdahasts Erinnerung, sodass der Gesamteindruck der von Kraft und Herrschaft war.

»Sehe ich in Euren Augen wie ein königlicher Kundschafter aus?« Rowens Hand zuckte hoch, und Vangerdahasts Handgelenk war im Griff des Gazneth gefangen. »Die Zeit, in der ich Befehle von Euch entgegennehmen musste, ist längst vorbei.«

»Niemand hat Euch …« Vangerdahast musste schlucken, um seine trockene Kehle zu befeuchten. »Niemand hat Euch von Eurem Schwur freigesprochen. Ich bin der Königliche Magier und höhergestellt als alle Soldaten im Land. Ihr werdet das tun, was ich Euch befehle … falls nicht das Blut aller Cormaerils verräterisch ist.«

Vor Ärger flammten Rowens Augen weiß auf. Sein Griff verstärkte sich, und einer nach dem anderen lockerten sich Vangerdahasts Finger, als besäßen sie einen eigenen Willen.

Der Gazneth starrte den Magier einen endlosen Augenblick an, als überlege er, ob er weiterdrücken sollte. Dann nahm er Vangerdahast den glühenden Stein aus den Fingern und schickte sich an, dessen Magie in sich aufzusaugen.

»Für jemanden, der als der listigste Mann in Kormyr bekannt ist, seid Ihr eindeutig ein Narr«, sagte Rowen. »Ich hätte gedacht, dass Ihr inzwischen wisst, welche Folgen der Gebrauch von Magie nach sich zieht.«

Vangerdahast konnte jetzt müheloser atmen. »Das weiß ich auch, aber Ihr habt dafür gesorgt, dass Ihr schwer zu finden seid. Es war die einzige Methode, Euch aufzuspüren.«

»Ihr habt mich jetzt gefunden.«

Rowen sog den letzten Lichtschimmer aus Vangerdahasts Stein, dann ließ er ihn ins Wasser fallen. »Und ich kann Euch versichern, dass es tödlich ist, mich zu verspotten. Wagt solche Kühnheit nicht noch einmal.«

Ohne die Drohung in den Worten des Gazneth weiter zu beachten, tastete Vangerdahast blindlings umher und erwischte ihn am Arm. Das Fleisch fühlte sich kalt an und so schleimig wie ein Aal.

»Ich bin nicht gekommen, um Euch zu verspotten«, sagte der Zauberer. »Vielleicht um Euch zu töten – oder um Euch um Hilfe zu bitten, das hängt davon ab.«

Rowens Augen leuchteten immer noch weiß. »Von was hängt das ab?«

»Davon, was aus Tanalasta wurde.«

Der Zorn verschwand aus Rowens Gesicht. Er wandte sich ab, wodurch er die ganze Höhle in Dunkelheit tauchte.

In dem Glauben, seine Beute entschlüpfe ihm lautlos, stürzte Vangerdahast vorwärts – und prallte kopfüber in den Rücken des Gazneth.

»Ich ließ sie bei Alusair zurück«, sagte Rowen. »Ich habe die Gesellschaft verlassen, um Euch zu suchen, und sie waren auf dem Weg zum Goblin-Berg. Das war das letzte Mal, dass ich sie gesehen habe und mir dessen sicher sein konnte.«

»Euch dessen sicher sein konntet?«

Rowen packte den Magier bei den Schultern, führte ihn den Gang hinauf und geleitete ihn eine glatte Schräge hoch zu dem Sims, auf dem sie sich schon zuvor aufgehalten hatten.

»Es war vielleicht einen Tag nach der Schlacht bei der Seefern-Marsch«, begann Rowen. »Eure Exkursionsgesellschaft trieb aufgebläht im Wasser, und die Orks plünderten noch immer die Leichen. Ich fand eine Nachricht in Alaphondars Fernglas, das jeden, der es fand, dazu drängte, dem König zu berichten, dass die Plagen aus Alaundos Prophezeiung erwacht seien. Ich nahm die Nachricht an mich und war gerade im Begriff, zum Goblin-Berg aufzubrechen, als Euer Pferd Cadimus aus einem Versteck in einem Weidenwäldchen am Rand der Marsch brach.

Als Cadimus den Hügel heraufpreschte, bemerkten ihn die Gazneths und verließen ihren Bergfried. Mir blieb nur noch übrig, Cadimus zu besteigen und in die Wälder zu galoppieren, bevor sie über uns waren. Sie jagten mich für den Rest des Tages. Einer legte mir sogar einen Hinterhalt, als ich eine Lichtung überquerte, und schlug mir die Klauen in die Schulter, bevor ich ihn gegen einen Baum schleudern konnte. In dieser Nacht führte ich die Ungeheuer an der Nase herum, indem ich die Magie der Halsschließe meines Wetterumhangs ins Leben rief und sie dann auf einem Holzscheit flussabwärts treiben ließ. Ich entkam und befand mich nicht mehr als einen Tagesritt vom Goblin-Berg entfernt, als ich sie hörte.«

»Tanalasta?«

Der Gazneth schwieg für einen Augenblick, und Vangerdahast konnte sich vorstellen, wie Rowen nickte, bevor er fortfuhr: »Sie schrie und flehte mich an, sie zu töten, und ... ich konnte es nicht ertragen. Ich wusste zwar, dass Alaphondars Nachricht viel wichtiger war als Tanalastas Leben, aber ich liebte sie, also folgte ich ihr.

Die Gazneths wandten sich nordwärts und begannen, Spielchen zu spielen, indem sie Tanalasta durch die Baumwipfel hoch über meinem Kopf zerrten. Dann landeten sie auf der anderen Seite des Waldes auf einer Wiese und brachten sie dazu, dass sie um ihren Tod bettelte, bis ich meine Fluchttasche benutzte, um zu ihr zu gelangen. Aber bevor ich meine Benommenheit abschütteln konnte, schnappten sie Tanalasta und flogen mit ihr davon.

Zu diesem Zeitpunkt wusste ich bereits, dass sie mich nicht töten wollten. Sie lockten mich stattdessen nordwärts in eine Falle, aber was konnte ich schon tun? Ich war zu erschöpft, um klar denken zu können, außerdem von der Angst erfüllt, Tanalasta leiden zu lassen. Und wenn ich mich in die entgegengesetzte Richtung davongemacht hätte, hätten sie mich auf der Stelle umgebracht.«

»Zweifellos«, warf Vangerdahast ein und versuchte, nicht allzu unfreundlich zu klingen. »Aber was wurde aus Tanalasta?«

»I-ich weiß es nicht«, antwortete Rowen. »Bevor ich es noch so recht wusste, hatten wir wieder die Nordseite der

Sturmhörner erreicht. Ich sah sie das letzte Mal in den Klauen von König Boldovar an der mir gegenüberliegenden Felskante über einer Schlucht, und er … er tat ihr etwas Unaussprechliches an. Ich verlor den Verstand und benutzte meine Fluchttasche, um seine Seite der Schlucht zu erreichen. Als ich aus meiner Benommenheit erwachte, war sie nicht dort – nur mein Vetter Xanthon, der mich auslachte und mich dann am Kragen über die Schlucht hielt. Er drohte mir, mich Tanalasta hinterherzuschicken.«

Obwohl er ja im Dunkeln saß, schloss Vangerdahast die Augen und flüsterte: »Sehr gut.«

»Sehr gut?«, wiederholte Rowen. Er klang weniger überrascht, als er hätte sein sollen. »Also benutzten sie tatsächlich einen Lockvogel?«

»Sie haben unseren eigenen Trick gegen uns verwendet«, bestätigte Vangerdahast. »Boldovar vermag Illusionen zu erzeugen. Er hat das während der Seefern-Schlacht mit uns gemacht, und das hat Alaphondar beinahe das Leben gekostet.«

»Ich fürchte, es hat mich mehr gekostet«, fuhr Rowen fort. »Ich zog meinen eisernen Dolch, und es gelang mir, ihn Xanthon in den Bauch zu stoßen, sodass er von der Felskante wegtaumelte und mich losließ. Boldovar wollte sich auf mich stürzen, gleichzeitig erschienen auch die anderen Ungeheuer, und ich sprang in Cadimus' Sattel und floh in ein Dickicht der größten Bäume, die ich jemals gesehen habe.

Die Gazneths bauten sich an der Felskante auf und stießen die unflätigsten Flüche aus, die man sich vorstellen kann. Ich konnte nicht begreifen, weshalb sie mich nicht verfolgten, bis ich mich umschaute und die Elfen-Runen entdeckte. Sie sahen den Schriftzeichen ähnlich, die wir auf den verkrümmten Bäumen über den Gräbern von Boldovar und den anderen gefunden haben – allerdings waren diese Bäume nicht verkümmert und von Krankheit befallen. Sie waren wunderschön und gesund, und als ich mit den Fingern über die Schriftzeichen fuhr, brachte mich das Lied zum Weinen. Selbst die Gazneths schwiegen, bis die Musik verklungen war.«

»Ein ganzer Hain der Bäume des Leibes?«, keuchte Vangerdahast.

Der Baum des Leibes stellte eine Art Denkmal dar, erschaffen von den uralten Elfen, die lange vor den Menschen Kormyr bevölkert hatten. Tanalasta zufolge – und die Prinzessin war bekannt für ihre Belesenheit, was solche Dingen anbetraf – hatten die Elfen manchmal, wenn ein allseits geschätzter Elf starb, eine Inschrift in den Stamm eines kleinen Schösslings eingemeißelt und den Leichnam unter dessen Wurzeln begraben. Vangerdahast verstand nicht alle Feinheiten solcher Nachrufe, aber er hatte nie zuvor auch nur von zwei solcher majestätischer Bäume an ein und demselben Ort gehört, ganz zu schweigen von einem ganzen Hain.

»Und Ihr seid sicher, dass es sich um Bäume des Leibes gehandelt hat?«, fragte er.

»Später wurde ich mir dessen gewiss«, sagte Rowen. »Es wuchsen dort Hunderte, und die Gazneths hielten mich für beinahe zehn Tage zwischen ihnen gefangen. Sie beobachteten mich ohne Unterlass, und wann immer ich versuchte zu entkommen, waren sie schon da. Eines Nachts ritt ich aus dem Hain, und der Geist eines schönen Elfenfürsten erhob sich aus dem Boden vor mir. Er trug einen Kronreif mit drei Spitzen und einem einzelnen violetten Stein, und in der Hand hielt er einen goldenen, wie ein Seil gedrehten Stab. Er sprach mich mit harter Stimme an: ›Neun Tage habt Ihr Eure Pflicht vergessen, indem Ihr Euch hier verstecktet, Mensch, und neun Tage haben wir Euch beschützt. Aber bevor Ihr uns verlasst, wisset, dass Euer Tod nichts gutmachen würde. Um Euren Verrat ungeschehen zu machen, müsst Ihr für größere Änderungen bereit sein, die Euch mehr kosten werden als das Leben.‹

Ich musste nicht weiter nachfragen, welche Pflichtvergessenheit er meinte, denn ich trug noch immer Alaphondars Brief nahe meinem Herzen und wusste sehr gut, inwieweit ich versagt hatte. Ich hatte es zugelassen, dass meine Liebe zu Tanalasta stärker war als meine Aufgabe, und ich wusste, dass Kormyr teuer für meinen Fehler bezahlen würde. Was konnte ich tun, als meinen Kopf zu neigen und zu antworten: ›Edler Herr. Ich möchte meine Schuld einlösen. Die Frage ist nur wie.‹

Der Elf warnte mich wieder vor dem fürchterlichen Preis, und wieder sagte ich ihm, ich wolle ihn mit Freuden zahlen. Da lächelte der Elf und nahm mir Cadimus' Zügel aus der Hand. Er flüsterte dem Ross etwas ins Ohr, was den Hengst dazu veranlasste, zu wiehern und mir mit der Nase über die Wangen zu reiben. Dann drehte sich Cadimus um und floh zum anderen Ende des Hains.

Wieder ergriff der Elf das Wort. ›Wisset, Mensch, dass ich Iliphar bin, der König der Zepter, und dieser Hain ist mein Grabmal, wo Tausende von Schätzen für mehr Zeitalter vergraben lagen, als ich zählen kann. Folgt mir, auf dass ich Euch den größten aller Schätze schenken kann, nämlich das Zepter der Fürsten.‹

König Iliphar führte mich zum Herzen des Hains, wo eine uralte Eiche von der Größe eines Bergfrieds stand. Der Geist wies auf die Basis des Baumstamms und sagte: ›Nehmt mein Zepter und überbringt es dem König. Sagt ihm, dass man es mit Mitleid schwingen muss, dann verfügt es über die Macht, jegliches von Elfen geschaffene Böse zu zerschmettern – immer vorausgesetzt, dass all die Irrtümer, die das Böse überhaupt hervorgerufen haben, berichtigt wurden. Indem ich das Zepter einem Menschen übergebe, beseitige ich den ersten Irrtum. Es wird an dem sein, der das Zepter schwingt, die anderen zu bereinigen.‹

Und das war alles, was König Iliphar sagte. Er trat von mir weg und schmolz in seinen Baum zurück. Ich zog meinen Dolch und grub an der Stelle, auf die er gewiesen hatte. Kaum hatte meine Klinge die Erde berührt, kreischten die Gazneths vor Triumph auf und schossen zum Angriff nieder. Ich glaubte für einen Augenblick, sie hätten mich wieder genarrt und dazu gebracht, den magischen Schutz des Hains zu brechen – was meiner Überzeugung nach der Grund dafür war, warum sie mich nach Norden gelockt hatten –, aber dann stellte ich fest, dass ich mich getäuscht hatte. Eine Armee aus Elfengeistern erhob sich aus der Erde unter ihren Bäumen, um den Gazneths entgegenzutreten, und die Bäume verwoben ihre ungezählten Zweige zu einem undurchdringlichen Schutznetz. Die Gazneths versuchten, mit Feuer und Fäule dagegen vorzugehen, aber die Geister machten sich mit Schwert und Keule über sie her.

Ich war mit meiner Graberei beschäftigt, und nach kurzer Zeit hatte ich mich unter die Wurzeln vorgearbeitet.

Aber selbst die Elfen vermochten nicht ewig standzuhalten, und es schien so, dass sie umso schwächer wurden, je tiefer ich grub. Als ich schließlich zu der Schatzkammer Iliphars durchstieß, krachten und brachen die Zweige hinter mir unter dem Ansturm der Gazneths. Ich zog meinen Hauptmannsring hervor, rief den Lichtzauber auf und schrie, als ich all die unter dem Baum aufgehäuften Schätze erblickte. Es gab Berge von ihnen, die vor Magie glühten und mit genug Juwelen besetzt waren, um die Augen des alten Thauglor selbst zu blenden.

Ein lautes Rumpeln rollte von draußen durch den Tunnel herein, dann begannen alle Bäume gleichzeitig zu singen. Ich eilte in die Kammer und schickte mich an, die Berge von Schätzen zu durchsuchen. Es gab Zauberstäbe und auch sonst jede erdenkliche Art von Stäben. Bei allen oder keinem hätte es sich um das Zepter der Fürsten handeln können, und ich verzweifelte fast an der Aufgabe, den richtigen zu finden.

Dann erklang hinter mir im Tunnel ein furchtbares Raspeln. Ich kam auf den Gedanken, die Tunneldecke über meinen Verfolgern einstürzen zu lassen, also griff ich mir ein silbernes Schwert und stürmte in Richtung Tunnelmündung – und in diesem Augenblick erblickte ich es. Es ruhte zwischen zwei Wurzeln, und an seinem Griff baumelte ein dünner Reif aus Gold.«

»Das Zepter der Fürsten?«, fragte Vangerdahast.

Rowens perlige Augen hoben und senkten sich in der Dunkelheit. »Ein goldenes Zepter in der Form eines Eichenschösslings mit fein gewundenen Zweigen, die in seltsamen Winkeln davon abstanden, zudem mit einem großen Knauf aus einem in der Form einer Eichel geschnittenen Amethyst. An seiner Macht konnte keinerlei Zweifel bestehen.

Ich griff mir das Zepter und trat an die Seite des Tunnels, wobei ich, nachdem ich das Zepter aufgerichtet hatte, immer noch an der am Schaft baumelnden Krone zog. Die blutroten Augen eines Gazneth erschienen im Tunneleingang, und ich warf mich ihm mit meinem ganzen Gewicht entgegen. Aber als ich seinen Kopf nach unten zwang, drang ein höllischer Fluch aus dem Tunnel, und in den Raum drangen immer mehr sich auftürmende Rauchwolken. Der Boden unter meinen Füßen bebte, brach auf und gab nach, und ich stürzte in diesen grässlichen Abgrund. Ich bin ebenso wenig wie Ihr in der Lage, ihn zu verlassen.«

»Was ist mit dem Zepter?« Vangerdahasts Herz pochte so wild, dass er seine eigene Frage kaum hören konnte. »Nun sagt mir nicht, Ihr hättet das Zepter verloren!«

»Selbstverständlich nicht.« Aus Rowens Fingerspitzen knisterten winzige Lichtbälle und beleuchteten das Felssims mit blinkenden Explosionen aus Silber. Er langte nach hinten und brachte einen kleinen Reif mit drei Zacken und einem blassen Amethysten zum Vorschein. »Ebenso wenig wie die Krone, die dabei war.«

Vangerdahast nahm dem Gazneth die Krone aus der

Hand. Sie war so stumpf wie Blei, und all die goldene Magie war aus ihr verschwunden.

»Das habt Ihr nicht getan!«

»Ich fürchte, ich tat es, bevor ich bemerkte, in was ich mich verwandelte«, antwortete Rowen. »Andererseits stellte es eine nützliche Lektion dar. Das Zepter der Fürsten ist immer noch voller Magie und befindet sich in einem sicheren Versteck – an einem Ort, den die Goblins niemals finden werden und wo es nicht eine ständige Versuchung für mich darstellt.«

»Das ist immerhin etwas.« Vangerdahast drehte die Krone in den Fingern und beklagte stumm den Verlust solch uralter Magie. Er hätte viel lernen können, wenn er den Reif hätte untersuchen können – beinahe ebenso viel, wie das beim Hören der Geschichte seines Auffindens der Fall gewesen war. Er klopfte Rowen freundlich aufs Knie – bedauerte die Geste aber sofort, als der Gazneth angewidert erschauerte. »Das habt Ihr gut gemacht, Rowen. Wir können unseren Nutzen für Kormyr daraus ziehen.«

»Wie?« Verzweifelt wies der Gazneth mit knisternden Fingern auf die sie umgebende Höhle. »Wie können wir Nutzen für irgendwen daraus ziehen?«

Vangerdahast lächelte. »Nalavara hat sich nicht wenig Mühen unterzogen, um Euch dazu zu bringen, dass Ihr die Macht von Iliphars Grabstätte brecht. Sie hätte das alles nicht getan, wenn sie sich nicht Sorgen wegen des Zepters gemacht hätte – einer Waffe, die Ihr nicht in ihre Hände ausgeliefert habt.«

Rowens Miene erhellte sich. »Wir werden sie töten?«

»Nicht wir«, erwiderte Vangerdahast. Er dachte an das uralte Geheimnis, bei dessen Bewahrung er und die anderen Königlichen Magier ihren Königen über so viele Jahrhunderte geholfen hatten.

»Azoun wird es tun. Wenn das Zepter funktionieren soll, dann muss es, so fürchte ich, von einem König geschwungen werden.«

15

»Bei den Tränen der Chauntea!«, fluchte Azoun. »Selbst wenn sie das ganze Land ungehindert ausplündern würden, könnten die nördlichen Teile unseres schönen Kormyr nicht *so viele* Goblins ernähren! Wo kommen sie nur alle her?«

Die grimmigen, erschöpften Offiziere um ihn herum hielten sich nicht mit Antworten auf. Nachdem sie sich heute bereits einen blutigen Pfad durch zwei Reihen von Goblins gekämpft hatte, hatte die Armee des Königs einen weiteren Hügel erklommen, nur um festzustellen, dass die Ebene vor ihnen von johlenden, zwitschernden Goblins regelrecht überschwemmt wurde.

Nachdem sie der königlichen Fahne ansichtig wurden, schwenkten die kleinen Menschenähnlichen spöttisch ihre Banner. Sie hielten aber die Stellung, als seien sie gewissermaßen der verlängerte, mit Krallen bewehrte Arm eines ausgesprochen disziplinierten Feindes. Sie glichen so gar nicht der gewohnten wilden Goblin-Flut.

Den Weg nach Süden versperrten allem Anschein nach etliche tausend scharfe und zum Zuschlagen bereite Goblin-Klingen.

»Zurück ins Glied!«, schnappte ein Schwerthauptmann, als einige der Männer weiter vorn mit klappernden Rüstungen vorwärtsstürmen wollten.

»Zur Hölle mit Befehlen und geordneten Reihen!«, brüllte ein Ritter und hob das Schwert. »Auf sie drauf und zugehauen – für Azoun und für mich!«

Andere nahmen seinen Ruf auf. »Für Azoun *und für mich*!«

Der König sah zu, wie seine Männer sich darauf vorbereiteten, in den Tod zu stürmen. Hinter seiner steinernen Miene verbargen sich sowohl Enttäuschung als auch Freude. Er konnte sich hier auf dem Schlachtfeld – wie auch sonst im Reich – keine allzu stürmischen, ungehorsamen Narren von Edelleuten leisten.

Aber es tat ihm gut, diesen Schlachtruf zu hören und all die Aufregung um ihn herum zu beobachten. Immer mehr Männer stimmten in den Ruf mit ein und schwenkten unter den wachsamen Augen von knurrenden Schwerthauptmännern und den kalten Blicken von Lanzenoffizieren ihre Schwerter, ohne jedoch ihre Posten zu verlassen.

»Kein wahrer Kormyraner soll diesen Hügel ohne den ausdrücklichen Befehl verlassen!«, brüllte ein Schwerthauptmann, und Azoun nahm seinen Helm ab. Er wollte, dass all die Augen, die sich jetzt auf ihn richteten, klar erkannten, dass er zustimmend nickte. Er brauchte zuverlässige Schwerter, keine nach Ruhm strebenden Leichen. Und er brauchte einen Weg nach Suzail im Süden, der schneller und weniger blutig war als ein Pfad durch all diese wartenden Goblins.

Die Kriegszauberer hatten inzwischen grimmig zugegeben, dass entgegen wilder Ammenmärchen die Armee zu groß war, als dass sie sie mittels Fernreise-Zauber hätten wegschaffen können. Auch ohne die bei dem geringsten Anzeichen für Magie herbeieilenden Gazneths würden sie nicht in der Lage sein, mehr als ein paar Hundert Männer nach Süden zu schaffen, selbst wenn sie all ihre magischen Gegenstände und ihre gemeinsame Zauberkraft einsetzten. Selbst im günstigsten Fall würden sie die Armee zerstreuen und sehr wahrscheinlich zahlreiche Männer durch die wogenden Energien des Ortswechsel-Zaubers töten. Und das unter der Voraussetzung, dass nichts schiefging – und etwas würde schieflaufen, das wussten alle. Auf Schlachtfeldern geschah das immer.

Es musste einen anderen Weg geben. Selbst wenn Azoun die Zeit und ausreichend Männer gehabt hätte, um in weitem Bogen nach Osten zu marschieren, konnten seine Purpurdrachen die Goblins nicht abhängen oder die Sperre der Wyvernwasser umgehen. Also blieb nur noch der Wald übrig. Die Bäume würden eine Art Schild gegen neugierige Augen bilden und ein tödliches Labyrinth für seine Männer und jeden Goblin, der auf der Suche nach ihnen in den Wald eindrang.

Sofern er nicht einen Führer hatte, der so fachmännisch war wie die Waldhüter, die ihn auf seinen immer seltener werdenden Hirschjagden begleitet hatten. Das bedeutete, Duskroons Behausung oder eine der Dutzend anderen Waldhüterhütten finden zu müssen, die sich entlang des Waldrandes befanden. Feldon kannte sich hier in der Gegend aus ...

Er wandte sich zu dem am nächsten stehenden Lanzenhauptmann um und sagte: »Schwerthauptmann Feldon zu mir, und zwar sofort!«

Der Mann beeilte sich, dem Befehl zu gehorchen, und binnen zweier allzu langer Atemzüge, in denen der König die Goblins im Auge behielt, tauchte Feldon mit dem vertrauten zerzausten Schnurrbart vor ihm auf. »Euer Majestät?«

»Guter Feldon«, begann der König, »ich brauche den nächsten Königlichen Waldhüter, sofern er geschickt ist. Man soll ihn gut bewacht und so rasch wie möglich zu mir bringen.«

Auf dem wettergegerbten Gesicht des Schwerthauptmanns erschien ein breites Lächeln. »Wäre der Vogt des Königswalds der rechte Mann, mein Lehnsherr? Er befindet sich in Ildulphs Heimstatt, keine drei Bogenschüsse gen Westen.«

»Mit seiner ganzen Familie? Mitten unter all den Goblins?«

Feldons Lächeln verschwand. »Nun, Majestät, das verhält sich folgendermaßen«, murmelte er, »Fürst Jagdsilber und der Hausvater Ildulph sind beide der Ansicht, dass das königliche Gesetz ein Schild ist für alle treu ergebenen Männer. Falls die Goblins nicht auf den Willen des Königs hin dort sind ...«

»Dann, bei den Göttern, sind die Goblins einfach nicht

da«, ergänzte Azoun den Satz. »Oder zumindest wagen sie es nicht, ohne königliche Erlaubnis anzugreifen oder zu plündern.«

Feldon nickte, und Azoun lächelte zögernd und fuhr fort: »Bringt sie beide her.« Feldon öffnete den Mund, aber bevor er ein Wort sagen konnte, schoss dem König ein Gedanke durch den Kopf. »Bittet den Vogt darum, seine Familie mitzubringen. Die Damen sollen abmarschbereit sein – *ohne* zwei Kriegswagen voller Juwelen und prachtvoller Gewänder.«

Als Vogt kümmerte sich Maestoon Jagdsilber um all das Wild im Königswald, außerdem um alle königlichen Waldhüter. Er zählte zu den wenigen Jagdsilbers, die in der Lage waren, der Krone einen so nützlichen Dienst zu erweisen, wie die Armee durch das Herz des Waldes zu führen. Mehr noch – er zählte zu den wenigen, die das vermutlich auch tun wollten.

Es hatte über viele Jahre hinweg immer wieder Heiraten zwischen den Jagdsilbers und den Obarskyrs gegeben, aber es gab auch Jagdsilbers, die vielleicht lachen würden, wenn Azoun IV. zu Grabe getragen würde. Maestoons letzter überlebender Sohn, Cordryn, gehörte zu den ins Exil geschickten und ihres Besitzes enthobenen Edelleuten, die an dem Komplott Gaspar Cormaerils gegen die Krone beteiligt gewesen waren.

Maestoon selbst jedoch – zumindest hatte Vangerdahast das nach ein wenig magischer Ausspäherei geschworen – schämte sich dessen aus tiefstem Herzen. Er war ängstlich darauf bedacht, sich wieder die Gunst der Obarskyrs zu verschaffen. Leise und sogar ein wenig weibisch stellte er eine der Ausnahmen dar, nämlich einen Waldhüter, der das Wild kannte und wusste, wie er dessen Vermehrung unterstützte. Auch als Edelmann bei Hofe verfügte er über eine geschickte Zunge und genug Verstand, in jeder peinlichen Situation bei Hofe das Richtige zu sagen.

Aber Maestoon plagten mindestens zwei Sorgen mehr

als die Neigung seiner Söhne, sich umbringen oder in Hochverrat verwickeln zu lassen. Er hatte eine Frau und eine Tochter.

Seine viel jüngere Frau Elanna, eine Dauntinghorn von Geburt, war eine dünne, aschblonde, zerstörerische Schönheit, die dafür bekannt gewesen war, durch ihre Tanzerei Männer zu lustvollem Knurren zu bringen – und die nur zu gut um ihre Macht wusste. Sie amüsierte sich damit, so gut wie jeden Edelmann zu betören, der in ihre Nähe kam, spielte den einen gegen den anderen aus und brachte alle dazu, lächerliche Aufgaben zu erfüllen und Streiche zu vollführen in der Hoffnung, ihre Gunst zu erringen.

Maestoons Tochter Shalanna war von ganz anderer Art, aber ebenfalls ein schwarzes Schaf. Sie dachte sich ihre eigenen Streiche aus, beherrschte gerade genug Magie, um sie höchst bösartig und gefährlich gegen jene anzuwenden, an die sie sich heranwagte. Das dicke, mürrische Mädchen beneidete ihre Mutter um deren Schönheit, und sie nahm es den Kriegszauberern übel, dass sie die dicke Shalanna nicht zu der Schönheit machten, die zu sein sie verdiente. Außerdem hasste sie die jungen Edelleute, von denen sie wusste, dass sie ihr wegen ihres Reichtums und Standes den Hof machten, obwohl sie sie widerwärtig fanden. Shalanna hasste alle und jeden, vermutete Azoun, denn er sah sie so, wie sie wirklich war, sowohl innerlich wie auch äußerlich. Er hätte nicht zu sagen vermocht, welche Schlange die schlimmere war.

Sein halbes Königreich befand sich unter dem Einfluss von viel schlimmeren Leuten als den Jagdsilbers – das Königreich, für das er kämpfte und für das er eines Tages sterben würde. Aber es war das einzige Königreich, das er hatte, außerdem seine Heimat, und Azoun wusste, dass er es nicht gegen eines eintauschen würde, in dem seine eigene Königin und alle anderen Frauen so waren wie Elanna und Shalanna.

Gerade jetzt wünschte er Maestoon alles Gute mit ihnen und hoffte, dass nicht in ein paar Tagen ihr Blut an seinen Händen kleben würde. Er würde sich selbst dafür hassen, einem so guten und treuen Mann diese Art eiskalten Lohns geben zu müssen.

Jetzt erschien der vor Eifer, seinem König dienen zu können, lächelnde Vogt.

Azoun beobachtete sein Herannahen und holte tief Luft. Ja, es gab eine Menge guter und treu ergebener Männer in Kormyr, denen er keinesfalls den Tod als Lohn wünschte.

Aber es gab auch ein paar andere, die so kalt wie Stein nach dem Thron trachteten.

16

Obwohl ein uralter Wald aus riesigen Weißdornen und Eichen den Gipfel von Jhondyls Rücken bedeckte, fiel die Westseite des Bergs in einer steilen Böschung ab, sodass man von dort aus das ganze Kormyr südlich der Grauen Eichen überblicken konnte.

Von ihrem Feldtisch unter den sich weit ausbreitenden Zweigen einer alten Eisenrinde aus konnte Tanalasta den Weg jedes einzelnen Gazneths ausmachen, und zwar anhand der besonderen Verwüstung, die ein jeder hinterließ. Luthax' Buschfeuer qualmten entlang der Sternenwasser, Suzaras Fäule ließ die Felder zwischen Calantars Brücke und Marsember braun verdorren, und Xanthons Heuschrecken schwärmten nach Norden den Weg des Drachen entlang. Die Gazneths konnte man leicht ausmachen – aber was konnte sie tun, um sie aufzuhalten?

Bislang war Tanalastas Kampagne, den Süden zu retten, wenig mehr gewesen als eine sinnlose Folge von anstrengenden Ritten und verlustreichen Schlachten. Immer wenn sie eine weitere Verwüstung ausmachte, versetzte sie sich in Begleitung einer Kompanie ausgewählter Männer an den Ort des Geschehens, um das Phantom an Ort und Stelle zu halten, bis der Rest der Armee eintraf, um den Gazneth zu töten. Jedes Mal fügten sie der Gegend eine Menge unbeabsichtigter Schäden zu, außerdem erlitten sie viel zu viele Verluste, um die Flucht ihres Widersachers verhindern zu können. Dass die Wesen immer einen guten halben Tagesritt von der Armee entfernt auftauchten, erschien der Prinzessin als mehr als zufällig, vor allem deshalb, weil sie Vorkehrungen traf, die Armee versteckt zu halten. Aber ihr war auch bewusst, dass ihr Verdacht dem Ärger darüber entstammen mochte, dass sie versuchten, mit einem geflügelten Wesen Schritt zu halten.

Ein lautes Rascheln drang aus dem Wald hinter Tanalasta, und als sie sich umwandte, entdeckte sie Korvarr Rallyhorn, der Filfaeril, Alaphondar und eine kleine Schar von Leibwächtern zu ihrem Tisch führte. In der Hoffnung, ihr schwarzer Wetterumhang möge ihren anschwellenden Leib vor den scharfen Augen der Königin verbergen – Tanalasta hatte immer noch nicht die passende Gelegenheit gefunden, um von ihrer Schwangerschaft zu erzählen –, breitete sie die Arme aus und erhob sich, um ihre Mutter zu begrüßen.

»Hattet Ihr eine sichere Reise, Majestät?«

»Heutzutage ist keine Reise sicher, Tanalasta, aber sie verlief ohne Zwischenfälle.« Filfaeril erwiderte die Umarmung ihrer Tochter, dann trat sie zurück und betrachtete die Kronprinzessin von Kopf bis Fuß. »Ich sehe, dass Euch die Entbehrungen des Weges den Appetit nicht verdorben haben.«

Tanalasta griff augenblicklich zu der Antwort, die sie sich zurechtgelegt hatte. »Wir verbringen eine Menge Zeit mit Warten. Manchmal kommt es einem so vor, als gäbe es nichts zu tun außer essen.« Sie trat von ihrer Mutter weg und umarmte Alaphondar. »Und wie geht es Euch, alter Freund?«

»So gut, wie es Euch hoffentlich auch geht.« Der Weise brachte seinen Mund dicht an Tanalastas Ohr und flüsterte: »Erzählt es ihr bald, meine Liebe. Euch geht die Zeit aus!«

Tanalasta lachte leise, als habe er einen Scherz gemacht. »Alaphondar, Eure Worte klingen nicht eben freundlich in den Ohren einer Prinzessin!« Sie ließ ihn los und blickte zu den Kriegszauberern hinüber, die ihre Mutter begleiteten. »Sarmon der Eindrucksvolle konnte euch nicht begleiten?«

»Er ist immer noch zu alt«, antwortete Alaphondar. »Die königlichen Priester wissen immer noch kein Mittel, den Alterungseffekt umzudrehen, den die Gazneths über ihn gebracht haben.«

»Das tut mir leid«, meinte Tanalasta. »Vielleicht kann Erntemeister Owden Foley nach unserer Rückkehr etwas in der Sache unternehmen.«

Sie führte das Paar zu ihrem Feldtisch, wo Owden Foley saß und über Landkarten und Depeschen brütete. Der Priester stand auf und verbeugte sich vor Filfaeril, die die Geste mit einem höflichen, wenn auch wenig begeisterten Lächeln beantwortete. Anschließend trat der Erntemeister auf Alaphondar zu und umarmte den Weisen wie den alten Freund, als den er ihn mittlerweile betrachtete.

Tanalasta wartete ab, bis einer der Leibwächter einen Stuhl für die Königin zurechtgerückt hatte, und setzte sich dann neben ihre Mutter. »Gibt es Neuigkeiten von Alusair und dem König, Majestät?« Sie fragte nicht nach Vangerdahast. Keiner fragte mehr nach Vangerdahast.

»Immer noch nichts Neues über Euren Freund, fürchte ich«, sagte Filfaeril. Beide Frauen wussten, was die Prinzessin tatsächlich erfahren wollte, denn Tanalasta stellte bei ihren unregelmäßigen Treffen diese Frage immer zuerst. »Alusair scheint ihren eigenen Krieg gegen die Orks zu führen. Euer Vater befindet sich auf dem Weg nach Süden, um sich dem Kampf gegen die Gazneths anzuschließen.«

»Selbstverständlich.« Obwohl Tanalasta das Herz sank, versuchte sie, ihre Enttäuschung zu verbergen. Die schiere Anwesenheit ihres Vaters würde den Rest der Edelleute mit in den Kampf ziehen, sodass Kormyr viel Leid erspart bleiben würde. Dass dies auch das bisschen an Respekt zerstören würde, den sie sich inzwischen bei ihnen errungen hatte, kümmerte sie wenig. Die Zerstörung der Gazneths war viel wichtiger als irgendwelche Sorgen über ihr Ansehen bei den Edelleuten. »Ich bin mir sicher, dass der König die Angelegenheit rasch unter Kontrolle haben wird.«

Filfaeril ergriff die Hand ihrer Tochter. »Das kann er am allerbesten, und er liebt es. Selbstverständlich sollt Ihr in seiner Abwesenheit das Feld übernehmen, aber jedermann weiß, dass Eure Stärke ... näher beim Palast zu finden ist.«

Tanalasta entzog ihrer Mutter die Hand. »Ist das der Grund, weshalb Ihr dieses Treffen arrangiert habt? Um mich nachhause zu holen?«

»Genau gesagt war ich derjenige, der ein Treffen vorschlug.« Alaphondar setzte sich Tanalasta gegenüber auf einen Stuhl und lenkte so ihre Aufmerksamkeit von Filfaeril ab. Er zog eine Rolle Pergament aus seinem Gewand. »Ich habe hinsichtlich unserer Nachforschungen einen gewissen Fortschritt gemacht, und ich dachte, das könnte uns hier auf dem Feld etwas nützen.«

Tanalasta nahm das Pergament entgegen, blickte aber sogleich wieder ihre Mutter an. »Dann werde ich nicht in den Palast zurückberufen?«

»Zwar möchte ich das gern, aber es ist nicht an mir, diese Entscheidung zu treffen«, erwiderte Filfaeril. »Euer Vater wird dies tun, sobald er zurückgekehrt ist. Bis dahin bitte ich – nein, befehle ich –, dass Ihr vorsichtig seid.«

»Ich akzeptiere den Befehl.«

Tanalasta entrollte lächelnd die Pergamentrolle. Es handelte sich um die Liste der sechs Gazneths, die sie bislang hatten benennen können, zudem Notizen über deren offenkundige Fähigkeiten sowie Spekulationen hinsichtlich ihrer Beweggründe, Kormyr zu verraten. Die Rolle enthielt außerdem eine Aufzählung der möglichen Sehnsüchte, die dafür verantwortlich sein mochten, dass sie überhaupt erst zu solchen geworden waren.

»Das ist gute Arbeit, Alaphondar. Sie sind alle hier«, sagte Tanalasta, nachdem sie die Liste überflogen hatte. Als sie bei König Boldovars Namen angekommen war, warf sie unwillkürlich einen Blick auf ihre Mutter, die in den ersten Tagen der Krise von einem Gazneth entführt worden war.

»König Boldovar, Geißel des Wahnsinns, Herr der Dunkelheit und der Illusionen«, zitierte ihre Mutter, die erraten hatte, welcher Eintrag Tanalasta zum Innehalten bewegt hatte. »Er liebt die Schmerzen anderer ebenso wie ihre Angst. Um Macht über ihn zu gewinnen, muss man sich ihm ausliefern.«

»Boldovar war der einzige unter den Gazneths, den ich nicht begreifen konnte. Die Erfahrungen Eurer Mutter waren in dieser Hinsicht äußerst wertvoll.«

Tanalasta ließ das Pergament los, sodass es sich von selbst aufrollte. »Mutter, das wusste ich nicht.«

Filfaeril hielt ihrem Blick stand. »Als Ihr den anderen Gazneths entgegenblicktet, wart Ihr zweifellos in ebensolcher Gefahr.«

Obwohl Tanalasta vermutete, dass dies nicht der Fall war, erhob sie keine Einwände. Ihre Mutter hatte bislang wenig Neigung gezeigt, über ihre Erfahrungen zu sprechen, und sie schien dies auch weiterhin so halten zu wollen.

Alaphondar unterbrach das unbehagliche Schweigen. »Die Liste benennt die Schwächen eines jeden Gazneth, aber sie ist unvollständig.«

»Ihr habt nicht herausgefunden, weshalb Xanthons Macht zurückgekehrt ist?«

»Nein, ich fürchte nicht.« Alaphondar schüttelte entmutigt den Kopf. »Bis wir mehr darüber wissen, müssen wir zu meinem Leidwesen davon ausgehen, dass jeder Vorteil, den wir über die anderen gewinnen, ein vorläufiger sein wird.«

»Nun, immerhin ist das ein guter Anfang«, meinte Tanalasta und verstaute die Rolle unter ihrem Umhang. »Wenigstens wird es dadurch dem Voraustrupp möglich sein, die Gazneths aufzuhalten, bis der Rest der Armee eingetroffen ist.«

»Was wird geschehen?«, fragte eine jung klingende Stimme vom Rand der Bäume her. »Haben wir etwas Gutes herausgefunden?«

Tanalasta blickte auf und erkannte Orvendel Rallyhorn, Korvarrs jüngeren, treuherzigen Bruder, der mit einem Tablett voller Getränke näher trat. Der leicht schielende, vielleicht siebzehn Jahre alte Jüngling war ebenso blass und ungeschickt wie Tanalasta in seinem Alter, was ohne Zweifel die schwesterliche Zuneigung erklärte, die sie für ihn hegte. Als die Leibwächter der Königin ihre eisernen Schwerter vor ihm kreuzten, warf er Tanalasta einen niedergeschlagenen Blick zu.

»Ich dachte, der Allerweiseste Alaphondar hätte gern eine Erfrischung.«

Korvarr keuchte angesichts der Tatsache, dass sein Bruder die Königin einfach überging, und Filfaeril selbst schaute einigermaßen überrascht drein. Aber Tanalasta konnte ein Kichern nicht unterdrücken. Orvendel glich zu sehr dem jungen, in Bücher vernarrten Mädchen von einst, wie er so sehr von Alaphondar eingenommen war und die Königin außer Acht ließ. Sie nickte den Leibwächtern zu und winkte den jungen Mann heran.

»Alaphondar Emmarask, darf ich Euch Orvendel Rallyhorn vorstellen.« Sie wartete ab, bis der Jüngling das Tablett auf dem Tisch abgestellt und sich vor dem Weisen verbeugt hatte, und sagte dann: »Wenn Talent und Leidenschaft irgendetwas zählen, wird er eines Tages der Meister der Königlichen Bibliotheken sein.«

Orvendel riss die Augen auf. »Wann?«

»Eines Tages«, knurrte Korvarr. Sichtbar peinlich berührt von der Naivität seines Bruders trat er an dessen Seite und wies auf Filfaeril. »Vielleicht wollt Ihr Euch vor der Königin verneigen, Orvendel?«

Falls Orvendel seinen Fehler bemerkte, so verzog er doch keine Miene. Er verbeugte sich hastig vor der Königin und wandte sich wieder zu Alaphondar um. »Was haltet Ihr von Luthax? Ich habe mir nämlich gedacht …«

Tanalasta hatte den entsetzten Gesichtsausdruck ihrer Mutter bemerkt und packte den Jüngling am Ärmel. »Müsst Ihr Euch nicht noch um irgendwelche Vorräte kümmern?«

Orvendel hielt sich kaum mit einem Kopfschütteln auf. »Alles erledigt.«

»Ich glaube, die Prinzessin wollte andeuten, dass wir ein wenig Privatsphäre wünschen«, meinte Alaphondar und schob den Jüngling sanft in Richtung seines Bruders. »Wenn Ihr ein Weiser werden wollt, dann müsst Ihr damit anfangen, dass Ihr dem, was Leute nicht sagen, ebenso viel Aufmerksamkeit schenkt wie dem, was sie äußern.«

Ein Schatten erschien auf Orvendels Miene, aber er schien endlich zu begreifen, dass seine Anwesenheit so etwas wie ein Eindringen darstellte, und trat zurück. »Das ist schon in Ordnung, ich komme später wieder.« Er erreichte den Kreis aus Leibwächtern, wandte sich um und sagte: »Vielleicht dann, wenn der König wieder hier ist.«

Tanalasta bedeutete Korvarr mit einem Blick, seinem Bruder zu folgen, dann schaute sie ihre Mutter an.

Bevor sie eine Entschuldigung äußern konnte, fragte Filfaeril: »Dieser Junge ist Mitglied Eurer Armee?«

»Eigentlich nicht«, erklärte Tanalasta, »aber er kennt diese Wälder besser als die Wölfe. Er führt die Versorgungstrupps und versorgt Korvarr im Stillen mit Bier.«

Ein kaum merkliches Runzeln kräuselte die Stirn der Königin, und sie blickte dem Jüngling nachdenklich hinterher.

»Also wirklich, Mutter«, meinte Tanalasta. »Ihr könnt doch nicht glauben, dass Orvendel …«

»Wie könnte ich?«, unterbrach Filfaeril ihre Tochter. »Bislang wusste ich nichts von ihm, aber Korvarr ist immer noch auf der Liste.«

»Korvarr?« Tanalasta verdrehte die Augen. »Das ist unmöglich. Ihr habt gesehen, was er tat, als Sarmon ihn in einen Kolibri verwandelte.«

Tanalasta hatte kaum ihren Satz beendet, als der Krug und die Becher, die Orvendel gebracht hatte, zu wackeln begannen. Tanalasta wurde plötzlich von dem Verdacht ihrer Mutter angesteckt, sprang auf und fegte das Tablett vom Tisch. Der Krug zerschellte auf einem Stein und vergoss nichts weiter als roten Wein auf den Boden.

Jetzt bebte und polterte der ganze Bergrücken, und im Wipfel des Baums über ihnen erklang ein Alarmhorn – einmal, zweimal, dann krachte etwas in die Zweige und verfing sich dort oben. Die Leibwächter der Königin und die Kriegszauberer stürzten vor, ebenso die Prinzessin, und etwas Langes, Grünes fiel auf den Tisch zwischen Tanalasta und ihrer Mutter.

Die Prinzessin versuchte noch, Genaueres zu erkennen, als das Ding sich auch schon zusammenrollte und den Kopf hob, um die Königin zu beißen.

»Gazneths!«, schrie Tanalasta.

Sie holte aus, erwischte die Schlange am hinteren Ende und zerrte das Tier von ihrer Mutter weg, bevor es sich hatte zusammenrollen und zustoßen können. Filfaeril schrie auf und hastete vom Tisch weg, wobei sie rücklings über ihren Stuhl stolperte. Der Kopf der Schlange hing über ihrem Kopf in der Luft, pendelte für einen Augenblick hin und her, schoss dann in einem Halbkreis herum und grub die Zähne in Tanalastas Brust.

Ein Strom flüssigen Feuers schoss durch Tanalastas Brustkorb und breitete sich langsam in ihrem ganzen Körper aus. Der Arm, mit dem sie die Schlange hielt, wurde schwach und taub und sank schließlich schlaff nach unten. Sie brachte einen überraschten Schrei zustande, taumelte zwei Schritte zurück und fiel in sich zusammen.

Eine gewaltige Explosion erschütterte den Berggipfel. Ganze Stücke des Abhangs lösten sich und rutschten in das darunterliegende Tal. Tanalasta hörte das Donnern kaum, denn ein furchtbares Klingen füllte ihre Ohren. Sie blickte in Richtung des Geräuschs und sah einen mit Lava gefüllten Spalt, der sich auf dem Bergrücken öffnete und Wolken nach Schwefel riechenden Rauches und Vorhänge kochenden Feuers in die Luft spuckte. Die mächtige Eiche stand gleich neben dem Spalt, und ihr Stamm ging gerade in Flammen auf.

Die Hitze bewirkte, dass Übelkeit und Schwäche Tanalasta erfassten. Sie versuchte, sich wegzurollen, musste aber feststellen, dass ihr die Kräfte fehlten. Sie brachte es fertig, den Kopf zu drehen, und erblickte eine schwarze Silhouette, die aus den brennenden Zweigen hoch über ihr herniederschoss. Sie erkannte den keilförmigen Kopf von Xanthon Cormaeril – die roten, eiförmigen Augen konnte man selbst mit benebelten Sinnen kaum übersehen. Dann bemerkte sie einen Hagel von Armbrustbolzen, der den Gazneth in der Seite erwischte und ihn mit so viel Eisen spickte, dass es ihn über die Böschung trug und er außer Sicht geriet.

Ein entferntes Prasseln übertönte das Klingeln in Tanalastas Ohren, dann gab es einen roten Blitz und die entsetzten Schreie brennender Purpurdrachen. Ihre Sicht verdunkelte sich zunehmend, und irgendwo weit entfernt schrie Korvarr Befehle und Flüche.

Owden Foley erschien über ihr, dann spürte sie, wie etwas aus ihrer Brust gerissen wurde. Zwei Fangzähne. Wie konnte sie nur die Schlange vergessen haben? Owden langte mit rauer Hand unter ihren Wetterumhang und riss ihn auf, sodass sie vom Schlüsselbein bis zu ihrer angeschwollenen Taille entblößt dalag. Er schlitzte den Biss mit seinem Dolch auf und presste das Blut hinaus, wobei er ohne Unterlass Chauntea anflehte, sie möge das Gift unwirksam werden lassen und die Kronprinzessin vor seinen Auswirkungen schützen.

Ein Kreis von Kriegszauberern war herbeigestürzt, und alle Magier starrten auf sie nieder. Zunächst konnte Tanalasta sich nicht vorstellen, warum sie so überrascht wirkten, dann fielen ihr wieder ihre angeschwollenen Brüste und der dicke Bauch ein, zudem die dunkle Linie, die sich auf ihrem Unterleib abzeichnete.

Owden legte die Hände auf den Schlangenbiss und sang seinen Zauberbann, und die Wärme von Chaunteas Heilzauber verbreitete sich in ihrer Brust und strömte hinter dem Gift her durch ihre Adern.

Als Nächste erschienen ein Dutzend Purpurdrachen, starrten über die Schultern der Kriegszauberer und keuchten hörbar auf, als sie die offenkundigen Zeichen ihrer Schwangerschaft erkannten. Mit inzwischen klarerem Kopf langte Tanalasta nach ihrem zerrissenen Wetterumhang, musste aber feststellen, dass sie zu schwach war, um ihn über ihren Leib zu ziehen. Alaphondar erschien an ihrer Seite und drängte die Kriegszauberer zurück, wobei er die Gaffer schalt, ihre Kameraden im Stich gelassen zu haben, die immer noch kämpften.

Als die Gescholtenen zurückwichen, durchbrach schließlich Königin Filfaeril den Kreis und sah Tanalasta auf dem Boden liegen. Ihre Augen wurden so groß wie Untertassen. Sie schaute von Tanalastas Gesicht zu ihrem Bauch, dann wieder zum Gesicht zurück und schlussendlich zu dem dünnen rosa Blutfaden, der unter Owdens Händen hervorquoll.

»Warum ist meine Tochter immer noch hier?«, begehrte die Königin zu wissen, ohne jemanden im Besonderen anzusprechen. Sie packte den nächstbesten Kriegszauberer und stieß ihn in Tanalastas Richtung. »Zurück in den Palast – auf der Stelle.«

17

Die Höhle erinnerte Vangerdahast daran, wie sternklare Nächte einst ausgesehen hatten. Allerdings hingen die Sterne jetzt in Höhe seines Bauches und blitzten und blinkten im Glanz des Balls aus Blitzen, der über den Fingern des Gazneth tanzte. Der Gazneth – Vangerdahast fand es immer noch schwierig, von ihm als Rowen Cormaeril zu denken – hatte ihn zu einem seltsamen Kaninchenbau von engen Durchgängen und hoch aufragenden Kammern geführt, in denen sich Tausende von eisernen Ständern in Goblin-Größe befanden. Seltsamerweise wirkten die Ständer wie Goblin-Vogelscheuchen, denn an ihren verbogenen Eisenarmen hing alles zwischen einer bis zu einem Dutzend Eisenwaffen, geschmückt mit gezackten Fetzen aus Metall, zerbrochenen Brillen, Messingknöpfen, Stückchen farbigen Glases – einfach alles, was glitzern oder schimmern mochte. Zwischen der eigenartigen kleinen Armee wand sich kein Pfad, auch fehlten Spuren. Die Ständer standen so dicht nebeneinander, dass es Vangerdahast unmöglich war, sich durchzudrängen, ohne ständig stehen bleiben zu müssen, um den Saum seiner Tunika zu befreien.

Der Gazneth schien diese Schwierigkeiten nicht zu haben. Er schlüpfte durch die zerlumpte Horde, indem er die Hüften hin und her schwang, zur Seite auswich und sich so schnell durch die kleinen Vogelscheuchen schlängelte, dass der Magier nur mit Mühe Schritt halten konnte.

Allmählich erfüllte der faulige Gestank von Fäulnis und Schimmel die Luft, und die Vogelscheuchen standen so dicht gedrängt, dass selbst Rowen nicht mehr zwischen ihnen durchschlüpfen konnte, ohne hier eine Kette aus Messingknöpfen oder dort eine Kordel mit Zinnfetzen abzureißen, sodass sie auf den schleimigen Boden fielen. Wann immer so etwas geschah, hielt er inne und hängte den betreffenden Gegenstand kunstvoller als zuvor wieder an Ort und Stelle zurück. Vangerdahast bewegte sich so sorgfältig wie möglich, schwieg aber angesichts der langen Reihe von abgerissenen Schmuckteilen, die seinen Weg säumten.

Endlich kamen sie zu einer Art dunkler Lichtung, und der Gestank wurde so überwältigend, dass Vangerdahast sich die Nase zuhalten musste. Der Gazneth hielt an und streckte einen Arm aus, um den Zauberer am Weitergehen zu hindern.

»Könnt Ihr hinüberspringen, alter Mann?«

»Hinüber?« Vangerdahast blickte nach unten und stellte fest, dass er am Rand einer übel riechenden Grube stand. »Bei meinem Zauberstab!«

Rowen hob die Hand, und der leuchtende Ball vergrößerte sich, sodass Vangerdahast vielleicht zwanzig Fuß entfernt das andere Ende der Grube sehen konnte. »Könnt Ihr so weit springen?«

»Als ich zwanzig Jahre zählte«, antwortete der Magier. »Jetzt würde ich Magie brauchen.«

»Das wäre nicht weise«, meinte Rowen. Er packte Vangerdahast am Arm und umklammerte ihn in Hüfthöhe. »Haltet Euch fest.«

Vangerdahast beäugte abschätzend die Entfernung und runzelte die Stirn. »Warum suchen wir uns nicht einfach unseren Weg …«

Der Vorschlag des Zauberers endete in einem Schrei, als der Gazneth sprang und ihn mit sich über die stinkende Grube riss. Vangerdahast erhaschte einen kurzen Blick auf glatte, unregelmäßige Wände, bedeckt von einer braunen Schicht aus irgendetwas, dann gaben seine Knie unter ihm nach, als er und Rowen auf dem gegenüberliegenden Rand landeten.

Rowen zog ihn auf die Füße und sagte: »Ihr wart derjenige, der mich um Hilfe bat. Beleidigt mich nicht, indem Ihr Euch weigert, mir zu vertrauen.«

»Das wäre ein wenig leichter, wenn Ihr mich losließet.«

Vangerdahast warf einen bedeutungsvollen Blick auf

sein Handgelenk, wo die Hand des Gazneths langsam in Richtung des Wunschrings glitt. Rowen ließ so plötzlich los, dass Vangerdahast beinahe gefallen wäre und sich an einem der geschmückten Ständer festhalten musste.

»Loslassen.« Rowen wich zurück. Seine dunklen Brauen hoben sich vor Entsetzen, aber er setzte seinen Weg zwischen den Vogelscheuchen hindurch fort. »Sobald Ihr das Zepter habt, sind wir fertig miteinander. Nehmt es und versteckt Euch irgendwo, wo ich Euch nicht finde.«

»Das werde ich nicht tun. Ich kann es nicht.« Bevor er sich ebenfalls auf den Weg machte, gewährte er dem Gazneth ein paar Schritte Vorsprung. »Unsere Chancen stehen besser, wenn wir zusammenbleiben.«

»Bis mein Hunger zu stark wird.« Rowen bewegte sich so rasch, dass Vangerdahast zurückfiel. »Dann werde ich Euch den Ring stehlen und das Zepter aussaugen. Wenn das geschehen ist, werde ich mich über Euch hermachen.«

»Das werdet Ihr nicht«, erwiderte Vangerdahast. »Ich kann mich um Euren Hunger kümmern.«

»Aber Ihr könnt ihn nicht stillen«, meinte Rowen. »Je mehr ich ihm nachgebe, desto stärker wird er. Es ist wie Euer Hunger nach der Krone.«

Vangerdahast blieb stehen und starrte den Rücken des Gazneth an. »Mein *was*? Ich hungere nicht nach der Krone!«

»Nein? Dann habt Ihr nicht den Anspruch erhoben, König zu sein, als Boldovar Euch verwundet hatte?«

Vangerdahast war viel zu überrascht, um zu antworten. Er hatte Rowen erzählt, dass ihn der verrückte König verletzt hatte, aber nicht eine Silbe hinsichtlich dessen, was er halluziniert hatte – der Zauberer erinnerte sich selbst kaum daran.

Nach ein paar Schritten blieb Rowen stehen, wandte sich um und blickte den Magier an. »Das war eine Vermutung.« Er klang jetzt sanfter, beinahe teilnahmsvoll. »Aber keine allzu schwierige. Wir alle tragen ein dunkles Samenkorn im Herzen, und aus diesem Samenkorn stammt die Macht eines Gazneth.«

»Und was war Euer Samenkorn?«, fragte Vangerdahast ungehalten.

»Furcht«, erwiderte Rowen. »Die Furcht, Tanalasta niemals wiederzusehen.«

Vangerdahast empfand angesichts dieser Enthüllung weniger Erstaunen als bei seiner eigenen Reaktion darauf. Während ihrer gemeinsamen Reisen durch die Steinlande hatte er Rowens Zuneigung zu Tanalasta als Gefahr für die Krone eingeschätzt und alles in seiner Macht Stehende getan, um den Kundschafter nicht auch noch zu ermutigen. Und jetzt befand er sich hier und musste sich auf ebendiese Zuneigung verlassen, um sich der Treue des Gazneth zu versichern und sich selbst vor dem grässlichen Hunger zu schützen, über den er bestenfalls Mutmaßungen anstellen konnte. Die Ironie der Lage entging ihm keineswegs. Er kannte das wirkliche Ungeheuer unter ihnen.

Vangerdahast legte Rowen eine Hand auf die Schulter und sagte: »Ihr werdet Tanalasta wiedersehen. Das werden wir beide.«

»Und davor fürchte ich mich.« Rowen zuckte mit den Schultern, um sich von Vangerdahasts Hand zu befreien. »Ich will nicht, dass dies die Gestalt ist, an die sie sich meiner erinnert.«

»Das wird sie nicht«, erklärte Vangerdahast. »Was geschehen ist, kann ungeschehen gemacht werden. Ich werde mich nach unserem Entkommen darum kümmern.«

»*Falls* wir entkommen, Zauberer. Seid vorsichtig mit Eurer Überheblichkeit.«

Vangerdahast wollte schon einwenden, dass es sich um Selbstbewusstsein und nicht Überheblichkeit handelte, dann fiel ihm ein, wie lange er sich nun schon in dieser Goblin-Stadt befand. »Ein guter Rat. Also – *falls* wir entkommen.«

Rowen nickte und schickte sich an weiterzugehen. »Und

wenn Ihr entkommt, dürft Ihr der Prinzessin nicht erzählen, was aus mir geworden ist.«

Vangerdahast bedachte seine Antwort mit aller Sorgfalt, denn immerhin bestand die Gefahr, dass er Versprechungen machte, die selbst ein Königlicher Magier nicht halten konnte. Er folgte dem Gazneth durch die riesige Höhle an einem Dutzend weiterer Gruben vorbei – zumindest dem Gestank und der unregelmäßigen Folge dunkler Lichtungen nach zu schließen –, mitten durch die Reihen Tausender eiserner Vogelscheuchen. Der riesige Raum verengte sich zu einem kleinen Durchgang voller Ständer und Schmuckstücke, an dessen einer Wand sich ein langer schwarzer Spalt auftat. Dann öffnete sich der Gang in einen riesigen Raum, wo die Reihen der Vogelscheuchen-Legionen noch dichter gedrängt standen.

Der Gazneth fädelte sich durch die Dunkelheit bis zur Mitte des Raums und hielt am Rand einer weiteren Grube an. Diese war so groß, dass die andere Seite im Dunkeln blieb, selbst nachdem Rowen die Größe des Blitzballs auf seinen Fingerspitzen verdoppelt hatte.

»Dort unten.« Rowen wies in die stinkende Grube.

Vangerdahast ließ sich auf die Knie nieder und schaute hinab. Die Wände fielen mehr oder weniger senkrecht ab, aber wegen der dicken Schicht brauner Masse, die an den Seiten klebte, war dies kaum zu erkennen. Irgendwo unter ihm – wie weit, konnte er im flackernden Licht nicht sagen – lag ein wirrer Klumpen, der nach … Stöcken aussah?

»Könnt Ihr es sehen?«

»Nicht ohne besseres Licht«, antwortete Vangerdahast. »Ich bin mir nicht sicher, was ich sehe.«

Rowen ließ sich auf ein Knie nieder und streckte den Arm in die Grube, um den Grund zu beleuchten. In der Höhle über ihm breitete sich Dunkelheit aus.

Ein lautes Klingen ertönte irgendwo hinter ihnen, als habe die plötzliche Dunkelheit jemanden in die eisernen Vogelscheuchen stolpern lassen.

Rowen löschte augenblicklich seinen Ball aus Blitzen.

»Goblins?«, flüsterte Vangerdahast.

»Nicht hier«, antwortete Rowen leise. »Uns folgen sie nicht.«

Streifen aus Zinn und Glas begannen zu klimpern, als der unsichtbare Verfolger sich hastig weiterbewegte. Vangerdahast langte nach einem Stein auf dem Boden und begann einen Lichtzauber. Er hatte die zweite Silbe noch nicht ausgesprochen, als Rowen einen Ball aus silbernen Blitzen an die Höhlendecke schießen ließ.

Im Licht des blendend hellen Blitzes konnte Vangerdahast kurz eine sehnige Frau mit flammend rotem Haar sehen, die zwischen den Vogelscheuchen hindurch auf sie zueilte. Obwohl ihre Haut viel heller schimmerte, war sie so nackt wie Rowen und erheblich kräftiger gebaut, und hinter ihren Schultern erhob sich ein geschupptes Paar roter Flügel. Ihre feurigen, rautenförmigen Augen blickten in ihre Richtung.

»Sie ist frei!« Als die Höhle wieder in Dunkelheit versank, stieß Rowen Vangerdahast vorwärts, weg von der Grube. »Los!«

Aber Vangerdahast hatte eine bessere Idee. Er wandte sich um und schwang sich in die Grube. Er gestattete sich einen Herzschlag, um über die Kante zu verschwinden, und sprach dann ein einziges Wort aus, das seinen Fall so langsam werden ließ wie das Sinken einer Feder. Da er keinen Anlass mehr sah, auf Magie zu verzichten, da Nalavara ja frei war, zog er eine Krähenfeder aus einer Tasche und sprach eine lange Folge von mystischen Silben aus, dann schwebte er nieder und griff sich einen der Stäbe auf dem Grund der Grube.

Vangerdahast ging in Steigflug über und schoss blindlings in die pechschwarze Dunkelheit über ihm. Er stellte sich das Zepter vor, das Rowen zuvor beschrieben hatte, nämlich als langen goldenen Stab, der einem Eichenschössling ähnlich sah, dann riss er sich ein paar Haare aus dem wolligen Bart. Er überließ die Richtung seines Fluges dem

Zufall, rieb mit den Haaren der Länge nach über den Stock und murmelte leise die verdrehten Silben eines kleinen Täuschungszaubers.

Der erste Hinweis auf den Erfolg seines Zaubers kam in Gestalt des schweren Schlagens von Nalavaras Flügeln, die sich ihm von vorn näherten und rasch lauter wurden. Vangerdahast wich nach rechts aus und entging nur mit knapper Not einem brüllenden Flammenkegel, der gegen die gegenüberliegende Wand prallte und die ganze Höhle erleuchtete. Der Zauberer erhaschte einen Blick auf die geschuppte Gestalt einer zweihundert Fuß hohen Elfenfrau, die sich gerade in einen Drachen verwandelte. Dann herrschte wieder Dunkelheit, nachdem sie den Mund geschlossen hatte, sodass die Flammen verschwanden.

Vangerdahast warf einen Lichtzauber auf den Stock in seiner Hand, enthüllte, was ein Eichenschössling aus purem Gold war mit einem Knauf aus einem in Form einer Eichel geschnittenen Amethyst als Griff. Der Zauberer schwang den Stab zur Seite und erblickte vor sich Nalavaras riesiges Maul, das nur aus Fangzähnen und einer riesigen Zunge zu bestehen schien, in den Lichtschein schwenken. Sie hatte sich jetzt gänzlich in einen Drachen verwandelt. Vangerdahast tauchte unter ihr hindurch und verlor beinahe die Kontrolle über seinen Flug, als ihre Kiefer sich dröhnend hinter ihm schlossen.

Es schien ewig zu dauern, unter dem Drachen durchzufliegen. Er schwebte ohne große Schwierigkeiten an den Vorderbeinen vorbei, denn Nalavara bewegte schmatzend die Kiefer, ohne bemerkt zu haben, dass sie ihn verpasst hatte. Ihre Schuppen besaßen die Größe von Turnierschilden und die Dicke von Türen, und als Vangerdahast an ihrem Bauch vorbeikam, reichte die Hitze in ihrem Innern aus, um sein Fleisch zu versengen. Wenn er die Arme ausgebreitet und den Stab in seiner ganzen Länge ausgestreckt hätte, hätte er nicht einmal die halbe Breite ihres Brustkorbs erreicht. Als er unter ihren Flügeln vorbeiflog, rissen ihn die Turbulenzen beinahe aus der Luft. Und schon erschien ein Paar mit Klauen bewehrter Füße aus der Dunkelheit und traten blindlings nach ihm. Er steuerte genau auf die Mitte zwischen den riesigen Pranken zu und hatte zu beiden Seiten immer noch eine Armlänge Platz.

Da er sich nicht ihrem peitschenden Schwanz aussetzen wollte, ließ Vangerdahast sich in Richtung Boden sinken und hielt auf den schmalen Gang zu, durch den er und Rowen gekommen waren. Er wollte den Drachen aus der Höhle locken, sein falsches Zepter in eine beliebige Richtung davonschießen lassen und sich dann zu der Grube zurückzaubern, um das richtige zu holen.

Nalavara wirbelte herum, prallte gegen eine der Wände, und ein gewaltiges Krachen erfüllte die Höhle.

Vangerdahast wusste, dass sein Lichtzauber ihren Blick wie ein Leuchtfeuer anziehen würde, deshalb ließ er sich bis auf einen Fuß über den Vogelscheuchen sinken und flog mit unregelmäßigen Drehungen und Wendungen einmal nach links, dann wieder nach rechts.

Sein Plan versagte jedoch kläglich. Als er sich seinem Ziel näherte, schoss ein Feuerstrom dicht über seinem Kopf an ihm vorbei und erfüllte seinen Fluchtweg mit Flammen, sodass er sich dazu gezwungen sah, nach einer Seite auszuweichen und sich in ein nahe gelegenes Loch zu ducken.

Für einen Augenblick hegte Vangerdahast die Hoffnung, es bestehe kein Unterschied. Der enge Tunnel vor ihm war noch dichter von den gewohnten eisernen Vogelscheuchen erfüllt. Er eilte etwa zwanzig Schritt nach vorn – musste dann aber abrupt anhalten, denn vor ihm erhob sich ein graue Felswand.

Der Boden bebte, und der Zauberer wusste, dass Nalavara hinter ihm gelandet war. Er ließ sich zwischen den Vogelscheuchen zu Boden fallen und riss eine davon aus ihrer Verankerung, hielt den Ständer dann in Richtung Tunneleingang und schickte sich an, einen Zauber zu wirken.

Vangerdahast hatte kaum die ersten Silben des Bannes

gesprochen, als Nalavaras Nase auch schon den Ausgang versperrte. Der Drache blähte bereits die Nüstern, um Feuer zu spucken. Vangerdahast rasselte hastig die letzten Worte herunter und seufzte vor Erleichterung, als vor ihm eine dicke Wand aus Eisen aus dem Boden wuchs – dann zog er den Kopf ein, als der feurige Atem des Drachen gegen seine magische Sperre prallte.

Ihm schien, als hielte das Brüllen mehrere Minuten lang an. Ein orangefarbener Kreis erschien in der Mitte der Wand und dehnte sich langsam nach außen aus. Dadurch drang so viel Hitze in den Tunnel, dass Vangerdahast glaubte, gleich in Flammen aufzugehen.

Das Eisen begann in dicken Tropfen zu schmelzen, und eine lange Feuerzunge leckte durch das Loch, schoss gegen die Wand und ließ die Vogelscheuchen vor Hitze weiß aufglühen. Vangerdahast presste sich an die Seite des Ganges und kroch näher zu der Eisenwand hin, wo er mehr Schutz vor den Flammen finden würde.

Schließlich ging Nalavara der Atem aus. Zwischen dem Zauberer und seiner Widersacherin befand sich ein großer Kreis aus weißglühendem Eisen. Er presste sich nach wie vor an die Seitenwand in der Zuversicht, dass er überleben würde, suchte aber verzweifelt nach einem Weg, die Lage zu seinen eigenen Gunsten zu wenden.

»Zaubererfürst?«, grollte Nalavaras Stimme.

Vangerdahast wollte schon Schweigen wahren, dann entschied er, dass ihm Zuversicht besser dienen mochte. Er holte tief Atem und trat vor das Loch.

»Immer noch hier, Nalavarauthatoryl?« Er ließ das falsche Zepter der Fürsten kurz aufblitzen. »Soweit ich weiß, habt Ihr hiernach gesucht. Es steht Euch frei, hereinzukommen und es Euch zu holen.«

Ein garstiges Kichern ließ die ganze Höhle erzittern, und Nalavara neigte den Kopf und versperrte den Tunneleingang mit einem ihrer riesigen Augen.

»Ich glaube nicht, Zauberer. Ihr habt Euch als eine … größere Herausforderung erwiesen, als ich dachte.«

»Soll ich das als Kompliment auffassen?«, fragte Vangerdahast. Da er keinen Sinn darin sah, seinem Feind mehr als einen kurzen Blick auf das Zepter zu gewähren, ließ er es wieder außer Sicht verschwinden. »Oder habt Ihr beschlossen aufzugeben?«

Wieder kicherte Nalavara. »Ihr seid nicht so dumm. Aber Ihr seid unzufrieden. Ich könnte Euch zufrieden stellen.«

»Ich hoffe, Euer Vorschlag ist nicht körperlich gemeint?«

»Kaum. Ihr wisst, was ich für Kormyr vorhabe, also ist Euer Traum, dieses Reich zu regieren, nicht ganz unmöglich.«

»Ich stelle fest, dass Ihr gelauscht habt.«

»Mehr als Ihr wisst, Zauberer.« Nalavaras Auge machte einem halb geöffneten Maul mit mannsgroßen Zähnen Platz. »Aber es wird noch ein Reich geben, wenn ich mit Kormyr fertig bin. Ein Reich frei von Menschen, das einen Herrscher braucht.«

»Wie außerordentlich großzügig von Euch«, erwiderte Vangerdahast. »Also wollt Ihr Kormyr einer Bande von Goblins überlassen? Kein Wunder, dass Iliphars Geist sich gegen Euch erhoben hat.«

»Die Grodds werden den Wolfswald verteidigen!«, zischte Nalavara. »Sie werden ihn nicht einer Bande mörderischer Menschen überlassen.« Ihre Stimme wurde ruhiger. »Und Ihr … Ihr werdet ihr Herrscher sein.«

»Werde ich das?«

»Wenn Ihr mir das Zepter gebt.«

»Und wenn ich das für keine gute Idee halte?«, fragte Vangerdahast.

»Dann zerstört Ihr Euch selbst.« Wieder versperrte das Auge des Drachen die Sicht. »Mir ist das ohnehin gleichgültig.«

»Und ich muss nichts weiter tun, als die Eiserne Krone aufzuheben?«

»Sie wartet im Palast auf Euch«, antwortete Nalavara. »Tragt sie, und Ihr seid der Herrscher über Euer eigenes Königreich.«

»Ein Königreich von Goblins?« Vangerdahast trat hinter die Eisenwand zurück. »Lieber nicht.«

Nalavara schwieg verdächtig lange. Vangerdahast schloss die Augen und stellte sich vor, er stünde neben der Grube, wo er Rowen verlassen hatte, dann zischte er seinen Ortswechsel-Zauber.

Ein Augenblick farblosen, endlosen Fallens folgte, dann fand er sich auf der Seite liegend und nach Luft schnappend wieder. Er starrte nach oben in einen dunklen Spalt zwischen zwei wagenradgroßen Zähnen.

In seiner Benommenheit nach dem Ortswechsel-Zauber konnte er sich nicht vorstellen, wie er es fertig gebracht hatte, sich selbst auf Rattengröße zusammenschrumpfen zu lassen und in dem Maul eines Terriers zu enden.

»Magie? Hier in meiner Gegenwart?«, fragte eine tiefe Stimme. »Ihr seid nicht so klug, wie ich dachte.«

Nachdem er sich die Lage ins Gedächtnis gerufen und angesichts der schuppigen Lippen über ihm erkannt hatte, was geschehen war, drosch Vangerdahast mit dem goldenen Stab gegen die Drachenzähne.

Der Stab zerbrach in zwei Stücke, und Nalavara zuckte zusammen, warf den Kopf herum und schleuderte den Zauberer quer durch die dunkle Kammer. Er prallte mitten unter den eisernen Vogelscheuchen auf den Boden, überschlug sich und kam zu einem schmerzlichen Halt. Er starrte auf seine Hand nieder und sah, wie das Glühen aus dem Stumpf eines zerbrochenen kleinen Schenkelknochens wich.

Obwohl er sich ausreichend von der Betäubung nach seinem Zauber erholt hatte, um sich daran zu erinnern, dass es sich bei dem Zepter in seiner Hand um eine Täuschung gehandelt hatte, konnte er nicht verstehen, weshalb er den

Oberschenkelknochen eines Goblins in der Hand halten sollte.

Nalavaras Kopf schwang in seine Richtung und verschwand wieder außer Sicht, als sie die obere Hälfte des Knochens ausspuckte. »Schwindel!«

Vangerdahast rollte sich zur Seite, bevor der abgebissene Knochen ihn treffen konnte, um sogleich festzustellen, dass sein Fluchtweg von einem Dutzend eiserner Vogelscheuchen versperrt war. Allmählich wurde ihm bewusst, dass die Lage viel ernster war, als er geglaubt hatte.

»Rowen?«, schrie er. »Hilfe!«

Ein Lichtblitz zischte von Nalavaras anderer Seite heran und enthüllte die Silhouette ihres gewaltigen Mauls vor der schwarzen Dunkelheit. Ihr Kopf schwang herum und verschwand in der Schwärze. Ein donnerndes Krachen zeigte an, dass sie die Kiefer hatte zuschnappen lassen, und Rowen heulte in Todespein auf.

Vangerdahast wusste, was er zu tun hatte. »Ich wünsche, dass Nalavara aufhört zu existieren!«, schrie er und rieb seinen Wunschring. »Ich wünsche, dass Nalavarauthatoryl die Rote aufhört zu existieren! Ich wünsche, dass Lorelei Alavara aufhört zu existieren!«

In der Höhle herrschte plötzlich Stille, dann beleuchtete ein vertrautes flackerndes Glühen die fünfzig Schritt entfernt stehenden Vogelscheuchen.

»Rowen?«, rief Vangerdahast.

»Ja, Zauberer, hier bin ich.« Der Gazneth stand auf und versuchte, ein paar Schritte zu machen, kippte dann aber nach vorn und fiel in sich zusammen.

»Aber warum, bei den Tausend Höllen, habt Ihr Euren Wunsch nicht ausgesprochen, *bevor* sie mich in zwei Teile zerbissen hat?«

18

»Ein sehr guter Fortschritt, Eure Majestät«, bestätigte der Vogt Jagdsilber. »Wir können anhand bestimmter markierter Bäume entlang des Weges abschätzen, wie weit wir gekommen sind. Dort steht einer von ihnen: Velaerors Eiche, benannt nach dem Schwerthauptmann, der nach seinem heldenhaften Tod im Kampf gegen Wegelagerer darunter begraben wurde, und zwar von Eurem Ururgroß…«

Azoun.

Die Stimme in seinem Kopf klang warm und vertraut, aber dennoch so scharf vor Dringlichkeit, wie er sie selten zuvor gehört hatte. Es brauchte eine ganze Menge, um Filfaerils äußerliche Ruhe zu stören. Der König legte Maestoon Jagdsilber gebieterisch eine Hand auf den Arm, und der scharfsinnige wie auch einfühlsame Hüter des Königswalds schwieg still und widmete seine Aufmerksamkeit ganz der Aufgabe, den stummen Azoun so ruhig wie möglich über den von Wurzeln überwucherten Pfad zu führen, sodass der König nicht zu Boden und auch nicht sonst wohin blicken musste.

Meine Fee, hier bin ich, erwiderte er lautlos und tastete hinter seiner Gürtelschließe nach dem kleinen Haken, der das freigab, was er brauchen mochte. Zu den dunklen Orten der Götter mit all den Gazneths! Er war der König dieses Landes, und er würde seinen Ring immer dann benutztten, wenn ihm das sinnvoll erschien.

Was gibt es Schlimmes?

Weitere drei sich aufs Haar gleichende Ringe glitten in seine Hand. Die einzigen Ersatzexemplare, die er besaß – vielleicht alle, die noch existierten. Er hielt sie bereit, auf dass sie den anderen an seinem Finger berühren mochten. Im Augenblick scherte es ihn nicht, ob er alle Magie in der königlichen Schatzkammer verbrannte.

Bei den Göttern – er hatte die Stimme seiner Fee so sehr

vermisst – selbst wenn sie jetzt von dunklen Strömungen künden mochte.

Tanalasta ist verwundet worden, und – viele wissen es jetzt, obwohl sie Geheimnisse zu hüten weiß – zudem ist sie schwanger.

Azoun empfand eher Amüsement und Freude denn Zorn angesichts der Haltung seiner ältesten Tochter, obwohl er wusste, dass er ob der Tatsache, dass sie ein Geheimnis gehütet hatte, das die Krone in Gefahr bringen konnte, eigentlich vor Zorn hätte toben müssen.

Seid Ihr mit dem Vater einverstanden?, fragte er seine Königin. Er versteckte seine Gefühle nicht, als er einen der Ringe denjenigen an seinem Finger berühren ließ. Das Schmuckstück sendete ein starkes Pulsieren aus, das beide in ihren verbundenen Geistern empfanden wie eine dahinrasende Feuerlinie.

Ich bin dem Vater bislang noch nicht begegnet, erwiderte sie in scharfem Ton, *also ist es schwierig …*

Ihre Verbindung wurde schwächer. Hastig brachte Azoun einen weiteren Ring in Berührung mit dem an seinem Finger. Augenblicklich flammte er auf und verschwand.

Bei den Göttern, war alle Magie so flüchtig?

Kommt zu mir, mein Liebster. Filfaerils Stimme klang jetzt lauter und beinahe flehend. *Was auch immer Tanalasta sagen oder tun mag, ich brauche Euch. Mehr als das – Kormyr braucht Euch hier, selbst wenn es nur kurz sein sollte.*

Ich komme mit aller gebotenen Eile, teilte ihr Azoun trocken mit und brach die Verbindung mit einem wortlosen Strom von Gefühlen ab, den sie anstelle von Küssen über die Meilen zwischen ihren Lippen zu senden pflegten.

»Waldhüter«, sagte der König ruhig, schüttelte die Asche eines zerbröckelnden Rings von seinem von Blasen bedeckten Finger und ließ den letzten Ersatzring daraufgleiten, ohne auf den Schmerz zu achten, »Staatsangelegenheiten rufen mich weg von hier, vielleicht für kurze Zeit, aber sehr wahrscheinlich für länger. Ihr sollt Schwerthauptmann

Ethin Glammerhands Befehlen gehorchen, wie Ihr mir gehorchen würdet, und alle Männer sicher und rasch durch diesen meinen königlichen Wald führen. Der gute Schwerthauptmann ist …«

Der König drehte sich um, um nach Glammerhand zu schauen, aber der marschierte gleich hinter ihm einher. »Hier bin ich, mein Lehnsherr«, sagte der Schwerthauptmann sogleich. »Ich habe gehört, und ich gehorche. Was ist jetzt Euer Begehr?«

»Lasst die Männer anhalten und rasten, aber schickt so schnell wie möglich den Magierfürsten Arkenfrost zu mir.«

Glammerhand beugte den Kopf und wandte sich um, um die entsprechenden Befehle zu geben. Bei Remaeras Arkenfrost handelte es sich um den ranghöchsten Kriegszauberer, der die Armee begleitete, einen ruhigen, scharfsinnigen Diplomaten, hervorragend geeignet, sich und seinen König durch einen Fernreise-Zauber mitten in eine möglicherweise angespannte Auseinandersetzung bei Hofe zu befördern. Zufälligerweise trug er auch eine Menge von heilenden Salben und anderer nützlicher Magie mit sich, um den König und die Offiziere zu schützen.

Azoun mochte viele derjenigen nicht, die er insgeheim »Vangerdahasts Brut« nannte, weil sie überheblich waren und unwissend, was die wirkliche Welt anbetraf, außerdem unverhüllt ehrgeizig und übereifrig. Aber es gab Ausnahmen – Magier, die er auf den ersten Blick mochte und immer mehr zu schätzen lernte, je mehr er von ihnen sah. Arkenfrost gehörte zur zweiten Sorte.

Azoun verspürte ein warmes Gefühl, als er nun den Mann auf sich zuhasten sah, nachdem ihn Glammerhand mit einer kaum merklichen Handbewegung dazu aufgefordert hatte. Immer müde wirkende und an einen schuldbewussten Jagdhund erinnernde Augen, ein graubrauner Bart, gut geschnittene, aber dunkle und einfache Gewänder über abgetragenen Soldatenstiefeln … Genauso, wie ein Kriegszauberer, der den Dienst an Kormyr vor seine eigenen Interessen stellte, aussehen sollte. Vielleicht konnten sie ja gemeinsam das Richtige sagen und tun, um den aufsässigeren unter den Edelleuten Zügel anzulegen und die Dinge bei Hofe richtigzustellen. Dann könnten sie rasch wieder zur Armee zurückkehren.

»Eure Majestät?«, fragte der Zauberer. Er kniete vor dem König nieder wie ein Soldat, der den Treueid abgelegt hat. Manche unter Vangerdahasts Brut beugten niemals die Knie, selbst bei den förmlicheren Staatsangelegenheiten nicht.

»Guter Magierfürst«, begrüßte ihn Azoun, umfasste die von der Arbeit harten Hände des Zauberers und zog Arkenfrost auf die Füße. »Meine Gegenwart bei Hofe an der Seite der Königin ist dringend erforderlich. Wie schnell können wir beide …«

Etwas schob sich vor die Sonne über ihren Köpfen. Etwas Dunkles, Großes. Etwas sehr Großes.

Beinahe instinktiv zog sich Azoun unter die Zweige des nächsten Baumes zurück, denn er hatte den größten roten Drachen erblickt, den er jemals zu Gesicht bekommen hatte.

Gleich über den Baumwipfeln glitt das Ungeheuer langsamer als der leichteste Vogel dahin, und seine scharfen Augen beobachteten die Krieger von Kormyr. Die Purpurdrachen und die Lionare brachen augenblicklich in ein Chaos aus Schreien, Zittern und Erbrechen aus. Manche Männer zogen das Schwert und hackten wie wahnsinnig auf die nächststehenden Kameraden oder die leere Luft ein. Ein Soldat starrte unbeweglich wie ein Felsbrocken vor sich hin, und aus seinem Mund quoll Schaum, während ein anderer, dem etwas Gelbes aus dem sich schwärzenden, aufgedunsenen Gesicht tropfte, zu Boden sank. Andere begannen sich fieberhaft und unter Gewinsel zu kratzen, und Azoun bemerkte einen sich ausbreitenden grünlichen Schimmel, der sich über die Gliedmaßen solcher Opfer zog und Rüstung wie Fleisch mit Furcht erregender Schnelligkeit bedeckte.

»Sie kommen über uns! Sie kommen!«, bellte ein Mann und griff den nächsten Baum mit solch wahnsinniger Kraft an, dass sich sein Schwert unter der Wucht seiner Hiebe durchbog. Gleichzeitig heulte ein hinter ihm stehender Schwerthauptmann auf wie ein Hund.

»Schwerthauptmann«, fragte Azoun ruhig, »verfügt Ihr noch über einen klaren Verstand?«

Ethin Glammerhand schwitzte in Strömen, und ein Muskel seitlich seines Kiefers zitterte unentwegt in endlosen, unwillkürlichen Krämpfen, aber die Stimme des Mannes klang durchaus fest, als er antwortete: »I-ich glaube schon, mein Lehnsherr.«

Der König zog sein Schwert und sagte: »Bringt alle Kriegszauberer und Priester zu mir, und zwar schnell, wenn Ihr glaubt, dass sie wie die Männer befallen sind. Sagt allen Offizieren, denen Ihr noch trauen könnt, sie sollen diejenigen entwaffnen, die sich und anderen Schaden zufügen. Kümmert Euch nicht um die, welche in den Wald fliehen.«

»Das werde ich unverzüglich tun, Euer Majestät«, schnappte der Schwerthauptmann und hastete mitten in das Gewirr aus Geschrei und taumelnden Männern, um sogleich einen Strom von Befehlen auszustoßen. Der Klang seiner Stimme schien einige unter den Verwirrten zu beruhigen, aber Azoun hatte nur Augen für den Zauberer, der neben ihm stand und die Klinge erhoben hatte.

»Arkenfrost?«

Der Magierfürst lächelte dünn. »Ich glaube, dass mein Verstand nicht betroffen ist«, meinte er. »Um Eure Frage zu beantworten – wir können binnen zweier Atemzüge neben der Königin stehen. Wenn ich allerdings Magie anwenden muss, um verrückt gewordene Priester oder Zauberer zu heilen oder zu überwältigen, dann wird es selbstverständlich länger dauern, uns an einen anderen Ort zu versetzen.«

Azouns Grinsen glich eher einer Grimasse. »Ihr seid so gesund wie jeder von uns, vermute ich.«

Glammerhand kam schon wieder zu ihnen zurück, wobei sein Kopf unentwegt von einer Seite zur anderen schwang, da er den Tumult der Männer unter den Bäumen im Auge behielt. »Falls irgendwelche unter den heiligen Männern oder den Priestern betroffen waren, Majestät, dann haben sie sich rasch und gut genug erholt, um ihre Qualen vollständig vor mir zu verbergen.«

»Könnt Ihr auch ohne uns mit den Betroffenen fertig werden?«

»Mit allem Respekt, Euer Majestät«, knurrte der Schwerthauptmann, »ich kann das sogar besser, wenn ich mich nicht auch noch um die Sicherheit des Königs kümmern muss.«

»Dann können wir uns also auf den Weg machen?«

Ein ehrliches Lächeln erhellte Ethin Glammerhands grimmige Miene. »Richtig, mein Lehnsherr.«

Azoun antwortete mit einem Grinsen, steckte sein Schwert in die Scheide und wandte sich dem wartenden Magierfürsten zu. »Arkenfrost?«

Der Magier neigte den Kopf und streckte die Hand aus, um Azouns Arm zu berühren. »Zur Königin«, murmelte er und wirkte seinen Zauber.

Die Welt füllte sich plötzlich mit blauen, wogenden Nebeln, unterbrochen von an Blitze gemahnendem Flackern und hellerem Blau, durch das Azoun endlos fiel …

Um unvermittelt auf festem Boden zu stehen – genauer gesagt auf etwas, das sich unter seinen Füßen bewegte, warm und stinkend wie die Abfallgrube eines Schlachthauses voller verfaulendem Fleisch und feuchter, sich rasch bewegender Luft. Er stand auf etwas Schlüpfrigem.

Er schüttelte den Kopf, um nach der von der Fernreise erzeugten Übelkeit wieder einen klaren Gedanken fassen zu können. Dann klammerte er sich an die tröstliche Festigkeit des Schwertes in seiner Hand, duckte sich nieder und versuchte zu lauschen und gleichzeitig das Gleichgewicht zu halten. Er schien sich an einem dunklen, warmen Ort zu befinden, und die Schwärze nahm ständig zu. Mit einem Schlag begriff er, dass es sich bei der dunklen Masse gleich vor ihm um einen gigantischen Zahn handelte, lang und scharf, und dass der zu einer ganzen Reihe von Zähnen gehörte.

Er befand sich im Maul eines riesigen Wesens und stand auf dessen sich unter seinen Stiefeln wie eine unerbittliche Woge hebenden Zunge. Er wurde vorwärtsgeschleudert in Reichweite der knirschenden Reißzähne! Arkenfrost taumelte dicht vor ihm her.

Bei den Göttern, sie befanden sich im Maul des Drachen!

Die Zähne verschwanden, und Azouns Welt wurde plötzlich hell, und einen Augenblick später rutschte der König von Kormyr, vom stinkenden Atem des Ungeheuers angetrieben, hilflos nach vorn. Binnen kurzem würden die grausamen Zähne wieder zusammenkrachen, ihn in zwei Stücke zerbeißen oder zermalmen.

Zitternd stemmte sich die Königliche Blüte der Obarskyrs gegen die schlüpfrige Zunge, taumelte wie wahnsinnig nach vorn, bis seine Stiefel einen der Zähne berührten, und sprang zur Seite. Die Zähne krachten nieder, und der König fand sich plötzlich in vollkommener Dunkelheit und von stinkender Flüssigkeit überspült wieder – einer Flüssigkeit, die wie Feuer brannte und rasch den Eisengeruch von frischem Menschenblut annahm. Arkenfrost war vielleicht schon tot.

Die Zähne des Drachen teilten sich wieder, Licht breitete sich um den König herum aus, und Azoun warf sich zwischen sie und hinaus in die dahinterliegende Helligkeit.

Er fiel, stürzte von dem riesigen roten Drachen weg, der mit mahlenden Kiefern hoch über dem Wald dahinflog.

Das Unheuer schien Azouns Entkommen nicht bemerkt zu haben.

Der Feder-Fall-Zauber seines Wetterumhangs würde Azoun vor einem alle Knochen zermalmenden Absturz auf den Boden bewahren … sofern ihn der Drache nicht sah, umkehrte, zubiss und ihn verschluckte.

Der König von Kormyr beobachtete, wie der Drache in der Ferne verschwand, und fragte sich voller Grimm, weshalb Arkenfrosts Zauber ihn in das Maul des roten Drachen befördert haben mochte. Vielleicht hatte der Drache oder sonst ein unbekannter Feind die Magie irgendwie verdreht … oder hatte Arkenfrost ihn verraten?

Kein Mann, der bei Sinnen ist, sucht seinen eigenen Tod, aber … Azoun Obarskyr hatte schon ein- oder zweimal in seinem Leben einen Mann falsch beurteilt.

Aber, so dachte er, dieses Mal doch nicht. Es ist allzu leicht für einen König, Verschwörungen in jeder dunklen Ecke und Verrat in den Worten aller zu sehen, die ihn umgeben. Aber spielte das überhaupt eine Rolle? Wenn sich insgeheim die Hand eines jeden Mannes gegen den König erhebt, was hätte besagter Herrscher dann davon, anderes anzunehmen? Nützte das dem Reich? Und hülfe es, den königlichen Kopf einen oder zwei Atemzüge länger auf den Schultern zu behalten?

Der Drache kam allem Anschein nach nicht zurück, und unter ihm befand sich zweifellos der Königswald. Die Wipfel der dicht stehenden Bäume rasten jetzt auf ihn zu. Es war ein langer, viel zu langer Fall, denn ihn umfing die Magie, die ihn retten sollte. Goblins verfügten jedoch über Bögen, und viele der Waldtiere hatten scharfe Augen und die Angewohnheit, nach oben zu blicken und nach möglichen Gefahren Ausschau zu halten.

Azoun zog sein Schwert und begann, die sich rasch nähernden Bäume samt ihrer Umgebung genauer zu mustern. Falls keine Gefahr drohte, konnte er sich auch an dem Ausblick auf sein Königreich erfreuen … vielleicht dem letzten, den er in der kurzen Zeit, die ihm noch bleiben mochte, genießen würde.

Vielleicht aber auch nicht. Etwas kam von Süden her herangeschossen, sauste dicht über den Bäumen auf ihn zu. Ein kleiner dunkler Fleck vor dem blauen Himmel, der schnell zu einem größeren dunklen Punkt mit Flügeln anwuchs.

Aha. Ein Gazneth. Azoun schluckte, musste feststellen, dass sein Mund plötzlich trocken war, und leckte sich grimmig die Lippen. Er hob sein Schwert und schlug auf den Griff des nächsten Dolches, einfach um festzustellen, wo der sich befand.

Bei den Göttern, der Gazneth flog blitzschnell! Die lederartigen Flügel schlugen so rasend schnell, dass der König ihre Form kaum ausmachen konnte, als der Gazneth zu dem langsam niedersinkenden König herabschwebte. Azoun erblickte zwei dünne Arme, zwei krumme Beine, einen hageren, unzweifelhaft weiblichen Körper, flatterndes braunes Haar und ein Gesicht, in dessen hasserfüllten Augen zunehmender Jagdeifer glitzerte. Die Finger wiesen unmöglich lange Krallen auf – grausam gekrümmt und mit nadelscharfen Spitzen, die klebrige Tropfen einer dunklen Flüssigkeit bedeckten. Gift? Oder das Blut des letzten Opfers?

Der Gazneth stieg in die Höhe, während er zu seinem dahintreibenden Ziel aufschloss, und Azoun packte sein Schwert mit beiden Händen.

Mit einem wortlosen Wutgeschrei schoss das Wesen auf ihn zu.

Azoun hielt seine Klinge niedrig und ein wenig nach hinten gerichtet, da er auf den richtigen Augenblick zum Zuschlagen wartete.

Ein schneller Wirbel seiner ekelhaften Flügel bremste den Sinkflug des Gazneth, dann sauste das Wesen nach oben, um gleich darauf wieder auf den König niederzurasen. Es versuchte, den König zu narren, aber auf Kosten der schieren Kraft eines schnellen Zuschlagens.

Der Gazneth drehte im letzten Augenblick ab, schoss hinter Azoun, harkte mit den Klauen durch die Luft und schrie, aber der König schwang seine Klinge in einem harten Bogen herum. Das Schwert durchschnitt zwar hauptsächlich Luft, biss aber in etwas, als der Gazneth mit kräftigen Flügelschlägen wegdrehte und sogleich einen Flügel senkte, um einen Bogen zu schlagen. Das Wesen versuchte, den König hinterrücks zu erwischen, aber Azouns Hieb und die Wucht des Angriffs bewirkten, dass die Kehrtwendung misslang. Azoun stieß im Geist ein entschlossenes Knurren aus und wand sich in dem Versuch, sich herumzuwerfen und sich seinem Feind zu stellen.

Er tat dies gerade noch rechtzeitig. Der Gazneth schwebte genau auf ihn zu, und seine Krallen schlugen durch die Luft, als wolle er dem König mit einer wirbelnden Wand des Todes begegnen. Azoun zog den Kopf ein, um seine Augen zu schützen, hieb in die Luft und schlug so fest und rasch wie nur möglich zu, um das Wesen außer Reichweite zu halten.

Eine Kralle drang durch seine Verteidigung und schlitzte eine wie Feuer brennende Schmarre quer über seinen Kopf. Der Gazneth versuchte, ihn mit seinem eigenen Blut zu blenden. Eine zweite Kralle erwischte seine Wange, als er gerade den Kopf wegdrehte und seine Klinge fest durch einen durch die Luft dreschenden Flügel und den Rücken und den Schenkel darunter stieß.

Der Gazneth stieß einen rauen Schrei aus, in dem sich Wut mit Schmerz mischte. Azoun fand sich genau in der Mitte eines dunklen Wirbels aus stinkenden Flügeln wieder, die auf ihn einschlugen wie die Winde eines magischen Sturms, in dem er einmal gefangen gewesen war. Der Zorn schwand erst, als der Gazneth sich von Azouns Klinge wegwand und sich in der Luft drehte, wobei die mit großartigen Muskeln ausgestattete Linie des nackten Frauenrückens für einen Augenblick nicht mehr als einen Fuß von seiner Nase entfernt war. Aber schon machte sich das Wesen bereit, von Angesicht zu Angesicht auf ihn einzustürmen.

Sein Schwert, dessen sonst immer bereite Zauber unter

ihrer Berührung verschwunden waren, befand sich hinter oder unter den Flügeln der Phantomfrau und nützte Azoun insofern nichts, aber der König von Kormyr war bereit. Als die Krallen hochschossen und der Gazneth die Beine zurückzog, um sogleich zuzutreten, traf er auf Azouns Dolch, der hart und fest in seine Brust fuhr.

Azoun verdrängte grimmig den Gedanken, dass er eine unbewaffnete Frau vor sich hatte, zudem noch aus der gleichen Blutlinie stammend wie er, und fuhr fort, zuzustechen, mit dem Arm auf- und niederzufahren und die Füße angezogen zu lassen, um sich zu schützen.

Die Gazneth-Frau spuckte Blut auf ihn, ihre Brust hob sich unter dem Dolch, aber ihre Schreie und Flüche verwandelten sich bald in Husten. Sie taumelte in der Luft und zog sich zurück, ohne eine einzige Klaue in ihn versenkt zu haben.

Wo sie ihn allerdings erwischt hatte, fühlte Azoun eine Übelkeit erregende Schwäche, und er begann zu zittern. Ihre Wunden begannen sich vor seinen Augen zu schließen, während die seinen zu eitern anfingen – nein, schlimmer noch: Während die Schwäche sich ausbreitete, welkte seine Haut, und das Fleisch darunter verrottete zu einer dunklen, schwammigen Fäule, die sich schnell ausbreitete. Bald würde er sein Schwert nicht mehr halten können. Er musste dies hier schnell zu Ende bringen, oder es würde mit ihm zu Ende gehen.

Er brachte das Schwert nach vorn und vor sich wie eine ausgerichtete Lanze, um den Gazneth in Schach zu halten, dann tastete er in seinem Gemächteschutz nach dem Zauber, den er zum Schutz von Kormyr hatte aufsparen wollen. Er versuchte, seine Feindin abzulenken, indem er mit höhnischer Höflichkeit gurrte: »Und wen, Dunkle Fürstin, habe ich die Freude, heute umzubringen?«

Ihre Antwort bestand aus einem Schrei kochender Wut, und er konnte undeutlich den Namen »Suzara« verstehen, bevor sie sich wieder auf ihn stürzte.

Der König war bereit. Er schwang sein Schwert zur Seite und warf die kleine Eisenkugel in seiner Hand Suzara mitten ins Gesicht. Wenn ihr Explosiv-Zauber nur lange genug anhielt, um zu wirken, bevor der nach Magie gierende Gazneth den Dweomer ausgesogen hatte …

Der Zauber reichte aus. In einem Blitz wütenden Aufflammens brach die Kugel in hüpfende Reifen und Bänder kalt geschmiedeten Eisens auseinander, die sich in die Luft schwangen. Dort ließ ihr Leuchten nach, und sie flackerten auf, als Suzara den Kopf zurückwarf und vor unverkennbarer Freude keuchte. Die Eisenbänder schrumpften mit Lichtgeschwindigkeit und legten sich eng um das fürchterliche Wesen.

Den Göttern sei Dank! Azoun und seine monströs verwandelte Urahnin krachten jetzt gemeinsam durch Zweige. Die Eisenbänder zerbröckelten bereits zu weißlichen Flocken und grauer Asche, als der Gazneth gierig die Magie in sich aufnahm. Aber beim Zusammenziehen hatten die kalt geschmiedeten Eisenbänder Suzara verbrannt und ihre Gliedmaßen zerschnitten. Der König sah, wie sich die jetzt unbeweglichen Flügel vor Schmerz verkrampften und verdrehten, als das Wesen an den letzten Zweigen vorbeistürzte und in einen dunklen, stillen Waldteich fiel.

Dessen Wasser tanzten von dem verkrüppelten Gazneth weg, dann schwappten sie wie eine Decke wieder über Suzara zusammen. Außer ein paar Luftblasen blieb keine Spur übrig, und auch die erschienen immer seltener, um dann ganz zu versiegen.

Der Gazneth war nicht tot, sondern nur für eine gewisse Zeit außer Gefecht, dessen war sich Azoun bewusst. Vielleicht sogar nur für eine sehr kurze Zeit. Er machte sich am besten so schnell wie möglich davon, und zwar ohne mehr Magie als unbedingt notwendig zu benutzen. Immerhin flog ein Drache über die Baumwipfel und schnüffelte danach.

Er musste einen Heilzauber wirken, obwohl er davon vielleicht mehr brauchen würde, als er bei sich trug. Azoun leerte die beiden stählernen Phiolen, die er in seinem Stiefel bei sich trug, hob sein nicht länger magisches Schwert und machte sich durch die feuchtgrünen Tiefen des Waldes auf den Weg in Richtung der Armee, die er erst vor so kurzer Zeit verlassen hatte.

Der König von Kormyr fühlte sich überraschend fröhlich trotz des Umstands, dass er einen Gazneth zurückließ, ein Drache irgendwo am Himmel lauerte und das Schicksal seines Königreichs am seidenen Faden hing, da Orks und Goblins darin wüteten. Außerdem bestand die Möglichkeit, einem Wald-Raubtier über den Weg zu laufen oder in dem weglosen Labyrinth aus riesigen Bäumen einfach nur an seinen Truppen vorbeizulaufen – ganz zu schweigen von der Gefahr, dass ihn die von den Krallen des Gazneth hervorgerufene Fäule überwältigen mochte, bevor er irgendwelche Hilfe erreichte, oder ihn taumeln ließ, wenn er auf einen Feind traf.

Der schiere Gedanke an all die Möglichkeiten bewirkte, dass neue Schwächeschauer seine immer kälter werdenden, bebenden Gliedmaßen durchliefen, und er taumelte seitwärts gegen einen Baum. Sein Lächeln jedoch war echt, als er in Gedanken Filfaerils Bild heraufbeschwor und sich seine Königin so ins Gedächtnis rief, wie er sie am liebsten sah: wie sie sich vor Lachen fast zerberstend an seine Brust schmiegte und mit lüsternen Fingern an seinen Haaren zog …

Er spürte die Wärme ihres Bewusstseins, als sie diese seine Erinnerung teilte und wie er würdigte.

Meine Fee, sagte er stumm ihrem Geist. *Ich habe mich, wie man bei Hofe zu sagen pflegt, aus unvorhersehbaren Gründen verspätet – aber ich bin am Leben, ich komme und, daran dürft Ihr niemals zweifeln*, sterbe, *Euch zu sehen.*

19

Während Vangerdahast in die Grube hineinkreiste, prasselte eine Gabel aus Blitzen über die Decke der Höhle und beleuchtete eine Gruppe von speerförmigen Stalaktiten über seinem Kopf. Einen Augenblick darauf herrschte wieder Dunkelheit, und ein leises Tröpfeln regnete auf ihn herab, wodurch sich der von unten aufsteigende Gestank nach Verwesung und Fäule verstärkte.

Vangerdahast hielt im Niedersinken an, schwebte an Ort und Stelle und schaute nach oben zum Rand der Grube, wo Rowen Cormaeril saß und ihm zuschaute.

»Macht es Euch etwas aus – der Gestank ist auch so schon schlimm genug.« Vangerdahast senkte sein Licht und erkannte, dass es sich bei dem Gewirr aus »Stöcken«, das er vorhin erblickt hatte, um kleine Knochen handelte.

»Was zum Teufel *ist* diese Grube?«

»Ein Goblin-Grab«, antwortete Rowen.

Jetzt erkannte der Magier eine Handvoll schimmelbedeckter Klumpen, die frische Leichen sein mochten. Tief unter den Skeletten blitzte es golden auf.

»Wenn Goblins eine Bürde für ihren Klan werden«, fuhr Rowen fort, »übergeben ihnen ihre Kinder einen eisernen Baum. Sie bringen diesen Baum hierher, hängen all ihre Schätze daran und springen.«

Vangerdahast nickte. »Sehr nützlich gedacht. Ich nehme an, dass dies der Grund dafür ist, weshalb sie niemals herkommen.«

»Weshalb sie diesen Ort niemals verlassen«, berichtigte ihn Rowen.

Der Gazneth hob das Gesicht dem Tröpfeln entgegen und schloss die Augen, um sich zu sammeln. Obwohl Nalavara ihn erst vor kurzem in zwei Stücke zerbissen hatte, war von seiner Wunde nichts weiter übrig geblieben als eine blasse Narbe, die quer über seinen Bauch verlief.

Nachdem er in zwei Teilen zu Boden gefallen war, hatte Rowen sich zusammengerissen und Vangerdahast gebeten, ihn mit Magie zu behandeln. Der Zauberer hatte ihn mit magischen Geschossen, Lichtblitzen und jedem anderen Zauber überschüttet, den er mit den hier unten zur Verfügung stehenden Zutaten zu wirken vermochte. Etliche der Banne betäubten den Gazneth für einen Augenblick, aber die meisten sog er einfach in sich auf und benutzte sie, um sich selbst zu heilen. Vangerdahast glaubte, nie im Leben etwas so Furchtbares zu Gesicht bekommen zu haben, aber dann rief er sich ins Gedächtnis, welche Verwüstungen die anderen sechs Phantome gerade jetzt in Kormyr anrichteten.

Das Tröpfeln hörte nicht auf, und Rowen öffnete die Augen. »Ich kann es nicht aufhalten.« Er schüttelte den Kopf. »All diese Magie … ich kann es nicht beherrschen.«

»Nun gut …« Vangerdahast wollte eigentlich etwas Tröstliches sagen, aber ihm fiel nichts ein, was der Junge nicht augenblicklich als Lüge durchschauen würde. »Ein bisschen Regen hat noch niemandem geschadet.«

»Ein bisschen Regen nicht, aber wir wissen beide, dass es damit nicht aufhört. Ihr solltet mich jetzt töten, bevor ich mich in die Siebte Plage verwandele.«

»So war das nicht abgemacht«, antwortete Vangerdahast ernst. Er fühlte sich weitaus unsicherer als damals, als es Aunadar Bleth gelungen war, Azoun bei diesem verhängnisvollen Jagdausflug zu vergiften. »Ich bezweifle, dass ich Euch überhaupt töten *könnte*. Um ein Gazneth zu werden, musstet Ihr Eure Pflicht Kormyr gegenüber verraten und ein Elfengrab ausplündern. Glaubt Ihr, ich könnte einfach mit der Hand wedeln und *so etwas* ungeschehen machen?«

Rowen dachte einen Augenblick nach, dann schüttelte er den Kopf. »Ich glaube nicht. Es ist die Schwärze meines Verrats, die mich zu einem Gazneth gemacht hat, und ein Gazneth will ich bleiben, bis dieser Verrat vergeben wurde.«

»Wenn dem so wäre, dann wärt Ihr nicht länger einer. Euer Verrat war geringfügig genug.«

Vangerdahast fügte nicht hinzu, dass er schlimmere Fehler aus geringeren Gründen begangen und sich trotzdem nicht in einen Gazneth verwandelt hatte, aber andererseits hatte er auch niemals ein Elfengrab geöffnet. »Ich jedenfalls habe Euch bereits vergeben.«

»Aber Ihr tragt auch nicht die Krone von Kormyr.« Rowen senkte den Kopf. »Das wird der härteste Teil – vor Tanalasta zuzugeben, dass sie der Grund dafür war, dass ich meinen Schwur verriet.« Er schwieg für einen Augenblick, dann richteten sich seine perlfarbenen Augen wieder auf den Magier. »Ihr hättet zulassen sollen, dass Nalavara mich tötet.«

»Das konnte ich nicht. Das Reich braucht immer noch Eure Dienste«, antwortete Vangerdahast in der Hoffnung, endlich etwas gefunden zu haben, was Rowens Verzweiflung lichtete. »Wir müssen das Zepter zu Azoun bringen.«

»Aber Ihr habt gewünscht, dass Nalavara nicht existiert«, meinte Rowen so aufmerksam, wie es ihm nicht gut tat. »Drei Mal. Ich habe das gehört.«

»Und sie existiert hier nicht mehr, wo auch immer dieses *›hier‹* sein mag.« Vangerdahast hob die Hand mit dem Wunschring. »Sofern dieses Ding besser für mich gearbeitet hat als jemals zuvor für meine Amtsvorgänger. Nalavara bleibt eine Größe, mit der man rechnen muss, und Ihr mögt der Einzige sein, der das Zepter zu Azoun bringen kann.«

»Ich?«

»Sobald Euch die Verwandlung ganz erfasst hat«, erklärte Vangerdahast. »Xanthon konnte nach Belieben kommen und gehen. Wenn Ihr mehr Gazneth seid, werdet Ihr das vermutlich ebenfalls können.«

»Und Ihr glaubt, Ihr könnt mir trauen?«, fragte Rowen. »Mit dem Zepter in Eurer Hand?«

»Das ist der Grund, weshalb ich das Risiko einging, das zu tun, was ich tat, ja«, erwiderte Vangerdahast, »obwohl Ihr vielleicht allein gehen müsst, wenn es für mich unmöglich ist, Euch zu begleiten.«

Rowen lachte ein bitteres Lachen und stand auf. »Wenn ich allein gehen muss, dann wäre es klüger, Ihr würdet mich töten.« Er zog sich von der Kante der Grube zurück und fügte hinzu: »Was wird das Zepter Kormyr noch nützen, nachdem ich alle Magie aus ihm herausgesogen habe?«

20

Alusair ließ den Arm sinken und nickte grimmig, aber zufrieden, als sich die Fahne neben ihr zum letzten Signal senkte.

Gehorsam antwortete ein Banner auf der Hügelspitze gegenüber auf die gleiche Weise.

»Stellung einnehmen«, murmelte die Stahlprinzessin beinahe abwesend, wobei sie den Blick auf den weit entfernten Höhenzug gerichtet hielt.

Männer bewegten sich zu ihren Bögen und den stacheligen Sträußen aus Pfeilen, die auf dem Gras bereitstanden, während die hoffnungslosen Schützen sich mit Lanzen und Piken hinter den Bognern aufbauten. Sie würden erst vortreten, wenn der anstürmende Feind nur noch ein paar Schritte entfernt war.

Es schien nur einige wenige Atemzüge zu dauern, bis der erste Rauch aufstieg. Alusair lächelte düster.

»Willkommen bei unseren Kochfeuern, ihr Menschenfresser«, sagte sie laut und griff nach ihrem eigenen Bogen. Es würde jetzt nicht mehr lange dauern.

Orks mochten Rauch genauso wenig wie Menschen, konnten aber Essen und Wasser ebenso wenig widerstehen. Alusairs Männer hatten die wenigen vereinzelten Schafe, die sie unten bei den Teichen dieses Tals gefunden hatten, als perfekte Köder eingesetzt.

Wie dumme Tiere waren die Orks heruntergeeilt, um sich auf ihre Beute zu stürzen. Sie kämpften sogar untereinander darum, wer von ihnen das Schaffleisch bekommen würde. Sie befanden sich jetzt dort unten, und Alusair hatte ihre nächste Mahlzeit schon vorbereitet: einen Hagel aus Pfeilen, mitten in ihre Kehlen.

Der Rauch stieg jetzt in dunklen Wolken auf, und eine leichte Brise trieb ihn durch das Tal.

»Verschwendet keine Pfeile«, murmelte Alusair und wiederholte damit den Befehl, den sie schon vor einer Weile erteilt hatte. »Schießt nur auf Orks, die ihr sehen könnt.«

Aus dem Rauch drang ein Knurren, dem sogleich seine Ursache folgte. Orks rannten so schnell sie konnten, manche mit nicht zugeschnallten Rüstungsteilen, die wie wild hin und her schwangen, aber alle hatten die Waffen gezückt und waren zum Zuschlagen bereit. Rote Augen glitzerten vor Zorn und vom Rauch verursachtem Schmerz, da die Orks das Unheil kommen sahen und wussten, dass es kein Entrinnen gab.

Überall um Alusair herum summte der Tod von den Bögen. Die Stahlprinzessin wählte ein Ziel, visierte es an und ließ den Pfeil von der Bogensehne schnellen. Sie griff sich einen weiteren Pfeil aus dem bereitstehenden Köcher, bevor ihr Opfer noch die Arme in die Luft geworfen hatte und ins Leere griff. Der Schaft ihres Pfeils ragte aus seiner Kehle, und er fiel seitlich in den Staub. Er rollte unter die Füße rennender Orks, die stolperten und fielen, aber immer mehr der Ungeheuer drängten nach, nur um von einem dichten Hagel von Pfeilen getroffen zu werden und, sich vor Schmerzen wälzend, niederzufallen.

Vor der Talmündung bildete sich eine Sperre aus sich windenden Ork-Körpern. Die Schlacht ging ebenso schnell wie beeindruckend vonstatten. Hätten sie nicht das Wagnis unternommen, zwischen die Geier zu laufen, weitere Orks zu töten und währenddessen ihre Pfeile aus den Leichen und Verwundeten zu zerren, um sie wiederverwenden zu können, wären Alusairs Kriegern nur wenige Pfeile für spätere Feinde übrig geblieben.

Nicht dass Pfeile viel nützen würden gegen den Drachen, mit dessen Ankunft Alusair jeden Augenblick rechnete. Der Magier Sturmschulter hatte einen Warnzauber riskiert, um ihr mitzuteilen, was der Drache der Armee ihres Vaters angetan hatte, und kurz nachdem die Falle für die Orks aufgestellt worden war, hatte sie das Untier über den Horizont fliegen sehen.

Als sei der grimmige Gedanke ein Signal gewesen, tauchte über den Hügeln am Horizont eine dunkle, gewundene Gestalt auf. Alusair fluchte und schrie: »Unter die Bäume! Brecht die Schlacht ab und *rennt*!«

In all dem Geschrei, dem Zischen der Pfeile und dem Schwertergeklirr an den wenigen Stellen, an denen es den Orks gelungen war, den Pfeilsalven zu entgehen und bis zu der wartenden Reihe von Lanzenträgern durchzubrechen, hörten einige Männer ihren Befehl nicht. Aber ein Hornsignal wiederholte ihre Warnung, und die Soldaten des Waldkönigreichs setzten sich in Bewegung.

In diesem Augenblick sah Alusair die erste dunkle Linie von Orks über einen nahe gelegenen Bergrücken strömen, dann weitere auf dem nächsten Hügel.

Bei den Göttern, das mussten Tausende sein!

»Bewegt euch, zum Teufel!«, brüllte sie und schwenkte ihre Klinge. Der Drache wurde mit atemberaubender Schnelligkeit größer.

Er würde ihre Armee mitten auf der Bergflanke erwischen, ein gutes Stück von den Bäumen entfernt. Sie befanden sich auf offenem Gelände, genauso hilflos wie die Schafe, die sie für die Orks zurückgelassen hatten.

Alusair beobachtete, wie einige ihrer Schwertkämpfer unter die von Pfeilen strotzenden Ork-Körper krochen, die sich an der Talmündung aufhäuften, und andere taumelten, weil sie so schnell rannten, dass ihnen die Luft ausging.

Sie bemerkte, dass nur wenige sich umwandten und ihre Lanzen oder Bögen bereitmachten, um zwar tapfer, aber dennoch vergebens gegen den niederschwebenden dunklen Schatten zu kämpfen.

Einen Schatten, der augenblicklich durch Feuer ersetzt wurde – einen langen, blendend hellen Strom von Flammen, ungehindert durch Bäume oder felsige Hindernisse. Kein Zauberbann, keine Waffe hielt den Drachen zurück, und die sengende Flamme schwärzte und verbrannte die halbe Bergflanke. Den Männern blieb nicht einmal die Zeit zum Schreien.

Als der Drache so dicht über ihr vorbeischwebte, dass sie mit einem Sprung seinen Bauch hätte erreichen können, erzeugte er ein brüllendes Geräusch, von dem Alusair hätte schwören können, dass es Hohngelächter war.

Dunkelroter Tod schoss in den Himmel hinauf, drehte sich um und kam wieder herunter. Alusair hob die Klinge, von der sie wusste, dass sie nutzlos bleiben musste, und blickte dem Drachen entgegen.

Seine riesigen Flügel breiteten sich über und zu seinen Seiten aus wie monströse Segel, die in die Luft griffen und den Flug seiner dahinrasenden Masse verlangsamten. Die Luft über den Schwingen dröhnte ebenfalls, als der Drache sich wieder nach unten fallen ließ. Er griff sich zwei Krallen voll Männer und zerquetschte sie zu blutiger Masse, während er gleichzeitig auf die vergeblich fliehenden Krieger niederkrachte, sich herumwälzte und Hunderte mit seinem Gewicht und dem Dreschen seiner alles zermalmenden Flügel zerdrückte. Im Herumwälzen biss er beinahe spielerisch nach seinen Opfern, rollte sich auf den Rücken und wieder auf den Bauch wie ein riesiger Hund.

Alusair stieß vergebliche Flüche aus, ohne jedoch ihre Flucht zu den Bäumen zu verlangsamen.

Sie erwartete halbwegs, der große rote Drache würde sich aufrichten und Bäume händeweise ausreißen wie ein gelangweiltes Kind, das Blumen aus einem Beet zieht.

Stattdessen brüllte das Untier seinen Triumph in einem wortlosen Bellen heraus, das von den Bergflanken widerhallte.

Von allen Seiten antwortete Gebrüll aus Ork-Kehlen, dann sprang der Drache in die Luft und flog davon. Er drehte und wendete sich in der Luft, als wolle er die überlebenden Menschen tief unter ihm verhöhnen.

Alusair prallte schmerzhaft gegen einen Baum, taumelte davon weg und schüttelte den Kopf, um sich von den Bildern von mit beinahe lässiger Grausamkeit in zwei Stücke gebissenen Pferden und ihren Reitern sowie von langen Krallen in blutige Fetzen zerrissenen Männern zu befreien.

Binnen weniger Atemzüge hatte sich ein Sieg in eine katastrophalc Niederlage verwandelt. Mit grausamem Knurren erreichten die ersten Orks die Bäume und hoben ihre Schwerter. Alusair versammelte mit lauten Schreien ihre Männer um sich und trat dem Gegener beinahe eifrig entgegen. Einen Feind vor sich zu haben, den sie erreichen und töten konnte, überhaupt die Hoffnung zu haben, ihn zu überwältigen, kam ihr beinahe wunderbar vor.

Aus mit Reißzähnen bewehrten Mäulern drangen Schreie, als ihre Klinge zubiss, und um sie herum befanden sich plötzlich knurrende Orks mit schwarzen, sirrenden Schwertern. Sie duckte sich und schlug zu, sprang in die Luft, rollte sich herum und wand sich wie ein junges Mädchen beim Spiel, allein unter ihren Feinden. Schwarze Klingen krachten gegeneinander, pfiffen an ihren Ohren vorbei, eine davon schrammte in plötzlichem Feuer an ihrer Flanke entlang und spaltete durch die Wucht des Hiebes ihre Rüstung.

Kormyraner Schwertkämpfer hackten sich den Weg zu ihr frei, schrien ihren Namen. Die Stahlprinzessin sah einen Mann – Faerngard, so lautete sein Name –, dem ein Schwert in den Bauch fuhr und seine Gedärme in einer dampfenden, blutigen Flut hervorquellen ließ. Er hatte kaum Atem geholt, um zu schreien, als ihm ein Ork die Kehle durchschnitt und seinen Kopf mit brutaler Leichtigkeit nach hinten riss.

Bei den Göttern im Himmel! Und was würde geschehen, wenn der Drache zurückkehrte? Was wäre dann?

Entsetzt starrte Alusair auf die überall um sie herum sterbenden Männer. Manche schrien ihren Namen. Männer, die sie kannte – mit manchen von ihnen hatte sie das Bett geteilt oder hatte sich mit ihnen betrunken –, starben in blutigem Entsetzen. Sie hatten sie mit ihren eigenen Körpern beschützt … und mit ihrem Leben.

21

Tanalasta wachte mit dem Gefühl auf, von irgendetwas in ihrem Inneren getreten zu werden.

Dann stellte sie fest, dass es sich tatsächlich so verhielt. Das kleine Wesen in ihrem Bauch schlug und drückte und versuchte, einen Weg aus ihrem Bauch zu finden.

Sie wünschte sich das ebenfalls.

Erschöpft und verwirrt setzte sie sich im Bett auf und schaute auf den geschwollenen Leib nieder, der eigentlich nicht der ihre sein konnte. Sie entdeckte kleine Wellen unter der straff gespannten Haut und kleine Beulen, wo das Kind versuchte, sich durch die Haut einen Weg nach draußen zu bahnen.

»Wachen!«, schrie sie. »Es lebt! Im Namen der Blumen, holt es heraus!«

»Tanalasta, ist schon gut. Alles ist in Ordnung.« Die

Stimme gehörte einem Mann und klang freundlich und irgendwie bekannt. Eine dunkle, abgearbeitete Hand erschien seitlich und drückte ihren Kopf sanft auf das Kissen zurück. »Bleibt einen Augenblick liegen. Ihr habt geschlafen.«

»Geschlafen?«, fragte Tanalasta. Sie wurde zwar ruhiger, starrte aber weiterhin auf ihren Bauch. Die Schwellung sah jetzt vertrauter aus, aber sie konnte immer noch nicht verstehen, wie sie so groß geworden war – oder warum sie sich so heftig bewegte. »Wie lange?«

»Nicht lange.« Ein verwittertes Gesicht mit grauem, kurz geschorenem Haar kam in Sicht, und Tanalasta erkannte den Mann als ihren Freund und spirituellen Lehrer Owden Foley. »Nur ein paar Tage.«

»Nur ein paar Tage?«, keuchte Tanalasta. Sie musterte ihren Leib mit gerunzelter Stirn. »Was ist geschehen?«

»Geschehen?«, fragte Owden und klang so verwirrt, wie sie sich fühlte. Er folgte ihrem Blick, kicherte dann herzhaft und legte eine Hand auf ihren Bauch. »Nichts Schlechtes. Euer Kind hat gelernt zu treten, das ist alles.«

»Mein … Kind?«, wiederholte Tanalasta. Sie bemerkte das Ziehen in ihren Brüsten, den Schorf, wo die Schlangenzähne ihre Haut durchbohrt hatten, und alles, was sich ereignet hatte, flutete in ihr Gedächtnis zurück. Sie starrte auf ihren sich bewegenden Bauch und fühlte sich plötzlich müde, ängstlich und schuldbewusst. »Im Namen der Göttin! Wie konnte ich das vergessen?«

»Vergessen, meine Liebe?«

Tanalasta spürte, wie etwas Feuchtes, Warmes ihre Wangen hinunterrollte, dann wurde ihr bewusst, dass sie weinte. Die Tatsache überraschte sie, denn sie hatte geglaubt, längst jenseits von Tränen zu sein – und weit, weit über dem Ort, wo solche Luxusartikel erlaubt waren. Sie benutzte den Rand einer seidenen Decke, um sich das Gesicht trockenzuwischen, aber die Tränen kamen wieder und überströmten so reichlich ihr Gesicht, dass sie ihr vom Kinn tropften und die Decke durchnässten.

Ein gedämpftes Klirren lenkte Tanalastas Aufmerksamkeit auf das Vorzimmer, von wo aus Korvarr Rallyhorn und ein anderer Wächter die Prinzessin beobachteten, die schluchzte wie ein kleines Mädchen, das sich die Knie aufgeschlagen hat. Wieder wischte sich Tanalasta über die Augen und wollte ihre Tränen bewusst unterdrücken, aber diese strömten umso heftiger, entfesselt von ihrer Scham und dem plötzlichen Erkennen all der Gefahren, denen sie ihr ungeborenes Kind ausgesetzt hatte. Als Korvarr bemerkte, dass die Prinzessin ihn ansah, verbeugte er sich vorsichtig. »Die Prinzessin hat gerufen?«

Tanalasta wollte ihn schon wegschicken, als ihr einfiel, dass sie dadurch Korvarrs Sorgen verstärken und einen Sturm besorgten Geflüsters in den Räumen der Burg entfachen würde. Sie wollte eine Entschuldigung wegen eines schlechten Traums murmeln, kam aber nur bis »Ich hatte …«, als ihr klar wurde, dass eine so heftige Reaktion auf einen Alptraum sie noch schwächer erscheinen lassen würde. Tanalasta beendete den Satz nicht.

Korvarr runzelte die dunklen Brauen. »Ja, Hoheit?«

Als Tanalasta keine Antwort einfiel, kam ihr Owden zu Hilfe, indem er die Bettdecke zurückschlug und stolz auf ihren angeschwollenen Leib wies.

»Das Kind der Prinzessin gibt deutliche Lebenszeichen von sich«, erklärte Owden fröhlich.

Korvarr wirkte einigermaßen verwirrt und blickte sich rasch im Raum um, als suche er nach einer geheimen Bedeutung in den Worten des Erntemeisters. Nachdem er festgestellt hatte, dass offenkundig alles in Ordnung war, bedachte er Tanalasta mit einem unbehaglichen Lächeln.

»Das sind sehr gute Neuigkeiten, dessen bin ich mir sicher.« Sein Blick schweifte zu Owden Foley. »Danke, dass Ihr mich darüber unterrichtet habt.«

Der Priester gab ein amüsiertes Schnauben von sich. »Entspannt Euch, Korvarr. Niemand behauptet, Ihr wärt der Vater.«

»Selbstverständlich nicht! Ich würde nie im Leben der Prinzessin so etwas antun.«

Owden hob eine Braue. »Wirklich?« Er schaute Tanalasta an, dann schlug er die Bettdecke wieder über sie. »Ich weiß nicht, was Ihr davon halten solltet, Prinzessin.«

Korvarr lief rot an. Er wollte eine Entschuldigung stammeln, verhaspelte sich jedoch und beschränkte sich schließlich darauf, die Kiefer zusammenzupressen. Der peinlich berührte Lionar brachte Owden zum Kichern, und das wirkte ansteckend. Tanalasta stellte fest, dass sie zur gleichen Zeit lachte und weinte, dann vor Lachen weinte, dann einfach nur noch lachte. Sie winkte den Lionar zu sich heran und ergriff seine Hand.

»Ihr müsst Euch nicht schämen, Korvarr. Ich mag zwar Eure Prinzessin sein, aber ich bin auch eine Frau. Eine Frau und eine Freundin. Vergesst das niemals.«

Jetzt schien sich der Lionar endlich ein wenig zu entspannen. Er lächelte steif und verbeugte sich dann. »Ich danke Euch, Prinzessin.«

Owden verdrehte die Augen und meinte: »Korvarr, vielleicht solltet Ihr Königin Filfaeril mitteilen, dass ihre Tochter aufgewacht ist. Soweit ich mich erinnere, ist sie in solchen Dingen empfindlich.«

»Sie hat Anweisung gegeben, benachrichtigt zu werden«, bestätigte Korvarr. Trotz dieser Bestätigung machte er keine Anstalten, den Raum zu verlassen. »Aber es mag eine Weile dauern, bis sie erreichbar ist.«

»Tatsächlich?« Owden schien nicht ganz überzeugt. »An Eurer Stelle würde ich mich dessen vergewissern. Das letzte Mal schien Königin Filfaeril äußerst …«

»Das ist sie auch dieses Mal, das kann ich beschwören«, unterbrach ihn Korvarr. »Aber sie ist mit einer Staatsangelegenheit beschäftigt.«

Tanalasta entging die kleine Falte zwischen den Brauen des Lionars nicht. »Was für einer Staatsangelegenheit?«, fragte sie.

Der Lionar blickte in Owdens Richtung, und es war unübersehbar, dass er den Erntemeister stumm um Hilfe anflehte, die er aber nicht bekam.

»Lionar, ich habe Euch eine Frage gestellt«, beharrte Tanalasta. »Wo genau befindet sich die Königin?«

Korvarr schaute Owden noch einmal mit gerunzelter Stirn an, dann seufzte er und sagte: »Sie ist in der Audienzhalle mit den Fürsten Goldschwert, Silberschwert und ein paar anderen.«

Tanalasta warf die Decke beiseite und schwang ihre Beine aus dem Bett. »Und sie sprechen über was?«

Dieses Mal zögerte der Lionar nicht. »Über Euch und was getan werden sollte.«

»Getan?« Tanalasta stand aufrecht da und wäre beinahe gefallen, denn ihr Kopf fühlte sich leicht an, und ihr wurde schwarz vor den Augen.

Owden erwischte sie am Arm und richtete sie auf. »Ich weiß, dass Ihr besorgt seid, Prinzessin, aber Ihr müsst Euch nicht unziemlich beeilen. Ihr habt tagelang im Bett gelegen. Macht langsam.«

Tanalasta wartete ab, bis sie wieder klar sehen konnte, dann schaute sie Korvarr an. »Getan im Hinblick auf was?«

»Im Hinblick auf Sembias Angebot, Hoheit«, antwortete Korvarr. »Botschafter Hovanay hat es wiederholt, und Emlar Goldschwert hat hart gearbeitet, um die konservativeren Edelleute davon zu überzeugen, dass die … äh … ungewisse Vaterschaft hinsichtlich Eures Kindes …«

»Ungewiss!«, schäumte Tanalasta. Sie hastete durch das Gemach und eilte, Owden hinter sich her ziehend, zu ihrem Kleiderschrank. »Hat ihnen niemand Bescheid gesagt?«

»Ich fürchte nein«, sagte Owden. »Mit Rücksicht auf Eure bisherige Diskretion hielt es die Königin für das Beste, die Sache geheim zu halten.«

Korvarr bemäntelte seine Verwirrung mit düsteren Blicken, war aber zu sehr Soldat, um die Frage zu stellen, die ihm auf der Zunge brannte.

Aber Tanalasta gab auch so die Antwort. »Was den Vater meines Kindes anbetrifft, so gibt es keinerlei Ungewissheit. Ich denke, dass es an der Zeit ist, Fürst Goldschwert und seinesgleichen Klarheit zu verschaffen.«

Korvarr brachte den Mut auf, ihr zum Kleiderschrank zu folgen. »Ich bitte die Prinzessin um Verzeihung, aber ich habe die Sache vielleicht zu vorsichtig ausgedrückt. Sie beschweren sich wegen der Legitimität des Kindes. Dass Euer Erstgeborenes unehelich …«

»Es ist nicht ›unehelich‹, Korvarr.« Tanalasta hatte die Missbilligung in der Stimme des Lionars bemerkt, und sie musste an sich halten, um sich nicht auf ihn zu stürzen. »Es wurde von meinem Ehegemahl gezeugt.«

Korvarr stolperte über seine eigenen Füße und wäre beinahe zu Boden gegangen. »Ehegemahl?«

»Rowen Cormaeril«, sagte Tanalasta. »Und ich glaube, es ist an der Zeit, dass das Reich das erfährt – bevor Fürst Goldschwert und seine Kumpane unser Königreich an Sembia verschachern.«

22

Nachdem der König von Kormyr auf dem feuchten Moos einen vorsichtigen Schritt vorwärts gemacht hatte, erstarrte er. Das Licht, das durch die unzähligen grünen Blätter über seinem Kopf fiel, hatte sich verändert.

Azoun Obarskyr wusste nur zu gut, was das bedeutete.

Der Grund für das Verdunkeln der Sonne sauste, mit den dunklen Flügeln schlagend, über ihn hinweg. Der Drache – ein roter Drache so groß oder gar noch größer als irgendeiner, den er je zuvor zu Gesicht bekommen hatte – eilte nach Süden. Grimmig beobachtete Azoun das Verschwinden des Ungeheuers.

Etwas folgte dem Drachen, etwas, das aus seinen Kiefern gefallen war und nun zu Boden fiel.

Etwas, das so nahe bei Azoun niederging, dass die Tatsache, dass der Drache es offenkundig nicht bemerkt hatte, äußerst erfreulich war.

Azoun blieb so still wie irgendein Baum stehen, als das Ding in die Zweige krachte, einmal hochfederte und dann bewegungslos liegen blieb. Ein wenig Staub stieg auf und wurde von dem Landeplatz weggeweht, aber nicht genug, um vor den aufmerksamen königlichen Augen zu verbergen, um was es sich handelte: nämlich die blutigen Überreste eines menschlichen Beins in einem Stiefel – einem Stiefel, wie ihn wohlhabende kormyranische Hofleute tragen, wenn sie sich aufs Land begeben müssen.

Der König fragte sich, welchem seiner Untertanen dieser Überrest wohl gehört haben mochte – und ob sich inzwischen ein schneller, aber brutaler Tod als glückliche Wendung für einen Kormyraner herausstellen würde. Einen Augenblick später war er ausgesprochen froh darüber, sich so still verhalten und sich nicht gerührt zu haben.

Gleich vor ihm erklangen Jubelschreie und zischendes Gekicher – der Fröhlichkeit von Goblins zuzuschreiben, daran zweifelte er keine Sekunde. Die Laute kamen von mindestens drei Seiten, vermischt mit Schreien wie »*Nalavara!*« und »*Ardrak!*«. Der König wusste, dass das letzte Wort in einigen Goblin-Dialekten »Drache« bedeutete.

Kein Junge, kein Mädchen aus Kormyr, das mehr als vier Winter zählte, glaubte noch daran, dass die tiefen, grünen Wälder leere, geheime Orte seien. Die Geschichten, die man ihnen erzählte, ließen keinen Zweifel daran, dass die Wälder belebter waren als ein Weizenfeld ohne Eulen oder Falken, die die Zahl der Mäuse niedrig hielten. Außerdem wussten sie, dass jeder, der während einer Reise durch die

Wälder nicht gejagt werden will, sich vorsichtig, aufmerksam und mit gezückter Waffe durch sie hindurchschleichen musste. Goblins allerdings stellten außer im den nördlichen Weiten des Waldkönigreichs eine Seltenheit dar.

Azoun nahm sich die Zeit für einen stummen Fluch.

Eine beachtliche Anzahl dieses umherhuschenden Geschmeißes musste sich gleich vor ihm befinden, und zwar ganz in der Nähe. Sie konnten sich nur deshalb in den Wäldern aufhalten, weil sie irgendeinem geheimen Geschäft nachgingen … und bei diesem Geschäft konnte es sich nur um die Absicht handeln, einen Hinterhalt für die königliche Armee zu legen.

Azoun Obarskyr hatte seit seinen wagemutigsten, von Streichen und der Jagd nach Mädchen geprägten Jugendzeiten nicht mehr den Waldhüter gespielt. Dennoch ließ er sich jetzt so langsam und ruhig im weichen Moos auf die Knie sinken wie irgendein alter, erfahrener Mann der Wälder. Das Leben vieler Purpurdrachen hing davon ab, wie bedachtsam er sich jetzt verhielt. Ganz abgesehen vom Leben eines gewissen Azoun Obarskyr.

Zudem waren die Nasen und Ohren von Goblins erheblich schärfer als die der menschlichen Wachen und anderer, die er genarrt hatte, als er noch jünger, kühner und viel beweglicher gewesen war. Er war, so hoffte er jedenfalls, ein wenig klüger, und deshalb wartete er gute zehn Atemzüge lang ab, nachdem er gehört hatte, dass sich ein schwaches Rascheln von ihm wegbewegte. Erst dann folgte er auf allen vieren dem Geräusch.

Die von dem Gazneth hervorgerufene Fäule schwächte ihn und würde ihn früher oder später umbringen, falls er nicht einer Goblin-Klinge zum Opfer fiel. Nun, es würde so lange dauern, wie es eben dauerte, mehr gab es dazu nicht zu sagen.

Der König von Kormyr krabbelte für eine Ewigkeit hinter den Goblins her und war mit unendlicher Vorsicht darauf bedacht, die sich nicht minder vorsichtig bewegende Goblin-Bande immer vor sich zu halten.

Schließlich gelangte er so zu einem Ort, wo er das Murmeln menschlicher Stimmen, gelegentliche schwere Schritte und sogar das Klirren eines unbedacht gezogenen Schwertes hören konnte. Die Goblins hatten ihn zu seiner Armee zurückgeführt ... auf dass er sie retten könne, falls er die Sache richtig anging. Langsam wie ein rachedurstiger Schatten erhob er sich auf die Füße, stand aufrecht da und warf den Kopf zurück, um soviel Luft zu schöpfen, wie er brauchen würde. Er hatte nur die eine Chance, also *musste* er genau das Richtige tun.

»Araga?«, zischte es aus einer Goblin-Kehle nicht weit zu seiner Linken. Wenn er sich nicht irrte, so bedeutete das »Bereit?«.

Azoun entschloss sich, nicht auf eine Antwort zu warten. Er füllte seine Lungen mit Luft und brüllte, so laut er konnte: »Wir haben sie umzingelt! *Zum Angriff*, Purpurdrachen!«

Ein gleichermaßen überraschter wie zorniger Schrei erklang.

Der König von Kormyr schwang sich nach vorn auf die höchste Stelle in Reichweite – nämlich auf einen mit Moos bewachsenen Felsblock –, pflanzte die Füße fest darauf und starrte angestrengt in den Tumult unter ihm. Da die Überraschung verdorben und ihr Hinterhalt ruiniert waren, stürzten sich die meisten der wütenden Goblins in einer Reihe auf die königlichen Soldaten, während sich andere umwandten, um den Feind zu stellen, der geschrien hatte.

Azoun Obarskyr erwartete diese heulenden Goblins in aller Ruhe, allein und vor Schwäche schwankend, aber mit einem Wolfslächeln auf den Lippen. Er hielt nach etwas ganz Bestimmtem Ausschau, nämlich gespannten Armbrüsten in Goblin-Händen. Als er eine solche Waffe erblickte, rief er einen der beiden Klingen-Sperren-Banne auf, die der schlichteste Ring an seiner linken Hand enthielt, und sprang von dem Felsbrocken hinunter auf den Boden.

Kein todbringender Bolzen schoss aus dem grausigen Wirbel aus zerfetzten Blättern, erstickten Goblin-Schreien und herumgeworfenen Körpern.

Ruhig schleuderte Azoun den zweiten und letzten seiner Waffen-Abwehr-Banne an eine Stelle links der ersten, wo er weitere Goblins entdeckt hatte.

Er zog den Ring von seinem Finger, warf ihn mitten in die Schlächterei aus herbeigezauberten Klingen und sah zu, wie schreiende Goblins zu Boden gingen und wohin ihre Waffen inmitten des Mooses und der toten Blätter fielen.

Als er gesehen hatte, wonach er gesucht hatte, sprang Azoun aus der Deckung des Felsbrockens hervor wie eine zum Zustoßen bereite Schlange. Er hielt eine Goblin-Armbrust in der Hand und schoss zur Seite, um einen Bolzen aufzuheben, bevor einer der Goblin dies bemerkte.

»Niemals«, sagte er laut vor sich hin, als er sich mit gespannter Waffe unter einen Dornbusch kauerte, »ist ein Ring mit Zauberkraft so wertvoll für die Krone von Kormyr gewesen wie heute. Meinen Dank, Vangerdahast – wo auch immer Ihr Euch befinden mögt.«

Dort, wo die zauberischen Klingen nach wie vor durch die Luft wirbelten, hatten sie die Hauptstreitmacht der Goblins wie auch so gut wie alle Blätter in Stücke zerhackt – eine dunkle, feuchte Masse aus zusammengedrängter Zerstörung unter einer wirbelnden Leere. Er vermutete, dass er nicht mehr lange würde warten müssen, bevor …

Wie ein schwarzer Blitz fiel der Gazneth nieder. Blinkende Klingen zerschmolzen wie Nebel im Wind, als er die Magie der von Azoun entfesselten Zauberbanne in sich sog und ihnen kaum Aufmerksamkeit schenkte, denn er suchte den Ring.

Azoun schoss ruhig einen Bolzen in den dicksten Teil des Gazneth-Körpers, dann warf er sich zu Boden, ohne sich damit aufzuhalten, das Ungeheuer erkennen zu wollen.

»Männer von Kormyr!«, bellte er hinauf zu den zerfetzten Zweigen über ihm, »schießt jeden Bolzen und jeden Pfeil, den ihr habt, auf diesen Unhold! Zögert nicht! Feuert auf den Befehl des Königs hin!«

Er richtete sich auf und schaute über die Kante des Felsbrockens. Er hatte sich nicht die Zeit genommen, herauszufinden, um wen es sich bei diesem Gazneth handelte, und er bezweifelte, ob er sich jetzt Gewissheit verschaffen könnte. Das Wesen war beinahe vollständig von dem jetzt durch die Luft zischenden Hagel von Pfeilen verdeckt, denn die Purpurdrachen spickten das Phantom begeistert mit Dutzenden von eisernen Pfeilköpfen.

Azoun beobachtete voller Zufriedenheit, dass der Gazneth taumelte, zwei oder drei wilde Sprünge zwischen den Bäumen hindurchmachte, sich dann mit schwerfälligen Flügelschlägen in die Luft erhob und bei seiner ungeschickten, stockenden Flucht durch Dutzende von Zweigen krachte.

»Purpurdrachen, zu mir!«, brüllte Azoun und setzte sich wieder hinter den Felsbrocken. Es wäre wenig heldenhaft gewesen, sich einen Pfeil seiner eigenen Leute einzuhandeln, sei es nun ein verirrter oder ein absichtlich auf ihn abgeschossener. Es musste etliche Leute in Kormyr geben, die den König für den Krieg verantwortlich machten. Die gab es immer.

Binnen weniger Augenblicke sah sich Azoun von vertrauten Gesichtern umgeben, die ihn über mit dem Purpurdrachen geschmückten Brustpanzern angrinsten.

»Ich freue mich, Euch zu sehen, Majestät!«, rief ein Soldat und streckte seinem König die Hand entgegen.

Azoun ergriff sie und wurde auf die Füße gezogen. »Die Freude ist auf meiner Seite!«, donnerte er und schaute der

Reihe nach die Männer in ihren Rüstungen an, die sich um ihn drängten. »Was gibt es Neues?«

»Weitere Verluste, mein Lehnsherr«, knurrte einer der Schwerthauptmänner. »Und die Kriegszauberer sind verschwunden.«

»Verschwunden?«

»Immer langsam«, rügte ein Lanzenhauptmann den ersten Offizier und wandte sich dem König zu. »Sie teilten uns mit, sie hätten durch Magie erfahren, dass weder Eure Majestät noch Arkenfrost im Palast erschienen seien. Sie erzählten dem alten Hestellen, dass sie Verrat von Seiten gewisser Edelleute befürchteten – sie nannten keine Namen –, und dass sie Euch aufspüren könnten, wenn Ihr in der Nähe wärt und sie kürzlich von Euch berührte Kleider hätten. Mit diesen Worten verließen sie uns.«

»In Richtung Suzail?«

»Ja.«

»Sturmschulter, Gaundolonn und …?«

»Und Starlaggar«, ergänzte der Lanzenhauptmann unglücklich.

Der König nickte grimmig und sah wieder einen blutigen, in einem Stiefel steckenden Fuß zu Boden fallen. »Ich fürchte, dass ihre Reise zwischen den Kiefern des Drachen endete«, sagte er dem Schwerthauptmann. »Sprecht nicht schlecht von ihnen. Ich werde die Heilphiolen von ein oder zwei Offizieren brauchen, sofern die Kriegsmagier keine Heilmagie hier ließen.« Er holte tief Luft und stellte die Frage, deren Antwort er erfahren musste. »Wie steht es mit unserem Aufgebot an Männern?«

»Eure Majestät«, setzte der Schwerthauptmann an, und sein unglücklicher Tonfall passte zu der allgemeinen Stimmung. »Es tut mir leid, sagen zu müssen …«

Er brach überrascht ab, als der König eine Hand hob und ihm so den wortlosen Befehl zum Schweigen gab. Aber er gehorchte und sah stumm zu, wie Azoun sich mit zwei raschen Schritten von den Männern entfernte und mit einer

Armbewegung allen gebot, ebenfalls zu schweigen und ihm nicht zu folgen.

Vater.

Alusairs Stimme in Azouns Kopf klang so, als wollte seine Tochter gleich in hilflose Tränen ausbrechen. »Ja, mein Mädchen«, murmelte er so warm und sanft wie möglich. »Ich bin hier. Sprecht.«

Schreckliche Schlächterei. Drache. Wenige von uns sind übrig – Goblins von allen Seiten. Ich fürchte, ich kann meine Männer nicht hinausschaffen.

Azoun warf den Kopf in den Nacken und blickte durch nackte, zerfetzte Zweige in einen Himmel, der dankenswerterweise frei war von Drachen, und holte tief Luft. Er wusste in diesem Augenblick, dass er an Alusairs Seite eilen würde.

Tanalasta würde eben mit den Schwierigkeiten bei Hofe allein fertig werden müssen. Die Götter und ganz Kormyr wussten, dass sie lange genug Zeit gehabt hatte, die Edelleute und ihre Ränke kennenzulernen, und ihre Feuerprobe war gekommen, als ein gewisser Azoun Obarskyr auf den Tod darniederlag und ein gieriger Jüngling namens Bleth sie bezirzt hatte mit dem Ziel, sich den Weg auf den Thron zu erschleichen. Mehr noch – die Kronprinzessin hatte sich seit diesen dunklen Tagen weiterentwickelt und viel gelernt. Während der letzten paar Monate hatte sie ihn immer wieder überrascht mit dem plötzlichen Aufblühen ihres Selbstvertrauens und ihrer Fähigkeiten.

Die Stahlprinzessin andererseits war eine bekannte Größe. Sie war eine Kriegerin, die Kormyr anführen und stark halten konnte, selbst wenn ihre gesamte Verwandtschaft – vor allem ein alter, weißhaariger, keuchender Kämpfer, der zufälligerweise eine Krone auf dem Kopf trug – vor dem Untergang stand. Sie glich einer Klinge, die kein Königreich einfach wegwerfen konnte, ganz abgesehen davon, dass sie seine Lieblingstochter war.

Und außerdem würde er Tanalasta jeder Möglichkeit eines Sieges über den Hof berauben, wenn er jetzt im Palast erschiene – oder ihr ein gesteigertes Selbstbewusstsein verwehren, einen Ruf für irgendetwas in den Augen von irgendwem, oder es ihr unmöglich machen, etwas aus dem zu lernen, was sich ereignet hatte. Alles würde hinweggefegt, und Tanalasta würde dastehen als »das kleine Mädchen, das den Thron missbraucht hat, bevor ihr Vater zurückgekommen ist«.

Die Entscheidung war ihm eigentlich nicht sonderlich schwer gefallen …

»Macht euch bereit, Männer!«, rief er. Er sorgte dafür, dass Alusair seine Worte mittels der Ringe hören konnte. »Wir ziehen so schnell wie möglich nach Norden und schließen uns der Streitmacht der Stahlprinzessin an. Ich will jetzt weder Schlachtrufe noch sonst irgendwelchen Lärm hören. Die Drachen scheinen in diesem Jahr wirklich schlimm zu sein.«

Er war sich nicht sicher, wer grimmiger aufstöhnte, die Männer um ihn herum oder die verzweifelte Alusair, die erschöpft auf einer Hügelkuppe stand und sich auf ein von gerinnendem Ork-Blut schwarzes Schwert stützte.

23

Sie saßen auf der Veranda des großen Kronensilber-Landsitzes: Maniol Kronensilber höchstpersönlich, Herzog Kastar Pursenose und die Fürstin der Perlen, Bridgette Alamber. Alle drei tranken Merlot-Wein und starrten hinaus auf die wogenden Hügel des Anwesens. Die Ländereien sahen aus, als sei ein hier eher selten vorkommender Frost aus dem Norden herbeigetrieben und länger geblieben, als seinem Gastgeber lieb sein könnte. Die Birnbäume in den Obstgärten waren zu ordentlichen Reihen verdrehter schwarzer Skelette verdorrt, die viel gepriesene Herde der Silbermarsch-Schafe lag aufgedunsen und mühsam schnaufend auf ihren braun verfärbten Weiden, und der Weingarten war unter einer schneeigen Decke weißen Moders verschwunden.

»Das mit dem Weingarten ist ein Jammer, Maniol«, sagte die Edle Alamber und trank die letzten roten Tropfen in ihrem Glas aus. »Es gibt einfach keinen Wein, der dem Silberberg-Merlot das Wasser reichen könnte. Ich werde ihn vermissen, fürchte ich.«

»Wir haben immer noch einhundert Fässer im Keller.« Maniol leerte den restlichen Inhalt des Gefäßes in das Glas der Edlen und stellte den Krug am Tischrand ab. Sogleich nahm eine behandschuhte Hand ihn weg, um ihn aufzufüllen. »Ich werde Euch ein Fass schicken lassen.«

»Ihr seid zu freundlich.«

»Aber nicht im Geringsten«, sagte Maniol. »Ich bitte Euch nur darum, den Wein nicht mit Magie in Berührung kommen zu lassen.«

»Da kann ich Euch beruhigen«, meinte die Edle Alamber. »Es wäre ein Jammer, wenn ein solch feiner Jahrgang von einem dieser Gazneths verdorben würde. Vielleicht nehme ich ja auch das Angebot der Prinzessin an und schicke meine Magie zur Verwahrung in den Palast.«

Der Hohn in ihrer Stimme entlockte den beiden Männern ein spöttisches Kichern, und die unbekannte Hand erschien wieder und stellte den Krug auf den Tisch zurück. Herzog Pursenose hielt sein Glas Maniol hin, um es sich auffüllen zu lassen.

»Sagt mir – was sollen wir im Hinblick auf dieses Goldschwert-Geschäft unternehmen?«, fragte er.

»Unternehmen?« Maniol füllte das Glas des Herzogs. »Selbstverständlich dasselbe, was wir immer tun – wir warten ab, bis sich die Angelegenheit von allein geregelt hat.«

»Also wirklich, ich weiß nicht, was sich die Prinzessin

gedacht haben mag«, meinte die Edle Alamber. »Es ist schon schlimm genug, mit einem geringen Edelmann das Bett zu teilen. Aber ihn zu heiraten ...?«

»Und einen Cormaeril noch dazu«, stimmte ihr Maniol zu. »Hat sie mit *Absicht* versucht, Goldschwert Verbündete zu schaffen?«

»Aber es gibt durchaus Leute, die glauben, dass sie Mut bewiesen hat, und sie für ihre Offenheit bewundern«, warf Pursenose ein. »Und wenn man die Rückschläge im Norden in Betracht zöge, habe sie Führungsqualitäten gezeigt.«

Maniol nickte und füllte sein eigenes Glas. »Die Hartburgs und die Rallyhorns – und selbstverständlich auch die Wyvernspurs ... Nun, da sie die alten Cormaeril-Ländereien haben, sind sie zu einer Familie geworden, mit der man rechnen muss.«

»Das ist exakt der Angelpunkt.« Die Edle Alamber leerte ihr Glas. »Einerseits wird sie einen Erben gebären.« Sie hob eine Hand und ließ sie dann dramatisch sinken. »Andererseits – der Erbe wird ein Cormaeril sein.« Sie hob die andere Hand und senkte sie dann ebenso dramatisch. »Man kann nicht voraussagen, wer in dieser Sache gewinnen wird.«

»Das ist wohl kaum von Bedeutung, meine Liebe«, bemerkte Maniol und füllte ihr Glas nach. »Wichtig ist allein, dass wir dabei nicht verlieren.«

»In normalen Zeiten wäre das so«, warf Pursenose ein, »aber mit diesen schrecklichen Gazneths, die herumziehen und alles in Schutt und Asche legen, und den wild gewordenen Orks und Goblins im Norden ... es sieht schlecht aus in den Rechnungsbüchern, und es könnte noch schlimmer werden. Es könnte sich als weniger teuer herausstellen, wenn wir uns ganz einfach für eine Seite entscheiden würden.«

Maniol schüttelte nachdrücklich den Kopf. »Und wenn wir die falsche Seite wählten? Ihr habt gesehen, was Azoun nach der Abraxus-Affäre mit den Bleths und den Cormaerils anstellte. Ich bezweifle, dass die Sembianer gnädiger wären, wenn wir an Tanalastas Seite gegen sie stünden.« Er nahm einen langen Schluck aus seinem Glas, dann verzog er das Gesicht. »Ich glaube, der Schimmel hat dieses Fass verdorben.«

Pursenose hatte bereits das Gleiche festgestellt, hatte aber seinen Gastgeber nicht durch eine Beschwerde beleidigen wollen.

»Der Wein schmeckt nach einem Anflug von Essig«, sagte er höflich. »Aber mir scheint, dass wir bei der ganzen Angelegenheit die Gazneths vergessen. Sind nicht sie der wirkliche Feind? Wenn wir den Dingen ihren Lauf lassen, werden wir dieses Jahr die gesamte Ernte verlieren.«

»Was den Preis für unsere Vorräte umso höher treiben wird.« Maniol lächelte hinterhältig, runzelte dann aber plötzlich die Stirn. »Keiner hat je behauptet, dass es einfach sei, ein Edelmann zu sein.« Er verzog das Gesicht, da er ein Brennen in der Magengegend verspürte, aber es gelang ihm, ein höfliches Lächeln zu zeigen, als er sich umwandte, um die Edle Alamber wieder in das Gespräch einzubeziehen. »Würdet Ihr mir nicht zustimmen, Bridgette?«

Aber die Edle Alamber sagte kein einziges Wort. Sie saß zusammengesackt und mit offenem Mund in ihrem Stuhl und starrte aus rotgeränderten Augen in den Himmel. Ein blutiger Speichelfaden rann aus ihrem Mund, und dem Stuhl, auf dem sie saß, entströmte ein stechender Geruch.

Herzog Pursenose zischte vor Schmerz, und sein Glas entschlüpfte seiner Hand und zerschellte auf den Steinen der Veranda. »Ich glaube, Maniol«, keuchte er, »der Wein schmeckt ein wenig … faulig.«

Fürst Kronensilber war nicht mehr in der Lage, eine Antwort zu geben. Sein Kopf prallte mit einem dumpfen Schlag auf den Tisch, und ein langes, feuchtes Rasseln entrang sich seiner Kehle.

Die immer noch in weißen Handschuhen steckende Hand langte über ihn hinweg und nahm den Krug vom Tisch.

Vom Balkon des Königs aus gesehen erinnerten die Königlichen Gärten an das Lager einer riesigen Armee, die sich auf eine lange Belagerung vorbereitete.

Überall stiegen Rauchsäulen von kleinen Feuern auf, und alte Segel, gewachste Planen und alles Mögliche, was sich als Zelt verwenden ließ, war zwischen den zierlichen Obstbäumen und den sorgfältig geschnittenen Buchsbäumen aufgebaut worden. Überall gab es kleine Gruppen von armseligen Leuten, die unter den Bäumen schliefen, lustlos herumwanderten und nach verloren gegangenen Kindern oder bekannten Gesichtern suchten.

Die Gerüche nach Essen, Vernachlässigung und lieblich duftenden Blumenbeeten vermischten sich und erzeugten ein fettgetränktes, viel zu süßes Aroma. Die geschwängerte Luft erinnerte Tanalasta an alte Edelfrauen, deren Nasen sich zu sehr an das eigene Parfüm gewöhnt haben.

»Sie kommen seit der letzten Nacht«, erklärte Korvarr. »Wir haben ihnen gesagt, der Park sei nicht zum Schlafen da, aber sie haben sich geweigert, ihn zu verlassen. Sie sagten, wegen der Nähe zum Königspalast sei dies der einzige sichere Schlafplatz in Kormyr.«

»Ich bin gewillt, über diesen Punkt mit ihnen zu debattieren«, erwiderte Tanalasta trocken. »Lasst mich eine Weile über die Angelegenheit nachdenken. Im Augenblick mache ich mir eher Sorgen wegen der Meuchelmörder.«

Sie wandte sich zu Sarmon dem Eindrucksvollen um, der hinter ihr in einem von Alaphondar eigens für ihn gebauten Wagen mit Rädern saß. Obwohl die Kronprinzessin wusste, dass Sarmon nicht mehr als fünfzig Jahre zählte, wirkte er ohne weiteres doppelt so alt mit seinen Tränensäcken unter den Augen, der zerknitterten Alabasterhaut und solch dünnem Haar, dass sie die Leberflecke auf seinem Schädel sehen konnte.

»Ihr habt Euch das näher angeschaut. Wie lauten Eure Schlüsse?«

»Mit Fürst Kronensilber und seinen Gästen summiert

sich die Zahl der Meuchelmorde während der letzten zehn Tage auf zehn Opfer«, erwiderte Sarmon. »Ihr müsst Fürst Goldschwert unbedingt festnehmen lassen, bevor es noch mehr Tote gibt.«

Tanalasta ließ den Garten nicht aus den Augen. »Und wie wissen wir, dass er der Urheber ist?«

»Dadurch, dass *wir* es mit Sicherheit *nicht* sind«, antwortete Sarmon. »Er schneidet Euch von jeglicher Unterstützung ab.«

»Ihrer Unterstützung?«, fragte Owden, der wie immer an Tanalastas Seite stand. »Ich dachte, dass die Morde gerade dadurch so merkwürdig seien, weil alle Opfer unparteiisch waren.«

»Fürst Goldschwert findet heraus, welcher Seite die Edelleute den Vorzug geben«, meinte Sarmon. »Das ist ganz offenkundig.«

»Für mich ist das keineswegs offenkundig.« Tanalasta drehte sich herum und schaute auf den alten Magier nieder. »Wie stellt er das fest, bevor *uns* das gelingt?«

Sarmons faltige Finger krampften sich um die Armlehnen seines Stuhls. »Die Zauberer können nicht lauschen, ohne die Aufmerksamkeit der Gazneths zu erregen, Hoheit.«

»Selbstverständlich habe ich nicht sagen wollen, dass Ihr nicht alles tut, was in Eurer Macht steht.« Obwohl die Lage sie mit Zorn erfüllte, weigerte sich Tanalasta, kurz angebunden mit einem Mann umzuspringen, der fünfzig Jahre seines Lebens bei der Verteidigung der Kronprinzessin geopfert hatte. Sie wandte sich an ihre Mutter. »Wie steht es mit unseren anderen Spionen?«

Die Königin senkte unbehaglich den Blick und antwortete: »Ich fürchte, die Loyalität vieler gilt ausschließlich Eurem Vater. Es gab kaum Berichte.«

»Was stimmt nur nicht mit diesen Leuten?« Tanalasta schüttelte den Kopf und musterte das Lager der Flüchtlinge. Nicht zum ersten Mal wünschte sie sich, Vangerdahast sei hier, um sie zu leiten – oder zumindest sein bemerkenswertes Netzwerk von Spionen ins Spiel zu bringen. »Erkennen sie denn nicht, in welcher Gefahr sich Kormyr befindet?«

»Sie sehen nur Bedrohungen, die sie selbst betreffen«, warf Alaphondar ein. »Ich befürchte, dass die Rückschläge im Norden dazu führen, dass Goldschwerts Forderung, die Hilfe der Sembianer anzunehmen, auf offene Ohren stößt.«

Tanalasta schlug mit der Faust auf die Balkonbalustrade. »Wir bräuchten Sembias Hilfe nicht, wenn unsere eigenen Edelleute zu den Schwertern griffen und kämpften!« Sie hielt für einen Augenblick inne, um sich zu sammeln, dann schaute sie Owden an und fuhr fort: »Ich glaube allmählich, dass ich Dauneth hätte heiraten sollen. Dann hätten die Edelleute wenigstens nicht den Namen meines Ehegemahls benutzen können, um meine Autorität anzufechten.«

»Sie hätten einen anderen Grund gefunden«, meinte Owden. »Glaubt Ihr wirklich, sie wären plötzlich tapfer geworden, wenn Euch der Mut gefehlt hätte, Eurem eigenen Herzen zu folgen?«

Die Frage des Priesters besänftigte Tanalastas Zorn ein wenig. »Ich glaube nicht.« Sie löste sich von der Balustrade und wandte sich an ihre Mutter. »Da wir schon von Feiglingen und Verrätern sprechen – ist es Euch gelungen, den Spion in unserer Mitte auszumachen?«

Filfaeril erwiderte Tanalastas Blick. »Selbstverständlich«, sagte sie. »Ich kenne seinen Namen nun schon seit einer ganzen Weile.«

Tanalasta fühlte sich angesichts der Entscheidung ihrer Mutter alles andere als wohl. »Und Ihr habt mir kein Wort erzählt?«

»Damit wäre nichts erreicht worden, als den Spion zu alarmieren.«

»Wenn Ihr seinen Namen wisst, weshalb sitzt er dann nicht in unseren Verließen?«

Filfaeril lächelte. »Weil Spione zuweilen recht nützlich sein können – vor allem die Spione des Feindes.«

Tanalasta runzelte die Stirn und fragte: »Wärt Ihr so freundlich, mir das näher zu erklären?«

»Nicht jetzt.« Filfaeril hielt Tanalastas Blick fest und senkte nicht die Augen.

»Wie Ihr wünscht«, erwiderte Tanalasta, da sie erkannt hatte, dass sie nur etwas Geduld aufbringen musste. »Ich denke, wir sind hier fertig.«

»Und was ist mit Fürst Goldschwert?«, wollte Sarmon wissen. »Ihr werdet ihn doch festnehmen lassen?«

Tanalasta schüttelte den Kopf. »Wenn ich das tue, dann sieht es so aus, als fürchtete ich mich vor ihm. Das wäre kein Weg, unseren schwankenden Edelleuten Mut zu machen.«

Sarmons Knöchel auf den Lehnen wurden noch weißer, aber er widersprach nicht.

»Eine kluge Entscheidung, aber irgendetwas müssen wir tun«, sagte Alaphondar. »Da die Dinge so schlecht stehen, verlieren die Menschen ihr Vertrauen. Es ist unumgänglich, dass sie *sehen*, dass Ihr etwas unternehmt.«

Tanalasta schaute über die Balustrade und schrak zusammen angesichts all der Leute, deren Erwartungen sie enttäuschte.

»Was diese Menschen brauchen, Alaphondar«, erklärte die Prinzessin, »ist Essen.«

Der alte Weise runzelte die Stirn. »Selbstverständlich brauchen sie Essen, Majestät, aber was hat das mit den Dingen zu tun, die uns bedrängen?«

»Nichts«, gab Tanalasta zu. Sie starrte weiter in den Königlichen Garten hinunter und wusste plötzlich, was sie zu tun hatte. »Nichts und alles, Alaphondar. Selbstverständlich kann ich nichts tun, um die Gazneths aufzuhalten, und es mag sein, dass ich auch Goldschwert nicht aufhalten kann, aber es gibt eine Sache, die ich tun kann.«

Alaphondar schaute sie gedankenverloren an. »Und die wäre?«

Tanalasta trat von der Balustrade weg. »Ich kann mein Volk mit Essen versorgen.« Sie winkte Korvarr zu sich. »Lionar, schickt einen Mann nach den Köchen aus und seht zu, dass Tische im Burghof aufgestellt werden. Ich komme in einer Stunde hinunter und erwarte, dass eine Suppenkelle für mich bereitliegt.«

Sie versammelten sich an einem Ort in Suzail, wo solche Treffen für gewöhnlich stattfanden, nämlich in dem schwach erleuchteten Lagerraum einer zweifelhaften Taverne in einem schäbigen Viertel, wo kein Edelmann, der auf sich hielt, angetroffen werden wollte.

Aus diesem Grund hatten die sechs Edelleute sorgfältig ausgewählte Verkleidungen angelegt und ihre Gesichter mit falschen Bärten ausgestattet, sich das Haar gefärbt und peinlich genau darauf geachtet, dass ihnen niemand folgte.

Der Raum stank nach schalem Met, verschimmeltem Holz und ungewaschenen Matrosen. Alle Zimmer um den Raum herum standen leer, und zwar nach Zahlung des unverschämten Preises von jeweils fünf Goldkronen. Dieser Preis hatte sogar noch mehr Aufmerksamkeit auf die Gruppe gelenkt als die parfümierten Taschentücher, die sie sich vor die Nasen gehalten hatten, als sie sich ihrer heimlichen Zuflucht näherten.

Frayault Illance mit einer purpurnen Augenklappe und drei wächsernen Narben im Stutzer-Gesicht hatte das Wort ergriffen. »Es ist die Prinzessin. Natil Langflegel selbst hat mir berichtet, dass er von Patik Corr gehört hat, dass der Schneider der Prinzessin seiner Frau weitererzählte, dass er kein Hochzeitskleid für Tanalasta genäht hat. Außerdem meinte er, er würde einen Bastard auf dem Drachenthron nicht unterstützen, sei er nun der Spross von Rowen Cormaeril oder Alaphondar Emmarask oder Malik el Sami yn Nassr. Und dann war er tot! Ihre Spione hatten ihn aufgespürt, und ich sage euch, dass es ihre Meuchelmörder waren, die ihn töteten.«

»Und Ihr beschuldigt die Prinzessin nicht etwa nur deshalb, weil sie Euren glatten Worten nicht lauschen mochte, Frayault?«, fragte Tarr Burnig. Der breite, stämmige Mann trug sonst einen buschigen roten Bart, aber er hatte ihn abgenommen und sich als Wachmann einer Kaufmannskaravelle verkleidet. Er war einer der wenigen Männer, deren Verkleidung überzeugend wirkte. »Natil sagte mir, dass er auf der Seite der Prinzessin stünde, falls sie verheiratet war, als das Kind gezeugt wurde, und zu den Neun Höllen mit Emlar Goldschwert und seinen Sembianern.«

»Und warum könnten es nicht die Sembianer sein, die hinter den Morden stecken?«, fragte Fürst Jurr Grünmäntel. »Ihnen würde es nichts bedeuten, zu welcher Seite wir neigen oder auch nicht. Sie könnten einfach einen nach dem anderen von uns umbringen, bis nicht mehr genug von uns übrig sind, Tanalasta zu unterstützen, selbst wenn wir das wollten. Sie hätte keine andere Wahl, als sie um Hilfe zu bitten.«

Im Raum brach eine erhitzte Debatte aus, bis sich eine große, dunkelhaarige Gestalt mit einem langen Bart erhob und mit einem Dolch auf den Tisch schlug.

»Genug! Genug!« Die Stimme gehörte Elbert Rotbogen, einem weder großen noch dunklen Edelmann, der jedoch reich genug war, um für eine Nacht so wirken zu können. »Wir könnten uns die ganze Nacht lang darüber streiten, und jeder von uns käme zu einer anderen Entscheidung. Ich habe sogar das Gerücht vernommen, die Gazneths seien verantwortlich – obwohl ich mir nicht vorstellen kann, weshalb die sich mit so etwas aufhalten sollten. Gegen die Phantome hat sich die Prinzessin ohnehin als untüchtig erwiesen.«

»Hört, hört!« Zum ersten Mal in dieser Nacht waren alle sechs Versammelten einer Meinung.

»Also habt Ihr einen Plan, Fürst Rotbogen?«

»Den habe ich.« Seine Stimme wurde noch tiefer, und er presste die Finger auf die Tischplatte. »Wir müssen damit aufhören, lediglich zu *antworten*, und damit beginnen, endlich zu *handeln*.«

Wieder wurde Zustimmung laut. »Hört, hört!«

»Wir werden einen Mann zu allen verdächtigen Parteien schicken«, erklärte Elbert. »Er soll vorgeben, ein jämmerlicher Feigling zu sein, der um sein eigenes Leben fürchtet, und angeben, ich hätte ein geheimes Treffen einberufen, weil ich Beweise hätte, welche die Identität des Meuchelmörders enthüllten.«

»Und je nachdem, wer auftaucht, um uns zu töten, werden wir die Identität des Schweinehundes herausfinden!«, schrie Tarr. »Ein großartiger Plan. Einfach fantastisch!«

»So weit, so gut«, sagte Frayault, »aber was sollen wir tun, nachdem wir den Namen herausgefunden haben?«

»Ihr seid wirklich so langsam, wie Ihr ausseht, nicht wahr?«, fragte Fürst Grünmäntel. »Selbstverständlich schließen wir uns ihm an.«

In diesem Augenblick klopfte jemand an die Tür. Die Augen der sechs Fürsten schossen in die Richtung, und nur Elbert Rotbogen besaß genug Geistesgegenwart und schnarrte: »Wir wollten nicht gestört werden!«

»Ja, aber ihr habt nicht einen einzigen Humpen Bier bestellt«, antwortete der Inhaber der Taverne. »Wie soll ich für die Benutzung der Räume zahlen? Ihr müsst alle mindestens ein Getränk bestellen.«

Elbert schnaubte angewidert, dann schaute er die anderen an. »Was meint ihr? Ich jedenfalls bin durstig.«

Fürst Grünmäntel nickte und ging zur Tür.

»Eine kleine Erfrischung hat noch niemandem geschadet.«

Grünmäntel hatte kaum den unter den Riegel geschobenen Stuhl entfernt, als die Tür auch schon aufkrachte und die Hand eines Unbekannten etwas Kleines in den Raum warf.

Elbert Rotbogen fluchte und warf sich quer über den Tisch, um nach dem Ding zu greifen. Dann prasselte etwas, und plötzlich stank das Zimmer nach Öl und Schwefel.

Wieder fluchte Fürst Rotbogen, und dann flammte die Luft scharlachrot auf.

24

»Bleibt auseinander!«, schrien die Offiziere, während sie sich im Gehen umdrehten und die Purpurdrachen musterten, die hinter ihnen her trotteten. Sie gestikulierten mit den Schwertern in Richtung der Soldaten, die ihrer Ansicht nach zu dicht aufeinander folgten.

König Azoun musste beinahe lächeln. Es war ein halbes Jahrhundert vergangen, seit er zum ersten Mal bemerkt hatte, dass Offiziere es anscheinend lieben, mit den Schwertern zu fuchteln und mit ihnen auf ihre Männer zu zeigen. Vielleicht hielten manche ihre Schwerter blank und ungenutzt in dem ständigen Bemühen, den größten Effekt zu erzielen, sodass der Stahl glänzen und das Sonnenlicht höchst eindrucksvoll widerspiegeln würde, wenn sie schwungvolle Bewegungen damit ausführten. Die Kundschafter befanden sich ein gutes Stück voraus, und von Zeit zu Zeit ließen sie ihre Hörner erschallen, um vor einer heranrückenden Ork-Armee oder einer Goblin-Patrouille oder Voraustruppen zu warnen. Der Hörnerklang brachte oft Goblins zu dem Versuch, sich auf den Boden zu ducken und eine Gelegenheit abzuwarten, die Unvorsichtigen mit ihren Messern aufzuschlitzen, bevor sie auf die Füße sprangen und davoneilten. Aber die Signale brachten Orks immerhin dazu, sich unter gemurmelten Flüchen und vorsichtigen Warnungen zurückzuziehen. Diese Rückzüge führten unweigerlich zu immer größer werdenden Ork-Ansammlungen in den Hügeln vor ihnen, und früher oder später würde sich die Streitmacht des Königs einer Ork-Armee stellen müssen.

Azoun machte sich keine Sorgen, dass dies überraschend geschehen würde. Ein massiver Ork-Angriff würde sich ankündigen, dessen war er sich gewiss, und zwar durch das Erscheinen des Drachen – vielleicht begleitet von einem Sturzflug aus dem Himmel, um Männer auseinanderzureißen oder sie mit Feuer zu verbrennen. Es kam ihm nachgerade merkwürdig vor, dass der Lindwurm so lange nicht in der Luft erschienen war.

Wenn nur die Verwendung von Magie keine zum Angriff bereiten Gazneths herbeilockte! Wenn er nur die Kriegszauberer in der eigentlich vorgesehenen Weise einsetzen könnte, auf dass er erführe, wo der Drache sich befand und was er die ganze Zeit über trieb. Er mochte inzwischen Suzail Dach für Dach und Mauer für Mauer in Stücke zerfetzt oder die Hälfte der Schiffe versenkt haben, die im Hafen von Marsember vertäut lagen, oder …

Diese Gedanken, dieses Nichtwissen nagten allmählich an ihm. Azoun war über das Alter hinaus, wo ihn nichts beunruhigt hatte, und noch weiter von den Jahren entfernt, in denen er neue Herausforderungen jeder anhaltenden Notzeit vorgezogen hatte. Der Löwe war ungeduldiger geworden und ging früher zu Bett, ihn plagten zu oft Schmerzen, und er hieß das Bekannte willkommen.

Allmählich fühlte er sich wirklich alt.

Azoun beantwortete das Geschrei des nächsten Schwerthauptmanns mit einem wortlosen Knurren, das bewirkte, dass der Mann blinzelte, anschließend erbleichte und eine Art wirrer Entschuldigung murmelte. Azoun winkte mit einer Geste ab und ließ die Angelegenheit auf sich beruhen, ohne den Mann eines Blickes zu würdigen. Der König von Kormyr würde hier draußen mit dem Schwert in der Hand und weit weg von Filfaeril sterben. Sein Körper würde in den Hinterlanden seines Reiches erkalten, ohne jemals wieder den Thron zu erwärmen oder Jünglinge in prächtiger Kleidung dabei zu beobachten, wie sie die ersten ungeschickten Schritte bei Hofe unternahmen, nachdem sie vor ihrem König gekniet hatten.

In einem kurzen, klaren Augenblick, in dem er seinen Schwertgriff fest umklammerte und den Kopf hob, um über die endlosen Baumwipfel und die sich ebenso endlos erstreckenden violetten Hügel dahinter zu blicken, fühlte er eine gewisse Zufriedenheit mit all dem. Wenn er nur genug Magie ansammeln könnte, dass er und seine Fee sich ein letztes Mal in die Augen blicken und sich ein richtiges, für beide hörbares »Auf Wiedersehen« sagen könnten … dann wäre alles in Ordnung. Wahrhaftig.

Es würde ihm nichts mehr ausmachen, hier draußen zu sterben, wenn ihm denn der Tod bestimmt war.

Immerhin war dies der Weg des Löwen … eines alten Löwen, ob ihm das nun gefiel oder nicht.

Ein anderes Hornsignal erklang plötzlich von dem vor ihnen liegenden Berggipfel, und Azoun vergaß auf der Stelle alles, was er über den Tod und drohendes Verhängnis gedacht hatte. Das Signal teilte mit, dass freundlich gesonnene Truppen gesichtet worden seien. Es konnte sich nur um Alusair handeln und diejenigen ihrer Noblen Klingen, die sie hatte retten können.

Ein weiteres, entfernteres Horn antwortete hell und klar. Das musste Alusair selbst sein, die ihm mitteilte, dass sie in aller Hast und mit Feinden auf den Fersen herannahte. Überall um den König herum zogen Männer mit einer gewissen Art von Befriedigung ihre Schwerter oder überprüften ihre Dolche. Die Stahlprinzessin brachte immer entweder Schlachten oder Festlichkeiten mit, und diese Männer waren mit beidem zufrieden.

Bei den Verfolgern würde es sich um Orks handeln, daran bestand kein Zweifel, vielleicht in Begleitung des

Drachen. Wieder einmal war die Zeit gekommen, Kormyr zu retten.

»Man sollte meinen, dass ich nach all den Jahren gut darin wäre«, erzählte Azoun der leeren Luft, was mehr als einen der behelmten Köpfe um ihn herum dazu veranlasste, sich neugierig umzudrehen und dann sorgfältig bemüht in eine andere Richtung zu schauen. Man durfte den Wahnsinn seines Königs weder zugeben noch ermutigen, solange die Verzweiflung dies nicht erforderlich machte.

»Ich frage mich, ob ich verrückt geworden bin. Wenn ja, werden wir sehen. Ja, wir werden schon sehen …«

Im nächsten Augenblick sah er sie den Kamm des Hügels erklimmen. Alusairs Rüstung glänzte im Sonnenlicht, und ihr Haar umflutete ihre Schultern in der üblichen wirren Masse. Und wie immer trug sie keinen Helm – oder sie hatte ihn verloren. Die Stahlprinzessin schwenkte das Schwert, wie dies Azouns Offiziere zu tun pflegten, schrie Befehle, gab die Richtung an und trieb ihre Männer vorwärts wie jeder grimmige Schwerthauptmann.

Für eine vorgewarnte Armee wäre Besonnenheit angebracht gewesen, um eine starke Position zu wahren und auf den Feind zu warten, aber überall um Azoun herum rannten Männer schreiend und mit vor Aufregung lauten Stimmen nach vorn.

Die Stahlprinzessin hatte eine solche Wirkung auf die Männer von Kormyr, die in den Krieg zogen. Es schien so, als hätten die Götter sie in eine Flamme verwandelt, ein Leuchtfeuer, zu dem die Männer aufblicken konnten, um Trost daraus zu schöpfen – ein Leuchtfeuer, das jetzt auf ihn zueilte und die Arme weit ausbreitete, um ihn zu umarmen. In ihren Augen sah er ein Glitzern, das nur von Tränen stammen konnte. Azoun schoss der Gedanke durch den Kopf, dass er nicht mehr lange genug leben würde, um diese Tränen noch einmal zu sehen.

»Vater!«, schrie sie im Herannahen. »Bei den Göttern, es ist gut, Euch zu sehen!«

»All die alten Knochen und so weiter, was?«, antwortete Azoun und nahm sie in die Arme, und beider Brustpanzer krachten gegeneinander.

Ihre Arme waren stark, und die beiden wiegten sich für einen Augenblick hin und her wie zwei Bären, die einen schlurfenden Tanz vollführen. Dann löste sich eine lachende Alusair von ihm und schrie: »Genug! Ihr könnt mir immer noch die Rippen brechen. Ich gestehe Euch das zu, ohne einen Beweis dafür zu fordern!«

»Und Ihr, mein Mädchen«, murmelte Azoun, packte sie mit einem langen, beharrlichen Arm und zog sie so nahe an sich heran, dass sich ihre Gesichter fast berührten, »könnt immer noch die Herzen einer ganzen Armee von Soldaten bewegen. Die meine wird Euch binnen weniger Augenblicke folgen.«

»Das ist gut zu wissen«, erwiderte sie mit einer plötzlichen, ruhigen Ernsthaftigkeit, »denn ich scheine den größten Teil der meinen verloren zu haben.«

»Diese Last schwindet nie«, antwortete Azoun ebenso ruhig. »Man muss einfach wissen, dass man Leben opfert im Dienst einer guten Sache, und sich daran halten. Leben, die für die Sicherheit von Kormyr verloren werden, sind niemals verschwendet … obwohl ich nicht sagen kann, dass dies auch für jene gilt, die für eine königliche Torheit fallen.«

»Bin ich dessen jetzt schuldig?«, fragte Alusair und beäugte ihren Vater durch ihren Wust von Haaren. Zwar hatte eine trotzige Kopfbewegung ihre Worte begleitet, aber sie lauschte aufmerksam auf die Antwort ihres Vaters.

Azoun zögerte nicht, um seine Worte abzuwägen, denn hätte er dies getan, hätte er Alusair eine Stille geliefert, die sie mehr verdammte als jeder gesprochene Satz. »Die einzige Torheit, der wir uns beide schuldig gemacht haben, seit das gegenwärtige Übel unser Land befallen hat«, sagte er fest, »besteht darin, dass wir versucht haben, eine Armee aufzustellen, die unseren Feinden in strahlender und geordneter Aufstellung entgegentritt – wenn diese Feinde entweder vom Himmel niederschießen, um blutige Zerstörung über unsere geordneten Reihen zu bringen, oder vor uns über das ganze Land schwärmen und willkürlich Bauernhäuser niederbrennen.«

Alusair nickte so weise wie jeder der alten Kriegsveteranen, unter denen Azoun je gelernt hatte, und sagte: »Ich hoffe, das bedeutet, dass wir nicht versuchen werden, hundert Goblins gleichzeitig auf hundert Spuren nachzujagen – oder versuchen, einen Goblin-Trupp in einen geordneten Kampf hier oben in der Wildnis zu locken.«

»Ich wünschte nur, das wäre möglich«, erwiderte der König. »Selbst wenn wir es versuchten, könnten wir all die Orks und die Goblins niemals dazu bringen, uns auf einem Schlachtfeld entgegenzutreten – und deshalb kann ich auch nicht den Schlag führen, der beide demütigt.«

»Nun«, meinte seine Tochter trocken, »selbst wenn sich Euch diese Gelegenheit böte, *müsstet* Ihr sie ausschlagen.«

»Oh? Wie kommt das?«, fragte Azoun und neigte den Kopf ein wenig zur Seite. Diese seine Tochter klang mehr und mehr wie ein erfahrener alter Schlachtenlenker. Ihr nächster Satz würde ihm mitteilen, ob sie schon bereit war, die Rolle einer vertrauenswürdigen Anführerin zu übernehmen.

»Es würde sich um eine Falle handeln, die aufgestellt würde, um Euch in Euer Verhängnis zu locken«, versicherte ihm Alusair. »Um die versammelte Streitmacht von Kormyr hier draußen von Orks und Goblins sonder Zahl abschlachten zu lassen.«

Azoun runzelte die Stirn. »Ist unsere Lage so verzweifelt?«, fragte er, um seine Tochter weiter auf die Probe zu stellen.

»Vater, sie ist verzweifelt – und noch mehr«, erklärte die Stahlprinzessin. Sie machte zwei Schritte auf einen hohen Felsbrocken zu und sprang hinauf. Azoun verbarg ein Lächeln des Stolzes.

»Dort!«, knurrte Alusair und wies mit ihrem Schwert in eine Richtung. »Und dort!«

Ihr Vater schaute in die angegebenen Richtungen, wobei er wusste, was er dort sehen würde. Verstreute Gruppen von Goblins und Orks ohne Zahl eilten von allen Seiten auf die in Schlachtordnung aufgestellten Kormyraner zu. Die Orks strömten über Hügel und Felsausläufer wie Wassertropfen über ausgetrocknete Erde, und scheinbar zahllose dunkle Finger langten gierig nach menschlichem Leben – zunächst nur von drei Seiten, aber höchstwahrscheinlich bald von allen vieren. Wenn die Kormyraner nicht mit Windeseile von hier flohen, würden sie eingekesselt und umsonst getötet werden und das ganze Reich ohne Verteidigung gegen den Drachen und seine wütenden Geschöpfe lassen.

»Lasst die Hörner blasen«, sagte Azoun beinahe bitter. »Auf nach Arabel, obwohl ich allmählich Zweifel daran hege, ob dessen starke Mauern uns ausreichend beschirmen werden. Bei den Göttern, schaut sie Euch an!«

»Die Ballistas und die Katapulte auf den Mauern dort sollten ihre Reihen ein wenig ausdünnen«, mutmaßte Alusair, »obwohl ich glücklicher wäre, wenn wir ein Schwert gegen sie einsetzen könnten, das mit einem Hieb Tausende von ihnen töten würde. Es sind tatsächlich unglaublich viele, nicht wahr?«

Sie kaute nachdenklich an ihrer Unterlippe. »Keine Zeit, um Feuergräben auszuheben …«

»Und der Wassergraben«, ergänzte der König langsam, »ist noch nicht fertig gestellt, wenn ich mich recht an Dauneths letzten Bericht erinnere. Er ist noch trocken.«

»Ja … er müsste inzwischen eine Meile von den Mauern entfernt verlaufen«, murmelte Alusair. Ihre Blicke trafen sich, und sie verstanden sich auch ohne Worte.

Wenn die Orks zwischen dem Graben und einer eilends aufgestellten langen Reihe von Krügen voller Lampenöl und Zweigen eingeschlossen wären, man den Graben mit noch mehr Öl füllte und sowohl die Ölkrüge als auch den Graben mit brennenden Pfeilen anzünden könnte, dabei die Ballistas und die Katapulte auf den Platz dazwischen richtete, würde man Tausende von Orks umbringen können.

»Ihr schenkt Kriegs-Aufschneidereien zu viel Gehör, Vater«, seufzte Alusair, da sie wusste, dass es kaum so ordentlich und einfach sein konnte, wie die vorauseilenden Gedanken ihres Vaters dies vorsahen.

»Mit dem Schwert in der Hand habe ich so etwas für mehr Sommer getan, als Ihr am Leben seid«, rief ihr Azoun mit einem Grinsen im Gesicht ins Gedächtnis und schlug ihr spielerisch mit der flachen Seite seines Schwerts auf die gepanzerten Schultern.

Alusair verdrehte die Augen und bellte in einer Parodie bejahrter Schroffheit: »Ja, aber habt Ihr inzwischen auch gelernt, welches Ende Ihr festhalten müsst?«

Die Antwort des Königs bestand darin, dass er ihr einen nicht ernst gemeinten Stoß mit fraglicher Klinge verpasste. Ihre Blicke trafen sich, beide brachen gleichzeitig in Gekicher aus. Der König wandte sich zu seinem groß gewachsenen, mit gerunzelter Stirn dastehenden Bannerträger um und sagte: »Wir marschieren so schell wie möglich nach Arabel. Gebt den Befehl weiter.«

Die Hauptleute hatten offenkundig zugeschaut. Noch bevor der große Mann sich ganz hatte umdrehen können, erklangen Trompeten. Männer erhoben sich, packten ihre Bündel und ihre Waffen – außer jenen, die vorher unter der Stahlprinzessin gedient hatten. Sie schauten sie an und sahen genau das, was sie erwartet hatten. Sie hatte die Hand gehoben und gab das »Zu mir«-Zeichen, während sie zu der Stelle schritt, wo sich die Nachhut der Armee aufstellen würde.

Ruhig und ohne großes Aufsehen bewegten sich diese Männer in ihre Richtung. Alusair holte tief Luft und fragte sich, um wie viel länger sie dies noch tun würden.

25

Vangerdahast glich der sprichwörtlichen Fliege an der Wand in dem Kriegsraum der Goblins, wenn man einmal davon absah, dass er die Gestalt einer Mausohrenfledermaus angenommen hatte, genauer gesagt einer unsichtbaren, da ihm die seltsamen Essgewohnheiten seiner Verfolger im Gedächtnis geblieben waren.

Nach Nalavaras Verschwinden stand es ihm frei, alle Magie nach Belieben zu verwenden. Also hatte er eine lebendige Spinne aus der Küche und eine Prise Kohlenstaub aus den Kochherden dazu verwendet, einen Spinnen-Kletter-Zauber für sich selbst zu wirken.

Er hing recht bequem in einer hochgelegenen, stillen Ecke und schaute auf einen mit Sand bedeckten Tisch nieder, um welchen sich in Bronzerüstungen gehüllte Goblin-Generäle versammelt hatten. Am nächsten stand der Stuhl des Obersten Generals, dessen Lehne so hoch war, dass Vangerdahast den darauf sitzenden Grodd nicht sehen konnte. Am anderen Ende befand sich ein mit einem Stinktierfell bedeckter, noch höherer Stuhl, auf dem lediglich die Krone lag, die Nalavara ihm aufzudrängen versucht hatte.

Rowen befand sich nicht in dem Zimmer. Er hatte sich draußen in einem kleinen Hohlraum ganz oben im Goblin-Palast versteckt und ließ Regen auf zwei Legionen verwirrter Goblins niedertröpfeln, die sich auf dem großen Platz darunter versammelt hatten.

Ein besonders kleiner Goblin mit einem eisernen Brustpanzer erhob sich vom Stuhl des Obersten Generals und kletterte auf den Tisch.

Der Goblin – Vangerdahast vermochte immer noch nicht die männlichen von den weiblichen zu unterscheiden – kroch zur Mitte des Tisches, wo ein dünnes Lederband eine Art Muster aus Kieselsteinen einschloss, das eine unheimliche Ähnlichkeit mit dem Straßenplan von Arabel aufwies. Vier Bänder durchschnitten im rechten Winkel das Modell und stellten somit die Hauptstraßen dar, die sich in der Karawanenstadt trafen. In dem Abschnitt zwischen der Hochstraße und Calantars Weg hatte man sogar mit einem kleinen Bündel von Krähenfedern den Königswald im Südwesten der Stadt dargestellt.

Ein zweiter Goblin folgte dem Anführer zur Tischmitte, fischte zwei Hände voller toter Käfer aus seiner Gürteltasche und warf sie auf den Sand – eine Handvoll in den Abschnitt nordwestlich der Stadt und eine so, dass die Käfer aus dem Wald im Südwesten zu kommen schienen.

Während die anderen Goblins aufmerksam zuschauten, ordnete der Anführer sorgfältig beide Gruppen von Insekten in die dreifachen Reihen der kormyranischen Schweren Kompanie einschließlich der üblichen Anzahl von Kriegszauberern. Die Käferanführer beider Gruppen marschierten auf die Hochstraße im Westen von Arabel zu und schienen die Stadt zum Ziel zu haben.

Der Goblin wies auf die aus dem Norden kommende Käferkompanie. »Das ist die Legion der Stahlprinzessin.«

Nachdem er gewisse Stoffe in der Küche zu seinem Vorteil genutzt hatte, hatte Vangerdahast auch einen Sprachenzauber gewirkt, sodass er jetzt erkannte, dass es sich um Otka handelte, die Hochkonsulin der Grodd, die da gerade das Wort ergriffen hatte.

»Sie hat unseren Ork-Verbündeten nicht wenig Kummer gemacht.«

Otka wies auf die aus dem Süden kommende Kompanie. »Das ist die Legion des Königs.« Sie hielt die Hand nach hinten, und ihr Adjutant übergab ihr eine weitere Hand voll toter Käfer. Otka verteilte die Käfer sorgfältig in zwei Quadrate, die die Nachhut von Azouns Armee flankierten. »Die Legionen von Pepin und Rord haben ihn zurückgeschlagen, und die Nackten kontrollieren immer noch den Süden.«

Ein zorniges Rauschen erfüllte Vangerdahasts Fledermausohren. Dass er hier hilflos mit einer Bande von Goblins eingeschlossen sein sollte, die nach Belieben und ungehindert in seine Heimat eindrangen, erzürnte ihn über alle Maßen.

Wieder streckte Otka die Hand nach hinten. Der Adjutant übergab ihr Höhlen-Kakerlaken, die sie in einem unordentlichen Haufen hinter Alusairs Truppen legte. Wann immer sich einer der Käfer bewegte, weil er noch lebte, langte sie ärgerlich nach ihm und verschluckte ihn samt einer ganzen Menge Sand. Dann ordnete sie die anderen Kakerlaken und glättete sorgfältig den Untergrund.

Sobald sie ihre Arbeit beendet hatte, wandte sich ihr Adjutant einem anderen Adjutanten zu, der eine wunderschöne, an einem Draht befestigte rote Libelle zum Vorschein brachte. Beinahe ehrfürchtig präsentierte der Adjutant das Insekt Otka, die mit beiden Händen danach griff und den Draht vorsichtig in den Sand gleich neben der Hochstraße steckte. Jetzt schwebte die Libelle über der Stelle, wo sich die beiden Armeen treffen mussten.

»Die Spenderin hat sich den Orks angeschlossen, und die Stahlprinzessin muss sich in die große Festung an den vier Straßen zurückziehen.« Otka bohrte einen Finger in die große Palastanlage von Arabel, dann fügte sie hinzu: »Hier halten wir die Menschenwesen auf, bevor sie den Grodds das antun, was mit Kormanthor geschah. Hier bezahlen wir die Spenderin für all das, was sie uns gelehrt hat.«

Vangerdahast erwartete, Otka würde fortfahren, aber stattdessen nahm die einen Beutel voller getrockneter Ameisen entgegen und verteilte sie in den Straßen von Arabel. »Diesen Weg schlägt die Legion von Makr ein und füllt die östlichen Straßen mit Feuer und Tod. Diesen Weg schlagen die Legionen von Himil und Yoso und Pake ein, um die westlichen Tore einzunehmen, sodass die Orks eindringen können. Diesen Weg nimmt die Legion von Jaaf …«

Mit wachsendem Entsetzen lauschte Vangerdahast,

als Otka ihren Plan entwickelte, nicht nur die Armee von Kormyr auszulöschen, sondern zusätzlich auch noch die Stadt Arabel. Die Goblin-Anführerin brauchte nicht auszusprechen, was als Nächstes kommen würde. Ihre Legionen würden Kormyr überschwemmen, alle Menschen aus dem Land vertreiben und ihre Städte in rauchende Misthaufen verwandeln. Schattental und Sembia sowie die anderen Nachbarländer würden Truppen aussenden, um entweder Kormyr zu helfen oder sich selbst einen Bissen zu sichern. Aber so oder so würden sie zu spät kommen, ganz abgesehen von ihrer viel zu geringen Stärke. Zu dem Zeitpunkt, an dem ihre Truppen mobilisiert wären, würden die Grodds bereits all die entscheidenden Orte kontrollieren – den Gnoll-Pass, die Donnerspalte, Hochhorn, die Hafenstädte, Wheloon mit seiner wichtigen Brücke. Ihre Anzahl und ihre Organisation würden jeden erstaunen, und mit Nalavaras Unterstützung wäre das Königreich das ihre.

Vangerdahast lauschte aufmerksam, während Otka ihre Anweisungen herunterrasselte. Er versuchte, ein paar Hinweise darauf herauszuhören, wie die Anführerin mit den bereits nach Kormyr entsandten Legionen Verbindung aufnahm.

In der Hoffnung, Nalavaras Verschwinden habe vielleicht die wie auch immer geartete Magie aufgehoben, die ihn hier unten festhielt, hatte der Zauberer bereits versucht, einen Fernreise-Zauber zu wirken und sich nachhause zu befördern, aber all seine Bemühungen hatten lediglich zur Folge gehabt, dass er und Rowen etliche Stunden damit verbrachten, einander zu suchen. Auch mit seinen Verbindungszaubern hatte er Pech gehabt: Außer wenn er mit Rowen Verbindung aufnahm, hörte er nur das verrückte Rauschen leeren Raumes.

Und dennoch war Nalavara nach Kormyr gelangt, als er sie außer Existenz gewünscht hatte, und die Goblins konnten ebenso frei und ungehindert hin und her gehen wie Xanthon. Auch jetzt standen sie an der Grenze des schwarzen Abgrunds, wo der Drache sich aus dem Platz erhoben hatte. Sie hatten sich ordentlich ihren Rängen entsprechend aufgestellt und waren bereit, durch die Dunkelheit mitten in das Herz von Arabel zu schreiten.

Vangerdahast verfluchte sich selbst dafür, dass er nicht begriff, wie Nalavara ihn hier unten festgesetzt hatte, zusätzlich für seine Dummheit, sie auf Kormyr losgelassen zu haben. Tatsächlich hatte er alles vorausgesehen, was anschließend geschehen war. Hätte er seine Zunge in Zaum gehalten, hätte Nalavara Rowen zerstört und vielleicht auch ihn und das Zepter der Fürsten, und anschließend wäre sie in ihre eigene Zeit zurückgekehrt. Sein Wunsch hatte lediglich seine Hoffnung aufrechterhalten, und das war alles, was zu erreichen er erwartet hatte.

Während er also Otka beim Auslegen ihrer Ameisenlegionen beobachtete – er hatte inzwischen geschlossen, dass eine Ameise für eine Kohorte stand –, überlegte er, ob er den Wunsch noch einmal benutzen sollte. Wenn Nalavara nach Kormyr befördert worden war, als er sie außer Existenz gewünscht hatte, konnte der Magier den Wunsch vielleicht auch dazu nutzen, sich selbst außer Existenz zu wünschen. Von der Tatsache, dass Rowens perlschimmernde Augen ständig von dem Ring angezogen wurden, konnte er ableiten, dass der noch beachtliche Mengen Magie enthielt. Und es schien nur vernünftig, zu hoffen, dass eine Sache, die einmal funktioniert hatte, dies auch ein zweites Mal tun würde.

Anlass zur Sorge gab der Umstand, dass Wünsche von Natur aus vernünftig waren, ganz und gar vernünftig, und dadurch vollkommen unberechenbar.

Damit alle Welten im Gleichgewicht bleiben, muss ein gewisses Gleichgewicht für Wünsche gelten, sodass für den Fall, dass einem Wünschenden etwas gewährt wird, auch etwas entsteht, das er sich nicht gewünscht hat.

Wenn die Leute einfach nur herumlaufen und sich ohne jede Folgen alles Mögliche wünschen könnten, würden die vielen Welten schnell unstabil werden und außer Kontrolle treiben.

Indem er Nalavara außer Existenz gewünscht hatte, hatte er sie lediglich aus seiner unmittelbaren Umgebung entfernt und sie in eine andere befördert, wo er sie noch viel weniger zu sein wünschte. Aber die vielen Welten waren im Gleichgewicht geblieben.

Um sich selbst nach Kormyr zurückzuwünschen, musste er etwas wünschen, was er eigentlich nicht wollte, und hoffen, dass das, was er tatsächlich begehrte, als Ergebnis herauskam. Er musste sich selbst außer Existenz wünschen, aber seine Worte sorgfältig genug wählen, um seine Rückkehr in die Existenz in Kormyr sicherzustellen. Das würde selbstverständlich eine weitere Wirkung nach sich ziehen, denn das, was er wirklich wollte, wäre möglicherweise nicht so wichtig wie das, was er wirklich begehrte, sich aber nicht wünschte ...

Vangerdahast fühlte sich, als stünde er zwischen zwei Spiegeln und versuchte, die letzte Spiegelung zu finden, obwohl da gar keine war. Ganz gleichgültig, wie sorgfältig er seine Worte auch wählen mochte, würde er sein Leben aufs Spiel setzen. Selbst wenn er eine Möglichkeit zum Mogeln fand, würde er mit den vielen Welten selbst jonglieren. Das konnte er nicht tun, selbst nicht um der Rettung Kormyrs willen.

Otka hatte gerade die letzten Aufgaben benannt und wandte sich zu ihren Generälen um, da sie sie daran erinnern wollte, wie viel sie Nalavara schuldeten, die ihnen die Gabe des Eisens und der Zivilisation gebracht hatte – und alles, um was die Spenderin gebeten hatte, war, dass sie eines Tages ausziehen und die Verwüstungen durch die Menschen beenden sollten.

Während sie sprach, stellte Vangerdahast fest, dass er quer durch den Raum zu der Stelle starrte, wo die eiserne Krone auf dem leeren Stuhl lag wie auf einem Thron. Zweimal hatte ihm der Drache die Krone angeboten, und ebenso oft hatte er sie verweigert. Selbst wenn es ihn danach gelüstete, eine Nation von Goblins zu regieren – was er nicht wollte –, hatte er keinen Grund, dem Drachen zu trauen. Bei dem Angebot hatte es sich allem Anschein nach um einen Trick gehandelt, um ihn als Diener an Nalavara zu binden oder, was ihm wahrscheinlicher erschien, eine leere Versprechung, um den dunklen Ehrgeiz zu verspotten, der nach Ansicht von allen mit Ausnahme des Magiers selbst tief in seiner Seele lauerte. Er hatte die Krone als Gegenstand ohne Wert für irgendjemanden einschließlich ihm selbst zurückgewiesen – und trotzdem lag sie jetzt da auf dem leeren Ehrenplatz.

Für die Goblins besaß sie einen Wert.

Immer noch unsichtbar ließ sich Vangerdahast von der Decke fallen, breitete die Flügel aus und schwebte so dicht über Otkas Kopf hinweg, dass sie sich duckte und aufschrie, als er vorbeisauste. Die anderen Goblins blickten sie an, als sei sie wahnsinnig geworden, und sie schauten sich mit weit aufgerissenen Augen misstrauisch im Raum um.

Vangerdahast landete mitten auf der Sitzfläche des Stuhls und steckte die Flügelspitzen unter den Rand der Krone, dann verwandelte er sich in einen Menschen zurück. Falls die Goblins seine Verwandlung von einer unsichtbaren Fledermaus in einen ebenfalls unsichtbaren Mann bemerkt hatten, so ließen sie es sich nicht anmerken.

Der Zauberer saß auf dem Thronstuhl und hielt sich die eiserne Krone mit beiden Händen über den Kopf. Das Fürstenzepter, das bei seiner Verwandlung in Fledermausgestalt in seinen Körper hineingeschmolzen war, tauchte in seiner Ellbogenbeuge wieder auf – und fiel dann klappernd zu Boden.

Auf der Stelle blickten alle Goblins in seine Richtung.

Vangerdahast senkte die Krone auf seinen Kopf, dann ließ er den Unsichtbarkeits-Zauber vergehen und wies auf Otka.

»Nein!«

Selbst Otka schreckte vor dem Donnern seiner Stimme zurück. Vangerdahast nutzte die Gelegenheit, ein Stück gedrehten Pferdehaars – Goblin-Faden – und zwei winzige Goblin-Fingerhüte aus seiner Tasche zu ziehen. Er stellte sich Rowens dunkles Gesicht vor und murmelte einen kurzen Zauberbann. Sobald die perlfarbenen Augen des Kundschafters sich bewegten, sprach der Magier im Geist zu ihm.

Kommt schnell, kommt doch schnell. In den Schlachten-Raum, unten in …

Das war alles, was Vangerdahast denken konnte, bevor er spürte, dass der Zauber des Bannes in die Eisenkrone strömte. Er versuchte, sich seinen Schrecken – oder seine Verwirrung – nicht anmerken zu lassen, stand auf und zog ein Kügelchen aus rotem Glas aus dem Ärmel, das er von einer der Vogelscheuchen auf dem Goblin-Friedhof gepflückt hatte.

Mit seiner gebieterischsten Königlicher-Magier-Stimme sagte er wieder im Dialekt der Grodds: »Das soll nicht geschehen!«

Vangerdahast wies auf die Mitte des Tisches, warf gleichzeitig das Glaskügelchen auf das Modell der Stadt Arabel und zischte die Worte eines Blitz-Zaubers. Wieder verspürte er einen seltsamen, scheibenförmigen Sog von Energie aus der Mitte seines Kopfes in die Krone.

Der schwache Schein eines roten Blitzes prasselte von seiner Fingerspitze und raste auf die winzige Stadt zu. Obwohl dies kaum der Ehrfurcht gebietenden Demonstration glich, die er im Sinn gehabt hatte, reichte der Zauber aus, um die Goblin-Generäle zurückweichen und sich an die Wände pressen zu lassen.

Otka schien aber nicht so beeindruckt zu sein. Sie kniff die Augen zu Schlitzen zusammen, schaute Vangerdahast an und fragte: »Woher seid Ihr gekommen?«

Vangerdahast richtete sich zu seiner vollen Größe auf, stützte sich auf die Tischkante und antwortete: »Otka kennt den Eisernen nicht?«

Dies rief ein ungläubiges Murmeln seitens der Generäle hervor. Einige hoben die Arme, pressten die Handflächen vor ihren Gesichtern zusammen und senkten den Kopf. Andere griffen nach ihren Schwertern und blickten Otka an. Wieder verengte die Anführerin die Augen, bewegte sich dann vorwärts und bedeutete ihren Generälen, ihr zu folgen.

Als Königlicher Magier von Kormyr beherrschte Vangerdahast wie kaum ein lebender Mann die Kunst der Politik, was bedeuten sollte, dass er mehr darüber vergessen hatte, als die Hochkonsulin der Grodd je darüber gewusst hatte.

Er kannte sich ebenso gut aus, was den Wert von Symbolen betraf, sodass er, als die Zeit gekommen war, seine Rivalin auszuschalten, nicht mehr als einmal darüber nachzudenken brauchte, wie das geschehen sollte. Er zog lediglich eine Prise Eisenstaub aus seiner Tasche und warf ihn in Richtung Decke über Otkas Kopf, und zur gleichen Zeit sprach er die Worte für seinen Eisenwand-Bann aus.

Anstelle des Saugens, das er vorhin verspürt hatte, ließ das Entleeren der in der Krone aufgestauten Magie Vangerdahasts Kopf beinahe platzen.

Die Energie schoss durch ihn hindurch wie ein sengender Blitz und raste dann aus seiner Hand. Eine riesige Eisenplatte erschien unter der Decke, drückte die Wände auseinander und füllte den Raum mit dicken Staubwolken.

Otka blieb kaum die Zeit, nach oben zu blicken, bevor die Eisenplatte nach unten fiel. Sie zerquetschte nicht nur die Hochkonsulin, sondern auch die Generäle, die sich neben ihr vorwärtsbewegt hatten.

Vangerdahast schaute kaum hin, denn sein Kopf fühlte sich an, als hätte ihm die eiserne Krone den Schädel von den Schultern gerissen. Benommen, geblendet und von Übelkeit übermannt brach er schreiend auf dem Thron zusammen und versuchte, sich den glühend heißen Reif vom Kopf zu reißen.

Aber die Krone war zu eng. Er konnte weder die Finger unter den Rand schieben noch den Reif nach oben drücken, ganz zu schweigen davon, ihn unter seinen zusammengepressten Handflächen herumzudrehen. Das Ding hatte sich mit seinem Kopf verschmolzen, und nichts, was er tat, vermochte die Krone zu lockern.

Schließlich kühlte ein sanftes Tröpfeln seine Stirn bis zu einer nicht mehr fiebrigen Temperatur ab, und der Schmerz zog sich so weit zurück, dass Vangerdahast an etwas anderes als seinen schmerzenden Kopf denken konnte.

»Vangerdahast!«

Er schaute nach oben und erkannte Rowens dunkles Gesicht, das von einer vier Fuß dicken Eisenplatte auf ihn herunterblickte.

Neben dem Gazneth entdeckte er ein Dutzend Generäle, deren grünliche Gesichter einen kränklichen, safrangelben Ton angenommen hatten.

Ihre Eisenschwerter beließen sie in den Scheiden, und sie gaben sich alle Mühe, einen gehörigen Abstand zu dem Nackten einzuhalten.

»Nicht Vangerdahast, Ihr Narr!«, zischte der Magier und starrte unter seiner neuen Krone nach oben. »Der Eiserne.«

Er griff nach unten und hob das Zepter vom Boden neben dem Thron auf, dann benutzte er es als Stütze, um sich aufzurichten.

»König der Goblins.«

26

»Es spielt wirklich keine Rolle, was einer von uns wünscht, Dauneth«, knurrte Alusair und schlug mit der Faust hart auf den mit Landkarten bedeckten Tisch. »Diese Stadt wird fallen!«

Der Vogt warf einen ängstlichen Blick über die Schulter auf die geschlossenen Türen, da er wusste, dass zwei einheimische Soldaten auf der anderen Seite Wache standen. Er räusperte sich und bat sie mit einem Augenzwinkern zu schweigen.

Die Stahlprinzessin wies mit einer Kopfbewegung auf einen Wandbehang auf der anderen Seite des Zimmers. »Myrmeens Spion befindet sich dort drüben«, sagte sie trocken. »Ihre Ohren sind diejenigen, über die Ihr Euch Sorgen machen müsst.«

Dauneth zog vor Bitterkeit und Enttäuschung eine Grimasse. »Eure Majestät«, zischte er, »ich versuche, keine weitere Panik hervorzurufen!«

»Unsere Heilzauber hielten Myrmeen am Leben«, knurrte Alusair, »und verhinderten dadurch den Anlass für die schlimmste Panik, die ich mir vorstellen kann. Mit Ausnahme derjenigen, für die wir nicht genug Männer haben: nämlich die Orks daran zu hindern, durch unsere Straßen zu wüten! Bei den Göttern, Dauneth, wie könnt Ihr nur so dumm sein. Und wenn ich mir vorstelle, dass meine Mutter …«

»Tochter«, mischte sich Azoun in warnendem Ton ein. »*Genug.*«

Der König von Kormyr legte eine Hand auf Alusairs Arm und fügte hinzu: »Dauneth ist so treu ergeben und hilfreich, wie er nur kann.

Welche Pläne auch immer Eure Mutter im Hinblick auf Hochzeiten und Eure Schwester hegte, spielt hier keine Rolle. Nur um es noch einmal festzuhalten: Ich bin davon überzeugt, dass er Wunder gewirkt hat, als Myrmeen auf den Tod darniederlag und die Hälfte der alten Familien von Arabel versuchten, mit unseren besten Pferden und Wagen und berittenen Wachen zu fliehen, während die anderen ihn beschimpften, er hätte sie nicht ausreichend verteidigt, und sich gleichzeitig alle Mühe gaben, ihm Geld und Zugeständnisse abzuringen.

Man könnte beinahe annehmen, sie glaubten, die gegenwärtige Krise diene nur ihrem eigenen Wohl, und kein Offizier der Krone habe etwas Besseres zu tun, als ihnen sein Ohr zu leihen und ihnen sogar noch zu schmeicheln.

Er hat bislang noch nicht einen Bewohner von Arabel enthaupten lassen und auch keinen in Ketten gelegt – nicht einmal eine ihn anbrüllende Prinzessin. Tretet zurück und lasst den Mann seine Arbeit tun.«

Alusair antwortete mit einem vor Zorn flammenden Blick. Dauneth Marliir wandte sich eilig ab und heuchelte Interesse an dem nächstbesten Wandbehang, wobei er versuchte, das Zittern zu unterdrücken, das plötzlich seine Hände erfasst hatte.

Die letzten Tage waren ein Alptraum gewesen. Der Anblick von Orks, die in den Straßen wüteten, war beinahe so schlimm, wie Myrmeen Lhal anschauen zu müssen. Die Fürstin von Arabel hatte mit weißem Gesicht und dem Tode nahe auf einer Bahre gelegen, die man aus Schilden zusammengebaut hatte und die von ihrem Blut nur so troffen. Sie hatte Dutzende von Orks abgewehrt, bevor sie unter drei schwarzen, zuhackenden Schwertern gefallen war. Diese Schwerter hatten ein grausames Werk vollbracht, bevor die nächsten Purpurdrachen sich zu ihr durchzukämpfen vermochten … oder zu dem, was von ihr übrig geblieben war.

»Vater«, sagte Alusair schließlich, und ihre Stimme bebte vor Zorn, »lasst mich nur eines sagen …«

»Nein«, erwiderte der König trocken. »Worte, die ausgesprochen wurden, können nicht ungeschehen gemacht werden. Uns fehlt gerade jetzt die Zeit für Alusairs Temperament, ebenso wie wir keine Zeit auf andere Dinge verwenden können. Quält meine Ohren später, Mädchen, aber seid jetzt vernünftig, vorsichtig und ruhig, so wie ich Euch immer in der Schlacht erlebe.«

Alusairs ersticktes Keuchen glich beinahe einem Schluchzen.

»Teilt Euer Wissen mit mir«, fuhr Azoun fort. »Ihr allein wisst, welche Eurer Männer wir am besten verwenden können, um diese Straße hier zu verteidigen oder jenen Abschnitt der Wehrgänge dort drüben. Ich muss wissen, wer zu den heldenhaften Heißspornen zählt, auf dass ich Leben in Straßenkämpfen wegwerfen kann. Und ich will wissen, wer die Verwundeten versorgen oder sich an die Wassereimer erinnern kann oder wie man voraussieht, wo die Orks sich heranschleichen werden. Versteht Ihr mich, Mädchen?«

Dauneth ballte die Fäuste, bis die Knöchel weiß hervortraten, und wünschte sich weit weg. Die Stille dehnte sich immer länger aus – bis sie endete, bemerkte er nicht, dass er den Atem anhielt –, bevor Alusair ruhig und beinahe sanftmütig antwortete: »Sehr gut. Ihr habt Recht, Vater. Dreht Euch herum, Dauneth, und helft uns mit diesen Landkarten.«

Der Hochvogt der Östlichen Marschen pflückte im Herumdrehen einen alten Streitkolben und einen noch älteren Schild von der Wand. Beinahe jeder der Räume in den älteren Teilen der Zitadelle barg Dutzende solcher Relikte, wenn nicht sogar mehr. Er hob den Schild, präsentierte den Streitkolben der Prinzessin und sagte leise: »Wenn Ihr Euch besser fühlt, nachdem Ihr jemanden geschlagen habt ....«

Alusairs Augen wurden groß, und etwas wie wilde Schadenfreude erschien in ihrem Blick. Sie nahm den Streitkolben, und dann warf die Stahlprinzessin zu Dauneths Überraschung den Kopf in den Nacken und lachte so laut und so herzlich wie irgendeiner ihrer Krieger. Dauneth stand für einen Augenblick verwirrt da, bemerkte das Lächeln, das auf Azouns Gesicht erschien, dann drückte ihm Alusair den Streitkolben sanft in die ausgestreckten Hände.

»Gut gemacht, Vogt«, sagte sie mit einem schiefen Grinsen. »Dumm seid Ihr mit Sicherheit nicht.« Sie seufzte und fügte hinzu: »Aber Arabel ist immer noch dem Untergang geweiht.«

»Eure Hoheit«, murmelte Dauneth und vollführte eine höfische halbe Verbeugung, »Eure Beredtheit hat mich so gut wie überzeugt.«

Dieses Mal schnaubte Azoun vor unfreiwilliger Fröhlichkeit. »Genug des Spaßes«, grollte er einen Augenblick später. »Dort draußen sterben Purpurdrachen.« Er schritt zu der verbarrikadierten Tür, die sich auf einen Balkon öffnete, und schob den Riegel zur Seite.

»Aber die Landkarten?«, fragte Alusair und runzelte die Stirn.

»Ich bin für den Augenblick mit den Landkarten durch«, erwiderte der König knapp und legte die Hände auf den großen Riegel aus Schmiedeeisen.

»Eure Majestät!«, schrie Dauneth, um den König zu warnen. »Wenn dort draußen Gazneths auf uns warten …«

»Ich glaube, inzwischen würde ich einen Gazneth willkommen heißen«, knurrte Azoun über die Schulter, während er die Türflügel weit aufriss.

Nichts Dunkles, Mächtiges flatterte auf ihn zu oder langte mit seinen Krallen nach einem von ihnen, als der König von Kormyr hinaus auf den alten steinernen Balkon trat und grimmig über die Karawanenstadt blickte.

Der Balkon befand sich hoch in der Westwand der Zitadelle. Von dem Bauwerk bis zum westlichen Ende der Stadt war Arabel entweder ein Schlachtfeld oder bereits in den Händen der Orks.

Orkisches Brüllen und Heulen erhob sich über die Klageliedern ähnelnden Trommelschläge, welche die Orks überall in den Krieg begleiteten. Das stetige Dröhnen konnte man sogar über das Brüllen der Flammen der schlimmsten

Feuersbrünste vernehmen, über das Klirren und Klappern von Stahl, als die Purpurdrachen tapfer versuchten, Haus für Haus zu verteidigen. Genauer gesagt, sich kämpfend zurückzogen.

Rauch hing schwer über der Stadt. Vielleicht hielt er ja den Drachen fern. Wenigstens dafür schuldeten sie der Dummheit der Orks Dank, die immer das Bedürfnis zu verspüren schienen, sofort nach dem Vergnügen des Zerstörens und Plünderns Brände zu legen.

Die Orks wogten in Wellen heran.

»Bei den Göttern«, stöhnte Dauneth, der sich inzwischen neben den König gestellt hatte. »Nimmt es denn gar kein Ende mit ihnen?«

»Das ist immer die Schwierigkeit mit der Goblin-Art«, erwiderte Azoun mit düsterem Spott. »Eure Schreiber sind viel zu sehr damit beschäftigt, zu kämpfen und zu sterben, anstatt ordentliche Zahlen aufzuschreiben. Nachher spielt es selbstverständlich keine Rolle mehr.«

»Ich finde das anfeuernd«, meinte Alusair bitter und umklammerte das steinerne Geländer des Balkons, als handele es sich um die Kehle eines schreienden Orks. »Es bewirkt, dass ich mir wünsche, nach unten zu laufen und zu töten!« Sie drehte den Kopf herum, um ihren Vater scharf anzusehen. Ihr Haar floss über das Geländer, und für einen Augenblick sah sie aus wie ein junges Mädchen, das versucht, verführerisch zu wirken. »Warum also stehen wir eigentlich hier, wo wir unten doch viel nützlicher sein könnten?«

»Vorsicht«, sagte Azoun in rügendem Ton, dann warf er den Kopf in den Nacken und holte tief Luft.

»Dauneth«, erklärte er in Richtung der dunklen, tröpfelnden, vom darüberliegenden Balkon gebildeten Decke, »meint Ihr, dass Arabel verloren ist?«

Der Vogt der Östlichen Marschen warf einen bedauernden Blick über das Geländer und antwortete dann fest: »Majestät, das tue ich.«

»Dann müssen wir überlegen, wie wir unsere Leute

so sicher wie möglich hier hinausbekommen. Und zwar nach Süden, so oder so, und ich hasse den Gedanken an lange Reihen dahintrottender Leute, die die Straße entlangziehen. Selbst wenn wir Männer entbehren könnten, die Flüchtlinge zu führen, zu ernähren und zu schützen, kommt mir nichts als der Drache in den Sinn, wie er ungehindert niederschwebt, sich auf sie stürzt, sie zerreißt und sich auf ihnen herumwälzt und … mit ihnen *spielt* … sie dazu zwingt, weiterzumachen, ihn einzeln oder zu zweit zu bekämpfen – und einzeln oder zu zweit zu sterben.«

Dauneth nickte grimmig. »Und jetzt?«, flüsterte er beinahe.

»Ich habe inzwischen eine ungefähre Vorstellung davon, wie viele Menschen wir hier verteidigen«, sagte der König und wies nach unten auf die Familien, die sich am Tag zuvor und an diesem Morgen in der Zitadelle eingefunden hatten, »und ich glaube, wir können sie in der Purpurdrachen-Zitadelle in Suzail unterbringen, außerdem im Palast, falls das nötig sein sollte. Wenigstens die Frauen und Kinder. Jeder darf eine tragbare Kiste für die Familienschätze mit sich führen, und unsere ältesten Krieger sollen sie begleiten. Die Männer und Knaben, die es nach Blut gelüstet, können hierbleiben und an der Seite unserer restlichen Männer kämpfen.«

»Ihr denkt an eine Art Bann, um die Leute von hier nach da zu schaffen«, murmelte Alusair. »Darf ich Euch daran erinnern, dass jede Form von Zauberei die Magie trinkenden Gazneths in Windeseile hierher bringen wird?«

Azoun presste die Kiefer zusammen, und Alusair musste unwillkürlich an ein gezücktes Schwert denken.

»Ich stelle mir vor, dass die Kriegszauberer des Reichs den mächtigsten Zauber aller Zeiten wirken, weil das Reich ihn dringend braucht«, antwortete er kurz und knapp. »Wir sehen einem feindlichen Angriff entgegen wie jeder Krieger, dem nicht die Hoffnung bleibt, jemals einen Zauberbann wirken zu können … wir springen ein, um die Magie am

Leben zu erhalten, wenn ein Zauberer-Kamerad erschöpft zu Boden fällt ... wo ist da der Unterschied? Ein Portal wie das der Magier aus uralten Zeiten, ein Tor in einer Zitadelle, das sich in eine Tür in der anderen öffnet, sodass alle Einwohner von Arabel hindurchgehen können ... das ist es, was wir brauchen. Ein einfacher Schritt, der sie von hier nach Suzail bringt und all die Meilen überwindet, die dazwischenliegen, ist das, was sie retten könnte.«

Dauneths Augen wurden groß, aber der Blick des Königs wich nicht von dem Blutbad in den Straßen, und er umklammerte mit fester Hand den Griff seines Schwerts.

»Und wenn die Gazneths kommen«, fügte er grimmig hinzu, »dann müssen wir einfach mit ihnen fertig werden. Wir werden sie unter Eisen zerschmettern, sie mit Eisenklingen in Stücke hacken ... was auch immer notwendig sein mag.«

Dauneth hüpfte das Herz, als er den Entschluss des Königs vernahm und seine aufrüttelnden Worte hörte, aber er musste einfach eine Frage stellen. »Und wenn wir sie nicht aufhalten können?«

»Dann«, sagte Azoun leise und schaute den Vogt mit einem feurigen Ausdruck in den Augen an, »wird der stärkste Purpurdrache von einem menschlichen Schild umgeben am Tor stehen, um die Gazneths abzuhalten, während wir versuchen, die Frauen fortzuschaffen. Sie sind die Zukunft des Reichs. Unsere Kriegszauberer werden sich verteilen und nach Wassertief, Schattental, Silbermond, Berdusk und, bei den Göttern, Halruaa eilen – wo auch immer sie mächtige Magier finden können, die sich bereit erklären, im Gegenzug für einen guten Anteil an unserer Schatzkammer zu helfen. Immerhin wird kein Zauberer mehr sicher sein, wenn es uns nicht gelingt, die Gazneths aufzuhalten – nirgendwo in ganz Faerun.«

Dauneth erschauerte. »Ihr würdet das wirklich tun?«

Azoun hob die Hände. »Seht Ihr eine andere Möglichkeit?«

Er ließ zu, dass das Schweigen sich ausdehnte – ein Schweigen, währenddessen der Vogt dreimal den Mund öffnete, um zu sprechen, dann die Stirn runzelte und ihn wieder schloss. Eine Stille, die nur von den langen, verzweifelten Schreien aus den Straßen unter ihnen unterbrochen wurde und einem schrecklichen Krachen, als Flammen die Stützbalken auffraßen, die drei Stockwerke über einem Laden in sich zusammenstürzten und donnernd auf die Straße fielen.

Alle drei der auf dem Balkon Versammelten wandten den Kopf und beobachteten die ersten Flammen, die aus den großen, bogenförmigen Fenstern des nahen Palastes loderten und wie dunkle Zungen über den üppig gemeißelten Stein leckten.

Azoun sah zu, wie die erste der bemalten Glasscheiben in geschmolzenen Tropfen hinaus auf die Straße explodierte, bevor er besorgt fortfuhr: »Das bedeutet es, König zu sein. Ihr könntet dem rebellischeren Teil eurer Verwandtschaft davon berichten.«

Ein dünnes Lächeln erschien auf dem Gesicht des Königs, und dann fügte er beinahe spielerisch hinzu: »Eines Tages, wenn wir alle genug Zeit für solche Dinge haben.«

»Jetzt!«, brüllte ein Lanzenhauptmann mit stachligem Schnurrbart, und seine Augen musterten die dunkle Gestalt des Drachens, der durch den Rauch schwebte.

Die Katapulte lösten sich mit dumpfen Schlägen, und ihr Wackeln ließ die Wehrgänge beben, als sie sich ihrer steinernen Last entledigten.

Die meisten Geschosse waren zu kurz gezielt und gingen in der in Ruinen liegenden westlichen Stadt nieder, aber ein paar trafen ihr Ziel.

Nalavara die Rote drehte zornig ab und verschwand hinter dem Rauch.

»*Dreht* diese Räder!«, grölte der Lanzenhauptmann. »Sie wird zurückkommen, und wir werden ganz schön blöde aussehen, wenn sie einfach so herunterfliegen und Hundefutter aus uns machen kann. Stürzt euch auf die Räder, Jungs!«

Die schwitzenden Mannschaften schwärmten auf die Katapulte, auf ihren nackten Armen und Rücken zeichneten sich dicke, feucht glänzende Muskelstränge ab, aber Alusair wandte sich ab. »Die Katapulte werden die Gazneths nicht erreichen«, knurrte sie. »Zu langsam – und vielleicht selbst dann keine ernsthafte Gefahr für sie, wenn sie eine Ladung mitten ins Gesicht bekommen.«

»Wir sind für sie bereit, Hoheit«, versicherte ihr ein Zauberer mit ernstem Gesicht. »Alle von uns sind bereit.«

»Oh?«, machte die Stahlprinzessin und wirbelte zu ihm herum. Sie stützte eine in einem Panzerhandschuh steckende Faust in die Hüfte, in der anderen hielt sie ein Kriegsschwert. Sie wirkte, als jucke es sie in den Fingern, es zu benutzen. »Und wie genau wollt Ihr mit ihnen umspringen, werter Zauberer? Sie werden Eure Magie auffressen wie ein Wolf, der ein Kaninchen verschlingt.«

»Wenn Eure Hoheit so freundlich sein möchte, dort hinüberzuschauen«, mischte sich ein älterer Magier ruhig ein, »dort öffnet sich nämlich gerade ein Tor. Die Gazneths werden bald genug hier sein.«

Alusair schaute ihn an, hob die Augenbrauen angesichts seines zuversichtlichen Tons ... und dann fiel ihr Blick auf das ergrauende Ende seines Bartes. Seine Finger hatten sich darin verkrallt, und er zwirbelte Strähnen, die bereits so verfilzt waren, dass man den größten Teil des Bartes würde abschneiden müssen, um die Finger daraus zu befreien.

»Ich bleibe hier«, sagte sie leise, »und mache mich so nützlich wie nur möglich.«

Ein unirdischer Schrei schallte vom nächsten Lüftungsschacht irgendwo in der Zitadelle unter ihnen herauf, und die Stahlprinzessin wirbelte herum. »Was bei all den wartenden Höllen war *das*?«

»Das«, antwortete der ältere Magier mit einem Ausdruck

in der Stimme, der beinahe Zufriedenheit glich, »ist der Schmerzensschrei der Edlen Zauberin, die das Zaubertor öffnet.«

»Sie fangen an«, murmelte der Schwerthauptmann unnötigerweise und leckte sich über die Lippen.

»Stellt euch gegen die Wand«, knurrte der alte Offizier, »wohin zu stellen sie uns befohlen hat – ganz gleich, was ihr zu Gesicht bekommt. Gebt Acht und seid still. Gebt den Befehl weiter.«

Es handelte sich um eine klare Anweisung, also wurde der Befehl weitergegeben, obgleich dies unnötig war. Wenn man den Zauberern Glauben schenkte, sollte sich hier in Suzail eine magische Tür öffnen – in der offenen Fläche gleich vor ihnen –, und das Volk von Arabel würde aus der belagerten Stadt fliehen und in diese Halle strömen. Die hier wartenden Krieger sollten dann durch das Tor nach Arabel treten und notfalls ihre Schwerter einsetzen, um auch den letzten Bürger herauszuschaffen.

Die Augen eines jeden Mannes waren auf die beiden Frauen gerichtet, die allein in der Mitte der riesigen Haupthalle standen. Die Edle Laspeera und die Zauberin Valantha Schimmerstern hatten zunächst ruhig damit begonnen, sich ihrer Kleidung zu entledigen.

Nackt standen die schlanken Frauen jetzt da, eine jede auf einer Seite eines glühenden, pulsierenden Ovals von Zauberlicht, dessen blauweißer Schimmer um ihre Knöchel zu pochen schien, als sie die geöffneten Hände erhoben. Mit kleinen silbernen Dolchen schlitzten sie schweigend ihre Handflächen auf.

Beide Magierinnen warfen die Dolche so wild von sich, wie ein zorniger Mann einen Kelch wegschleudert, und wandten sich einander zu. Aus dem zu Boden tropfenden Blut erwuchs brüllendes weißes Feuer.

Das Feuer loderte auch aus ihren Mündern, als sie stöhnten, schluchzten und dann zu wehklagen begannen. Ihr langsam ansteigendes Geheul wurde zu Schmerzensschreien, als das Feuer über den Abstand zwischen ihnen sprang und zu blauweißen Blitzen anwuchs.

»Bei den Göttern«, keuchte der Schwerthauptmann heiser, als knurrende Blitze von Fingerspitzen zu Schenkeln und dann zu Brüsten hüpften. Die beiden Zauberinnen bebten, ihr Fleisch schien sich plötzlich zu wellen und hin und her zu flattern, als zerrten Stürme daran, die niemand zu sehen vermochte.

Und während die Krieger mit zusammengekniffenen Augen zuschauten, wurde das Zauberlicht zwischen den beiden kämpfenden Zauberinnen beinahe blendend hell.

Lichtblitze stachen plötzlich aus einem sich in der Mitte der Halle formenden Stern, rasten auf den Ring aus nackten Kriegszauberern zu, die so nahe bei den Wänden saßen, dass die zusammengeduckten Soldaten sie beinahe hätten berühren können, sofern das einer unter ihnen gewagt hätte.

Die Kriegszauberer hatten die Kleidung abgelegt, weil sie ihre verzauberten Gewänder samt ebensolchem Zierrat vor dem rasenden Feuer mächtiger Magie bewahren wollten, die hier gewirkt wurde. Ihnen hatten weit weniger Blicke gegolten als den beiden Frauen in der Mitte der Halle.

Um den Ring herum keuchten und wankten fette, haarige Männer und schmalbrüstige, bärtige Jünglinge gleichermaßen, als die Magie an ihrer Lebenskraft zerrte und das Feuer ihrer Leben aufrief, um zu schaffen, was notwendig war.

Ihre Schmerzensschreie mischten sich in die jetzt laut werdenden Angstschreie, und als Echo erklang das Keuchen der Krieger ringsumher an den Wänden, denn aus dem Licht formte sich plötzlich ein Ring.

Der Ring raste irgendwo hin, wurde zum Ende eines Tunnels, und Laspeera Inthré warf unvermittelt den Kopf nach hinten und schluchzte: »Durndurve – *haltet mich fest*! Ich ertrage den Schmerz nicht mehr!«

Sie sahen, wie sich ihr Bild über den glühenden Ring erhob, eine große und geisterhafte Spiegelung der Magie. Ringe aus Blitzen rasten ihre zuckenden Arme hinauf und wieder herab. Ihr vorher gebundenes, lockiges Haar wogte jetzt wild und ungebändigt um ihren Kopf, leckte um ihre Schultern wie dunkle Flammen, und sie warf den Kopf zurück und weinte. Flammen schossen aus ihren Augenhöhlen, als Valanthas geisterhaftes, ebenfalls vor Schmerz verzerrtes Gesicht erschien und die Zauberin zwischen zusammengebissenen Zähnen hindurch knurrte: »Haltet durch, Edle! *Haltet durch!*«

Plötzlich erschauerte Laspeeras Körper und schien zu taumeln – nur um sich langsam und anmutig wieder zu erheben wie ein Schössling, den ein Waldhüter aufgerichtet hat.

»Edle«, sprach die Stimme eines Mannes anscheinend aus ihrer Stirn. »Ich bin hier. Ihr habt mich in Arabel erreicht. Ihr lasst uns alle große Ehre widerfahren.«

Ein schiefes Lächeln breitete sich langsam auf Laspeeras Gesicht aus, als der Schmerz verschwand. Sie seufzte, und die Blitze lösten sich plötzlich aus ihrer wild wirbelnden Spirale und ringelten sich um ihre Brüste.

»Wir sind durchgestoßen«, keuchte sie. »Jetzt fängt die wahre Prüfung an.«

Die Krieger packten ihre Waffen und schauten durch die immer noch wirbelnde sternenhelle Pracht von Magie auf den Ring für den Fall, dass das, was durchkam, ein Feind war.

Sie erblickten einen bewaffneten, grimmig dreinschauenden Mann mit einem Purpurdrachen auf dem Brustpanzer, der sie über sein eigenes gezücktes Schwert hinweg anstarrte. Ihm folgte eine Frau mit weit aufgerissenen Augen, die ein kleines Kind an die Brust drückte, und dahinter sahen sie weitere behelmte Köpfe und verwundert dreinschauende Frauen. Sie standen in einem Raum, den einige der Krieger als eine Kammer in Arabel erkannten.

»Bei den Göttern«, sagte ein Schwerthauptmann mit tränenerstickter Stimme, »sie haben es geschafft!«

»Für Kormyr!«, rief der erste Mann in Rüstung und hob ungeachtet der Blitze, die sich vom Tor lösten und die Klinge hinauf- und hinunterzischten, sein Schwert.

»Für Kormyr!«, antwortete es aus hundert Kehlen. Männer eilten vorwärts, als hätte ein Fest begonnen.

In gewisser Weise war das auch der Fall …

»Jetzt!«, befahl der Kriegszauberer, und Magier an der ganzen Mauer entlang griffen sich an die Stirn und schrien vor Schmerz. Plötzlich befand sich ein Felsblock über dem niederschwebenden Gazneth – und einen Augenblick darauf ein zweiter unter dem Phantom.

Als ein dunkler Kopf sich wegen des plötzlichen Mangels an Sonnenlicht verwirrt nach oben drehte, brüllte ein Kriegszauberer vor Schmerz auf und fiel schwer auf die Knie. Die beiden Felsbrocken schienen nachgerade aufeinander zuzuspringen.

Es gab ein feuchtes Geräusch, und Magier überall auf den Zinnen taumelten und fielen. Die Felsbrocken stürzten sofort außer Sicht und prallten mit einem lauten Krachen auf den von Ork wimmelnden Platz weiter unten.

»Eindrucksvoll«, murmelte Alusair und rappelte sich auf, denn der Aufprall hatte sie von den Füßen gerissen. »Aber schaut nur! Dort kommt ein anderer!«

Der alte Kriegszauberer neben ihr hielt sich nicht damit auf, sich von allen vieren zu erheben. Er senkte lediglich den Kopf, brummte ein paar unverständliche Worte, und in der Luft erschien etwas, das dem größten Teil eines umgestürzten Stadthauses glich. Es krachte in den zweiten Gazneth und wirbelte das hilflose, zerknitterte und zerbrochene Phantom seitwärts durch die Luft in das nächste noch stehende Gebäude.

Der Aufprall ließ die Zitadelle erbeben, und das Haus in der Luft löste sich in kleinere Stücke und Schutt auf. Von dem Gazneth blieb nur ein blutiger Streifen auf den geborstenen, hin und her schwankenden Mauern des getroffenen Gebäudes zurück. Das Haus stöhnte wie ein alter Mann und fiel dann mit einem leisen Seufzen in einer Staubwolke in sich zusammen.

»Wir können die Gazneths auf diese Weise nicht töten«, keuchte der Kriegszauberer, »aber wir können sie ohne jeden Zweifel aufhalten.«

Alusair blickte auf den sich von dem Platz unter ihr erhebenden Staub und die unter den zerstreuten Steinen halb zerquetschten, schreienden Orks und fand nicht die geringste Spur von dunklen Flügeln. »Ihr stellt meine Hochachtung für Zauberer wieder her, fürchte ich«, erklärte sie laut.

Der alte Magier grinste. »Stellt Euch vor, wir wären große Krieger, die Offizieren Frechheiten sagen«, meinte er mit immer noch von Schmerz verzerrter Stimme, »dann könntet Ihr vielleicht noch lernen, einigermaßen leicht mit uns zu arbeiten.«

Alusair schüttelte amüsiert den Kopf, dann fragte sie in gespielter Verzweiflung den mit Rauch gefüllten Himmel: »Musste ich eine Stadt verlieren, um das zu erfahren?«

»Nun«, ächzte der Zauberer, während sein Blick den Himmel nach weiteren Gazneths absuchte, »Ihr hättet Vangerdahast ein wenig genauer zuhören können.«

Alusair schaute ihn mit süßlichem Lächeln an, dann stieß sie eine Folge solch farbiger Flüche aus, dass der alte Zauberer zusammenzuckte und den Kopf abwandte.

In diesem Augenblick brach ein weiterer Gazneth aus dem Rauch.

Guldrin Hartburg schrie, als die gebogene Ork-Klinge unter der rechten Achselhöhle seine prächtige Rüstung durchdrang, nach oben und aus seiner Kehle hinausfuhr – dann gurgelte sein eigenes Blut so rasch hervor, dass er nicht mehr schreien konnte.

Würgend und in dem Wissen, dem Untergang geweiht zu sein, kämpfte er darum, seinen Bruder zu warnen. Er empfand maßlosen Zorn darüber, hier draußen sterben zu müssen, ohne Lobpreis und ohne die Möglichkeit, das Hartburg-Anwesen als sein eigenes zu beanspruchen und bei Hofe zu erscheinen als …

»Rathtar!«, gurgelte er mit dem letzten Rest von Luft in seinen Lungen. *»Rathtarrr!«*

Er hatte nie zuvor solchen Schmerz verspürt – ein Übelkeit erregendes, reißendes Brennen, das sogar das Feuer seines Zorns besiegte. Es zog an seinen Eingeweiden, es …

Er hackte und trat und schrie vor Qual angesichts dessen, was das Brennen ihm antat. Sein Gebrüll übertönte sogar das Schreien des Ork, den er gerade niedergehauen hatte … seines Mörders, der nun ebenso sicher starb wie er. Rotäugig, rasend … und vergehend, vergehend in einem tief purpurfarbenen Nebel …

»Sterbt, Orks!«, donnerte die Stahlprinzessin, und ihre Stimme klang so rau und tief wie die eines Mannes. Ihr Schwert und ihr Dolch troffen vor schwarzem Ork-Blut.

Sie schien überall gleichzeitig zu sein, ihre Klinge schoss wie ein Reißzahn über die Schulter dieses fluchenden, taumelnden Purpurdrachen und jenes blutgetränkten, erschöpften Mannes aus Arabel. Wo auch immer sie mit hinter ihr her wehenden Haaren erschien, jubelten die Männer und hackten und schlitzten mit neu erwachter Kraft weiter zu.

Es war harte Arbeit gewesen, sich den Weg aus Arabel Schritt für blutigen Schritt hinauszukämpfen, denn überall um sie herum brüllten Orks, und der Drache schoss immer wieder nieder, um Flammen zu speien oder einfach mit den Krallen Köpfe abzureißen. Das Untier schwebte so dicht über die Männer hinweg, dass der Wind seiner Flügel die Männer ins Taumeln brachte oder sie mit dem Gesicht voraus von den Füßen riss, sodass sie in die vor ihnen her Stolpernden fielen.

Der König befand sich in ihrer Mitte, und sein Vogt führte die Männer und Frauen von Arabel. Viele unter den Flüchtlingen hatten sich bereit erklärt, verwundete Kameraden zu tragen oder erschöpfte Kriegszauberer, die daran gearbeitet hatten, das magische Portal offen zu halten, das so vielen der Bürger von Arabel den Weg in die Sicherheit ermöglicht hatte. Viele der Flüchtlinge zitterten vor Angst, und nur die Banne der sie begleitenden, ebenfalls von Furcht gepackten Magier mit den grimmigen Gesichtern hielt sie davon ab, schreiend zusammenzubrechen.

Denn der Drachen wendete wieder und wieder, um erneut über die Kormyraner zu fliegen.

Alusair knurrte, als sie sah, wie eine schwarze Ork-Klinge aus der Rüstung eines Purpurdrachen vor ihr barst. Als der Mann schluchzte und umzukippen begann, sprang sie hinter seinen Rücken und blockierte die Schwertspitze, die seinen Brustkorb durchbohrt hatte, mit dem Fuß. Die Stiefelspitze auf seinen Gürtel stemmend, richtete sie sich hoch genug auf, um über ihn hinweg zustechen zu können, packte ihre Klinge mit beiden Händen und bohrte sie in die Kehle des Orks, der den Mann getötet hatte.

Der Ork quiekte, und der Ton, den er ausstieß, wurde zunehmend tiefer und feuchter. Er gab den Versuch auf, sein Schwert aus dem Getöteten zu ziehen, und setzte sich auf den zertrampelten Boden, um zu sterben. Die Orks rings um sie herum brüllten Alusair an und trachteten, sie mit ihren gebogenen schwarzen Klingen zu erwischen. Sie schrie: »*Tod den Orks!*«, als der Mann, der ihr als Stütze gedient hatte, endgültig umkippte und sie mit sich riss. Die Krallen der Drachen schlossen sich um leere Luft, wo sich einen Atemzug vorher Alusairs Kopf befunden hatte. Anstatt die kämpferische Prinzessin von Kormyr zu töten, forderte der Drachenangriff einen Blutzoll unter den Orks.

Der abgerissene Schrei drang in einem Lidschlag der Stille in dem beinahe ohrenbetäubenden Lärm von aufeinanderprallenden Waffen an ihr Ohr.

»Rathtarrr!«

Sie wirbelte im Aufstehen herum, schlug blindlings nach hinten für den Fall, dass ein übermäßig kühner Ork sie von dort ansprang, und blickte in die Richtung, aus welcher der Schrei vermutlich gekommen war.

Sie sah Guldrin Hartburg fallen.

»Rathtar!«, schrie sie so laut und schrill, dass sie das Grunzen und Brüllen der Orks und das Fluchen und Stöhnen der Männer übertönte, die sich beeilten, zu ihr zu laufen.

Ein Kopf wandte sich zu ihr um – auf dunkle Weise gut aussehend und so mürrisch dreinschauend wie immer. Rathtar Hartburg tötete seinen Anteil an Orks mit einer Wut, die er wie einen Schild vor sich her trug. Bei ihm handelte es sich um einen von Dutzenden junger, gut aussehender adliger Tunichtgute, die sich angesichts dessen wunderten, was sie leisten mussten, wenn sie den Respekt erringen wollten, den ihnen ihrer Meinung nach Faerun oder zumindest der Hof von Kormyr schuldeten.

Eine Art Hoffung keimte in seinen Augen auf, als Alusair ihm zunickte. Schon befand sie sich ein paar Schritte hinter ihm und hieb einen Ork mit brutaler Zielgenauigkeit nieder.

»Kommt!«, schnappte sie und gab ihm ein Zeichen mit der Klinge, nachdem sie diese aus dem mit weit aufgerissenem Maul zu Boden gehenden Ork gezogen hatte.

Rathtar beeilte sich, ihr zu folgen, und wäre in seiner Hast beinahe gestolpert. Als er sein Gleichgewicht wiedergefunden hatte, stellte er fest, dass sich sieben oder mehr Orks Alusair in den Weg gestellt hatten. Die Stahlprinzessin ließ sich jedoch nicht aufhalten, ihr Schwert sauste vor und zurück, als wöge es nichts und als seien die knurrenden, stinkenden Orks aus Federn gemacht oder nichts als dunkle Schatten. Der Mann, der nicht wusste, dass ihn nur einige wenige Atemzüge davon trennten, der Erbe der Hartburgs zu werden, führte begeistert sein eigenes Schwert.

Dies war etwas, das er tun konnte, eine Möglichkeit,

sich in jeder Hinsicht als tapferer Held von Kormyr zu beweisen wie jene alten, ergrauten Männer in mit Orden geschmückten Uniformen, die weise bei Hofe herumhinkten und jeden missbilligend anstarrten, der jünger war als sie selbst. Wenn er …

Der letzte Ork fiel unter Alusairs wildem Angriff – bei den Göttern, was für eine Frau! Rathtar empfand mehr als nur ein bisschen Angst vor ihr, auch wenn ihr wohlgeformtes Hinterteil nur wenige Zoll vor seiner Nase hin und her wackelte. Die schlanke Linie ihrer Hüften beugte sich, als sie sich herumdrehte und die Spitze ihres Schwertes unter einem bedrängten Purpurdrachen hindurch und dem ihn angreifenden, knurrenden Ork mitten ins Gesicht stieß.

Sie führte ihn irgendwohin zu einer heldenhaften Aufgabe, daran hegte er keinen Zweifel. Rathtar Hartburg würde endlich anerkannt werden, würde …

Alusair wirbelte plötzlich herum, stieß beinahe lässig Rathtars gesenkte Klinge zur Seite, um zu verhindern, dass er sie damit aufspießte, und schlug ihm auf die Schultern, wie sie das schon bei Hunderten von weinenden oder schmerzgepeinigten Purpurdrachen-Veteranen getan hatte.

»Jetzt ist es an Euch«, murmelte sie ihm ins Ohr, und ihre Lippen streiften kurz seine Wange, als sie sich abwandte und flüsterte. »Ich stehe Wache.«

Es fühlte sich an, als brenne seine Wange dort, wo ihre Lippen ihn berührt hatten. Beinahe erstaunt hob Rathtar die Hand, um sich ins Gesicht zu fassen. Gleichzeitig senkte er den Blick und wusste mit plötzlicher eisiger Gewissheit, was dies alles zu bedeuten hatte.

Sein älterer Bruder Guldrin, so groß und langsam im Begreifen wie immer, starrte aus Augen zu ihm hoch, die trübe wurden. Blut quoll wie ein dunkelroter Strom aus dem schlaff gewordenen Mund.

»Ihr – Ihr habt mich gehört«, flüsterte Guldrin, als Rathtar inmitten toter Orks auf die Knie fiel und nach seinem Bruder griff. Guldrins Lippen verzogen sich. »Wenigstens einmal.«

»Seid Ihr …?«, keuchte Rathtar und versuchte, ihn hochzuheben.

Guldrin nickte müde. »Am Sterben? Ja. Ihr seid – jetzt der Erbe. Ihr mit Eurem guten Aussehen und all den kichernden Mädchen jede Nacht und … oh, bei den Göttern, Ihr habt meinen Segen – und macht Vater stolz.«

Mehr Blut sprudelte aus seinem Mund, und er stöhnte schwach, bevor er hauchte: »Sagt ihm … dass ich gut gestorben bin.«

»Das werde ich! Die Götter mögen Euch gewogen sein, Guldrin, *das werde ich*!«, schrie Rathtar den Tränen nahe. Irgendwo, nur wenige Zoll, aber dennoch Welten entfernt, kreischte Stahl auf Stahl, und Alusair verfluchte den Ork, den sie gerade getötet und beiseitegeschleudert hatte. Sein ihm folgender Kamerad verlor augenblicklich die Lust, sich mit dieser Kriegerin mit den flammenden Augen zu messen.

Rathtar ließ den Kopf seines Bruders langsam zu Boden gleiten, unterdrückte seine heißen Tränen und zischte: »Tod! *Tod!* Tod allen Orks!«

Sie starrten sich für eine Weile an, der jüngere und der ältere Bruder, dann … war Guldrin hinter den blicklosen Augen einfach verschwunden.

Er stieß Alusair beiseite wie einen dummerweise im Weg hängenden Wandteppich, und stürzte sich mitten unter die Orks hinter ihr.

Er hieb und stach zu wie ein Wahnsinniger.

Die Stahlprinzessin eilte hinter ihm her, rief vergeblich seinen Namen und versuchte, seine Seiten zu decken, obwohl ihr das nur bei einer gelang.

Es brauchte nur ein paar Atemzüge, bevor eine schwarze Ork-Klinge die Flanke durchbrach, die sie schützte, und zwar von der anderen Seite her. Rathtar ging lautlos und mit dem Gesicht voran zu Boden. Alusair schlitzte das grinsende Gesicht seines Ork-Mörders auf, als sie sich umdrehte, um zurück und in Sicherheit zu eilen. Sie rief sich ins Gedächtnis, dass sie am Leben bleiben, nach Suzail zurückkehren und Ildamoar höchstpersönlich mitteilen musste, wie tapfer seine beiden Söhne in der Schlacht gefallen waren. Kormyr schuldete das dem alten Edelmann – und noch viel mehr.

Jemand fiel rücklings und mit wie Windmühlenflügeln wirbelnden Armen in beinahe komisch wirkender Nutzlosigkeit nach hinten, und aus seinem Rücken ragten zwei Ork-Klingen. Ilmreth Illance war einer der Männer, die diese ungeliebte Familie in den letzten paar Tagen verloren hatte, und vielleicht nicht der letzte.

Alusair seufzte. Sie wollte nicht, dass Männer tapfer starben – sie wollte, dass sie bis ins hohe Alter am Leben blieben und in ihren Betten starben, glücklich und geborgen und wohlhabend in einem Kormyr frei von Obarskyr-Sünden und deswegen marschierender Armeen.

»Arabel mag brennen«, hörte sie einen Purpurdrachen hinter ihr knurren, »aber die Stadt ist ein großer Ork-Ofen. Ich sah eine Straße brusttief gefüllt mit Ork-Leichen, und ihr Blut rann wie ein Fluss in die Abwasserkanäle.«

»Ihr habt zu uns aufgeschlossen, Paraedro!«, rief jemand glücklich. »Ihr müsst gerannt sein wie der Wind.«

»Nein«, erwiderte der Purpurdrache säuerlich. »Ich bin gegangen – und habe auf jedem Schritt meines Wegs Orks getötet. Langsame Arbeit, aber wenn ihr ein wenig schneller wärt im Töten von Orks, dann hätte ich euch überholt und wäre jetzt auf halbem Weg nach Immersee.«

»Seid unser Gast!«, bellte eine andere Stimme über das Klirren seines Schwerts, das eine Ork-Waffe zerschlug. »Wir haben jede Menge Orks für Euch aufgespart!«

»Ja«, entgegnete Paraedro trocken. »Das habe ich bemerkt.«

27

Die Refektoriumstüren schwangen auf, und die ersten Edelleute marschierten in den so gut wie leeren Raum. Sie schauten verwirrt und besorgt drein.

Jeden Edelmann begleiteten zwei Purpurdrachen, einer, um dessen Dolche, Juwelen, Geldbörse und alles, was eine Waffe verbergen mochte, zu tragen, während der andere ihn mit gezogenem Schwert beschützte.

Als die Ankömmlinge die vier in der Mitte des Raums zusammengerückten Esstische samt der einfachen Bänke erblickten, auf denen sie Platz nehmen sollten, machte die Besorgnis auf ihren Mienen Ärger Platz.

Tanalasta saß ihrer Mutter gegenüber an einem Tisch in der Mitte der Anordnung und stand auf, als die ersten Fürsten sich näherten. Der Zweck des heutigen Tages bestand nicht darin, sich ihrer Autorität zu versichern, sondern die Herzen und Gemüter der Edelleute von Kormyr zu erobern, so wie ihr ihre Bemühungen um die Flüchtlinge ihr die Liebe der einfachen Leute eingebracht hatte.

Königin Filfaeril blieb auf ihrem Thron sitzen, der den einzigen Hinweis auf königliche Vorrechte im Raum darstellte. Die Königin repräsentierte die Krone, und zwar nicht um das Vorgehen zu lenken, sondern um den königlichen Segen für alles zu spenden, was am heutigen Tag geschehen würde.

Der junge Orvendel Rallyhorn hatte die Augen aufgerissen, und sein Gesicht war blass, als man ihn zu einem Platz ganz in der Nähe der Königin geleitete. Weil Urthrin Rallyhorn sich bereits im Norden befand und an Azouns Seite kämpfte und Korvarr gebraucht wurde, um die Wachen zu beaufsichtigen, hatte Königin Filfaeril darauf bestanden, dass der ungeschickte Jüngling heute für seine Familie sprechen sollte. Dass er von ihrem Befehl bislang nichts wusste, war vielleicht der Grund für sein mäkeliges Gesicht und seine zitternden Hände.

Tanalasta lächelte den Jüngling ermutigend an, dann zwang sie sich dazu, Emlar Goldschwert höflich zuzunicken, der gleich neben dem jungen Mann zu sitzen kam. Diese Anordnung entsprang nicht dem Zufall. Die Prinzessin hatte mit Absicht die Sitzordnung bestimmt, um Cliquen und Machtgruppen zu zerbrechen.

Emlar erwiderte ihr Nicken mit einem gehässigen Blick und lieferte keinerlei Hinweis darauf, dass er weder ob der Art und Weise, wie er vorgeladen worden war, noch des ungewöhnlichen Versammlungsorts wegen Neugier empfand. Sie fragte sich, wie umfassend sein Netzwerk von Spionen sein möchte.

Nachdem man den letzten der Edelleute – oder Edelfrauen, denn mehr als nur ein paar weibliche Familienoberhäupter nahmen an der Versammlung teil – zu ihren Plätzen geführt hatte, wandte sich einer der neutralen Fürsten, nämlich Melot Silberschwert, mit finsterem Blick an Tanalasta.

»Waren Eure Meuchelmörder nicht schnell genug?«, fragte er. »Oder habt Ihr beschlossen, dass es nützlicher sei, uns alle zu verhaften und ins Exil zu schicken?«

»Keiner ist unter Arrest, Fürst Melot. Es steht Euch vollständig frei zu gehen.« Tanalasta schaute in beide Richtungen den riesigen Tisch entlang, dann ruhte ihr Blick für einen Augenblick auf Emlar Goldschwert. »Das gilt für euch alle.«

Ein paar der Edelleute runzelten die Stirn, aber es gab zu wenig Freunde, die nebeneinandergesessen hätten, sodass das entstehende Gemurmel leise blieb.

Tanalasta wartete kurz, damit jeder der Anwesenden, der gehen wollte, dies auch tun konnte. Aber dies war lediglich ein Trick, um ihnen das Gefühl zu geben, sie blieben aus eigenem Willen hier. Keiner würde den Raum verlassen, bevor er nicht den Grund für die von ihr einberufene Versammlung erfahren hatte. Dessen war sie sich gewiss.

Als keiner der Fürsten ihre Erwartungen enttäuschte,

nickte Tanalasta. »Gut. Ich entschuldige mich dafür, euch unter Bewachung hergebracht zu haben, aber ich wollte sicherstellen, dass ihr lebendig ankämt.«

Sie bedeutete ihnen mit einer Handbewegung, Platz zu nehmen, und hielt sich nicht mit Kleinigkeiten auf. Die Flut von Meuchelmorden hatte für inzwischen mehr als zehn Tage unvermindert angehalten, und die Gazneths, die nach Tanalastas Verbot nach Magie hungerten, stürzten sich inzwischen auf Edelleute auf der Suche nach versteckten zauberhaltigen Gegenständen. Dass die Wesen ein unheimliches Talent besaßen, nur Fürsten anzugreifen, die darauf bestanden, ihre Magie eigenhändig zu schützen, ließ Tanalasta darauf schließen, dass sie ihren Spion hervorragend platziert hatten. Sie hatte gehört, dass Emlar Goldschwert mit einer anderen Erklärung aufwartete, in der gedungene Söldner eine Rolle spielten.

Nachdem sich die Edelleute gesetzt hatten, blieb Tanalasta weiter stehen. »Ich rief euch hierher, weil ich davon ausging, dass ihr als Edelleute des Reichs als Erste die verheerenden Neuigkeiten vernehmen solltet, die innerhalb der letzten Stunde hier im Palast angekommen sind. Arabel ist an die Orks gefallen.«

Ein paar unter den Edelleuten zuckten zusammen und schlossen die Augen, was darauf schließen ließ, dass Tanalastas Worte lediglich die Gerüchte bestätigten, die bereits durch andere Quellen an ihre Ohren gedrungen waren. Die meisten, unter ihnen auch Emlar Goldschwert, sperrten nur die Münder auf und starrten die Prinzessin schockiert an. Nur Orvendel Rallyhorn blickte sich mit einem Ausdruck am Tisch um, den man am besten als selbstgefällig und keineswegs aufgeschreckt bezeichnen konnte.

»Was … was ist mit dem König?«, fragte die Edle Calantar.

Immer noch verwundert angesichts Orvendels Verhalten löste Tanalasta den Blick von dem Jüngling und wandte sich der Edelfrau zu, deren reizendes Gesicht aschfahl geworden war. Diese Frage vor allen anderen beschäftigte jeden Edelmann und jede Edelfrau im Raum.

Da Emlar Goldschwert und seine Anhänger mehr oder weniger offen gegen die Kronprinzessin standen, würde der Tod des Königs Kormyr an den Rand des Bürgerkriegs treiben und so gut wie sicher eine »stabilisierende« Invasion sembianischer Söldner nach sich ziehen.

Tanalasta wollte gerade antworten, als Emlar Goldschwert ihr zuvorkam. »Der König ist am Leben.« Er starrte beim Sprechen die Prinzessin direkt an. »Wenn der König tot wäre – was glaubt ihr –, hätte ich mich ihm nicht bereits angeschlossen? Die Meuchelmörder der Prinzessin haben sich als äußerst fähig erweisen.«

Tanalasta achtete sorgfältig darauf, nicht zu nicken. »Dem König geht es gut, ebenso der Stahlprinzessin. Wäre dies nicht der Fall, befände sich Fürst Goldschwert im Gefängnisturm und nicht im Grab.« Sie widerstand dem Drang, den Feigling dafür anzuklagen, dass er die Schuld für seine Taktiken auf sie abwälzte. Wenn die Versammlung in einen Wettkampf des Geschreis zwischen ihren Anhängern und denen von Goldschwert abglitt, dann war Kormyr verloren. »Ich habe diese Versammlung einberufen, um euch über die Entscheidung der Krone zu unterrichten, alle verbleibenden Truppen nach Norden zu schicken, um die Überlebenden von Arabel zu unterstützen.«

Der Raum brach sofort in Aufruhr aus, und etliche unter den Wachen hinter jedem Edlen traten vor und drückten einen Einspruch erhebenden Edelmann auf die Bank zurück. Nur Emlar und seine Anhänger verhielten sich ruhig, und manche musterten Tanalasta und warteten offenkundig darauf, dass sie die zweite Bombe explodieren ließ. Andere wiederum beobachteten sie mit einer Aura selbstgerechter Zufriedenheit – ohne jeden Zweifel überzeugt davon, dass Arabels Fall die Prinzessin dazu zwingen würde, Sembias Angebot anzunehmen.

Tanalasta beobachtete, wie Orvendel mit weit geöffneten

Augen und einem um seine Mundwinkel spielenden, beinahe unmerklichen Lächeln die anderen Edelleute beäugte. Der Jüngling genoss dies alles. Aber warum? Weil er sich dadurch wichtig vorkam? Tanalasta gebot mit einer Geste Ruhe. Unter dem sanften Druck der Purpurdrachen-Wachen breitete sich langsam Stille aus.

Sobald der Tumult sich gelegt hatte, meinte Fürst Longbrooke: »Das ist empörend!« Er war so zornig, dass sich sogar seine schweren Unterkiefer gerötet hatten. »Ihr wollt den Süden ungeschützt lassen!«

»*Darüber* soll diese Versammlung beschließen«, erklärte Tanalasta. »Eine kleine Garnison wird bleiben, um den königlichen Palast zu verteidigen und die Ordnung in Suzail aufrechtzuerhalten, aber der Rest bleibt den Edelleuten überlassen.«

»Das – das – das ist Erpressung!«, stammelte Fürst Longbrooke. »Wir werden nicht dafür stimmen.«

»Es obliegt der Krone, mit den königlichen Truppen so zu verfahren, wie es der Krone gefällt«, fuhr Tanalasta fort. »Die ersten Kompanien marschieren gerade jetzt, da wir sprechen, nach Norden. Die Entscheidung dieser Versammlung ist ganz einfach: Werden die Edelleute standhalten und kämpfen, sich den Gazneths ergeben oder eine sembianische Invasion einladen?«

Endlich grinste Goldschwert. »Ihr würdet Sembias Hilfe hinnehmen?«

»Das würde ich nicht«, sagte Tanalasta.

»Und die Krone ebenso wenig«, ergriff jetzt Königin Filfaeril das Wort. Sie lehnte sich vor und schaute sich die am Tisch Versammelten der Reihe nach an, bis ihr Blick an Goldschwert haften blieb. »Im Augenblick hat die Krone jedoch weniger Befehlsgewalt, so wie diese Versammlung nicht über den Einsatz der Purpurdrachen oder Kriegszauberer entscheiden kann. Ihr werdet tun, was ihr für richtig haltet, und wir alle werden mit den Folgen leben müssen. Aber es gibt da ein paar Dinge, die ihr wissen solltet.«

Filfaeril lehnte sich zurück und nickte Tanalasta zu.

»Giogi Wyvernspur bleibt an der Grenze stationiert und wird in dem Augenblick in Sembia einmarschieren, in dem dessen Söldner den Fuß auf kormyranischen Boden setzen«, erklärte die Kronprinzessin. »Und zwar unter allen Umständen. Ihm fehlen selbstverständlich ausreichend starke Truppen, um einen Sieg zu erringen, aber wir alle wissen, wie zäh Fürst Wyvernspur sein kann, wenn er erst einmal losgestürmt ist. Es würde mich nicht wundern, wenn er jede Brücke im Reich zerstört und die Hälfte aller Städte in Brand gesetzt hätte, bevor es den Sembianern endlich gelänge, ihn zur Strecke zu bringen.«

»Dann ruft ihn zurück«, schlug Goldschwert vor.

Filfaeril antwortete schlicht und einfach mit »Nein«.

Goldschwerts Gesicht lief rot an, und Tanalasta fuhr fort: »Es gibt außerdem Kaperbriefe, die in Betracht gezogen werden müssen.«

»Kaperbriefe?«, fragte Fürst Longbrooke.

Tanalasta wandte sich zu Hector Dauntinghorn um, dem Kommandanten der Königlichen Flotte, die vor Marsember vor Anker lag. Er wohnte der Versammlung sowohl als Seeoffizier wie auch als Vertreter der Dauntinghorn-Familie bei, denn sein Onkel befand sich mit der Hälfte aller Gefolgsleute der Familie im Norden bei König Azoun.

»Nach Botschafter Hovanays Besuch stattete die Krone alle Kormyr treu ergebenen Schiffe mit Kaperbriefen aus«, erklärte Hector. »Im Falle einer sembianischen Invasion sollen sie jedes Schiff, das die sembianische Flagge führt oder in einen sembianischen Hafen hinein- oder aus ihm herausfährt, als Feind betrachten. Im Falle besagter Invasion sind sie befugt, jedes dieser Schiffe sofort nach der Begegnung zu erobern oder zu versenken und alle gefundene Beute zu behalten.«

Goldschwerts Augen wurden zu Schlitzen. »Ihr würdet Kormyr in einen zweiten Krieg stürzen, statt Hilfe zum Sieg in diesem anzunehmen?«

»Die Krone würde eher einen zweiten Krieg führen, als zulassen, dass seine Edelleute das Königreich billig verschachern«, berichtigte ihn Filfaeril. »Aber euch bleibt die Wahl überlassen. Wie ich bereits sagte, können wir die Edelleute nicht von dem abhalten, was zu tun sie gewillt sind …«

»Aber das müsst Ihr nicht!«, brach es aus Orvendel Rallyhorn heraus. »Ihr wisst, wie man die Gazneths aufhalten kann!«

Tanalasta versuchte, den Jüngling mit einem eiligen Kopfschütteln zu warnen, aber er war viel zu beschäftigt, sich erstaunt umzublicken, weil ihm jedermann das Gesicht zuwandte.

»Was habt Ihr da gesagt, Fürst Rallyhorn?«, fragte Emlar.

Diese Schmeichelei war alles, was es brauchte, um den Jüngling fortfahren zu lassen. »Prinzessin Tanalasta weiß, wie man die Gazneths ihrer Kräfte beraubt. Sie und Alaphondar haben für mehr als einen Monat daran gearbeitet. Alles, was sie brauchen, um sie zu fangen, ist ein wenig Hilfe von unserer Seite.«

»Ist das so?«, verlangte die Edle Calantar zu wissen.

Ohne auf den ärgerlichen Blick ihrer Mutter zu achten, seufzte Tanalasta und nickte. »In gewisser Weise. Wir wissen, wie wir die Gazneths für kurze Zeit schwächen können, aber weil der Spion frei herumläuft, ist es uns noch nicht gelungen, nahe genug an die Ungeheuer heranzukommen, um unser Wissen in die Tat umzusetzen.« Die Prinzessin brauchte nicht zu erklären, welchen Spion sie meinte. Der ganze königliche Hof summte vor Mutmaßungen über den Informanten der Gazneths. Tanalasta blickte Orvendel an und runzelte die Stirn. »Die Wesen kennen jede unserer Fallen, noch bevor wir sie gestellt haben. Orvendel weiß das.«

Der Jüngling war viel zu sehr von seinem Augenblick des Ruhms gefangen, um ihre Warnung zu beherzigen. Er wandte sich an Emlar Goldschwert. »Ich weiß, dass Prinzessin Tanalasta genug Truppen hätte, sie überall einzusetzen, wenn Ihr nicht ein solcher Feigling wärt, und es würde nichts ausmachen, dass die Gazneths einen Spion haben.«

Emlar grinste ihn mit dem Lächeln einer Kobra an. »Wir sind fähig zu erkennen, dass *Ihr* niemals die Meuchelmörder der Prinzessin fürchten müsst.«

»Ihr eigentlich auch nicht«, warf die Königin Filfaeril ein. »Diese Meuchelmörder gehören so wenig zu Prinzessin Tanalasta wie zu Euch. Das kann ich Euch persönlich versichern.«

Ein erstauntes Schweigen verbreitete sich im Raum, als die Edelleute über den Sinn von Filfaerils Worten nachdachten. Selbst Tanalasta stellte fest, dass ihr der Schädel brummte angesichts dessen, was die Königin da gesagt hatte. Indem Filfaeril erklärte, sie wisse, wer die Meuchelmörder *nicht* kontrollierte, sagte sie gleichzeitig, dass sie wusste, wer dies tat. Wenn dies stimmte, konnte Tanalasta nur Mutmaßungen darüber anstellen, weshalb ihre Mutter ihr Wissen geheim gehalten hatte.

Emlar schien vor allen anderen zu einem Ergebnis gekommen zu sein. »Es ist löblich, dass Ihr den Ruf Eurer Tochter verteidigen wollt, Majestät«, meinte er.

Filfaerils blasse Augen nahmen einen eisigen Ausdruck an. »Nennt Ihr mich eine Lügnerin, Goldschwert? Aber vielleicht glaubt Ihr ja auch, ich sei zu unentschlossen, um ein solches Benehmen ungestraft zu lassen.« Die Königin lehnte sich zurück und schaute an Ildamoar Hartburg vorbei zu Korvarr Rallyhorn, dem befohlen worden war, persönlich über Emlar Goldschwert zu wachen. »Fürst Goldschwert hat die Ehre der Königin in Frage gestellt. Exekutiert ihn.«

»Was?« Goldschwerts Miene wurde zornig und beleidigt, und er stützte die Hände auf den Tisch und blickte die Königin an. »Ihr könnt nicht …«

Korvarr unterbrach den Einwand, indem er Emlar an den

Haaren packte und ihn mit einem Ruck aus dem Gleichgewicht brachte. Dann zerrte er ihn nach hinten, sodass der Edelmann sich nicht weiter verteidigen konnte. Für einen Augenblick glaubte Tanalasta, der Lionar würde es damit gut sein lassen, aber Korvarr riss den Kopf seines Gefangenen nach hinten und presste seinen Dolch unter Fürst Goldschwerts bebendes Kinn.

»Wartet!«, schrie die Kronprinzessin.

Korvarr blickte die Königin fragend an, und Filfaeril hob einen Finger, um die Exekution für einen Augenblick aufzuhalten. »Habt Ihr etwas zu sagen, bevor wir fortfahren, Prinzessin?«

Tanalasta wollte sagen, dass ihre Mutter nicht einfach einen Mann exekutieren lassen konnte, zögerte dann aber, denn selbstverständlich *konnte* die Königin das. Die Prinzessin schluckte und erklärte dann: »Wenn Fürst Goldschwert Euch nun um Verzeihung bäte? Würde das vielleicht entschuldigen, dass er Eure Aussage in Frage gestellt hat? Ich habe selbst Zweifel gehabt, Euch richtig verstanden zu haben, bis ich mir *Die Spielregel des Gesetzes* ins Gedächtnis rief – vor allem den Abschnitt, der sich auf Zeiten des Krieges bezieht.«

Der eisige Hauch eines Lächelns erschien auf Filfaerils Lippen, und Tanalasta wusste mit einem plötzlichen Gefühl der Leere im Magen, dass sie richtig geraten hatte. Obwohl Iltharl des Abgedankten Abhandlung *Die Spielregel des Gesetzes* nicht unbedingt die Gesetze des Reichs wiedergab, wurde sie seit mehr als tausend Jahren als Präzedenzfall zitiert und galt als die Grundlage für das Gewohnheitsrecht Kormyrs. Die Passage, auf die Tanalasta sich bezog, besagte, dass in Zeiten des Krieges jeder königliche Repräsentant der Krone die umfassende Autorität besaß, Verbrechen gegen die Krone zu bestrafen. Obwohl man darüber streiten mochte, ob eine Exekution nicht doch eine zu harte Strafe für das Beleidigen der Königin sei, bestätigte die Abhandlung ausdrücklich, dass in Kriegszeiten die Bestrafung ausschließlich den Repräsentanten der Krone oblag und eine Berufung nicht möglich war. Mit anderen Worten, Königin Filfaeril konnte nicht nur Emlar Goldschwert exekutieren lassen, sondern auch jeden anderen Edelmann, der sich des kleinsten Vertragsbruchs gegenüber der Krone schuldig machte. Und wenn jemand Tanalastas Recht, Truppen einzuziehen, in Frage stellte, mochte das sehr wohl als ein Verbrechen gegen die Krone ausgelegt werden.

Königin Filfaeril schwieg und dachte allem Anschein nach über den Einspruch ihrer Tochter nach. Ein leises Murmeln erhob sich rund um den Tisch, als die wenigen Edelleute, die den fraglichen Abschnitt aus *Die Spielregel des Gesetzes* kannten, dessen Inhalt den anderen erklärten. Viele Gesichter wurden blass, und die unbewaffneten Edlen warfen unsichere Blicke auf die Purpurdrachen, die hinter ihren Bänken standen. Die der Krone treu ergebenen Fürsten – Ildamoar Hartburg, Hector Dauntinghorn, Roland Emmarask und eine Handvoll anderer – wirkten eher erstaunt als verängstigt.

Nur Orvendel Rallyhorn verhielt sich seltsam. Obwohl er beinahe Fürst Goldschwert berührte, der immer noch aus dem Gleichgewicht gebracht und mit Korvarrs Dolch an der Kehle am Tisch stand, sah Orvendel keineswegs überrascht, verängstigt oder auch nur aufgeschreckt aus. Er wirkte verärgert – verärgert und besorgt.

Nachdem sie den Edelleuten ein paar Augenblicke zugestanden hatte, ihr Dilemma zu würdigen, wandte sich Königin Filfaeril von Tanalasta ab. Ihr Blick ruhte kurz auf Orvendel, und nachdem eisiger Hass in ihren Augen aufgeflammt war, schaute sie Emlar Goldschwert an.

Tanalasta wusste, dass die Überraschungen ihrer Mutter für diesen Tag keineswegs erschöpft waren. Die Königin hatte aus gutem Grund auf Orvendels Anwesenheit bestanden. Tanalasta hatte das ungute Gefühl zu wissen, um was es sich handelte – und dieses Mal würde sie nicht in der Lage sein, die Krone um Gnade zu bitten.

Die Königin ließ den Blick auf Goldschwert ruhen, bis im Raum wieder Stille eingekehrt war, dann fragte sie: »Was sagt Ihr dazu, Fürst Goldschwert? Entschuldigt Ihr Euch?«

Emlar nickte. »Ja. Ich entschuldige mich dafür, an Euch gezweifelt zu haben. Aber die Prinzessin bitte ich nicht um Verzeihung. Ich halte die Sembianer mehr denn je zuvor für Kormyrs einzige Hoffnung, und dafür entschuldige ich mich nicht.«

»Und das würde ich von Euch auch nicht fordern«, sagte die Königin. »Die Krone hält Eure Meinung ohne jede Einschränkung für falsch, aber zumindest seid Ihr ehrlich und zieht Kormyrs Wohl ebenso in Betracht wie Euer eigenes. Wir haben nicht die Angewohnheit, Leute wegen ihrer falschen Ansichten und ehrlichen Fehler zu exekutieren.«

Filfaeril bedeutete Korvarr mit einer Geste, seinen Dolch von Emlars Kehle zu nehmen und ihn sanft auf die Bank zurücksinken zu lassen. Die Farbe kehrte wieder in die Gesichter des Fürsten und seiner Anhänger zurück.

Tanalasta wusste, dass in ein paar Augenblicken voller Schrecken ihre Mutter die Zusammenarbeit gewonnen hatte, die zu erlangen sie selbst über Monate hinweg gekämpft hatte.

Emlar wusste dies ebenfalls. »Eure Majestät sind zu gütig.« Er verneigte sich vor der Königin und versuchte dann wenigstens den Anschein zu erwecken, hier sei ein Kompromiss geschlossen worden, indem er hinzufügte: »Das Haus Goldschwert wird sich der Entscheidung dieser Versammlung anschließen.«

Filfaeril achtete nicht weiter auf ihn, sondern blickte Melot Silberschwert an. »Was die Krone nicht dulden kann, sind selbstsüchtige Intriganten, die solange abwarten, bis sie wissen, auf welcher Seite der größte Profit für ihre Häuser zu erlangen ist. Sie richten genug Schaden an, wenn im Reich Friede herrscht, aber während der Zeiten des Krieges sind sie so schlimm wie Spione.«

Melot richtete sich auf. »Majestät, ich glaube nicht, dass eine solche Aussage gerechtfertigt ist. Es ist nicht gerecht, einen Mann wegen seiner Vorsicht zu bezichtigen …«

»An Eurer Stelle würde ich diese Sache nicht weiter ausführen, Fürst Silberschwert«, unterbrach ihn Tanalasta. »Ihr seid immer noch am Leben – und mögt sogar gute Aussichten haben, dass dies auch so bleibt.«

»Immer vorausgesetzt, er hält die Regeln dieser Versammlung ein«, fügte Filfaeril hinzu. »Aber es gibt eine weitere Sache, die ich loswerden möchte.«

»Wenn es der Königin gefällt, würde ich das lieber selbst in die Hand nehmen.« Die Prinzessin blickte ihrer Mutter in die Augen, dann wanderte ihr Blick kurz zu Orvendel. Sie krümmte sich innerlich, als die Königin eisig nickte.

Die Kette des Betrugs zog vor Tanalastas Augen vorbei. Orvendel entlockte seinem älteren Bruder Informationen und gab diese dann an die Gazneths weiter – aber aus welchem Grund? Das war die Frage, die der Jüngling beantworten würde, bevor er starb. Tanalasta versuchte, der aufsteigenden Übelkeit in ihrem Magen Herr zu werden, wandte sich an Orvendel und fragte: »Junger Fürst Rallyhorn, Ihr und ich werden uns nach der Versammlung unterhalten.«

Ein unruhiges Flackern erschien auf Orvendels Miene, aber das war nichts im Vergleich zu dem Entsetzen auf Korvarrs Gesicht. Der Lionar sperrte die Kiefer auf, seine Schultern sanken nach unten, und die Prinzessin war sich sicher, dass nur sein Pflichtgefühl den Mann davon abhielt, in Tränen auszubrechen. Sicher, die Königin hatte ihn dahingehend gewarnt, dass der Verräter heute bloßgestellt werden würde, aber sie hatte keinen Namen genannt.

Da sie keine unerwünschte Aufmerksamkeit auf den inneren Kampf des Purpurdrachen lenken wollte, schaute Tanalasta weg und ließ den Blick über die am Tisch Versammelten schweifen. Sie achtete darauf, die Edelleute ins Auge zu fassen, die sich an Goldschwerts Seite und nicht auf ihre gestellt hatten. Als nur die treu ergebenen Edelleute ihren Blick frei erwidern konnten, beschloss sie, dass es an der Zeit sei, dem Beispiel ihrer Mutter zu folgen und ihre Autorität ins Spiel zu bringen.

»Morgen wird die Krone die Hälfte aller Gefolgsleute eines jeden Hauses außerhalb des Horntors willkommen heißen«, erklärte sie. »Sie werden für einen langen Marsch vorbereitet erscheinen, denn sie werden nach Norden gehen und sich König Azoun anschließen. Zur Mittagszeit wird die Krone alle magischen Gegenstände im Besitz eines jeden Adelshauses im Königlichen Palast in Empfang nehmen und sicher aufbewahren. Wir werden ein weiteres Viertel von Gefolgsleuten eines jeden Hauses in den Diensten des Königs willkommen heißen, denn sie sollen die zahlreichen Burgen überall im Süden bemannen. Das letzte Viertel der Gefolgsleute eines jeden Hauses wird auf den heimatlichen Gütern bleiben, um das Leben und den Besitz der Bewohner zu schützen. Gibt es irgendwelche Einwände?«

»Einwände?«, schnaubte die Edle Calantar. »Glaubt Ihr wirklich, wir würden vorgeben, dies freiwillig hinzunehmen?«

Tanalasta wandte sich der Edlen zu, schaute aber den hinter ihr stehenden Purpurdrachen an. »Die Edle Calantar ermutigt Hochverrat. Bringt sie nach draußen und enthauptet sie.«

Die Frau riss die Augen auf. »Ihr könnt nicht …«

Ihr Einwand wurde jäh unterbrochen, denn der Soldat hinter ihr legte ihr eine in einem Panzerhandschuh steckende Hand über den Mund und zerrte sie von der Bank. Er blickte Tanalasta an und hob fragend eine Braue. Als die Prinzessin nickte, biss er die Zähne zusammen und zog die Edelfrau von der Bank.

Während der Soldat die Frau aus der Tür schob, fragte Roland Emmarask die Prinzessin: »Wenn ein treu ergebener Fürst die Kühnheit besitzen darf – Ihr könnt nicht tatsächlich vorhaben, die Edle Calantar enthaupten zu lassen.«

»Selbstverständlich habe ich das«, erwiderte Tanalasta gleichmütig. »Wie würde Eurer Meinung nach König Azoun mit einer Verräterin umspringen?«

Rings um den Tisch herum wurden Gesichter weiß. Emmarask, der einst ein paar erfreuliche Monate lang die Edle Calantar umworben hatte, bevor seine Eltern entschieden, die Verbindung sei nicht gut für die Familie, beharrte aber darauf, die Angelegenheit weiterzuverfolgen.

»Sicherlich kann niemand etwas gegen eine Enthauptung als Strafe für Hochverrat einwenden, aber man kann die Edle doch kaum als Verräterin bezeichnen.« Emmarask warf einen bedeutungsschweren Blick in Goldschwerts Richtung. »Nicht wenn jene ungeschoren davonkommen, die weit Schlimmeres gesagt haben.«

»Vielleicht habt Ihr Königin Filfaerils Worte nicht richtig gehört!«, antwortete Tanalasta und musterte den Fürsten kalt. »Die Krone trachtet nicht danach, jene zu bestrafen, die sich aus Liebe zu Kormyr gegen uns ausgesprochen haben. Wir respektieren ihren Mut, wenn auch nicht ihre Weisheit.« Sie blickte in Melot Silberschwerts Richtung. »Die wahren Verräter sind die, die in der Angelegenheit nichts riskieren, sondern selbstsüchtig schweigen, bis deutlich wird, welche Partei gewinnen wird – und wie sie diesen Sieg am besten zu ihrem Vorteil verwenden können.«

Silberschwerts schwere Wangen begannen zu zittern. »Ich versichere Euch, dass die Silberschwerts nur Kormyrs Wohlergehen im Sinn haben.«

»Gut.« Tanalasta beobachtete die Gesichter der anderen Edelleute, da sie nach Hinweisen für weiteren Ungehorsam suchte. Als sie nichts fand, beschloss sie, dass es an der Zeit sei, ihren Sieg zu bestätigen. Sie schaute Emlar Goldschwert in die Augen und fragte: »Gibt es noch irgendwelche Einwände?«

Goldschwert schüttelte den Kopf. »Meine Gefolgsleute werden wie befohlen erscheinen. Mögen die Götter die Krone segnen.«

»Ich wäre es schon zufrieden, wenn sie nur Kormyr bevorzugen würden, obgleich wir uns für Eure Überlegung bedanken.« Tanalasta blickte noch einmal alle um den Tisch Versammelten an. Als alle wegschauten, lächelte sie und sagte: »Die Krone ist euch allen äußerst dankbar für eure Unterstützung. Um unsere Wertschätzung unter Beweis zu stellen, seid ihr alle als Gäste in den Königspalast eingeladen, bis eure Gefolgsleute eingetroffen sind und zu ihren neuen Aufgaben geschickt wurden. Eure Eskorten werden euch eure Zimmer zeigen und euch Boten zur Weiterleitung eurer Befehle schicken. Wir sehen euch beim Abendessen wieder.«

Falls irgendeiner der Fürsten die Einladung für etwas anderes als großzügig erachtete, so war er klug genug, dies nicht zu sagen. Die Edelleute standen einfach auf und dankten der Prinzessin für ihre Gastfreundschaft, dann wandten sie sich um und folgten ihren Eskorten durch die Tür hinaus aus dem Refektorium.

Orvendel drückte seinen Dank aus, wobei er Tanalastas Blick auswich, und wollte den anderen einfach folgen … nur um festzustellen, dass ihm die breite Brust seines Bruders den Weg versperrte.

»Prinzessin Tanalasta hat Euch befohlen, hierzubleiben.« Korvarr stieß den Jüngling zurück auf die Bank. »Oder habt Ihr das vergessen?«

»Nein, nein … ich …«

Unfähig, dem Blick Korvarrs standzuhalten, drehte sich Orvendel zu Tanalasta um. »Ich weiß nicht, was ich hier soll.«

»Ich glaube, dass Ihr das wisst«, antwortete die Prinzessin. »Und hört mit den Lügen auf. Ich hasse nichts mehr als einen Mann, der mich zum Narren hält.«

28

»Ich werde des Rennens müde«, knurrte der König von Kormyr, als das vertraute Heulen wieder einsetzte, dieses Mal an einer Hügelflanke zu ihrer Rechten. Alusair bedeutete den nächsten Bogenschützen wortlos mit einer Geste, stehen zu bleiben und ihre Pfeile abzufeuern.

Dieses Mal handelte es sich um Goblins, die wie eine Woge den Abhang herunterströmten, ihre Schwerter schwangen und ihren Blutdurst mit lautem Kreischen kundtaten.

»Ist es an der Zeit, dass wir uns umdrehen und kämpfen?«, fragte Alusair zurück, wandte sich im Sattel um und bedachte ihren Vater mit einem gefährlichen Blick, der Azoun die Worte »ich schon«, so klar und deutlich vermittelte, als hätte sie sie laut ausgesprochen.

»Ihr würdet das, sicherlich«, erwiderte Azoun und gab seinem Pferd die Sporen, »weil Ihr nur an Euch selbst denkt. Wenn ich mich umdrehe und mich dem Kampf stelle, setze ich unser aller Leben, die Krone und den Bestand des Königreichs aufs Spiel. Mit all den Edelleuten, die wie Hengste beim Anblick einer Stute schäumen, wenn sie an den Thron denken, und all unseren Bürgern und Bauern zwischen hier und dem Meer – wer soll die Eindringlinge davon abhalten, ganz Kormyr auszuplündern, wenn wir fallen?«

»Bei den Göttern – es ist ein Wunder, dass Euer Pferd Euch mit all diesen Sorgen überhaupt noch tragen kann«, schnappte Alusair. »Ihr habt Recht. Ich dachte aber nur an mich selbst und an die Männer, die mit mir reiten. Und was den Pöbel von verräterischen Edelleuten anbetrifft, die Ihr entlassen habt – welchen Verlust würde es für das Reich bedeuten, wenn sie fielen?«

Azoun beugte sich im Sattel vor, bis sich ihre Gesichter auf gleicher Höhe befanden, dann murmelte er: »Wenn ich meine Alusair verliere, dann verliere ich die Hoffnung auf eine Zukunft für Kormyr. Und den besten General im Königreich noch dazu. Und ja, ich messe Euch an Ilnbright, Taroaster und mir selbst. Ihr seid die Beste unter uns, und mehr noch – Ihr seid diejenige, zu der Bürger wie Purpurdrachen mit Liebe aufblicken.«

Alusair erblasste, dann knurrte sie beinahe: »Sie lieben Euch ebenfalls, Vater.«

Azoun nickte, erwiderte aber: »Das ist eine andere Art von Liebe. Ich bin das ›Jetzt‹ mit all den Zwistigkeiten, Debatten und Ärgernissen, die sie kennen. Ihr seid die Zukunft, die vor ihnen glänzt. Euch würden sie in den Tod folgen mit Herzen voller Hoffnung. Mit mir würden sie nur widerstrebend untergehen, weil es ihre Pflicht ist.«

Alusair neigte ihr Gesicht kurz in Richtung Sattel, dann hob sie den Kopf und schaute ihrem Vater in die Augen.

»Ich hätte nie erwartet, einen Mann so ehrlich sprechen zu hören«, flüsterte sie beinahe. »Ich fühle mich über alle Maßen geehrt, dass dieser Mann mein Vater ist und mir solche Ehrlichkeit erweist.« In diesem Augenblick erblickte sie aus dem Augenwinkel eine Bewegung im Süden. Ihr Kopf schoss in diese Richtung, ihre Miene veränderte sich, und sie fügte hinzu: »Ein Reiter – ein Bote, der auf uns zu reitet.«

Sie hob eine Hand, um ein Signal zu geben, aber Schwerthauptmann Glammerhand schickte bereits zwei Purpurdrachen durch die Reihen der Bogenschützen, auf dass sie die letzten Goblins niedermachten und das Horn bliesen, um die letzten Bogner dazu zu bringen, vorsichtig weiterzumarschieren.

Es stellte sich heraus, dass es sich bei dem Boten nicht etwa um einen aufgeregten jungen Soldaten oder einen in seine eigene Wichtigkeit gehüllten Kriegszauberer handelte, sondern um den alten Botschafter des Königs höchstpersönlich, einen geschmeidigen Mann namens Bayruce, den sowohl die Prinzessin als auch Azoun gut kannten.

Er neigte förmlich das Haupt, während er sein erschöpftes Pferd zu einer langsamen Gangart zügelte, und sagte: »Frohe Grüße und gute Neuigkeiten von Königin Filfaeril. Die Kronprinzessin hat bei Hofe die Oberhand gewonnen, und unsere treu ergebenen Edelleute sind guten Mutes und mit gezückten Schwertern bereit, sich im Norden mit Euch zu treffen und für Euch zu kämpfen. Das ist die Botschaft, die zu überbringen ich gekommen bin.«

Azoun neigte den Kopf in förmlichem Dank und fragte: »Nun, Bayruce, wenn wir zwei Fuhrmänner wären, die in einer Schänke über einem Becher zusammensitzen, und ich fragte, ›sagt an, wie viele unter unseren Edelleuten sind der Krone treu genug ergeben, um im Krieg das Schwert für den König zu heben‹, was würdet Ihr antworten?«

Der Bote gab sich keine Mühe, sein Lächeln zu verbergen. »Majestät, das kann ich nicht sagen.« Sein Lächeln verschwand, und er fügte hinzu: »Wenn Ihr keinem Drachen oder keinem dieser geflügelten, Magie fressenden Dinger entgegentreten müsstet, würden die Männer, die ich während meines Rittes sah, mehr als ausreichen ... aber andererseits gibt es diese Feinde, und die Goblins hätten ohne sie nicht über Arabel hinaus vordringen können, oder?«

Azoun und Alusair nickten alle beide in grimmigem Einverständnis. »Nein«, stimmten sie dem Boten zu. Der König fügte hinzu: »Edler Bote, gebt Eurem Ross die Gelegenheit zum Ausruhen. Wir werden für eine Weile hier verweilen, während die Prinzessin Alusair einen gestern Abend geplanten Angriff auf jene ausführt, die uns bedrängen.«

Die Stahlprinzessin drehte sich mit vor Überraschung weit aufgesperrtem Mund um. Als ihr Blick dem ihres Vaters begegnete, zwinkerte der nur und sagte einfach: »Tut es.«

Alusair schlug sich mit der Hand zum Salut auf die Schulter, gab ihrem Pferd die Sporen und schrie: »Rothorns Reiter haben den besten Wein bei sich, Bayruce. Seht zu, dass Ihr vor Seiner Majestät zu ihnen kommt, falls Ihr welchen wollt!«

»Dieser Drachentau ist gut«, meinte Azoun und wischte sich den Mund ab. »Wie kommt es nur, dass ich eine solche Tochter zeugte?«

»Wollt Ihr, dass ich in aller Unschuld ›wie immer‹ antworte, Eure Majestät?«, scherzte Bayruce.

Azoun kicherte und wandte seine Aufmerksamkeit wieder der Schlacht zu. Alusair hatte genau das getan, was er selbst für richtig gehalten hätte. Zwei Divisionen hatten sich wie die gespreizten Scheren einer Krabbe hinter Hügeln ausgebreitet, Speere und Hellebarden vor den Bogenschützen versammelt. Sie sollten ihre Waffen schleudern, falls ihre Kameraden zum Rückzug gezwungen sein sollten. Alusair hatte sich, von den größten, stärksten Männern umgeben, in die Mitte des Kampfgeschehens begeben, um gegen die Hauptarmee der Goblins zu kämpfen, während die beiden versteckten Scheren darauf warteten, zuzuschlagen.

Nach einem kurzen Kampf würden die Hörner zum Rückzug rufen, und sie würden nach Süden fliehen, vielleicht zum Sternenwasser, um sich dort in Position zu stellen. Giogi Wyvernspur würde nur die Ernte eines Jahres und den daraus gekelterten Wein verlieren.

Die Goblins strömten über eine Hügelkuppe und brüllten vor Erregung und Zorn, als sie sahen, dass ihre Feinde für sie bereitstanden. Sie stürzten sich in einen Angriff, ohne dass einer von ihnen aufgeblickt oder nach rechts oder links geschaut hätte. Ja, Goblins liebten den Kampf. »Glath!«, schrien sie. *»Glaaath!«*

Was in der Allgemeinen Sprache »Blut« bedeutete. Azoun lächelte dünn. Wenn es denn Goblin-Blut wäre …

Die Angreifer trafen dort auf die Purpurdrachen, wo seine Tochter stand, und der laute Krach des Zusammenpralls ließ ihn zusammenzucken. Er und der Bote beobachteten angespannt, wie der Angriff die Purpurdrachen zurücktrieb. Jetzt machten sich die langen Schwerter ans Werk.

Alusairs Haar strömte ihr um die Schultern. »Bei den Göttern im Himmel, Mädchen, es schert sie nicht, wie schön Ihr ausseht!«, brüllte Azoun, der sich in den Steigbügeln aufgerichtet hatte. »Setzt Euren verdammten Helm wieder auf!«

Alusair wandte zwar den Kopf nicht, aber beide Männer glaubten zu sehen, dass sie ihr langes Kriegsschwert in einer recht rüden Geste nach oben stieß. Bogenschützen lagen hinter dem eigentlichen Kampfgeschehen auf den Bäuchen und schossen ihre Pfeile auf jeden Goblin ab, der ihnen ins Visier geriet. Auf eine solch kurze Entfernung durchbohrten die Geschosse die schreienden Angreifer oder rissen ihre Opfer mit sich in die Luft und schleuderten sie zurück und mitten unter ihre Kameraden.

Sie sahen, wie Alusair nach vorn stürmte und sich einem Goblin entgegenstellte, der seine Mitkämpfer um eine halbe Haupteslänge überragte. Die Prinzessin taumelte unter der Wucht des Aufpralls, als ihre Klingen sich trafen. Funken sprühten, als die Prinzessin zuschlug und die Schwerter wieder aufeinanderklirrten. Sie ließ sich auf den Rücken fallen, zog fest an den miteinander verschränkten Klingen und trieb dem Goblin einen Stiefel in den Leib. Er flog über sie hinweg, fiel hilflos aufs Gesicht und starb unter den Dolchstößen von einem Dutzend begeisterter Bogenschützen.

»Nun denn«, sagte Bayruce bewundernd, »nun denn …«

Alusair war schon wieder auf den Füßen, und ihre Hand fuhr zu ihrem Gürtel. Einen Augenblick später erscholl ein klares Hornsignal, und die Kormyraner zogen sich zurück. Beide Scherenarme kamen über der Hügelkuppe in Sicht, und sie eilten hinzu, um mit gesenkten Hellebarden und Spießen dem Rest der Goblins von hinten eine tödliche Überraschung zu bereiten.

»Gut gemacht«, stimmte Azoun zufrieden zu. »Wir können es uns nicht leisten, viele Männer zu verlieren, also hütet Alusair sie wie eine Mutter. Eine geborene Meisterin der Schlacht!« Der König und sein Bote griffen gleichzeitig nach dem Drachentau. Sie hatten den Weinschlauch beinahe geleert.

»Zwei oder drei Hügel weiter hinten sind mehr Goblins, als Ihr zählen könnt, aber das sind dann auch schon fast alle«, erklärte Alusair zufrieden und zügelte ihr Pferd. Sie war vom Kopf bis zu den Stiefeln mit schwarzem Goblin-Blut bespritzt.

Azoun beugte sich im Sattel vor und grollte: »Habt Ihr vergessen, wozu Helme da sind, junges Fräulein?«

Die Augen seiner starrköpfigen Tochter blitzten, und sie erwiderte lachend: »Ach – aber es ist gut, an Eurer Seite zu kämpfen, Vater!«

»Seid Ihr sicher, dass Ihr nicht Dutzende leidenschaftlicher junger Edelmänner vorzieht?«, neckte Azoun sie.

»Nun, ihre Reinfälle, wenn sie beeindrucken wollen, steuern mehr unfreiwillige Unterhaltung bei als Ihr«, meinte die Stahlprinzessin, »aber wie stetige Festlichkeiten können Reinfälle zum Gähnen langweilig werden.«

Azoun musste kichern, aber dann drang ein Ton an sein Ohr. Er blickte nach Süden, und sein Gesichtsausdruck veränderte sich.

»Weitere Boten«, sagte Bayruce an seiner Stelle. »Und sie reiten schnell.«

»Ärger, Vater?«, fragte Alusair ruhig und griff nach ihrem Schwert.

Azoun zuckte mit den Schultern. »Das weiß ich nicht – aber ich kann mit Sicherheit sagen, dass dies keine gute Zeit wäre, gegen irgendwelche Verräter unter den Edelleuten zu kämpfen.«

Alusair zog ungläubig eine Braue hoch. »Sie wären dumm genug, uns in den Rücken zu fallen, während von

Drachen gelenkte Goblins und Orks das Reich bis vor ihre eigenen Haustüren überfluten?«

»Größere, eindrucksvollere Reinfälle«, erwiderte Azoun trocken.

Die Boten brachten erfreuliche Neuigkeiten. Viele Edelleute hatten tatsächlich gut bewaffnete Truppen entboten, welche jetzt am Narrengrün auf den König warteten. Befehligt wurden sie von Kriegsmeister Haliver Ilnbright, einem alten, ergrauten Purpurdrachen, der über die Jahre hinweg oft auf Azouns Seite gekämpft hatte und dem viele Edle Respekt entgegenbrachten.

»Wir machen an Calantars Brücke Halt«, entschied Azoun und drehte sich im Sattel um. »Wir können uns dann in die Bauernhöfe in den Hügeln zurückziehen, falls das notwendig sein sollte.«

Jeder schwieg still und beobachtete voller Grimm, wie sich die dunkle Gestalt des großen roten Drachen vor der untergehenden Sonne in den Himmel hob und gemächlich über die Herzlande von Kormyr schweifte.

Nach ein paar Atemzügen erschienen die winzigen Silhouetten von sechs Gazneths, die sich dem Drachen anschlossen.

Alusair erschauerte, und ihr Vater griff wortlos nach ihrer Hand.

»Tut mir leid«, murmelte sie.

»Dafür besteht kein Grund«, gab er ebenso leise zurück. Seine Hand drückte warm und tröstlich ein wenig fester zu.

»Sieben Plagen«, flüsterte sie. »Wo ist die letzte, und woher mag sie kommen?«

»Fragt mich nicht«, knurrte ihr Vater. »Ich bin nur ein König.«

Plötzlich stellte Alusair fest, dass sie sich vor Lachen krümmte.

29

Wie alles andere, was den Verrat anbetraf, fand Tanalasta das Signal umständlich, kindisch und aufs äußerste entmutigend. Sie stand auf dem Rallyhorn-Turm und schaute im Dunkel verborgen zu, wie Orvendel die ungeschickt zusammengenähte Standarte eines Gazneths auf der Fahnenstange der Familie hisste.

Die Flagge zeigte ein breitschultriges männliches Exemplar mit gespreizten Flügeln und riesigen blutroten Augen. Der Gazneth umklammerte mit einer Hand die Königliche Dreifache Krone von Kormyr, und in der anderen hielt er einen Lichtblitz. Ein Fuß ruhte auf der Brust eines sterbenden Mannes, der andere auf den mächtigen Ruinen eines Turms.

»Der verdorbene kleine Bastard!«, zischte Korvarr. »Ich habe nichts davon gewusst!«

»Offenkundig nicht«, erwiderte Tanalasta.

Nachdem sie zugehört hatte, wie Orvendel beinahe stolz berichtete, dass er mit Korvarrs Gefühlen gespielt hatte, um mehr über Tanalastas Pläne zu erfahren, hatte der Lionar den Dienst quittiert und darum gebeten, so wie Orvendel bestraft zu werden. Tanalasta hatte seine Kündigung angenommen, aber erklärt, Korvarrs Reue sei Strafe genug.

Dem älteren Rallyhorn zufolge war der kurzsichtige, eher der Wissenschaft zugeneigte Orvendel während seiner Kindheit immer verspottet worden. In den wilden Tagen seiner Jugend hatte sich Korvarr gemeinsam mit seinen Freunden damit vergnügt, den jüngeren, leichtgläubigen Bruder zur Zielscheibe von Streichen zu machen. In der Zeit kurz nach dem ersten Erscheinen der Gazneths war der Lionar für kurze Zeit unter den Einfluss der von dem wahnsinnigen Königs Boldovar erzeugten Illusionen geraten und hatte schließlich erkannt, wie zerstörerisch diese Streiche sein konnten. Er schwor, derlei Grausamkeiten zu beenden, und schickte seinem Bruder augenblicklich etliche Bitten um Entschuldigung.

Aber all diese Bitten wurden zurückgewiesen, denn Orvendels Groll hatte sich bereits zu einem schwärenden Zorn entwickelt – und nicht nur auf seinen Bruder. Fürst Rallyhorn hatte sich ebenfalls den Hass seines jüngsten Sohns zugezogen, weil er sich nicht die Mühe gemacht hatte, seine Enttäuschung über Orvendels körperliche Ungeschicklichkeit und seinen Mangel an Stärke zu verbergen. Der Rest der feinen Gesellschaft von Kormyr verhielt sich nicht anders und folgte dem Beispiel von Vater und ältestem Sohn, indem sie den Jungen entweder als missratenen Sprössling oder den Familien-Hanswurst behandelten.

Es war kein Wunder, dass Orvendel heimliche Freude empfand, als er zum ersten Mal von der Zerstörung hörte, welche die Plagen aus Alaundos Prophezeiung über das Reich brachten.

Die Gazneths und alles, was er über sie herausfinden konnte, entwickelten sich zu einer Art Besessenheit, und schließlich sah er die dunklen Wesen als Werkzeuge seiner persönlichen Rache. Es fiel ihm nicht schwer, die mit magischen Gegenständen gefüllte Schatzkammer der Familie zu plündern und heimlich die Aufmerksamkeit der Phantome auf sich zu ziehen.

Zu der Zeit, als Korvarr ihm mitteilte, er würde sich und die Prinzessin bald mittels Fernreise-Zauber nachhause schaffen, hatte sich Orvendel bereits mit Luthax verbündet. Auf Anweisung des Gazneth war der junge Rallyhorn schließlich zum Schein auf die Annäherungsversuche seines Bruders eingegangen und zum Spion geworden, der seinen Rachefeldzug in die Tat umsetzte, indem er den Ungeheuern dabei half, das südliche Kormyr zu vernichten.

Sobald das bösartige Banner die Spitze des Fahnenmastes erreicht hatte, entzündete Orvendel eine Sturmlaterne und richtete ihren Schein auf die Flagge. »I-Ihr solltet jetzt besser nach unten gehen.« Der Jüngling mied Tanalastas

Blick und schaute auch seinen Bruder nicht an, und er fürchtete sich so sehr, dass die Laterne in seiner Hand unstet hin und her schwang. »Ihr wollt doch nicht, dass er Euch sieht.«

»Haltet die Laterne ruhig, Orvendel«, sagte Tanalasta. »Wir wollen doch nicht, dass er glaubt, irgendetwas sei nicht in Ordnung.«

Orvendel schaute auf seine zitternde Hand nieder und atmete ein paar Mal ein und aus, dann gab er es auf und presste die Laterne an seinen Bauch. »Das ist schon in Ordnung. Ich bin auch schon früher ... erregt gewesen.«

»Und Ihr seid sicher, dass er es sehen wird?«, fragte Korvarr.

»Er wird Ausschau halten«, antwortete Orvendel. »Er ist ausgehungert nach Magie, und er wird nicht lange zögern. Beeilt euch.«

»Geht vor, Hoheit«, sagte Korvarr. »Ich bleibe mit meiner Armbrust bei der Tür für den Fall, dass er zu entkommen versucht.«

Orvendel musterte seinen Bruder und meinte: »Glaubt Ihr, Ihr wärt schneller als ein Gazneth?« Trotz seiner Furcht hatte er die Lippen höhnisch verzogen. »Wenn Ihr hierbleibt, werter Bruder, wird Luthax Euch töten. Mir ist das egal, aber das würde mit Sicherheit den Plan der Prinzessin enthüllen.«

Tanalasta packte Korvarrs Arm. »Dieses Mal wird Orvendel uns nicht verraten. Luthax würde ihn so oder so umbringen, und ich bin mir sicher, dass er lieber als der Held in Erinnerung bleiben möchte, der Kormyr rettete, und nicht als das Kind, das sein Land verraten hat.«

Orvendel begann am ganzen Leib zu zittern, und er wandte sich ab und starrte hinunter auf die dunkle Stadt. Nach dem trotzigen Geständnis, das er abgelegt hatte, noch bevor Königin Filfaeril ihre Beweise vorlegen konnte, hatte Tanalasta die härtesten Worte ihres Lebens ausgesprochen und den Jüngling zum Tode verurteilt. Sie hatte ihm ein paar Tage gelassen, um über sein Schicksal nachzudenken, und ihm dann ganz bewusst die schrecklichen Hinrichtungen früherer Verräter geschildert. Anschließend hatte sie ihn um seine Hilfe gebeten im Gegenzug für einen schnelleren und weniger grausigen Tod. Orvendel hatte diesen Teil der Untersuchung erstaunlich gut überstanden und war trotzig und stolz geblieben, bis ihm Korvarr ausmalte, wie sich die Edelleute nach seinem Tod über ihn lustig machen würden.

Diese Beschreibungen hatten Orvendel viel mehr aufgewühlt als die von Tanalasta geschilderten Qualen, und endlich hatte der Jüngling zugestimmt, ihnen dabei zu helfen, Luthax in eine Falle zu locken.

Tanalasta ließ Korvarrs Arm nicht los und zerrte den Lionar hinter sich her die Treppe hinunter. Sie fragte sich, wie sie wohl nach der Zeit des Krieges weiterleben mochte. Vor kaum einer Woche bei der Versammlung, die man inzwischen den Eisernen Rat nannte, hatte sie die Edle Calantar für ein Verbrechen hinrichten lassen, das lediglich aus einem Widerspruch gegen einen königlichen Befehl bestand. Jetzt benutzte sie einen verängstigten Knaben – einen jungen Mann nach dem Gesetz und der Sitte, aber immer noch ein Knabe in seinem und in ihrem Herzen –, um einen Gazneth in die Falle zu locken. Wenn der Knabe sich wohl verhielt, bestand seine Belohnung in einem schmerzlosen Tod.

Tanalasta erschauerte unwillkürlich angesichts dessen, zu was sie sich entwickelte. Sie war die Herrscherin, die den Süden sicher durch den Krieg bringen musste, aber was würde anschließend geschehen? Würde sie in der Lage sein, Rowen beim Wiedersehen in die Augen zu schauen und ihm von all den schrecklichen Dingen zu erzählen, die sie begangen hatte?

Als Tanalasta den nächsten Treppenabsatz erreichte, nahm Owden Foley sie beim Arm und führte sie in Urthrin Rallyhorns geräumiges Studierzimmer.

»Hoheit, Ihr zittert ja!«, sagte er. »Ist Euch kalt?«

Obwohl der Raum leer wirkte, wusste die Prinzessin, dass sich mehr als ein Dutzend Purpurdrachen hinter falschen Bücherregalen an der nächsten Wand verbargen. Zwei Kriegszauberer hockten vor einer von Vorhängen verborgenen Schießscharte, und zwei weitere hatten sich hinter dem schweren Schreibtisch des Fürsten versteckt. Der Rest der Kompanie – einhundert sorgfältig ausgewählte Krieger und ein weiteres Dutzend Kriegszauberer – warteten weiter unten im Treppenhaus, bereit, in dem Augenblick in den Raum zu stürzen, in dem die Falle zuschnappte.

»Wir sind so bereit, wie das unter den gegebenen Umständen möglich ist«, sagte Owden.

Er führte Tanalasta durch den Raum zu einem breiten Eichenschrank und öffnete dessen Tür. Im Inneren sah der Schrank eher wie ein Sarg für zwei aus, und tatsächlich handelte es sich um einen als Schrank getarnten eisernen Kasten mit einer dicken Polsterung aus Leder und einem stählernen Riegel, der nur von innen geöffnet werden konnte. Die Prinzessin wusste es besser, als zu glauben, der Kasten könne einen Gazneth davon abhalten, sich auf sie zu stürzen. Aber er würde ihr ein paar kostbare Augenblicke verschaffen, in denen sie ihren Wetterumhang benutzen und verschwinden konnte.

Tanalasta trat ins Innere und griff nach der Waffe, mit der sie Luthax zu zerstören trachtete – eine uralte, mit Edelsteinen besetzte Krone, die einst König Draxius Obarskyr gehört hatte. Sie blickte auf ihren Bauch nieder, der inzwischen so angeschwollen war, dass sie ihre Zehen nicht mehr sehen konnte, und meinte: »Ich hoffe, dass sich die Tür schließen lässt.«

»Ich bin mir sicher, dass dies gelingen wird, Hoheit«, antwortete Owden. Er begab sich an die Seite der Prinzessin, und trotz seiner Versicherung zog er zur Bestätigung die Tür zu. »Seht Ihr?«

»Gerade eben«, meinte Tanalasta. Die Lederpolsterung

drückte ihrem Bauch nach oben gegen ihre Brüste, aber sie hörte, dass der Verschlussbolzen einrastete. »Aber schließt sie nicht, bevor es unumgänglich ist, falls Euch das nichts ausmacht.«

Owden stieß ein missbilligendes Schnauben aus, aber er öffnete die Tür.

Beinahe sofort bemerkte Tanalasta den stechenden Geruch von Schwefel und erblickte einen gelben Dunst im Raum. Ihr erster Gedanke war, dass Luthax die Falle gerochen hatte und nun versuchte, sie auszuräuchern, aber dann landete etwas Schweres auf dem Dach, und der ganze Turm geriet ins Schwanken.

Eine grobe, tiefe Stimme drang so mächtig wie ein Erdbeben durch die Bretter der Decke.

»Wo seid Ihr gewesen, Kind? Ich habe Bedürfnisse.«

»Ich ... ich weiß.« Orvendels Antwort drang kaum verständlich durch das Treppenhaus zu ihnen herunter. »Die Prinzessin hat alle Edelleute dazu gezwungen, ihre magischen Gegenstände in den Palast zu bringen. Ihr müsst ...«

»Das habe ich bemerkt«, grollte Luthax. »Ihr hättet uns warnen sollen. Wenn wir genug Zeit gehabt hätten, hätten wir ihnen auflauern können. Mit all der Magie ... Ihr wisst, dass es nicht mehr lange gedauert hätte, Euch zu einem der unseren zu manchen.«

Tanalastas Herz setzte für einen Schlag aus, und sie hörte, dass Owden neben ihr zischend den Atem ausstieß.

Dies gehörte nicht zu dem, was Orvendel ihnen erzählt hatte – dass er nämlich versuchte, selbst ein Gazneth zu werden –, aber es passte hervorragend. Im Geist sah sie ihn vor sich, wie er durch die Decke auf sie zeigte und lautlos das Wort »Falle« formulierte. Sie fühlte sich wie eine Närrin, weil sie geglaubt hatte zu wissen, wie es im Kopf des Jünglings aussah – aber keine allzu große Närrin. Noch während der Unterhaltung über ihrem Kopf näherten sich hundert Purpurdrachen auf ihren Hippogriffen, bereit, sich dem Gazneth in der Luft entgegenzustellen und ihn vom

Dach zu vertreiben. Letztendlich würde es nur einen Unterschied machen, was die Erinnerung Kormyrs an Orvendel betraf und wie Tanalasta über sich selbst dachte.

Aber Orvendel war nicht so naiv, wie sie einst gewesen war. Es folgte eine lange Pause, dann sagte er: »Ich habe Euch dabei geholfen, zweimal so viel Magie zu finden. Wenn Ihr vorhättet, mich zu einem Gazneth zu machen, dann hättet Ihr das längst getan.«

Als Nächstes hörte Tanalasta das Geräusch eines über das Dach rollenden Körpers. Sie glaubte für einen Augenblick, Luthax hätte den Jüngling getötet, aber dann sprach der Gazneth wieder.

»Ich habe einen schrecklichen Durst, Kind. Es ist keine gute Zeit, mit mir zu spielen.«

»Das tue ich nicht«, antwortete Orvendel so leise, dass Tanalasta die folgenden Worte kaum verstand. »Ich habe etwas Besonderes für Euch.«

»Wo?«, begehrte Luthax zu wissen. »Ich fühle keine Magie.«

»Keine Magie – etwas Besseres«, erklärte Orvendel. In der Kiste neben Tanalasta fluchte Owden leise, offenkundig davon überzeugt, dass der Jüngling sie jetzt verraten werde. Orvendel fuhr fort: »Kommt mit die Treppe hinunter.«

»Die Treppe hinunter?« Luthax' Stimme klang misstrauisch. »Bringt es herauf.«

»Äh – das kann ich nicht.«

»Spielt Ihr wieder mit mir, Kind?« Ein dumpfer Schlag erklang über ihren Köpfen, gefolgt von einem Aufprall, als Orvendel erneut zu Boden ging. »Tut, was ich Euch sage …«

»Orvendel?«, rief Tanalasta. Sie drückte Owden Draxius' Krone in die Hand und verließ ihr Versteck. »Orvendel, ich hörte Stimmen. Ist jemand mit Euch dort droben?«

Auf dem Dach wurde es still, und Owden packte die Prinzessin am Arm. »Was tut Ihr da?«

»Schweigt!«, zischte Tanalasta. Sie befreite sich aus Owdens Griff und ging zum Fuß der Treppe. »Orvendel! Antwortet mir!«

Etwas raschelte über das Dach, und die Schwefelwolke wurde dicker und stärker. Korvarr erschien auf der Treppe, die nach unten führte, und ergriff Tanalasta am Arm.

»Orvendel!«, schrie die Prinzessin. »Ich werde nicht länger auf Eure so genannte Überraschung warten! Die Zeit einer Prinzessin ist ...«

»Orvendel?«, rief nun auch Korvarr, wenn auch nicht so drängend wie Tanalasta. Er trat vor die Prinzessin und zog sich von der Treppe zurück, wobei er sie in Richtung ihrer Kiste stieß. »Wenn dies ein weiteres Eurer kindischen Spiele ist ...«

»Kaum!«, erwiderte Luthax' tiefe Stimme.

Eine Zunge aus scharlachroten Flammen leckte aus dem Treppenhaus in den Raum, erwischte Korvarrs Brust und schleuderte ihn gegen Tanalasta. Sie stolperte rückwärts und fiel, und ihre Nase füllte sich mit dem Gestank verbrannten Fleisches. Korvarr stürzte auf sie, und er heulte und schrie, während seine brennenden Gliedmaßen auf den Boden neben ihr droschen.

Ein Zauberer streckte den Kopf zwischen den Vorhängen vor der Schießscharte hindurch, und gleich darauf schwang ein Bücherregal nach außen, als der dahinter versteckte Purpurdrache das Möbel zur Seite schob.

»Halt!«, schrie sie und legte den Tonfall eines königlichen Befehls in ihre Stimme. Der Kopf des Zauberers verschwand augenblicklich, und das Bücherregal bewegte sich nicht mehr. Sie seufzte vor Erleichterung, dann wiederholte sie erheblich panischer: »Halt! Nicht mehr bewegen, Korvarr!«

Obwohl der Befehl in Wirklichkeit gar nicht für ihn gedacht war, brachte es Korvarr trotz der Schmerzen und seiner Furcht irgendwie fertig, stillzuhalten. Tanalasta schob ihn von sich und versuchte verzweifelt zu überlegen, was sie als Nächstes tun würde, wenn der Gazneth nicht auf dem Dach über ihr lauerte, jede ihrer Bewegungen belauschte und versuchte, eine Falle zu wittern.

»Hilfe!« Noch während sie schrie, bedeutete sie Owden mit einer Geste, die Tür des »Schrankes« zu schließen, dann winkte sie ihren anderen Männern zu, dort zu bleiben, wo sie sich gerade befanden. Korvarr ließ sie brennend auf dem Boden liegen. »Wachen! Hilfe!«

Mehr brauchte Luthax nicht. Ein ohrenbetäubendes Krachen rollte die Treppe herunter und in den Raum, gefolgt von einem erstickenden Nebel aus Asche und Rauch. In der Mitte der Wolke stand eine menschenähnliche Silhouette mit dem beachtlichen Bauch eines Zauberers und krummen, stockdünnen Beinen. Seine Feueraugen bewegten sich in Tanalastas Richtung, dann machte er einen ersten Schritt.

Hinter dem falschen Bücherregal erklang ersticktes Husten, und die Augen des Gazneth wurden so groß wie Untertassen. Er wirbelte zu dem Geräusch herum und hob eine Hand.

»Jetzt!«, gellte Tanalasta. »Tut es jetzt!«

Das Bücherregal kippte nach vorn und schleuderte Luthax zu Boden. Scharlachrote Flammen loderten kreisförmig auf, schossen auf Tanalastas Füße zu und setzten die Teppiche in Brand. Dann stürmte ein Dutzend Purpurdrachen vorwärts und zog die eisernen Rückwände von den Regalbrettern. Eine Flammensäule schoss aus der Öffnung und brannte ein Loch von der Größe eines Pferdes in die Decke. Zwei Purpurdrachen taumelten schreiend und mit vor die schmelzenden Gesichter gepressten Händen zu Boden. Die anderen hackten und stachen mit ihren Eisenschwertern durch die Öffnung.

Jetzt, da der Gazneth in der Falle saß, wandte Tanalasta ihre Aufmerksamkeit Korvarr zu. Sie nahm sich den Wetterumhang von den Schultern und warf ihn über den immer noch brennenden Körper des Lionars. Er schrie und rollte sich weg, wobei er sich in dem Stoff verhedderte und die Flammen erstickte.

Ein donnerndes Krachen ließ den ganzen Raum erbeben, dann löste sich der Boden ihr gegenüber und fiel in das Stockwerk darunter. Halb erstickt und hustend wegen der Schwefeldämpfe eilte Tanalasta vor und schaute durch einen kniehohen Flammenvorhang in den unter ihr liegenden, raucherfüllten Raum.

Das falsche Bücherregal lag mitten auf einem größeren Stück brennenden Bodens, und darunter stöhnten und schrien Dutzende von Purpurdrachen. Luthax war gerade im Begriff, sich auf die Knie zu erheben, und steckte den Kopf durch die Rückseite des Bücherregals. Ungefähr dreißig Purpurdrachen umringten den Gazneth, und ihre eisernen Waffen klirrten gegeneinander, als sie wie wild auf das Phantom einschlugen.

Obwohl sich viele Wunden so schnell zu schließen schienen, wie sie geschlagen worden waren, taten manche das nicht, und Tanalasta wusste, dass sie schließlich die Oberhand gewinnen würden.

»Owden, die Krone!« Sie streckte einen Arm nach hinten, dann wies sie auf die Zauberer, die sich hinter dem großen Schreibtisch versteckt gehalten hatten. »Und bringt eure Kiste dort hinunter!«

Die Zauberer klappten die Oberseite des Schreibtischs auf, und zum Vorschein kam eine große eiserne Kiste, die unter dem Walnuss-Furnier verborgen gewesen war, dann schoben sie das schwere Behältnis zu dem Loch.

In den Raum darunter schien Luthax schließlich zu erkennen, dass selbst er die Wunden nicht so schnell heilen konnte, wie sie ihm zugefügt wurden. Er wehrte sich nicht mehr, sondern schloss die Augen und schien sich in sich selbst zu versenken. Ein tiefes Rumpeln erschütterte den Turm. Die schweren Wandbehänge schwangen unregelmäßig hin und her, und kleine Mörtelstückchen fielen aus den Fugen zwischen den Steinen.

»Bewegt euch!«, befahl Tanalasta und winkte die Zauberer und ihre Kiste zu dem Loch.

Owden drückte ihr die Krone in die Hand, dann schob er eine Schulter gegen die Eisenkiste. Das schwere Behältnis glitt nach vorn, schwankte auf der Kante und krachte dann mitten auf Luthaxens Schädel. Der Gazneth erschlaffte und fiel auf den Rücken. Die Kiste blieb auf seiner Brust liegen, nachdem sie ihm den Schädel eingeschlagen hatte.

Das Beben legte sich, und der Rauch löste sich langsam auf, aber dann beulte sich die Vertiefung im Schädel des Gazneths wieder aus. Tanalasta zerrte ihren Wetterumhang von Korvarrs verbranntem Körper und benutzte ihn, um die Flammen um das Loch herum zu ersticken. Sie schwang die Beine über die Kante und streckte Owden einen Arm entgegen.

»Lasst mich hinunter.«

Owden riss die Augen auf. »Das müssen fünfzehn Fuß sein.«

»Zu weit zum Springen«, meinte sie. »Aber ich werde, wenn ich muss.«

»Nicht nötig.« Owden umklammerte ihre Handgelenke und ließ sich auf den Bauch nieder, dann ließ er sie über die Kante nach unten gleiten. »Ein wenig Hilfe von unten wäre willkommen!«

Mehrere Paar Hände streckten sich nach oben und bekamen Tanalastas Beine zu fassen, dann setzten sie sie sanft auf dem Boden ab. Obwohl die ganze Prozedur nur wenige Atemzüge gedauert hatte, hatte sich in der Zeit, als sie um die Eisenkiste herumgegangen und sich niedergekniet hatte, der zerschmetterte Schädel des Gazneths wiederhergestellt.

Tanalasta hielt die uralte Krone über seinen kahlen, schwarzen Kopf. »Luthax der Mächtige, Hochkastellan der Kriegszauberer, als eine wahre Obarskyr und Erbin des Drachenthrons gewähre ich Euch das, was Ihr am meisten begehrt und weswegen Ihr das verraten habt, was Ihr am meisten liebtet.« Während die Prinzessin sprach, öffneten sich Luthax' Augen. Sie drückte ihm die Krone auf den Kopf und beendete dann ihre Ansprache. »Die Krone von Draxius Obarskyr ist Euer.«

»Nein!« Der Gazneth fuhr mit einer Hand nach oben und erwischte die Prinzessin an der Schläfe.

Ihr Ohr explodierte vor Schmerz, und alles um sie herum wurde schwarz. Für einen Augenblick glaubte sie, Alaphondar habe sich geirrt, dann kehrte ihr Sehvermögen zurück, und sie sah, dass das Feuer in den Augen des Phantoms erlosch. Der Schatten verschwand aus seinem Gesicht, und Tanalasta stellte fest, dass sie in die von Bitterkeit erfüllten Augen eines von Hass zerrissenen, nach Macht gierenden alten Zauberers blickte.

Luthax' Arme schossen wieder nach oben, aber dieses Mal packte ihn ein Purpurdrache mitten in der Bewegung. Die Augen des Zauberers weiteten sich vor Entsetzen. Er riss die Hand los und begann, an der Krone zu kratzen, versuchte vergeblich, die Finger unter den Reif zu schieben und ihn sich vom Kopf zu reißen. Er schaffte es nur, sich vier blutige Striemen in den Kopf zu kratzen.

Tanalasta seufzte vor Erleichterung. »Es hat keinen Zweck, Luthax.« Sie hob eine Hand und stieß ein erschöpftes Ächzen aus, als jemand sie auf die Füße zog. »Ihr wolltet die Krone, und nun ist sie die Eure.«

»Ja, das habe ich.« Die Stimme des alten Zauberers klang brüchig und schwach. »Aber was wollt Ihr? Ich habe es, so glaube ich.«

Er senkte den Blick und schaute auf seine schlaffe Brust, und Tanalasta erblickte zu ihrer Überraschung eine Silberkette, an der eine silberne Gürtelschließe in der Form einer aufblühenden Sonnenblume baumelte.

Die Schließe kam ihr so vertraut vor wie das heilige Symbol, das sie selbst am Hals trug. Rowen Cormaeril hatte sie an seinem ledernen Kundschafter-Gürtel getragen. Sie hatte sich während ihrer gemeinsamen Reise durch die

Steinlande wohl hundert Mal dabei ertappt, sie anzustarren, und während ihrer Hochzeitsnacht hatte sie sie selbst mit einiger Mühe geöffnet.

Tanalasta riss die Schließe samt Kette von Luthax' Hals. »Wo habt Ihr die her?«

Der alte Mann lächelte. »Also seid Ihr interessiert«, meinte er. »Seltsam, mit der Krone auf dem Kopf vermag ich mich nicht so recht zu erinnern …«

»Niemals.« Sie fragte sich, welche Sorte Frau wohl die Gelegenheit ausschlagen mochte, die Luthax ihr da anbot, aber sie trat dem alten Mann nur in die Rippen und wandte sich dann von ihm weg. »Sperrt dieses Ungeheuer in seine Kiste.«

Owdens Kopf erschien in dem Loch in der Decke. »Und stellt sicher, dass er keine Zauber wirken kann!«

»Ja«, erwiderte Tanalasta. »Wir müssen uns dessen sicher sein. Sorgt dafür, dass seine Hände und sein Kiefer gebrochen sind – und zwar in tausend Stücke.«

30

»Loslassen!« Die Stimme des Bognermeisters klang gleichmäßig und ruhig, und er hielt die Augen auf den unter ihm dahinströmenden Fluss gerichtet. Die dritte Serie von Pfeilen zischte wie befohlen in die Luft und raste kurz auf die Sonne zu, um dann als tödlicher Regen auf die kämpfenden Orks hinunterzugehen.

Viele Feinde stolperten und fielen in das Wasser, das sich bereits rot färbte von Blut. Die Leichen der schon vorher Getöteten ragten aus dem Fluss wie Dutzende grotesker kleiner Inseln und verstopften den Sternenwasser so sehr, dass die Fluten über die Ufer zu treten und den Schlamm zu überschwemmen drohten, durch den die Orks sich näherten.

Sie hatten bislang noch nicht die vorderste Linie der Purpurdrachen erreicht – eine vor gesenkten Speer- und Hellebardenspitzen strotzende Reihe auf halber Höhe des Hügels, der sich zum Ufer hin absenkte. Sie warteten begierig darauf, die Feinde in Empfang zu nehmen. Die Bogner von Kormyr hatten freies Schussfeld auf alles, was sich in der Nähe des Flussufers bewegte.

Hunderte von Orks lagen bereits tot am Boden, aber die anderen drängten immer weiter vor, da sie vor dem Drachen hinter ihnen mehr Furcht empfanden als vor den Menschen auf dem Hügel.

Selbst der Meister der Bogenschützen zuckte zusammen angesichts der geblendeten, dem Wahnsinn nahen Orks, die auf ihre Kameraden einschlugen. Die Feinde heulten und quiekten wie riesige Schweine, als zunächst nicht tödlich wirkende Pfeile aus ihren Augen sprossen. Jene, die noch nicht getroffen worden waren, drangen schwerfällig, aber unermüdlich weiter vor, wobei einige unter ihnen so schlau waren, die Körper der Toten hochzuhieven, sie über ihre Köpfe und Schultern zu wuchten und so als Schilde gegen die hungrig zischenden Pfeile zu benutzen.

»Wie geht es voran?«, schrie ein von sich selbst überzeugter Schwerthauptmann, der die Linie entlangschritt, über das Zischen der Pfeile hinweg.

Der Bognermeister schien ein Lächeln zu unterdrücken, als er antwortete: »Wir stehen noch, Sire. Bislang keine Verluste, und uns bleiben noch mehr als genug Pfeile.«

»Weshalb tun diese Männer nichts?«, schnappte der Offizier und wies mit dem gezückten Schwert auf die Männer, die er gemeint hatte.

»Es ist nicht so, dass sie nichts täten. Sie warten mit zum Abschuss bereiten Pfeilen, versteht Ihr?«

Der Schwerthauptmann blinzelte, als Schweigen auf die Frage folgte, und bemerkte nicht, dass man eine Antwort von ihm verlangte. Nach einem Augenblick fragte er knapp: »Weshalb?«

»Sie warten darauf, die Brücke zu verteidigen.«

Der Schwerthauptmann runzelte verwirrt die Stirn. »Aber bislang wurde die Brücke nicht angegriffen! Die Orks haben sie nicht einmal erreicht, dank unseren Bogenschützen dort drunten – Bogenschützen, die, wie ich hinzufügen möchte, hart gekämpft haben, während diese hier untätig herumstehen.«

Der Bognermeister nickte. »In der Tat, Sire. Meine Augen haben mir das auch enthüllt, Sire.«

Der Schwerthauptmann zuckte zurück, als sei er geschlagen worden, dann brachte er sein Gesicht so nahe an das des Bognermeisters heran, dass ihre Nasen sich beinahe berührten. »Erklärt mir, weshalb sie warten, und zwar augenblicklich!«

Ohne den Kopf abzuwenden bellte der Bognermeister: »Und Schuss!«

Als der Schwerthauptmann mit einem Keuchen zurückzuckte, raste eine weitere todbringende Salve in den Himmel.

Der Bognermeister folgte dem Weg der Pfeile mit dem Finger, bis Dutzende von Orks zu Boden fielen und die Pfeilschäfte umklammerten, die sie durchbohrt hatten. »Die Schlacht wird nicht weitergehen, Sire, ohne dass uns der Feind etwas mehr liefert.«

»Etwas mehr? *Was*, Mann?«

»Den Drachen, Sire. Wenn wir uns hier noch viel länger aufhalten, wird er kommen, Sire. Er wird zuerst bei der Brücke zuschlagen, wo die Männer sich drängen und nicht vor ihm weglaufen können. Sobald er mit ihnen fertig ist, werden die Orks über die Brücke und hoch zu uns strömen, Sire.«

Der Schwerthauptmanns schluckte und starrte in das ruhige Gesicht des Bognermeisters, dann schaute er hinunter auf die Brücke und anschließend wieder in die Augen des Bognermeisters. Unterdessen nahm sein Gesicht eine kalkweiße Färbung an.

»Äh – macht weiter so«, stieß er hervor und machte sich daran, weiter die Reihe entlangzustolpern. Der Meister der Pfeile hielt sich nicht damit auf, ihm nachzuschauen.

Sein Blick ruhte auf dem sich entfaltenden Angriff, den er erwartet und gefürchtet hatte.

Das Ungeheuer, das die Soldaten inzwischen den »Teufelsdrachen« getauft hatten, war ebenso groß, wie es in den Geschichten an den Lagerfeuern ausgemalt worden war.

Der rote Drachen übertraf an Größe jeden lebenden Lindwurm, der dem Bognermeister je vor Augen gekommen war, schwebte dabei aber so gefährlich und elegant durch die Luft wie ein Falke.

Das Ungeheuer schoss um die Flanke eines Hügels herum in Sicht, stieg über den Pfeilschützen von Kormyr, die eine Schlächterei unter den Orks anrichteten, nach oben und schwebte dann auf die Brücke nieder. Der Bognermeister konnte erkennen, dass die Männer dort sich duckten, als sich die Kiefer des Drachen öffneten.

»Auf das Maul! Schießt!«, schrie er, aber der Befehl war eigentlich nicht nötig. Er hatte die Reihe früher am Tag selbst abgeschritten und jedem Mann und jeder Maid erklärt, dass der Ausgang der bevorstehenden Schlacht sehr wohl von ihren Bögen abhängen mochte.

In diesem Augenblick riss der Drache das Maul sperrangelweit auf.

»Ich will, dass ihr alle eure Pfeile in seine Kehle schießt«, wiederholte er grimmig seinen Befehl, als überall um ihn herum die Bogensehnen surrten.

Seine Hand, die nicht länger Pfeile abschießen konnte, juckte und schmerzte wie jedes Mal, wenn ein wichtiger Schuss vollbracht werden musste. »Tempus stehe uns bei«, hauchte er und krampfte die Faust um den scharfkantigen Feuerstein in seiner Handfläche, damit Blut floss, auf dass ein Gebet zu dem Kriegsgott gelange.

Er öffnete den Mund vor Erstaunen.

Der Drache flog in einen Hagel von Pfeilen, schüttelte

sich, als viele Geschosse ihr Ziel in dem weichen Maul fanden, aber er war vorbereitet. Seine Flügel hatte er nach hinten gefaltet, um besser dahingleiten zu können, und er streckte die krallenbewehrten Klauen vor und spuckte einen Feuerstrom vor sich aus, der die großen Schilde der Kormyraner traf und um sie herumleckte. Die Schilde würden gegen das Drachenfeuer nicht standhalten, denn sie begannen schon zu flackern.

Hinter diesen Schilden jedoch schoben und stießen die Männer wie besessen, schleuderten das beiseite, was der Bognermeister für Kisten voller Pfeile gehalten hatte, und schoben andere Kisten in und unter das, was unter den ersten Kisten versteckt gewesen war. Es handelte sich um einen Rammbock, der so lange in der Waffenkammer gelegen hatte, wie der Bognermeister denken konnte. Sein hinteres Ende hatte man kürzlich angespitzt, die Axthiebe waren noch so frisch, dass das Holz hell schimmerte. Das scharfe Ende fuhr jetzt in die Höhe, als die ächzenden Krieger Kisten voller Felsbrocken unter den Rammbock keilten.

Ganz seiner Mordlust hingegeben bemerkte der Lindwurm sein Verhängnis erst im letzten Augenblick. Der alte Rammbock aus der Königlichen Waffenkammer, zugespitzt mit uralten, mit Juwelen besetzten Zwergen-Äxten, durchbohrte zwar nicht die Brust des Drachen, schlitzte ihm aber den Bauch auf. Schuppen schossen in alle Richtungen von dem abdrehenden Drachen weg wie tönerne Becher, die vom schwankenden Karren eines Händlers fallen.

Brüllend drehte sich der Lindwurm in der Luft, und zwar so tief, dass er auf den Boden geprallt wäre, hätte sich unter ihm nicht das Sternenwasser befunden. Rauchendes Drachenblut regnete auf die Purpurdrachen nieder, die dort warteten und vor Angst die Münder aufrissen. Der Drache vollführte einen halben Salto in der Luft und floh in Richtung Norden über den Wald. Das Ungeheuer stieß einen langen Schrei aus und krachte durch etliche Baumwipfel, bevor es außer Sicht geriet.

Die Orks und die Goblins nördlich des Flusses stimmten ein Geheul und Wehklagen an, und sie schwärmten unter Keuchen und dem Knallen von Peitschen ziellos umher.

Ein Stück weit über dem Bognermeister schaute König Azoun zufrieden auf den Wirrwarr nieder.

»Das ist unsere Chance«, sagte er zu der Stahlprinzessin und drehte sich mit blitzenden Augen um. »Ich leite einen Vorstoß über die Brücke und biete mich den Goblins an, als sei ich übermäßig kühn. Ihr führt Eure Männer dort drüben über den Fluss – hinter das Feuer, wo der Rauch euch verdecken wird – und dringt durch den Wald zu uns vor. Ich werde wie ein Wahnsinniger das Hauptlager der Orks angreifen, und sie werden sich entweder stellen und mich bekämpfen oder das Lager aufgeben.«

Alusair nickte. »Es handelt sich um Orks«, meinte sie schlicht. »Sie werden kämpfen.«

Ihr Vater nickte. »Auf das Hornsignal hin zückt ihr die Schwerter und greift die Orks von hinten an. Wir sollten in der Lage sein, sie zu töten. Falls sie nach Osten fliehen, können unsere Bogenschützen sie ins Visier nehmen, denn sie sind gute zwei Meilen von der nächsten Deckung entfernt. Wir können uns schon beim Anbruch der Nacht von den Orks befreit haben – und den Krieg jetzt schon gewinnen.«

Alusair wusste, dass sie ein ebenso breites Lächeln zur Schau stellte wie ihr Vater. Als er sie bei den Schultern packte und überschwänglich schüttelte wie ein Krieger den anderen, schüttelte sie jedoch warnend den Kopf. »Wir vertrauen darauf, dass der Drache nicht zurückkommt.«

Azoun nickte, dieses Mal ernüchtert, dann flammten seine Augen wieder auf, und er bellte: »Nun, ist das nicht ein Risiko, das wir eingehen müssen?«

Die Stahlprinzessin nickte. »Selbstverständlich«, antwortete sie, dann spielte der Schatten eines Lächelns um ihre Lippen, als sie in gespielt Unheil verkündendem Ton hinzufügte: »Aber Eure Majestät vergessen die Goblins.«

Wieder packte Azoun seine Tochter bei den Schultern und zog sie dann nahe an sich heran. Er küsste sie wild auf die Stirn, verpasste ihren Schultern einen kräftigen Schlag und knurrte: »Also fort mit Euch, und gewinnt in dieser Sache!«

Alusair kniete sich nieder und murmelte in der perfekten Nachahmung eines unsicheren, in den höchsten Tönen flötenden Höflings: »Wie Ihr befehlt, o Löwe unter den Königen.«

Sie richtete sich wieder auf, wirbelte herum und war verschwunden, bevor der König ihr einen weiteren Schlag versetzen konnte. Sein Lachen dröhnte hinter ihr her wie ein warmer Segen.

31

»Richtet all Eure Aufmerksamkeit darauf.«

Die silberne Blüte begann hin und her zu schwingen, und Tanalastas Blick folgte ihr.

»Stellt Euch sein Gesicht vor.«

Tanalasta versuchte, sich das Gesicht ihres Ehegemahls ins Gedächtnis zu rufen, und fand es erstaunlich schwierig. Sie hatten kaum einen Monat gemeinsam verbracht, und seit sie ihn das letzte Mal gesehen hatte, war ein Siebenfaches an Zeit verstrichen. Sie verfügte zwar über ein beinahe intuitives Bewusstsein seiner Existenz, aber sein Gesicht hatte sich in etwas Nebulöses mit gespaltenem Kinn und dunklen Augen und einem noch viel dunkleren Schopf widerspenstigen Haares verwandelt. Wie konnte sie nur sein Gesicht vergessen? Ein gutes Eheweib wusste, wie ihr Gemahl aussah, aber während der letzten sieben Monate war so viel geschehen. Ihre Hochzeit schien eine Lebensspanne zurückzuliegen, und sie hatte guten Grund sich zu fragen, ob sie selbst noch dieselbe Person sei.

Tanalasta hatte den Hinrichtungsbefehl für Orvendel Rallyhorn an diesem Morgen unterzeichnet. Sie hatte versprochen, dass der Tod des Jünglings sowohl schnell als auch ehrenvoll sein würde. Er würde im Schlaf erstickt und dann im ganzen Land als die brave Seele betrauert werden, die den Purpurdrachen gezeigt hatte, wie man Gazneths fing. So verzweifelt sie sich auch wünschte, die Strafe auszusetzen, konnte sie das nicht – nicht in einer Zeit des Krieges. Orvendels Verrat hatte zu viele Menschen das Leben gekostet und beinahe dafür gesorgt, dass ihr Vater Kormyr verlor. Manche Dinge konnte man einfach nicht verzeihen.

»Könnt Ihr ihn sehen?«, fragte Owden.

Tanalasta hob einen Finger. »Einen Augenblick.« Sie musterte den geräumigen Speisesaal im Landhaus der Kronensilbers, den das Familienoberhaupt der Krone für die Zeit der zu erwartenden Schlacht dankenswerterweise zur Verfügung gestellt hatte. »Sind alle bereit?«

Wie bei Luthax' Gefangennahme hatte sich eine ganze Kompanie Purpurdrachen samt einem Dutzend Kriegszauberer versteckt, und etliche Priester des Tempus hielten sich für alle Fälle bereit. Ihr »Sarg« stand ganz in der Nähe, so wie auch die eisernen Käfige für die Gazneths. Tanalasta rechnete nicht damit, dass alle fünf Gazneths gleichzeitig erscheinen würden – zumindest hoffte sie das. Aber nur die Götter wussten, was geschehen würde, wenn Owden seinen Zauber wirkte. Ihr Bann jeglicher Magie hatte die Gazneths zu solcher Raserei getrieben, dass sie inzwischen die Patrouillen von Edelleuten angriffen in der Hoffnung, ein von Entsetzen gepackter Kriegszauberer würde einen Zauber auf sie schleudern. Diese Taktik bewirkte, dass die Phantome weitermachten, und genau das hatte Tanalasta gewünscht. Es war besser, die Gazneths im Süden zu halten und die Magie zu bestimmen, die sie bekamen, als sie wegfliegen zu lassen und sonst wo zu suchen.

»Wollt Ihr Rowen finden oder nicht, Prinzessin?«, fragte Owden. »Ich habe nicht eine halbe Woche über diesem neuen Bann gearbeitet, weil ich mit meiner freien Zeit nichts Besseres anzufangen wüsste.«

Tanalasta richtete ihre Aufmerksamkeit wieder auf den Erntemeister. »Ich weiß.« Sie beugte sich vor und fuhr mit gedämpfter Stimme fort: »Ich habe Schwierigkeiten, mich an sein Gesicht zu erinnern.«

Owdens Miene wurde weicher. »Vielleicht fürchtet Ihr Euch vor dem, was Ihr erblicken könntet.«

»Nein.« Tanalasta schüttelte entschieden den Kopf. »Sollte er tot sein, dann will ich das wissen. Es wäre besser, als sich ihn in einem Sklavenlager der Orks vorzustellen – oder Schlimmeres.«

Owden nickte, langte dann zu ihr herüber und berührte ihre Stirn. »Ihr versucht es viel zu angestrengt. Er ist immer noch in Eurem Kopf. Erinnert Euch an etwas, das ihr gemeinsam unternommen habt. Entspannt Euch und lasst sein Gesicht zu Euch kommen.«

Tanalasta dachte an ihren ersten Kuss.

Sie hatten sich im Schatten der großen Sandberge von Anauroch befunden und sich darauf vorbereitet, einen Gazneth abzulenken, der Alusairs Kompanie in den Ruinen eines alten Goblin-Turms belagerte.

Tanalasta trat durch das Tor, um die Aufmerksamkeit des Gazneth auf sich zu lenken, empfand aber plötzlich das unwiderstehliche Verlangen, den gut aussehenden Kundschafter zu küssen. Sie packte ihn am Kragen und presste ihre Lippen auf die seinen, und er erwiderte die Umarmung und schlang die Arme um sie. Ein solch starker, von den Göttern gesandter Hunger erfasste sie, dass sie ihre eingeschlossene Schwester beinahe vergessen hätte.

Owden schickte sich an, Rowens heiliges Symbol vor- und zurückschwingen zu lassen, und Tanalastas Blick folgte der Blüte.

Sie hatte begonnen, eine Hand über Rowens Körper gleiten zu lassen, und er tat das Gleiche mit ihr und umfasste sanft ihre weiche Brust …

Sein Gesicht kehrte zu ihr zurück, gut aussehend und dunkel und wie gemeißelt, mit einem sanften Lächeln und braunen Augen so tief wie der Wald. Ein Schauer der Erleichterung überlief Tanalasta, und sie sagte: »Ich habe ihn.«

»Gut. Nun fahrt damit fort, sein heiliges Symbol zu betrachten. Es ist die Spur, die Euch zu ihm führen wird. Schaut weiter hin …«

Owden sang jetzt mit tiefer Stimme seinen Zauberbann, rief Chaunteas göttliche Macht auf, die mystische Verbindung von Rowen und dem, was Luthax ihm genommen hatte, neu zu schmieden.

Tanalasta ließ auch weiterhin das hin und her schwingende Symbol nicht aus den Augen, klammerte sich an das Bild ihres Ehegemahls in ihrem Geist und flehte die Göttin an, Owdens Bitte zu erfüllen. Rowens Abbild schmolz in die silberne Blüte und wurde eins mit ihr, und sie sah jetzt den Kopf ihres Gemahls dicht vor ihren Augen vor- und zurückschwingen. Der Raum um sie herum verschwand. Sie hatte das Gefühl, einen dunklen Tunnel hinunterzufallen, in eine Schwärze so tief wie der Abgrund selbst.

Ein tintiger Schatten fiel über das Gesicht vor ihr, und die Züge wurden hager und hart. Die Brauen sahen jetzt schwer und bösartig aus und hingen über glühenden weißen Augen so rund und glänzend wie Perlen. Die Nase schwoll zu einem brutalen, gebogenen Ding so scharf wie ein Falkenschnabel an. Nur das Kinn blieb so kantig, stark und gekerbt wie immer.

»Rowen?«, keuchte Tanalasta.

Die weißen Augen flammten auf und schauten von ihr weg, verschwanden in einer neblig grauen Wolke. Für einen Augenblick verstand Tanalasta nicht, was sie da sah, dann zischte ein gabelförmiger Blitz vorbei, und sie erkannte, dass es sich bei der Wolke um Regen handelte.

»Rowen?«, rief sie ein weiteres Mal.

Ein anderes Gesicht erschien, ebenso hager, aber mit

buschigen Brauen und einer Kolbennase, eingesunkenen grauen Augen und einem buschigen schwarzen Bart, der von ausgezehrten Wangen nach unten fiel. Ein eiserner Reif umfing den schmutzigen Haarschopf. Auf dem Schädel prangten kahle Stellen, und rote Schrammen zeigten sich an den Schläfen, da der Träger des Reifs offenkundig versucht hatte, sich die altertümliche Krone vom Kopf zu reißen.

Die ungeduldig gerunzelten Brauen und die Härte in den Augen kamen Tanalasta seltsam vertraut vor, aber sie wusste nicht, woher sie den abgehärmten alten Mann kannte.

»Wer seid Ihr?«, fragte sie. »Was ist mit Rowen geschehen?«

Was ist mit Rowen geschehen?, erklang eine höhnische, nur allzu vertraute Stimme in ihrem Kopf. *Ist das alles, was Ihr zu wissen begehrt? Kein »Wie geht es Euch, alter Schnüffler? Wo seid Ihr gewesen?« Nicht einmal »Seid Ihr tot oder lebendig?«*

»Vangerdahast?«, keuchte Tanalasta. »Seid Ihr tot?«

Der Zauberer schaute beleidigt drein. *Nein!*

»Aber wo seid Ihr dann?« Tanalasta war sich der warmen Körper bewusst, die sich im Esssaal der Kronensilbers um sie herum drängten. Sie achtete nicht weiter auf sie, sondern richtete ihre ganze Aufmerksamkeit auf das schaukelnde Gesicht vor ihren Augen.

»Was ist mit Rowen geschehen?«

In der Stadt der Grodd, um Eure erste Frage zu beantworten, erwiderte der Zauberer. *Und um die Antwort auf die Frage zu geben, die gewiss folgen wird – ich weiß es nicht. Es muss Euch genügen zu wissen, dass ich für eine lange, sehr lange Zeit versucht habe, hinauszugelangen.*

»Aber Ihr seid jünger«, bemerkte Tanalasta.

Vangerdahast zuckte zusammen und berührte die Krone auf seinem Kopf. *Die Vorteile eines Ranges, vermute ich. Wie lange wird dieser Zauberbann anhalten?*

»Länger, als uns an Zeit zur Verfügung steht. Jeden Augenblick wird ein Gazneth hier erscheinen«, erwiderte Tanalasta. »Ich hielt nach Rowen Ausschau …«

Ja, das habt Ihr erwähnt, aber das muss warten. Ein großer roter Drache ist in Kormyr erschienen.

Er stellte keine Frage, sondern traf eine Feststellung, aber Tanalasta bestätigte seine Aussage.

»Ja, ein Drache, dazu eine ganze Armee von Orks und auch noch Goblins«, erzählte sie. »Die Edelleute bekämpfen an meiner Seite die Gazneths im Süden.«

Die Edelleute? Vangerdahast zog erstaunt eine Braue hoch.

»Es würde zu lange dauern, die ganze Geschichte zu erzählen«, meinte Tanalasta. »Ich habe einen Weg gefunden, den Gazneths ihre Macht zu nehmen, aber allem Anschein nach kann ich sie nicht töten.«

Vergebt ihnen, sagte Vangerdahast.

»Was?«

Ruft sie mit ihrem richtigen Namen und vergebt ihnen, wiederholte der Zauberer. *Sie alle haben Kormyr verraten, und es ist dieser in ihnen schwärende Kern von Schuld, der ihre Macht bündelt. Sprecht sie von ihren Verbrechen frei, und der Kern zerbröckelt.*

»So einfach ist das?«, keuchte Tanalasta.

Ihr müsst lange genug am Leben bleiben, um die Worte sagen zu können, rief ihr Vangerdahast ins Gedächtnis. *Und ich vermute, dass Euer Vater oder Ihr das tun müsst. Nur die Absolution eines direkten Erben der Krone würde für sie eine Bedeutung haben.*

Tanalasta runzelte die Stirn. »Wie könnt Ihr all das wissen?«

Mir bleibt keine Zeit, dies zu erklären. Vangerdahasts Augen schienen von ihr wegzutreiben. *Nun, wie steht es mit dem Drachen? Er ist ihr Meister und der eigentliche Grund Eurer Sorgen.*

»Vater und Alusair kämpfen im Norden … und zwar gegen … den Drachen und seine Orks und Goblins.«

Ein Schrei von weiter oben auf der Treppe verkündete, dass sich vom Horizont her ein Gazneth näherte. Tanalasta musste eine plötzlich aufsteigende Panik niederkämpfen und zwang sich dazu, sich weiter mit Vangerdahast zu unterhalten. »Ich fürchte, uns bleiben nur noch ein paar Augenblicke.«

Der Zauberer nickte. *Die Goblins sollten Euch nicht weiter Sorgen bereiten.*

»Und falls wir ein wenig Glück hatten, auch nicht länger ein Drache«, erwiderte Tanalasta. »Der König scheint ihm auf den Fersen zu sein.«

Die Augen des Zauberers weiteten sich. *Haltet ihn auf! Bei dem Drachen handelt es sich um Lorelei Alavara!*

»Lorelei Alavara?«

Vangerdahasts Stimme nahm einen düsteren Klang an. *Euer Vater wird wissen, wer sie ist.*

Er schaute für einen Augenblick von Tanalasta weg, dann hob er ein goldenes Zepter in Sicht. Es war in der Gestalt eines Eichenschösslings gearbeitet mit einem Knauf aus Amethyst in der Form einer Eichel. *Er braucht dies hier, um sie zu töten. Das Zepter der Fürsten. Erzählt ihm das.*

Tanalasta nickte. Sie wusste über das Fürstenzepter Bescheid und war begierig darauf zu erfahren, wie Vangerdahast in dessen Besitz gelangt war, aber ihr blieben nur noch wenige Augenblicke. Die Wachen teilten ihr laufend mit, wie weit sich der Gazneth inzwischen genähert hatte, und das Wesen hatte sich mittlerweile von einem schieren Fleck am Himmel zu einer geflügelten Gestalt mit zwei Armen und Beinen entwickelt.

»Wie wollt Ihr ihm das Zepter bringen?«

Vangerdahast schloss die Augen. *Ich kann es nicht.* Er versuchte, einen Finger unter den Kronreif zu schieben, was allerdings nur dazu führte, dass er sich einen weiteren Kratzer zufügte. *Ihr habt mich gefunden …*

Die Wachen schrien den letzten Alarm, dann verdeckte eine riesige Hand Vangerdahasts Gesicht. Tanalasta fand sich plötzlich im Esssaal der Kronensilbers und Owden Foley gegenübersitzend wieder.

Der Erntemeister hängte ihr Rowens heiliges Symbol um den Hals und meinte: »Es ist Melineth Turcasson.« Er murmelte ein rasches Gebet, dann berührte seine Hand die nun auf Tanalastas Brust baumelnde silberne Sonnenblume. »Dies wird Euch und Euer Kind vor aller Krankheit schützen.«

Tanalasta nickte, dann gestattete sie Owden Foley, sie in ihr eisernes Versteck zu führen.

Sie zogen immer noch an der Tür, um sie zu schließen, als die eichenen Fensterläden in Splitter explodierten und Melineth Turcasson in den Raum brach. Er landete mitten auf dem großen Esstisch, und seine rabenschwarzen Flügel zerbrachen die zierlichen Kronleuchter, die ihm in den Weg gerieten. Wie auf einen Schlag füllte sich der Saal mit dem Geräusch abgeschossener Armbrüste, und dem überraschten Gazneth spross eine Art Fell aus eisernen Bolzen. Er brüllte vor Wut, spuckte seinen fauligen schwarzen Atem durch den Saal und versuchte, sich von dem Sperrfeuer wegzudrehen.

Ein weiteres Mal ratterten Armbrüste, und Melineth erinnerte stark an ein Stachelschwein mit Flügeln. Er ging in die Knie und begann damit, sich die Bolzen aus dem Leib zu reißen, wobei sich seine Wunden in dem Augenblick schlossen, in dem das Eisen entfernt wurde. Ein Dutzend Purpurdrachen sprangen auf den Tisch und hieben mit eisernen Schwertern auf den Gazneth ein. Brüllend ließ er Bolzen Bolzen sein und wirbelte herum, um sich zu verteidigen.

Zwei Männer starben, bevor sie noch schreien konnten, da das Wesen ihnen die Köpfe von den Körpern fegte. Ein weiteres Paar ging zugrunde, als seine mächtigen Flügel sie quer durch den Saal schleuderten und ihre Helme an den Mauern zerbarsten. Ein Soldat fiel, als Melineth ihm den Hals brach und seinen schlaffen Körper in drei seiner

Kameraden schleuderte, sodass alle Männer vom Tisch gefegt wurden. Den letzten vieren gelang es, ihm Schwerthiebe zuzufügen, bevor der Gazneth sie in einem Wirbel aus zuschlagenden Ellbogen und zuschnappenden Kiefern tötete.

Melineth wandte sich Tanalastas Versteck zu. Er war eine kräftige Erscheinung mit breiten Schultern, langen Armen und einem kantigen, beinahe gut aussehenden Gesicht. »Zu schlau, meine Liebe«, sagte er und spuckte noch mehr fauligen Atem in die Luft. Purpurdrachen husteten und würgten, und der Saal füllte sich mit ekelhaften Geräuschen und ebenso widerlichen Gerüchen. Melineth trat einen Körper vom Tisch, dann setzte er sich in Tanalastas Richtung in Bewegung. »Viel zu schlau.«

Eine Handvoll Purpurdrachen hoben ihre Armbrüste und feuerten, mussten aber zu stark husten, um genau zielen zu können. Die Bolzen prallten von den Wänden ab, schossen in die Fensterläden oder klimperten durch die Überreste der Kronleuchter. Drei zitternde Soldaten stellten sich Melineth in den Weg. Sie schwitzten heftig und waren so schwach, dass sie kaum ihre Spieße zu heben vermochten, ganz zu schweigen davon, sie benutzen zu können.

»Zeit zu gehen!«, zischte Owden und versuchte, die Tür des »Sarges« ganz zu schließen.

Tanalasta fiel ihm in den Arm. »Nein – wir können es schaffen.« Sie wies auf die drei Soldaten, die bereit waren, sie zu verteidigen. »Gebt ihnen Stärke.«

Der Gazneth packte zwei der Männer bei den Armen und drückte, in Tanalastas Richtung blickend, zu. Das Paar schrie in Todespein, und ihre Arme verdorrten zu schwarzen, verfaulten Stöcken.

Der dritte Soldat trieb dem Gazneth die Spitze seiner Hellebarde durch den Unterkiefer nach oben und heftete so das Maul des Wesens zusammen.

Tanalasta sah nicht einmal, dass Melineths Beine sich bewegten. Der Soldat flog einfach nur mit einem in Form eines

Fußes eingedellten Brustpanzer durch den Saal, wobei ihm Blut aus dem Mund floss.

Der Gazneth ließ seine beiden anderen Opfer los und taumelte zum Tisch zurück, wobei er krampfhaft versuchte, sich die Hellebarde aus dem Kiefer zu ziehen.

»Jetzt!« Tanalasta stieß die Tür des »Sarges« auf und stieß Owden hinaus. »Benutzt Eure Magie!«

Der Priester hob die Arme, trat vor und flehte gleichzeitig Chauntea an, die Göttin möge das Böse des Gazneth vertreiben und Kormyrs tapfere Soldaten stärken.

Tanalasta folgte ihm und nahm sogleich einem würgenden Purpurdrachen die Hellebarde aus den Händen. Sie tat hier etwas, was nicht zu tun sie ihrer Mutter versprochen hatte – nämlich ihr eigenes Leben und das ihres ungeborenen Kindes zu riskieren. Aber jetzt war die Zeit gekommen, den Krieg zu gewinnen oder zu verlieren, und wenn sie jetzt floh, würde jeder Soldat im südlichen Kormyr ihre Fähigkeit anzweifeln, die Gazneths aufzuhalten. Aber wenn sie Melineth zerstörte, würde niemand anzweifeln, dass sie letztendlich siegen würde.

Melineth ließ die Spitze der Hellebarde in seinem Kiefer stecken und brach den Schaft dicht unter dem Kopf ab. Dann stürzte er sich auf Owden. Tanalasta trat einen Schritt vor den Erntemeister und streckte ihre Hellebarde vor, um den Angriff des Gazneth abzufangen. Es gelang ihr nicht, den Schaft fest zu umklammern, bevor die mächtige Brust des Phantoms die Spitze traf.

Der Aufprall schleuderte sie nach hinten gegen den Eisensarg, aber die Eisenspitze schlitzte dem Gazneth die Brust auf und drang tief in die gelblichen Knochen seines Brustbeins. Sie schlang die Arme um den Schaft und stemmte die Füße fest gegen den Boden. Vor Wut heulend beugte sich Melineth vor und schlug mit seinen langen Armen aus. Die Prinzessin duckte sich und wurde einen weiteren Schritt zurückgetrieben. Das Ende ihrer Waffe stieß gegen den Sarg, und sie musste anhalten.

Melineth versuchte, noch einmal zuzuschlagen, und er drängte in seiner Wut immer noch vorwärts. Ein brennender Schmerz breitete sich in Tanalastas Gesicht aus, als zwei lange Krallen ihre Wange aufschlitzten.

Ein mächtiges Krachen hallte durch den Speisesaal. Die Brust des Gazneths öffnete sich vor ihren Augen, und alle möglichen schwarzen, stinkenden Innereien quollen heraus.

Melineths Augen weiteten sich. Er versuchte, den Mund zu öffnen, aber der war immer noch zugeheftet. Er taumelte rückwärts, zerrte Tanalasta die Hellebarde aus den Händen und schnaubte schwarzen Rauch aus den Nüstern. Er versuchte, die Waffe aus seiner Brust zu ziehen, und als ihm das nicht gelang, fiel er auf die Knie.

Sogleich waren die Purpurdrachen über ihm, hackten und schlugen mit ihren eisernen Klingen zu, bis von dem Gazneth nicht viel mehr übrig war als blutiger Brei. Erschöpft und zitternd fiel Tanalasta gegen eine Wand. Sie fühlte sich fiebrig und schwach wegen ihrer Wunde, blieb aber bei Bewusstsein.

Ein Dutzend Kriegszauberer eilten mit der Eisenkiste für den Gazneth herbei, und Owden schrie: »Schafft ihn hinein! Bringt die Münzen!«

Ein halbes Dutzend Purpurdrachen griffen nach dem Gazneth und mussten augenblicklich husten und würgen. Aber es gelang ihnen, das Wesen in die Kiste zu werfen, bevor sie zu Boden fielen. Man schaffte sie rasch weg, und sechs weitere Männer traten vor und nahmen ihre Plätze ein. Sie hackten den Schaft der Hellebarde durch, die Tanalasta in der Brust des Phantoms versenkt hatte, um anschließend goldene Münzen über ihm auszuschütten.

Owden packte Tanalasta am Arm. »Ich weiß, dass Ihr Euch schwach fühlt …«

»Ich kann es schaffen.« Tanalasta erlaubte Owden, ihr zu der Gefängniskiste zu helfen, dann nahm sie eine Hand voll Münzen und ließ sie auf Melineths Stirn fallen.

»Melineth Turcasson, Vater von Königin Daverna und Bürgermeister von Suzail und den Südlichen Gestaden, als wahre Obarskyr und Erbin des Drachenthrons gewähre ich Euch das, was Ihr am meisten begehrt, das, wofür Ihr Eure Tochter und das heilige Vertrauen Eures Königs verraten habt. Ich gebe Euch Gold.«

Die Stärke verließ Melineth schlagartig, und die aus seinem Körper fließende Fäule verwandelte sich in schaumiges, rotes Blut. Der Schatten hob sich von seinem Körper, dann verzerrte sich sein Gesicht zu einer Maske grauenhaften Schmerzes. Er begann zu schreien und in dem mit goldenen Münzen bestreuten Käfig um sich zu schlagen, sodass diese in alle Richtungen davonflogen.

Dann fiel Tanalasta wieder ein, was Vangerdahast ihr vor wenigen Minuten erzählt hatte. Sie berührte die Stirn des Gazneth und ergriff wieder das Wort. »Als Erbin der Krone und direkter Abkömmling von König Druar vergebe ich Euch Euren Verrat an Kormyr, Melineth Turcasson. Ich spreche Euch von allen Verbrechen gegen die Krone frei.«

Tanalasta hatte die Worte kaum ausgesprochen, als Melineths Arme erschlafften. Sein Blick begegnete dem ihren. Sie glaubte für einen Augenblick, er wolle sprechen, aber seine Augen füllten sich nur mit schwarzem Rauch und lösten sich in nichts auf.

32

»Leise«, flüsterte Alusair vielleicht zum vierzigsten Mal. »Wir haben genug Zeit, sofern wir ungesehen bleiben.«

Sie schüttelte den Schild, unter dem sie dahinkroch, um den aufgeregten Edelleuten hinter ihr ins Gedächtnis zu rufen, dass sie ihre eigenen, in Umhänge gehüllten Schilde erhoben halten sollten. Dann kroch sie vorsichtig ein Stück weiter.

Es war nicht einfach, gemeinsam sicheren Halt in dem Gewirr aus feuchtem Moos, Schlamm und alten, am Boden liegenden Ästen zu finden und noch dazu leise zu sein. Außerdem mussten sie gleichzeitig nach lauernden Goblins oder bedrohlichen Waldwesen – Eulenbären zum Beispiel – Ausschau halten, die vielleicht durch den Blutgeruch der Schlacht angelockt wurden. Die Schilde hatten sie mit den Umhängen umwickelt, um das Widerspiegeln von Sonnenstrahlen auf Klingen und Rüstungen zu verhindern. Dies musste ein Schlag sein, den die Orks nicht erwarteten.

Wenn nur der Drache verschwunden blieb, weil er seine Wunden leckte, konnte Alusair die Orks umgehen, und Kormyr könnte den Feind von zwei Seiten angreifen

Mit dem kleinsten Hauch von Tymoras Beistand würden sie die Ork-Armee zerstören. Dann könnte sich das Reich endlich an die Aufgabe machen, die Gazneths anzugreifen – und den Teufelsdrachen – und vielleicht diesen Wahnsinn ein für alle Mal beenden.

Ihr Vater verdiente das. Er verdiente ein paar letzte Jahre in Frieden – oder was im von Intrigen geschüttelten Kormyr als Friede durchgehen mochte, wo jeder dritte Edelmann bereit war, dem König entweder mit einer Flasche Gift oder einem Dolch zu dienen –, bevor ihn seine alten Knochen im Stich ließen und er in dem Land zur Ruhe gebettet wurde, dem er so lange gedient hatte.

Bei den Göttern, sie würde Azoun den Großen vermissen, wenn er gegangen war – nicht nur als Vater, sondern auch als eine solch wache und starke Macht auf dem Thron, dass Sembia, Burg Zhentil und Hillsfar sowie ein halbes Hundert verräterischer Edelleute zwar Jahre damit verbringen mochten, Verschwörungen zum Niedergang des Drachenthrons zu schmieden, es aber andererseits nur selten wagten, ihre dunklen Träume Wirklichkeit werden zu lassen.

Nirgendwo auf dem Antlitz von Toril gab es einen Mann auf dem Thron, der ihm das Wasser hätte reichen können. Nicht ein Mann hätte sich mit ihm messen und dabei auf aus seinen Fingerspitzen schießende Zauberbanne oder Dutzende hinter ihm stehende und Banne schleudernde Zauberer verzichten können. Und auch keine Frau, was das betraf. Sie waren alle Banneschmiede oder von den Göttern Gesalbte, oder sie regierten hart und grausam mit Magie und dem reichlichen Gebrauch des Schwertes. Kein Land außer Kormyr konnte sich so viele widerspenstige, intrigante Edelleute leisten. Kein anderes Land wurde von einem König regiert, der stark genug gewesen wäre, ihnen ein solches Verhalten zu gestatten.

Unter den Königen konnte Azoun IV. als Held gelten. Ein Mann, dem sie mit Stolz diente.

Aber sie würde noch mehr vermissen. Ja, Alusair, die Stahlprinzessin, Geißel tausender Briganten und Ungeheuer, die härteste Kriegerin von ganzen Armeen harter Krieger, die wilde Maid, die nach Gutdünken Bettgenossen gewählt, gekämpft und Liebenswürdigkeiten und Ehrungen achtlos beiseitegeschoben hatte, wünschte sich ihren Vater und würde ihn vermissen, wenn er gestorben war.

Sie wollte mehr von ihm sehen. Nicht den ernsten und ablehnenden Azoun oder den in einer von vielen Schlachten wütenden Löwen von Kormyr, sondern nur den alten Mann, den sie mit Hochachtung im Blick musterte – und mit Liebe. Sie wollte ihn lachen und kluge Worte mit einem Höfling austauschen hören, ihn mit ihrer Mutter tanzen sehen, sodass Filfaeril das Lächeln lächelte, das sie nur ihm vorbehielt und das ihr ganzes Gesicht erstrahlen ließ. Bei den Göttern, Alusair Nacacia mochte sogar den Hof schockieren, indem sie in einem Kleid, mit angemalten Fingernägeln, Parfüm und gezähmtem Haar auftauchte. Nicht um zu sehen, wie alle die Münder aufrissen, sondern um des Ausdrucks auf ihres Vaters Gesicht willen.

Sie hatte nicht bemerkt, ob sie lächelte oder Tränen in den Augen hatte, bis einer der Männer hinter ihr eine Frage stellte.

Kortyl Rowanmäntel hatte sich an ihre Fersen geheftet. Sobald er ihrer ansichtig wurde, geriet er immer wieder aufs Neue in Verzückung. Er schien allerdings irgendwie blind zu sein für die Tatsache, dass wenigstens eine Frau im Königreich, Prinzessin hin oder her, in dem Augenblick, da er sein Auge auf sie richtete, von seinem guten Aussehen oder seinem anspruchslosen, großspurigen Charme *nicht* in den Bann gezogen wurde.

»Stimmt etwas nicht, Hoheit?«

»Nichts, was jetzt eine Rolle spielen würde, Kortyl«, murmelte sie.

»Oh«, machte er und fügte dann hastig hinzu: »Das ist gut. Wie ich schon mehrfach zuvor erwähnt habe – wenn es irgendetwas gibt, das ich …«

»Meinen Dank, Kortyl.«

»Immerhin, Hoheit, ist meine Fähigkeit … mit der Klinge … in unserem schönen Königreich nicht ganz unbekannt, und die Ländereien und Münzen und Burgen, über die ich gebiete, sind nicht unbedeutend, wenn …«

»Das sind sie, nicht wahr? Ich muss das im Gedächtnis behalten, Kortyl«, flüsterte die Stahlprinzessin, »für den Fall, dass Ihr mich einmal nicht so sehr erzürnt.«

Nach einem kurzen Schweigen japste Kortyl Rowanmäntel nachgerade: »Ich erzürne Euch, Hoheit? *Ich* erzürne Euch?«

»In der Tat«, erwiderte Alusair und wandte sich mit einem süßen, angespannten und zudem wilden Lächeln zu ihm um. Sie beugte sich vor, und er spitzte schon einladend die Lippen, um endlich ihren Kuss zu empfangen, als sie knurrte: »Ihr reizt mich bis zur Weißglut, Einfaltspinsel, mit dem Lärm, den Ihr vollführt, sobald ich den Befehl gebe, Ruhe zu halten.

Macht so weiter, und das nächste Opfer dieses Krieges wird ein gewisser Kortyl Rowanmäntel sein, hingerichtet durch ein Schwert durch seine Kehle, weil er einem königlichen Befehl auf dem Schlachtfeld nicht gehorchte.«

Zwei Finger fuhren sanft über Kortyls Luftröhre. Das Schlucken tat ihm plötzlich sehr weh – und das traf sich schlecht, da er das plötzliche, dringende Bedürfnis zu schlucken verspürte.

»Aber – aber – ja, selbstverständlich, Eure Hoheit«, keuchte er und schwieg dann still, als habe die angedrohte Klinge bereits seine Kehle durchschnitten, nachdem die Prinzessin einen Finger auf seinen Mund gelegt und mit einem anderen langsam quer über seinen Hals gefahren war.

Ohne jede Warnung küsste sie ihn.

Kortyl Rowanmäntel grinste noch wie vom Donner gerührt übers ganze Gesicht, als urplötzlich etwas das gedämpfte Sonnenlicht verdeckte.

Alusair blickte nach oben und stieß einen Schrei aus.

»Der Drache!«, heulte sie so laut und rau, dass sie ihre eigene Stimme nicht wiedererkannte. »Verteilt euch!«

Die Worte waren ihr kaum von den Lippen gekommen, als auch schon die Wipfel zweier Dämmerholzbäume vor ihr explodierten wie ein Schössling über dem Knie eines Waldhüters.

Nalavarauthatoryl die Rote brach durch die Baumwipfel wie ein beutegieriger Fuchs in einen Hühnerstall und stieß nieder, ohne darauf zu achten, ob Ästen sie aufspießten.

Aus dem Bauch des Drachen regneten noch immer dunkle Tropfen, aber das Untier sah nicht annähernd so schwer verwundet aus, wie die Kormyraner das gehofft hatten.

Die Krallen zum Zugreifen und Zuharken gespreizt und mit weit aufgerissenem Maul schoss der Drache auf die Krieger herunter, und gleich würde er Flammen ausstoßen.

Als sie sich verzweifelt wegrollte, fort von den schreienden Männern, hätte Alusair schwören können, dass der Lindwurm grinste.

Um sie herum ging ganz Faerun in Flammen auf.

33

Der Regen ging in Schwaden nieder und prasselte so laut auf den Eisenbaldachin, dass Vangerdahast sich selbst kaum denken hören konnte. Das Grollen von Donner rollte mehr oder weniger regelmäßig unter der niedrigen Decke hindurch, sodass sich winzige Stücke uralter Grodd-Fresken lösten und auf den wässrigen Boden fielen. Ein weiterer Blitz schoss durch den Raum und zerschmetterte eine dicke, kleine Säule. Marmorstücke rasten wie Geschosse in alle Richtungen, zerfetzten die Gesichter eines halben Dutzends Goblins und brachten sie dazu, zur Tür zu eilen, weil sie den König nicht dadurch beleidigen wollten, dass sie vor seinen Augen bluteten.

Vangerdahast saß auf der Kante des Eisernen Throns und lugte unter dem Schutz seines kleinen Baldachins hervor zu Rowen hinauf. »Ihr macht es mir schwer, Euch mehr Magie zu geben.«

»Ihr wisst, dass ich es nicht aufzuhalten vermag«, antwortete Rowen. Vor dem Regen wirkte er wie eine Silhouette aus Dunkelheit in Männergestalt. »Und ich bin empört. Tanalasta hat mich gesehen.«

»Aber nur für einen Augenblick.« Vangerdahast musste schreien, um sich über den Sturm verständlich zu machen. »Und sie wusste nicht, dass Ihr es wart.«

»Wie könnt Ihr Euch dessen sicher sein?«

»Wenn sie geglaubt hätte, Ihr stündet hier neben mir, glaubt Ihr, ich hätte dann das Thema wechseln können?«

Der jetzt folgende Donner grollte nicht mehr ganz so laut.

»Gut. Wie hat sie auf Euch gewirkt?«

»Überrascht.«

Vangerdahast achtete darauf, dass seine Antwort kurz ausfiel, und gab sich alle Mühe, gereizt zu klingen. Eigentlich mochte er Rowen inzwischen ganz gern, bewunderte ihn vielleicht sogar, und das Letzte, was der Zauberer wünschte, war, über den verräterischen Schatten auf den Lippen der Prinzessin zu sprechen. Königin Filfaerils Lippen waren während ihrer drei Schwangerschaften ähnlich dunkel geworden.

»Sie hat damit gerechnet, Euch zu erreichen.«

»Und das ist ihr ja auch gelungen. Aber wie?«

Vangerdahast hörte die Frage kaum, da ihm gerade in den Sinn gekommen war, dass er jetzt immerhin einen gewissen Maßstab für Zeit hatte. Tanalastas Gesicht hatte müde und erschöpft gewirkt, aber auch viel runder, als er in Erinnerung hatte, mit einer gewissen Schwere unter der Linie ihres Unterkiefers, was von einer beträchtlichen Gewichtszunahme kündete. Sie musste sich am Ende ihrer Schwangerschaft befinden. Einen geeigneten jungen Edelmann gefunden zu haben, von ihm angemessen umworben und ihm anvermählt worden zu sein und jetzt kurz vor der Geburt zu stehen, musste mindestens ein Jahr gedauert haben – und das auch nur, wenn sie ihre lächerliche Vorstellung von einer Liebesheirat aufgegeben hatte.

»Was stimmt denn nicht?«, fragte Rowen. »Warum seht Ihr so blass aus?«

Der Magier winkte ab und gab vor, tief in Gedanken versunken zu sein, da er nach einer plausiblen Antwort suchte. Aber sein tiefes Nachdenken musste er nicht spielen. Seine Gedanken kehrten zu Tanalasta zurück. Damals schien sie so fest an ihrer Liebesheirat festhalten zu wollen – Vangerdahast erinnerte sich vage an irgendetwas im Hinblick auf eine Vision von Chauntea –, also mussten eher an die zwei Jahre vergangen sein. Sie würde Zeit gebraucht haben, um Rowen zu vergessen, dazu kam die schiere Unwahrscheinlichkeit, jemand anderen zu treffen und sich in ihn zu verlieben. Das erste Mal hatte sie dafür zwanzig Jahre gebraucht.

Dann verstand Vangerdahast. Wenn die Prinzessin sich in einen anderen Mann verliebt hätte, dann hätte sie nicht

Jahre später nach Rowen gesucht. Er schaute zu dem Gazneth hoch.

»Habt Ihr mit der Prinzessin geschlafen?«

Rowens perlfarbene Augen leuchteten auf, dann schaute er weg. »Das geht Euch kaum etwas an.«

»Selbstverständlich tut es das!«, schnappte der Magier. »Glaubt Ihr, es sei nicht die Angelegenheit des Königlichen Magiers von Kormyr, wenn ein niedrig geborener, gemeiner Hund seinen Vorteil aus der Kronprinzessin zieht?«

»Seinen Vorteil?«, wiederholte Rowen. Im Raum brach ein Sturm prasselnder Blitze aus und brachte die Goblin-Höflinge dazu, sich in die Ecken des Thronsaals zurückzuziehen. »Wenn die Prinzessin Euch schon alles erzählen muss, dann hat sie Euch, dessen bin ich mir gewiss, auch mitgeteilt, dass sie ebenso begierig darauf war wie ich – obwohl ich immer noch nicht sehen kann, inwiefern das, was zwischen Ehemann und Ehefrau passiert, für den Königlichen Magier von Bedeutung sein kann.«

»Ehemann?« Vangerdahasts Kopf fühlte sich jetzt an, als sei er mit Wolle gefüllt. »Ich dachte, ihr beide hättet die Steinlande nie verlassen. Wann hattet ihr Zeit für eine Hochzeit? Wie habt ihr die Billigung des Königs erlangt?«

»Eine Heirat findet zwischen zwei Leuten statt«, antwortete Rowen. Die Blitze erloschen. »Wir hatten Chaunteas Segen, und das hat uns gereicht. Tanalasta hat Euch nichts davon erzählt, oder?«

»Nein.« Vangerdahast sank auf dem Thron in sich zusammen und schüttelte den Kopf. Er versuchte, sich die Auswirkungen auszumalen und zu erraten, wie man die Neuigkeit in Kormyr aufgenommen hatte. »Genau genommen musste sie mir auch gar nichts erzählen. Ich sah es mit eigenen Augen.«

»Mit eigenen Augen? Wie konntet Ihr …?« Rowen beendete die Frage nicht, sondern sperrte nur den Mund auf, und im Thronsaal wurde es sehr still.

»Ich werde Vater?«

Selbst nachdem man die Toten und Verwundeten weg und in die Küche geschafft hatte, erinnerte der Speisesaal der Kronensilbers eher an ein Schlachthaus denn an die Banketthalle eines großen Anwesens. Halbkreisförmige, purpurrote Blutspritzer befleckten die seidenen Wandbehänge und kunstvoll gemalten Wandbilder. Krallenspuren und Schwertkerben hatten den Tisch aus Rosenholz zerschrammt. Glitzernde Scherben von Kristallkronleuchtern lagen auf dem Boden verstreut, und der Gestank nach Blut und Erbrochenem hing in der Luft wie Rauch über einem Feuer.

Eine frische Kompanie Purpurdrachen, bestehend aus den besten Rittern aus den edelsten Häusern, stand entlang der Außenwände zwischen den hohen Fenstern aufgereiht. Sie hielten ihre Waffen hoch und zum Zuschlagen bereit, konnten aber offenkundig den Blick nicht von dem Sessel wenden, auf dem Tanalasta saß. Aus den Schrammen im Gesicht der Kronprinzessin quoll immer noch Blut. Die Nachricht, dass sie dem Gazneth Melineth Turcasson mit einer Hellebarde die Brust durchbohrt hatte, hatte sich wie ein Lauffeuer im ganzen Anwesen verteilt, und während die Neuigkeit von Gebäude zu Gebäude vorgedrungen war, wurde sie immer mehr ausgeschmückt. Zu der Zeit, als man in den Ställen davon erfuhr, wo die Ritter als Reserve zu Pferde warteten, besagte sie, die Prinzessin habe den Gazneth eigenhändig und allein in Stücke gehackt, nachdem sie ihn quer durch den Thronsaal gescheucht habe. Jeder vernünftige Mann hätte die Übertreibung auf der Stelle in Frage gestellt, wenn er sich ins Gedächtnis gerufen hätte, wie sehr ihre Schwangerschaft fortgeschritten war, aber die Prinzessin sah keinen Grund für einen Kommentar. Ihre Grausamkeit hatte ihr Ruhm eingebracht, und sie hielt es für klug, sich auch den Ruf der Tapferkeit zu erringen.

Als sie sah, dass alles bereit war, nickte Tanalasta Owden zu.

Der Erntemeister entfernte Chaunteas heiliges Amulett

von ihrem Hals und fragte dann: »Seid Ihr sicher, dass Ihr so bald schon bereit seid, dies wieder zu tun?«

Tanalasta nickte. »Der König muss erfahren, was Vangerdahast mir mitgeteilt hat. Ich bin bereit.« Sie schaute zu der Kompanie von Rittern hinüber, auf die sie sich jetzt verlassen musste. »Seid ihr ebenfalls bereit?«

»Das sind wir«, erwiderte Korvarr Rallyhorn.

Nicht weniger als sieben Priester verschiedener Glaubensrichtungen hatten nahezu vier Tage gebraucht, um Korvarr nach dem Kampf mit Luthax wieder zusammenzuflicken. Sobald er halbwegs stehen konnte, schloss er sich wieder den Gefolgsleuten seiner Familie an und wurde sogleich zum Kommandeur einer Kompanie Männer aus verschiedenen, treu ergebenen Familien ernannt. Wenige von den Männern, die ihn auserwählt hatten, wussten hinsichtlich seiner losen Zunge im Bezug auf Orvendel Bescheid, aber Tanalasta bezweifelte, dass er den gleichen Fehler noch einmal begehen würde. Sie hatte mit Freude darum gebeten, dass er ihrer Reserve zugeteilt würde.

Owden ließ den Rittern ein paar Augenblicke, sich vorzubereiten, dann küsste er Chaunteas Amulett und beugte sich vor, um damit die von Melineth geschlagenen, entzündeten Schrammen auf Tanalastas Wange zu berühren. Er sprach ein Gebet, um Chaunteas Segen zu erflehen, dann sprach er die Worte seines Zauberbanns.

Der Heilzauber der Göttin floss in Tanalastas Gesicht, und die Prinzessin spürte, wie die Entzündung und das Gift sie verließen.

Die Stimme des Wächters hoch droben hallte das Treppenhaus herunter. »Gazneth am Horizont!«

Owden murmelte einen weiteren Bann, und Tanalasta spürte, dass sich die Wundränder schlossen.

»Gestalt jetzt erkennbar!«, rief der Wächter.

Eine weitere Stimme dröhnte gleich nach der ersten durch das Treppenhaus. »Und im Osten kommt auch einer! Immer noch ein Fleck am Himmel!«

Owden presste das heilige Symbol nach wie vor an Tanalastas Gesicht, erblasste aber sichtbar. »Wenn man bedenkt, was wir durchgemacht haben …«

»Wir nehmen es mit beiden auf!«, befahl Tanalasta ihren Männern. »Schickt die Reserve herauf. Ihre Kriegszauberer sollen eine falsche Aura erschaffen, während sich der zweite nähert, und den Zauber dann aufrechterhalten, während wir den ersten erledigen.«

Owden beendete seinen Zauber und entfernte seine Hand von Tanalastas Gesicht, dann murmelte er leise: »Und betet darum, dass nicht noch mehr kommen.«

»Und dass es sich bei keinem von ihnen um Boldovar handelt«, fügte Tanalasta ebenso leise hinzu. Sie hatten schwächende magische Gegenstände für jeden der Gazneths vorbereitet – außer für den wahnsinnigen König. Bislang hatte noch niemand herausgefunden, was Boldovar begehren mochte. Sie lehnte den Kopf gegen die Sessellehne und rief: »Wie ist der Stand der Dinge?«

»Im Westen sind Flügel und Füße deutlich zu erkennen. Kein Hinweis darauf, um welchen Gazneth es sich handelt.«

»Im Osten ist eine neblige, kreuzförmige Gestalt gerade eben erkennbar.«

»Xanthon«, erklärte Tanalasta Owden. »Ich werde meinen Spaß mit ihm haben.«

»Vergesst nicht, Ihr müsst ihm vergeben.«

»Ich muss ihn von seiner Schuld *freisprechen*«, berichtigte ihn die Kronprinzessin. »Abgesehen davon ist er einer der Gazneths, die ich gern in einen eisernen Käfig gesperrt im Gefängnis behalten möchte.«

»Das wäre ein großes Risiko«, antwortete Owden vorsichtig.

»Ich weiß.« Tanalasta war kaum zum Schlafen gekommen, seit sie Luthax im Verließ eingesperrt hatten, und sie hatte fünfzig Männer abgestellt, ihn ständig zu bewachen.

»Aber selbst Prinzessinnen haben Träume.«

»Sie haben außerdem die Macht, ihre Träume wahr werden zu lassen.« Owden trat zurück und wies auf die Schließe ihres Wetterumhangs. »Also müssen sie vorsichtig sein.«

Tanalasta seufzte, schloss die Schließe und stellte sich das majestätische Gesicht ihres Vaters vor. Sobald die durchdringenden Augen eingefallen aussahen und seine würdevolle Haltung müde zu wirken begann, sprach sie ihn in Gedanken an.

Vangerdahast ist an einem seltsamen Ort gefangen. Er hat das Fürstenzepter. Ihr müsst den Drachen zerstören, der Lorelei Alavara ist. Wer ist das?

Ein Ausdruck schuldbewusster Furcht huschte über das Gesicht des Königs, und Tanalasta wünschte, sie hätte nicht gefragt.

Ihr würdet es nicht wissen, kam die Antwort des Königs. *Über Lorelei steht nichts in den Geschichtsbüchern, und für Erklärungen bleibt keine Zeit. Danke, und viel Glück mit den Gazneths.*

Das Gesicht des Königs verblasste, als die Magie der Schließe nachließ, und Tanalasta fand sich in einem Raum voller besorgt dreinblickender Ritter wieder.

»Der König befindet sich wohl und schickt uns seine Wünsche, wir möchten eine erfolgreiche Schlacht schlagen.« Tanalasta hob eine Hand und gestattete es Owden, ihre angeschwollene Gestalt aus dem Sessel zu ziehen. »Wie sieht es mit den Gazneths aus?«

»Der erste ist beinahe hier, Hoheit«, antwortete Owden. »Allem Anschein nach handelt es sich um die Edle Merendil. Sie hat diese schmale Taille und die Wespenflügel.«

»Sie ist es«, bestätigte Tanalasta. Sie schaute zu den beunruhigt dreinblickenden Rittern hinüber. »Ich bin der Edlen Merendil schon zuvor begegnet. Sie ist die Plage des Krieges, und ihr werdet feststellen, dass euch ein wahnsinniger Blutdurst überkommt. Gebt ihm nicht nach. Betet zu euren

Göttern und haltet die Köpfe erhoben. Erinnert euch daran, wer euer Feind ist, und wir werden obsiegen.«

Die Stimme der Erfahrung schien die Ritter zu trösten. Der Zweifel verschwand aus ihren Gesichtern, und sie betasteten ihre heiligen Amulette und stammelten Gebete, in denen sie um Stärke flehten. Tanalasta erlaubte es Owden, sie zu ihrer Kiste zu führen, und gleichzeitig befahl sie einen blass aussehenden Purpurdrachen zu sich, der an der Tür gestanden hatte, weil er als Bote dienen sollte.

»Zieht der zweite Gazneth immer noch eine Nebelspur hinter sich her?«

»Ja, das tut er.«

»Gut. Es wird sich um Xanthon Cormaeril handeln.« Sie wies durch die Tür in Richtung eines Türbogens auf der anderen Seite des gewundenen Treppenhauses. »Sagt den Kriegszauberern, sie sollten sich dahinter verstecken. Auf meinen Befehl hin soll ihn einer nach dem anderen mit seiner schnellsten und mächtigsten Magie in Stücke zerblasen.«

»Magie, Eure Hoheit?«, keuchte der Purpurdrache. »Gegen einen Gazneth?«

»Er ist der jüngste unter den Phantomen«, erklärte Tanalasta. »Ich habe selbst gesehen, wie mächtige Zauber ihn betäubten.«

»Das ist wahr«, bestätigte Owden, »aber wenn Ihr nicht an ihn herankommt …«

»Ich glaube, es ist an der Zeit, dass wir uns auf unsere Plätze begeben«, schnitt ihm Tanalasta das Wort ab. »Es kann nicht mehr lange dauern, bis die Edle Merendil hier erscheint.«

Ihre Worte bewahrheiteten sich schneller, als ihr lieb sein konnte. Sie hatte kaum ihre Kiste erreicht, als die wespenähnliche Gestalt der Edlen Merendil durch das Fenster flog, das Melineth Turcasson vor kurzem durchbrochen hatte. Ein Sturm klickender Geräusche hallte von den Wänden wider, als die Ritter ihre Armbrüste abschossen. Der Merendil-Gazneth schrie vor Schmerz und fiel aus der Luft, prallte auf den Esstisch und brachte es trotzdem fertig, sich irgendwie in Tanalastas Richtung zu drehen.

Tanalasta erkannte, dass das Wesen hinter ihr her war, und wurde von einer schrecklichen, blinden Raserei ergriffen. Sie stellte fest, dass sie die Tür ihrer Kiste aufdrückte und dabei ihren eisernen Dolch zog. Owden packte sie an den Haaren und zerrte sie ins Innere zurück.

»Seid Ihr wahnsinnig geworden?« Er rammte den Riegel an Ort und Stelle zurück und schloss sie somit in der schwarzen Kiste ein. Dann ergriff er Rowens heiliges Amulett und drückte es ihr in die Hände. »Beruhigt Euch. Folgt Eurem eigenen Rat und betet zu der Göttin.«

Der Gazneth traf die Kiste mit einem ohrenbetäubenden Krachen und versuchte, sie aufzureißen, kippte sie dann aber um. Tanalasta landete schmerzvoll auf dem Bauch. Das dunkle Innere des Verstecks explodierte in einer Kakophonie aus donnernden Schlägen, als die Edle Merendil versuchte, die Eisenkiste aufzustemmen. Dann hob sich das Behältnis plötzlich an einer Ecke und kippte nach hinten um. Tanalastas Kopf wurde gegen das unter dem Lederpolster liegende Eisen geschleudert.

Sie glaubte zunächst, das Klingeln in ihren Ohren rühre von einem gebrochenen Schädel her, dann hörte sie das dumpfe Geräusch, mit dem Eisen in Knochen biss, das Zerbrechen von Gliedmaßen und das verzweifelte Schreien sterbender Männer. Sie wusste jetzt, dass die Ritter sich auf den Gazneth gestürzt hatten. Tanalasta langte über Owden hinweg und tastete nach dem Riegel der Tür.

Der Erntemeister packte sie am Armgelenk.

»Was tut Ihr da?«

»Ich muss nach draußen!«, antwortete sie. »Sie brauchen meine Führung.«

»Sie brauchen Euch lebendig, sonst war alles umsonst.« Owden schob ihren Arm zurück. »Sprecht Eure Gebete – jetzt!«

Obwohl sie innerlich schäumte, umfasste Tanalasta Rowens Amulett und tat, wie der Priester sie geheißen hatte. Beinahe sofort überkam sie ein Anflug von Ruhe, und sie erkannte, dass Owden Recht hatte.

Sie war ebendem Blutdurst zum Opfer gefallen, vor dem sie Korvarrs Ritter gewarnt hatte. Mit dem silbernen Amulett in der Hand lauschte sie den gedämpften Kampfgeräuschen und wartete auf den richtigen Augenblick, sich wieder zu zeigen. Wenn sie sich auf ihre eigenen Erfahrungen verlassen konnte, dann brauchten die Männer da draußen kaum eine Anregung. Und wenn die Kronprinzessin ohne guten Grund ihr Leben verlor, würde das nicht dabei helfen, die Gazneths zu besiegen.

Die Kiste bebte jetzt vor gedämpftem Dröhnen, und winzige Insektenflügel strichen Tanalasta über die Wangen. »Bei dem Pflug! Xanthon ist bereits eingetroffen!«

Owden legte eine Hand auf Tanalastas Arm – ob er sie trösten oder zurückhalten wollte, hätte sie nicht zu sagen vermocht.

»Geduld. Wir haben keinen Hinweis darauf, dass er bereits hier unten ist.«

Etwas stach Tanalasta hinter dem Ohr, dann biss etwas in die Haut unter einem Auge. Sie fluchte und versuchte, die Insekten zu verscheuchen, aber das ging in der dunklen Kiste nur mit Mühe. Der Prinzessin gelang es mehr oder weniger, die Insekten von ihrem Gesicht fernzuhalten, aber sie krochen ihr unter die Haare und unter den Kragen und in ihre Ärmel, wobei sie stachen und bissen und sie zum Wahnsinn trieben. Sie tötete alle, derer sie habhaft werden konnte, und versuchte, den Rest auszuhalten. Schließlich entfernte sich der Kampf draußen von der Kiste.

Tanalasta hatte es nicht eilig, die Tür zu öffnen, denn sie wusste, dass die Insektenwolke dann nur umso dichter werden würde.

Ein dumpfer Schlag donnerte gegen die Kiste. »Prinzessin, wir sind bereit«, sagte Korvarrs Stimme. »Öffnet die Tür!«

»Jetzt?«, fragte Tanalasta.

»Sieht ganz danach aus.« Owden hob den Riegel.

Die Tür flog auf, und ein Nebel aus summenden Insekten schwirrte herein. Owden sprach ein Gebet, um die Quälgeister zu töten.

Mit halb geschlossenen Augen und unter Zähneknirschen hob Tanalasta einen Arm in Korvarrs Richtung.

»Helft mir hoch.«

»Mit Vergnügen, Prinzessin.«

Eine harte Hand packte sie am Gelenk und zerrte sie auf die Füße, und sie stellte fest, dass sie in das blutige, verzerrte Gesicht Korvarr Rallyhorns starrte.

»Korvarr?«

»Mörderin!« Korvarr ließ Tanalastas Arm los und legte ihr eine Hand über den Mund, dann griff er ungeschickt quer über seinen Körper nach unten und langte nach seinem Dolch. »Das ist für Orvendel!«

Für einen Augenblick glaubte Tanalasta tatsächlich, Korvarr habe sie verraten. Sie trat vor, drückte seinen Arm gegen ihre Brust und stieß ihr Knie nach oben zwischen seinen Beinen. Er stieß ein schreckliches Stöhnen aus und klappte vornüber, und in diesem Augenblick bemerkte Tanalasta die Fingerabdrücke auf seinem Unterarm und die unmögliche Biegung der Knochen. Sie erkannte, was geschehen sein musste. Sie holte mit einer Hand aus, erwischte ihn am Ohr, brachte den Ellbogen des anderen Arms nach oben und rammte ihn gegen die andere Seite seines Kopfes. Dabei legte sie das ganze Gewicht ihres schwangeren Leibes in den Angriff.

Ihre Selbstverteidigungs-Lehrer hatten ganze Arbeit geleistet. Hätte sie eine Stelle vier Zoll weiter oben erwischt, hätte der Schlag Korvarrs Schläfe zertrümmert und ihn augenblicklich getötet. Aber so, wie es jetzt aussah, hatte ihm der Schlag lediglich den Kiefer ausgerenkt und ihn ohnmächtig zu ihren Füßen zusammenbrechen lassen.

Owden beendete seinen Zauber, der den Raum mit blassem, nach Zedernholz duftendem Rauch erfüllte und die Insekten zu den Ausgängen fliehen ließ.

Erstaunt drehte sich Tanalasta um und hob eine Braue. »Ich wurde angegriffen, und Ihr habt Euch wegen der Wespen Sorgen gemacht?«

»Es war doch bloß Korvarr«, antwortete Owden. »Wenn Ihr nicht mit einem Mann fertig werden könnt, was wollt Ihr dann gegen die Gazneths ausrichten?«

Ein Klirren hallte durch die Tür hinter ihnen, und sie drehten sich gerade rechtzeitig um, um ein Dutzend Purpurdrachen in die Eingangshalle taumeln zu sehen.

»Das wird Xanthon sein. Fangt ihn ein.«

Tanalasta schob Owden auf das stählerne Klirren zu und eilte zurück in den Speisesaal. Ein wirbelnder Knoten aus Dunkelheit und Eisen trieb langsam von ihr weg und bewegte sich auf einen uralten Thron am anderen Ende des Saals zu. Obwohl in dem Getümmel mindestens fünfzig Ritter kämpften, sah es beinahe so aus, als verlören sie den Kampf. In Rüstungen steckende Körper flogen in regelmäßigen Abständen aus dem Gewirr, eingedrückte Helme oder aufgerissene Brustpanzer oder abgetrennte Gliedmaßen flogen in hohem Bogen durch die Luft. Hätte der Mangel an Magie die Gazneths nicht geschwächt und langsam gemacht, hätte sich der Kampf ganz anders entwickelt, dessen war sich Tanalasta bewusst.

Ein stählernes Klingen hallte von der Haupttreppe herüber, und Owden schrie: »Tanalasta! Er kommt!«

»Sobald er den Fuß der Treppe erreicht hat – dann ist der Augenblick für die Kriegszauberer gekommen!« Ohne abzuwarten, ob der Erntemeister sie verstanden hatte, stürzte Tanalasta zu dem Stahlgewirr vor ihr. »Tretet zur Seite! Lasst mich zu ihr!«

Die von Blutgier überwältigten Ritter achteten nicht auf ihre Worte. Sie schob sich mitten in das Gedränge hinein, zwang die Männer in Richtung des Throns und stieß dabei einen vom Kampfeswahn erfassten Soldaten zur Seite.

Mehr als einmal sah sich die Prinzessin dazu gezwungen, sich unter den wilden Schlägen in Panzerhandschuhen steckender Fäuste oder einem tief geschwungenen Dolch hindurchzuducken, aber sie hatte solche Übungen oft genug ausgeführt, um die Kunst der Richtungsänderung zu beherrschen und diese Angriffe immer auf jene umzuleiten, die ihr den Weg versperrten.

In Gruppen von vier oder fünf lösten sich jetzt Ritter aus dem Gewirr, hieben mit ihren Schwertern aufeinander ein und richteten erheblich mehr Schaden an als die Edle Merendil.

Ein feuriges Brausen dröhnte durch die Tür, als die Kriegszauberer ihre Banne freisetzten. Tanalasta erkannte, dass ihr kaum mehr als eine Minute blieb, bevor Xanthon erscheinen und die Magie in eine Katastrophe für sie umwandeln würde. Sie packte einen der Ritter an der Rückseite seines Helms und schob ihn als Rammbock nach vorn, auf dass er ihr den Weg freiräume.

»Aus dem Weg!«, schrie sie. »Auf königlichen Befehl hin – tretet zur Seite!«

Das Gewirr teilte sich nicht, und sie hielt auf eine Stelle zu, wo Eisen blitzte und Blut in die Luft spritzte. Die ganze Schar schien nach vorn zu drängen, und schließlich spähte sie über eine gepanzerte Schulter auf eine schattenhafte, übel zugerichtete Gestalt, bei der es sich nur um das handeln konnte, was von der Edlen Merendil noch übrig war. Tanalasta stützte sich auf die Schulter vor ihr und hob ein Bein, um gleich darauf ihren Absatz in die Brust des Dings zu bohren.

»Edle Merendil, als wahre Obarskyr und Erbin des Drachenthrons gewähre ich Euch das, was Ihr am meisten begehrt, das, wofür Ihr Eure Lehnspflicht und Eure Treue gegenüber Kormyr verraten habt: den Thron des ersten Azoun!« Tanalasta trat zur Seite und stieß die zerhackte Gestalt der Edlen auf den Thron aus poliertem Walnussholz hinter ihr. »Und als Erbin des Throns und direkte Nachfolgerin von Azoun dem Ersten vergebe ich Euch Euren Verrat und spreche Euch von allen Verbrechen gegen Kormyr frei.«

Die Edle Merendil öffnete den Mund zu einem schwarzen, stummen Schrei, aber Tanalasta zog sich schon aus dem Getümmel zurück und rannte in Richtung der Tür.

»Noch einmal!«, schrie sie. »Trefft ihn noch einmal!«

Sie verließ den Speisesaal und fand den ganzen Vorraum von zuschlagenden Eisenklingen erfüllt. Der mit Blut verschmierte Flur war mit nackten Rattenschwänzen übersät, Mäuseschnauzen mit langen Tasthaaren und geschuppten Schlangenteilen. Hustende, würgende Purpurdrachen rannten in alle Richtungen und schlugen auf alles ein, was sich am Boden bewegte. Die Decke wimmelte nur so von Spinnen, und über die Wände krochen Skorpione. Überall lagen Männer und umklammerten mit verrenkten schwarzen Händen Arme, die zum Umfang von Schenkeln angeschwollen waren.

Tanalasta schlug einem Soldaten seitlich an den Helm. »Wo ist der Gazneth?«

»Dort.« Der Krieger wies auf eine Masse zerhackten Fleisches, umringt von zuhauenden Klingen, dann packte er Tanalastas Hand und setzte seine Schultern ein, um sich vorwärtszudrängen. »Macht Platz für die Prinzessin!«

Die disziplinierten unter den Purpurdrachen öffneten ihnen sofort einen Weg. Zu der Zeit, als sich Tanalasta ihren Siegelring vom Finger gezogen hatte, stand sie schon über Xanthons schlimm zugerichteter Gestalt und erkannte voller Entsetzen, dass sich die Wunden auf seinem dunklen Körper schneller schlossen, als sie ihm zugefügt wurden.

Sie kniete sich neben ihm nieder und ergriff die enthäuteten Überreste einer Hand. Nur zwei Finger waren übrig geblieben, und sie wählte den längsten.

»Xanthon Cormaeril, Cousin ersten Grades meines Ehegemahls Rowen und Cousin zweiten Grades des nächsten Erben des Drachenthrons, ich gebe Euch das, was Ihr am meisten begehrt, nämlich den Ruhm und die Ehre des Namens Obarskyr.«

Bevor sie ihm den Ring auf den Finger stecken konnte, riss sich Xanthon los. »Dirne!«, zischte er. »Ihr würdet mit jedem unter uns Verrätern schlafen. Rowen ist nur einer von …«

Eine eiserne Hellebarde schlug ihm quer über den Mund, hackte ihm den Unterkiefer ab und nagelte seinen Kopf an den Boden. Ein gepanzerter Fuß sicherte den Arm des Gazneth, dann entrollte die Spitze eines Eisenschwerts die verbliebenen zwei Finger.

»Vielleicht sollte die Prinzessin noch einen Versuch unternehmen«, sagte eine raue Stimme.

»Gleich«, erwiderte Tanalasta. »Was hat er da über Rowen gesagt?«

Xanthons Kiefer rutschte wieder zum Rest seines Kopfes und heilte vor den Augen der Prinzessin. Er grinste und sagte: »Er ist ein Cormaeril. Müsst Ihr wirklich fragen?«

Wieder sauste die Hellebarde über Xanthons Mund, und die raue Stimme sagte: »Achtet nicht auf ihn, Prinzessin. Er versucht nur, Zeit für sich herauszuschlagen.«

Tanalasta nickte. »Selbstverständlich.« Obwohl sie dem Purpurdrachen nicht so recht Glauben schenken konnte, zog sie keinen Augenblick in Betracht, dass Rowen Kormyr verraten haben mochte – oder sie. Sie packte Xanthons schwarze Hand und schob ihm den Siegelring auf den Finger. »Xanthon Cormaeril, ich heiße Euch als königlichen Cousin willkommen.«

Der Schatten verzog sich nicht von Xanthons Körper, sondern löste sich abrupt auf. Im nächsten Augenblick lag ein schrecklich verwundeter und in Todespein schreiender Mann auf dem Boden mit Tanalastas Siegelring am Finger. Zufrieden, ihn in einen Eisenkäfig sperren zu können, erhob sie sich und wandte sich ab – nur um Owden Foley in die Augen zu blicken.

»Ich glaube, Ihr habt etwas vergessen«, sagte der Priester. »Der Gazneth kann erst getötet werden, wenn Ihr ihm verziehen habt.«

»*Freigesprochen*«, berichtigte ihn die Kronprinzessin. Sie drehte sich um und schaute auf das schreiende Ding am Boden. Nun, da Xanthon den Ring am Finger trug, heilten seine Wunden nicht mehr, und er sah genau aus wie das, was er war – ein gequälter Verräter, der um Gnade flehte. »Er verdient es nicht. Ihr habt gehört, was er über Rowen sagte.«

»Was er über Rowen sagte, spielt keine Rolle.« Owden berührte leicht die Stelle über ihrem Herzen und drückte einen Finger in die sanfte Schwellung ihrer Brust. »Was Ihr tut, dagegen schon.«

Tanalasta dachte über die Worte des Priesters nach, dann kniete sie sich neben Xanthon nieder. »Ich gebe Euch eine weitere Gelegenheit, Euer Gewissen zu entlasten, Cousin. Sagt mir, was aus Rowen wurde.«

»Ich ... habe ... es ... Euch ... gesagt«, ächzte Xanthon. »Er ... ist ... einer ... von uns.«

Tanalasta holte tief Luft und umfasste dann widerstrebend das Handgelenk des Gazneth. »Als Erbin des Obarskyr-Thrones und Tochter Azouns spreche ich ... Euch von Eurem Verbrechen frei.«

»Und verzeihe den Verrat«, fügte Owden hinzu.

Tanalasta wartete ab, ob Xanthon verschwinden würde. Als dies nicht geschah, fügte sie hinzu: »Und vergebe Euch Euren Verrat.«

Der Schmerz schien aus Xanthons Zügen zu verschwinden. »Nun seid Ihr es, die lügt.« Er schloss die Augen und lächelte. »Cousine.«

34

»Die letzten Orks liegen am Boden, mein Lehnsherr«, knurrte der Ritter über das Quietschen seines nach oben geklappten, offenen Visiers. »Wir haben ein paar gute Männer verloren, aber weniger, als ich befürchtet habe.«

Azoun nickte grimmig. Sein Blick ruhte noch immer auf der Reihe von Bäumen, wo der Wald begann, und ein einzelner Muskel neben seinem Mund zuckte. Nur wenige Männer hatten je das Pech gehabt, dieses Zeichen zu sehen.

Der Kriegsmeister Ilnbright jedoch gehörte zu ihnen und wusste nur zu gut, dass es Furcht im Kampf mit Zorn bedeutete. Er musste dem düsteren Blick des Königs nicht folgen, um die Quelle von Azouns Wut zu kennen. Jeder der Männer, die sich auf dem Hügel versammelt hatten und unter denen viele jetzt ihre Waffen säuberten und einen Platz auf den Hängen suchten, ihre müden Hintern auszuruhen, kannten diese schwarze Wahrheit.

Als Purpurdrachen und Orks aufeinandergetroffen waren und sich das klirrende Singen von Schwertern erhoben hatte, hatte Azoun das Signal gegeben, auf welches hin Alusair und ihre Edelleute aus dem Wald hätten stürmen müssen, um die Orks mit glänzenden Langschwertern von hinten anzugreifen.

Der Ton der Signalhörner war so laut erklungen wie jedes, das Haliver Ilnbright in zehn Sommern unter dem Banner der Purpurdrachen je gehört hatte ... aber niemand war aus dem Wald gekommen.

Nicht ein einziger Krieger. Zahlenmäßig unterlegen und dem Feind auf drei Flanken ausgesetzt, hatten Azouns Krieger hart und gut gekämpft und jeden Ork in den Dreck gestampft. Ohne Alusairs Kräfte blieb ihnen nur eine einfache Wahl: den Sieg zu erringen oder dem Tod ins Auge zu blicken.

Der König hatte seitdem Kundschafter ausgeschickt, die Alusair finden und ihre Männer wieder unter der königlichen Flagge versammeln sollten. Drei Kundschafter-Veteranen – jeder für sich, damit wenigstens einer zurückkommen mochte – waren losgezogen. Bei Randaeron, Pauldimun und Yarvel handelte es sich um gute Männer. Entweder waren sie verletzt worden oder hatten die Prinzessin nicht gefunden. Wie lange mochte es wohl dauern, eine Meile oder zwei hinter sich zu bringen? Zweifellos weniger lang, als sie bisher gebraucht hatten.

»Zurück zum Fluss, oder sollen wir hier unser Lager aufschlagen?«, fragte der Ritter leise und mit Rücksicht auf die Stimmung des Königs.

»Hier«, antwortete Azoun klar und in kaltem Ton. Ein langes Schweigen folgte, bevor er fortfuhr: »Ich möchte nicht morgen früh dazu gezwungen sein, uns den Weg zurück über die Brücke zu erkämpfen, nur um diese Anhöhe hier zu erreichen.«

Ilnbright drehte sich um und machte einige Gesten. Männer, die danach ausgeschaut hatten, griffen rasch und geübt nach den ersten Stangen, aus denen sie binnen Kurzem das königliche Zelt errichtet haben würden.

Bei den Wachen, die sich dicht um den König herum aufgebaut hatten, handelte es sich ausschließlich um wettergegerbte Veteranen mit Adleraugen. Gaerym und Telthluddree besaßen die schärfsten Augen und waren in der Lage, die meisten unter den Meisterbognern zu übertreffen, und der Bannerträger, Kolmin Stagblade, überragte die beiden um gute zwei Haupteslängen. Niemand dachte je daran, nur einen seiner Namen zu benutzen, vielleicht wegen seiner hünenhaften, unbeweglichen Gestalt. Er sagte plötzlich: »Randaeron Farlokkeir kommt zurück. Allein, aber er trägt eine Last mit sich.«

Schweigend wichen die anderen Männer zur Seite, um Azoun Platz zu machen. Der König trat vor und blickte in die Richtung, in die der Arm des Bannerträgers wies.

Nach einem Augenblick wandte sich Azoun ab. Seine Stimme klang beinahe sanft, als er dem nächststehenden Purpurdrachen befahl: »Wein. Flammenkuss. Nur die Flasche.«

Die Flasche war leer, als der Kundschafter die Männer passierte, die gerade die letzten Stangen des königlichen Zelts in den Boden trieben. Er fiel vor Azoun auf die Knie, streckte die Arme aus und ließ schweigend einen versengten Helm und einen halb verbrannten, verdrehten Schild auf das zertrampelte Gras fallen. Gleichzeitig trieb ein scharfer Geruch nach Verbranntem über die Hügelkuppe – der Gestank nach verbranntem Fleisch.

Der Helm hätte jedem beliebigen Purpurdrachen gehören können, wenn da nicht der verbeulte Kinnschutz gewesen wäre. Alle Männer auf dem Hügel kannten eine gewisse Beule und die Schramme im Metall. Der Schild hätte ebenfalls hundert mal hundert Soldaten von Kormyr gehören können – aber sein unberührter oberer Rand wies ein Zeichen auf, das Alusair allein gehörte, nämlich einen stahlgrauen Falken, der von einer in einem Panzerhandschuh steckenden Faust aufstieg.

»Majestät«, murmelte Randaeron, »dies ist alles, was ich inmitten vieler Knochen und Leichen finden konnte und von dem ich wusste, dass es der Prinzessin gehörte.« Er hob hilflos die Hände und fügte hinzu: »Der Drache ...«

»Ist ein jeder tot?«, fragte Azoun anscheinend ruhig. »In Stücke gerissen oder verbrannt?«

»Ich sah Spuren vieler Männer, die in den Wald geflohen sind, und zwar jeder für sich allein und nicht gemeinsam mit anderen oder einem Pfad folgend. Ich durchsuchte lange die Überreste, während Pauldimun und Yarvel den Spuren in den Wald hinein folgten, aber ich kann nicht behaupten, dass ich Ihre Hoheit gefunden hätte ... oder auch nicht. Von vielen waren nichts als Knochen übrig.«

Die Stimme des Kundschafters brach, und für einen Augenblick sah es so aus, als zitterten die Hände des Königs.

Als er jedoch nach unten langte, um dem Kundschafter eine Hand auf die Schulter zu legen und den aschfarbenen Helm aufzunehmen, schienen sie ruhig wie zuvor.

»Meinen Dank, Randaeron«, sagte Azoun leise. »Verweilt hier im Lager, bis Eure Kameraden zurückkehren. Ich bin mir sicher, dass kein Mann unter all den Toten mehr finden konnte als Ihr.«

Ohne ein weiteres Wort entfernte sich der König. Er ging mit langsamen und ziellosen Schritten den Hügel hinunter und schaute den Helm in seiner Hand an, als handele es sich um das Gesicht seiner Tochter.

Kein Mann rührte sich, ihm zu folgen, obwohl seine Leibwächter ihn wie auch den Abhang nicht aus den Augen ließen. Sie sahen, wie die Schritte der Alten Klinge der Obarskyrs immer zögerlicher wurden, bis Azoun eine kleine Senke erreichte, wo er sich hinsetzte wie ein zu dicker Hellebardenträger.

»Ist sie tot? Was glaubt Ihr?«, murmelte ein neben dem Zelt stehender Purpurdrache seinem Vorgesetzten zu. Keldyn Raddlesar war zu jung, um zu wissen, wann man besser schwieg.

»Bursche«, grollte Ethin Glammerhand zur Antwort, »wie könnte sie das nicht sein? Ich bezweifle, dass …«

Ein Schatten schob sich vor die sinkende Sonne, und beide Männer starrten stumm in den Himmel. Mit wachsendem Entsetzen sahen sie, dass sich der Teufelsdrache auf sie herabstürzte.

Nalavarauthatoryl die Rote war riesig, so lang wie die Haupttürme von Hochhorn, und ihre Kiefer breit genug, um ein halbes Dutzend Pferde samt ihren Reitern auf einmal zu verschlingen. Sie hatte sie jetzt weit aufgesperrt, sodass man den dunklen, bebenden Schlund erkennen konnte, aus dem Flammen schießen würden.

Feuriger Eifer brannte in den Augen des Lindwurms, und er hatte die grausam gebogenen Krallen zum Zustoßen bereit ausgestreckt. An manchen Stellen schimmerte der Leib des Drachen in einem fast schwarzen, zornigen Purpurrot, und Männer schrien, als sein dahinrasender Schatten auf sie fiel – Schreie, die sich in das raue, immer lauter werdende Angst- und Trotzgeheul aus den Kehlen der Krieger auf der Hügelspitze mischten. Die Ritter auf der Kuppe kämpften darum, sich voneinander zu trennen und ihre winzigen Waffen zu heben.

Die Krallen des Drachen hatten das königliche Zelt zum Ziel, aber der Lindwurm musste bemerkt haben, dass niemand hineinrannte, um jemanden zu warnen, oder vorstürmte – und dass keine Leibwächter den Eingang beschützten.

Der Drache bog im letzten Augenblick seitlich ab und stürzte sich auf einen Mann, dessen hoch erhobene Klinge glühte, als sei sie von Magie belebt.

Randaeron schrie, als er starb, nachdem eine Kralle seinen Leib vom Bauch bis zum Kinn aufgeschlitzt hatte. Einen Lidschlag darauf biss ihm der Drache die Hände samt dem Schwert ab, und das verzauberte Schwert verschwand in einem Maul so groß wie eine Bauernkate.

»So groß wie …«, gelang es ihm noch zu keuchen, bevor eine plötzliche Flut in seinem Inneren seine Worte und die Welt überschwemmte.

Während der tödlich verwundete Kundschafter sich noch um sich selbst drehte und in einem Regen aus seinem eigenen Blut niederfiel, landete der Drache schwer hinter ihm, und sein Schwanz fegte ein Trio dahinrennender Purpurdrachen zur Seite.

Dann herrschte Schweigen.

In der seltsamen Stille schaute sich der Drache um und lächelte ein irgendwie weibliches, bedrohliches Lächeln.

»Nun«, begann das Ungeheuer, und sein Atem stank nach Schwefel, »wo ist der Menschenkönig?« Auch die Stimme gehörte einer Frau. Die lauteste Antwort kam aus den Mündern der kormyranischen Offiziere, die sich langsam dem Drachen näherten. Und diese Antwort bestand aus einem unheimlichen Chor von vor Furcht klappernden Zähnen.

»Sterbt, Drache!«, schrie einer von ihnen, stürmte mit dem hoch über die Schulter erhobenen Schwert vor und schien bereit, das Untier anzugreifen.

»Sterbt!«, schrie auch ein anderer Mann und rannte los.

Die beiden hatten etwas erblickt, was dem Drachen verborgen bleiben sollte. Eine einsame, barhäuptige Gestalt rannte von hinten auf den Drachen zu, und ein gezücktes Schwert blitzte auf, als der Mann an Nalavaras Flanke entlangeilte. Der Teufelsdrache würde sich alsbald demjenigen gegenübersehen, den er suchte.

Als Nalavara ihre Angreifer beinahe lässig mit einer Schwanzbewegung zerquetschte, sprang der König von Kormyr in die Luft und stieß seine Klinge gleich hinter dem Ansatz ihres Kiefers in den Drachenschädel. Der Stahl drang leicht und wie geölt dort ein, wo keine Schuppen wuchsen. Schwarzes Blut sprudelte rauchend hervor.

»Hier, Drache!«, knurrte Azoun mit blitzenden Augen. »Mörderin! Zerstörerin meines Reiches! Hier bin ich!«

Er zerrte seine Klinge heraus, und als der Drachen mit schlangenartiger Schnelligkeit und einem Furcht erregenden Zischen den Kopf wandte, stieß Azoun erneut zu und trieb seine Klinge tief in seine Zunge. Dann sprang er von dem Untier weg, zog das Schwert heraus und sprang davon, um sich sogleich verzweifelt unter dem Kinn des Lindwurms zusammenzurollen.

Feuer schoss durch die Luft, setzte Gras in Brand und verzehrte einen unglücklichen Purpurdrachen, den die ganze Wut des Drachen erwischte, sodass er wie ein brennendes Blatt durch die Luft gewirbelt wurde.

Der König war verschwunden.

Verschwunden, bis sich die königliche Klinge nach oben zwischen die kleinen, weichen Schuppen hinter dem Kinn des Drachen bohrte. Das Schwert fuhr wie eine blutige Fontäne durch Nalavaras Mund und Zunge.

»Für Alusair!«, heulte der König. »Für meine Tochter, Wurm!«

Seine Worte gingen in dem fürchterlichen Schmerzensgeheul unter, das aus dem Maul des Drachen drang. Der Lindwurm warf den Kopf hoch und entblößte so die Kehle vor dem wütenden Monarchen, aber dieses Mal gelang es Azoun nicht, das Schwert zu befreien. Er rollte sich in bluttränkter Dunkelheit herum, um zuzuschlagen, bevor Nalavara sich wieder herumdrehte …

Eine Kralle länger als der König stocherte nach ihm. Sie verfehlte seine Schulter um nicht mehr als einen Fuß, als der Drache sich zusammenduckte, um in die Luft zu springen – ohne Zweifel für einen kurzen Flug, der in einem weiteren Angriff auf die Hügelspitze enden würde und mehr Feuer und dem Tod Azouns.

Aber Nalavara erbebte und taumelte, und über ihrem Kopf erklangen abgerissene Schrie wie: »Für Azoun! Für Alusair! Für Kormyr!«

Über ihrem Kopf?

Azoun rollte sich weiter, vermochte nur unter Schwierigkeiten sein Schwert zu halten und gelangte ins Sonnenlicht, nur um zu sehen, dass Krieger den Hügel heraufrannten. Ihre Gesichter waren zwar bleich vor Angst, aber sie hielten Schwerter, Äxte und Speere in den Händen.

Ein Seil spannte sich stramm über den Drachen, und eines der Tauenden bebte unter den hektischen Schmiedehammerschlägen einer schwitzenden Gruppe von Soldaten, während das andere …

Das andere Ende steckte tief in den Muskeln eines der Drachenflügel, hineingetrieben von einem wild grinsenden Ethian Glammerhand. Raddlesar sprang über die schlüpfrigen Schuppen zu ihm hoch und hieb dabei auf jeden erreichbaren Teil des Flügels ein. Ein grimmiger Schwerthauptmann folgte ihm auf dem Fuße, und seine Axt hob und senkte sich, als wolle er gleich Drachenfleisch auf seinem Kochfeuer zubereiten.

Nalavara heulte ohrenbetäubend und bockte, wodurch der Lanzenhauptmann von den Füßen gerissen wurde. Der Drache rollte sich um die eigene Achse, ein Zuschnappen seiner Kiefer durchtrennte das Seil, dann richtete er sich so schnell auf wie eine Katze. Der Schwerthauptmann prallte hilflos gegen die Schuppen und klammerte sich verzweifelt an den Griff seines Schwertes. Nalavara zog ihre Klauen über den bedauernswerten Raddlesar und zerschnitt ihn in Streifen, während er zuckend auf dem Boden lag, dann schnappte sie in Richtung der Krieger vor ihr.

Schwerthauptmann Theldryn Thorn war plötzlich oberhalb der Hüfte verschwunden – Schwert, Brustpanzer und alles.

Seine Hüften zuckten, bebten und brachen dann unter dem Gewicht seines von den Drachenflügeln hoch droben gefallenen Oberkörpers zusammen.

Speere prallten von den dunkelroten Schuppen ab, ohne Schaden angerichtet zu haben, und König Azoun stürmte nach vorn, um auf das einzuhacken, was sich noch in seiner Reichweite befand – nämlich den blutgetränkten Schwanz, der seinen Lanzenhauptmann getötet und ihn selbst nur knapp verfehlt hatte.

Der Drache drehte den Kopf, spuckte zerrissene Stücke Fleisch aus und zog dann den Schädel zurück, um entweder Feuer zu spucken oder den rasenden König zu beißen.

Ein Priester des Tempus stammelte einen Bann, durch den die Luft um Nalavaras Kopf herum in einem plötzlichen, tanzenden Wirbel aus Eisen explodierte, aber der Drache schlug inmitten des zuhackenden Metalls mit den Flügeln, als seien da gar keine blitzenden Schwertspitzen. Dann sprang er in die Luft. Ein Zucken seines Schwanzes schleuderte Schwerthauptmann Glammerhand in das Herz des Stahlwirbels. Zwei Männer stürzten sich auf den König, um ihn knapp unterhalb der durch die Luft pfeifenden Klingen zu halten.

Sie vermochten nichts zu tun, um den Drachen aufzuhalten, als das Ungeheuer sich mit zum Schutz vor den Zauberwaffen geschlossenen Augen niederbeugte und blindlings auf Azoun einbiss.

Der König von Kormyr erhob sich, ihm entgegenzutreten, und schleuderte dabei die Ritter beiseite, die ihn abschirmen wollten. Er stieß sein Schwert kraftvoll durch loderndes Drachenfeuer in Nalavaras Lippen. Wieder schoss dunkles Blut in die Luft. Der Drachen brüllte und schüttelte den Kopf, wobei einer seiner Reißzähne Azoun als einen Haufen aus zerfetzten Rüstungsteilen und königlichem Blut wegschleuderte. Verzweifelt stürmten die beiden Ritter wieder vor.

An ihren Fingern blitzten Ringe auf, als der Drache wieder zubiss. Dieses Mal schloss sich das grausame Maul um etwas Unsichtbares und glitt gleich über den Männern an der Luft ab.

Im Herzen des Stahlsturms brüllte der Drache seine Wut heraus, dann schlug er mit den Flügeln und teilte die Luft mit einem donnernden Geräusch, bevor er trotz der wenigen ihm nachgeschickten Pfeile in die Luft sprang. Er zog ein paar rauchende Blutfäden hinter sich her, als er in einem weiten, ansteigenden Bogen nach Westen über den Wald schwebte und ohne einen Blick zurück in nördlicher Richtung verschwand.

Den von Blut glitschigen Hügel bedeckten stöhnende Männer oder das, was von Männern noch übrig war. In ihrer Mitte lagen zwei der Ritter, welche die Edelleute von Kormyr verächtlich »Kleine Herren« zu nennen pflegten, womit sie Männer bezeichneten, die erst kürzlich für ihre Verdienste um die Krone in den Adelsstand erhoben worden waren und denen die langen Jahre stolzer Familienmacht fehlten. Die beiden lagen keuchend und einander zugewandt auf dem ächzenden König.

»Am besten beenden wir den Schildzauber«, keuchte Fürst Edryn Braerwinter, »sonst locken wir noch einen der Gazneths an.«

»Ist … er verschwunden?«, stöhnte sein Mitedelmann, da er es nicht wagte, sich umzuschauen. Braerwinter nickte, da ihm der Atem zu einer Antwort fehlte, und rollte sich langsam von dem König von Kormyr.

Azoun Obarskyr lag mit geschlossenen Augen, schmerzverzerrtem Mund und zuckenden Gliedmaßen auf dem Boden. Rauchfäden vom schwarzen Blut des Drachen stiegen von ihm hoch, und über einer Hüfte war von der Rüstung nichts übrig als Trümmer. Auf der anderen Hüfte und der Flanke fehlte sie ganz, denn Nalavara hatte sie weggebissen, und die Männer sahen, dass des Königs Seite dunkel und feucht schimmerte von Blut. Wo kein Blut seine Brust bedeckte, hatte das Drachenfeuer das Fleisch geschwärzt.

Jetzt hasteten von überall Männer herbei.

»Er braucht Heilzauber«, keuchte Fürst Steelmar Tolon und kämpfte sich auf die Füße, »aber wir müssen ihn ins Zelt schaffen, bevor ein halbes Hundert Bogner das Gerücht verbreiten, sie hätten ihn mit eigenen Augen tot am Boden liegen sehen. Ergreift seinen anderen Arm … unter der Schulter …«

»Was tut ihr da?«, brüllte Kriegsmeister Ilnbright, als die beiden Männer mit einem schlaff zwischen ihnen hängenden Azoun vorwärtsstolperten.

»Zum Zelt!«, knurrte Fürst Braerwinter. »Besorgt ihm Heiler – sofort!«

»Ihr könnt nicht einfach …«

»Das können wir sehr wohl!«, donnerte Fürst Tolon in einer Lautstärke, die selbst das Bellen des Offiziers in den Schatten stellte. »Geht aus dem Weg oder sterbt!«

Er hob eine bedrohlich geballte Faust, und sein Ring blitzte. Da Ilnbright nicht wusste, über welche Fähigkeiten dieser Ring genau verfügte, trat er mit vor Zorn dunklem Gesicht zurück, drehte sich aber dann um und schrie nach den Priestern.

»Bringt mir Heiler!«, donnerte er. »Jeder heilige Mann

auf diesem Schlachtfeld, ungeachtete seines Rangs und ungeachtet seiner Einwände. Beeilt euch!«

Wieder blitzte der Ring auf Tolons Finger, und der Offizier verstummte blinzelnd vor Erstaunen. Die Magie des Rings hatte seinen Schrei über Meilen hinweg getragen, und zwar als großes und schreckliches Gebrüll. Überall machten sich Purpurdrachen auf, in Priestergewänder gehüllte Männer an Ellbogen und Kragen zu packen.

»Bringt das Schwert des Königs«, befahl Fürst Braerwinter dem erstaunten Offizier. »Ein Krieger fühlt sich besser mit der Klinge in der Hand.«

Immer noch zwinkernd beugte Ilnbright sich vor und griff mit bebender Hand nach Azouns mächtigem Kriegsschwert.

Ein wenig später stolperten zwei erschöpfte Fürsten durch einen Ring grimmiger Bogenschützen und achteten nicht weiter auf die harten Blicke, die ihnen folgten, als sie den Hügel hinunterstiegen.

Der Drache war nicht wieder erschienen, aber falls er das tat, stünde die Armee von Kormyr bereit. Ein schräg aufgerichteter Wald aus Schäften erhob sich vor jedem Bogner, und die Männer standen beinahe Ellbogen an Ellbogen etwa in der Höhe des Königszelts.

»Dort«, murmelte Braerwinter und wies auf die kleine Mulde, in welcher der König gesessen hatte.

Alusairs geschwärzter Helm lag immer noch dort. Tolon beugte sich vor und hob ihn hoch, dann setzten sich die beiden Männer gemeinsam und mit den Rücken zueinander auf den Boden. Sie wollten in der Lage sein, jeden zu sehen, der sich ihnen näherte, und beide schoben die Finger unter ihre Halspanzer und tasteten nach Anhängern.

Auf der Rückseite dieser Anhänger befanden sich Schnallen ähnlich den Schließen, die Kriegszauberer tragen. Im Inneren befand sich ein kleines Symbol, nämlich das Wappen von Filfaeril, der Drachenkönigin, der Braerwinter und

Tolon nun schon so viele Jahre gedient hatten. Laspeera hatte Gedankenverbindungszauber auf sie gelegt, von denen selbst Vangerdahast – zumindest glaubte man dies – nichts wusste.

»Edle Königin«, murmelte Braerwinter und stellte sich die kalte Schönheit der Frau vor, der sie beide dienten – und die sie liebten, »es gibt keine schonungsvolle Weise, Euch dies zu sagen. Der König hat gegen den Drachen gekämpft und liegt schlimm verwundet darnieder. Der Lindwurm ist geflohen, die Orks wurden erschlagen, und wir behaupten noch das Feld gegen Goblin-Gruppen. Noch während wir jetzt sprechen, nähern sie sich uns wieder. Mehr noch, der Drache stürzte sich auf Alusair, und wir fürchten, sie ist verloren samt all jener, die unter ihr kämpften. Wir haben dem König alle Heilmagie zuteil werden lassen, über die wir verfügen, Gazneths hin oder her, aber viele Heiler sind heute gestorben. Unsere Heiltränke und -salben, Eure Hoheit, haben nichts ausgerichtet. Ich weiß nicht, wie lange er noch am Leben bleiben wird. Er liegt in seinem Zelt auf dem ersten Hügel nördlich von Calantars Brücke, gerade eben östlich des Weges. Zwar kommen mehr Priester, aber wenn Ihr uns die mächtigsten unter ihnen schickt …«

Beide Männer hörten das Ächzen, das von Filfaeril weit entfernten Lippen drang, bevor sie mit sehr ruhiger Stimme antwortete: *Ihr habt wohlgetan, daran zweifle ich nicht, und seid bedankt für diese Neuigkeiten. Behütet beide meinen Herrn und auch euch selbst. Kormyr wird euch bald wieder brauchen.*

»Wir hören und gehorchen«, riefen beide Männer gleichzeitig. Ihnen entging nicht das Schluchzen, das sich Filfaerils Lippen entrang, bevor die magische Verbindung nachließ.

Fürst Edryn Braerwinter schaute seinen Freund an und sagte: »Nun, ich glaube, wir sollten am besten …«

Noch während er sprach, erklang aus der Nähe ein Schrei – aber zu spät. Ein dunkler Schatten fiel aus dem Himmel nieder, grausame Krallen streckten sich aus und rissen beiden Männern den Kopf ab.

Kaltes Lachen erklang, als der Gazneth wieder in die Luft schoss. In seinen bluttriefenden Fingern baumelten die Anhänger, und die zerrissenen Hüllen, die eben noch die Fürsten Braerwinter und Tolon gewesen waren, fielen als blutige Haufen zu Boden.

Pfeile schossen hinter der lachenden Plage her durch die Luft, aber wie gewöhnlich waren es zu wenige, sie flogen zu langsam und kamen zu spät.

35

Es mochte daran liegen, dass die Tür so hastig aufgerissen wurde, oder aber an der auffallenden Schwere von Alaphondars Schritten. Tanalasta wusste augenblicklich, dass sich etwas Schreckliches ereignet hatte. Sie trat von der großen Landkarte auf dem Tisch weg und bedeutete den anderen im Raum mit einer Geste, sie sollten schweigen.

»Stimmt etwas nicht?«

Alaphondar blieb gleich hinter der Tür stehen, musterte die erschöpften Gesichter der Reihe nach und öffnete den Mund, ohne jedoch zu sprechen. Seine Augen hatten rote Ränder und wirkten glasig, und seine Miene war leer und wie betäubt.

Tanalasta warf ihren Zeigestab auf die Landkarte, ohne darauf zu achten, dass die Embleme der Kompanien zerstreut wurden, die aufzustellen sie und ihr Kriegsrat die letzte Stunde gebraucht hatten.

Sie ging auf den Weisen zu.

»Alaphondar, was ist geschehen?«

Sie schüttelte ihn vorsichtig, und er schien aus seiner Betäubung zu erwachen.

»Die Königin …« Wieder blickte er sich im Raum um,

und dieses Mal schien er die Gesichter der Versammelten zu erkennen. Dann schaute er wieder Tanalasta an. »Die Königin hat eine Gedankennachricht empfangen. Der Drache hat Prinzessin Alusairs Armee zerstört.«

Tanalasta versuchte, nicht das Schlimmste zu denken. Der Verlust der Armee schmerzte, aber Alusair hatte sich einer Reihe solcher Kalamitäten gegenübergesehen und war immer zurückgekehrt.

»Und die Prinzessin?«

Alaphondar wich ihrem Blick aus. »Sie haben in einem Haufen von verbrannten Knochen ihren Helm und ihren Schild gefunden.«

Tanalasta verspürte eine plötzliche Stille in ihrer Brust. »Aber nicht den Rest ihrer Rüstung?«

Alaphondar schüttelte den Kopf. »Anscheinend war es ein ziemliches Chaos.«

»Dann wollen wir für das Beste beten.« Tanalasta drehte sich wieder zu ihrem Kriegsrat um, setzte eine tapfere Miene auf, stützte sich aber gleichzeitig mit einer Hand auf den Kartentisch, um ihre zitternden Knie ein wenig zu entlasten. »Unsere Gedanken sind mit den Verwundeten und Toten, aber Alusair hat so eine Art, solche Dinge zu überleben.«

»Hoheit, es tut mir leid, aber da ist noch mehr.«

Tanalasta hielt inne und gab vor, nicht zu bemerken, dass die Augen aller im Raum Versammelten sie beobachteten. Der Versuch musste misslungen sein, denn Owden Foley eilte an ihre Seite und ergriff ihren Ellbogen.

»Ja?« Da sie im Angesicht ihres Kriegsrats nicht bedrückt wirken wollte, winkte sie den Priester beiseite und sah wieder Alaphondar ins Gesicht.

»Fahrt fort.«

Dieses Mal vermochte der Weise nicht zu verhindern, dass ihm Tränen aus den Augen flossen. »Die Armee Eures Vaters wurde angegriffen, und der König ist gefallen.«

»Gefallen?« Tanalasta verspürte zunehmende Schwäche.

Sie vergaß all die wachsamen Augen, taumelte hinüber zu einer Wand und sank in einen Sessel, bevor die Beine unter ihr nachgeben konnten. »Ist er tot?«

»Nicht tot«, sagte Alaphondar. »Sie sagen, er sei schlimm verbrannt und vom Hals bis zur Leiste aufgeschlitzt.«

»Aber stehen ihm seine Heiler zur Seite?«, wollte Tanalasta wissen.

»Ich fürchte, seine Heiler wurden in der Schlacht getötet. Die Fürsten Braerwinter und Tolon haben die Königin benachrichtigt, als sie versuchten, ihn in Sicherheit zu bringen. Sie versprachen, eine weitere Nachricht zu schicken, sobald ihnen dies gelungen sei.«

»Dann hält die Schlacht also noch an?«, fragte Korvarr Rallyhorn, der sich inzwischen von der Blutlust erholt hatte, die über ihn gekommen war, nachdem der Merendil-Gazneth ihm den Arm gebrochen hatte.

Alaphondar nickte und sagte: »Die Königin hat einem Trupp von Kriegszauberern befohlen, sich bereit zu machen und sich dorthin zu zaubern.«

Korvarr wandte sich an Tanalasta. »Wenn Ihr es gestattet, Prinzessin, dann kann sich meine Kompanie, die bereit steht, binnen eines Augenblicks auf den Weg machen.«

Immer noch zu erschüttert, um sprechen zu können, nickte Tanalasta nur und winkte ihn aus der Tür hinaus.

»Seid Ihr sicher, dass dies klug ist?«, fragte Fürst Longbrooke. »Wir haben jetzt schon zu wenige Männer im Süden.«

»Aber wir jagen nur zwei Gazneths«, gab Hector Dauntinghorn zu bedenken.

»Nur zwei Gazneths, ja, aber Sembias zehntausend Mann entsprechen der Zahl unserer Soldaten«, bemerkte Melot Silberschwert. »Und wir dürfen nicht vergessen, dass sie frisch und ausgeruht sind.«

Tanalasta hörte der Debatte nur mit halbem Ohr zu, so erschüttert war sie. Ihre Erfolge gegen die Gazneths hatten sie blind werden lassen, was die Ungewissheit von Siegen anbetraf. Der Drache und seine Orks beherrschten bereits das Gebiet nördlich von Dhedluk. Wenn die königliche Armee zerbrach – und Tanalasta war klug genug zu wissen, dass sie nicht standhalten könnte ohne Alusair und den schwer verwundeten König –, würde der Rest von Kormyr bald folgen.

Selbst diese Erkenntnis steigerte eher ihre Teilnahmslosigkeit, als dass sie eine Panik hervorgerufen hätte. Sie fühlte sich schwindelig und leer, vielleicht deshalb, weil die Verzweiflung angesichts des Verlustes von Schwester, Vater und Königreich einfach zu viel gewesen war. Die Empfindung glich in etwa ihrer Sehnsucht nach Rowen, diesem kalten, tiefen Schmerz, der sie niemals verließ, der immer da war und bereit, sie niederzuziehen in einen schwarzen Abgrund der Verzweiflung. Diesem Gefühl durfte sie niemals nachgeben, nicht einmal für einen Augenblick. Zu viel hing von ihr ab – und sie dachte nicht nur an Kormyr. Ihr Kind würde bald zur Welt kommen, und sie wünschte sich ein Königreich, in das es geboren werden könnte.

Als Tanalasta sich ihrer Umgebung wieder bewusst wurde, stellte sie fest, dass sie in mutlose Gesichter blickte.

Melot Silberschwert und Barrimore Longbrooke standen dicht beieinander, schauten entsetzt drein und flüsterten etwas über Sembia. Selbst Ildamoar Hardcastle und Roland Emmarask wirkten blass und bestürzt. Ohne jeden Zweifel glaubte jeder im Raum, der Krieg sei bereits verloren. Das wäre tatsächlich bald der Fall, wenn Tanalasta nicht irgendetwas einfiel, ihre Zuversicht wiederherzustellen.

Die Prinzessin dachte zuerst daran, nach Norden zu ziehen und den Befehl über die königliche Armee zu übernehmen, solange »ihr Vater auf dem Krankenbett lag«, aber dankenswerterweise verwarf sie den Gedanken so schnell, wie er aufgetaucht war. Selbst wenn sie eine so geschickte Taktikerin wie Alusair gewesen wäre – und sie wusste, dass dem nicht so war –, und selbst wenn ihre Anwesenheit so anfeuernd gewesen wäre wie die des Königs – und sie wusste, dass dem nicht so war –, so könnte eine Hochschwangere, die kaum laufen und noch viel weniger einen Angriff anführen konnte, die königliche Armee nicht anfeuern, fest gegen den Drachen und seine Orks zu stehen.

Aber sie wusste, wer dies vermochte.

Tanalasta legte die Hände auf die Lehne des Sessels. »Fürst Longbrooke, ich bin mir sicher, dass Ihr und Fürst Silberschwert nicht in Betracht zieht, die Sembianer zu Hilfe zu rufen.« Als die beiden Männer die Köpfe schüttelten, stieß sie sich in die Höhe. »Gut. Ich bezweifle, dass Vangerdahast zustimmen würde.«

»Vangerdahast?«, keuchte Roland Emmarask. »Dann wisst Ihr, wo er ist?«

»Besser noch – ich glaube, dass Erntemeister Foley einen Weg gefunden hat, ihn zu befreien.« Tanalasta wandte sich zu dem Priester um. »Ist das nicht so, Owden?«

Owden lächelte und neigte den Kopf, ein sicheres Zeichen für seinen Verdruss. »Wann soll ich es vollbringen, Prinzessin? Wenn mir noch die Nacht bleibt, meine Studien zu vollenden, könnte ich vielleicht im Morgengrauen so weit sein.«

»Ich dachte an einen früheren Zeitpunkt.« Tanalasta entfernte Rowens heiliges Symbol von ihrem Hals und übergab es dem Priester. »Vielleicht ist *jetzt* der richtige Zeitpunkt.«

Owden war viel zu klug und Tanalasta so treu ergeben, dass er niemanden außer ihr den Ärger in seinem Blick sehen ließ. Er hatte zunächst vorgeschlagen, ein Portal in Vangerdahasts Gefängnis zu öffnen, und zwar höchstselbst, damit die Prinzessin nicht durch einen solch unberechenbaren Zauber in Gefahr geriete. Nachdem sich herausgestellt hatte, dass Owdens gefühlsmäßige Bindung an Vangerdahast nicht stark genug war, um den Magier mit Hilfe von Rowens heiligem Amulett zu finden, hatte Tanalasta ihn gedrängt, mit einbezogen zu werden. Bislang hatte der Priester dies standhaft abgelehnt, denn seiner Ansicht nach bestand durchaus die Möglichkeit, dass die Prinzessin in Vangerdahasts Dimension hineingesaugt werden mochte. Bis jetzt hatte Tanalasta sich gefügt.

Als Owden nicht eifrig zustimmte, drehte sich Tanalasta zu dem Wächter an der Tür um. »Schickt nach dem Hauptmann Stahlhand.«

»Das wird nicht nötig sein«, meinte Owden. Er bedeutete Tanalasta mit einer Handbewegung, sie solle wieder Platz nehmen. »Die Prinzessin hat Recht. Die Zeit ist gekommen, das Portal zu öffnen und festzustellen, was herausquillt.«

Owden ließ das heilige Amulett vor Tanalastas Gesicht hin und her pendeln. »Sammelt Euch und stellt Euch Vangerdahasts Gesicht vor.«

Tanalastas Blick folgte dem silbernen Amulett, und sie stellte sich Vangerdahast vor, wie sie ihn zum letzten Mal gesehen hatte, seltsam jung und wie heimgesucht, mit buschigem schwarzem Bart und einer Eisenkrone auf der wirren Haarmähne.

Das Bild verschmolz mit dem Amulett und begann vor- und zurückzuschwingen, dann verschwanden der Kartenraum und die Männer um sie herum, bis vor ihr nur noch das Gesicht des Königlichen Magiers vor- und zurückpendelte.

Sie hatte das Gefühl, durch einen langen Tunnel in eine riesige schwarze Leere zu fallen. Eine tintige Dunkelheit fiel über das Amulett. Vangerdahasts Gesicht verschwand, wurde von dem hageren Gesicht ersetzt, das sie bei dem Versuch, Verbindung mit ihrem Ehegemahl aufzunehmen, schon einmal erblickt hatte.

Der Fremde hatte schwere, bedrohlich gerunzelte Brauen, die Augen schimmerten weiß wie Perlen, sein Kinn war eckig und kräftig mit der Andeutung einer Kerbe. Dieses Mal rief Tanalasta nicht, und die Perlaugen starrten sie für einen Augenblick voller Freude und Sorge an. Dazu kam eine unaussprechliche Sehnsucht, die tausend Mal stärker zu sein schien als die Sehnsucht, die sie nach Rowen verspürte.

Grauer Regen ließ die Luft grau schimmern, und das Gesicht verschwand. Einen Augenblick darauf tauchte Vangerdahast auf, so verdrießlich und ungeduldig wie immer.

Es ist an der Zeit.

»Ich habe ihn«, erklärte Tanalasta Owden. Zu Vangerdahast sagte sie: »Habt Ihr das Zepter, alter Schnüffler?«

Vangerdahast runzelte verwirrt die Stirn, nickte aber und hob den Amethyst-Knauf hoch. *Das habe ich.*

»Gut«, meinte Tanalasta. »Owden, wir sind bereit.«

Der Erntemeister rasselte eine lange Folge geheimnisvoller Silben herunter. Der Abstand zwischen Tanalasta und Vangerdahast schien zu schwinden. Die Augen des Magiers wurden rund. Er stieß einen überraschten Schrei aus und schien auf die Prinzessin zuzufallen, wobei er mit den Armen ruderte und mit den Beinen austrat. Sie erhaschte einen Blick auf einen eisernen Thron und im Halbkreis stehende, kleine grüne Goblins, die zuckenden Blitze eines Gewitters und eine dunkle Gestalt, die von dem Portal wegkroch.

Dann lag Vangerdahast mit ausgestreckten Armen und Beinen auf ihr, herzte sie wie eine Mutter, lachte, weinte und schrie zur gleichen Zeit, kalt und nass, wie er war und stinkend, als habe er seit Monaten nicht mehr gebadet.

Er küsste sie mitten auf die Lippen, dann kletterte er von ihr herunter und beugte sich vor, um ihren geschwollenen Bauch zu küssen. Anschließend pflanzte er die Spitze des goldenen Fürstenzepters neben ihren Sessel und beugte sich noch einmal vor, um sie auf den Mund zu küssen.

Tanalasta stieß ihn weg. »Vangerdahast!«

Der Magier grinste sie schelmisch an. »Erzählt mir nicht, Ihr wärt nicht glücklich, mich zu sehen!«

»Das bin ich!« Tanalasta wischte sich das Gesicht ab – weniger um die von Vangerdahasts vom Regen durchtränkten Bart hinterlassene Nässe zu entfernen, sondern um das Parfüm auf ihrem Ärmel einzuatmen. »Aber wir haben Arbeit …«

Tanalasta wurde von dem Geläute einer Alarmglocke unterbrochen, und im Kartenraum brach ein Tumult aus Stimmen und Stiefelgepolter aus.

Vangerdahast drehte sich langsam auf dem Absatz um und beobachtete erstaunt, wie die Edelleute davoneilten, um sich ihren Kompanien anzuschließen.

»*Laufen* sie der Schlacht entgegen?«

»Das könnte man so sagen, alter Freund«, antwortete Owden. Er schlug mit der Hand auf Vangerdahasts Schulter. »Oder man könnte sagen, dass sie vor dem fliehen, was Tanalasta ihnen antun könnte für den Fall, dass sie zögern.«

»Ist das so?« Vangerdahast hob eine Braue und musterte die Prinzessin. »Ich brenne darauf zu erfahren, wie Ihr das geschafft habt.«

»Und ich habe ebenfalls ein paar Fragen an Euch«, lächelte Tanalasta. »Aber das muss warten. Wir erwarten einen Gazneth.«

Vangerdahasts Brauen zuckten erschreckt nach oben, dann schaute er sich im Kartenraum um, als wollte er sich selbst bestätigen, wo er sich eigentlich befand. »Hier? Im Königlichen Palast?«

»So sieht es aus.« Tanalasta kämpfte sich aus dem Sessel und ging auf die Tür zu. »Und lasst uns darum beten, dass es nicht König Boldovar ist.«

36

»Ist das alles, was von uns noch übrig ist?«, quiekte Kortyl Rowanmäntel beinahe, als er auf die grimmige kleine Schar von Männern blickte, die sich unter den Bäumen drängten. »Zweihundert Männer, vielleicht weniger?«

In ihrer Mitte erhob sich ein großer Baumstumpf mit verkrümmten Wurzeln, trotz seines Zustandes größer als der am höchsten Gewachsene unter den Kriegern. Auf dem Baumstumpf stand die Stahlprinzessin, die Hände auf die vom Drachenfeuer schwarzen Hüften gestemmt und mit einst wunderbarer, wilder, aber jetzt beinahe vollständig versengter Haarmähne.

»Es sieht so aus, Kortyl«, antwortete sie beinahe fröhlich. »Umso mehr Goblins bleiben für den Rest von uns.«

Ein unbehagliches Schweigen folgte ihren Worten. Schreiende Goblins waren weder ruhmreich noch leicht zu töten, wenn sie in Schwärmen herbeiströmten – und sie erschienen in Schwärmen, endlos strömenden Wellen, die müde Schwertarme bezwangen und sich nur zu gut aufs Abschlachten verstanden ... und nur wenige Überlebende übrig ließen, die nun keuchend hier im Wald standen.

Andererseits waren die Goblins viel weniger ruhmreich oder auch nur annähernd so tödlich wie der Teufelsdrache. Mehr als nur einer unter den Kormyranern blickte durch das grüne Dunkel der Zweige über ihren Köpfen nach oben und suchte nach einer Lücke, die groß genug sein mochte, dass ein riesiger roter Drache hindurchspähen konnte. Vor nicht allzu langer Zeit war das Untier dicht über die Baumwipfel hinweggeschwebt und hatte sie entdeckt.

Der Lindwurm hatte sich mit solch plötzlicher Wut auf die Edelleute gestürzt, dass viele von ihnen zu Asche verbrannt worden waren, bevor sie noch so richtig Zeit hatten, ihr Unheil kommen zu sehen und zu schreien. Die Bäume um sie herum hatten wie Fackeln gebrannt, nicht wenige waren umgestürzt und hatten die am nächsten stehenden Krieger zerquetscht und die anderen mit einem Funkenregen überschüttet.

Der Wald bot ihnen jedoch auch Schutz und Rettung, denn das prasselnde Feuer in den Baumwipfeln hüllte die entsetzten Männer in Rauch. Die weiter entfernten, nicht verbrannten grünen Tiefen boten ihnen einen riesigen Unterschlupf, sich zu verteilen und zu verstecken.

Die Stahlprinzessin hatte sich grimmig, mit gezücktem Schwert und derartig von Ruß bedeckt, dass mehr als ein Mann sie auf den ersten Blick für eine Art schwarzhäutigen Ungeheuers hielt, darangemacht, ihre Männer um sich zu versammeln. Mit der blanken Klinge und Augen und Zähnen als einzigen weißen Flecken sah sie aus wie etwas aus den Schauergeschichten, die man Kindern zuflüstert, um ihnen Angst einzujagen. Ihren mit Bändern an der Hüfte befestigten Helm hatte sie in dem ersten Feuerangriff des Drachen verloren, als sie sich zusammengekrümmt und dann über den Boden gerollt hatte, und ihren Schild hatte sie ebenfalls eingebüßt – sie hatte seine halb geschmolzenen, glühend heißen Überreste weggeschleudert, nachdem der Schild sie vor dem Feuerhauch gerettet hatte, mit dem der Drache eine Prinzessin zu rösten gedachte.

Alusair runzelte leicht die Stirn, als sie sich vielleicht zum zehnten Mal daran erinnerte. Der Drache schien nach ihr Ausschau gehalten zu haben …

Genug der Überlegung. »Dies ist die härteste Herausforderung, der sich Kormyr seit Jahrhunderten gegenübersieht«, erklärte die Stahlprinzessin abrupt und schaute ihren Männern der Reihe nach in die Augen. »Die Leben eurer Lieben, ob sie sich innerhalb der Mauern von Suzail befinden oder in Herrenhäusern überall im Reich, hängen nun von euren Schwertern ab. Wir sind die Besten des Königreichs … und die Zeit ist gekommen, dies zu beweisen. Ich gehe zurück, um den Drachen zu finden und ihn niederzumachen. Falls ich sterbe, dann in dem Bewusstsein, alles in meiner Macht Stehende für Kormyr getan und mich nicht geduckt und versteckt zu haben und genauso wenig auf Goblin-Klingen zu warten, auf dass sie mich des Nachts fänden. Was auch immer geschehen mag – ich habe vorn gestanden und die Leute von Kormyr verteidigt.«

Sie schaute sich um. Das Schweigen kam ihr so scharf vor wie eine Schwertspitze. Die Männer hatten genau zugehört und hielten ihre brennenden Augen auf der Suche nach Hoffnung auf sie gerichtet.

Sie gab sie ihnen.

Die Stahlprinzessin öffnete ruhig ihren Brustpanzer und schob ihn beiseite. Das Hemd darunter war schweißgetränkt und voller frischer Blutflecke in einer Masse aus zerfetzter Polsterung, und unter dem dunkleren Blut quoll glitzernd frisches hervor. Mehr als ein Mann fragte leise, wie die darunterliegenden Wunden wohl aussehen mochten, aber Alusair schlug sich unbeeindruckt mit der Faust auf die Brust und verkündete sachlich: »Dies hier schlägt noch. Solange es dies tut, werde ich diesen Drachen jagen. Das ist meine Pflicht.«

Sie wandte sich langsam um, wies mit dem blanken Schwert auf einen Mann nach dem anderen und fügte sanfter hinzu: »Ihr könnt als Edelleute des Reichs nur selbst über eure Pflicht entscheiden. Eure Familien sind immer das Rückgrat des Reichs gewesen – weil eure Mütter und Väter und Vorfahren ihre Pflicht kannten und sie verrichteten. Ihr kennt eure Pflicht ebenfalls. Wenn ich diesen Ort verlasse, werde ich mich nicht danach umschauen, wer sich in den Wald davonschleicht und wer mit mir geht. Ich werde das nicht tun müssen, denn ich weiß, wer – und was ihr seid. Ihr seid die Besten und die helle Hoffnung für Kormyrs Zukunft.«

Sie lächelte, ließ das Schwert in ihre Armbeuge gleiten und schloss ihren Brustpanzer.

»Wir haben nur noch eine unbedeutende Aufgabe vor uns, das ist alles. Wir müssen sicherstellen, dass Kormyr eine Zukunft hat.«

Auf ihre Worte hin kicherten einige Männer grimmig.

Die Stahlprinzessin schaute von ihren Schnallen hoch und lächelte dieses schiefe, ihren Männern so gut bekannte Lächeln, das darum zu bitten schien, sich ihr zuzugesellen, und fragte leise: »Seid ihr an meiner Seite, Männer von Kormyr?«

»Ja!«, schrie Kortyl Rowanmäntel. »Ja!«

»Ja!«, antworteten drei Männer gleichzeitig und hoben ihre Schwerter. »Für die Stahlprinzessin!«

»Für Alusair und *Kormyr*!«

Alusair sprang von dem Baumstumpf und reckte ihre eigene Klinge in die Luft. »Dann folgt mir – aber hebt euch eure Rufe auf, bis eure Schwerter tief in den Drachen schneiden. Kein Kriegsgeschrei!«

Sie wandte sich um und sprang davon, um in gewohnt raschem Tempo einherzulaufen – stolperte aber, zuckte zusammen und fiel beinahe, als eines ihrer Beine unter ihr nachgab. Eifrige Hände streckten sich nach ihr aus, und sie lehnte sich für einen Augenblick dankbar daran, stampfte fest mit dem verletzten Bein auf, zuckte wieder zusammen und setzte dann zu einem hinkenden Lauf an. Ihre Männer folgten ihr.

Es schien nur wenig Zeit zu vergehen, bevor der Baumbestand vor ihnen dünner wurde, und Alusair wirbelte herum und hob eine Hand als Zeichen zum Halten. Als sich die keuchenden Edelleute um sie versammelt hatten, sagte sie: »Die Hügel dort drüben wimmeln nur so vor Goblins und ihren Kundschaftern, und der Drache ist auf dem dahinterliegenden Hügel gelandet. Wir können es nicht vermeiden, gesehen zu werden, aber Magie würde nur unsere Feinde herbeilocken. Dunkelheit beeinträchtigt unsere Sicht, aber nicht die ihre. Und mehr noch – das Leben vieler Kormyraner ist verloren, wenn wir uns verspäten. Ich fürchte, es ist jetzt an der Zeit, sich wie Narren zu benehmen und einfach hinauszustürmen und sich töten zu lassen. Lasst uns zusehen, dass wir währenddessen den Drachen zu uns her locken.«

Sie drehte sich mit blitzendem Schwert um, duckte sich zwischen zwei Bäumen hindurch und war verschwunden

Nach einem Augenblick der Überraschung stürmten die edlen Söhne Kormyrs hinter ihr her. Die Erwartung des drohenden Todes zeichnete sich klar auf ihren Mienen ab.

Hinter den letzten Bäumen des Waldes begannen Felder. Es handelte sich größtenteils um sanft geschwungenes Weideland mit Grenzzäunen aus Erde und Zweigen.

Und Goblins.

In kleinen Gruppen kampierten die Wesen hier und da und hatten sich auch auf weiter entfernten Hügeln versammelt, um sicherzustellen, dass sie die dahineilende Gruppe von Menschen sehen würden, sofern nicht …

Eine merkwürdige Wand oder vielleicht auch ein Höcker von Nebel füllte eine niedrig gelegene Stelle nicht weit zu ihrer Rechten. Eigentlich hätte diese Nebelbank nicht da sein dürfen, sofern der sich hin und her windende kleine Bach darunter nicht plötzlich aus heißen Quellen entsprang.

Alusair starrte die Nebelbank ebenso misstrauisch an wie jeder Krieger, der das Land gut kennt und etwas Merkwürdiges darin erblickt. Dann zuckte sie die Achseln, wies mit der gezückten Schwertspitze darauf und setzte sich in Bewegung. Die Männer auf ihren Fersen trotteten hinter ihr her in den Wirbel aus Dunst, schauten sich misstrauisch um und hielten ihre Klingen bereit für den Fall, dass der Nebel den Drachen oder ein anderes tödliches Ungeheuer enthielt.

Sie fanden keine verborgenen Gefahren, bis Kortyl ächzte: »Wie weit dehnt sich dies hier Eurer Meinung nach aus, Hoheit?«

Alusair wandte sich um, um ihm zu antworten, und ihr Gesicht ließ darauf schließen, dass die Antwort »ich weiß es nicht« lauten würde, und dann veränderte sich die Welt.

Alles wurde plötzlich zu einem tiefen, sprudelnden Blau, und der Grund unter ihren Füßen verschwand. Sie befanden sich in aufrechter Haltung und fielen dennoch endlos – oder vielleicht fiel auch Faerun von ihnen weg …

Dann spürten sie auch schon nackten Fels unter ihren Füßen, ohne dass sie das Gefühl gehabt hätten, irgendwo gelandet zu sein. Der blaue Schein verschwand, und die Dunkelheit um sie herum wurde tiefer.

»Fackeln«, befahl Alusair, zog sich einen Stiefel vom Fuß und zerrte die Innensohle heraus, um einen winzigen Glühstein zum Vorschein zu bringen. »Nutzt dieses Licht, sie zu entzünden.«

Die Männer ohne Fackeln oder Laternen warteten angespannt in der Dunkelheit und lauschten mit gezückten Schwertern, bis die Fackeln aufleuchteten.

Niemand stürzte sich auf sie.

Die flackernden Flammen zeigten ihnen rings um sie herum eine große, dunkle Höhle – eine *riesige* Höhle mit Tunnelmündungen wie dunkle Augen in jeder Wand.

»Wo«, fluchte Kortyl Rowanmäntel, »bei all den dunklen Gruben der Schwarzen Tiefe und den Feinden, die darinnen tanzen, *sind* wir?«

Seine Kommandeurin näherte sich ihm und legte ihm tröstend den Arm um die Schultern, umweht von einem Geruch nach angesengtem Haar, Leder und weichen, muskulösen Rundungen, die ein plötzliches Begehren in dem edlen Ritter weckte, als sie sich gegen ihn pressten.

»Wo auch immer wir sind«, sagte ihm Alusair leise, »kann kein Zweifel an der Art unserer Arbeit bestehen. Wir töten die Feinde Kormyrs, wo auch immer wir sie finden, bis wir wissen, dass der Drache tot und das Reich gerettet ist.«

»Und wo in all der Finsternis sind die Hügel voller Goblins und der Drache?«

Prinzessin Alusair Obarskyr bedachte ihn mit einem wölfischen Lächeln und erwiderte süßlich: »Und wie bei all den dunklen Gruben der Schwarzen Tiefe und den darinnen tanzenden Feinden soll *ich* das wissen?«

Azoun stöhnte, sein Körper krampfte sich zusammen, bog sich durch und drohte vom Bett zu gleiten, wobei er überraschte Unterpriester mit sich zog. Sie klammerten sich an die königlichen Gliedmaßen, wurden blass und wandten die entsetzten Gesichter ihren Vorgesetzten zu.

Aldeth Ironsar, der Treue Hammer von Tyr, erhob sich mit ebenso grimmiger wie verwirrter Miene von den Knien. »So geht es auch mit meinen Heilzaubern. Was haltet ihr davon, meine Herren? Ich kann nicht glauben, dass dieser tapfere König von *allen* unseren Göttern verflucht ist!«

»Vielleicht«, erwiderte der Geschichtenmeister von Deneir langsam, »sind diese von dem Drachen geschlagenen Wunden keine gewöhnlichen Verletzungen, sondern etwas anderes. Vielleicht sind die von uns angewandten Heilgebete gar nicht dazu geeignet, sie zu behandeln.«

»Wir haben dies schon zuvor getan, und zwar alle von uns«, schnappte der Hochjagdmeister des Gepriesenen Malar und wies hinunter auf den bewusstlosen König. »Azoun Obarskyr hat über all die langen Jahre hinweg viel aufs Spiel gesetzt und zahlreiche Heilungen empfangen. Vielleicht kann ein Körper – jeder Körper – nur eine gewisse Anzahl von Heilungen empfangen, bevor er genug hat und die Magie fehlschlagen muss.«

Etliche Gesichter wandten sich abrupt dem Malariten zu und schauten ihn mit gerunzelten Stirnen an. Wenn diese Überlegung auch nur ein Körnchen von Wahrheit enthielt, drohte außer dem König von Kormyr auch vielen Bewohnern des Landes eine ernsthafte Gefahr. Und unter ihnen gab es nicht wenige Hochpriester.

»Ich habe gehört«, sagte der Ehrenwerte Hohepriester der Tymora ernst, »dass Personen, die den Tod herbeisehnen – Ehemänner, die ihre toten Frauen in den Armen hielten, Frauen, die ihre toten Ehemänner hielten –, keinerlei Gewinn haben von selbst der stärksten Heilmagie. Es sah so aus, als ob sie die Magie kraft ihres Willens von sich fortlenkten, ohne dass sie ihnen hätte gut tun können.«

Er entfernte sich ein paar Schritte und sagte dann zur nächsten Zeltstange: »Das Licht des Frohsinns wich, soweit ich das sehen konnte, von des Königs Gesicht, als er vom Tod der Stahlprinzessin hörte.«

»Was auch immer der Grund sein mag«, sagte Haliver Ilnbright vom Zelteingang her, »so können wir es nicht wagen, weitere Heilmagie anzuwenden. Ein Gazneth nähert sich uns.«

Die Priester schauten ihn an, nur zu bereit, angesichts des einfachen Kriegers die Gesichter zu verziehen – obwohl er ein Edelmann war und ungeachtet dessen, was er gerade gesagt hatte –, aber die Rügen erstickten in ihren Kehlen, als sie die Töne vernahmen, die jetzt hinter Haliver Ilnbright erklangen.

Vor dem Zelt – *gerade eben* vor dem Zelt – wurde ein erstaunter Schrei ausgestoßen, dann folgten donnernde Schritte, das Klirren von Schwertern, die von einem Schild abglitten, und der dumpfe Fall eines Körpers. Dann erklang ein nasses, grausiges Geräusch, begleitet von einem erstickten, ungläubigen Schrei.

Offenkundig wurde dort draußen ein Mann auseinandergerissen, und das jetzt folgende Geräusch fallender Tropfen ließ darauf schließen, dass reichlich Blut floss.

Dann folgte ein kaltes Gelächter.

Ein wahnsinniges Gelächter, hoch und schrill, das sich entfernte, als sich der Besitzer der Kehle, aus welcher es drang, in die Luft schwang und davonflog.

Dem Lachen folgte das Würgen eines Purpurdrachen-Veteranen, der sich übergab.

Nach einem Augenblick wiederholten nicht wenige unter den Priestern im Zelt dieses letzte Geräusch, noch dazu mit einer Begeisterung, auf die keiner unter ihnen Wert legte.

37

Den Gazneth durch sein neues Fernglas im Auge zu behalten, fiel Vangerdahast nicht leicht, vor allem deshalb nicht, weil das Wesen direkt über ihm kreiste und immer wieder für ein paar Sekunden hinter dem Dach des Palastes verschwand. Vangerdahast hatte inzwischen einen steifen Hals, und seine Arme schmerzten, weil er das schwere Messinggerät so lange hochgehalten hatte.

Sein Gesichtsfeld war inzwischen fleckig, und seine Augen taten ihm weh, weil er ständig die Linse über die mittägliche Sonne geschwungen hatte. Aber das Gerät arbeitete immer noch ausgezeichnet, und er erkannte deutlich das Paar schwarzer, ledriger Flügel, zwei dünne Arme und zwei schiefe Beine.

Es handelte sich ohne Zweifel um einen Gazneth.

Vangerdahast senkte das Fernglas und gab es Alaphondar zurück. »Es funktioniert besser als das letzte. Ich habe das gesehen, wonach ich Ausschau hielt.«

Der Weise strahlte angesichts des Lobs. »Nicht so klar wie einer Eurer Zauber, aber es hat seinen Nutzen.«

»Könnt Ihr sagen, um welchen Gazneth es sich handelt?«, fragte Tanalasta.

Vangerdahast schüttelte den Kopf. »Alaphondar hat es nicht so weit verbessert.«

»Die Priester habe ihre Versuche eingestellt, Azoun zu heilen«, erklärte Filfaeril von der Balkontür her. Vangerdahast sah sie zum ersten Mal seit Jahrzehnten alles andere als strahlend. Ihre geschwollenen Augen wiesen rote Ränder auf, ihr Gesicht war aufgequollen und blass, und ihre Miene wirkte abgezehrt und wahnsinnig vor Angst. »Sie sagen, ihre Zauber wirkten nicht. Sie sagen, sie verrieten sie nur dem Drachen und lockten Gazneths an.«

Vangerdahast ging zur Tür und griff nach Filfaerils Arm. »Ich werde mich dorthin begeben«, versprach er.

Er sah, dass Tanalasta einen beunruhigten Blick mit Owden wechselte.

»Ich hege daran keinerlei Zweifel«, sagte die Prinzessin, »aber wir müssen über das Wie entscheiden. Wenn Ihr den Palast verlasst, wird das Zepter die Gazneths auf Euch ziehen wie ein toter Mann einen Geier.« Sie nickte in Richtung des Empfangszimmers, wo ein Palastwächter das Fürstenzepter mit weit aufgerissenen Augen in den Armen hielt. »Selbst eine Eskorte von zwei ganzen Kompanien würde nicht sicherstellen, dass Ihr ankommt.«

»Es gibt ungefährlichere Möglichkeiten zu reisen – und schnellere dazu«, meinte Vangerdahast.

»Nicht wenn Ihr einen Fernreise-Zauber meint«, erwiderte Tanalasta. »Nicht mit Nalavara in unmittelbarer Nähe.«

»Sie pflückt Fernreisende aus der Luft wie ein Falke Spatzen«, erklärte Owden. »Das Reich hat schon zu viele Männer an sie verloren.«

»Die letzten erst heute Morgen, fürchte ich«, bestätigte Alaphondar. Er saß in einer Ecke und lehnte sich mit dem Fernglas am Auge gegen die Balkonbrüstung. »Seit sie aufgebrochen sind, hat niemand mehr von Korvarr und seiner Kompanie gehört.«

Vangerdahast sah, dass ein schuldbewusster Ausdruck über Tanalastas Miene huschte, und erkannte, dass sie jetzt ihre Entscheidungen ein zweites Mal überdachte. Er drückte noch einmal Filfaerils Arm und kehrte auf den Balkon und zu der Kronprinzessin zurück.

»Wenn dies vorüber ist, müssen wir daran denken, Korvarr für sein Opfer zu ehren«, meinte er. »Er hat ohne jeden Zweifel für die Ablenkung gesorgt, die es ermöglicht hat, dass die Fürsten Braerwinter und Tolon den König in Sicherheit bringen konnten.«

Tanalasta lächelte und ergriff seine Hand. »Was habt Ihr mit unserem Königlichen Magier angestellt? Der Vangerdahast, an den ich mich erinnere, wäre nicht so freundlich gewesen.« Sie löste ihren Blick von dem Magier und richtete ihre Aufmerksamkeit auf den weit entfernten Gazneth. »Alaphondar, habt Ihr irgendeine Ahnung, um wen es sich handeln mag?«

»Ich glaube nicht, dass es Boldovar ist«, antwortete der Weise. »Der Körper sieht zu hager aus, und über seinen Rücken scheint langes Haar zu wehen.«

»Dann ist es Suzara.« Die Erleichterung in Tanalastas Stimme war nicht zu überhören. »Glaubt Ihr, dass wir eine Chance haben, sie herunterzulocken?«

»Sie ist sehr vorsichtig gewesen«, erwiderte der Weise, »aber sie muss verzweifelt sein, sonst würde sie nicht den Palast umkreisen.«

»Dann müssen wir unsererseits den Eindruck von Verzweiflung erwecken und ihr etwas Verlockendes anbieten«, sagte die Kronprinzessin. Sie trat an Vangerdahast vorbei und richtete sich an die Wachen im Empfangszimmer. »Schickt einen Boten los. Die Kavallerie der Königin soll sich augenblicklich für einen harten Ritt vorbereiten und den Feigling von Ross des Königlichen Magiers satteln, auf dass er mit ihnen reite.«

»Cadimus?«, stöhnte Vangerdahast. Wenigstens gab es eine gute Nachricht. »Er ist hier? Wie das?«

»Das ist eine lange Geschichte«, erklärte die Prinzessin. »Aber an Eurer Stelle würde ich nahe bei diesem Pferd bleiben. Es hat eine Begabung zu überleben.«

Während Tanalasta ihren Plan darlegte und die notwendigen Befehle gab, konnte Vangerdahast nicht anders, als vor Stolz fast zu platzen. Die Prinzessin hatte sich zu einem ebenso geborenen Anführer entwickelt wie ihr Vater und ihre Schwester, aber mit einer härteren Entschlossenheit als Azoun und einem schärferen Gespür für menschliche Schwächen als Alusair.

Selbst die durch den Verlust Alusairs und die schrecklichen Verwundungen Azouns bestürzte und in Angst und Schrecken versetzte Filfaeril schien Trost aus Tanalastas sicher vorgebrachten Befehlen zu schöpfen. Die Kronprinzessin würde eines Tages eine gute Königin abgeben – aber lieber nicht zu bald und hoffentlich als Herrscherin über mehr als nur Kormyrs Ruinen.

Als Tanalasta ihre Befehle gegeben hatte, nickte Vangerdahast weise. »Ein guter Plan, Prinzessin, aber ich habe noch einen Vorschlag.«

»Vorschlagen könnt Ihr alles, Vangerdahast«, erwiderte Tanalasta, »aber ruft Euch in Erinnerung, dass ich bislang vier dieser Wesen zerstört habe.«

»Das kann ich schwerlich vergessen, Hoheit«, lächelte der Königliche Magier. Sie hatte ihm genauen Bericht über die Zerstörung eines jeden Gazneth gegeben, einschließlich der des bösartigen Luthax, der aus seiner Kiste heraus Flüche und Drohungen ausgestoßen hatte, selbst nachdem sie ihn von seinem Verrat freigesprochen hatte.

Vangerdahast berührte seine Eisenkrone, die selbst Owden mit seinen Gebeten nicht hatte entfernen können. »Ich bitte nur darum, dass Ihr mir das Eisen überlasst. Mit Eisen kenne ich mich aus, und da Euer Plan darauf beruht, dass Suzara sich vom Luxus des Palastes beeindrucken lässt, mag es am klügsten sein, den Ort nicht in Stücke zu reißen, bevor sie ihn gesehen hat.«

Tanalasta nickte, dann teilte sie ihren Purpurdrachen mit, draußen vor der Tür zu warten für den Fall, dass etwas schiefging. Dann bat sie Alaphondar, ihre Mutter an einen sicheren Ort zu bringen.

Vangerdahast stellte überrascht fest, dass Filfaeril keine Einwände erhob. Die Zustände hatten sich während der letzten acht Monate verändert – entscheidend verändert.

Sobald die Königin gegangen war, geleitete Tanalasta Vangerdahast in eine ruhige Ecke, wo sie unbelauscht bleiben würden von den eifrig umhereilenden Purpurdrachen, die letzte Vorbereitungen trafen.

»Während wir warten, möchte ich Euch über etwas Bestimmtes befragen.«

Vangerdahast hatte das Gefühl, in seinem Magen flatterten Schmetterlinge herum. Er konnte sich recht gut vorstellen, was sie ihn fragen würde, und sein Versprechen Rowen gegenüber schloss eine ehrliche Antwort aus. Sonst hätte er sich wenig Gedanken über eine kleine Ausflucht gemacht, aber er sah eine andere Tanalasta vor sich als die, welche er zurückgelassen hatte. Es würde nicht einfach sein, sie zu belügen.

Er legte die Arme auf den Rücken. »Selbstverständlich, Hoheit«, sagte er. »Stellt mir jede beliebige Frage.«

Tanalasta zögerte, dann begann sie: »Als ich Verbindung mit Euch aufnahm, suchte ich eigentlich nach Rowen.«

Sie betastete das Silberamulett, das sie am Hals trug. »Wir haben Rowens heiliges Symbol als Fokus genommen.«

Vangerdahast zog eine Braue hoch. »Wie ungewöhnlich, dass Ihr stattdessen mit mir Verbindung aufnahmt.«

»Ja, nicht wahr? Und beide Male, bevor ich Euch erblickte, sah ich zuerst ein schattiges Gesicht – ein schattiges Gesicht, das mich an Rowen erinnerte, aber mit weißen Augen.«

Vangerdahast runzelte besorgt die Stirn. »Und was hat Owden über das Gesicht gesagt?«

»Dass er nicht wüsste, was er davon halten soll«, antwortete Tanalasta. »Und noch weniger, weshalb Rowens Symbol mich dann zu Euch geleitet haben sollte.«

»Und deshalb fragt Ihr mich?« Vangerdahast schüttelte nachdenklich den Kopf. »Seelen sind Owdens Angelegenheit.«

Tanalasta seufzte. »Selbstverständlich sind sie das, aber ich frage mich, ob Ihr vielleicht nicht allein an diesem Ort gewesen seid.«

»Ich war kaum allein, Hoheit.« Vangerdahast berührte seine eiserne Krone. »Dort waren auch Unmengen von Grodds. Sie haben mich zu ihrem König gemacht, wenn Ihr Euch das ins Gedächtnis rufen wollt.«

»Ich rede nicht über Goblins.«

»Dann, so schätze ich, weiß ich nicht, worüber Ihr sprecht.« Vangerdahast zuckte die Achseln. »Ich kann Euch versichern, dass ich der einzige Mann dort unten war. Meine – äh – Untertanen hätten es mir bestimmt mitgeteilt, wenn dort noch andere gewesen wären.«

»Es ist nur so, dass Rowen, falls er dort gewesen ist, nicht unbedingt wie ein Mann ausgesehen haben mag.« Tanalasta schaute in die Ecke, dann fuhr sie mit einem Hauch von Misstrauen in der Stimme fort: »Bevor ich Xanthon zerstörte, sagte er etwas Grausames.«

»Das überrascht mich kaum. Ich hoffe, Ihr habt ihn dafür leiden lassen.«

»Nichts, was ich hätte tun können, hätte ausgereicht«, erklärte sie. »Er behauptete, Rowen hätte Kormyr verraten.«

»Rowen?« Vangerdahast gab sich alle Mühe, überrascht zu klingen.

Tanalasta hob eine Hand. »Er sagte, Rowen sei einer von ihnen.«

»Was? Ein Gazneth?« Vangerdahast schüttelte den Kopf in gespielter Enttäuschung. »Prinzessin, ich wundere mich über Euch. Ich dachte, Ihr hättet inzwischen gelernt, dass das Böse sich von Zweifeln nährt.«

»Ich weiß«, antwortete die Kronprinzessin, »aber da war dieses Gesicht. Es sah Rowen so ähnlich …«

»Weil dies das gewesen ist, was Ihr sehen wolltet«, unterbrach Vangerdahast sie. Er nahm die Prinzessin bei den Schultern und drehte sie so um, dass sie ihn anblickte. »Rowen würde niemals Kormyr oder Euch verraten. Ich weiß das, selbst wenn Ihr Euch dessen nicht sicher seid.«

Tanalastas Gesicht entspannte sich. »Danke, Vangerdahast.« Sie wischte sich die Tränen aus den Augen und meinte dann: »Ihr habt Recht. Ich weiß es.«

»Gut.« Der leise Seufzer des Magiers entsprang nicht seiner Erleichterung. Die Prinzessin hatte sich ein wenig zu schnell gefügt, weil sie die Wahrheit vielleicht gar nicht wissen wollte. Er nahm sie bei der Hand und zog sie in die Mitte des Raums. »Wir sollten uns jetzt um unseren Gazneth kümmern.«

Tanalasta hakte sich bei Vangerdahast unter. »Unbedingt. Vangerdahast – weshalb habt Ihr niemals nach dem Vater meines Kindes gefragt?«

»Habe ich das nicht?«

Tanalasta schüttelte den Kopf. »Ihr habt kein bisschen Neugierde an den Tag gelegt.«

Vangerdahast gab sich Mühe, seine Stimme schroff klingen zu lassen. »Ich habe angenommen, es sei Rowen. Es wäre zu viel der Hoffnung gewesen, zu glauben, Ihr hättet jemand Passenden geheiratet.«

»Tatsächlich. Und wer hat behauptet, dass ich verheiratet sei?«

Vangerdahast fluchte stumm. Das Mädchen war zu schlau, als dass es ihr gut getan hätte. »Das seid Ihr doch hoffentlich«, sagte er. »Das Letzte, was Kormyr jetzt braucht, ist ein Erbfolgekrieg.«

Er blieb in der Mitte des Raums stehen und nahm dem beunruhigten Wächter das Fürstenzepter aus dem Arm, dann wies er auf den Balkon. »Junger Mann, in wenigen Augenblicken werde ich wie ein feuriger Stern durch dieses Fenster schießen. Ihr und zwei Männer Eurer Wahl sollen die Tür hinter mir schließen und verbarrikadieren – und zwar schnell, weil unser aller Leben davon abhängt.«

Tanalasta wirkte beunruhigt. »Vangerdahast, wenn dieser Plan irgendwelche Gefahren birgt …«

»Gefahren? Es gibt keine Gefahren, solange der Junge dort tut, was ihm gesagt wurde, und sich noch dazu beeilt.« Vangerdahast winkte den Wächter weg, dann ging er zu der Balkontür. »Der Königliche Magier ist zurückgekehrt.«

Mit Tanalasta auf den Fersen begab sich Vangerdahast zur Balkontür. Er nahm eine Prise pulverisierten Eisens aus seiner Gürteltasche, in der er Zauberzutaten mit sich trug, und rieb den Staub über die Tür. Gleichzeitig murmelte er einen der Zauberbanne, die er benutzt hatte, um das Beste aus der Last der Eisenkrone zu machen. Sein Kopf explodierte in weißem Schmerz, so wie das immer geschah, wenn er Eisen herstellte. Aber er war auf den Schmerz vorbereitet, und es gelang ihm, ihn auszuhalten, ohne mehr als ein Ächzen auszustoßen. Eine schwarzgraue Dunkelheit breitete sich über der Tür aus, dann hallte eine lange Folge von raspelnden, knallenden Geräuschen durch den Raum, als Holz und Glas sich in dickes, schweres Eisen verwandelten.

Die den Gazneth ankündigende Glocke erwachte zum Leben, und der Burghof füllte sich mit einem tiefen, dringlichen Geläute.

»Eure Magie scheint die Aufmerksamkeit unseres Besuchers geweckt zu haben«, meinte Tanalasta.

»Und es ist nicht Boldovar, der sich zu uns gesellt?«

»Dann erklänge eine andere Glocke«, antwortete die Prinzessin, »und ich wäre viel bleicher.«

»Nun denn, dann her mit ihr, auf dass wir sie erledigen.«

Vangerdahast trat auf den Balkon hinaus und sah, dass Suzara heruntergekreiselt war und nur noch etwa hundert Schritte vom Palast entfernt in der Luft schwebte. Sie war nahe genug, um sehen zu können, was geschah, aber immer noch hoch genug, um ein schwieriges Ziel für die mit Eisenspitzen bewehrten Pfeile der Bogenschützen abzugeben.

Vangerdahast konnte gerade eben noch das rote Schimmern ihrer rechteckigen, auf ihn niederstarrenden Augen ausmachen, und zum ersten Mal fragte er sich, ob seine Prahlereien, wie leicht er sie zu bezwingen vermöge, nicht doch ein wenig übertrieben gewesen waren. Aus solch geringer Höhe würde sie sich fast in dem Augenblick auf ihn stürzen, da er sich in die Luft schwang.

»Stimmt etwas nicht?«, fragte Tanalasta.

Vangerdahast warf ihr einen Blick zu und bemerkte, dass nicht nur die Prinzessin auf seine Antwort wartete, sondern auch Owden Foley und die Wächter. Wenn er jetzt den Plan änderte, würde ihre Zuversicht den Weg gehen, den Korvarr und seine Kompanie beschritten hatten.

»Ich denke nur über meinen Weg nach.« Er scheuchte Tanalasta in den Raum zurück. »In Euer Versteck mit Euch.«

»Seid vorsichtig, alter Schnüffler.«

»Ich werde schnell sein.« Vangerdahast zog eine Krähenfeder aus seiner Gürteltasche. »Das ist besser.«

Als er seinen Flugzauber begann, senkte der Gazneth einen Flügel und schickte sich an, tiefer zu sinken. Vangerdahast fuhr sich mit der Feder über den Arm und beendete eilig seinen Zauber. Dann packte er das Fürstenzepter mit beiden Händen und sprang in die Luft. Während er in Richtung des Azoun-Sees flog, spürte er, dass die Eisenkrone den Flugzauber in sich einsog und ihm wertvolle Geschwindigkeit und Flugzeit raubte. Es wäre vielleicht klug gewesen, die Prinzessin zu warnen, aber andererseits vielleicht auch nicht. Sie hätte dann vielleicht darauf bestanden, die Dinge auf ihre eigene Weise zu tun.

Die Gazneth-Glocke läutete wie wahnsinnig, und Vangerdahast wusste, dass Suzara ihn verfolgte. Er ließ sich unter den Rand der äußeren Mauer niedersinken und sauste schnell in Richtung der Etharr-Halle. Ein lauter Aufprall hinter ihm ließ darauf schließen, dass seine Verfolgerin gegen die Mauer geknallt und zu Boden gefallen war.

Das unregelmäßige Klappern abgefeuerter Armbrüste hallte durch den Burghof, und Vangerdahast warf einen Blick nach hinten, nur um eine Wolke von aufsteigenden Bolzen zu erkennen, die sich von den Wehrgängen aus auf den Gazneth senkte.

Obwohl mehr als ein Bolzen sein Ziel traf, breitete Suzara die Flügel aus und stieg wieder in die Luft, um dann im Zickzack Vangerdahast zu verfolgen. Noch während ihres

Fluges schlossen sich ihre Wunden. Die Bolzen lösten sich aus ihrem Körper und klapperten auf die Pflastersteine tief unter ihr, und nur eine Handvoll neuer ersetzte sie.

Vangerdahast schoss über das Dach der Etharr-Halle, ließ sich dann fallen, glitt dicht über dem Boden dahin, schlug einen Bogen um das Gebäude und sauste zurück zum Palast.

Der Gazneth schoss in entgegengesetzter Richtung über das Dach der Etharr-Halle, sah aber Vangerdahast und senkte einen Flügel, um herumzuwirbeln. Mit einem Stoßgebet bat Vangerdahast darum, er möge schnell genug sein, um fünfzig Schritt Vorsprung zu halten, und raste auf Tanalastas Balkon zu. In den Fenstern zu beiden Seiten des Burghofs wurden Bogensehnen gespannt. Dunkle Wolken von Pfeilen zischten durch die Luft und verfolgten den Flug des Gazneth, als der aufholte.

Schließlich tauchte der Balkon vor dem Magier auf. Vor Angst schreiend schrammte er darüber – selbstverständlich nur, um den Gazneth abzulenken –, dann schoss er durch die geöffnete Tür und quer durch das Empfangszimmer, bevor hinter ihm ein ohrenbetäubendes Krachen erklang.

Einen Augenblick darauf, und zwar ein Dutzend Schritte in den langen Gang hinter dem Empfangszimmer hinein, erstarb sein Flugzauber. Obwohl er nur ein Viertel seiner üblichen Fluggeschwindigkeit erreicht hatte, prallte er hart auf dem Boden auf und taumelte kopfüber den Korridor hinunter. Zwei Purpurdrachen packten ihn und verhinderten, dass er eine Treppe hinunterstürzte.

»Magierfürst, ist alles in Ordnung?«

»Was glaubt ihr denn?« Vangerdahast erlaubte es den Wächtern, ihn auf die Füße zu ziehen, dann schüttelte er sie ab und stolperte zurück in das Empfangszimmer.

Als er dort ankam, hatte man die Balkontür bereits wieder geöffnet. Eine Handvoll Purpurdrachen umringten den Gazneth, und alle hackten und stachen auf ihn ein, während Tanalasta an seiner Seite kniete und versuchte, ein glitzerndes Juwelenhalsband über den gebrochenen Schädel zu ziehen.

»Suzara Obarskyr, Eheweib von Ondeth dem Gründer, Mutter von Faerlthann, dem Ersten König – als wahre Obarskyr und Erbin des Drachenthrons gewähre ich Euch das, was Ihr am meisten begehrt, das, wofür Ihr Euren Mann und Euren Sohn verlassen habt – ich gewähre Euch den Luxus und den Reichtum des Palastes von Suzail.«

Vangerdahast kam gerade noch rechtzeitig, um zu sehen, wie die Dunkelheit aus Suzaras Gesicht schwand und nur das gramerfüllte Gesicht einer braunhaarigen Frau übrig blieb, die gar nicht so anders aussah als Tanalasta selbst. Die Augen der Frau rollten in ihre Höhlen zurück, und Suzara ächzte. Schaum trat auf ihre Lippen, und sie wurde von Krämpfen geschüttelt, so wie das manchmal bei Opfern von Kopfverletzungen geschieht.

Tanalasta legte eine Hand auf Suzaras zuckende Stirn. »Als Eure Nachfahrin und Erbin der Krone vergebe ich Euch Euren Verrat und spreche Euch, Suzara Obarskyr, von allen Verbrechen gegen Kormyr frei.«

Als die Prinzessin die Hand wegnahm, schlug Suzara weiter um sich, und nach wie vor hatte sie Schaum auf den Lippen. Tanalasta runzelte die Stirn und schaute Owden an, der nur finster blicken und verwundert den Kopf schütteln konnte.

Vangerdahast kniete sich neben der Prinzessin nieder und legte ihre Hand wieder auf Suzaras zertrümmerten Schädel zurück.

»Und im Namen von Kormyr und seiner königlichen Linie durch dreizehn Jahrhunderte und im Namen seines starken und treuen Volkes danken wir Euch«, sagte der Königliche Magier. »Wir danken Euch für die Opfer, die Ihr erbracht habt, und wir versprechen, Euer Andenken zu ehren, wie wir Ondeths Andenken bewahren.«

Tanalasta nickte. »So soll es ein«, erklärte sie. »Als Kronprinzessin Tanalasta Obarskyr und eine Tochter Eurer Linie verspreche ich Euch dies.«

Suzaras Augen klappten noch einmal auf, dann wurde sie still und sank endlich in den friedvollen letzten Schlaf.

38

Eine trübselige Gesellschaft hatte sich in den dunklen Tiefen des königlichen Zeltes dicht bei dem stillen König zusammengedrängt.

Am Kopfende des Bettes, auf dem der verwundete Azoun lag, standen zwei Leibwächter unbeirrbar und schweigend Wache, und ihre großen, schwieligen Hände waren immer nahe bei den Griffen ihrer Schwerter.

Die Männer am Fußende des Bettes, welche die Leibwächter anblickten, brüteten in viel unruhigerem Schweigen, das der Vergeblichkeit ihrer Bemühungen und steigender Furcht entsprang, vor sich hin. Es handelte sich um ein Dutzend Priester und einen Kriegszauberer, und die bescheidensten ihrer Heilzauber waren fehlgeschlagen. Sie wagten es nicht, stärkere Magie anzuwenden, da die Gazneths wie rachsüchtige Geier über den Hügeln kreisten und gelegentlich niederschossen, um willkürlich den einen oder anderen Purpurdrachen zu packen und in Stücke zu reißen.

Bei jedem von außen in das Zelt dringenden Schrei, jedem Schwerterklirren versteiften sich die Männer, warfen die Köpfe hoch und starrten vergeblich auf die mit Stickteppichen behangenen Zeltwände, als ob irgendein hilfreicher Zauber die Tücher heben und den Blick auf draußen freigeben könne. Aber die Stoffe bewegten sich nicht.

Jedes Mal gellte dann ganz in der Nähe ein Schmerzensschrei – manchmal kurz, häufiger jedoch als langes Geheul der Todespein, das in dem feuchten Gurgeln eines blutigen Todes endete. Dann folgte kaltes Lachen, um aber gleich darauf leiser zu werden, wenn der Mörder wieder in die Lüfte stieg.

Der König wurde von diesen kurzen Kämpfen jedes Mal aus seinem Dämmer gerissen. Seine Augen klappten auf, Zorn zeichnete sich auf seinen Zügen ab, und seine zu Klauen gekrümmten Finger zupften an der Bettdecke. Zweimal versuchte er, aufzustehen, aber jedes Mal huschte ein nicht zu unterdrückender Ausdruck schrecklichen Schmerzes über seine Züge. Er fiel auf das Bett zurück und musste sich darauf beschränken, mit vor Zorn flammenden Augen zu lauschen. Der König Azoun war ebenso machtlos wie die Männer, die das Zelt mit ihm teilten.

»Das kann nicht ewig so weitergehen«, murmelte der Kriegszauberer, nachdem anscheinend eine Ewigkeit verstrichen war, während der siebenundzwanzig Todesschreie ertönten. »Die Schlacht könnte über uns hinwegfegen und uns so wenig vorbereitet finden wie hilflose Kinder.«

Als seien seine Worte das Stichwort gewesen, wehten die Vorhänge am Zelteingang plötzlich hoch und teilten sich. Zwei Wächter hielten den Stoff mit den Spitzen ihrer Speere hoch, traten dann in das Zelt und bewegten sich nach rechts und nach links, damit jemand zwischen ihnen eintreten konnte.

Die leicht gebückte, stämmige Gestalt trug eine Eisenkrone auf dem Kopf, die niemand je zuvor gesehen hatte, aber alle erkannten Vangerdahast, den Königlichen Magier von Kormyr.

Azoun versuchte mühsam, sich mit den Ellenbogen hochzustemmen, aber das gelang ihm nicht. Ein kaum hörbares Ächzen drang durch die zusammengebissenen königlichen Zähne.

Der Königliche Magier hastete mit gerunzelter Stirn zu Azouns Bett. Im schweißüberströmten, zuckenden Gesicht des Königs öffneten sich vom Schmerz vernebelte Augen und starrten den Neuankömmling an. Azouns Mund verzerrte sich zu einem schiefen Lächeln.

»Vangerdahast!«

Der Königliche Magier verbeugte sich und antwortete: »Mein Lehnsherr. Ich lebe noch und diene Euch nach wie vor, und ich bin gekommen, Euch Worte zu überbringen, die Ihr ohne jede Verzögerung hören müsst.«

»Selbstverständlich«, erwiderte Azoun so leichthin, als hebe er einen Weinkelch anlässlich einer Festlichkeit und läge nicht darnieder und verblute. »Ich habe auch nichts anderes erwartet. Wie seid Ihr zu der Krone gekommen?«

»Die Antwort darauf muss warten«, antwortete Vangerdahast mit einem Lächeln. Er schaute die versammelten Priester an und wies dann auf den Eingang.

Niemand rührte sich, und er wiederholte noch einmal mit Schwung seine Handbewegung, räusperte sich und runzelte die Stirn. Der Kriegszauberer erhob sich hastig, und der Königliche Magier bedachte ihn mit einem anerkennenden Nicken. Dies wiederum brachte Erengar Abanther, die Hand des Tempus und bekannt dafür, ein Mann von raschem Verstand und auffallend wenig Großspurigkeit zu sein, auf die Füße. Er verbeugte sich tief vor dem König und verließ das Zelt.

Langsam folgten ihm die anderen Geistlichen. Nur ihr Verlangen, die Überlegenheit ihres Ranges zu betonen oder klarzustellen, dass sie einem Magier keinen Gehorsam schuldeten, verhinderte, dass sie Vangerdahast eisige Antworten gaben.

Nachdem sich alle anderen erhoben hatten, musste der Königliche Magier den Hochpriester der Tymora beinahe aus seinem Stuhl zerren, entschied sich aber dann dafür, sich bedrohlich über ihn zu beugen, sodass Manarech Eskwuin schließlich mit der Zunge schnalzte und einen angewiderten, eher einem Knurren gleichenden Seufzer ausstieß, bevor er sich erhob.

»Wartet draußen und haltet euch bereit«, befahl Vangerdahast und wartete kaum das zustimmende Nicken des Priesters ab, bevor er sich über den König beugte und flüsterte: »Ich habe …«

Von der Seite her schwang eine glitzernde, scharfe Schwertspitze unter die Nase des Magiers. Vangerdahast richtete sich auf und blitzte den Leibwächter mit einem vorwurfsvollen Blick an, aber die Klinge rührte sich nicht von der Stelle.

»Ihr mögt Euch zurückziehen«, schnappte er, aber die einzige Antwort des Mannes bestand darin, einen Schritt vorzutreten – und sein Mit-Purpurdrache auf der anderen Seite des königlichen Bettes folgte seinem Beispiel. Beide hoben bedrohlich ihre Schwerter.

Die Klingen des Königs nahmen Befehle nur von ihrem König an. Nicht etwa von einem Magier mit einer Krone, die sie nicht kannten, der irgendein Zauberer sein mochte, der auf magische Weise das Aussehen eines alten Hofzauberers angenommen haben mochte – des alten Hofzauberers, den sie ohnehin nie so recht gemocht hatten und dem die Finger nach Ansicht vieler seit Jahren danach juckten, sich die Krone Kormyrs aufs eigene Haupt zu setzen.

Ihre Klingen bewegten sich keinen Zoll.

Aber Vangerdahast senkte den Blick nicht.

Azoun versuchte, ein Lächeln zu unterdrücken, was ihm jedoch misslang. »Verlasst das Zelt, meine treuen Klingen«, murmelte er, »aber bleibt in der Nähe und wartet darauf, dass ich euch rufe.«

Die Schwertspitzen senkten sich. Ihre Eigentümer verneigten sich vor Azoun und drängen dann auf ihrem Weg nach draußen Vangerdahast zur Seite. Bei einem der Männer, nämlich dem Bannerträger des Königs, Kolmin Stagblade, hatte Vangerdahast das Gefühl, als fege ihn ein sich bewegender Berg rücksichtslos beiseite, so hilflos taumelte er einen oder zwei Schritte zurück.

Der Herrscher von Kormyr und sein alter Lehrer waren endlich allein.

Vangerdahast ließ den Blick misstrauisch durch das ganze Zelt gleiten, als lauere irgendwo in den Schatten ein weiteres Dutzend aufsässiger Wächter. Als er keine fand, zog er etwas aus seinem Gewand und schob es Azoun zu.

Der König nahm den Gegenstand neugierig entgegen und musterte ihn von oben bis unten. Das Ding sah elfisch und uralt aus, aber es wirkte dennoch lebendig und beinahe glühend vor Macht. Es handelte sich um ein Zepter in hellen, goldenen Farbtönen, länger als die meisten, und es war so gearbeitet, dass es einem Eichenschössling glich mit einer zierlichen, scheinbar willkürlichen Anordnung kleiner Zweige. Der in der Form einer Eichel gearbeitete Griff bestand aus einem riesigen Amethyst.

Der König verzichtete auf die nahe liegende Frage und beschränkte sich darauf, Vangerdahast anzuschauen.

»Soweit ich weiß«, begann der Magier ernst, »haltet Ihr die mächtigste aller Schöpfungen des Elfen Iliphar in Händen, des Fürsten des Zepters. Ihr werdet es brauchen.«

Er richtete sich auf, nur um ein leichtes Ziehen an seinem Gewand zu bemerken, das ihn dazu zwang, in leicht gebückter Haltung zu verharren. Eine von Azouns Händen umklammerte fest ein Stück Stoff, und ihr Besitzer knurrte: »Zweifellos, um das Reich zu retten. Aber *wie*?«

Der Königliche Magier seufzte. »Es verfügt über so viel Macht, dass keinem von uns genug Jahre bleiben, sie zu entschlüsseln oder gar zu beherrschen, und es ist der Schlüssel, den Drachen zu besiegen und diesen Krieg zu beenden – immer vorausgesetzt, dass man es *richtig* benutzt.«

»Und was, allermächtigster unter den Zauberern, ist richtig?«

Vangerdahast zog die Brauen zusammen. »Ich weiß nicht annähernd so viel, wie Ihr zu glauben scheint«, erwiderte er in rügendem Ton. »Missverständnisse, was Eure eigenen Fähigkeiten anbetrifft, bilden einen großen Teil …«

»Des dunklen Gewirrs, welches gegenwärtig das Reich bedroht«, vollendete der König Vangerdahasts Satz, dann runzelte er die Stirn und brummte: »Fahrt fort, Zauberer.«

Vangerdahast schwieg einige endlose Augenblicke, bevor die winzigen Spuren dessen, was ein Lächeln sein mochte, um seine Mundwinkel spielten.

»Mein König«, sagte er schließlich, »wenn Ihr das Zepter in den Händen haltet und den Drachen damit berührt, könnt Ihr ihn schwerer verletzen als jeder Zauberblitz oder jede Klinge – aber Ihr müsst zuerst laut um Verzeihung für den Mord an Lorelei Alavaras Verlobtem bitten, dann mit dem Zepter zuschlagen, aber in echtem Mitgefühl für das, was sie und die Elfen mit dem Aufstieg des Reiches von Kormyr verloren haben.«

Azouns Lächeln verschwand. »Der Mord an Lorelei Alavaras Verlobtem?«, wiederholte er und hob eine Braue.

Es fiel Vangerdahast schwer, den Mann nicht zu belehren, den er für so viele lange Jahre unterrichtet hatte. »Der Drache, der unter seinesgleichen als Nalavarauthatoryl die Rote bekannt ist – obgleich die Goblins, über die er befiehlt, ihn mit der von ihm selbst verwendeten Kurzform ›Nalavara‹ bezeichnen –, war einst Lorelei Alavara, eine junge Elfenmaid. Rothaarig, bewandt in der Magie und stolzer als die meisten anderen Elfen, soweit ich weiß. Sie war Thatoryl Elian versprochen ...«

»Dem ersten Elfen, der durch Menschenhand starb in dem Land, das jetzt Kormyr genannt wird – und zwar durch Andar Obarskyr«, murmelte Azoun. »Das habe ich nicht vergessen.«

»Rachsucht hat sie für vierzehn Jahrhunderte und länger am Leben gehalten«, fuhr Vangerdahast ebenso leise und mit einem Anflug von Ehrfurcht fort. »Ihren Rachedurst zu stillen mag den vierten regierenden Azoun das Leben kosten. Das zu brechen, was sie antreibt, mag bedeuten, sich ihr freiwillig zu ergeben und ihr Euer Leben anzubieten – und vielleicht zuzulassen, dass sie es auch nimmt.«

Azoun blickte auf, und in seinen Augen blitzte ein Feuer,

das Vangerdahast seit der Geburt Forils nicht mehr erblickt hatte, die nun schon seit so vielen Jahren tot war. »Könnt Ihr mir versprechen, Vangerdahast, dass ein solches Opfer den Drachen zerstören und Kormyr von all der Zerstörung befreien wird?«

»In magischen Angelegenheiten ist nichts jemals sicher«, erwiderte sein alter Freund und Lehrer leise. »Die Forderung käme sonst äußerster Falschheit gleich. Aber ich glaube, dass es so ist. Ich weiß ein wenig über die Art und Weise, wie elfische Schwüre und Blut-Magie wirken – sehr wenig, um genau zu sein, aber genug, um Folgendes sagen zu können: Nur ein Obarskyr-Herrscher oder sein Erbe vermögen die Macht des Drachen durch ein solches Angebot zu beenden. Euer Untergang ist nicht sicher, aber sehr wahrscheinlich. Ebenso ist die Befreiung des Reiches nicht sicher, aber sehr wahrscheinlich.«

»Sicher genug«, erklärte Azoun entschlossen. »Wenn ich in die Dunkelheit gehen muss, die alle von uns erwartet, dann lasst meinen Weg dorthin über eine Hauptstraße verlaufen. Dies soll mein letzter Dienst an Kormyr sein.«

Seine letzten Worte hallten so laut wider, als rollten sie aus den dunklen Ecken des Zeltes hinaus über riesige Entfernungen, und für einen kurzen Augenblick glaubte Vangerdahast, das weit entfernte Läuten einer großen Glocke zu hören. Traf ein Gott eine schicksalhafte Entscheidung? Handelte es sich um die Gazneth-Glocke in Suzail, das schließlich nicht allzu weit entfernt lag? Oder konnte es … aber es spielte eigentlich keine Rolle. Das Geläut war verklungen, und vielleicht hatte ihm ja seine Einbildungskraft einen Streich gespielt und ihm etwas vorgegaukelt, was er zu hören hoffte. Eine Art Rückversicherung dafür, dass er nicht versuchte, einen von Kormyrs größten Königen dazu zu drängen, sein Leben für einen möglicherweise auf Irrtümern beruhenden, sinnlosen Plan wegzuwerfen.

»Und mehr noch«, fügte Azoun einen Augenblick darauf hinzu, wobei er mehr denn je wie der junge Prinz klang, an dem Vangerdahast einst beinahe verzweifelt war, »lasst uns gleich ans Werk gehen. Ich bin bereit – so bereit, wie ich nur sein kann.«

Mit diesen Worten schlug der König von Kormyr die Bettlaken zurück und erhob sich, wobei er das Fürstenzepter wie ein Schwert schwang.

Der Königliche Magier mochte zwar alt sein und sich stündlich älter fühlen, aber er war nicht so schwach, dass er sich für den Fall, dass der Bedarf bestand, nicht mit großer Eile hätte bewegen können. Zudem besaß er geschickte Hände – und es stellte sich heraus, dass er vollkommen in der Lage war, taumelnde Herrscher des Reiches aus der Luft zu pflücken, wenn sie zu fallen drohten, und sie und uralte Elfenzepter sanft auf bereitstehende Betten niederzulegen.

»Falls das Eure Vorstellung von ›bereit‹ sein soll«, murmelte er, als er sich den keuchenden König unter einen Arm klemmte und ihn zurück auf die Kissen hievte, »dann zittere ich um die Zukunft des Reiches.«

Ein schwaches amüsiertes Kichern und gespielte Entrüstung teilten ihm mit, dass Azoun wenigstens seine Vernunft nicht verloren hatte.

»Also habt Ihr dem Reich so fähig wie immer gedient, und wir haben jetzt einen großartigen Plan«, ächzte der König, sobald er wieder kräftig genug zum Sprechen war. »Und wir haben auch diese … kleine Schwierigkeit, dass ich unfähig bin zu stehen. Ein kleiner Nachteil, was das Erlegen von … Drachen anbetrifft, da werdet Ihr mir sicher zustimmen.«

»Eure Wunden sind deshalb so schlimm«, erwiderte Vangerdahast ernst, »weil Ihr ein bisschen Drachenblut in Euch habt, das an Euren Innereien nagt und alles von Azoun wegschmilzt, das es erreichen kann. Nalavara existiert, um alles Obarskyr-Blut zu zerstören, und das gelingt ihr nur allzu gut. Ich kann Euch von dem Blut befreien, so wie ich damals das Abraxus-Gift entfernt habe, aber dafür brauche ich Magie, mächtige Magie.«

»Auf welche mein dunkel geflügelter Vorfahr dort draußen gierig wartet. Er würde sich darauf stürzen, sie einsaugen und mich ungeheilt zurücklassen«, schloss Azoun voller Grimm.

»In der Tat«, sagte Vangerdahast und schloss den Mund wie ein herunterratterndes Fallgitter.

Azoun beobachtete ihn schweigend für einen Augenblick, dann flüsterte er beinahe unhörbar: »Ich kenne Euch zu gut, alter Freund. Ihr seht eine Lösung und wollt sie nicht enthüllen. Ich weiß gut genug Bescheid, um Euch nicht zu befehlen, mir zu antworten ... also werde ich einfach hier liegen und abwarten, bis die Schlacht schließlich über uns hinwegfegt.«

Der Königliche Magier bedachte ihn mit einem finsteren Blick und meinte dann: »Es gibt keine Möglichkeit, Euch zu heilen, während Boldovar über uns kreist und nur darauf wartet, dass die Magie erweckt wird. Er muss weggelockt oder lange genug in einer Falle festgehalten werden, bis Ihr wiederhergestellt seid. Ich werde dafür nicht lange brauchen, aber mir bliebe nicht genug Zeit, wenn er nur hinter einem Zauber hersauste, der von einem anderen Hügel aus gewirkt oder von einem Kriegszauber mittels eines Zauberstabs aufgerufen würde – selbst ein Dutzend Kriegszauberer, die einer nach dem anderen einen Bann wirken, würden nicht ausreichen.«

Der alte Magier holte tief Luft und stieß dieselbe dann mit einem unglücklichen Seufzer wieder aus. »Und ich kenne nur eine Person in Kormyr, die geschickt und erfahren genug ist, einen Gazneth anzulocken und zu zerstören.«

»Meine Tochter Tanalasta«, murmelte Azoun. »Um den König zu retten, gefährden wir die Thronerbin in der Hoffnung auf ein zukünftiges Königreich.«

Vangerdahast nickte, und sein Gesicht wirkte düster vor Sorge. »Sie hat sich ihnen entgegengestellt und sie besiegt«, flüsterte er, »aber Boldovar ist der stärkste unter ihnen.

Kein Prinz und keine Prinzessin, wie auch immer es um ihre Lösungen oder Tapferkeit bestellt sein mag, können sicher sein, mit einem solchen Wahnsinnigen fertig zu werden. Wir können sie ebenso sicher in ihr Verhängnis stürzen, wie wir Euch an den Rand Eures Grabes stoßen.«

Azoun schaute zu Vangerdahast hoch, dann zuckte er mit den Schultern. »Bei Kormyr hat es sich niemals um einen glücklichen Garten gehandelt, der uns nach Recht und Gesetz und ohne jede Anstrengung gehört. Meine beiden Töchter wissen das inzwischen – und beide sind ebenso tüchtige und fähige Verteidiger des Reichs wie ihr Vater. Welchen Dienst erweisen wir den nächsten Obarskyrs, wenn wir alle Schlachten für sie kämpfen und sie der Chance berauben – nein, dem Recht, ihrem Vorrecht –, Kormyr für sich selbst zu retten?«

Vangerdahast nickte. »Ja, Ihr seid ihr Vater ...«, murmelte er.

»Und ihr König«, fügte Azoun in die Dunkelheit starrend hinzu. »Die beiden Rollen wechseln sich ab, was ihre Schwere anbetrifft. Das haben sie immer.«

39

Hundert Blitzspeere schossen von den Wehrgängen des Palastes nach oben und ließen den Himmel selbst bei Tageslicht heller erscheinen. Eine lange Folge lauten Knackens hallte über die Dächer der Stadt. Die stillen Wasser des Azoun-Sees nahmen die Farbe eines blitzenden Silberspiegels an, und die Luft füllte sich mit dem Geruch frischen Regens. Dann folgte eine endlose Kette aus Feuerbällen. Sie schossen in hohen Bögen einer nach dem anderen von den Mauern, zogen kurze Schwänze schwarzen Rauchs hinter sich her und brüllten wie Drachen, dann plumpsten sie ins Wasser und gingen knisternd und zischend unter.

»Das wird seine Aufmerksamkeit erregen, was glaubt Ihr?«, fragte Tanalasta.

Sie stand neben Owden Foley, und beide beobachteten das Spektakel von Vangerdahasts privatem Turm außerhalb der Palastmauern aus. »Selbst der Wahnsinnige König kann nicht so abgelenkt sein, dass er dies hier nicht bemerkt.«

»Oder seinen Zweck verkennt«, fügte Owden düster hinzu.

»Ich glaube, die Gazneths haben für eine ganze Weile gewusst, was wir tun.« Tanalasta zuckte zusammen, als ein Tritt ihres Ungeborenen ihre Nieren traf, dann fuhr sie fort: »Suzara kam nicht herunter, bis wir sie glauben machten, sie könne sich Vangerdahast schnappen und dann davoneilen. Für Boldovar werden wir einen anderen Schachzug anwenden.«

Während Tanalasta sprach, glühte über dem Palast die grüne Aura sichtbarer Magie auf. Trotz der beeindruckenden Erscheinung handelte es sich genau genommen um einen eher geringen Zauber, den Sarmon der Eindrucksvolle entwickelt hatte, um mit einem Minimum an mystischer Energie den Eindruck großmächtiger Zauberbanne zu erwecken. Selbst wenn Boldovar den Zauber in sich einsog, würde er ihn so befriedigend finden wie Vangerdahast ein Glas Wasser. Aber selbstverständlich glaubte Tanalasta nicht, dass der wahnsinnige König auf einen solch offenkundigen Trick hereinfallen würde. Wie jeder Herrscher von Kormyr seit Embrus dem Alten hatte er das Schachspielen studiert und würde eine Ablenkung als solche erkennen, sobald er sie bemerkte.

Und sobald er die Ablenkung erkannte, würde er nach dem Ausschau halten, was sie zu verbergen trachteten.

Tanalasta trat von dem Fenster weg.

»Sollen wir anfangen, Erntemeister?«

»Wenn Ihr darauf besteht«, antwortete Owden, »aber ich glaube immer noch, dass Ihr Vangerdahast beim Wort nehmen solltet.«

»Das sagt Ihr nur, weil Ihr ihn nicht so gut kennt wie ich.« Tanalasta ging zum anderen Ende von Vangerdahasts Studierzimmer, wobei sie an einem Dutzend Priester der Chauntea vorbeischritt. Dann ließ sie sich in einen bequemen Sessel sinken. »Er *wusste*, dass Rowen und ich verheiratet sind.«

»Vielleicht kennt er Euch besser, als Ihr glaubt«, meinte Owden. »Nachdem Ihr Rowen kennen gelernt habt, äußerte er seine Besorgnis, Ihr könntet einen ›im Dreck wühlenden‹ Cormaeril zum Ehegemahl nehmen.«

»Selbst wenn er so vorausschauend gewesen sein sollte, dann gibt es immer noch die Sache mit Rowens heiligem Symbol und dem dunklen Gesicht.« Tanalasta zog die Füße auf den Sessel. Ihre Beine schmerzten jetzt beinahe ständig, und sie freute sich schon auf dem Tag, wenn sie ein bisschen weniger Gewicht zu tragen hatten. »Anstelle einer Erklärung schob Vangerdahast Euch die Last zu. Er ist ein Meister solcher Taktiken.«

»Das heißt aber nicht, dass er etwas verbergen wollte«, sagte Owden. »Vielleicht dachte er ja wirklich, ich hätte eine Erklärung.«

»Stimmt das?«

Als Owden den Kopf schüttelte, nahm Tanalasta Rowens Amulett von ihrem Hals und hielt es hoch. »Dann lasst uns meinen Ehemann nachhause bringen.«

Owden nahm das Symbol nicht entgegen. »Und wenn es nicht Rowen war, den Ihr gesehen habt? Warum sollte Vangerdahast in einer solchen Angelegenheit lügen?«

Tanalasta bedachte ihn mit einem verächtlichen Blick. »Was glaubt Ihr?«

Owdens schüttelte den Kopf. »Er würde nicht lügen. Nicht einmal der alte Vangerdahast würde einen an einem solchen Ort in der Falle sitzenden Mann allein zurücklassen.«

»Ich liebe Vangerdahast aus ganzem Herzen, aber er hat schon viel Schlimmeres getan, um Kormyr zu ›schützen‹«, erwiderte Tanalasta. »Und gibt es einen bessren Weg, mit Rowen fertig zu werden? Wenn schon ein Cormaeril der Prinzgemahl sein muss, sorgt man am besten dafür, dass er außer Sicht gehalten wird – und zwar für immer.«

Owden senkte den Blick. »Ihr könnt doch nicht glauben, dass Vangerdahast so etwas tun würde – nicht nach allem, was er durchgemacht hat.«

»Angesichts der sich uns darstellenden Tatsachen habe ich keine andere Erklärung«, stellte Tanalasta fest. Es kam ihr in den Sinn, dass sie Owdens Frage ebenso geschickt auswich wie Vangerdahast der ihren, aber eigentlich spielte das keine Rolle. Für den Fall, dass das dunkle Gesicht nicht Rowen gehörte, wollte sie sich auch Gewissheit darüber verschaffen.

»Wenn es nur einen Weg gibt, eine Reihe von Tatsachen auszulegen, dann muss es die Erklärung sein – mag sie auch noch so unerfreulich ausfallen.«

»Und wenn es eine andere Erklärung gibt?«, fragte Owden. »Xanthon mag die Wahrheit gesagt haben.«

»Rowen? Ein Gazneth?« Tanalasta verdrehte die Augen. »Ihr seid Rowen nie begegnet. Selbst Vangerdahast meinte, nichts könne ihn dazu bringen, Kormyr zu verraten.«

Owden schüttelte den Kopf. Offenkundig bereiteten ihm Tanalastas Zweifel an Vangerdahast größtes Unbehagen.

Tanalasta nahm die Füße vom Sessel, beugte sich vor und drückte dem Erntemeister das Amulett in die Hand. »Bitte, Owden, ich muss Gewissheit haben.«

Owden schloss die Augen, seufzte und nickte dann widerstrebend. »Wenigstens das habt Ihr verdient.« Der Erntemeister nahm das Amulett, legte Tanalastas Beine auf den Fußschemel und vollführte dann eine Handbewegung in Richtung seiner Untergebenen. »Clagl, haltet nach Boldovar Ausschau. Ihr anderen bleibt bei mir. Es kann sein, dass es sich bei diesem dunklen Mann um Rowen handelt, aber es ist auch möglich, dass er etwas anderes ist, das wir besser nicht nach Kormyr bringen.«

Die Priester taten eilig wie befohlen. Im Umkreis von fünfhundert Schritten um den Raum herum gab es keine Purpurdrachen oder Kriegszauberer, denn Tanalastas Truppen hatten durch schlimme Erfahrungen die Macht von Boldovars trügerischen Tricks kennen gelernt. Lediglich Geistliche schienen in der Lage, dem von dem Gazneth hervorgerufenen Wahnsinn standzuhalten, und selbst sie hatten sich mit Gebeten und heiligen Symbolen ausgestattet.

Sobald alles bereit war, begann Owden, das Symbol vor Tanalastas Augen hin und her zu schwingen. »Versenkt Euch …«

Tanalasta folgte dem Silberamulett mit den Augen, stellte sich das dunkle Gesicht vor, das sie bisher zweimal erblickt hatte – schwere Brauen und perlfarbene Augen, die scharf gebogene Nase, das vertraute gespaltene Kinn. Das Bild verschmolz mit dem Amulett und bewegte sich ebenfalls vor und zurück. Sie hatte das Gefühl, in einen langen Tunnel zu blicken, dann erschien das tintige Gesicht vor ihr, hager und böse dreinblickend, halb verborgen hinter einem grauen Regenvorhang.

»Rowen?«, rief Tanalasta.

Die Brauen zogen sich zusammen, und die Augen schimmerten weiß und zornig. Die dunkle Gestalt schüttelte den Kopf und schickte sich dann wie schon zuvor an, sich zurückzuziehen.

»Rowen, nein!« Als das dunkle Gesicht sich weiter entfernte, schrie Tanalasta: »Jetzt, Owden! Ich habe ihn.«

Der Erntemeister rasselte eine lange Folge von geheimnisvollen Silben herunter, und die Entfernung zwischen der Kronprinzessin und der dunklen Gestalt schien zu schwinden. Der Unbekannte wirbelte zu ihr herum, und die Luft hinter seinem Kopf flammte in silbernen Blitzen auf.

»Nein!«, heulte er.

Die Stimme klang tiefer und heiserer, als Tanalasta sie in

Erinnerung hatte, aber der trockene nördliche Akzent ließ keinen Zweifel daran zu, dass es sich um ihren Gemahl handelte. Das Portal, durch das sie ihn erblickte, schien größer zu werden, und sie sah, dass sein Körper so dunkel war wie sein Gesicht und so nackt wie in der Nacht, in der sie sein Kind empfangen hatte – obgleich sie ihn nicht länger unwiderstehlich fand.

Ganz im Gegenteil.

Alles an ihm schien auf seltsame Weise außer Proportion und irgendwie roh geworden zu sein mit schiefen Schultern und angeschwollenen Armen und einer unmöglich schmalen Taille. Seine Schenkel wirkten so groß und rund wie Weinfässchen, und ein moosartiges Gewirr bedeckte seine Lenden und wucherte beinahe bis zu den Knien hinunter.

Regen und Donner drangen durch das Portal, durchnässten Tanalasta und ließen den Raum beben. Owden schrie aufgeschreckt auf, und seine Priester drängten sich an ihm vorbei in den schmalen Spalt zwischen der Prinzessin und was auch immer aus dem Portal kommen mochte.

Die dunkle Gestalt drehte sich wieder um und zeigte allen jenseits des Portals Stehenden seinen Rücken mit dem kleinen Paar lederartiger Gazneth-Flügel.

»Nein!«, schrie Tanalasta.

Ihre Augen mussten sie getrogen haben, vielleicht auch ihre Ohren, als sie geglaubt hatte, dass sich diese Kreatur nach Rowen anhöre. Dann kam ihr blitzartig die einzig mögliche Erklärung in den Sinn. Boldovar befand sich dort. Irgendwie war es ihm gelungen, sich in die Kammer zu schleichen und sie zu täuschen, und bei dem, was sie sah, handelte es sich um eine seiner wahnsinnigen Illusionen.

»Rowen, geht nicht!«, schrie sie. »Ich weiß, dass Ihr kein …«

Es war zu spät. Die Flügel des Gazneth hatten bereits angefangen, Owdens Magie aufzusaugen, und das Portal schrumpfte vor ihren Augen. Einer der Priester schrie in Todesangst und rutschte über die Grenze, dann folgten ihm zwei weitere. Tanalasta fühlte ein Saugen an ihren Füßen.

Owdens einzige Antwort bestand in einem Schmerzensschrei. Tanalasta schwang die Füße vom Fußschemel, zog sie auf den Sessel hoch und rollte sich so weit zusammen, wie ihr geschwollener Leib das zuließ. Das Portal verengte sich zu Fenstergröße, zog die übrig gebliebenen Priester mit sich und ließ eine Kronprinzessin zurück, die von oben auf Owden Foleys verzerrtes Gesicht blickte.

»Owden, schließt es!«

»Cla...«

Das war das Einzige, was der Erntemeister noch sagen konnte, bevor er kopfüber durch das Portal gesaugt wurde.

Das Loch schloss sich mit einem scharfen Zischen.

Tanalasta stand allein auf ihrer Seite der Kammer, und auf der anderen befand sich nur Clagl.

Dann hallte das Geläut der Gazneth-Glocke des Palastes durch das Fenster.

40

»Die Götter im Himmel mögen uns beschützen«, murmelte Lareth Gulur. Er beobachtete, wie der riesige rote Drache sich auf einem vielleicht vier Meilen entfernten Hügel niederließ. Die Felder zwischen ihm und einem sich dahinschlängelnden Bach nicht weit von der Stelle, an der sie standen, bedeckte ein Tuch aus sich bewegenden Goblins.

»Die Plage in Höhe menschlicher Knie. Ich hätte nie geglaubt, dass sie so weit kommen.«

»Wenn wir sie nicht aufhalten«, knurrte sein Vorgesetzter, »werden sie morgen vor den Toren von Suzail stehen

– und der Drache dort drüben wird sich um die Türme des Palastes geringelt haben.«

Gulur erschauerte. Er besaß inzwischen einen neuen und besser passenden Brustpanzer, denn in der vergangenen Nacht war ein tapferer Purpurdrache im Kampf gegen das Untier getötet worden. Aber bei seinem Helm handelte es sich immer noch um den alten mit den Dellen, der seinen Schädel seit einem Jahrzehnt schützte. Es ist schwierig, sich einen Helm zu sichern, wenn ein Drache ihn mitsamt dem Kopf darin verschluckt hat, aber das Blut kann schnell von einem Brustpanzer gewaschen werden, sofern es frisch genug ist. Dieser Gedanke bewirkte, dass Gulur unwillkürlich an sich hinunterblickte. Als er den Blick wieder hob, bemerkte er, dass Hathlan Talar ihn mit einem grimmigen Lächeln musterte.

»Versucht einfach, außer Reichweite seiner Kiefer zu bleiben, bis Vangerdahast seine Arbeit getan hat«, sagte Talar. »Dann könnt Ihr sehen, wie ein roter Drache aussieht, der fertig gebraten aus dem Himmel fällt.«

Gulur schaute zu den sich zusammenziehenden grauen Wolken hinauf und erbebte erneut. »So wie etwas, unter dem man sich besser nicht aufhält?«, scherzte er schwach.

Talar antwortete mit einem hohlen Lachen, klopfte ihm auf die Schulter und ging dann die Linie angespannter Fußsoldaten entlang. Goblins bedeuteten, dass man nicht zu Pferde kämpfen konnte. Ihre Hufe mochten zwar ein halbes Dutzend oder mehr Goblins töten, aber die Tiere gingen immer zu Boden, und noch dazu hart, und verloren ihr eigenes Leben und das ihrer Reiter unter wirbelnden Goblin-Klingen. Goblins aßen Pferdefleisch und, wenn es darauf ankam, auch das von Menschen. Finger und Zehen, so hatte er gehört, galten als Delikatessen. Zusammen mit … anderen Dingen.

Mit Goblins konnte er umgehen, sofern die Purpurdrachen ausreichend Schwerter hatten, obgleich er niemals zuvor so viele der kleinen Wesen zu Gesicht bekommen hatte. Aus den Geschichten der älteren Soldaten wusste er zudem, dass noch niemals solche Mengen nach Kormyr geschwärmt waren, um das Feld gegen eine Armee zu behaupten.

Der Drache war es, gegen den niemand standzuhalten vermochte.

Mit Flammen, Klauen und Zauberbannen tötete er selbst die tapfersten Ritter und die scharfsinnigsten Offiziere, außerdem roch er Kriegszauberer in welcher Verkleidung auch immer und riss sie in Stücke.

Er schien Kormyr besser zu kennen als der älteste Veteran unter den Purpurdrachen-Kundschaftern, und er verfügte über bessere Magie als irgendein Kriegszauberer. Man konnte ihn durchaus als einen »Teufel unter den Drachen« bezeichnen, wie ein Magier beim Anblick der zerstückelten Körper seiner drei Lehrlinge geröchelt hatte. Im ganzen Reich hatte man das Untier fortan den Teufelsdrachen genannt, und der Name verbreitete sich von Bauernhof zu Bauernhof und Baracke zu Baracke wie das Sonnenlicht am Morgen. Und dort drüben hockte er, nur ein paar träge Flügelschläge entfernt.

Während Gulur ihn noch über das Feld hinweg musterte, hob der rote Drachen plötzlich den Kopf und schaute, so glaubte er zumindest, genau in seine Richtung. Er konnte das Glitzern in seinen Augen erkennen.

»Die Götter mögen mich schützen!«, keuchte Gulur und wandte unter Aufbietung all seiner Willenskraft den Kopf von dem Lindwurm ab. Während er sein Schwert zog, das er eigentlich nicht hätte zücken müssen, und es vollkommen unnötig der ganzen Länge nach prüfend beäugte – einer Länge, die stärker zitterte, als er zugeben mochte –, konnte er das grausame, kalte Gewicht des Starrens auf sich lasten fühlen.

Eine Trompete erscholl und rief jeden einzelnen Mann zu den Waffen. Gulur senkte das Visier seines Helms und schnürte es zu. Hathlan kam die Reihe entlang wieder auf ihn zu, wobei er ermutigende Worte und Warnungen murmelte. Ein schmaler Spalt tat sich in den tief hängenden Wolken über dem Feld auf, und ein warmer Sonnenstrahl beschien hell den Hügel, auf dem sie standen. Gulur schaute sich um und musterte diesen kleinen Flecken des schönen Kormyr vielleicht zum letzten Mal. Dann holte er tief Luft.

Die Goblins waren über den Bach geschwärmt und mühten sich jetzt den Hügel herauf. Es würde nicht mehr lange dauern, bis der Befehl zum Angriff erklang.

»Ist das weise, mein Lehnsherr? Wir sind nur so wenige!«, rief Durmeth Eldroon und spornte seinen schwarzen Hengst an, zum König aufzuschließen.

Selbst von der Höhe seines Sattels aus musste er in das gleichmütige Gesicht eines Bergs von einem Mann in Plattenrüstung aufschauen. Es handelte sich um Kolmin Stagblade, Bannerträger des Königs. Stagblade hielt eine Furcht erregende Streitaxt in Händen, und es stellte sich heraus, dass die Klinge selbst einen erregbaren Edelmann aus Marsember im Zaum halten konnte.

»Bleibt uns eine andere Wahl?«, fragte Azoun ruhig zurück. »Wenn wir uns nach Suzail oder Marsember zurückziehen, lassen wir unsere Bauern samt ihren Ernten im Stich und überlassen sie den Goblins. Uns bliebe nur übrig, den Drachen auf unseren eigenen Häuserdächern zu bekämpfen, und all die Zerstörung würde über die Köpfe unserer Frauen und Kinder kommen. Wenn wir uns hinter unsere Städte zurückziehen, ist Kormyr verloren. Wenn wir uns nicht gegen diesen Feind hier halten können, dann lasst uns unser Leben so teuer wie möglich verkaufen, sodass die Goblins, die bis zu den Toren von Suzail und Marsember vordringen, so wenige wie möglich sind und so verwundet, wie wir das nur zustande bringen.«

»Das ist alles, was uns zu tun bleibt?«

Azoun zuckte die Achseln. »Ein Herrscher tut, was er

kann, und versucht, neue Wege zu finden oder zu bahnen, überlegt neue Möglichkeiten … aber meine Zeit für solcherlei ist vergangen. Nun muss ich das Tor auf dem Weg, den ich gebaut habe, verbarrikadieren und bewachen. Dies ist die Aufgabe, die mir noch bleibt.«

Eldroon antwortete mit einem wortlosen Knurren und trieb sein Ross zurück zu der Stelle des Hügels, wo seine Truppen standen und sich immer noch nicht formiert hatten.

»Hier braut sich Ärger zusammen«, grollte Haliver Ilnbright und starrte hinter dem davonpreschenden Edelmann her. Der altgediente Purpurdrachen-Kommandant sah jeden Zoll wie der raue und abgehärtete Krieger aus, der er auch war – ein Hackklotz so breit wie hoch und so massiv wie ein Fass in seiner mit Absicht stumpf gemachten Rüstung.

Azoun zuckte mit den Achseln. »Wir haben keine Zeit, das jetzt zu richten. Falls einer der Männer hier beobachtet, dass etwas mit Eldroons Verhalten auf dem Schlachtfeld nicht stimmt und das Ende überlebt, soll er einem dieser beiden Männer davon berichten.«

Viele Purpurdrachen verfolgten, wohin der König deutete. Sein Panzerhandschuh wies auf den grimmig dreinblickenden Dauneth Marliir, Vogt der Östlichen Marschen, und einen beunruhigt wirkenden Fürsten Giogi Wyvernspur. Die beiden Männer saßen zu Pferde – schnellen Tieren, keinen Kriegsrössern – hinter der Kuppe des Hügels.

»Berichten?«, fragte Haliver Ilnbright. »Wo gehen sie denn hin?«

»Zum Narrengrün, um die letzte Hoffnung des Reichs zu befehligen«, erwiderte der König laut genug, dass alle um ihn versammelten Offiziere dies hören konnten. »Wenn wir fallen und unser Feind weiterhin Suzail bedroht, besteht die Pflicht der beiden Fürsten darin, die ältesten Veteranen und die jüngste Reserve ins Feld zu führen. Ihre Aufgabe wird sein, die Mauern von Suzail so lange wie möglich zu schützen und so viele Kormyraner wie möglich – eure Frauen und Kinder – falls nötig von unseren Ufern weg in Sicherheit zu bringen. Wir haben bereits Gold aus unseren Schatzkammern in gewissen Städten außerhalb Kormyrs sicher verborgen. Sollte das Reich fallen, geht sein Staatsschatz in den Besitz seiner Bürger über, einhundert Goldstücke für jeden und dreimal soviel für Familienoberhäupter.«

Eine einsame Stimme übertönte das augenblicklich ausbrechende Gemurmel. »Die Götter mögen Euch segnen, mein Lehnsherr«, brummte einer der älteren Kriegshauptmänner und neigte den Kopf. »Ihr habt mir eine schwere Last von den Schultern genommen. Und ich möchte nicht, dass für den Fall, dass ich die Schlacht nicht überlebe, mein König ohne Dank für seinen Dienst an mir und den meinen bleibt.«

»Jawohl! Recht gesprochen«, erklang es aus einem Dutzend Kehlen, und Azoun winkte Dauneth und Giogi zu. Sie salutierten und wendeten ihre Pferde in Richtung des Abhangs, der zum nächsten Hügel in Richtung Suzail führte. Auf dessen Kuppe stand das königliche Zelt, und in der Nähe warteten einige Stallmeister mit den Schlachtrössern der Edelleute.

»Wie steht es mit Marsember?«, fragte eine leise Stimme, als die Offiziere sich wieder umdrehten und den Feind ins Auge fassten.

»Wir haben nicht genug Schwerter, um beide Städte zu schützen«, erklärte Azoun sorgenvoll. »Die Kriegsmarine hält mit Hilfe von angeheuerten Abenteurern Marsember. Wenn tausendmal tausend Goblins vor den Toren der Stadt erscheinen, stehen genug Boote zur Verfügung.«

»Aber ...«, setzte der Sprecher an, verstummte dann aber.

Die breite, haarige Hand von Haliver Ilnbright legte sich auf die Schulter des Marsemberaners. »Das ist der harte Teil, wenn man König ist, Junge«, flüsterte er so laut, dass man seine Worte den halben Hügel hinunter verstehen konnte. »Es ist unmöglich, alles richtig zu machen oder alle Leute zu erfreuen. Ihr tut, was Ihr könnt, und Eure Untertanen hoffen, dass Ihr genug Herz und Ehre besitzt, sie zu beschützen. Dieser hier tut es – seid dankbar, dass Ihr in Kormyr lebt und nicht an einem viel grausameren Ort.«

»Haliver«, sagte Azoun ganz in der Nähe, »blast die Trompete. Es ist an der Zeit.«

Haliver Ilnbright nickte, straffte die Schultern und zog das Horn aus seinem breiten Gürtel. Er zögerte nicht, das Signal zu blasen, das so gut wie jeden Mann auf dem Hügel in den Tod schicken würde.

Ilberd Kronensilber hatte nie zuvor an einer Schlacht teilgenommen. Er befand sich einzig aus dem Grund hier, ein Kronensilber zu sein, jung und entbehrlich genug, um im Dienst des Königs in den möglichen Tod zu reiten und den Ruhm seiner Familie zu mehren.

Er war jung genug, dem Zusammentreffen der Waffen begeistert und sogar kaltblütig entgegenzusehen. Immerhin – welchen Schaden konnte schon jemand nehmen, der mit dem König Azoun und dem Königlichen Magier Vangerdahast ritt? Er freute sich sogar darauf, zum abendlichen Mahl zu stolzieren, seinen Verwandten grimmige Geschichten von seiner Tapferkeit zu erzählen und ihnen zu berichten, wie ihn der König höchstpersönlich für seine Kaltblütigkeit und seinen Heldenmut gelobt hatte.

Zumindest war er vor einer Stunde jung genug gewesen.

Jetzt kauerte er hinter einem Wall aus von Fliegen umschwärmten Goblin-Leichen, und um ihn herum hing der Gestank nach Tod und seinem eigenen Erbrochenen in der Luft. Er konnte nur darauf hoffen, das Ende des Tages irgendwie zu erleben. Seine Ohren klingelten von dem ständigen Getöse aus Schreien, von aufeinanderprallenden Klingen und Rüstungen – manche der Ritter benutzten ihre Schwerter wie Keulen oder Dreschflegel und schlugen ihre Feinde in den Schlamm, indem sie einfach auf Rüstungen und Schilde einhämmerten, bis die Knochen darunter brachen oder die Feinde erschöpft genug waren, niedergemacht zu werden. Aber bislang war er noch nicht Zeuge eines tapferen Todes gewesen. Oder auch nur eines sauberen.

Ihr erster Angriff hatte Tausende von Goblins getötet. Der Bach schwärzte sich von Goblin-Blut und überschwemmte das Feld, da kleine menschenähnliche Leichen sein Bett derart verstopften, dass eine Art Sumpf aus blutrotem Matsch entstanden war.

Ihr zweiter Angriff zeitigte ähnliche Erfolge, aber die Zahl der Goblins schien unendlich zu sein. Sie kamen in einer endlosen, heulenden Welle auf sie zu, und mehr und mehr Männer fielen. Inzwischen kämpften nur noch knapp vierhundert Kormyraner, aber immer noch erschienen neue Goblins und schwenkten ihre Speere.

Aber der Teufelsdrache hatte sich noch nicht in die Lüfte geschwungen. Beinahe träge lag er auf der Hügelkuppe ausgebreitet und beobachtete hämisch, wie seine Truppen zu Hunderten und Tausenden vorwärtsdrängten und die Purpurdrachen durch ihre schiere Überzahl überwältigten. Die Armee von Kormyr hatte sich auf ihren Hügel zurückgezogen, um die Feinde dazu zu zwingen, den Abhang zu erklimmen, wenn sie auf sie treffen wollten. Auf dem Hügel türmten sich tote Goblins, beinahe wahllos abgeschlachtet, bis Pfeile und Speere und Bolzen knapp wurden, Schwertarme erlahmten und die geduldige Sonne allmählich sank.

Aber immer noch kamen Goblins. Jede neue Welle erkämpfte sich den Weg ein Stückchen weiter den Hügel hinauf. Jede hinterließ eine rote Spur Gefallener, aber es gab inzwischen viele in Rüstung steckende Goblins, und Ilberd taumelte vor Erschöpfung.

Er vermochte nicht zu begreifen, wie der Kommandeur

und die anderen älteren, größeren Ritter überhaupt aufzustehen in der Lage waren. Sie verbrachten die Zeit zwischen den Goblin-Wellen damit, mit tropfenden Schnurrbärten Wasser aus Trögen zu trinken und auf bestimmte Goblins zu zeigen, auf die sie einschlagen wollten, wenn die nächste Welle kam. Die Zeit während der Wellen hackten sie wie fröhliche Wahnsinnige zu, bellten Schlachtrufe und sprangen wie spielende Knaben herum. Bei den Göttern im Himmel, wenn er lange genug am Leben blieb, um den Sonnenuntergang zu erleben, dann wäre dies hier das letzte Schlachtfeld, welches er je …

»Aufgepasst, Bursche!«, brüllte Haliver Ilnbright, klopfte Ilberd so fest zwischen die Schulterblätter, dass der Jüngling taumelte, und schritt dann an ihm vorbei, ohne auch nur einen Augenblick innezuhalten. »Sie kommen schon wieder!«

»Sie lernen nur langsam, nicht wahr?«, fragte ein weißhaariger alter Ritter gedehnt, der den Helm im Kampfgetümmel verloren hatte. »Das sieht ganz nach einer ausgelassenen Tollerei in den Drachenkiefer-Bergen aus! Ich muss meinen Barden dazu bringen, eine Ballade darüber zu schreiben …«

»Ich hoffe nur, er singt schnell«, knurrte ein Purpurdrache. »Hier sind sie schon!«

Eine weitere Woge aus flatterndem Leder und zuschlagenden Schwertern spülte heran, und unter Geheul drangen die knopfäugigen Goblins über die Leichen ihrer Artgenossen vor. Männer pflanzten die Füße in den Boden – kein Rennen, kein Umherspringen mehr – und hackten stetig wie Erntearbeiter zu, die mit ihren Sicheln im Rhythmus des Todes die vielen vor ihnen liegenden Felder mähten.

Ilberd wich einem schreienden Goblin aus, rutschte aus und fand sich Nase an Nase mit einem anderen wieder – und wurde prompt von dessen Blut geblendet, nachdem ein Stiefel in sein Gesicht gepflanzt wurde und eine Klinge tief in seinen Nacken biss.

»Seht Euch vor, Bursche«, schrie Lareth Gulur über das Stahlgeklirr hinweg. »Haltet Eure Stellung … es ist schwer, Goblins zu töten, wenn Ihr Euch auf dem Boden …«

Ein leiser Schrei übertönte die nächsten Worte, da ein Goblin geradewegs in Gulurs Klinge lief. Ein zweiter stieß seine Klinge tief in Gulurs Schritt, und ein dritter sprang hoch und schlitzte dem Mann das Gesicht auf.

Der Purpurdrache drehte sich um sich selbst, griff vergeblich in die Luft auf der Suche nach einem Halt und fiel dann vornüber aufs Gesicht. Ilberd blieb nicht einmal die Zeit, den Mund aufzureißen. Es war alles so plötzlich geschehen. Plötzlich und endgültig.

Und im Reich sagte man, die Stahlprinzessin täte so etwas jeden Tag – hätte dies über Jahre hinweg täglich getan. Bei den Göttern, es musste Furcht erregend gewesen sein, in ihrer Nähe zu stehen!

»Zurück, Bursche, wenn Ihr nicht wisst, wie man das da benutzt!«, brüllte Hathlan Talar, stieß ihn mit der Schulter beiseite und tötete mit einem einzigen Hieb drei Goblins. Er stolperte über Gulurs Arm, sah, wer da am Boden lag, und fluchte wie ein Teufel. Dann griff er sich das Schwert seines toten Freundes vom Boden, schüttelte den toten Goblin ab und rannte dann den Hügel hinab. Die beiden Schwerter in seinen Händen leuchteten wie Blitze. Um Talar herum fielen Goblins in hellen Scharen, während er allein in ihrer Mitte stand und wie ein Walross brüllte. Tränen flossen über sein Gesicht, und er stieß eine solch hastige Folge von Flüchen aus, dass sich seine Worte überstürzten.

Ilberd Kronensilber starrte den Mann in äußerstem Erstaunen an – und stand immer noch wie eine Statue da, als die Goblins ihre Streitkolben schleuderten und Talar zu Boden schickten. Dann flutete ein knurrender Schwarm von Goblins zuhackend und zustoßend über ihn.

Der junge Kronensilber ließ sein Schwert fallen und floh schluchzend und von seinen eigenen Tränen geblendet den Hügel hinauf. Er musste von all dem weg, musste an irgendeinen anderen Ort. Er musste dorthin, wo Männer nicht schrien und starben und ihr Leben aushauchten in …

Finger wie aus Eisen packten ihn an der Schulter und schüttelten ihn, bis seine Zähne klapperten. Die Hände drehten ihn herum und rammten ihn so fest in den Boden, dass beide Kronensilber-Fersen durch die Stiefel hindurch schmerzten.

»Noch ist es nicht notwendig, die Nachhut zu bewachen, Bursche«, knurrte Haliver Ilnbright. »Es ist dringend erforderlich, dass unsere Linien auf diesem Ende des Hügels nicht vollkommen zusammenbrechen. Bleibt einfach in der Lücke hier stehen und tötet Goblins, ja? Es ist nicht so schwierig, Ihr braucht nur ein bisschen Übung.«

Ilberd wurde mit betäubender Kraft ein Schwert in die Hand gedrückt, dann war der Berg von einem Kommandanten auch schon weiter die Reihe entlanggeeilt. Er beeilte sich, sich zu einem taumelnden, blutenden Lionar zu gesellen, um ein halbes Dutzend Goblins niederzumachen, bevor sich die Welle der wütend schreienden Widersacher wieder den Hügel hinunter zurückzog.

Ilberd schluckte, dann hob sich sein Magen. Er versuchte, sich zu übergeben, aber es war nichts mehr übrig, was er hätte von sich geben können. Als er wieder aufrecht stehen konnte, schaute er zu der Hügelkuppe hoch.

Sein Mund klappte auf.

König Azoun hatte im Schlachtgetümmel den Helm verloren und blutete aus einem Ohr, während ein Schnitt auf seiner Wange bereits zu einer dunklen Linie getrocknet war. Er hielt einen taumelnden Riesen von einem Mann aufrecht – den Bannerträger Kolmin Stagblade.

Kolmin machte zwei stolpernde Schritte, schaute zum dunkler werdenden Himmel hoch, dann fiel er so schwer auf die Seite, dass die Erde unter Ilberds Stiefeln bebte. Dann lag der Mann reglos da. Azoun beugte sich zu ihm nieder, richtete sich wieder auf und starrte grimmig vor sich hin. Die Fliegen schwärmten bereits herbei.

Eine plötzliche Kälte breitete sich in Ilberds Brust aus. In diesem Augenblick gab er jeden Gedanken an einen triumphalen Einzug in die Familienhalle auf und entschied, dass er sie niemals wiedersehen würde. Er würde dieses Feld nicht lebend verlassen.

Inzwischen bedeckten Wolken den Himmel und verdeckten die Sonne. In der plötzlichen Dämmerung sah Ilberd den Kriegsmeister Ilnbright zum König hinaufschreiten. Auf beider Männer Häupter wehten weiße Haarsträhnen im Wind, und unvermittelt fiel Ilberd auf, wie alt diese Männer doch waren. Sie hatten vor vierzig Jahren und mehr auf Feldern wie diesem hier gestanden.

Und sie waren immer noch am Leben.

Angesichts dieses Gedankens musste Ilberd grinsen. Er fühlte sich plötzlich ein wenig erleichtert, aber dann schoss ihm ein neuer Gedanke durch den Kopf.

Wie viele eifrige junge Männer hatten damals bei ihnen gestanden, die heute nicht mehr am Leben waren?

Drei grimmige, erschöpfende Stunden später fiel Kriegsmeister Ilnbright. Er brüllte bis zu seinem letzten Atemzug unter einer Decke aus kämpfenden, ringenden Goblins. Ilberd schlug die letzten der Feinde nieder, wobei ihn Tränen der Wut und der Trauer zeitweise blendeten.

Als Ilberd aufblickte, sah er vielleicht sechzig Männer, die noch in seiner Nähe standen oder erschöpft auf dem Boden hockten, und nicht wenige ächzten und stöhnten ob ihrer Verwundungen.

Auf dem Feld unter dem Hügel türmten sich die toten Goblins knietief auf, an manchen Stellen sogar bis in Kopfhöhe. Aber hinter dem Hügel, auf dem der Teufelsdrache hockte, erschienen weitere tausend Goblins und marschierten in Richtung der Kormyraner.

»Damit hat es sich«, sagte jemand leise. »Wir sind dem Untergang geweiht.«

»Was?«, knurrte ein anderer Mann. »Ohne die Chance

gehabt zu haben, ein paar von denen da unten nachhause zu Malaeve zu bringen, sodass sie ihr Rezept für Goblin-Eintopf ausprobieren kann?«

Keiner der Männer lachte, aber hier und da lächelte einer stumm. Die Männer ergriffen ihre Schwerter, ließen die erschöpften Arme kreisen und warteten darauf, dass der Tod den Hügel heraufwogte und sie mit sich nahm.

»Für Kormyr«, wisperte jemand, und es klang beinahe wie ein Gebet.

»Für Kormyr«, antwortete es aus einem Dutzend Kehlen. Mit einer gewissen Überraschung entdeckte Ilberd, dass seine Stimme dazugehört hatte.

Irgendwie war es der kleinen, erschöpften und bluttränkten Schar auf dem Hügel gelungen, der Angriffswelle standzuhalten. Aber ein Lionar lag sich windend und schluchzend und mit auf dem Gras vor ihm ausgebreiteten Eingeweiden da und flehte darum, jemand – irgendjemand – möge ihm die Kehle durchschneiden und so den Schmerz beenden.

Azoun nahm einen Flakon vom Gürtel und setzte ihn dem Mann an die Lippen. Der Heiltrank schloss zwar nicht die grässliche Wunde, aber der schmerzverzerrte Ausdruck verschwand aus dem Gesicht des Mannes. Dann legte ihm der König den Arm um die Schulter und half ihm auf die Füße. Die beiden Männer standen mit grimmigen Mienen nebeneinander in dem Wissen, dass ihnen nur noch wenig Zeit blieb.

Dann setzte der Donner ein.

Krieger blickten zu den dahinjagenden grauen Wolken auf, die so schnell über den Himmel trieben, als beeilten sie sich, woanders hinzugelangen, und zwar in so endloser Folge wie der Schwarm der Goblins. Kein Blitz durchzuckte den Himmel, und es fiel auch kein Regen.

War es vielleicht möglich, dass der Drache einen Zauber wirkte?

Oder hatte der Königliche Magier die Hände im Spiel?

Ilberd blickte quer über den Hügel zu Vangerdahast hinüber, der beinahe den ganzen Tag über auf dem Bauch gelegen, Zauberbanne gemurmelt oder laut aus Schriftrollen vorgelesen hatte. Unter den weiter entfernten Goblins hatte er großes Unheil angerichtet, aber er beteiligte sich nicht an der Schlächterei auf dem Hügel.

Sollte die Stärke von Kormyr auf dieser Hügelkuppe noch weiter zusammenschrumpfen, dachte der junge Schwertkämpfer bitter, dann mochte der Magier keine andere Wahl haben, als mit der Klinge und den Stiefeln zu kämpfen, sobald die nächste Angriffswelle kam.

Der Donner grollte lauter und entwickelte sich zu einem ständigen, immer weiter anschwellenden Dröhnen. Der Teufelsdrache hatte sich auf die Füße erhoben, drehte sich um und blickte nach hinten. Nachdem er die mächtigen Schultern angespannt hatte, sprang er in die Luft, und seine großen Fledermausflügel schlugen einmal, bevor er sich auf etwas fallen ließ, was hinter dem Hügel außer Sicht blieb.

Jemand in Ilberds Nähe murmelte: »Die Elfen, die wiederkehren? Das ist unmöglich …«

Der Donner bewegte sich um den Hügel herum und trieb dabei eine Art Schaum aus schreienden, verbrannten Goblins vor sich her, die sogleich zertrampelt und niedergeritten wurden. Purpurdrachenbanner flatterten über den Reitern. Sie hoben die Schwerter und schrien ihrem König einen Salut zu, dann stürzten sie sich auf die Goblins zwischen den Hügeln.

»Gwennath«, sagte Azoun leise. »Dank allen uns zuschauenden Göttern – allen voran Tymora – habe ich eine Marschallin, die weiß, wann sie einmal erteilten Befehlen *nicht* gehorchen soll.«

»Sie hat ganz Hochhorn geleert!«, bellte ein Kriegshauptmann von Freude fast überwältigt. »Schaut euch nur die Fahnen an – sie sind alle hier!« Er brach ungeniert in Tränen aus, und es kümmerte ihn nicht, dass die halbe Welt seinen tropfenden Schnurrbart sah.

Eine Gestalt in schwarzer Rüstung ritt an der Spitze der dahindonnernden Menge von Rittern – eine Gestalt, die einen schlanken Arm hob und Azoun zuwinkte, als die Reiter den Hügel hinaufpreschten und die hilflosen Goblins vor sich her trieben.

Azoun erwiderte den Gruß und lachte vor Freude.

Er lachte immer noch, als der riesige rote Drache in Sicht raste, brüllend den Hügel umkreiste und mit Zähnen und Krallen zuschnappend ein paar Fuß über den Köpfen der Kavallerie von Hochhorn vorbeifegte. Der Teufelsdrache ließ sich mitten unter den vordersten Reihen der dahingaloppierenden Kormyraner nach unten sinken und griff alles an, was sich in seiner Reichweite befand.

Als er sich mit bluttriefenden Kiefern aus dem Chaos aus sich wälzenden, schreienden Rössern und brüllenden Männern erhob, war die Gestalt in dunkler Rüstung nicht mehr zu erkennen. Als der sich wieder in der Luft befindliche Drache wendete und Feuer auf die Reihen der Männer spuckte, gab es plötzlich nichts anderes mehr als Gestalten in geschwärzten Rüstungen, die im Rauch zusammenbrachen.

»So geht Gwennath dahin, Fürstliche Hochmarschallin von Kormyr«, murmelte ein Ritter neben Ilberd. »Die den ganzen Weg von Hochhorn hierherritt, um die Schlacht für uns zu gewinnen – und dabei ihr eigenes Leben verlor.«

»Gewinnen?«, knurrte jemand. »Vergebt mir, wenn meine Augen versagen, aber ich glaube, einen Drachen zu erkennen …«

Der Teufelsdrache drehte sich mit träger Anmut in der Luft und stieß wieder auf die Kavallerie nieder, dieses Mal von hinten, so wie die Ritter das mit den Goblins getan hatten. Er schlidderte über den Boden, erschütterte denselben mit neuem Donner, und seine Kiefer schnappten zu wie bei einem Hund, der sich von Flöhen befreit. Er hinterließ eine blutige Wolke, als er seine Feinde in schrecklicher Konfusion das Schlachtfeld hinunterfegte. Übrig blieb nur eine blutige, schmierige Spur.

Als die sich aufhäufenden, zerschmetterten Leichen ihn zum Halten brachten, sprang er wieder in die Luft und warf mit einem Schlag seines mächtigen Schwanzes jene nieder, die versuchten, Lanzen auf ihn zu schleudern. Er umkreiste den Hügel und schaute auf die Männer nieder, die er bei seinem nächsten Sturzflug töten würde. Oder beim übernächsten.

Gwennath mochte tot sein, aber sie hatte ihrem Mörder eine letzte Überraschung hinterlassen. Der große rote Drache hatte kaum mit seinem Sturzflug auf die Ritter begonnen, als aus deren eng stehenden Reihen ein Blitz aufschoss, dann ein zweiter.

»Das ist Magie!«, schrie jemand auf dem Hügel.

»Magierfürst?«, brüllte ein zweiter Mann.

Vangerdahast musterte das Schauspiel mit einem prüfenden Blick, dann einem weiteren, und antwortete dann schlicht: »Jawohl. Magie.«

Sie standen da und sahen zu, wie der Drache groß und schrecklich aus dem Himmel niederstieß – unbeweglich mit ausgestreckten Klauen und weit aufgerissenem Maul, und nur seine Augen rollten wild.

»Er ist verzaubert!«, schrie ein Ritter aufgeregt, während sich Reiter in dem unter ihnen liegenden Tal verstreuten.

Der Drache krachte kopfüber in das Tal.

Der Boden bebte, und viele der Männer auf dem Hügel fielen um, da der Grund unter ihnen zitterte. Diejenigen, die auf den Füßen blieben, sahen zu, wie Männer und ihre Pferde drunten im Tal hilflos durch die Luft geschleudert wurden, sich in Todespein und Verzweiflung wanden und vergeblich versuchten, sich an irgendetwas in dem sie umgebenden Chaos festzuklammern.

Der Boden ächzte und bebte für lange Zeit. Der Lindwurm mit den wie erstarrten Flügeln schlidderte wie ein riesiger Pflug durch den Boden und stieß einen Schrei aus, der sich verdächtig nach einer schluchzenden Menschenfrau anhörte. Hinter ihm stieg eine Wolke aus Staub und Dreck in den Himmel.

Erdklumpen regneten auf den Abhang des Hügels nieder, Männer stießen ehrfürchtige Flüche aus und hoben die Hände in die Höhe – zu spät, um ihre Augen abzuschirmen.

Die Erde selbst schien zu ächzen und das Echo dieses Stöhnens von den umgebenden Hügeln widerhallen zu lassen, als der letzte der Teufelsdrachen zum Halten kam.

Ein Horn erklang, noch bevor der große Wurm aufhörte, sich zu bewegen, und Lanzenträger im Tal spornten ihre Rösser zu einem Galopp an, der kurz vor den gebogenen Schuppen endete. Die Krieger stießen und schlugen und warfen mit aller ihnen zur Verfügung stehenden Kraft auf den Drachen ein.

Der Teufelsdrache wälzte sich herum, als seine Angreifer um ihn herum wüteten, hievte sich einmal, zweimal hoch, drehte sich dann und rollte sich einmal um die eigene Achse, wobei er schreiende Pferde und vergeblich davoneilende Männer zerquetschte. Er schlug aus, drosch um sich, schüttelte sich und schleuderte Körper wie zerbrochene Puppen in alle Richtungen, bevor er sich aufrichtete.

Ilberd hätte schwören mögen, dass der Drache grimmig dreinschaute, als er mit den Flügeln schlug, Männer und Pferde von den Füßen fegte wie Spielzeug und eine breite Schneise um sich herum freipflügte. Er bäumte sich auf und schlug jetzt ernsthaft mit den Flügeln, und dieses Mal geriet er nur einmal ins Stocken. Als er sich in die Lüfte schwang, war er noch nicht ganz von der Magie befreit, und sein torkelnder Flug brachte ihn schnurstracks zu seinem Hügel zurück, auf dem er schwer und unter lautem Krachen landete.

Das Untier lag, von den pumpenden Flanken abgesehen, einige Augenblicke reglos da. Die Männer auf dem Hügel erkannten, dass sich zahlreiche Speere mit seinen Schuppen auf und ab bewegten.

»Blut für uns«, knurrte ein Kriegshauptmann zufrieden. »Nun lasst uns hinüberziehen und ihn erledigen.«

Sie hatten sich bereits in Bewegung gesetzt, als ein Lanzenträger den Arm ausstreckte, auf etwas deutete und keuchte: »Bei den Göttern! Mehr von ihnen!«

Von der ihnen abgewandten Seite des Drachenhügels her kamen mehr Goblins – ein ständiger Strom frischer Gesichter, Schilder und geschwenkter Schwerter.

Die Männer auf dem Hügel hielten unsicher inne – alle außer dem König und dem Zauberer, die unbeirrt durch die Goblin-Leichen den Hügel hinuntermarschierten mitten hinein in das blutgetränkte Tal.

Die Kavallerie fegte den Weg zurück, den sie gekommen war, und suchte nach weiteren Goblins oder auch vielleicht nach einem Platz, sich vor über sie fliegenden roten Drachen zu schützen.

Lanzenhauptmänner blickten Lionare an, dann hinunter auf die kleiner werdenden Gestalten von Azoun und Vangerdahast, dann einander in die Augen. Es folgte hilfloses Schulterzucken, und die grimmigen, blutbesudelten Überlebenden schickten sich an, den Hügel ein weiteres Mal zu erklimmen.

»König Azoun!«, rief einer von ihnen unsicher.

»Los! Unser Werk ist noch nicht vollbracht!«, schrie der König grimmig zurück.

»Was kostet uns der Ruhm?«, ächzte Ilberd Kronensilber erschöpft, als sein schliddernder Abstieg ihn schließlich neben den König gebracht hatte. »Haben wir nicht genug Goblins getötet?«

»Wir sind nicht hier, um Ruhm zu erwerben, Bursche«,

knurrte Azoun. »Wir sind hier, weil Kormyr uns braucht. Zumindest bin *ich* aus diesem Grund hier.«

Der junge Mann starrte seinen König einen Augenblick lang an, dann erblasste er, neigte plötzlich den Kopf und stieg weiter den Hügel hinunter.

Als sie bei dem im Blut erstickten Bach ankamen, zog der König sein Schwert.

41

Das Gellen der Gazneth-Glocke drang kaum in Tanalastas Bewusstsein. Sie saß zusammengekauert in dem bequemen Lesesessel in Vangerdahasts Studierzimmer und starrte auf die leere Fläche, in die Owden und seine Priester gerade verschwunden waren. In ihrem Kopf drehte sich alles, ihr Magen rebellierte, und sie fühlte sich wie betäubt vor Entsetzen. Das, was sich gerade ereignet hatte, erschien ihr undenkbar. Sie konnte sich nicht vorstellen, dass ihr Gemahl sich in einen Gazneth verwandelt hatte. Es erschien ihr unmöglich, dass Owden und seine Männer durch das Portal in Rowens dunkle Welt gezogen worden waren.

Clagl wandte sich von dem Fenster ab, an dem er Wache hielt, und sagte: »Euer Plan hat funktioniert, Prinzessin. Boldovar hat den Palast in Ruhe gelassen und ist hierher gekommen. Er umkreist jetzt den Turm.«

Der junge Priester schwieg, da er offenkundig auf eine Antwort wartete. Als keine erfolgte, fragte er: »Prinzessin? Was sollen wir tun?«

Tanalasta war schlecht, und sie fühlte sich innerlich leer. Hätte sie auf Owden und die anderen gehört, wären der Erntemeister und seine Priester jetzt noch hier. Stattdessen hatte sie seine Warnungen in den Wind geschlagen, ihren eigenen selbstsüchtigen Gefühlen und Vangerdahasts sanften Lügen getraut und erklärt, Rowen könne niemals zu einem

Gazneth werden. Was für eine Närrin sie doch gewesen war! Vangerdahast mochte roh sein und andere beeinflussen und lenken, aber er tat das Richtige für Kormyr. Indem sie ihn im Nachhinein in Frage gestellt hatte, hatte sie Owden und seine Männer in eine feuchte Hölle verdammt, die sie sich nur ausmalen konnte. Schlimmer noch – sie hatte ein Dutzend treu ergebener Männer und Frauen verloren, die Kormyr gerade jetzt dringend gebraucht hätte.

»Er kreist jetzt tiefer«, berichtete Clagl voller Eifer. Er trat von dem Fenster weg, kam zu Tanalasta und ergriff sie am Arm. »Wir müssen hier raus!«

Tanalasta befreite sich mit einem Ruck. »Nein. Ich werde diesen Gazneth töten.« Sie zog ein kurzes Eisenschwert aus einer Scheide im Inneren ihres Verstecks, dann griff sie sich ein paar silberne Handschellen von Vangerdahasts Studiertisch. »Ich werde nicht davonlaufen – nicht nach dem, was ich getan habe.«

»Es geht hier nicht um Euch, Hoheit«, meinte Clagl ernst. Wie die meisten von Owdens Priestern sprach er zu Tanalasta, ohne sich davor zu fürchten, sie anzuklagen. Er wies auf ihren riesigen Bauch. »Es geht um Euer ungeborenes Kind. Ihr dürft sein Leben nicht so sorglos aufs Spiel setzen.«

»Dieses Kind ist wohl kaum das Wichtigste im Reich«, schnappte Tanalasta zurück. Ihr Zorn wuchs von Augenblick zu Augenblick. »Das Kind eines Verräters wird wohl nie auf dem Thron …«

Tanalasta beendete den Satz nicht, da sie das schockierte Gesicht Clagls sah und bemerkte, was sie gerade gesagt hatte. Ihr Zorn betraf Rowen und nicht das Kind. Das Kind konnte nichts dafür, dass sein Vater sie und Kormyr verraten hatte. Selbst wenn es niemals auf dem Drachen-Thron sitzen würde – Vangerdahast würde das zu verhindern wissen –, war sie immer noch seine Mutter. Sie liebte es immer noch. Sie musste immer noch für seine Gesundheit und seine Sicherheit sorgen.

In der Kammer wurde es dunkel. Tanalasta blickte auf und sah Boldovars schwarze Silhouette am Fenster vorbeischweben. Seine Augen leuchteten scharlachrot unter dem wilden Wust schwarzer Haare. In einer Lücke in seinem wirren Bart erschien eine lange rote Zunge zwischen gelben Reißzähnen und züngelte in ihre Richtung.

Clagl zog den Kragen ihres Wetterumhangs zusammen. »Benutzt Eure Fluchttasche. Ich halte ihn auf.«

In die Kammer fiel wieder Licht, sobald Boldovar am Fenster vorbeigeflogen war. Er senkte einen Flügel, schwebte im Bogen über den Azoun-See und wirbelte dann herum, um direkt auf das Fenster zurasen zu können.

Clagl wandte sich um und wollte zum Fenster eilen, aber Tanalasta erwischte ihn am Ärmel.

»Nein.« Sie zerrte ihn in Richtung ihres eisernen Verstecks, das mit geöffneter Tür in einer Ecke stand. »Das Kind muss geschützt werden – aber Kormyr ebenfalls.«

Der Priester schaute verwirrt drein. »Aber wir sind nur zu zweit. Wie können wir …?«

»Indem wir einen Aufschub erreichen«, unterbrach ihn die Prinzessin. Sie trat in den Kasten und zog den Priester hinter sich her, dann steckte sie ihr Kurzschwert in die Scheide zurück. »Bis wir wissen, wie es mit dem Kampf gegen Nalavara steht, müssen wir Boldovar hier aufhalten.«

Clagl schluckte. »Also gut.«

Er schob den eisernen Riegel an Ort und Stelle, und augenblicklich umhüllte sie nachtschwarze Dunkelheit. Dann wurde draußen ein heftiges Schnaufen laut, als Boldovar in den Raum schoss und seine Flügel ausbreitete, um zum Halten zu kommen.

Tanalasta schloss die Halsschließe ihres Wetterumhangs und stellte sich das harte, bittere Gesicht von Kommandant Stahlhand vor. Sie spürte, wie eine warme Welle von Magie in ihren Kopf strömte, dann hob der Kommandant erstaunt die dünnen Augenbrauen.

Bringt ein Dutzend Kriegspriester in Vangerdahasts Turm – sonst niemanden!, befahl Tanalasta stumm. *Wir sind allein, und Boldovar greift uns an.*

Zwei Minuten, kam die Antwort.

Die Prinzessin hätte gern gewusst, wie der Kommandant Vangerdahasts Turm in nur zwei Minuten zu erreichen gedachte, da es zumindest zehn brauchte, um aus dem Tor und über die nächstgelegene Brücke zu eilen. Vielleicht sollte eine Gruppe von Kriegszauberern ihn und seine Männer ja auch in eine nahe gelegene Straße zaubern, von wo aus sie den Rest des Wegs rennen würden. Das bedeutete, dass Tanalasta all ihr Bemühen darauf richten musste, Boldovars Aufmerksamkeit auf die Magie *innerhalb des Kastens* gerichtet zu halten.

Außerhalb des Verstecks klickten die Krallen an Boldovars Füßen über den Boden. Tanalasta zog ihren Hauptmannsring aus der Tasche und steckte ihn an ihren Finger, dann flüsterte sie: »Königslicht.«

Ein unheimliches, blauweißes Licht füllte den Kasten und beleuchtete Clagls entsetztes Gesicht neben ihr. Der junge Priester hatte eine Hand auf den eisernen Schließmechanismus gelegt, als könne er so die Tür sichern, wenn das zolldicke Eisen versagte. Mit der anderen drückte er seinen eisernen Zauberstab fest an die Brust. Das Klicken von Boldovars Krallen wurde lauter, dann hörten sie ein lautes Schnüffeln, das durch die Fugen des Kastens drang.

»Magie!«, schnarrte der Gazneth. »Ich rieche Magie … und Magie werde ich bekommen!«

Er ließ die Klauen über die Außenseite des Kastens gleiten, und im Inneren ertönte ein ohrenbetäubendes Quietschen. Tanalasta hörte, wie Clagl durch zusammengebissene Zähne ein Zischen ausstieß, dann spürte sie seine Hand, die ihren Arm ermutigend drückte. Erst jetzt erkannte die Prinzessin, dass sie selbst das Quietschen ausgestoßen hatte. Boldovar grunzte zornig und versuchte, die Tür aufzureißen. Der Kasten neigte sich nach vorn, wippte kurz vor und fiel dann zurück, wobei er gegen die Wand hinter ihnen krachte. Tanalastas Kopf wurde gegen die Lederpolsterung geschleudert und explodierte vor Schmerz.

Tief in ihren Eingeweiden spürte sie ein plötzliches Verkrampfen, und gleichzeitig lief etwas Warmes, Flüssiges an den Innenseiten ihrer Schenkel entlang.

»Nein.« Es konnte nicht ausgerechnet jetzt passieren.

Boldovar versuchte erneut, die Tür aufzureißen, gab dann verärgert auf und begnügte sich damit, den Kasten umzukippen. Tanalasta erwischte der Aufprall voll im Bauch, und sie spürte, wie sich ihre Gebärmutter zusammenkrampfte. Die Spasmen ließen nicht nach. Über ihnen erklang ein dumpfes Geräusch, als Boldovar auf den Kasten sprang. Er fuhr mit den Klauen über die Säume der Eisenverkleidung, da er eine Schwachstelle suchte.

»Ihr könnt Euch verstecken, aber Ihr könnt Euch nicht verbergen«, kicherte Boldovar in seinem Wahn. »Ich rieche Eure Magie … ich rieche Euch … und ich werde die beiden Dinge bekommen, die ich begehre!«

Das Scharren wurde lauter und hörte dann plötzlich auf, nur um durch ein kindisches Donnern von Händen und Füßen ersetzt zu werden. Das Donnern war so durchdringend laut, dass Tanalasta glaubte, das dicke Eisen würde jeden Augenblick unter den wilden Schlägen des Gazneth splittern. Der Schmerz in ihren Eingeweiden wurde stärker und so heftig, dass sie wimmerte.

»Prinzessin? Was …?«

Der Rest von Clagls Frage ging in dem Getöse unter, das Boldovars zuschlagende Fäuste erzeugten, denn Tanalastas Schmerzenslaut schien ihn in Raserei versetzt zu haben. Das Hämmern bewegte sich in Richtung ihrer Füße, dann wurde der Kasten auf den Kopf gestellt. Der Prinzessin blieb gerade noch die Zeit, die Hände über die Schultern zu heben, bevor der Kasten unter lautem Klappern und Krachen quer durch den Raum gestoßen wurde.

Er kam schief auf dem Kopf stehend an der gegenüberliegenden Wand zum Stillstand, sodass Tanalasta und der Priester mit den Köpfen nach unten auf dem Rücken lagen. Der Schmerz in den Eingeweiden der Prinzessin war jetzt unerträglich, und sie musste schreien, sonst hätte es sie zerrissen. Etwas stimmte nicht. Die Fruchtblase war geplatzt, und eigentlich hätte es noch Stunden dauen müssen, bis die Wehen einsetzten.

»Prinzessin?« Clagl schüttelte ihren Arm. »Was stimmt denn nicht?«

Tanalasta gelang es, ihren Schrei in ein Wort umzuformen.

»Das Kind!«

Clagls Antwort ging in dem Dröhnen von Boldovars Tritten in Höhe ihrer Füße unter. Der Kasten löste sich von der Wand und krachte zu Boden, dann wurde er quer durch den Raum getreten, sodass er die Beine eines Tisches zertrümmerte.

Eine unheimliche Stille folgte, und Tanalasta hatte das Gefühl, als hätte ihr jemand eine Tür auf den Magen fallen lassen. Es gab keine Wehen mehr, kein rhythmisches Zusammenziehen, von dem ihre Hebamme erzählt hatte. Sie verspürte nur einen ständigen schrecklichen Schmerz, der jeden Augenblick grässlicher wurde, und ein seltsames Gefühl, als werde alles unterhalb ihres Nabels merkwürdig schlaff.

Clagl legte eine Hand auf ihren Leib und tastete sanft die Unterseite ihres Bauches ab. Tanalastas Schrei verebbte zu einem Ächzen, und zwar nicht deshalb, weil der Schmerz verschwunden wäre, sondern weil ihr die Luft wegblieb. Sie hörte sich schnell und flach atmen und wusste, dass sie am Rand einer Panik stand, und dieses Wissen bewirkte, dass sie umso rascher atmete.

Eine gedämpfte Kakophonie von leisen Stimmen übertönte Tanalastas leises Stöhnen, und sie erriet, dass Kommandant Stahlhands Männer in der Straße unter dem Turm angekommen waren. Boldovar blieb verdächtig still, vielleicht weil er zum Fenster gegangen war, um die Ursache des Lärms festzustellen. Die Prinzessin hoffte inständig, dass dies der Grund sein möge und er sich nicht etwa eine Art ausdachte, den Deckel ihres Verstecks aufzureißen. Nun, da sie für Kormyr und sich selbst am stärksten sein musste, fühlte sie sich verletzbarer und hilfloser als jemals seit dem Beginn der Reise.

Schließlich zog Clagl seine Hand weg. »Ich weiß, dass Ihr Schmerzen habt, aber es besteht kein Grund zur Sorge. Ihr gebärt nur gerade Euer Kind. Alles wird gut ausgehen.«

»Lügt mich nicht an!« Tanalasta schrie die Worte, und zwar eher um ihre Furcht denn ihren Unglauben auszudrücken. »Das sind keine Wehen. Meine Hebamme hat mir gesagt, womit ich rechnen muss.«

»Ich bin mir sicher, dass sie auch erwähnt hat, dass jede Geburt anders verläuft.« Clagl legte ihr tröstend die Hand auf den Arm. »Der Gazneth scheint die Eure ein wenig beschleunigt zu haben.«

»Dann haltet sie an!« Wie konnte ihr Körper ihr das antun? Wie konnte er sich ausgerechnet diesen Augenblick aussuchen, sie im Stich zu lassen? »Das Kind kann jetzt nicht kommen.«

»Ich fürchte, uns bleibt in der Angelegenheit keine Wahl«, flüsterte Clagl. »Ich bleibe hier und lenke den Gazneth ab. Vielleicht solltet Ihr Eure Fluchttasche benutzen …«

Der Vorschlag des Priesters wurde durch einen Angstschrei unterbrochen. Diesmal hatte nicht Tanalasta ihn ausgestoßen.

»Tanalasta … öffnet um keinen Preis die Tür.« Die Stimme klang heiser und vertraut mit einem nördlichen Akzent, den die Prinzessin überall erkennen würde. »Was auch immer Ihr tut, bleibt …«

Das gedämpfte Geräusch eines brechenden Knochens ließ den Sprecher mitten im Satz abbrechen.

»Was meint Ihr, Mädchen?«, keckerte Boldovar über

ihnen. »Ein Ehemann gegen ein paar Ringe und einen Wetterumhang?«

Ein weiteres Knacken folgte, und das Geräusch schien Tanalasta mitten ins Herz zu treffen.

Wieder sprach Boldovar. »Entscheidet Euch rasch. Ihr wisst, wie schnell ich mich langweile.«

Tanalasta schwirrte der schmerzende Kopf vor Verwirrung. Boldovars Gefangener klang ohne jeden Zweifel wie Rowen, aber das war nicht möglich. Rowen hatte sich in einen Gazneth verwandelt und saß in der gleichen feuchten Hölle fest, in der Vangerdahast in der Falle gesessen hatte – aber stimmte das wirklich? Owden hatte ihr erzählt, wie Xanthon während der Schlacht in den Seefern-Marschen in ihre Gestalt geschlüpft war. Vielleicht hatte es sich bei dem Gazneth in der Höhle ja gar nicht um Rowen gehandelt. Vielleicht hatte Vangerdahast die ganze Zeit über die Wahrheit gesagt.

Entsetzt angesichts der ihr entgleitenden Kontrolle über diese Ereignisse öffnete Tanalasta ihren Wetterumhang und zog sich den Hauptmannsring vom Finger.

»Ihr bietet ein Geschäft an«, presste sie zwischen zusammengebissenen Zähnen hervor. »Lasst ihn frei.«

»Tanalasta, n …«

Rowens Schrei wurde durch das scharfe Klatschen einer Hand auf Fleisch abgeschnitten. Ein schwerer Körper fiel gegen eine Reihe von Bücherregalen und ging dumpf zu Boden. Dann hörte man nur noch Stöhnen.

»Er ist frei«, sagte Boldovar. »Nun werft mir die Magie heraus, sonst beende ich, was ich begonnen habe.«

Tanalasta langte über Clagl hinweg, um den Riegel zurückzuschieben, aber er packte ihren Arm. »Was tut Ihr da?«

»Ich brauche Rowen!«, antwortete sie. Wenn sie Rowen wiederhatte, würde sie wieder stark sein, die Übersicht über die Lage wiedergewinnen. »Ich kann nicht zulassen, dass er … Rowen tötet.«

»Das werdet Ihr auch nicht.« Clagl stieß ihre Hand in Richtung des heiligen Symbols an ihrem Hals. »Sprecht ein Gebet.«

»Aber er …«

»Lasst nicht zu, dass Boldovar Euch hereinlegt«, flüsterte Clagl. »Sprecht ein Gebet, und Ihr werdet schon sehen – oder öffnet die Tür, auf dass Euer Kind getötet wird.«

Der Priester ließ Tanalastas Hand los, und ihre Finger verharrten für einen langen Augenblick über dem Riegel.

»Was ist das?«, röhrte Boldovar. Es erklang ein lauter Schlag, dann ein schmerzliches Stöhnen, und dann fragte er: »Werde ich etwa ungeduldig?«

Tanalasta berührte das heilige Symbol und flüsterte: »Chauntea möge über mich wachen.«

Und im gleichen Augenblick erkannte sie den nächsten Schlag als etwas, dass mehr dem Schlagen eines Flügels gegen eine Wand glich als einem Mann, der dagegengeschleudert wurde.

»Aaaaah!«

Die Stimme klang höhnisch und falsch und erinnerte so gar nicht an Rowen. »Tanalasta, tut es nicht! Bleibt, wo Ihr seid!«

»Das werde ich!«, rief Tanalasta. Sie fürchtete sich immer noch, aber sie hatte das Gefühl, eine gewisse Kontrolle über die Lage wiedergewonnen zu haben … wenn nur ihr Körper mitspielen wollte. Der Ring aus Schmerz um ihre Mitte zog sich zusammen, und sie konnte spüren, dass das Kind hinaus in die Welt schlüpfte. Sie kämpfte darum, ihre eigenen Gefühle nicht davongleiten zu lassen – wenn schon sonst nichts anderes – und schrie: »Ich weiß, wer Ihr seid … Ihr … kranker … *Wurm*!«

Ein Augenblick überraschter Stille folgte ihren Worten, dann brach Boldovar in ein wahnsinniges Kichern aus. »Nun, ich sehe, dass Rowen Euch mehr liebte als Ihr ihn. Er hätte sich lieber selbst umgebracht, als zuhören zu müssen, wie Ihr um den Tod bettelt.«

»*Was?*« Obwohl immer noch Schmerz und Furcht ihren Verstand vernebelten, gab das bisschen Kontrolle, das sie über die Lage gewonnen hatte, Tanalasta die Stärke, die Bedeutung von Boldovars Andeutungen zu begreifen. »Was habt Ihr mit ihm gemacht?«

»Oh, jetzt habe ich Eure Aufmerksamkeit gewonnen«, höhnte der Gazneth. »Werft mir die Ringe heraus, dann erzähle ich es Euch.«

Dafür bestand kein Bedarf, denn auch ohne die Einzelheiten zu kennen verstand Tanalasta nur zu gut, wie Boldovar ihren Ehemann geködert hatte, sodass er sich schließlich in einen Gazneth verwandelt hatte. Und sie wusste jetzt auch, aus welchem Grund Rowen sich zu sehr geschämt hatte, um durch das Portal zu kommen. Nur eine einzige Sache konnte den Kundschafter dazu veranlasst haben, seine Pflicht Kormyr gegenüber zu verraten: die Furcht davor, Tanalasta zu betrügen.

Das gedämpfte Dröhnen von Stiefeln polterte jetzt die Treppe hoch, und Tanalasta hörte, wie Boldovars Krallen über den Boden in Richtung Fenster klackten. Sie rief sich die Worte ihres magischen Bolzenzaubers ins Gedächtnis und wies mit den Fingern auf den Rand der Tür. Sie würde den Gazneth nicht entkommen lassen, nicht nach allem, was er Rowen angetan hatte.

»Clagl, gebt mir einen Spalt, durch den ich feuern kann.« Da sie wusste, dass der Priester sich mit ihr streiten würde, fügte sich rasch hinzu. »Jetzt!«

Clagl holte tief Luft und schluckte, zog dann aber den Riegel zurück und stieß die Tür auf.

Boldovar stand am Fenster und machte sich bereit, hinauszuspringen, aber beim Geräusch des Riegels drehte er sein Säufergesicht in Richtung des Kastens um.

»Wo wollt Ihr hin, Frauenmörder?« Tanalastas Stimme klang so höhnisch, wie nur sie das zustande brachte. Sie murmelte ihren Zauber und schickte einen einzelnen goldenen Bolzen aus Magie weit oben zwischen Boldovars

Beinen hindurch. Der Strahl traf das Fensterbrett in Höhe von Boldovars Lenden, und der Rahmen zerbarst in einem Regen von Steinsplittern.

»Habt Ihr Angst, die kleine Prinzessin könnte Euch zum Eunuchen machen?«

Boldovar starrte die schwindende Magie in dem zerstörten Fensterbrett an, dann zog er die Lippen spöttisch zurück, entblößte gelbliche Reißzähne und drehte sich in Richtung des Kastens herum. Clagl ließ die Tür zufallen und hatte sie verriegelt, bevor Tanalasta einen Befehl geben konnte, aber auch so war er beinahe nicht schnell genug. Ein lautes Quietschen klingelte durch den Kasten, als die Krallen des Gazneth an den Türkanten entlangfuhren. Dann schien sich Tanalastas Magen zu senken, als das eiserne Behältnis in die Luft gehoben wurde.

Wieder fühlte sich die Prinzessin hilflos und einer Panik nahe. Damit hatte sie nicht gerechnet. Der Kasten klirrte, als er aus der Fensteröffnung geschoben wurde, dann verlor die Prinzessin die Verbindung mit der Polsterung hinter ihren Schultern, als sie nach unten sanken. Boldovars Flügel pumpten in der Luft wie Blasebälge, aber sie sanken immer noch.

Tanalasta packte Clagl am Arm und langte nach ihrer Fluchttasche, dann stürzte sie zur Seite. Ihr Kopf krachte gegen den des Priesters, als sie in den Azoun-See platschten.

Sie verlor das Bewusstsein, wachte aber ein paar Augenblicke darauf hustend und würgend wieder auf. Das schlammige Wasser des Sees füllte bereits ihren Mund und leckte an ihrer Nase. Clagl lag von Wasser bedeckt und mit zur Seite gewandtem Gesicht unter ihr und rührte sich nicht.

Tanalasta dankte der Göttin dafür, aus ihrer Ohnmacht erwacht zu sein, bevor sie ertrank, und holte zum letzten Mal tief Luft. Sie schob eine Hand in ihren Wetterumhang und kämpfte sich durch eine treibende Masse schwerer Wolle.

Als ihre Finger die mit Leder eingefasste Öffnung der Fluchttasche ertasteten, hatte sich der Kasten bereits völlig mit Wasser gefüllt. Clagl wand sich inzwischen in Krämpfen und antwortete nicht auf Tanalastas Stoßen und Stochern.

Selbst wenn es der Prinzessin gelingen sollte, sich so umzudrehen, dass das Dimensions-Portal nicht zwischen ihnen erschien, würde er nicht in der Lage sein, ihr durch sein eigenes zu folgen. Sie würde ihn mit sich zerren müssen, was bedeutete, dass sie ihren angeschwollenen, schmerzenden Bauch nach hinten in Richtung der Vorderseite des Kastens quetschen müsste.

Dafür blieb jedoch nicht genug Zeit.

Sie schlang den freien Arm um Clagls Hals, entfernte die andere Hand von der Fluchttasche, griff hinter den Priester und zog den Riegel zurück.

Die Tür flog auf. Licht und Luft strömten herein, und Tanalasta fand sich in Boldovars wahnsinnige rote Augen starrend wieder. Sie sog gierig die Luft ein und bemühte sich verzweifelt, zu verstehen, wie der Gazneth aufrecht in den Tiefen des Azoun-Sees stehen, mit dem fetten Bauch wackeln und ein keckerndes Lachen ausstoßen konnte.

Bevor ihr die Antwort einfiel, trat er in den Eisenkasten, bohrte eine Ferse in Clagls Hals und zermalmte ihn mit einem hörbaren Knirschen.

»Für mich? Wie freundlich.« Noch während Boldovar sprach, schoss eine schwarze Hand nach unten und packte den Kragen von Tanalastas Wetterumhang. »Ich danke Euch vielmals.«

Der Gazneth schlug ihr den schweren Umhang über den Kopf, wobei er den einfachen Kittel darunter ebenfalls hochraffte, sodass der Prinzessin nichts weiter blieb als ihr Brustband und ihr Lendentuch. Er schien dies allerdings kaum wahrzunehmen. Boldovar vergrub nur das Gesicht in dem schwarzen Tuch und stieß ein langes, zufriedenes Stöhnen aus, als er die Magie in sich einsog.

Die wässrigen Tiefen verwandelten sich in Vangerdahasts Studierzimmer, und groteske, sinnliche Schnitzereien erschienen an den Wänden. Tanalasta verstand endlich, wie sie getäuscht worden war, und schrie vor Zorn.

»Nein!«

Boldovar schaute auf und lächelte, wobei ihm die Überreste ihres zerfetzten Kittels um den Kopf baumelten. »O ja.«

Kommandant Stahlhands Stimme dröhnte die Treppe herauf. »Wir kommen, Prinzessin! Nur noch ein paar Augenblicke ....!«

Aber ihr blieben keine Augenblicke mehr übrig. Die Farbe schwand bereits aus Tanalastas Wetterumhang, und der Raum sah jetzt eher wie eine grauenvolle, unnatürlichen Begierden und monströsen Vergnügungen gewidmete Festhalle aus und nicht wie Vangerdahasts Studierzimmer. Wenn sie es dem Gazneth gestattete, noch mehr ihrer Magie in sich aufzunehmen, hätten Stahlhand und seine Männer keine Gelegenheit mehr, das Wesen zu töten.

Der Schmerz in ihren Eingeweiden bewirkte, dass sie die Zähne zusammenbeißen musste, aber sie stemmte sich irgendwie hoch und zog das Eisenschwert aus seinem Versteck in der Tür des Kastens.

Ihre Selbstverteidigungs-Lehrer hatten ihr tagtäglich eine einfache Lektion beigebracht: den Angreifer verletzen, dann zuschlagen, um zu töten. Aber wie sollte man einen Gazneth verletzen?

Um Boldovar aufzuhalten, musste sie ohne jeden Zweifel mehr erreichen, als ihm ein Knie zu zertrümmern oder eine Sehne zu durchtrennen. Dann fiel ihr eine einfache Lösung ein. Sie kämpfte sich auf die Knie und hieb ihr Kurzschwert in einem grausamen Rückhandschlag quer über Boldovars Lenden.

»Feigling!«, brüllte sie.

Boldovars blutrote Augen wurden so groß wie Münzen, dann stieß er ein überraschtes leises Wimmern aus und ließ zu, dass der Wetterumhang aus seiner Hand glitt. Tanalasta zog das Schwert in entgegengesetzter Richtung zurück und öffnet so einen weiteren dunklen Schnitt auf der Unterseite von Boldovars Bauch. Ihr eigener Schmerz schien zu verschwinden – oder genauer gesagt verschwand ihre Furcht. Sie spürte noch immer die Wehen, das zermalmende Gefühl um ihre Taille und das sich stetig in Richtung Welt bewegende Kind, aber jetzt hatte sie die Kontrolle wiedererlangt. Sie hob die Klinge hoch über den Kopf, um sie mitten in Boldovars Bauch zu bohren.

»Genug!«

Boldovars Arm schoss vor, um die Klinge aufzuhalten. Der Schlag erwischte ihn am Handgelenk und hätte es beinahe abgetrennt, aber der Gazneth schien dies kaum zu bemerken. Er ließ den Unterarm wie ein Schwert kreisen, zwang ihre Waffe gegen ihren Daumen zurück und entrang es ihrem Griff. Die Waffe fiel nach unten und klirrte, als sie von der Kante der Tür abprallte.

Tanalasta wandte sich in Richtung des Treppenhauses, wo das Poltern von Stiefeln inzwischen so laut geworden war, dass die Prinzessin hätte schwören mögen, dass die Kriegszauberer sich bereits im Raum befanden. Und das war auch beinahe der Fall. Der Kommandant und die ersten drei seiner Männer hatten die letzten Treppenstufen erreicht, rangen nach Luft und hoben immer noch die Füße in der Annahme, sie befänden sich noch auf der Wendeltreppe zu Vangerdahasts Studierzimmer.

»Stahlhand!«, rief Tanalasta. »Rennt vorwärts!«

»Wozu ruft Ihr ihn?«, wollte Boldovar wissen. »Ihr habt *mich* zum Spielen eingeladen.«

Der Gazneth schlug ihr eine Hand so fest gegen die Schläfe, dass sie spürte, wie ein halbes Dutzend ihrer Zähne über die Wand schrammten. Ihr Gesichtsfeld verengte sich, ihr Hörvermögen ließ nach, und sie bemerkte, dass sie aus dem Eisenkasten gerissen und gegen eine Steinwand geschleudert wurde. Der Aufprall ließ das Kind tiefer rutschen, und sie fühlte, dass sich der Kopf ans Licht schob.

Als ihr Sehvermögen zurückkehrte, stand Boldovar vor ihr, presste sie mit seinem verletzten Arm gegen die Wand und grinste sie wahnsinnig an.

»Gut. Ihr seid wieder da.«

Etwas Scharfes, Heißes durchbohrte Tanalastas Bauch gleich unter dem Nabel, dann explodierte ihr Leib in Todespein. Sie blickte nach unten und sah den gegen ihren Bauch gedrückten Arm des Gazneth. Zunächst vermochte sie nicht ganz zu begreifen, was sie da erblickte – dann bemerkte sie den Ring aus rotem Blut um seinen Arm und spürte, dass eine riesige Hand in ihrem Inneren herumtastete.

»Lasst mich sehen … wo ist dieses Kind?« Er packte etwas nahe ihren Rippen und zog.

Tanalastas Welt verwandelte sich in einen roten feurigen Schrei. Sie rammte unwillkürlich ein Knie nach oben und nahm wahr, dass sie hart traf. Boldovar stöhnte nicht, aber die Wucht ihres Stoßes war so stark, dass er zwei Schritte zurücktaumelte. Er hielt etwas Braunes, Blutiges in der Hand. Es handelte sich nicht um ein Kind, und diese Gewissheit reichte Tanalasta.

Boldovar grinste und hob die blutige Masse zu seinem Mund – dann kippte er vornüber, als Kommandant Stahlhand und seine Männer ihn von hinten mit Eisen spickten. Ihre Schwerter hoben und senkten sich wie ein Gewittersturm und hackten den Gazneth in eine formlose schwarze Masse.

Aber das nützte wenig.

Die Wunden schlossen sich beinahe so schnell, wie die Ritter sie ihm zufügen konnten. Der wahnsinnige König schob sich die blutige Masse mit einer Hand in den Mund und brach in ein wahnsinniges Gelächter aus, dann kaute und schluckte er.

Tanalasta spürte, dass die Beine unter ihr nachgaben, und sank zu Boden. Sie verspürte keinen Schmerz mehr. Unter ihren Rippen, wo Boldovar ihr das Leben aus dem

Leib gerissen hatte, breitete sich eine kalte Taubheit aus, dazu eine wärmere, glücklichere Leere in ihrem Unterleib, wo das Kind jetzt in die Welt hinausglitt, obwohl sie selbst verging.

Sie griff nach unten und betastete den wächsernen, warmen, winzigen Kopf. Das war alles, was sie je über ihr Kind erfahren sollte. Der Gazneth hatte ihr Schicksal besiegelt, als er welchen Teil auch immer aus ihrem Leib gefressen hatte. Selbst die besten Heiler konnten sie ohne ihre vollständigen Organe nicht retten.

Aber das Kind würde überleben, und durch das Kind Kormyr. Tanalasta mühte sich ein letztes Mal mit dem bisschen noch verbliebener Kraft ab, und das Kind glitt endgültig aus ihrem Leib. Es nieste und begann zu weinen. Sie versuchte, es an ihre Brust zu heben, aber das gelang ihr nicht.

»Boldovar ...«, ächzte sie. »König Boldovar der Wahnsinnige. Ich gewähre Euch ... das, was Ihr am meisten begehrt.«

Boldovar wehrte einen von Stahlhands Kriegspriestern ab, dann hob er den Kopf und blickte Tanalasta aus seinen scharlachroten Augen an. »Schweigt, Schlampe!«

»König Boldovar der Wahnsinnige, ich gewähre Euch meinen Schmerz.«

Die Dunkelheit verschwand aus Boldovars Gesicht. Er kämpfte nach wie vor, aber seine Bemühungen wurden untauglicher, und kleine Stücke seines Körpers begannen sich unter den wütenden Schwerthieben der Kriegspriester zu lösen.

Tanalasta hob die Finger – soweit sie das noch konnte –, um ihnen Einhalt zu gebieten. »Genug. Haltet ihn nur fest.«

Die Schwerthiebe hörten auf, und die Kriegspriester nagelten Boldovars Arme und Beine mit ihren mit Eisennägeln beschlagenen Stiefeln auf den Boden.

Als Tanalasta nicht weitersprach, schaute Kommandant

Stahlhand zu ihr herüber und schien zu erkennen, dass er nur noch eins für seine Prinzessin tun konnte. Er überließ Boldovar seinen Untergebenen, kniete sich neben Tanalasta nieder und hob dann das Neugeborene zwischen ihren Beinen auf und legte es ihr an die Brust.

»Ich danke Euch«, hauchte Tanalasta. Sie schaute zu Boldovar hinüber und stellte zu ihrer Überraschung fest, dass es ihr nicht schwerfiel, die nächsten Worte zu sprechen. »König Boldovar, als Erbin der Obarskyr-Krone und als direkte Nachfahrin aus der Blutlinie Eurer Schwester vergebe ich Euch Euren Verrat und spreche Euch von all Euren Verbrechen gegen Kormyr frei.«

Boldovars Augen flammten in dem allzu bekannten Purpurrot auf. Er öffnete den Mund, als wolle er sprechen, zerfiel aber dann einfach zu schwarzem Staub.

Stahlhand schaute die Prinzessin an. »Das habt Ihr gut gemacht, Prinzessin.«

Tanalasta versuchte zu nicken, vermochte aber nur die Augen zu bewegen, bevor die letzten Kräfte sie verließen.

Stahlhand lächelte. Als Hohepriester des Kriegsgottes Tempus hatte er tausend Krieger sterben sehen, und er konnte einen guten Tod erkennen, wenn er ihn miterlebte. Er schob eine gepanzerte Hand unter das nackte Hinterteil des Neugeborenen und schob ihn ein wenig höher, um ihm dann dabei zu helfen, mit dem Mund Tanalastas Brustwarze zu erreichen.

»Willkommen, Kleiner«, sagte er. »Und lang lebe der Prinz.«

42

Alusair blieben nur noch zweihundert Mann übrig, und die Hälfte von ihnen war verwundet. Den Rest ihrer Kompanie war tot – den wimmelnden Horden zum Opfer gefallen in … wo auch immer sie sich befinden mochten. Sie hatte nicht die geringste Vorstellung, wo das sein konnte, außer dass es sich um einen dunklen Ort voller kleiner grüner Goblins handeln musste. Jedem Mann blieb nur noch ein Pfeil mit eiserner Spitze übrig, und sie sparten diese besonderen Pfeile auf. Nach einer die ganze Nacht währenden Jagd – obgleich niemand wusste, was »ganze Nacht« in dieser Stadt der Dunkelheit bedeuten mochte – waren sie schließlich an einer höher gelegenen Stelle angelangt und beschlossen, hier in Stellung zu gehen.

Sie hatten einen niedrigen steinernen Schutzwall errichtet und die Umgebung mit magischen Lichtern erleuchtet, aber die kleinen Teufel hatten einfach nicht aufgehört, Welle für Welle den felsigen Abhang heraufzuströmen. Sie trugen kleine Eisenspeere und ebenso kleine Eisenschwerter. Alusairs sorgfältig ausgebildeten Purpurdrachen beherrschten ihr Handwerk, zudem befanden sie sich in guter Verfassung, und so gelang es ihnen, die meisten der Angreifer am Schutzwall zu töten. Aber selbst ihre Männer waren nicht ohne Makel, und alle paar Minuten schlüpfte einer dieser kleinen Bastarde durch eine Bresche und trieb einem ihrer Soldaten eine Lanze in die Eingeweide. Bald genug würden ihr die Männer fehlen, die Barrikade zu verteidigen, und dann würden die Horden sie überrennen und umbringen.

Alusair hatte sich in schlimmeren Lagen befunden – viel schlimmeren. »Bereitet den Rückzug vor!«, schrie sie.

Die Stahlprinzessin hob das Schwert, um das Signal zum Zurückziehen zu geben – dann duckte sie sich entsetzt zusammen, als ein ohrenbetäubender Donner die Höhle erbeben ließ. Blendende Lichtblitze prasselten den Abhang herauf, schnitten regelrechte Schneisen in die Goblins und verwandelten den Untergrund in eine glitschige Masse aus schwarzem Blut.

Die angreifenden Feinde verschwanden einfach, und in dem Rest des blinkenden Lichts erblickte Alusair einen

Kreis aus zerbröckelnden Steinmauern, in unregelmäßigen Abständen unterbrochen von den schiefen Fenstern und verzogenen Türrahmen der riesigen Goblin-Stadt.

Aus den Tunneln fluteten die nächsten Goblin-Wellen, schwangen die Schwerter und kletterten über die Eingeweide und das Blut ihrer Vorgänger hinweg den Abhang herauf. Alusair achtete nicht weiter auf den wahnsinnigen Angriff und fuhr damit fort, die Eingänge prüfend zu mustern, da sie die Quelle der seltsamen Blitze finden wollte.

In ganz Faerun gab es nur eine Handvoll Magier, die in der Lage waren, einen solchen Tumult von Magie zu erzeugen – und nur einen, der guten Grund hatte, ihr zu helfen.

Anstelle von Vangerdahast entdeckte sie ein Dutzend Männer in rostigen Kettenhemden, die aus einem Tunnel zu ihrer Rechten eilten. Allesamt troffen sie vor Nässe, und alle trugen eiserne Streitkolben. Sie schrien Bittgebete an Chauntea, noch während sie Barrieren aus Dornen und gluckerndem Schlamm zwischen sich und den Goblins errichteten.

Alusair stieß einen enttäuschten Seufzer aus und beschloss, dass ein Dutzend der Chauntea-Priester reichen musste, wenn ihr schon nicht Vangerdahast zur Verfügung stand. Sie winkte der kleinen Truppe mit dem erhobenen Schwert zu und befahl dann ihren Männern: »Bereitet euch darauf vor, sie mit dem Bogen zu unterstützen.«

Die Hälfte ihrer Purpurdrachen ersetzten ihre Schwerter durch Langbögen mit gekerbten Pfeilen. Als der erste Goblin durch die von den Priestern errichtete Barrikade brach und das Schwert hob, um es dem drahtigen Anführer der Verteidiger durch die Kniekehlen zu ziehen, löste sich ein einzelner Eisenpfeil von der Barrikade. Er erwischte den kleinen Krieger quer zwischen den Rippen, warf ihn von den Füßen und schleuderte ihn rücklings den Abhang hinunter. Der Priester hob zum Gruß den Streitkolben, und ausgerechnet in diesem Augenblick setzte Regen ein.

Zunächst wusste Alusair nicht, was sie von dem Sturm halten sollte. Der Regen fiel in dichten Vorhängen, Lichtblitze schossen hierhin und dorthin, und zudem dröhnte Donner von der Höhlendecke wider.

Rinnsale rannen den Abhang hinunter und wählten Wege, die nie zuvor mit Wasser in Berührung gekommen waren. Alusair fragte sich allmählich, ob sie vielleicht unter den Einfluss des wahnsinnigen Königs Boldovar geraten sein mochte.

Eine dunkle Gestalt brach aus der Tunnelöffnung hinter den Priestern, und endlich begriff Alusair. Bislang hatten sie nur sechs der Plagen aus Alaundos Prophezeiung benennen können, aber hier kam die siebte – Regen und Sturm – und jagte eine Gruppe von Chaunteas Priestern den Hügel vor Alusair herauf.

Sie verstand nicht, wie einer von ihnen in die Höhle gelangt sein mochte, ebenso wenig, wie sie die Ursache für ihre eigene Anwesenheit verstand, aber ihr war klar, was sie zu tun hatte: Sie musste ihren Verbündeten beistehen und ihren Feind angreifen.

»Dort ist ein Gazneth!«, brüllte die Stahlprinzessin. »Macht die Eisenpfeile bereit! Feuert nur auf mein Kommando!«

Ein leises Geräusch hallte durch die Höhle, als jeder der Männer in der Linie seinen Bogen spannte. Erstaunlicherweise fielen die Goblins beim Anblick des Gazneth zurück – vielleicht weil sie wussten, dass er es leicht mit zweihundert Menschen aufnehmen konnte.

Alusair war entschlossen, ihnen ihren Irrtum zu beweisen. Auch wenn sie in der dunklen Höhle sonst nichts erreichte, würde sie zumindest diesen kleinen grünhäutigen Händlern in Disziplin Respekt vor der Art und Weise beibringen, wie Menschen solche Dinge anpackten. Sie wartete, bis die Priester auf ein Dutzend Schritte an ihre Barrikade herangekommen waren, dann senkte sie das Schwert.

»Auf den Gazneth – Feuer!«

In der Höhle hallte das Summen der Bogensehnen wider, und eine Wand aus Eisenspitzen schoss den Hügel hinunter und bohrte sich in den Körper des Gazneth. Der Aufprall so vieler Pfeile hob das Ungeheuer von den Füßen und schleuderte es ein Dutzend Schritte den Abhang hinunter.

Augenblicklich tobte ein heulender Wind durch die Höhle. Der Regen strömte wie aus Eimern von der Decke, und die Blitze folgten einander so schnell, dass Alusair glaubte, der Kopf müsste ihr von so viel Licht platzen.

Sie hob das Schwert und schickte sich an, über den Steinwall zu klettern.

Bevor sie den Befehl zum Angriff geben konnte, stellte sich ihr der älteste der Chauntea-Priester in den Weg, ein kleiner, drahtiger Mann mit Hakennase. Er langte nach oben und nahm ihr das Schwert aus der Hand, als sei sie ein Kind.

»Nein!«

Alusair blitzte ihn zornig an und schrie: »Dies ist *mein* Befehl ...«

»Und Ihr wisst nicht, wo Ihr seid und wer *das* ist!«, brüllte der Priester zurück. Seine Untergebenen kletterten über den Wall und machten sich daran, Alusairs verwundete Soldaten zu heilen. »Wir versuchen seit Tagen, Euch einzuholen.«

Der Gazneth setzte sich auf und begann, sich die Pfeile aus dem Körper zu ziehen, aber die Wunden schlossen sich nicht, wie das bei den anderen Gazneths der Fall gewesen war, die Alusair zu Gesicht bekommen hatte.

Alusair kniff die Augen zusammen, empört ob des zornigen Tons des Priesters, aber neugierig geworden durch das, was er gesagt hatte. »Und Ihr seid?«

»Owden Foley«, antwortete er. Er winkte zwei seiner Priester den Abhang hinunter zu dem Gazneth. »Und wenn Ihr damit fertig seid, hier unten herumzuschleichen, dann erwartet uns ein gerüttelt Maß an wirklicher Arbeit. Die Goblins sind aufmarschiert.«

Alusair runzelte die Stirn. Obwohl sie Owden dem Namen nach als den Lieblings-Priester ihrer Schwester kannte, bereitete es ihr immer noch Schwierigkeiten ... nun, so gut wie alles zu verstehen.

»Aufmarschiert?«, fragte sie. »Wozu?«

»Selbstverständlich um Nalavara zu unterstützen.« Owden wies auf all die Priester, die er mit in die Dunkelheit gebracht hatte, und fuhr dann fort: »Aber allem Anschein nach habe ich das Geheimnis entdeckt, wie man zwischen den beiden Reichen reisen kann. Wenn Ihr mit Eurer Besichtigungstour hier unten fertig seid, ist es an der Zeit, dass wir nach Kormyr zurückkehren und unsere Klingen einer nützlichen Verwendung zuführen.«

43

»Allmählich wünsche ich mir, die Goblins hätten uns bis zum Narrengrün zurückgetrieben«, keuchte ein Kriegshauptmann, als sie sich einen von Goblin-Blut feuchten und schlüpfrigen Abhang hochmühten. »Zumindest ist es dort flach.«

Azoun kicherte. »Wenn Ihr glaubt, dass ich jetzt Atem spare, um gleich ein Hornsignal zu blasen ...«

»Müsste ich verrückt genug sein, der König von Kormyr zu sein, was?«, ergänzte Lanjack Blackwagon.

Der König lachte laut und klopfte auf den Rücken seines Schwerts – oder versuchte dies zumindest. Bei dem Versuch glitt er auf einem Berg von Goblin-Leichen aus und wäre beinahe gefallen. Drei Arme schossen vor, um ihn zu stützen.

Vielleicht zwanzig Männer in einst prächtigen, jetzt aber zerschrammten, zerhackten und über und über mit Blut bespritzten Rüstungen, die überall dort knirschten und klapperten, wo sie zerfetzt oder verbeult worden waren, umringten den König. Bei den Überlebenden handelte es sich um Kriegshauptleute, ältere Offiziere durch edle Geburt oder Tapferkeit in der Schlacht, und sie stellten allem Anschein nach den Rest der einst mächtigen Armee dar, die so sorglos ausgezogen war, um bis zum Abend einen weiteren Goblin-Aufstand niederzuschlagen.

Nun, die falsche Seite mochte das Niederschlagen besorgt haben, aber immerhin lagen die Goblins jetzt zu Tausenden auf dem Feld – aber es schien immer noch genug Lebendige zu geben, die sich unter den Toten herumtrieben, um Schwerter, Dolche und Münzen aufzusammeln. Sie hielten sich von der kleinen, entschlossenen Truppe ihrer menschlichen Feinde fern, warfen allerdings viele unheilvolle, böse Blicke auf die vorbeiziehenden Männer.

Vor ihnen auf dem Hügel, auf den die Kormyraner in ihren zerbeulten Rüstungen stiegen, versammelte der Teufelsdrache weitere Goblins. Seine riesigen, fledermausartigen Flügel ragten in den Himmel wie ruhelose, bedrohliche Segel, während er vor- und zurückschlich. Diese Schlacht war noch lange nicht zu Ende.

»Ja, wenn wir auf dem Narrengrün wären, könnten uns die Damen von den Mauern von Suzail aus fast zuschauen«, scherzte Kaert Belstable und nahm eine heldenhafte Pose ein.

»Und ihre Wetten abschließen«, fügte der Lanzenhauptmann neben ihm trocken hinzu, was einen Chor fröhlichen Knurrens und Kicherns hervorrief.

Azoun schaute sich um und blickte für einen Augenblick in die erstaunten Augen von Ilberd Kronensilber. Er winkte dem Jüngling zu und bedachte ihn mit einem Lächeln, während sie weiter den Hügel erklommen – und sich plötzlich einer Truppe von Goblins gegenübersahen.

Goblins, die unverbraucht und frisch wirkten und begierig, sich in den Kampf zu stürzen, standen in drei ordentlichen Reihen da. Ihre Schilde glitzerten, sie trugen Streitkolben in den Händen, und links und rechts an den Flanken befanden sich Ersatzträger, die selbst jetzt noch vorwärtstrotteten, um die kleine, erschöpfte Gruppe von Menschen einzukreisen. Über und hinter ihnen hing der spöttisch dreinblickende Kopf des Drachen mit den schweren Lidern in der Luft, und er beäugte die letzte Handvoll seiner Feinde mit offenem Triumph.

Harte, hohe Stimmen bellten Befehle, dann erklang das Rasseln von Kettenhemden, als sich Hunderte von Goblin-Armen gleichzeitig hoben und Streitkolben auf Schultern legten, um schon vor dem eigentlichen Angriff zum Zuschlagen bereit zu sein.

Ilberd leckte sich über die Lippen und warf rasche Blicke nach links und nach rechts. Er schien der Einzige unter den Männern zu sein, der sich fürchtete. Auf den Gesichtern der älteren Männer rings um ihn herum erkannte er nur grimmige Entschlossenheit.

Ilberd schluckte. Er zitterte wie Espenlaub im auffrischenden Wind, dann hörte er hinter sich ein merkwürdiges Geräusch. Er drehte sich beinahe träge um in der Befürchtung, dass sich lautlose Goblins hinter seinem Rücken erhoben hätten, um die letzten Krieger von Kormyr wie Wildschweine auf ihre Speere zu spießen.

Keine Goblins und nicht einmal ein Alarm. Jemand drängte sich abgerissen keuchend durch die Reihen nach vorn.

Es handelte sich um Vangerdahast mit seiner seltsamen Eisenkrone. Kriegshauptmänner glitten stumm beiseite, um ihm Platz zu machen.

Ilberd Kronensilber entspannte sich. Ein Zauber des Hofmagiers oder ein Blitz aus seinem Zauberstab, und der Kampf wäre vorbei.

Vangerdahast erreichte die Vorderseite des Trupps von Kormyranern und hob die Hände hoch. Die Krone auf seinem Kopf schien für einen Augenblick blendend hell zu funkeln. Als er sprach, donnerte seine Stimme über das Schlachtfeld, als sei er ein zorniger Gott oder Riese. Die Worte, die über die Hügel hallten, klangen hart und für Ilberds Ohren unverständlich. Irgendwie klangen sie ähnlich wie die schrillen Schreie der Goblins. Nachdem Vangerdahast geendet hatte, herrschte für eine kurze Weile Schweigen, währenddessen sich Goblins und Menschen anstarrten.

Dann fielen in der unheimlichen Stille Tausende von Goblins auf die Knie, legten ihre Waffen vorsichtig auf den zertrampelten Boden nieder und berührten mit den Stirnen den Schlamm.

Der Kopf des Drachen zuckte in offenkundiger Überraschung vor und zurück, als er sah, dass seine Truppen sich selbst entwaffneten. Überall um Ilberd herum klirrten Rüstungen, als die Krieger sich anspannten und versuchten, Schilde zu heben, die sie nicht hatten.

Der Drache schien riesig, aber dennoch geschmeidig und schrecklich in all seiner Macht. Der junge Kronensilber starrte ihn in all seiner Herrlichkeit an, stand wie festgenagelt da, als er sich in den Himmel erhob, sich dann mit flatternden Flügeln drehte und auf sie niederschoss. Nie zuvor hatte er eine solch katzenartige Grazie oder unglaubliche Größe erblickt – das Ungeheuer übertraf einige Burgen im Reich an Länge, Breite und Höhe. Nie zuvor hatte er …

Solch schnellen und scheinbar beliebigen Tod gesehen. Der Drache raste in die Reihen der Kormyraner, spuckte Feuer, als er vielleicht zwanzig Schritte von dem Königlichen Magier entfernt war, und folgte seiner eigenen Feuersbrunst wie eine riesige Fackel, die durch Spinnweben stößt. Männer wurden in alle Richtungen geschleudert. Ilberd sah, wie Elber Löwenstein mit schmerzverzerrtem Gesicht am geschuppten Rücken des Drachen entlangtaumelte und wie wahnsinnig auf das Untier einstach. Aber sein Dolch prallte von den Schuppen ab, ohne Schaden angerichtet zu haben.

Er fiel seitwärts außer Sicht, um irgendwo auf den Abhang zu prallen, den sie erklommen hatten. Rotes Feuer markierte den Weg des Teufelsdrachen und verbrannte das Gras unter seinen Stiefeln. Männer stöhnten oder fluchten leise, taumelten dahin oder versuchten, sich auf die Füße zu kämpfen. Nicht wenige Panzerhandschuhe senkten sich zu Gürtelflaschen, um einen Schluck eines Heiltranks zu nehmen und den schneidenden Schmerz zu betäuben.

Für einen Augenblick sah es so aus, als sei der Königliche Magier verschwunden. Vielleicht zu Asche verbrannt vom Drachenfeuer oder von dem Untier verschlungen. Als der Drache über ihre Köpfe flog, um zu seinem Ausgangspunkt zurückzukehren, sah Ilberd König Azoun mit einem Körper in den Armen dahinstolpern, der aus mehr Asche denn aus Fleisch zu bestehen schien. Ilberd eilte vorwärts, um dem König zu Hilfe zu kommen. Azoun bedachte ihn mit einem wilden Grinsen und übergab ihm den schlaffen, bewusstlosen und verflucht schweren Vangerdahast.

»Zeit für Schwerter«, sagte der König fröhlich und beobachtete, wie die Goblins, die aufgegeben hatten, den Abhang hinunter und weg vom Hügel strömten.

Sie ließen ihre Waffen zurück – ihre Schilde und glänzender Stahl bedeckten den Boden zwischen dem Drachen und den Kormyranern wie ein Tuch aus Kriegsmetall. Am Fuß des Hügels jedoch gehorchten neue Goblins dem gezischten Befehl des Drachen und drängten sich durch die Reihen der Zurückweichenden den Abhang herauf. Diese neuen Angreifer hielten ihre Waffen bereit und zeigten keinerlei Absichten, so bald aufzugeben.

»Ich muss zu dem Drachen«, rief der König plötzlich. »Zu mir, Männer von Kormyr!«

Einen Atemzug später stampften sie über die Hügelkuppe, wobei sie auf den weggeworfenen Waffen ausglitten und ins Stolpern gerieten, und der Drache drehte den Kopf in ihre Richtung und blickte so überrascht drein wie ein Knabe, der mitten in der Nacht in der Speisekammer erwischt wird.

Er spannte die mächtigen Flügel an, um in die Luft zu springen, und Azoun brüllte: »Lasst ihn nicht wegfliegen!«

»Aufgepasst, Majestät!«, schrie ein Lanzenhauptmann mit dem Wappen der Tapstorns auf der Schulter zurück. »Vor Euch!«

Ilberd sah einen Ring auf dem Finger des Mannes aufblitzen – gewiss ein unersetzliches Erbstück der Tapstorns – und in plötzlichem Feuer erglühen. Magisches Licht flammte für einen kurzen Augenblick auf, dann schwärzte sich der Ring, zerbröckelte und ließ einen zusammenzuckenden Murkoon Tapstorn zurück, der die verbrannten Finger schüttelte. Die Flammen schossen über den Hügel und trafen den Kopf des Drachen, und etwas Unsichtbares ließ krachende, dröhnende Hiebe wie von Schmiedehämmern auf den Schädel des Untiers niederregnen. Der große Lindwurm zuckte zusammen, senkte den Kopf und zog sich zurück. Der Schläge-Zauber schien sich mit ihm zu bewegen, denn das Donnern hörte nicht auf.

Sie erreichten die ersten zischenden, knurrenden Goblins wenige Schritte von der großen Masse des Drachenkörpers entfernt. Ilberd keuchte unter dem Gewicht des Königlichen Magiers, der wie ein Toter auf seinen Schultern hing – und bei den Göttern, er mochte vielleicht wirklich nicht mehr am Leben sein.

Dann setzte das Klirren von Stahl ein, das sich rasch zu einem ständigen schrillen Lied verstärkte, als erschöpfte Männer wie wahnsinnig zuhackten und -schlugen und sich ihren Weg durch eine immer weiter anschwellende Flut von Goblins mit grausam gebogenen Schwertern in den Händen und Hass in den Augen bahnten.

Ilberd sah Skormer Griffongard fallen. Der Fahnenträger hatte seinen Helm verloren, sodass man die lange, lohfarbene Mähne des Mannes und seine vor Zorn flammenden Augen sah, und er hackte sich seinen Weg durch weinrotes Goblin-Blut. Die Angreifer rannten buchstäblich seinen

Körper hoch, stachen und schnitten zu, und er versank in der heulenden Woge.

Murkoon Tapstorn taumelte, wirbelte herum, wobei ihm das Blut aus einer leeren Augenhöhle strömte, und ein gequälter Laut entrang sich seinen Lippen. Dann fiel er über einen Goblin-Körper. Ein Dutzend oder mehr der Feinde stürzten sich auf ihn, und die Hand im Panzerhandschuh, die an ihnen zerrte und auf sie einhieb, erschlaffte bald und verschwand.

Ilberd schwang Vangerdahasts Körper wie einen Rammbock herum, und die Stiefel des Magiers schleuderten laut kreischende Goblins beiseite. Der Jüngling trat mit aller Kraft nach einem der Angreifer. Er spürte, dass Rippen unten seinen Tritten brachen, und der schreiende Goblin flog von ihm weg. Er drang dorthin vor, wo der Goblin gestanden hatte, wobei er nicht darauf achtete, auf was er trat. Ein scharfer, brennender Schmerz in Kniehöhe wies darauf hin, dass ihn ein Dolchstoß getroffen hatte. Er brüllte seinen Schmerz hinaus, schlug dem Angreifer ins Gesicht und wirbelte dann herum, um mit dem Schwert zustechen zu können. Durch die Bewegung rutschte der Magier von seinen Schultern und krachte auf ein halbes Dutzend quiekender Goblins. Von der Last befreit drehte sich Ilberd um und hüpfte und sprang wie ein Wahnsinniger, tötete Goblins, bis sie sich um ihn herum zurückzogen, dann hob er Vangerdahast wieder auf.

Als er sich umwandte und sich aufrichtete, sah er, wie sechs Goblin-Speere Kaert Belstable durchbohrten und blutig aus dem Rücken des Mannes gezogen wurden. Belstable taumelte, dunkles Blut schoss ihm aus Mund und Nase, und dann warf er sich mit einem Knurren auf einen der Angreifer und krallte sich mit blutigen Fingern in die Augen des Goblins. Sie gingen zusammen zu Boden, und Goblins schwärmten über den Krieger und stachen begeistert auf ihn ein.

Lanjack Blackwagon – oder genauer gesagt seine sich

windende obere Hälfte – krachte blutend auf Goblins, die hinter dem Getümmel aufgetaucht waren und nach vorn schwärmten. Seine Beine und seine Eingeweide quollen aus dem Maul des Teufelsdrachen, als der laut lachte.

Voller Entsetzen beobachtete Ilberd, wie dieser Kopf – so lang wie ein Bauernhaus und besetzt mit vergilbten, gebogenen Zähnen so groß wie ein Mann – brüllte. Murkoons Hiebe-Zauber hatte sich erschöpft, und das Untier öffnete die triefenden Kiefer, um den Mann zu packen, der mit erhobenem Schwert unter ihm stand.

Der König!

Flammen schossen in weiß glühendem Schwall aus dem Drachenmaul, setzen das Gras in Brand und trieben schreiende Goblins in alle Richtungen in die Flucht. Die Flammen loderten zu heiß, um durch sie hindurchblicken zu können, aber als sie erstarben und Ilberds geblendete Augen wieder zu sehen vermochten, stand Azoun von Kormyr noch da, wo er vorher gestanden hatte. Er hatte das große Kriegsschwert erhoben, auf dessen Zauberklinge blaue magische Runen aufleuchteten.

Er war unverletzt.

Noch während Ilberd ungläubig hinschaute, sprang Azoun wie ein erheblich jüngerer Mann nach vorn, und der Drache ließ seinem Flammenstoß einen Sprung folgen. Seine Kiefer mit den vielen Zähnen schnappten nach dem vorwärtsstürmenden Mann, um ihm den Leib von den Beinen zu beißen wie vorhin bei Lanjack.

Azoun keuchte etwas, seine Rüstung flammte auf, und sein Brustpanzer verwandelte sich plötzlich in eine mannshohe Eisenstange mit zwei spitzen Enden und so lang und so dick wie ein Mann. Die Kiefer des Drachen schlossen sich darum, schwarzes Blut schoss hervor, und der Teufelsdrache heulte vor Schmerz. Der Schrei klang wie der einer Frau und irgendwie … anmutig.

Der Drache schüttelte noch den Kopf, um den stählernen Zahn loszuwerden, der ihn verletzt hatte, als Azoun etwas aus einer Scheide oder einer Umhüllung an seiner Brust riss und das nächstbeste Stück Drache damit schlug – den rechten Flügel. Ein goldener Blitz flammte so hell auf, dass sein Licht kurz die tief hängenden Wolken von unten erleuchtete, und wieder schrie der Drache.

Für einen Augenblick glaubte Ilberd Kronensilber, er verwandele sich von einem riesigen geschuppten Lindwurm in eine nackte, geflügelte Elfenmaid, die vor Schmerz tänzelte, sodass ihr langes rotes Haar um sie schwang und die gebrochenen Flügel mit den vielen Federn um ihren Körper baumelten. Sie warf schluchzend den Kopf in den Nacken, und ihre Augen glichen zwei Diamanten der Wut und des Feuers. Dann zog sie sich mit einem Brüllen zurück, das Ilberds Ohren klingeln ließ, und sah wieder wie der Drache aus. Er blinzelte und wollte kaum glauben, dass er diese andere Gestalt gesehen hatte.

»Mensch!«, brüllte der Drache. »Mit was habt Ihr mich geschlagen?«

»Mit dem Fürstenzepter«, erwiderte Azoun ruhig. »Dem größten von Fürst Iliphars Werken.«

»Ihr seid unwürdig, seinen Namen auch nur auszusprechen, Mensch!«, spuckte der Drache. Kleine Feuerzungen leckten aus seinem Maul, schienen sich aber von dem wegzukräuseln, was der König bei sich trug. In der Hand, die nicht das gekerbte, dunkle Kriegsschwert umklammerte, hielt er ein goldenes Zepter, das man in der Form eines Eichenschösslings gearbeitet hatte. Feine Zweige reckten sich in alle möglichen Richtungen, und sein Knauf bestand aus einem riesigen Amethysten in Form einer Eichel.

»Nein, Nalavara«, sagte der König von Kormyr beinahe im Plauderton zu dem Drachen. »Fürst Iliphar schloss ein Abkommen mit meinem Vorfahren und gab ihm die Macht zum Regieren, und zwar gut zu regieren. Diese Abmachung gilt auch für mich, seinen Erben. In gewisser Weise ist Fürst Iliphar der Wächter und Vater meines Hauses.«

Der Teufelsdrache schrie in äußerster Wut und versuchte, auf den Mann vor ihm einzuschlagen, aber sein gebrochener Flügel ließ ihn im Stich, und er kippte seitlich zu Boden. Er zerquetschte beim Aufrichten viele Goblins, achtete aber nicht weiter darauf, wie viele seiner Krieger starben.

Der Donner seines Falls klang laut in Ilberd Kronensilbers Ohren, als auch schon ein Goblin auf seine Schultern sprang und versuchte, seine Kehle aufzuschlitzen. Der Goblin starb, als Ilberd zu seiner eigenen Überraschung die Klinge des Angreifers umdrehte und in den Hals des Feindes stieß. Ilberd ließ den Goblin auf einen Haufen seiner Kameraden fallen. Er wusste, dass er selbst für den Fall eines erfolgreichen Angriffs des Goblins gesehen hätte, wie der Teufelsdrache starb und Kormyr gerettet war.

Tatsächlich aber war der Drache weit vom Tod entfernt.

Azoun schlug ein weiteres Mal nach dem Kopf des Lindwurms, wobei er möglichst hoch ansetzte, obwohl er wusste, dass er so ein hervorragendes Ziel abgab. Rotes Blut schoss zwischen den Schuppen gleich unter dem rechten Auge hervor, aber Nalavarauthatoryl die Rote befreite sich mit einem Ruck und zog sich ein Stück zurück, wobei sie achtlos weitere Goblins zermalmte. Sie knurrte: »Elfen halten sich nicht an Abkommen mit Mördern ihrer Art! Iliphar verhandelte mit euch, aber keine noch so sanften Worte werden meinen Verlobten zurückbringen. Vor beinahe fünfzehn Jahrhunderten ist der Mann, dem ich versprochen war, zu Staub zerfallen, fünfzehn Jahrhunderte war ich allein – ohne jemals wieder seine Arme zu spüren, niemals das Glück zu empfinden, das unseres hätte sein sollen. Ich spucke auf die Abmachung, Mensch – ich spucke Feuer auf Euch!«

Wieder schossen Flammen aus der Kehle des Lindwurms, aber dieses Mal leuchteten sie dunkelrot, kamen in unregelmäßigen Stößen und zusammen mit einem Strahl rauchenden schwarzen Blutes. Der Drache schüttelte den

Kopf vor Schmerz und Wut, während sich die Flammen in einem sich ausdehnenden Ring um den Hügel herum ausbreiteten und die zwitschernden Goblins zurücktrieben.

Übrig blieben nur noch der König und seine Feindin – abgesehen von den Gefallenen einschließlich eines von Asche bedeckten Königlichen Magiers.

Azoun bewegte sich seitlich in einem Kreis, zwang den Drachen zum Umdrehen und dazu, ihm zu folgen, bis er über Vangerdahast stand. Vielleicht würde es ihm gelingen, den einen oder anderen Zauber vom Körper seines alten Lehrers zu greifen, oder …

»Auch ich habe in diesem Krieg Verluste erfahren müssen«, erzählte der König von Kormyr dem Drachen und hob sowohl Schwert als auch Zepter, wobei er die Klinge so hielt, dass sie Iliphars kostbares Kunstwerk vor einem Schlag des Drachenschwanzes, einer Kralle oder eines Flügels schützte. Anders als ein echter Drache schien Nalavarauthatoryl im Kampf ihren Schwanz nicht einzusetzen, sondern vergaß ihn und nutzte ihn nur, um das Gleichgewicht zu halten.

»Hunderte meiner Untertanen sind tot, gefallen durch Euch und die Wesen, die Ihr hervorgebracht habt.«

»Pah! Was bedeutet mir ihr Tod? Sie sind wie Ungeziefer – und Ungeziefer muss zerstört oder vertrieben werden, um diese Wälder für die Elfen zu säubern. Ich werde mich darum kümmern, dass all ihre Felder, ihre Steintürme und auch sonst alles zerstört werden, auf dass wieder überall Bäume wachsen können.«

Nalavara schnappte zu, zuckte aber zurück, als ihr die scharfe Klinge Azouns die Lippe kurz vor dem Anfang der Schuppen spaltete. Unter wütendem Röhren schüttelte sie den Kopf und schlug mit einem krallenbewehrten Vorderbein nach dem einsamen Menschenkrieger.

Und wieder hieb das Kriegsschwert zu und gleichzeitig und mit einem weiteren Aufblitzen goldenen Lichts und viel sengenderem, stärkerem Schmerz das Fürstenzepter.

Der Teufelsdrache zischte und zog sich zurück. Seine Augen glitzerten vor Hass, als er Azoun anschaute, aber der König erwiderte den Blick in aller Ruhe.

»Auch ich habe einen geliebten Menschen verloren und zwar durch Euch«, sagte der König. »Meine Tochter Alusair wurde von Eurem Feueratem bis auf die Knochen verbrannt.«

»Und was soll mir das bedeuten, Mensch? Inwiefern wiegt ein Menschenleben das eines Elfen auf?«

»Beider Leben wurden beendet«, erwiderte der König düster. »Beide sind von uns gegangen und werden niemals wieder in diesem schönen Land wandeln.«

Der Drache schnappte wieder nach ihm, drehte sich aber dieses Mal von der Klinge weg, bevor sie zustoßen konnte – und bevor er selbst tatsächlich zubiss.

»Und selbst wenn sie gleich gewesen wären, Mensch – warum sollte mich das kümmern? Nachdem Menschen das Land geschändet und ausgeraubt haben? Was ist Euer Kormyr anderes als ein ausgedünnter und zurückgeschnittener Wolfswald? Den eure Abfälle ersticken, eure Steinhäuser verschandeln und in dem ihr sogar eure Gräber grabt – wo doch die Knochen neue Bäume und Blumen nähren könnten?«

Nalavara drehte sich rastlos um und versuchte, ihre Größe zu nutzen, um dem Schwert des Königs zu entgehen, über ihn zu langen und ihn von hinten anzugreifen.

»Dieses Kormyr«, antwortete Azoun beinahe sanft, »das Ihr, Lorelei Alavara, verbrennt und in Stücke reißt, mit Plagen und Goblin-Angriffen und Insektenschwärmen überzieht, ist das schöne Land, an dem Euch so viel liegt.«

»Wie könnt Ihr es wagen?«, schluchzte der Drache beinahe und türmte sich schrecklich und riesengroß über Azoun auf. Die Flügel ausbreitend warf er sich auf ihn und knurrte: »So nehmt denn auch mein Leben, Mensch! Schlagt mich nieder. Oder seid Ihr es, der zuerst fällt?«

Beide rollten sie über das Gras – der Mensch in dem verzweifelten Versuch, sich nicht zerquetschen zu lassen, der Teufelsdrache gleich hinter ihm her, um ihn mit seinem großen Gewicht zu blutigem Brei zu zerquetschen. Der Lindwurm krallte unablässig nach ihm und grub dabei tiefe Furchen in die Erde. Vor Entsetzen schreiende Goblins flüchteten den Hügel hinunter.

Nachdem er eine ganze Weile in einem betäubten, treibenden Zustand verbracht hatte, erinnerte sich Ilberd Kronensilber wieder an seinen Namen. Er erinnerte sich auch wieder an seinen Sturz und den schrecklichen Stoß des Drachens, der ihn hatte fallen lassen, und an den Kampf davor. Er lag, alle viere von sich gestreckt, auf dem Boden, und die gleichen grauen, an Rauchfäden erinnernden Wolken hingen über ihm … und er lag auf kalten und unerfreulich spitzen Goblins. Ihn erfasste das plötzliche Bedürfnis, aufzustehen, sich auf die Füße zu stellen und seinem Schicksal zu begegnen – selbst wenn dies bedeuten mochte, unter den Klingen von Dutzenden grausamer Goblins zu sterben.

Der junge Edelmann kämpfte sich auf die Füße, wobei sich die Welt vor seinen tränenden Augen zu heben und zu senken schien. Etwas Rotes – sein eigenes klebriges Blut, das er an seinen Fingerspitzen entdeckte, als er ruhig an sich niederblickte – strömte in sein rechtes Auge. Außerdem hatte er sich irgendwie tief unten an der rechten Seite seines Bauches verletzt, und er sah eine zerfetzte Rüstung und noch mehr Blut.

»Nun, du wolltest den Geschmack von Ruhm und Ehre zu schmecken bekommen«, sprach er grimmig zu sich selbst. »Schmeckt so ziemlich nach Blut, aber so ist das nun mal, was?« Er hustete schwach, spuckte eine Menge Blut aus und schaute sich um. Überall wimmelten Goblins herum, wanderten benommen über das Feld oder beraubten Leichen ihrer Schwerter und Helme, aber keiner von ihnen in seiner Nähe.

Ilberd schaute zu dem Hügel zurück, auf dem er gemeinsam mit dem König dem Teufelsdrachen standgehalten hatte – gerade rechtzeitig, um zu beobachten, wie der große Lindwurm sich auf Azoun warf, sich herumrollte und versuchte, den König mit den Krallen zu erwischen. Es sah für alle Welt so aus, als seien der Herrscher und der Drache zwei Kinder, die sich im Dreck bekämpfen.

»Ruhm und Ehre«, sagte Ilberd angewidert und spuckte wieder Blut. Den Helm und den Dolch hatte er bei seinem Sturz irgendwo verloren, aber sein Schwert steckte immer noch in der Scheide. Er zog es, bewunderte sein Gewicht und wog es ein letztes Mal in der Hand, bevor er wieder den Hügel hinaufrannte.

Kormyr brauchte ihn – und wenn dies gut genug war für den König, der dort oben im Dreck in den Kiefern eines Drachen starb, nun … dann war es auch gut genug für Ilberd Kronensilber.

Lächelnd eilte der Jüngling seinem Untergang entgegen.

»Das ist Wahnsinn, Nalavara«, keuchte Azoun, als sie auseinanderrollten und jeder für sich versuchte, sich aufzurappeln. »Wir kämpfen beide für Kormyr – um das Land zu bewachen, das wir beide lieben und unbefleckt halten wollen!«

Die Augen des roten Drachen glitzerten. »Kluge Worte«, zischte er. »Menschen spucken immer wieder schlangenzüngige Klugheit aus. *Sterbt*, Menschenkönig!«

Dieses Mal bestand der Feuerstoß nur aus einigen wenigen Fäden, die kaum ausreichten, die schwindende Verteidigungs-Magie von Azouns Schwert herauszufordern, aber der Biss war so schnell und wild wie immer. Eine Metallplatte kreischte unter einem Zahn, als der Drache Azouns linke Schulter zerquetschte, und der König taumelte zurück. Aber immer noch stieß er mit Schwert und Zepter nach dem Drachen-Kinn.

»Ich führe meine Waffen voller Trauer«, keuchte er, als ihn das goldene Licht noch einmal umflutete, »und entschuldige mich bei Euch für die Sünden Andar Obarskyrs und für die Sünden meines Vaters und Großvaters und aller Vorfahren bis zurück zu Andar, weil wir den Mord durch Andars Hand geheim hielten – und für meinen eigenen Anteil daran. Wird das Angebot, mein Leben für das Eures Geliebten zu geben, all dies beenden?«

Der Drache zog sich zurück, wobei er den gebrochenen Flügel hinter sich her zog, und starrte den König verwundert an.

»Was habt Ihr da gesagt, Mensch?«

Azoun breitete die Arme weit aus und bot dem Drachen seine ungeschützte, nur von schweißdurchtränktem Leder bedeckte Brust dar. Der verwandelte und geopferte Brustpanzer war verschwunden.

Der König sah alt aus mit seinem weißen Haar und dem verwitterten, von Kummer gezeichneten Gesicht, aber er wirkte beinahe zufrieden.

»Wird mein eigenes Leben das wiedergutmachen, was Ihr verloren habt?«, fragte er wieder. »Falls dem so ist, gebe ich es freudig hin. Nehmt es, solange Ihr den Frieden in Kormyr und, bei meiner Ehre, Lorelei Alavara, *aller* wiederherstellt, die darin wohnen.«

Für einen Augenblick bebten die Schuppen des Drachen, und Azoun erblickte den schlanken nackten Körper einer Elfenmaid mit langem, wie ein wunderbarer Mantel um sie fließendem Haar. Ihre großen, dunklen Augen hatte sie beinahe flehentlich auf ihn gerichtet, und ihr Mund zuckte unter dem Anflug eines Lächelns.

Dann war die Elfenmaid verschwunden, und er sah wieder den Drachen vor sich – einen kleineren Lindwurm, wie ihm schien, aber seine Augen glühten vor neu erwachtem Zorn.

»Nein!«, knurrte Nalavara. »Eure Tricks kommen zu spät. Zu lang hat mein Hass mich angetrieben, Mensch, und er ist alles, was mir noch geblieben ist. Nichts, was Ihr sagen oder tun könntet, wird mir meinen Thatoryl zurückbringen. Ihr sollt so wie er zugrunde gehen. Der Friede, den Ihr sucht, wird sich über das ›schöne‹ Kormyr senken, wenn die verfaulende Leiche des allerletzten Menschen den Wald nährt, der so geschändet wurde!«

»Die Zeiten veränderten Faerun, seit die Drachen den Elfen Platz machten und Eure Art der meinen«, erklärte Azoun ernst. »Ich kann Thatoryl Elian nicht zurückbringen, aber ich kann einen Stein errichten oder einen Hain pflanzen, um an ihn zu erinnern. Meine Jagdmeister können einige Streifen Waldes unberührt lassen. Ich kann dafür sorgen, dass wieder mehr Wald Kormyr bedecken wird … aber das Paradies, in dem Ihr jagtet, ist vergangen und zwar für immer. Können wir nicht gemeinsam daran arbeiten, wenigstens ein Echo desselben zu pflanzen? Muss all dies in noch mehr Blut enden?«

Nalavarauthatoryl bäumte sich wieder auf, schlug trotz des Schmerzes, den der gebrochene Knochen verursachen musste, mit den Flügeln und grollte: »Selbstverständlich muss das geschehen, Mensch! Wie auch sonst haben Elfen, Menschen und Drachen trotz all unserer ›zivilisierten‹ Überheblichkeiten ihre Streitereien ausgefochten? Wir sind nicht bessre als die Goblins – und ich kann nicht etwas sein, das ich nicht bin. *Sterbt!*«

Ihre Kiefer senkten sich direkt auf Azoun, ohne dass sie auf das zustoßende Kriegsschwert oder das Zepter geachtet hätte. Das goldene Licht des Zepters explodierte in ihrem Kopf, und die Augen schossen ihr als flammende Zwillingsbälle aus dem Schädel.

Rippen brachen, und Organe im Inneren barsten, bevor sich die Kiefer trennten und sich im Tod öffneten. König Azoun keuchte laut seinen Schmerz hinaus und bemerkte kaum, dass das Zepter in seinen zitternden Händen Feuer fing.

Aber das Stechen der Flammen verhinderte, dass er das

Bewusstsein verlor. Er blieb standhaft, stieß das Fürstenzepter tief in den Schlund des Drachen und knurrte: »Für Kormyr!«

Sollten die Edelfrauen auf den Zinnen von Suzail doch ihre Wetten abändern. Er musste ein Königreich retten, egal um welchen Preis, und dieser verfluchte Drache brauchte entschieden zu lang zum Sterben.

Dann kochte schwarzes Blut aus Nalavaras Schlund, floss über seine Brust und seine Arme, tränkte seine Wunden und wütete in seinem Inneren, wo auch immer es auf sein eigenes Blut traf. Azoun knurrte vor Schmerz und taumelte, während sein Feind einmal am ganzen Leib erzitterte und dann langsam in ewige Stille sank.

Als der Teufelsdrache zur Seite kippte, stieg Rauch aus seinen leeren Augenhöhlen. Azoun fiel über der vertrauten Gestalt Vangerdahasts auf die Knie.

Es war getan, seine Kraft war erschöpft, und die Zeit war gekommen. Zeit selbst für einen König, den Thron gegen einen ruhigeren Platz einzutauschen.

44

Die Stahlprinzessin schaute durch Nebel, der so dicht über die aufgehäuften Leichen trieb, als handele es sich um Rauch, der sich beeilte, sonst wohin zu gelangen.

Die Toten lagen überall aufgehäuft und wie ein groteskes Getreide über das ganze Feld ausgebreitet; Geier und Krähen kreisten bereits in der Luft und sanken wie träge schwarze Pfeile aus dem Dunst hernieder. Die zahllosen Goblins sahen wie ein blutiger Teppich aus, aber unter ihnen lagen viel zu viele tapfere Ritter und Soldaten und starrten reglos und aus leeren Augen in den Himmel. Selbst wenn dies für das Reich der letzte Kampf für eine Jahreszeit oder auch mehr sein sollte, würde es zu wenige Purpurdrachen geben, die Grenzen zu bewachen und auf den Straßen zu patrouillieren. Die Steinlande würden für ein, zwei oder gar drei Jahre gänzlich unbeobachtet bleiben – und falls Sembia oder ein anderer gieriger Räuber beschloss, in das Waldkönigreich einzudringen, würden wenig Heldenmut und noch weniger Schwerter übrig sein, sich ihnen entgegenzustellen.

Alusairs Stiefel glitten auf einem Gewirr aus verschränkten Klingen aus, und sie fiel beinahe auf die Goblins, die in dem schrecklichen Kampf mit dem neben ihnen liegenden Lanzenhauptmann versteinert zu sein schienen. Dem Mann war das Gesicht weggeschnitten worden, sodass nur noch eine Ruine aus Blut und krabbelnden Fliegen zu sehen war.

Sie gewann das Gleichgewicht wieder und starrte grimmig auf das Schlachtfeld. Irgendwo weiter vorn lag in all dem Tod auch ihr Vater. Wenn er gegen den Drachen hatte kämpfen müssen, musste er sich höchstwahrscheinlich auf einer Hügelkuppe befinden, denn dorthin begaben sich Drachen am ehesten.

Der Hügel zu ihrer Rechten, entschied Alusair, würde ihr erstes Ziel darstellen. Sie konnte erkennen, dass Goblins die Hügelflanke hinaufkletterten, eine Handvoll Lebender unter so vielen Toten. Sie schluckte, hob ihr Schwert und blickte prüfend nach rechts, wo eine schwarze Wolke den Gazneth verbarg, der den ebenso beharrlich wie grimmig vorgebrachten Versicherungen des Priesters zufolge ein Freund und wichtiger Verbündeter war. Der Gazneth war einmal Rowen Cormaeril gewesen. Ihr Götter im Himmel, dachte Alusair, welchen grausamen Scherz treibt ihr jetzt mit dem schönen Kormyr?

Die Wolke folgte ihr so gehorsam wie ein Kriegshauptmann, und Alusair hatte kurz und knapp befohlen, ihn auch als solchen zu behandeln trotz erhobener Augenbrauen und düsterer Blicke, die sie daraufhin geerntet hatte.

»Das Erteilen von Befehlen mag nicht leicht sein oder die

Beliebtheit fördern, aber bei der Krone und bei Tempus, es sind *meine* Befehle!«, hatte sie geknurrt.

Inzwischen konnte sie wieder die dunkle, riesige Masse auf dem Hügel erkennen, außerdem die schräg aufragende, zerfetzte Ruine eines Drachenflügels. Der Teufelsdrache lag am Boden.

»Schnell!«, schnappte sie und wies mit ihrem Schwert auf den Drachen. »Die Krone ist in Gefahr!«

Jetzt konnte sie auch erkennen, dass sich auf einem kleineren Hügel zu ihrer Linken die königliche Standarte befand und zudem etwas, bei dem es sich nur um ein Zelt handeln konnte. Beides sah unberührt aus, und sie bemerkte das Glitzern einiger weniger – sehr weniger – Helme und Schilde. Aber Azouns persönliches Banner flatterte nirgendwo.

Der König war nicht zum Zelt zurückgekehrt.

»Bewegt euch, ihr Ochsen!«, fuhr sie die Männer um sie herum an, die erschöpft auf dem Goblin-Blut vorwärtsschlitterten. »Ich habe schon aufgeblasene Fürsten schneller vor ihren Gläubigern wegrennen sehen – oder vor ihren Frauen, wenn die an den Bordelltüren nach ihnen fragten!« Sie hob ihr Schwert wie eine Peitsche und schlug sich auf die eigene Hüfte, als wolle sie sich selbst zu einer höheren Geschwindigkeit antreiben. »Bewegt euch dort hinauf!«

Einer der grimmig dahinhastenden Männer gab ein freches Muhen von sich, und ein anderer antwortete ihm auf die gleiche Weise. Es gab hier und da ein Kichern oder ein angespanntes Grinsen, und Alusair schöpfte plötzlich neuen Mut. Bei den Göttern, sie war so stolz darauf, Männer wie diese anzuführen!

Ein Goblin quiekte unter ihren Füßen, wand sich wütend inmitten all der Toten und stieß mit seiner Waffe in Richtung ihrer Lenden ... Bevor sie mehr tun konnte, als zur Seite zu tänzeln, hatten auch schon drei Schwerter den Körper des Angreifers durchbohrt, ohne dass die Ritter daran gedacht hätten, sich selbst zu schützen.

»Treue Narren«, fluchte Alusair liebevoll. »Weiter!«

Sie kletterten über Goblins, die so hoch aufgetürmt lagen, dass sie ins Rutschen kamen und den Abhang hinunterglitten, wenn man sie berührte, wobei sie manchmal einen fluchenden Purpurdrachen mit sich rissen. Schließlich hatten sie die Hälfte des Wegs den Hügel hinauf hinter sich gebracht.

Vor ihnen, auf der Hügelkuppe, schenkten ihnen die noch lebenden Goblins keine Beachtung, sondern schienen in eine Art erhitzter Debatte verstrickt zu sein, die sich auf etwas beziehen mochte, was auf dem Boden vor dem Drachen lag.

Alusair leckte sich über die plötzlich trockenen Lippen und murmelte: »Mein Vater. Dort muss er sein.«

Owden Foley, der sich zu ihrer Rechten den Hügel hochmühte, musterte sie mit einem scharfen Blick und schaute dann die dunkle Wolke links von ihm an. Bevor er sprechen konnte, heulte ein plötzlicher Windstoß über den Hügel, wirbelte viele Goblins von den Füßen und hinweg, und den Rest zwang der Sturm auf den Boden. Die Bö heulte, als sei sie ein menschliches Wesen, aber sie fuhr nur über die Spitze des Hügels. Die kletternden Kormyraner verspürten kaum einen Hauch auf ihren Gesichtern.

Der Abhang endete, und sie befanden sich auf der Kuppe. Die grauenhafte Masse des Drachen erhob sich wie eine riesige Mauer über den Gipfel, und hilflose Goblins lagen überall um ihn herum verteilt. Hier gab es keine Haufen von Toten – nur lebende Goblins, die nun vor Wut und Entsetzen brüllten, als sich die in Rüstungen steckenden Menschen mit gezückten, blutigen Schwertern über ihnen auftürmten. Und es gab auch noch etwas anderes.

Etwas Dunkles, Feuchtes und Glitzerndes lag vor den Kiefern des Drachen.

Das Blut, das der sterbende Drache verströmt hatte, war zu einer großen Pfütze zusammengelaufen und hatte zwei übereinander auf dem Boden liegende Männer durchtränkt.

Beide trugen Kronen und wirkten mehr oder weniger ganz. Einer – derjenige, der jetzt schwach einen Arm bewegte – war König Azoun. Und der andere ... Vangerdahast?

Ein geheimer König von Kormyr? Oder hatte er sich selbst zum König eines neuen Reichs gekrönt?, überlegte Alusair. Hatte er ein falsches Spiel mit ihnen allen getrieben und die Feinde Kormyrs befehligt? Oder handelte es sich bei dem Reif um ein uraltes, von Baerauble stammendes Schmuckstück mit Zauberkräften, das nur benutzt werden durfte, wenn dem Reich Gefahr drohte?

Aber ganz egal – es war nichts, um das man sich jetzt Sorgen machen musste.

Alusair drehte unter einigen Schwierigkeiten den Kopf. Sie stand am äußersten Rand des Sturms, und die Winde drückten gegen jede ihrer Bewegungen wie die solide Stalltür, die einst gegen ihre Wange geprallt war.

»Rowen!«, schrie sie in dem Wissen, dass der Sturm ihre Worte mit sich tragen würde, sodass man sie in der entgegengesetzten Richtung nicht hören konnte.

Sie vermochte den in seine Wolke gehüllten Gazneth nicht zu erkennen, aber er musste sie beobachtet haben. Der Wind legte sich binnen eines Augenblicks, und Alusair stürmte vorwärts und rannte, so schnell sie konnte, zwischen quiekenden Goblins hindurch geradewegs auf den König zu. Das Poltern in Stiefeln steckender Füße und die sich mischenden Flüche von Männern und Goblins teilten ihr mit, dass ihre Ritter und Soldaten ihr auf dem Fuße folgten.

Ein Goblin schwang eine Hellebarde mit bösen Haken in ihre Richtung. Alusair fing den Hieb mit ihrem Schwert ab, trat so hart wie möglich zu und rutschte im Fallen über das zertrampelte Gras. Schreiend segelte der Goblin durch die Luft und außer Sicht. Die Stahlprinzessin fand sich am Rand der Pfütze aus Drachenblut wieder. Plötzliche Flammenbälle rollten von der Flüssigkeit in die Luft, vereinigten sich, und ein kurzes Prasseln blaugrünen Feuers spielte über die Pfütze.

»Wilde Magie!«, keuchte einer der Priester. »Chauntea sei Dank!«

»Chauntea?«, schnappte Alusair verwirrt, und die Männer wirbelten wie ein Mann herum und bildeten einen Schutzwall um die geschwärzte Stelle. Kreischende Goblins stürmten vorwärts und griffen sie unter Hauen und Stechen an.

»Er muss jemandem danken«, keuchte einer der Soldaten. »Und da er ein Priester ist, ruft er seine Göttin an.«

»Danke, Herr Schlaumeier«, erwiderte Alusair beißend zwischen hastigen Atemzügen und spießte einen Goblin auf, der sich vorwärtsgeschlichen hatte und nach den Fesseln des Soldaten hacken wollte. »So viel habe ich schon verstanden. Was ich wissen will …« Sie knurrte, als ihre Klinge durch eine Lücke in einem rostigen Wald von Rüstungsteilen drang, die der größte Goblin trug, der ihr je vor Augen gekommen war. Ihre Klinge bohrte sich bis zum Heft in den Körper des Feindes und spießte gleich danach auch noch den Goblin dahinter auf.

»… ist, weshalb Wilde Magie der Anlass für einen solchen Dank ist.«

Sie musste mit aller Kraft zutreten, um die Leichen von ihrer Klinge zu streifen, und aus Gewohnheit schleuderte sie sie seitwärts als Rammbock gegen die Goblins, die sie zu überholen trachteten.

Überall um sie herum wimmelten jetzt spuckende, zischende Goblins.

Der Soldat schwang sein Schwert wie eine Sichel und fegte Goblins beiseite. Einer davon fiel in das Drachenblut, kreischte vor Entsetzen, wälzte sich herum und raste wieder heraus. Seine Arme und Beine zuckten, als frische Feuer aufloderten.

Alusair stieß wild mit ihrem Dolch zu, schlitzte ein Goblin-Gesicht auf und tänzelte vor zwei auf sie geschleuderten Speeren zur Seite. Sie trat den geblendeten Goblin in die Gesichter der beiden Speerträger und brachte dann zwei rasche Schwerthiebe an.

Wollte der Strom der Goblins denn niemals enden?

Wovon ernährten sie sich eigentlich?

»Von Vieh und den guten Bauern von Kormyr, die es züchten«, erwiderte der Soldat säuerlich, und Alusair starrte ihn verständnislos an, bis sie begriff, dass sie ihre Fragen laut gestellt hatte.

Blitze zuckten über den Hügel, dann folgten blendende, rabenschwarze Bolzen, die durch die Goblins rasten und in Richtung des kormyranischen Schutzrings zischten. Die Blitze schlugen auf die Goblins ein, als handele es sich um die mit tödlicher Präzision geschwungene Peitsche eines unsichtbaren Riesen. Ein Goblin nach dem anderen ging zu Boden. Als die Wut erstarb und in der Luft einen Geruch nach Seetang sowie einen unerfreulichen Gestank nach gerösteten Goblins hinterließ, waren nur noch eine Handvoll Goblins am Leben. Sie duckten sich vor den Schwertern der Menschen, die sie bekämpften. Einige starben sofort, während andere vor entsetzlicher Furcht schreiend und sabbernd flohen.

Alusair musste den Befehl nicht aussprechen, sie gehen zu lassen. Ihre Männer wussten nur zu gut, wozu sie hier waren.

Sardyn Wintersonn, den mehr Blut bedeckte, als sie je zuvor an ihm gesehen hatte, gab grimmig den Befehl: »Haltet stand, zückt eure Klingen und wehrt jeden Feind ab.«

Sie öffnete den Mund, um ihnen mitzuteilen, dass sie nicht gestorben sei und ihm nicht das Kommando überlassen habe – dann schloss sie ihn jedoch wieder, als er sie in den dunklen Ring innerhalb der Schilde winkte.

Alusair schaute ihm für einen Augenblick in die Augen, nickte ihm dann stumm einen Dank zu und schritt in das dunkle, feuchte Blut. Es glitzerte schwarz und saugte warm an ihren Sohlen, und es reichte ihr bis an die Knöchel. Seltsam singende Töne kündeten von der Magie, die innerhalb der Stelle unregelmäßig wütete, als sie sich näherte. Flammen leckten an ihren Stiefeln – merkwürdige gelbgrüne Zungen, die sie in Nase und Rachen kitzelten wie exotische Gewürze. Ein ernst dreinblickender Owden befand sich an ihrer Seite und begleitete sie auf ihrem Weg.

Die dunkle, groteske Gestalt des Gazneth hatte sich zu ihnen gesellt und trat jetzt vor. Die Magie, die von dem schwarzen, schleimigen Blut in die Höhe kochte, schien in ihn zu strömen und zu verschwinden.

Ihre Reise währte nur ein paar Schritte, aber es erschien Alusair so, als hätten sie stundenlang ein eigentümliches Reich durchwandert, bevor sie zu der Stelle gelangten, wo der König von Kormyr seltsam verdreht auf dem versengten, reglosen Körper des Königlichen Magiers lag.

Ungeachtet dessen, was die Blut-Magie ihr antun mochte, fiel Alusair auf die Knie. Eine blitzende, prickelnde Flammenzunge schleuderte sie fast zurück. Eine dunkle Hand streckte sich aus, um die feindliche Magie in sich aufzusaugen, und Alusair lächelte Rowen dankbar zu, bevor sie vorsichtig die Hand ausstreckte und über die Wangen ihres Vaters strich. Mit der anderen ergriff sie das Schwert, das er fallengelassen hatte, und fragte zögernd: »Vater?«

Für einen Augenblick sah es so aus, als ob der König von Kormyr sie nicht gehört hätte. Er drehte langsam den Kopf, seine Augen starrten blicklos auf die niedrige, hastig dahinziehende Wolkendecke, und seine Lippen verzerrten sich zu einem bitteren – oder reumütigen? – Lächeln.

Die Prinzessin wollte gerade anfangen zu sprechen, als Azoun leise murmelte: »Also haben sie Euch erwischt, tapferste aller Töchter. Meine kleine Alusair. Meine Stahlprinzessin. Ich habe mir die winzige geheime Hoffnung gestattet, dass Ihr irgendwie dem Drachen entkommen und noch am Leben wärt.«

»Vater«, antwortete Alusair. »Ich bin am Leben … und Ihr auch. Ihr habt den Drachen getötet.«

»Solch endlos lange Traurigkeit«, flüsterte der König. »So tief, so wild. Ihre Liebe so stark wie die eines jeden Obarskyrs, aber für ein anderes Kormyr ...«

»Vater? Seid Ihr verletzt?«, fragte Alusair drängend und schüttelte ihn sanft. Die Frage, die sie gestellt hatte, war natürlich närrisch. Owden Foley murmelte bereits Heilzauber und legte dabei vorsichtig seine Hände mit den schwarzen Haaren auf dem Rücken auf Azouns Kehle, Brauen und Handflächen.

Die Prinzessin setzte sich zurück, um ihm Platz zu machen. Unter den Händen des Priesters murmelte der König ein paar unverständliche Worte.

Ein flüchtiges Netzwerk aus purpurfarbenen Flammen schoss quer über Azouns Brust, um gleich darauf wieder zu verschwinden. Der König zuckte keuchend zusammen und schloss die Augen. Alusair kniff die ihren zusammen.

»Was war das, Erntemeister?«, schnappte sie.

Owdens Gesicht wirkte grimmig, als er ihren zornigen Blick erwiderte. »Die beste Heilung, zu der ich fähig bin – zumindest hat es als solche begonnen«, sagte er. »Was daraus wurde, kann ich nicht sagen. Wir müssen Seine Majestät aus dem Blut des Drachen herausziehen. Ich kenne den Grund nicht, aber irgendwie verdreht es alle Magie – und Schlimmeres.«

»Inwiefern schlimmer?«

Owden senkte die Stimme, beugte sich zu der Prinzessin vor und murmelte seine nächsten Worte, wobei er die Hand vor den Mund legte, um seine Antwort vor dem zwischen ihnen liegenden Mann zu verbergen. »Es frisst sein Fleisch auf, Eure Hoheit – bis auf die Knochen, wenn wir nichts dagegen tun. Wir müssen ihn bewegen.«

»In sein Zelt«, schnappte Alusair und wies mit dem Kopf in Richtung des anderen Hügels. »Dort gibt es Wasser, um dieses Blut wegzuwaschen.« Sie hob die inzwischen prickelnden, mit schwarzem Schleim bedeckten Hände – aber nein, sie brannten jetzt sogar leicht. Sie musterte sie gedankenverloren für einen kurzen Augenblick, bevor sie den Kopf drehte und rief: »Sardyn?«

»Hoheit?«

»Seid ihr fertig mit dem Töten von Goblins, oder glauben manche von den Jungs, sie müssten ihre Gesamtzahl noch erhöhen?«

»Der Hügel ist frei, und wir haben alle unseren Anteil oder noch mehr«, kam die Antwort.

Alusairs Lippen verzogen sich zu einem schiefen Lächeln, und sie wandte sich um und musterte den Ring aus Schilden. Sardyn hatte sich umgedreht, um ihr zu antworten, aber die anderen standen, ihrer Ausbildung entsprechend, mit den Gesichtern in Richtung Schlachtfeld auf ihre Schwerter gelehnt da und ruhten sich aus. Bei den Göttern, welch tapfere Krieger!

»Der König und der Königliche Magier müssen so sanft und vorsichtig wie möglich in einem Ring aus Schwertern ins königliche Zelt getragen werden. Eilt euch.«

Sardyn neigte den Kopf und bellte dann: »Rührt euch! Schutzring aufgestellt! Elstan, Murrigo, Julavvan und Perendrin – zu mir!«

Überall um Alusair herum begannen sich Männer zu bewegen. Sie stand auf, winkte Owden und Rowen zu, Abstand von ihr zu halten, und entfernte sich ein kleines Stück, um sich das Blut des Drachen von Stiefeln, Knien und Händen zu wischen. Ihre Finger berührten die Schließe des zerknüllten, schweißgetränkten Wetterumhangs, den sie über den geriffelten hohen Schulterplatten ihrer Rüstung trug.

»Er ist am Leben, Tanalasta«, flüsterte sie erleichtert, während sie sich das Gesicht ihrer Schwester vorstellte. »Er ist …«

Die Verbindung kam nicht zustande. Alusair runzelte die Stirn, schloss die Augen, um das Schlachtfeld auszublenden, auf dass die krächzenden Krähen und die umherwandernden Männer verschwänden, und stellte sich Tanalasta so lebhaft wie möglich vor.

Wie sie den Kopf in den Nacken geworfen und so herzlich gelacht hatte, dass sie den Inhalt ihres Glases voller Flammenkuss verschüttet hatte ... oder wie sie Alusair geschlagen und diese sie an den Handgelenken gepackt und sie angestarrt hatte, bis in Tanalastas Augen langsam Furcht vor Alusairs Stärke aufstieg. Oder ...

Nichts.

Leere.

Dunkelheit.

Alusair sah nicht einmal das wirre, trübe Traumgesicht eines Schläfers. Die Schließe prickelte unter ihren Fingern, als sie daran zerrte. Abrupt löste Alusair ihre Gedanken von ihrer Schwester und stellte sich einen der wenigen Männer vor, die sie für mehr als eine Nacht in ihren Bann geschlagen hatten. Den Turmhändler Glarasteer Rhauligan. Zweimal so alt wie sie selbst und von einer eisernen Ruhe, mit ergrauendem Haar und Handgelenken so stark wie Stahl. Sie fragte sich, ob die Hofspione jemals Vangerdahast oder ihren Vater von dieser Art akrobatischer Liaison in den Schatten der Waffenkammer unterrichtet hatten. Oder was sie davon gehalten hatten.

Die Verbindung baute sich fast augenblicklich auf. Rhauligan befand sich irgendwo in einer Gasse – in Suzail vermutlich – und drückte nicht allzu sanft einen Mann gegen eine Wand.

Das nächste Mal, wenn Ihr glaubt, dass die Frauen der Männer, die in den Krieg gerufen wurden, Euch zur Verfügung stünden ..., knurrte Rhauligan gerade, und seine Worte hallten klar und deutlich in Alusairs weit entferntem Geist wieder.

In dem Augenblick, in dem er ihre Gegenwart spürte, hauchte sie die Worte: »Wir reden später, das verspreche ich Euch«, und brach die Verbindung ab.

Also funktionierte die Schließe, und zwar nur zu gut.

Sie richtete all ihre Willenskraft darauf, sich Tanalasta in allem möglichen Situationen so lebendig und klar wie möglich ins Gedächtnis zu rufen, traf aber nur auf Dunkelheit, ein leeres Gefühl und ein ominöses Schweigen.

Alusair warf den Kopf in den Nacken. Ihr Mund fühlte sich plötzlich trocken an. Sie holte tief Luft und erhob sich. Owden und Rowen warteten links und rechts von ihr, zwar jeweils ein Stück entfernt, aber offenkundig Wache haltend, und die Prozession, die den König von Kormyr und seinen Hofzauberer trug, bewegte sich den Hügel hinunter und verschwand gerade außer Sicht.

Die Stahlprinzessin achtete nicht auf Owdens ängstlichen Blick und starrte das Königszelt auf dem entfernten Hügel an. Nach einem Augenblick drang ein langer Seufzer über ihre Lippen. Sie erschauerte, als eine plötzliche Kälte über ihre Schultern und Arme strich.

Es konnte nur einen Grund dafür geben, weshalb Tanalasta nicht antwortete.

45

Das Feuer saugenden, pochenden Schmerzes – ein Gefühl, das nur von Magie herrühren konnte, die hart und tief zugeschlagen hatte, um zu töten – peitschte den Königlichen Magier ins Bewusstsein zurück. In seinem Mund spürte er den eisernen Geschmack von Blut, und seine Finger prickelten, als hielten sie riesige, rasende Zaubermächte, die kurz vorm Ausbrechen standen.

Die Welt um ihn herum taumelte.

Vangerdahast wurde über unebenen Boden getragen, und über sich sah er den Himmel wie Rauch, den ein Sturm zerreißt. Er befand sich immer noch auf dem Schlachtfeld, und über ihm ragte die Spitze von Azouns Zelt auf. Die blutbefleckten Gesichter der Männer, die ihn trugen, blickten in Richtung des Zeltes, und er glaubte, den Grund dafür zu kennen.

Vor langer Zeit hatte Baerauble gesagt, der Fluch der Zauberer, die Kormyr beschützten, bestehe darin, zu oft Recht zu haben. Die dünnen, aufgeregten Stimmen, die jetzt an seine Ohren drangen, sagten ihm, dass er wieder einmal Recht gehabt hatte.

Vangerdahast stellte fest, dass er den Kopf drehen konnte, und als er auf den Boden gelegt wurde, schaute er zum König hin.

Azoun lag auf einem breiten, ächzenden Bett aus Schilden, die man auf eine Lage aus zusammengerollten Decken gelegt hatte, um sie vom zertrampelten Boden heben zu können. Die Mäntel und Schlaffelle auf diesen Schilden waren von Azouns sich verkrampfenden Händen verschoben worden, und der König von ganz Kormyr bewegte sich ruhelos in vernichtendem Schmerz. Rauchfäden stiegen von seinem stöhnenden Mund auf, als sich Ritter so dicht über ihn beugten, wie sie es nur wagten.

Mehr Rauch stieg aus den Spalten in Azouns zerhackter, zerrissener Rüstung, wo die Klauen des Drachen die einst schimmernden Platten weggerissen hatten, und die Mäntel unter dem König troffen vor schwarzem Blut.

Noch mehr Blut quoll aus Azouns Mund, als er den Kopf drehte und mit vor Schmerz grellen Augen Vangerdahasts Gesicht musterte. Für einen Augenblick schweifte sein Blick ab, als sähe er nicht, was um ihn herum geschah, sondern etwas ganz anderes, aber dann wurde sein Blick wieder klar. Seine Lippen verzerrten sich zu etwas, was man den Ausdruck spöttischen Amüsements nennen mochte, vielleicht war es aber doch nur der Schmerz.

»Wie es scheint, lebe ich noch«, meinte er.

»Eure Majestät?« Löwenstein führte eine Gruppe von Kriegshauptleuten an, die auf ihren König zudrängten.

All die ängstlichen Krieger in ihren zerbeulten, versengten Rüstungen, blutverschmiert und mit schweißgetränkten, an ihren Gesichtern klebenden Haaren hatten die Helme abgenommen. Mit von den Panzerhandschuhen befreiten blutigen Fingern langten sie in ängstlicher Hast und krampfhaft um Freundlichkeit bemüht nach ihrem König.

»Helft mir beim Aufstehen«, knurrte Vangerdahast, wobei er den König nicht aus den Augen ließ. Er musste seine Worte dreimal wiederholen, bevor ihn jemand wie einen alten Sack vom Boden aufhob und hinstellte.

Man hielt ihn an den Schultern fest, und seine Beine fühlten sich merkwürdig schwach an, aber der Königliche Magier stellte fest, dass er allein stehen konnte und sein Körper ihm gehorchte. Bei den Göttern, er schien sogar heil zu sein. Er schob eine Hand in den Halsausschnitt seines Gewandes und tastete in dem sich über seine Brust ringelnden weißem und grauem Haar nach gewissen, an Ketten baumelnden Amuletten, nur um das bestätigt zu sehen, was er erwartet hatte.

Die Handvoll getriebener und fein ausgearbeiteter silberner Talismane waren schon alt gewesen, als Kormyr noch jung war. Die heilenden Gegenstände stammten aus den treibenden Städten von Netheril und anderen, noch älteren Ländern. Mächtige Magie wohnte ihnen inne und hatte Jahrhunderte überstanden. Nun ja, zumindest war es so gewesen. Nun hielt er zerbröselnde Asche in den Händen, Klumpen an den Enden der feinen Ketten, die ihn vor den Verwüstungen des Drachen zurückgezogen hatten, als er gebrochen und besinnungslos am Boden gelegen hatte.

Sie hatten ihn geheilt, indem sie sich selbst in zerbrochene Überreste verwandelt hatten, und ihre jahrhundertealte Magie war erschöpft. Noch während er hinsah, begannen auch die Ketten zu zerbröckeln. Vangerdahast warf sie zu Boden und murmelte: »Tretet nicht dorthin. Lasst niemanden dorthin treten.«

Azouns Kopf drehte sich abrupt. »Ist das mein Zauberer?«, ächzte der König und versuchte, sich aufzusetzen. Ritter beugten sich vor, ihm zu helfen, dann prallten sie zurück und gerieten ob ihrer Erschöpfung ins Stolpern.

Azouns Bewegung hatte die ganze Wut des Drachenbluts erweckt, das ihn auffraß. Ein kleiner Feuerball stieg von seinem Körper auf und zerbarst in Kopfhöhe über ihm. Noch während sich die Flammenkugel in hochsteigenden, dahintreibenden Rauch auflöste, raste neues Feuer über den Körper des Königs und über sein Bett aus Schilden. Blitze zuckten.

Zerbeulte Rüstungsteile schrumpften vor den Augen der auf der Hügelspitze Stehenden, krümmten und schwärzten sich wie Blätter in einem Feuer und fielen von Azouns Armen und Schenkeln. Das Schimmern eines bloßliegenden Knochens glomm aus mindestens einer Stelle in der aschenen Masse unter dem gequälten Metall.

Vangerdahast machte einen unsicheren Schritt, dann einen zweiten. Kormyr bäumte sich unter seinen Füßen auf, schwang sich aber nicht hoch, um ihn zu zerschmettern, und nach einem weiteren Schritt fühlte er sich sicher. Das Waldkönigreich würde zumindest seinen Königlichen Magier für ein Weilchen länger behalten.

»Mein König«, sagte er ernst zu der sich windenden Gestalt auf den Schilden. In diesem Augenblick flammte ein neuer Blitz über das Schmerzenslager und löste sich in tanzende Funken auf. »Ich bin hier.«

»Vangerdahast!«, schrie Azoun – oder versuchte dies zumindest. Seine Stimme klang wie ein entfernter Schrei, aber seine Freude war unüberhörbar.

Als der König sich auf einen Ellbogen hochhievte, löste sich auf dieser Seite der Schulterpanzer seiner Rüstung, und wieder stieg Rauch auf. Ohne auf das Klirren der sich auflösenden Rüstung zu achten, setzte sich Azoun aufrecht hin und fixierte mit seinen vor Schmerz hellen Augen Vangerdahast.

»Obwohl«, keuchte der König durch Lippen, zwischen denen nun in einem ständigen Strom schwarzes, öliges Blut hervorquoll, »es des Öfteren wie das Gegenteil ausgesehen hat ...«, er hustete, und seine Schultern zogen sich in Krämpfen der Todespein zusammen und zwangen ihm für einen erstickenden Augenblick den Kopf auf die Brust, bevor er den Schmerz bezwang und grimmig aufblickte, »… seid Ihr immer mein Freund gewesen. Mehr noch, der größte Freund, den Kormyr je hatte. Besser als wir alle.« Seine Stimme verebbte, und er murmelte schwach, während sein Kopf wieder nach unten sank: »Besser als wir alle ….«

Vangerdahast trat vor. Mit sorgenvoll gerunzelter Stirn zog er etwas unter seinem Bart hervor – den letzten der geheimen magischen Gegenstände. Mit plötzlicher Gewalt zerbrach er die Kette, die den Gegenstand an seiner Kehle versteckt gehalten hatte. Viele der zuschauenden Männer bekamen schmale Augen. Die hin und her tanzenden Enden der Kette glitzerten grün vor Alter.

Der Königliche Magier streckte die Hand aus, in der er was auch immer verborgen hielt, um den König zu berühren, aber Azoun warf den Kopf zurück und straffte beinahe abwehrend die Schultern, während um ihn herum ein Schauer aus schwarzem Blut niederging.

»Bei unserer Freundschaft«, grollte er, und seine Augen waren wie Flammen, als er den Magier anstarrte, »befehle ich Euch – dehnt Eure Magie aus und berührt meine Tochter Tanalasta. Sagt ihr, sie muss die Krone übernehmen und … von nun an regieren.«

Jemand unter den um ihn herum Versammelten stieß ein Keuchen aus, und Azoun nickte, als antworte er auf eine ungläubige Frage. »Ich bin dem Tode geweiht. Der König, der zu alt und zu hartnäckig war zu fallen, ist am Ende doch besiegt. Eure ganze Magie, Vangerdahast – oder die ganze Magie Faeruns – kann mich nicht heilen. Tanalasta muss regieren. Sagt ihr das.«

Der Zauberer nickte langsam und streckte wieder die Hand aus. Azoun starrte zu ihm hoch und knurrte: »Sagt ihr das!«

Vangerdahasts Finger berührten den König. Azoun erschauerte und krampfte sich zusammen, als habe man ihn mit eiskaltem Wasser übergossen. Sein Gesicht zuckte in stummem Schmerz.

Einer der Kriegshauptmänner – ein junger Mann namens Kronensilber – trat fluchend vor und zog seinen Dolch, blieb aber wie erstarrt stehen, als Azoun die Hand hochwarf. König und Krieger sprachen gleichzeitig, der eine erschöpft, der andere empört: »Was haltet Ihr da in der Hand, Magier?«

»Meinen größten Schatz«, antwortete Vangerdahast mit einer Stimme, die für einen Augenblick wie die hohe einer Frau klang, die gleich in Tränen ausbrechen will. »Der einzige Knochen der Magierin Amedahast, den zu finden ich in der Lage war. Ein kleines bisschen von ihrer Macht ist noch darinnen enthalten, glaube ich.«

Ilberd Kronensilber trat zurück, und die Tränen strömten ihm über die Wangen. Vangerdahast hob den vergilbenden Klumpen von Azouns Brust, wo er allem Anschein nach flüchtige kleine Rauchfäden hinterließ, und berührte damit seine Lippen. Der König versteifte sich.

Stumm wie die Statuen schauten die Männer zu.

Aus Azouns Augen verschwand mit einem Mal der sengende Schmerz, schmolz dahin wie Schatten in hellem Sonnenschein. Männer keuchten auf, und überall auf dem Hügel wurden Flüche ausgestoßen.

Die Farbe kehrte in Azouns Gesicht zurück, und seine aufgesprungenen, blutenden Lippen heilten. Die Zuschauer beugten sich vor und starrten verwundert hin, während der alte Magier immer noch vor dem König stand und eine Hand vorstreckte, als stoße er mit einem Dolch zu. Er presste den Knochen fest auf Azouns Lippen.

Auch auf Azoun Obarskyrs Gesicht zeichnete sich Erstaunen ab. Er holte langsam, tief und bebend Luft, und die Zuschauer sahen, wie die Asche von seiner Haut verschwand und frisches, unverbranntes Fleisch zum Vorschein kam. Alte Muskeln spannten sich an – aber als Ilberd Kronensilber gerade Luft schöpfte, um einen aufgeregten

Schrei auszustoßen, zerbröckelte der Talisman, gelber Knochen verfärbte sich braun, und Staub stieg in die Luft und verschwand … und hinterließ zwei alte Männer, die einander in die Augen starrten. Die Asche und die blutigen Überreste kehrten nicht dorthin zurück, wo sie von des Königs Haut verbannt worden waren, aber sie verschwanden auch nicht weiter.

Nach einem Augenblick zog Vangerdahast die leeren Finger weg.

Azoun schüttelte langsam den Kopf und brachte ein Lächeln zustande. »Nicht dieses Mal, fürchte ich«, sagte er ruhig.

Vangerdahast stand da und schwieg.

Das Lächeln des Königs verschwand, als er die nächsten Worte sprach. »Werdet Ihr mir dieses eine Mal gehorchen, alter Freund? Für das Königreich?«

Als der Zauberer schließlich die Sprache wiedergefunden hatte, klang seine Stimme wie die rostigen Angeln eines uralten Tores. »Selbstverständlich.«

Vangerdahast wandte sich wie ein müder Berg um, entfernte sich ein Dutzend sichere Schritte und hob die rechte Hand, um den Schimmer des Zaubers abzuschirmen, den er gleich loslassen würde. Er achtete nicht auf die in Rüstungen steckenden Riesen, an denen er vorbeischritt, aber sie zogen sich ohnehin vor ihm zurück, als sei er der auf Erden wandelnde Kriegsgott höchstpersönlich.

Alle außer einem.

Eine einzelne dunkle, schlanke Gestalt trat vor und verstellte Vangerdahast den Weg. Eine Hand legte sich über die des Magiers und unterbrach seine Versenkung. Der Kopf des Königlichen Zauberers schoss nach oben, und seine Augen wurden dunkel vor Zorn.

»Hebt den Zauber auf«, murmelte Alusair. »Ich habe vorhin versucht, Tanalasta zu erreichen, und …«

Sie neigte den Kopf und stieß das letzte Wort mühsam hervor, während neugierige Offiziere sich von allen Seiten her näherten und mit zusammengekniffenen Augen und geneigten Köpfen versuchten, etwas über einen möglichen Verrat zu belauschen.

»Stille.«

Vangerdahast mochte wie ein alter, schmutziger Einsiedler in schlichten Gewändern aussehen, aber als er sich sehr langsam umdrehte und die sich nähernden Männer mit den prächtigen Purpurdrachen auf der Brust anblickte, wirkten seine Augen kalt. Er erwiderte ihre Blicke, und die Ritter wichen zurück.

»Geheime Angelegenheiten, das Königreich betreffend«, sagte er kurz angebunden, und daraufhin zogen sich alle gleichzeitig zwei Schritte zurück wie gut ausgebildete Hunde, und Alusair und Vangerdahast standen endlich allein nebeneinander.

»Ich werde versuchen, Eure Mutter zu erreichen«, murmelte der Königliche Magier, ohne sie anzuschauen, und Alusair warf den Kopf in den Nacken und schnappte nach Luft. Währenddessen bemerkte sie, dass der Himmel vor Tränen hell schimmerte. Ihr wurde bewusst, dass sie weinte und so viele Tränen über ihr Gesicht strömten, dass sie ihr vom Kinn tropften.

Die Stahlprinzessin wischte sich ungeduldig mit einem Arm übers Gesicht, ohne darauf zu achten, ob ihr die Rüstung die Haut aufschürfte, und schüttelte den Kopf wie ein Hund, der sich Wasser aus dem Fell schüttelt. Als sie wieder einigermaßen klar sehen konnte, erkannte sie, dass die Gesichter der am nächsten stehenden Ritter ebenfalls von Tränen nass waren.

Sie wussten, was sich auf dem Hügel ereignen würde.

Silbrige Fäden flüsternder Luft kräuselten sich um Vangerdahasts Schultern – diesen Zauber benutzte er, wenn er laut zu jemandem weit Entfernten sprechen, aber dessen Gesicht und Worte vor den in der Nähe Stehenden verbergen wollte. Misstrauen zeigte sich auf den Gesichtern einiger Krieger, als sie beobachteten, wie sich die tanzenden

Fäden verbanden. Alusair bemerkte ihre Blicke und legte unwillkürlich eine Hand auf den Nacken des Zauberers, um sicherzustellen, der Gedankenunterhaltung folgen zu können. Vangerdahasts Antwort bestand darin, ein wenig näher zu ihr zu rücken, um ihr die Verbindung zu erleichtern.

»Filfaeril«, sagte der Königliche Magier ernst und ohne eine weitere Einleitung, »Euer Azoun ist dem Tode nahe, und ich kann Euch keine tröstliche Mitteilung über eine mögliche Gesundung machen. Die Zauber, die ihn gefangen halten, bewirken, dass er schläft und es für uns gefährlich ist, uns ihm zu nähern, aber in seinen letzten wachen Augenblicken hat mir Azoun gesagt, wie wertvoll die Liebe zu Euch für ihn ist und dass ich Euch einen letzten Gruß von ihm ausrichten soll. Er befahl mir auch, mich nach Tanalasta zu erkundigen und ihm von ihrem Schicksal zu berichten – und dem des Kindes, das sie trägt. Welche Neuigkeiten gibt es?«

»Guter Vangerdahast«, erklang eine kühle, klare Stimme aus der leeren Luft, als stünde die Drachenkönigin vor dem Zauberer, »meine älteste Tochter ist tot – sie starb treu und furchtlos und zerstörte Boldovar, um uns alle zu retten –, aber ihr Kind lebt. Es ist ein Knabe, ein weiterer Azoun für Kormyr. Ich bitte Euch für den Fall, dass Eure Weisheit diese unsere Worte unter uns bleiben lässt und Ihr meinem Herrn und meiner Liebe Azoun in den letzten Augenblicken seines Lebens das Herz nicht mit der Nachricht von Tanalastas Tod schwer macht. Sagt ihm einfach …« Filfaerils Stimme brach, und für einen Augenblick schien sie in Schluchzen ausbrechen zu wollen, aber dann gewann sie ihre Haltung zurück. »Sagt ihm, Vangerdahast, wie sehr ich ihn liebe. Lebt wohl, mein Azoun. Unsere Liebe wird überleben, auch wenn unsere Körper das nicht tun.«

Ihre Stimme brach, und in flehentlicher Todespein flüsterte sie: »Wenn Ihr mich liebt, alter Zauberer – könnt Ihr mich dann nicht zu ihm bringen?«

Alusair spürte, dass ein Schauder Vangerdahast durchlief, als er selbst zu schluchzen begann – aber prompt und mit eisernem Willen bezwang er seine Tränen und murmelte mit gebeugtem Kopf: »O edelste aller Königinnen, ich wage den Versuch nicht, sonst stürze ich uns alle ins Verderben, allen voran Eure Tochter. Falls diese Magie außer Kontrolle gerät …«

»Ich verstehe«, wisperte Filfaeril. »Bei den Göttern, Vangerdahast, sorgt für Alusairs Sicherheit … und erleichtert Azouns Dahinscheiden. Falls Ihr später irgendeinen Zauber habt, um mir zu zeigen, was Ihr saht und was Ihr über seinen Tod dachtet, dann befehle ich Euch, mir nichts vorzuenthalten. Ich muss alles sehen.«

»Majestät, das werdet Ihr«, erwiderte Vangerdahast sanft. »Gehabt Euch wohl.« Er beendete den Zauber mit einem müden Wedeln der Hand und wandte sich an Alusair. »Um der Sicherheit der Krone willen wagte ich es nicht, sie hierher zu bringen«, sagte er beschämt. »Ich möchte, dass Ihr wisst …«

Alusair wirbelte herum, nachdem sie sich von ihm losgerissen hatte, aber nicht mit dem zornigen Knurren, das er befürchtet hatte, und auch nicht, um ihn von sich zu weisen. Stattdessen duckte sie sich mit gezücktem Schwert wie alle anderen Krieger auf der Hügelkuppe und wartete auf eine neuerliche Bedrohung. Der Zauberer lugte an ihr vorbei.

Die Stahlprinzessin sah sich einem wirbelnden Chaos eines sich ausbreitenden Schimmerns in der Luft gegenüber, und zwar ein kleines Stück weit den Abhang hinunter. Es handelte sich um den Schimmer sich manifestierender Magie.

»Jemand kommt mittels Fernreise-Zauber hierher«, erklärte Vangerdahast laut, um jedem, der sie nicht erkannt hatte, diese besondere Form der Magie zu erklären. »Greift nicht an, bevor ich den Befehl …«

»Schweigt, Zauberer«, schnappte einer der Kriegshauptmänner und starrte angespannt in den sich verstärkenden

Glanz. Seine Stimme verging zu einem Stammeln, und er vergaß Vangerdahast, während er in die aufflammende Magie starrte. »Wenigstens einmal ...«

Mehrere Köpfe schossen herum, um zuzusehen, wie Vangerdahast mit diesem Ausbruch umgehen würde. Aber das Gesicht des Königlichen Magiers blieb ausdruckslos, als er zur Seite trat und sich zwischen diese aufblühende Magie und den gefallenen König stellte. Vangerdahast spähte in die leuchtende Helligkeit, als sie ihre volle Höhe erreichte, seufzte dann und trat zurück. Über sein Gesicht huschte ein kurzer Ausdruck der Bitterkeit, aber so schnell, dass die ihn beobachtende Alusair nicht mit Sicherheit hätte behaupten können, es überhaupt gesehen zu haben.

Einige unter den alten Kriegshauptmännern verhielten sich nicht so taktvoll wie Vangerdahast. Ihnen standen Ekel und Verachtung überdeutlich in die Gesichter geschrieben, als kormyranische Hohepriester verschiedener Glaubensrichtungen aus den sprühenden Funken ihres gemeinsamen Fernreise-Zaubers auftauchten.

Geschichtenmeister Thaun Khelbor von Deneir schaute mit vor Furcht verzerrtem Gesicht hierhin und dorthin auf die Überreste der Schlacht und wurde prompt von den Schultern des Hochjagdmeisters des Gepriesenen Malar beiseitegedrängt. Der wiederum wurde von Aldeth Ironsar überholt, dem Gläubigen Hammer des Tyr. Offenkundig hatte es den Kriegszauberern, welche die Abordnung herbefördert hatten, an Magie gefehlt, um auch die Unterpriester zu schicken, die sonst für gewöhnlich ihre Vorgesetzten überall hin begleiteten. Jeder ankommende Priester stand der kormyranischen Kirche seines Glaubens vor.

»Man kann sich darauf verlassen, dass die Geier *jetzt* kommen«, sagte einer unter den wartenden Hauptleuten laut, als viele Schwerter – aber mitnichten *alle* – in die Scheiden gesteckt wurden.

»Ja«, antwortete ein anderer bitter, »jetzt, da das blutige Werk getan ist.«

Der Hochfürstliche Bevorzugte Priester der Glücksgöttin wandte den Kopf und schnappte: »Wer hat das gesagt?«

Für einen langen, kalten Augenblick schien die Luft noch eisiger zu werden, als mehr als ein Dutzend blutgetränkter Männer in Rüstungen wie aus einem Mund tonlos antworteten: »Ich.«

Manarech Eskwuin erbleichte, schaute rasch in eine andere Richtung und schritt wie alle seine Kameraden weiter den Hügel hinauf zu der Stelle, wo der König lag.

Als rolle die Magie, die den Priester hierher versetzt hatte, vor ihm her, loderten rings um Azouns Körper herum frische Flammen auf, und der König schrie, wand sich vor Schmerz und verfiel auf seinem Bett aus Schilden in Krämpfe. Das Verhängnis des Drachenblutes hatte ihn wieder im Griff.

»Macht Platz!«, befahl der Hochfürstliche Priester des Malar. »Wir sind in der Stunde von Kormyrs Not gekommen, um den König zu heilen.«

»Das ist keine Angelegenheit für eine schnelle Heilung«, warnte Vangerdahast und wich keinen Zoll zur Seite. Hinter ihm züngelte etwas Zischendes aus Azouns Mund, und kleine Flammenstöße kräuselten sich um seine wild ausschlagenden Fersen. Feindliche Magie raste in ihm und fraß ihn auf.

»Ich fürchte, ihr heiligen Männer könnt hier nichts tun«, sagte der Königliche Magier höflich, »außer König Azoun mit der Würde sterben zu lassen, die er sich so tapfer verdient hat.«

Einige Hauptleute gesellten sich zu ihm und versperrten den Hochpriestern den Weg, aber andere warfen Vangerdahast misstrauische Blicke zu. »Er verweigert dem König die Heilung? Was für ein Verrat ist das?«, murmelten einige.

Augrathar Buruin, Hochjagdmeister des Gepriesenen Malar, hob gebieterisch die Hand. Die steckte in einem pelzigen Handschuh, an dessen Fingerspitzen die Krallen großer Katzen angebracht waren und an dessen äußeren

Seiten die knöchernen Dorne von allen möglichen wilden Tieren prangten. Er deutete auf den Königlichen Magier, dann schwang er den immer noch nach vorn weisenden Arm zur Seite. Auf seinem Gesicht zeichnete sich ein höhnischer Ausdruck ab, und abgesehen von seiner offenkundigen Erregung glitzerten seine Augen verächtlich.

»Zurück, Vangerdahast!«, knurrte er.

Der alte Mann in dem zerrissenen, schmutzigen Gewand rührte sich nicht, und er sprach auch kein Wort.

Der Jagdmeister schnappte: »In dieser Angelegenheit seid Ihr nur ein ahnungsloser, sich in die Angelegenheiten anderer einmischender Höfling. Tretet zurück – und nehmt Eure kümmerlichen Zauberbanne gleich mit. Die göttliche Macht von Malar soll obsiegen, wie sie es immer getan hat – und immer tun wird.«

Ein stetig heller werdendes Licht schimmerte hinter den Priestern auf, und etliche unter ihnen wirbelten mit sich anspannenden Gesichtern und in aus Furcht geborener Hast herum. Das Licht umfloss eine Gestalt, löste sich dann aber rasch in einen Funkenstrom auf.

Aus dem Herzen der Erscheinung stapfte ein Mann in einer zerhackten, bluttriefenden Rüstung. Sein Kopf war bloß, sein Gesicht trug den verwitterten, ruhigen Ausdruck eines alten Kriegsveteranen, und einen Fuß vor ihm schwebte ein kleines Kriegsschwert. Dieses winzige Schwert wies ihn vor aller Augen als einen Kriegsfürsten aus, einen älteren Priester des Tempus. Auf diesem Schlachtfeld hätte ihm der höchste Rang gebührt, aber der Jagdmeister des Malar gab mit keinem Zeichen zu verstehen, dass er die Ankunft des Kriegspriesters bemerkt hatte. Er bedeutete Vangerdahast lediglich mit einer weiteren gebieterischen Geste, er solle zurücktreten.

Etwas, das entfernt an ein schwaches Lächeln erinnerte, erschien auf dem Gesicht des alten Magiers, und ohne sich umzuwenden, trat er drei Schritte zurück.

Der Jagdmeister richtete sich triumphierend auf und

schrie: »O Malar, Großer Fürst des Blutes und Gebieter über alle, die jagen, so wie es dieser tapfere König getan hat – schau auf Deinen treuen Diener nieder in der Stunde von Kormyrs Not und schenke seinem Bemühen Deinen besonderen Segen! Lasse die Stärke des Löwen, die Geschmeidigkeit des Panthers und den Mut des Eisbären durch mich hindurchfließen und den guten König berühren!«

Der Heilzauber brauchte eigentlich weder das Bittgebet noch die großartigen Gesten, die nun folgten, aber niemand rührte sich oder sprach, als der Jagdmeister beinahe lässig beendete, was mit Sicherheit das eindrucksvollste Wirken eines Zauberbanns während seiner ganzen heiligen Laufbahn darstellte. Er streckte beide Arme nach Azoun aus, und weißes, reinigendes Feuer tanzte zwischen ihnen hin und her.

Das Feuer sprang auf das Bett aus Schilden über und schoss in den Körper des Königs. Azoun krampfte sich zusammen, seine Hände ballten sich zu Klauen, und er bog den Rücken durch, als der plötzliche Strom von Magie ihn inmitten von Lichtblitzen und faustgroßen Flammenbällen nach oben hob.

Feuer tropfte rauchend auf den Boden, Schilde gaben mit schrillem Quietschen nach, und aus dem ersterbenden weißen Feuer schoss ein knisternder Arm aus Blitzen und wusch mit einem beinahe beleidigenden Mangel an Eile über den Jagdmeister.

Mit einem erstickten Schrei taumelte Buruin zurück, um sogleich in die zuschauenden Priester hinter ihm zu krachen. Nur die stützenden Hände von Owden Foley und Kommandant Stahlhand verhinderten, dass er zu Boden fiel. Das Gesicht des Malar-Priesters war grau, seine Augen schwarze, vor sich hin starrende Löcher, und seine Zähne klapperten.

Heilige Gesichter erblassten, heilige Hände – manche unter ihnen strahlten einen Glanz aus, der schimmernd dort in der Luft hängen blieb, wo sich ihre Hände befunden hatten – zeichneten rasch Zauberzeichen in die Luft, und heilige Stiefel bewegten sich hastig zurück. Ängstliche Blicke hatten bemerkt, dass mehr als ein Hauptmann von Kormyr seine Klinge halb gezogen und langsam und bedrohlich einen Schritt nach vorn gemacht hatte, noch dazu mit steinernem, finsterem Gesicht.

»Eure Besorgnis und euer ergebener Dienst an Azoun Obarskyr wurden bemerkt und wertgeschätzt«, sagte Vangerdahast ernst zu den Priestern. Die Eisenkrone auf seinem Kopf verlieh ihm das Aussehen eines alten und mächtigen Monarchen. »Tretet jetzt zurück und legt Zeugnis ab. Eure Götter wollen bestimmt, dass ihr anwesend seid und betet, aber die Zeit für Heilungen ist, so fürchte ich, vorbei.« Er gestattete sich ein Stirnrunzeln, hob gebieterisch die Hand und fügte hinzu: »Das Leben des Königs schwindet rasch. Beraubt ihn nicht seiner letzten Augenblicke.«

Die Priester zögerten, etliche Münder öffneten sich, um Einspruch zu erheben, und manch einer starrte auf die zornigen Krieger.

Der Königliche Magier schaute Owden Foley an, dann den Kommandanten Stahlhand, und nickte beiden in stummem Dank und gleichzeitig fragend zu. Die beiden erwiderten das Nicken, wandten sich um und schickten sich an, ihre Mitkleriker wegzuscheuchen, indem sie die Arme hoben, ausbreiteten und so eine Barriere bildeten, die die ganze Heiligkeit ein Stück weit den Hügel hinuntertrieb.

Wieder nickte Vangerdahast, dieses Mal zufrieden, und wandte sich wieder Azoun zu. Alusair und ihre Kriegshauptmänner versammelten sich um den König, wobei ihre Blicke von dem Magier zum König und dann wieder zurück zu Vangerdahast schossen.

»Mein Lehnsherr«, sagte der Königliche Magier mit einer Stimme, in der für einen kurzen, flüchtigen Augenblick ein Schluchzen mitklang, »ich habe Euch gehorcht und, indem ich dies tat, Neuigkeiten erfahren. Die Prinzessin Tanalasta hat einen Sohn geboren, den man, wenn ich richtig verstanden habe, unter dem Namen Azoun der Fünfte kennen wird. Kormyrs neuer Prinz wird einem würdigen Namen auf den Thron verhelfen, wenn die rechte Zeit gekommen ist.«

»Das – ist gut«, hauchte der König, verkrampfte sich und rang nach Luft. Für einen Augenblick sackte er in sich zusammen, und sein Gesicht wurde aschfahl. Seine Kriegshauptleute streckten die Arme aus wie schweißdurchtränkte, blutige und in Rüstungen steckende Kindermädchen und brachten ihn in eine halbwegs sitzende Stellung. Ilberd Kronensilber unterdrückte etwas, bei dem es sich nur um ein Schluchzen handeln konnte, als der König um sein Gleichgewicht kämpfte, um aufrecht sitzen zu bleiben.

Nach ein paar schrecklich krampfhaften Atemzügen fand Azoun irgendwo tief in seinem Innern die Kraft und schaute sie alle mit einem wilden, beinahe seine Schwäche verspottenden Lächeln an. Das Grinsen verwandelte sich in ein echtes, warmes und aus dem Herzen kommendes Lächeln, als er sich umblickte und ein vertrautes Gesicht nach dem anderen musterte. Alusair glitt nach vorn, und ihre Augen schimmerten schwarz, während ihr Gesicht so weiß wirkte wie ein polierter Knochen. Die Lippen hatte sie geöffnet, als wolle sie sprechen, aber sie schwieg, und das Schwert in ihrer Hand hatte sie vergessen.

Ihr Vater schaute sie an, dann blickte er in den Himmel. »Es war ein guter Ritt«, sagte er im Plauderton zu den dahinrasenden grauen Wolken, »aber wenn all mein Bestreben irgendetwas gilt, dann soll mein Sohn einen besseren haben, o ihr Götter dort droben.«

Der König streifte die sanften Hände ab, die ihn stützten, und erhob sich auf die Füße wie der Löwe, der er gewesen war. Er schwankte, und hilfreiche Hände streckten sich aus, ihn zu stützen. Ihre Besitzer zogen sie aber unsicher wieder zurück, weil sie ihren König nicht beleidigen wollten.

Azoun starrte ein letztes Mal auf sein Reich. Seine Augen

trübten sich bereits. Sein Blick wanderte von einem Gesicht zum nächsten, und um seine Lippen spielte die Andeutung eines Lächelns. Azouns Hand glitt zweimal vom Knauf seines Schwerts ab, bevor er es mit lang geübter Anmut zog und hob. Falls er bemerkte, dass es wie Gras im Wind zitterte, ließ er sich dies nicht anmerken.

»Ich sage nicht Lebewohl«, erzählte der vierte regierende Azoun jenen, die um ihn herumstanden, beinahe wild, »weil ich hier sein werde – im Nachtwind, um über das Land zu wachen, das ich liebe – mit kaltem Stahl für seine Feinde und geflüstertem Trost für seine Verteidiger.«

Das Schwert fiel aus seinen bebenden Fingern, aber Alusair griff schnell wie eine Schlange in die Luft und hielt es hoch, bevor sie es ihm wieder in die Hand drückte.

Azouns Körper zitterte und bebte, als er seine schwachen Arme um sie schlang. »Überbringt dies Eurer Mutter«, sagte er und küsste ihre Wange.

Seine Lippen streiften ihre Haut, dann keuchte er vor Schmerz und sackte mit seinem vollen Gewicht gegen sie. Alusair drehte sich, um ihn aufrechtzuhalten, und ihrer beider Lippen berührten sich.

Azouns Atem war heiß und süß und schmeckte wie Blut und Feuer. Ein letzter kleiner Blitz spielte über ihre vereinigten Lippen, aber Alusair zuckte nicht zurück, selbst als das Drachenfeuer sie schüttelte wie ein Blatt im Sturm.

Ihr Vater stöhnte vor Schmerz, flüsterte »Filfaeril«, dann warf er den Kopf in den Nacken und brüllte triumphierend wie ein Löwe.

Für einen Augenblick umklammerte Azoun seine Tochter mit plötzlich zurückgekehrter Kraft, bis sein Griff beinahe schmerzhaft wurde. Dann riss er sich von ihr los, wirbelte auf den Absätzen herum, schaute alle Beobachter an und warf sein Schwert in die Luft.

Noch während es nach oben wirbelte, fing es Feuer. Blaue Blitze flammten auf, vertieften sich dann im Drehen zu einem dunklen, pulsierenden Violett. Als es am Scheitelpunkt seines Aufstiegs langsamer wurde, verwandelte sich das Schwert für einen Lidschlag lang – jeder auf dem Hügel Anwesende schwor bis zum Ende seiner Tage, die Erscheinung gesehen zu haben, wie sie auf sie niederschaute und die Krallen um das schwindende Schwert schloss – in die geisterhaften Umrisse eines Drachen.

Azoun sah mit einem beinahe traurigen Lächeln zu, als hielte er dies alles für den letzten Trick eines Zauberers. Dann explodierte das Schwert in helles purpurrotes und silbernes Feuer und verschwand.

Der König wandte sich ab und schritt in sein Zelt – wobei sein Gang sich in ein letztes, dem Untergang geweihtes Stolpern verwandelte. Alusair und Vangerdahast folgten ihm auf dem Fuße, aber die anderen blieben stehen und starrten in den Himmel.

Männer blinzelten in die Leere, die Schwert und Drache enthalten hatte, und selbst die Wolken zogen sich an dieser Stelle zurück und gaben den Blick auf ein leeres, tiefes und klares Blau frei. Sie stießen den lang angehaltenen Atem in einem Chor gemeinsamen Bedauerns aus.

In der folgenden Stille sagte Azoun seine letzten Worte, während er auf die Knie sank und wie ein müder Baum langsam auf die Erde fiel.

»Für das schöne Kormyr«, hauchte er. *»Für immer!«*

»Für immer, Vater«, antwortete Alusair mit vor Tränen zitternder Stimme. »Man wird sich Eurer erinnern – für immer!«

Der König von ganz Kormyr lächelte, als sein Gesicht den Boden berührte und die lange Stille sich über ihn senkte.

Als seine Tochter, seine Kriegshauptleute und selbst die Priester zu weinen begannen, hörte Azoun sie nicht mehr.

In seinen Ohren klangen schmetternde Trompeten mit einem Ton, den er in all den langen Jahren beinahe vergessen hatte: dem triumphierenden Hörnerklang, der vor so langer Zeit über die Burg gehallt war, um seine Geburt zu verkünden.

Hoch, hell und klar. Bei den Göttern, es tat gut, dies wieder zu hören.

46

Vangerdahast kniete lange Zeit, nachdem der König aufgehört hatte zu atmen, an Azouns Seite. Er rieb über den Wunschring, den er immer noch am Finger trug, und fragte sich, ob er es wagen sollte. Eine einfache Geste, ein paar kurze Worte, und Thatoryl Elian hätte sich nicht in diesen Wäldern aufgehalten, als Andar Obarskyr vorbeischritt. Lorelei hätte ihr Leben als glücklich verheiratete Elfenfrau verbracht, Nalavarauthatoryl hätte sich nie erhoben, und Alaundo der Seher hätte niemals seine grauenvolle Prophezeiung getan.

Aber was dann? Hätte sich Thatoryl Elian nicht in diesen Wäldern aufgehalten, als Andar Obarskyr dieselben durchwanderte, hätte Letzterer auch keinen Grund gehabt, aus den Wolfswäldern zu fliehen und Ondeth von ihnen zu berichten, und es hätte niemals ein Kormyr gegeben – zumindest nicht das Kormyr, das er liebte und dem er diente.

Vangerdahast hatte Nalavarauthatoryl einmal aus der Existenz gewünscht, und es hatte ihn Azoun, Tanalasta und beinahe das ganze Königreich gekostet.

Das war die Lockung der Magie. Wie jede Macht wurde sie früher oder später von jedem missbraucht, der über sie gebot.

Vangerdahast ergriff Azouns Hände und faltete sie über des Königs Brust. Dabei zog er sich rasch den Wunschring vom Finger und streifte ihn heimlich seinem toten Freund über. Könige starben, ebenso ihre Töchter, aber das Königreich lebte weiter. Es war besser, es bei dem zu belassen.

Er murmelte einen stillen Zauber, um den Ring vor jedermanns Blick zu verbergen, dann sagte er: »Bewacht ihn gut, alter Freund.«

Erst dann stiegen ihm die Tränen in die Augen und strömten in langen Bächen über seine Wangen. Er nahm Azoun die Dreifachkrone von Kopf, stand auf und blickte die anderen an.

»Der König ist tot«, sagte er.

Das war alles, woran er denken konnte, denn Tanalasta war ebenfalls nicht mehr am Leben. Der neue König war ein Kind, nicht einmal zehn Tage alt, aber das wussten die anderen selbstverständlich noch nicht. Er hatte ihnen ebenso wenig wie Azoun von Tanalastas Tod erzählt, deshalb standen sie da und warteten darauf, dass er die Worte sprach, die eigentlich hätten folgen müssen. In ihren Augen standen Furcht, Trauer und Neugierde zu lesen – aber auch Härte, Misstrauen und Berechnung.

Es würde Ränke schmiedende Edelleute geben, die die Ehelichkeit des Kindes infrage stellen und selbst nach dem Thron greifen würden. Und da gab es Sembia, die Zhentarim und andere, die Kormyrs Sorgen dahingehend ausnutzen würden, sich kleine Stücke des Königreichs einzuverleiben.

Ihnen stand nach der zum größten Teil verfaulten Ernte ein langer, harter Winter ohne ausreichende Vorräte bevor, und es gab keine Dächer, um Schutz vor Regen und Schnee zu bieten. Und sicherlich würden die üblichen Horden von Orks und sonstigen Schreckensgestalten einfallen, ganz abgesehen von ein paar Drachen, die aus der Wildnis nach Süden zu schweben pflegten auf der Suche nach leichter Beute.

Kormyr würde in den bevorstehenden Zeiten einen starken Monarchen brauchen. Und Vangerdahast kannte Alusair gut genug, um zu wissen, dass sie nicht in Suzail sitzen bleiben würde, während ihre Generäle in jeder Ecke des Königreichs Schachten schlugen.

»Vangerdahast, was ist los?«, fragte Owden Foley.

»Es gibt da etwas ...«

Die Worte blieben Vangerdahast in der Kehle stecken, und er brachte nur ein heiseres Schluchzen zustande. Er schloss die Augen, dann hob er die Hand, um sich einen Augenblick zu erbitten, seine Haltung wiederzuerlangen und die notwendigen Worte zu finden.

Sie kamen ihm nicht leicht von den Lippen, und für einen Augenblick vermochte er nur dazustehen und zu weinen. Alusair und ein paar der anderen brachen ebenfalls in Tränen aus, und er bemerkte, dass er kein gutes Beispiel abgab. Er langte nach der Krone auf seinem Kopf und stellte zu seiner Erleichterung fest, dass er endlich, da Nalavara tot war, einen Finger unter den Rand stecken konnte. Er nahm sie ab und stand mit einer Krone in jeder Hand in der Mitte des von Menschen erfüllten Zeltes. Ein leises Flüstern hob an.

Vangerdahast trat vor und wollte gerade um Ruhe bitten, als im Inneren des Zeltes ein gewaltiger Regen zu fallen begann. Eine kalte Hand umklammerte die Finger, die Azouns Krone hielten.

»Was tut Ihr da, alter Mann?«

Vangerdahast schaute nach unten und sah, dass Rowen Cormaerils starke Hand sein Handgelenk umklammerte. Das Fleisch des Gazneth hob sich schwarz und kalt gegen seine eigene weiße, verrunzelte Haut ab, eine unbarmherzige Erinnerung an den Preis für den Verrat an Kormyr.

Der Zauberer erwiderte Rowens weißglühenden Blick, dann senkte er langsam Kormyrs Krone. »Ich wollte diese Krone Alusair übergeben.«

»Mir?« Alusair erblasste und schüttelte den Kopf. »O nein, Vangerdahast, ich bin nicht ...«

»Es ist die Last, die Ihr tragen müsst, Alusair Obarskyr,

und nicht die meine.« Vangerdahast befreite seine Hand aus Rowens Griff, dann drückte er Alusair die Krone in die Hand.

»Ich fürchte, Ihr müsst regieren, bis Azoun der Fünfte alt genug ist, den Thron zu besteigen.«

»Was?« Es war Rowen, der diese Frage keuchte. »Aber Tanalasta ...«

»Zerstörte Boldovar«, sagte Vangerdahast traurig, »und starb dabei einen heldenmütigen Tod.«

Rowen taumelte zurück, und sein Gesicht verzerrte sich zu einer Maske des Schmerzes. »Nein! Warum würdet Ihr ... Ihr müsst lügen!«

Vangerdahast schloss Alusairs Finger um die Krone, dann ergriff er Rowens Arm. »Ich fürchte nicht. Ich hatte nicht das Herz, es dem König zu sagen, aber es ist so. Tanalasta ist gegangen, um sich ihrem Vater zuzugesellen.«

Ein schreckliches Schluchzen entrang sich des Gazneths Kehle, dann vernahm man im Zelt nur noch das Rauschen des Regens. Vangerdahast breitete die Arme aus und wollte Rowen an sich drücken.

»Mein Freund, ich ...«

Vangerdahast konnte seinen Satz nicht beenden, denn der Gazneth stieß ihn weg und zog sich in tiefe Schatten zurück. Ein Sonnenstrahl fiel über den Boden, als sich die Türklappe öffnete. Dann hörte der Regen auf, und Rowen war verschwunden.

Epilog

Obwohl die neue Rüstung nach dem exakten Vorbild ihrer zerbeulten alten und noch dazu von dem gleichen Schmied hergestellt worden war, fühlte Alusair sich darin unbeholfen, eitel und irgendwie nackt.

Aus dem feinsten Zwergenstahl gehämmert, wies sie Rillen, Ätzungen und goldene Einlagen auf. Der Königliche Drache von Kormyr prangte als purpurfarbenes Relief auf ihrem Bauch, und die königlichen Waffenschmiede hatten alles makellos gegossen und zusammengefügt. Die königlichen Künstler hatten die Rüstung wunderbar geschmückt, die königlichen Pagen hatten sie spiegelblank poliert, und die königlichen Knappen hatten dafür gesorgt, dass sie eng und wie angegossen saß.

Aber Alusair wäre lieber nackt in die Schlacht geritten als in einer solch üppigen Rüstung. Nicht zum ersten Mal verfluchte die Stahlprinzessin Vangerdahast dafür, ihr die Krone aufgezwungen zu haben, statt Mut zu beweisen und sie sich selbst auf den Kopf zu drücken.

Alusair stand zwischen ihrer Mutter und Vangerdahast auf dem Balkon und hielt ihren lächerlichen Drachenkopf-Helm in einem Arm und den fünften König Azoun Obarskyr auf dem anderen. Sie nickte wie betäubt und lächelte dumm, als Edelmann auf Edelmann in Begleitung seiner Ritter an ihr vorbeizog. Die Hälfte der Fürsten war so fett, dass selbst ein voll ausgewachsenes Schlachtross einen solchen Berg von Stahl nicht hätte tragen können. Die andere Hälfte schien nicht zu wissen, welches Ende des Schwertes man anfassen musste, wenn sie es zum Salut heben wollten. Sie musste an sich halten, nicht hinunterzugehen und Anweisungen für Waffenübungen zu bellen.

Der junge Fürst Ebonfalk führte seine Lanzenträger durch den Triumphbogen und stach sich fast ein Auge aus, als er das falsche Ende seines gekrümmten Kurzschwerts an sein Gesicht hob. Der bronzene Schnabel seines protzigen Helms fing den Schlag weitgehend ab, verhinderte aber nicht, dass die von einem übereifrigen Knappen offenkundig rasiermesserscharf geschliffene Schwertkante eine blutige Linie auf seiner Wange öffnete. Das folgende Wimmern entlockte selbst dem kindlichen Azoun ein Glucksen, aber der junge Edelmann vermied weiteres Aufsehen, indem er weiterritt, ohne nach einem Heiler zu verlangen.

Alusair lächelte und nickte, als hätte sie den Zwischenfall nicht bemerkt, und murmelte dann leise: »Wenn das die Besten jener sind, die übrig geblieben sind, dann ist Kormyr schon jetzt verloren.«

»Sie stellen nur die Grenzgarnisonen«, grinste Vangerdahast und winkte dem jungen Edelmann begeistert zu. »Und jede Kompanie hat einen Lionar und einen Kriegszauberer, sie zu unterweisen – und um bei dem geringsten Anzeichen von Gefahr den Befehl zu übernehmen.«

»Und die Fürsten haben alle zugestimmt?«

»Eigentlich nicht«, sagte Filfaeril. Die Königin sah stark und geschmeidig und irgendwie jünger aus, als sie seit Jahren gewirkt hatte, aber auch viel härter und unendlich viel trauriger. »Was sie nicht wissen, wird sie umbringen, wenn es denn soweit kommen sollte.«

Alusair zog eine Braue hoch. »Das sollte für Treue sorgen.«

Filfaeril schenkte ihr ein gönnerhaftes Lächeln. »Meine liebe Alusair, Ihr müsst noch viel lernen.« Sie tätschelte den Arm ihrer Tochter, der den jungen Azoun hielt. »Auf diesem Schlachtfeld kommt es nur auf Macht an … wer sie innehat und wer nicht. In diesem Augenblick haltet Ihr sie in Euren Armen, und wir müssen alles in unserer Macht Stehende tun, damit dies so bleibt.«

Alusair schaute das Kind mit den rosigen Wangen an und fragte sich, ob sie wirklich der Aufgabe gewachsen war, die Tanalasta ihr hinterlassen hatte. Eine Königin zu sein und eine Mutter – und wer weiß was in Kormyrs dunkelster Stunde ...

Aber wenigstens war sie nicht allein. Filfaeril würde ihr immer zur Seite stehen und ihr sagen, welchen Edelleuten sie trauen konnte, welche beobachtet werden und welche beim ersten Anzeichen von Ungehorsam exekutiert werden mussten. Und es gab auch Owden Foley, der auf ihr Drängen hin zugestimmt hatte, als geistlicher Lehrer des Kindes zu bleiben und alles zu tun, um Tanalastas Erbe in ihrem Sohn weiterleben zu lassen.

Und selbstverständlich würde auch Vangerdahast da sein, der sie gerade jetzt mit einem Ellbogen anstieß und ihr ruhig Anweisungen zuflüsterte.

»Schenkt Fürst Silberhorn ein strahlendes Lächeln. Der arme Kerl hat sein ganzes Vermögen dafür ausgegeben, seine Kavallerie auszustatten, und wir wollen doch nicht, dass er glaubt, Ihr wüsstet das nicht zu würdigen.«

Alusair tat, wie Vangerdahast vorgeschlagen hatte, und ging sogar so weit, ihren Neffen hochzuheben, eine seiner winzigen Hände zu ergreifen und ihn der vorbeiziehenden Kompanie zuwinken zu lassen. Dies sorgte für einen ohrenbetäubenden Jubel unter den Zuschauern, was den kleinen König augenblicklich dazu brachte, eine Folge von Glucksern auszustoßen.

»Jetzt habt Ihr es geschafft!«, knurrte Vangerdahast. »Jetzt wird jeder Fürst nach einem Winken des Königs verlangen.«

»Ich denke, ich bin stark genug, das zustande zu bringen«, knurrte Alusair zurück. »Ich halte ihn mit meinem Schwertarm.«

»Schwertarm?«, räusperte sich der Magier. »Es ist an der

Zeit, dass Ihr diesen Arm einer sinnvollen Tätigkeit zuführt.«

»Was?«, donnerte Alusair.

Sie wandte sich um, weil sie den Zauberer mit einem ihrer derbsten Soldatenflüche bedenken wollte, stellte aber fest, dass er sie angrinste.

Es handelte sich um sein altes, freundliches, spöttisches Lächeln, das ihr mitteilte, dass – abgesehen von dem ganzen Ärger, den sie ihm im Augenblick bereitete – alles in Kormyr wieder in Ordnung kommen würde.

Aber Alusair hatte den alten Zauberer noch nie so düster, so dünn oder so müde erlebt.

Glossar

Abraxus-Affäre: Giftanschlag auf das Leben König Azouns mit Hilfe eines Automaten in Form eines goldenen Bullen.
Adlerohr Sturmschulter: Kriegsmagier.
Alaphondar Emmarask: Königlicher Hofweiser von Kormyr, auch Allerweisester genannt, Lehrer von Tanalasta.
Alaundo der Seher: Weiser, der einst eine bedrohliche Prophezeiung aussprach, nach der sieben tödliche Plagen das Königreich von Kormyr heimsuchen und zerstören würden.
Aldeth Ironsar: Auch Hammer des Tyr genannt, Hochpriester.
Alusair Nacacia Obarskyr, auch die Stahlprinzessin genannt: Jüngere Tochter Azouns und Filfaerils, Schwester von Tanalasta, erfahrene Kriegerin.
Amedahast: Zauberin aus Myth Drannor, einst Königliche Magierin von Kormyr.
Andar Obarskyr: Einer der ersten Siedler im Wolfswald, Bruder des Ondeth, Mörder von Elian.
Arabel: Stadt in Kormyr, deren Einwohner schon immer gern gegen die Krone rebelliert haben.
Arkenfrost: Fürst unter den Kriegszauberern.
Augrathar Buruin: Hochjagdmeister des Gepriesenen Malar, Hochpriester.
Aunudar Bleth: Verräterischer Edelmann, Mitglied der Abraxas-Verschwörung, versuchte seinerzeit, Tanalasta und damit den Thron von Kormyr für sich zu gewinnen.
Azoun IV. Obarskyr: König von Kormyr. Vater von Tanalasta und Alusair, verheiratet mit Filfaeril.

Bayruce: Persönlicher Botschafter des Königs.
Beldamyr Axthand: Untreuer Fürst.
Braerwinter: Edelmann und Ritter, der an Azouns Seite kämpft.
Bridgette Alamber: Todgeweihte Fürstin.

Cat Wyvernspur: Gattin des Giogi, Zauberin.
Chauntea: Von Tanalasta seit ihrem Aufenthalt im Kloster Huthduth besonders verehrte Göttin. Auch Erdmutter oder Allmutter genannt.
Clagl: Rangniederer Priester der Chauntea.
Cordryn Jagdsilber: Sohn des Edlen Maestoon, im Exil.

Dauneth Marliir: Hochvogt der Östlichen Marschen, sollte nach dem Willen des Königspaars Tanalasta heiraten.
Draxius Obarskyr: Einst König von Kormyr.
Durmeth Eldroon: Edelmann aus Marsember, der an Azouns Seite kämpft.

Edle Calantar: Unglückliche Edelfrau, die Tanalastas ganze Strenge zu spüren bekommt.
Edle Merendil: Verräterische Edelfrau, wurde zu einem der Gazneths.
Elanna Jagdsilber: Gemahlin des Maestoon mit zweifelhaftem Ruf.
Elbert Rotbogen: Edelmann, der ein geheimes Treffen nicht überlebt.
Elemander: Königlicher Waffenschmied.
Emlar Goldschwert: Fürst, der Tanalasta Schwierigkeiten macht. Der Krone zwar ergeben, verweigert er jedoch Tanalasta die Gefolgschaft.
Erengar Abanther: Hochpriester, auch Haupt des Tempus genannt.
Ethin Glammerhand: Tapferer Schwerthauptmann.
Faerlthann Obarskyr: Erster König des Waldkönigreichs von Kormyr, Sohn des Ondeth.

Feldon: Schwerthauptmann bei den Purpurdrachen.
Filfaeril Obarskyr: Gemahlin des Azoun, Mutter von Tanalasta und Alusair. Auch Filfawril genannt.
Filmore: Lionar des Außenpostens am Goblin-Berg.
Frayault Illance: Edelmann, der ein geheimes Treffen nicht überlebt.
Fürst Ebonfalk: Eitler Edelmann.
Fürst Maestoon Jagdsilber: Vogt des Königswaldes.
Fürstenzepter: Magisches Zepter des Elfenkönigs Iliphar Nelnueve, mit dem es Azoun möglich sein soll, den Drachen zu besiegen.

Gaerym: Meisterbogner.
Garthin: Unglücklicher Lanzenhauptmann.
Gaspar Cormaeril: Verräterischer Edelmann, Mitglied der Abraxas-Verschwörung.
Gazneths: Von Xanthon aus ihren uralten Gräbern erweckte bösartige, schier unbesiegbare Wesen, welche die von dem Seher Alaundo prophezeiten Sieben Plagen über Kormyr bringen. Bislang sind sechs Gazneths aufgetaucht, und zwar:

- Fürstin Merendil,
- König Boldovar der Wahnsinnige,
- Luthax,
- Melineth Turcassan,
- Suzara Obarskyr,
- Xanthon.
- Die Verteidiger von Kormyr, allen voran Tanalasta, versuchen verzweifelt, ein Gegenmittel gegen die Gazneths zu finden, bevor auch noch die Siebte Plage auftaucht.

Ghislan: Goblin vom Stamme der Grodd.
Giogi Wyvernspur: Dem Reich treu ergebener Fürst, Ehemann von Cat Wyvernspur.
Glarasteer Rhauligan: Händler in Turmspitzen. Gehört dem Geheimbund der Harfner an.

Grodd: Name eines Goblin-Stammes, der auf den Befehl des Teufelsdrachen hin Kormyr angreift.
Guldrin Hartburg: Edelmann, Bruder des Rathtar.
Gwennath von Tymora: Marschallin von Hochhorn, Meistermagierin, Priesterin der Schwarzen Schwerter, eilt dem bedrängten Azoun zu Hilfe.

Haliver Ilnbright: Altgedienter Kriegsmeister in der Purpurdrachen-Armee.
Hardy: Grodd-Goblin.
Hathlan Talar: Tapferer Krieger.
Hector Dauntinghorn: Flottenkommandant.
Huthduth: Kloster der Chauntea, in das sich Tanalasta nach der Abraxus-Affäre zurückzog.

Idulph: Königlicher Waldhüter.
Ilberd Kronensilber: Junger Ritter, der alle Illusionen über Heldentum und Ruhm und Ehre verliert.
Ildamoar Hartburg: Dem Reich treu ergebener Fürst.
Iliphar Nelnueve: Elf, Fürst der Zepter, König der Elfen zu der Zeit, als Kormyr gegründet wurde. Sein Geist hilft Rowen, das Fürstenzepter zu finden.
Ilmreth Illance: Dem Tod geweihter Edelmann.

Jurr Grünmäntel: Edelmann, der ein heimliches Treffen nicht überlebt.

Kastar Pursenose: Todgeweihter Fürst.
Keldyn Raddlesar: Junger Hauptmann bei den Purpurdrachen.
Kolmin Stagblade: Bannerträger des Königs.
König Boldovar der Wahnsinnige: Für seine Grausamkeit berüchtigter einstiger König von Kormyr. Inzwischen einer der Gazneths. Gilt als das gefährlichste unter den Wesen, was Königin Filfaeril am eigenen Leib erfahren musste.

Korian Hovanay: Botschafter der Vereinten Prinzen von Saerloon, Selgaunt und Sembia.
Kormyr: Auch Kormanthir, Wolfswald oder Wolfswälder genannt; Elfenland, in dem Ondeth Obarskyr mit Duldung der Elfen eine Siedlung errichtet, später das Königreich Kormyr.
Kortyl Rowanmäntel: Ritter, der Alusair verehrt.
Korvarr Rallyhorn: Lionar in der Armee von Kormyr. Bruder des verräterischen Orvendel.

Langdannen: Einflussreiche adlige Kaufmannsfamilie.
Lareth Gulur: Unglücklicher Purpurdrache.
Laspeera Inthré: Edle, Zauberin.
Lharyder Gaundolonn: Kriegszauberer.
Lionar: Offiziersrang bei den Purpurdrachen.
Longbrooke: Widerspenstiger Edelmann.
Löwenstein: Mutiger Kriegshauptmann.
Luthax: Einst Kastellan der Zauberzunft und Würdenträger der Bruderschaft der Kriegszauberer. Inzwischen einer der Gazneths.

Magri: Armbrustschütze.
Malevar Starlaggar: Kriegszauberer.
Manarech Eskwuin: Hochfürstlicher Bevorzugter Priester der Glücksgöttin.
Maniol Kronensilber: Dem Tod geweihter Fürst.
Melineth Turcasson (auch Turcassan): Edelmann, der einst seinen Schwiegersohn, König Duar, um des schnöden Goldes willen verraten hat. Inzwischen einer der Gazneths.
Melot Silberschwert: Misstrauischer Edelmann.
Mondar Bleth: Einer der ersten Siedler im Wolfswald.
Myrmeen Lhal: Fürstin und Marschallin von Arabel.

Nalavara: Drache, auch Nalavarauthatoryl die Rote. Einst die Elfenmaid Lorelei Alavara, deren Verlobter von einem der ersten Siedler im Wolfswald ermordet wurde.

Orvendel Rallyhorn: Jüngerer Bruder von Korvarr, der seine ganz eigenen Ränke schmiedet.
Othram: Zauberer.
Otka: Anführerin der Grodd-Goblins.
Owden Foley: Hochrangiger Priester der Chauntea aus dem Kloster Huthduth mit dem Titel eines Erntemeisters. Ratgeber von Tanalasta.

Paerival: Spurenleser.
Paulidimun: Erfahrener Kundschafter.
Pepin: Goblin.

Randaeron Farlokkeir: Königlicher Kundschafter.
Rathtar Hartburg: Edelmann, der an Alusairs Seite Kormyr verteidigt.
Roland Emmarask: Der Krone treu ergebener Edelmann.
Rowanmäntel: Einflussreiche adlige Kaufmannsfamilie.
Rowen Cormaeril: Kundschafter, Ehemann von Tanalasta, Vater ihres ungeborenen Kindes, der eine unheimliche Verwandlung durchmacht.

Sarmon der Eindrucksvolle: Meister der Kriegszauberer.
Seaburt: Priester von Torm dem Wahren.
Shalanna Jagdsilber: Tochter des Maestoon, auf ihre eigene Weise ebenso unangenehm wie ihre Mutter.
Steinlande: Wildes Land im Norden, in dem neben anderen Bedrohungen auch Orks hausen.
Sturmhörner: Gebirge.
Sturmschulter: Kriegszauberer.
Suzail: Eine der ältesten Städte von Kormyr, in der sich der Königliche Palast befindet. Benannt nach Suzara Obarskyr.
Suzara Obarskyr: Zum Gazneth gewordene Ehefrau des Ondeth Obarskyr.

Tanalasta Obarskyr: Kronprinzessin von Kormyr, Ehefrau des Rowen Cormaeril.

Tarr Burnig: Edelmann, der ein geheimes Treffen nicht überlebt.
Telthluddree: Meisterbogner.
Thamm Khelbor von Deneir: Geschichtenmeister und Hochpriester des Gottes Deneir.
Thatoryl Elian: Verlobter der Elfenmaid Lorelei Alavara. Wurde einst von Andar Obarskyr im Königswald ermordet.
Theldryn Thorn: Schwerthauptmann in der Purpurdrachen-Armee.
Tolon: Edelmann und Ritter.

Uthrin Rallyhorn: Edelmann, der an Alusairs Seite Kormyr verteidigt. Korvarr Rallyhorns Cousin.

Vangerdahast: Königlicher Magier von Kormyr, der trotz seiner Zauberkraft in der Grodd-Stadt tief unter der Erde festsitzt und unbeabsichtigt ein folgenreiches Unheil über Kormyr hereinbrechen lässt.
Valantha Schimmerstern: Zauberin.

Xanthon Cormaeril: Zum Gazneth gewordener Verräter. Er ist dafür verantwortlich, dass die Gazneths überhaupt erweckt wurden.

Yarvel: Meisterbogner.

Danksagung

Die Autoren möchten ihrem Herausgeber Phil Atlans für seine zahlreichen wertvollen Beiträge danken, außerdem Mary Korchoff dafür, dass sie die Idee zur Zusammenarbeit an uns weitergegeben hat; zudem Jeff Grubb und Kate Novak, weil sie uns mit ihren Spielzeugen spielen ließen; Steven Schend, Julia Martin und der ganzen Forgotten-Realms-Gruppe für ihren Rat, und ganz besonders Andria und Jen.